齋藤愼爾

# 周五郎伝

## 虚空巡礼

白水社

# 周五郎伝　虚空巡礼

装幀＝髙林昭太

# 目次

# 序章

ひとつの暗い影がとおり、その影はひとりの実在の人物が地上をとおり過ぎる影ではない。ひとつの思想の意味がぼくたちの心情を、とおり過ぎる影である。（吉本隆明「マチウ書試論」）

学恩という言葉がある。手元の辞書を引くと、「師と仰ぐ人から受けた学問上の恩」とある。書物を読んで、魂を根柢から揺るがされ、決定的な転位を予感したということで、私にとって山本周五郎の作品こそが、学恩の意味するものに最もふさわしい気がしてならない。

山本周五郎の作品に出会い、次第に傾斜していったのは、昭和三十五（一九六〇）年、晩夏のことである。いわゆる「政治の季節」（安保闘争）の余燼は失せ、「思索の季節」が呼号されてはいたが、私はうす汚れた大学の寮に逼塞し、陰々滅々たる日々を過ごしていた。学生運動からの挫折、それに同時併行的に起こった人間関係の躓きで、ほとんど進退窮まっていたのである。

そんなとき周五郎の作品に出会った。あらゆる邂逅がそうであるように、たしかに私は失意の極点、小林秀雄のいう純粋虚無とでもいうべき心的状況に於いて、周五郎と出会ったといえる。周五郎を読むことで、私は救われたのである。それは私にとって、まさしく回心というべき体験であった。周五郎の小説の主人公は、一回限りの人生を懸命に生きていた。虚飾で人の眼をくらませたり、自分を偽ったりすることなく、忍耐しながら、この人の世でそれぞれの確かな役割を果たしている……。そんな主人公の運命に、私は無為の自分を重ね、一掬の慰藉というか、得心するものを覚えたのであった。
山本周五郎の「人と作品」を論じた評論、随想の類は汗牛充棟、徒《ただ》ならぬものがある。数百篇を超え、執筆者も文芸評論家、国文学者、哲学者、歴史家、宗教学者と多彩である。周五郎の最大の顕彰者は木村久邇典（大正十二年〜平成十二年）で、内田百閒にとっての平山三郎のような存在といえる。精緻な評伝を含め、山本周五郎の人生の軌跡は、九九・九九パーセントまで木村によって突きとめられている。最初、彼は同郷の太宰治に師事し、ついで周五郎につき、その作品集を数多く編集し、卓抜な解説を書いた。『人間　山本周五郎』（昭和五十年）によると、敗戦後、周五郎はしきりに太宰治に逢いたがり、「ヴィヨンの妻」などに大きな感銘を示したという。太宰といえば、私たちの世代は奥野健男の『太宰治論』（昭和三十一年）から決定的な影響を蒙っている。

　その奥野は、〈太宰治の愛読者と周五郎のそれとは重なり合っている〉と指摘する。太宰も周五郎も、弱く、貧しい失意の人々へ熱い眼差しを向けて、無類の小説世界を創りあげ、その作品は読む者の心を洗い、人間に対する深い愛情と信頼を甦らせてくれるという共通点があるというのだ。〈太宰治が三十九歳で自殺せず、もし生きていたら、山本周五郎のような生き方をしたのではないか〉というのが、奥野健男のテーゼである。その著書『太宰治論』の「あとがき」で、〈もう今後、このような全的肯定の評論を書くことはあるまい〉と記した氏が、その後、全的鑽仰の書『山本周五郎』（昭和五十二年）を出版する。〈これから何十年、何百年も昭和を代表する文学として、新たな読者の魂に生き続けていくであろう〉とまでいう。その発言を、私はいま大袈裟だとは思わない。

　奥野のテーゼと書いたが、その内容は右に引用した発言が全てだから、『周五郎伝　虚空巡礼』に於て、このテーゼを継承しようと目論む私としてはまず奥野の『太宰治論』から、該当すると思われる箇所を査定しなければならない。それは、〈太宰の一生は、下降指向の道であった〉ということに要約される。何からの下降志向か。ナルシシズム（単に肉体や容貌に対するそれだけではなく、精神的観念的なものをも含めて、自己の存在全体に対する愛着）に対しては自己破壊を、生家に対しては脱出を、そして社会秩序に対しては反逆、ということになる。「下降志向」に対しては、奥野は特に註記を付している。〈不完全なものから完全なものへ、劣者から優者へ、混乱から調和へ、人間から神へと言った方向へ、自己の欠如感覚を、自己完成、あるいは立身出世などの心理的優越ないし社会的優越感により埋めようとする、長い支配秩序により馴致され形成された人間の精神の「上昇指向」の定型に対する反逆の倫理としての「下降指向」である。それはたえず自己を破壊し、自己の欠如感覚を決してごまかさず、かえって深化させて行く。そうすることによって既成の社会の一切の秩序に反逆し、その秩序を内側から崩壊させる。既成秩序に調和的な倫理である「上昇指向」に対し、反逆としての「下降指向」の倫理を考えたのである〉を読むと、権力、文壇づきあい、賞の類が大嫌いで、直木賞や毎日出版文化賞など文学賞を終生受け取らなかった周五郎像が浮上することとなろう。

「文学――この不思議なもの」というフレーズが、頭の片隅ではためくことがある。きまって周五郎の作品を読んでいるときだ。読書のさなかに頁を繰る手を止め、激しい渇きを覚えるケースは、周五郎だけである。何か格別のことを考えているわけではない。ドストエフスキーが描いた幼児のように無垢な白痴同様（といえば恰好のつけすぎになる）、茫洋としているだけだ。そうかとおもうと突然、わけもなく滂沱の涙に暮れる体たらくということになる。

たとえば「その木戸を通って」がその作品の一つだ。侍の平松正四郎の所に、ある日ひとりの過去

〈記憶〉を失った女が訪ねてきて、居ついてしまう。そのため正四郎は決まっていた家老の娘との婚約も破棄されてしまう。女はだれからも愛され、結局、正四郎の妻となる。すべてがうまく行っていた。平穏な日々が続く。だが三年後の某日、突然、女は来たときと同じように「その木戸を通って」姿を消してしまうのである。いずこより来て、いずこへ去るか。周五郎独自の〝不思議小説〟で哀感も深い。一読したら生涯忘れ得ぬ名品である。この小説を読んだとき、私は前述したごとく、人間関係に躓き、踠《もが》いていた。つまり失恋の渦中にあった。涙で、先を読み進めることが出来なくなった。私の想いびとも、見えざる木戸を潜り抜け、いずこかへ立ち去ってしまったのだった。

そして「おさん」もまた同様である。木村久邇典は、〈わが国の近代小説がもった最高の短篇のひとつではないか〉というが、私も同意する。こんなに男というものの哀しさ、女というものの哀しさ、つまり人間存在の悲哀を描いた小説があったろうか。男に抱かれるたびに別の男の名を呼んで、忘我の境に陶酔するおさん。性のかなしさを通して、人間存在の根源に迫った名品である。後に詳述することになるが、「その木戸を通って」を半世紀を経過して再読し、私の読後感が変化したことにも触れておきたい。当時ファンタジー作品に限らず、木戸の向こうには、この現実世界とは別の世界＝異界があると単純に決め、判断を停止したところがあった。その浅慮を根柢から転覆させたのが、幻想小説の作家、上野瞭（昭和三年〜平成十四年）の「「木戸」の話――周五郎の設けた通路について」と題するエッセイ（『われらの時代のピーターパン』晶文社、昭和五十三年）である。

上野は『ふしぎの国のアリス』（ルイス・キャロル）やフィリパ・ピアスの『トムは真夜中の庭で』、C・S・ルイスの『ナルニア国』シリーズ等々の例を引き、海外の代表的ファンタジーは、「通路」の向こうに、この現実世界とは別の世界、ジェームズ・バリーのいうネバーランド（決して存在しない国）を用意していると指摘する。その「通路」は一定しておらず、ファンタジーのファンなら先刻承知のウサギ穴、鏡、池、裏庭の扉、額、学校の裏門、洋服だんす等々を潜り抜けて、読者が超現実世界（日常生活の不自由性を知覚させる時空）に到達することに変わりはない。その世界は、人間に内在する可能性をさまざまな形で示した独立世界（精神の一種の解放区）だから、読者は現実世界の価値観を初めて相対視することを学ぶ。その世界を構築する空想力＝想像力の奔放なひろがりが、人間に、自己が自由であることを気づかせる。つまり「通路」を境界線として、現実世界と超現実世界を共有する……。

上野瞭の瞠目すべき「読み」は、「木戸」という「通路」を潜ることによっても、自由にはなれないということである。

> すでに木戸を潜り抜けて正四郎の日常世界にはいりこんできた時、彼女は傷ついていたのである。木戸のむこうにあった世界は、彼女を記憶喪失に追い込むようなきびしい現実世界だった。木戸のこちら側、平松正四郎の世界もまた、日常的諸規制の作動する現実世界である。「通路」を潜ることは、ひとつの日常から同質のもうひとつの日常に移行することに他ならない。「木戸」は異次元への「通路」ではない。ふさは、じぶんをさいなんだ苦痛の世界にもどるだけである。

ここまで踏み込んだ「読み」を寡聞にして私は知らない。上野瞭は〈周五郎の世界は、その「通路」の彼岸をもたないことによって、もっとも日本的な文学として定着し、多くの読者を感動させてきたともいえるのである〉と、論理をそれ以上には展開させないが、私は「木戸」の向こうを「往い。

相」、「木戸」のこちら側を「還相」として、漱石の『道草』や『明暗』が孕む問題に言及していきた

いま山本周五郎の年譜を繙くと、私がこれらの作品に出逢った時代にブームの兆しがあったことがわかる。昭和三十四年、〈テレビ各社のテレビ劇化の攻勢がはげしくなり、東京放送テレビ（現・TBS）から「山本周五郎アワー」が放映されて話題を呼んだ。（略）『樅ノ木は残った』が毎日出版文化賞を受けたが、作者は辞退した〉（『日本婦道記』は第十七回直木賞に推されたが辞退）。〈五月「その木戸を通って」（略）、十月、（略）『落葉の隣り』〉。昭和三十五年、〈浦安で過ごした青春期の体験に基づいた現代小説「青べか物語」を発表するに及び、山本周五郎ブームを引き起こした〉。昭和三十六年、〈二月、『青べか物語』が文藝春秋読者賞に推されたが、辞退。「私はつねづね多くの読者諸氏と、各社編集部、また批評家諸氏から過分の賞をいただいており、それで十分以上に恵まれている」（「文藝春秋読者賞を辞すの弁」）と書いた〉。

周五郎の生涯から、昭和三十四年から三十六年までの三年間を引いたのは、この時期に「その木戸を通って」「おさん」「落葉の隣り」という珠玉の作品が書かれていること、それに「政治の季節」の終焉後、山本周五郎が太宰治、井伏鱒二、柳田國男らとともに、学生や若き労働者たちに熱心に読まれる情況が生じたからである。「大衆の原像」の発見が呼号され、市井に住む名もない貧しい人々のつつましくも懸命な生活とその心境を描く作家たちの営為は、政治的イデオロギーの迷妄を脱却するときの、魂の牽引車となったのである。そのことで私たちは、遅ればせながら、〈生れ、婚姻し、子を生み、育て、老いた無数のひとたちを畏れよう。あのひとたちの貧しい食卓。暗い信仰。生活の嫉妬や諍ひ。呑気な息子の鼻歌……。そんな夕ぐれにどうか幸ひがあつてくれるように……〉（吉本隆

明）という祈りに開眼することが出来たのである。

昭和三十五年は、戦後最大といわれた総資本対総労働の決戦、反安保闘争が労働者や市民、学生たちの敗北で終焉した年である。やがて高度経済成長期に突入するこの年に、「文藝春秋」誌上に連載された『青べか物語』は、山本周五郎の最高傑作という評価を下された。引き金になったのは二年前に刊行した『樅ノ木は残った』で、開高健いうところの「晩年の十年ほどに氏は圧倒的な大勝を得た」時代に突入する。『虚空遍歴』『季節のない街』『さぶ』『ながい坂』と息継ぐひまもなく頂へと登りつめていく。

『樅ノ木は残った』は権力を持つ側の世界をも描き尽す、政治を主題にした大長篇である。六〇年代世代には、異端の思索者埴谷雄高の政治に関するアフォリズムとともに味読したという記憶をもつ人間が多い。


政治の幅はつねに生活の幅より狭い。本来生活に支えられているところの政治が、にもかかわらず、屢々《る》、生活を支配しているとひとびとから錯覚されるのは、それが黒い死をもたらす権力をもっているからにほかならない。一瞬の死が百年の生を脅し得る秘密を知って以来、数千年にわたって、嘗て一度たりとも、政治がその掌のなかから死を手放したことはない。（埴谷雄高『幻視のなかの政治』）

従来の山本周五郎論や評伝で、ほとんど空白の頁として晒されてきたのが、「ちゃん」「ちいさこべ」「法師川八景」「末っ子」などに鮮やかに描かれる少年少女像である。少年や少女は逆境のなかで小さく非力であっても、健気、負けじ魂、羞《はじ》らい、つましさ、可憐さで生きていく。「小さい者の存在」は、柳田國男やドストエフスキーの作品に登場する子どもたちの分身のようにも映る。たとえば柳田國男の『山の人生』（大正十五年刊）の冒頭の一章（「山に埋もれたる人生ある事」）は、ひどい不景気の年に西美濃の山中で炭を焼く男が二人の子どもをまさかりで切り殺したという事件と、同じころに九州で、ある女が夫と子どもとともに谷に身を投げたものの死に切れず、一人生き残って謀殺罪で十二年の刑に服した事件の話である。『山の人生』は全部で三十の章に分かれているが、『故郷七十年』で柳田の回想するところでは、ただ第一章に記した二つの事件を書きたくて書き出したのだという。山本周五郎の『青べか物語』と同じく、三十余年の歳月を閲して執筆されたこと以外にも、考えてみたい問題を孕んでいる。

渡辺京二の「小さきものの死」（『炎の眼』第十一号、昭和三十六年十二月）という小品も引用しておきたい。渡辺京二が田舎の診療所にいた時分（十九歳ごろか?）、隣の病棟の一室で、母と娘が一晩のうちに死ぬという事件に遭遇する。母娘は前日、極度に衰弱した状態で天草の一農村から送りこまれ、二人部屋に入れられるが、容態が急変し、明け方までには二人とも死んでしまう。看護婦から事実を聞かされたとき、氏はひとつの光景を幻視する。死にかけている母親の痩せた腕が機械じかけのように娘の体をさすっている光景を——。

渡辺京二は歴史から陥没した淵の中で起きたこの小さきものの死について、人間の歴史の進歩につれて、人智によって残酷物語は確実に減少するであろう、だが世界史の展開が、これら小さきもののささやかな幸福と安楽の犠牲の上に築かれるという事情もまた確実に続き行くだろうと、考える。そして、〈人類の前史が終るということは、まさにこのような小さきものの全き生存の定立によって、世界史の法則なるものを揚棄することにほかならぬだろう〉と、自分を納得させながらも、付け加えずにはいない。

〈しかし、或いは遂に終りないかも知れぬ人類の前史にあっては、小さきものは常にこのような残酷を甘受せねばならぬ運命にさらされている。バラ色の歴史法則が何ら彼らが陥らねばならぬ残酷の運命を救うものでない以上、彼らにもし救いがあるのなら、それはただ彼らの主体における自覚のうちになければならぬ。願わくば、われわれがいかなる理不尽な抹殺の運命に襲われても、それの徹底的な否認、それとの休みのない戦いによってその理不尽さを超えたいものだ。あの冬の夜の母娘のように死にたくはない。その思いは、今私が怠惰な自己を鞭うって何がしかの文章を書き連ねることの底にもつながっている〉と。

山本周五郎は、昭和三十六年五月に中央大学での文芸講演会で、「文学の場合は、慶長五年の何月何日に、大阪城で、どういうことがあったか、ということではなくて、そのときに、道修《どしょう》町の、ある商家の丁稚が、どういう悲しい思いをしたか、であって、その悲しい思いの中から、彼がどういうことを、しようとしたかということを探究するのが文学の仕事だと私は思います」(「歴史と文学」)と語っている。

また、〈私は自分が見たもの、現実に感じることのできるもの以外は、殆ど書かないし、英雄、豪傑、権力者の類にはまったく関心がない。人間の人間らしさ、人間同士の共感といったものを、満足やよろこびのなかよりも、貧困や病苦や失意や、絶望のなかに、より強く私は感じることができる。「古風」であるかどうかは知らないが、ここには読者の身辺にすぐみいだせる人たちの、生きる苦しみや悲しみや、そうして、ささやかではあるが、深いよろこびが、さぐり出されている筈である〉と書いている。

山本周五郎は昭和四十二年六十三歳で斃れるまで、『山本周五郎小説全集』（三十三巻＋別巻五、新潮社）、『山本周五郎全集』（全三十巻、新潮社）と全集未収録作品集十七巻に収められるだけの小説を書いてきた。「現代の聖書を描く」と取りかかった『おごそかな渇き』を新聞日曜版に八回まで書き継いだ時点で絶筆となった。周五郎はアドレッセンス初葉に熱中したストリンドベリィの『青巻』の巻末の箴言を生涯の座右の銘とした。

〈苦しみ働け、常に苦しみつつ常に希望を抱け、永久の定住を望むな、此の世は巡礼である〉

その生涯は虚空巡礼であり、その作品はすべて虚空への投擲であった。

# 第一章　故郷と現郷

〈山本周五郎は、明治三十六（一九〇三）年六月二十二日、山梨県北巨摩郡大草村若尾（現・韮崎市）に生まれた〉――山本周五郎の年譜は、おおむねこの記述で統一されている。最初の全集『山本周五郎全集』（全十三巻、講談社、昭和三十八年）から、単行本、雑誌特集、文庫、はては『新潮日本文学小辞典』（新潮社、「山本周五郎」の項の筆者は尾崎秀樹、昭和四十三年）までがそうである。周五郎自身が生涯、己れの出生地を表記のように木村久邇典に語っていた。

　木村久邇典は、編集者として友人として、つねに周五郎のもっとも身近にいた一人である。吉本隆明における川上春雄、カフカにおけるマックス・ブロートのような、当該作家についての「生き字引き」的存在といったらいいか。「周五郎に関しては、本人以上に詳しい」という伝説がある。昭和二十二年七月から、四十二年二月、周五郎が長逝するまでの二十年間、著作の校訂、編集、考証、編纂を行ない、周五郎に関する著作も二十余冊ある。

　しかし冒頭に記した大草村は、周五郎の本籍地ではあっても、誕生の地ではない。戸籍謄本に録された正確な出生地は、山梨県北都留郡初狩村八十二番戸（現・大月市）である。周五郎が生まれたのは、初狩村の旧家、奥脇家の長屋の一軒においてであった。清水（本姓）三十六《さとむ》という名は、生年に因んで大家つまり奥脇家の先代の愛五郎が付けたという。

事実と相違した誤謬が明らかになったのは、単純なことからであった。昭和四十三年三月、木村宛に山梨県立塩山商業高等学校の文芸部から文芸誌「扇状地」（第十号）が送られてきた。開くと、巻頭に、部員の共同研究『山本周五郎の出生地をめぐって』というルポルタージュが掲載されている。そこには木村が執筆した年譜（講談社版『山本周五郎全集』第八巻）にある出生地が実は本籍地であって、出生地は大月市下初狩三百十七番地（旧北都留郡初狩村八十二番戸）であるという事実が、韮崎市役所に保存されている清水家三代（伊三郎、逸太郎、三十六《さとむ》）の戸籍謄本も取り寄せての周到な調査により判明していたのである。木村は大いに驚き、周五郎が、〈年譜のために語った内容を、そのままにメモしたものであり、裏付けをとるという、資料作成にあたっての基本作業を怠ったこと〉を内省する。〈わたくしは、山本さんの語るところを絶対的に信頼していたのであった。山本さんの博覧強記は、わたくしの知る多数の文学者のなかでも、図抜けて傑出していた。（略）あの記憶力抜群の山本さんが、本籍地と出生地を混同するとは、まず考えられぬことである〉（『素顔の山本周五郎』）

高校生たちの「お手柄」である。本籍地と出生地の混同というのは「小さな発見」かも知れないが、この発見がなければ、周五郎研究の第一人者《オーソリティ》木村久邇典の「年譜」（これも作品だ）は、従来のように疑われることもなく引用、孫引きされていくという連鎖が続いただろう。そしてまた木村や私に、「なぜ周五郎は虚偽を語ったのか。本籍地を出生地だと語ったのは、どんな理由からか」という疑問を起こさせることもなかったろうからだ。

出生地の謎もさることながら、私が疑問に思っていることがある。あまりにも素朴な疑問なので、誰からも発せられたことがない。いや、周五郎に関する膨大な論考のなかで、わずか原稿用紙二枚にも満たない鶴見俊輔の書評（「山本周五郎『小説の効用』」昭和三十七年）が、私の抱いた疑念に近い。これが先の謎と関係があり、あるいは山本周五郎という作家像を修正することになるかも知れない、という予覚に動揺しているのも事実である。

(山本周五郎は)「普通の人」の子として生れた。父は「普通の人」以下の、けちな性格だったそうだ。生母は、貧乏にもめげずに子供を立派に育てたというふうな努力的な人ではなく、著者が学校に行くことを奨励もせず著者の小説が『文藝春秋』にでた時もほこりとせず読もうともしなかった。著者はこの母が立派な人でなかったことを語ると同時に「それは母が自分自身の人生を生きたことから来るのであろう、それは母のためによろこびたい」という。／『日本婦道記』などあれほど努力的な生涯をえがき続けてきた著者が、自分の両親をこのようにつきはなしてとらえていることは興味がある。自分の身近になみはずれて努力もしない平凡な人をつねにみていることを通して、努力的な人間の肖像が架空の英雄像として浮き上らないことが可能になったのではないか。山本周五郎の英雄伝が独特の現実性をそなえているのは、このことにうらうちされている。

結婚してからも家庭生活をもったことのない彼のくらし方は、自分の書きたいことだけを書こうとして、四十年近くを生きたなみはずれた強い姿勢に支えられてゆく。このくらしは彼の妻の心の広さと志の高さによって可能になった。この随筆集は、山本夫人を主人公とした、英雄小説――『樅ノ木は残った』の異本であるようにも読める。

長い引用(「書評」の九割弱!)になってしまったが、周五郎の文学と人間性を穿って完璧である。周五郎に頌歌を捧げた作家、評論家、哲学者、宗教学者は多いが、これだけ含蓄のある批評は珍しい。

周五郎の「人と文学」のアポリア（難点）が鋭く剔抉されている。オマージュを惜しまなかった人々――奥野健男、尾崎秀樹、日沼倫太郎、平野謙、辻邦生、吉田健一、荒正人、多田道太郎、山田宗睦、八木義徳、北園克衛、務台理作、永井龍男、山口瞳らの批評は、適時、摘録して紹介していきたいが、すべてが激賞の坩堝と化しているなかで、鶴見俊輔の怜悧な批評は突出している。

周五郎は、「語ることなし」というエッセイで、両親を次のように語っている。

私の父は道楽者のくせにけちで、自分は二度も女をつくって逃亡したりしながら、財布は自分がにぎっていて放さず、（略）こまごました買物をするにも、母（註・生母）はいちいち父に請求しなければならなかった。（略）

食事などは一汁か一菜（一汁一菜ではない）であり、肉類などは、うっちゃっておけば月に一度もたべさせてはくれなかったろう。（略）

本当のところ私の母は平凡ちゅうの平凡なひとであり、私にとって貴重だったと思われることも、他に示して範となり、感動を与えるような事例はなにもなかった。（『おふくろの味・続』春陽堂刊、昭和三十二年）

これが「落葉の隣り」や「その木戸を通って」の作家山本周五郎の素顔なのかと、そぞろ沈思黙考ということになる。そのことと「出生地と本籍地」の問題は無関係と片付けられるだろうか。木村久邇典の推理は以下のようなものである。周五郎の〈先祖に武田家の家臣で清水大隅守政秀という武将がおり、主家滅亡に際し、お家再興のための軍資金を擁して、武田氏発祥の地にちかい大草村若尾に帰農したという伝承があるためである〉と。清水大隅守政秀の名は四百五十人の家士を従える足軽大将・御倉奉行として『甲斐国武者鑑《かがみ》』（湯川彦三郎・信綱共著）の武田家高名録にも記載されているという。〈山本周五郎を含む清水家一統は代々この伝承を誇りとしてきたし、なかんずく山本自身は、ふかく信じ込んでいるようであった〉というのが、木村の推理の結論である。しかし先祖の「伝承の誇り」だけで、出生地の虚偽が納得されるものではない。略歴をいま少し遡行してみたい。

明治三十七（一九〇四）年十二月三十一日、周五郎の祖父伊三郎の代から家運の傾きが激しくなり、約四百坪あった清水家の宅地は、すべて人手に渡ってしまう。そこで下初狩に同二十二年ごろから居住していた伊三郎の姉・斉藤まつ能家のすすめで、初狩村への移住となる。伊三郎は素封家で戸長も務めた奥脇家所有の長屋の一軒を借りて住み、諸小売卸を家業として、初狩村の村民となる。

この伊三郎の長男逸太郎が周五郎の父である。逸太郎は奥脇家の機織工場の織子だった坂本とくと恋仲になり、とくは周五郎を身ごもる。家長の伊三郎は二人の結婚を認めようとはしなかった。大伯母の斉藤まつ能が同情し、伊三郎と同じ初狩村八十二番戸にあった彼女の家の物置を産室にあてがい、嬰児（周五郎）を出産させたのだという。

ところが周五郎が四歳になった明治四十年八月二十五日の早朝、北都留一帯は大雨に襲われ、突然押し寄せた寒場沢の土砂で、清水家は祖父伊三郎、祖母さく、叔父粂次郎、叔母せきの肉親四人を一瞬にして失う。祖母さくの遺体は、翌四十一年二月まで発見されなかった。逸太郎、とく、三十六（周五郎）の三人は、大月駅前に間借りしていたため、難を免れることができたが、清水家にとっては不幸の訪れであった。〈韮崎在・大草村若尾は、清水家父祖重代の栄光の地。対して初狩村はまがまがしい辛酸の地とみることができる。山本周五郎が長じてのち、本籍地を出生地だと意識的に食言したのは、如上のゆくたてが、彼の内部で複雑に屈折した挙句の発言だったように思われてならない〉と木村久邇典は納得するのである。

どんな些細なことも見逃がさず、裏付けを取り、論理化し、納得してから徐々に周五郎という作家の核心に迫る……それが木村久邇典の記述の特徴だが、そのこと自体は木村の比類のない作家的誠実さを証している。しかしあくまでも木村にとってのこの「納得」は、ときに私のような曲軒的人間を納得させるまでに到らない局面がしばしば出てくる。

山本周五郎が、めったに己れの過ぎ来し方を語らなかったという話は、土岐雄三をはじめあらゆる人々が回想している。とくに幼、少年時代の思い出に関しては、頑として口をつぐむ素振りさえ示し、周五郎のもっとも古い知友のひとりである今井達夫にすら、なにひとつ語ることはなかったという。さぞかし評伝を試みる人間は苦労するだろうという感想も浮かぶ。私はむろん周五郎に直接会ったことも、その姿を遠望したこともない。だからあまり断定的なことはいえないが、周五郎はけっこう自分のことを語っているのではないかと思う。そのことは木村にしても諒解済みであったのではないか。

木村は、周五郎自身の発言である、〈作者は公共的な存在だ、公共の、たとえば市民公会堂のようになんぴとの入場も拒むことができない〉や河盛好蔵の、〈多少なりとも社会に影響力を与えたほどの作家なら、その生涯を徹底的に追究されることを覚悟しなくてはならない〉を持ち出して、その発言を楯に、〈事実はあくまで事実として追究されねばならない面もある〉という。

そして周五郎の出生地である初狩を訪ね、土地の関係者から聞き書きをする。彼らの語る周五郎への思いがすべて好意的であることの理由を、〈初狩村の出身者である周五郎という著名な作家と、自分たちも浅からぬ因縁があったことを記念しようとの善意に発せられたもの〉と、木村は推量する。

それは自分にも返ってくることを木村が気付かなかったとは思えない。〈事実はあくまで事実として追究されねばならない面もある〉といってみるものの、周五郎研究のオーソリティ（権威）として、周五郎の膝下にいて、周五郎の機嫌を損うことなく、周五郎を今後とも顕彰していく己が立場を自覚すれば、つい「善意に発せられた」記述になり、追究がトーンダウンするのも止むを得なかったと考えるべきなのであろうか。

周五郎が甲州というふるさとに嫌悪の情をしめし、甲州人を痛罵してやまなかった例として誰もが引く文をここでも引く。

「面従腹背、おとなしそうに見えていても妙に意地悪いシンがある。とても冷淡。なにごとも計算づくで吝嗇《りんしょく》。へ理屈をこのみ、人間的なあたたかみにかける。がむしゃらに勉励するのはよいが、馬車馬のように視野がせまく依怙地《えこじ》で偏狭だ。精神的にフレキシビリティーがない。寛容の精神を忘れた妄執の手合いが多いな。きみ、なかんずく甲州の女にだけは手を触れるなよ。めしの給仕をしているとするだろう、二ぜんまでは普通によそってくれるが、三ぜんめのおかわりを出すと黙ってお茶をつぐ。とくに甲州おんなはいけないな。もし女房にもらったら、男はとても家庭になんか居たたまれたものじゃない」（『人間山本周五郎』木村久邇典）

〈山本周五郎が嫌悪し、かつもっとも自戒したのは、ある種の断定、独断を排して〉、〈普遍妥当性を追究しようとするところにあった〉という、木村久邇典の強調する周五郎の特質を受容してきた読者にとっては、躓くところである。出身県で人の性格がわかるとか、地域性と県民気質を結びつけることに、普遍妥当性があるのだろうか。

山本さんは自殺した某作家の場合をあげた。「カミさんは山梨だっていうじゃないか、僕にはハハンと思いあたるふしがある、大いにある。なこうどしたというE氏にもおおいに責任があると思うな」／もとより笑い話である。しかし何度も甲州女の性わるを強調したことからしても、ただの笑い話のつもりだったとは思われない。(『人間山本周五郎』)

「某作家」とか「E氏」は多少の文学通であれば、太宰治、井伏鱒二とわかる。「もとより笑い話である」という発語の主体は、周五郎か木村か。

この種の断定、独断、偏見が多いことを指し、私は前に〈周五郎はけっこう、自分のことを語っている〉と書いたのである。「笑い話」にせよだ。饒舌を弄すというのではない、語らなくてもいいことまで口にするのだ。「大衆文学研究」第二十号(特集「山本周五郎」昭和四十二年九月)の座談会「山本周五郎の人と作品」で、今井達夫は、〈山本は非常に神経質で、こいつつきあえるか、つきあえないかということを酒席で判断するという癖があるのですね。そこで一応飲んでみてつきあえるかどうかきめるために僕はテストされたことになるのです〉と語っている。同じことを木村久邇典も、〈尾崎士郎さんはそういう山本さんの性向を、「山本くんは質屋で育ったせいか、着物の生地を裏返すようにして人間を見る」と表現したものだった。「人間は酒を飲ませてみると、だいたい本性がわかる。酒の飲めないやつには女をあてがってみれば、たいてい判断できるものだよ」山本さんはよくそう云った〉(『人間山本周五郎』)。

語らなくてもいいこと、否、こういうことを語る人間、ことに作家を私なら嫌悪する。その性、まれにみる狷介《けんかい》といわれた周五郎だが、右の発言など、その対極にある「妙に意地悪いシン」をみせた一例といえないか。当人いうところの甲州人気質というのか、それともこれが曲軒の曲軒たる所以なのか。「女をあてがってみれば」など、女衒的な人間認識ではないか。

周五郎に「曲軒」という愛称をつけたのは、尾崎士郎である。今井達夫の回想によれば、昭和四、五年頃、尾崎士郎が今井宅を訪れ、〈大阪の新聞にたのまれて、馬込住人（いわゆる「馬込村・空想部落の人々」）のひとりひとりに軒号や亭号をつけて〉みたい、」というのがその〝用件〟だったという。〈「これはどうかね？」私の出した原稿用紙に山本と書いて曲軒とつづけた。「これはいい。傑作です」私は得意げに悪戯っぽい笑いをうかべている士郎の顔を見返しながらうなずいた。「そうかね、しかし山本は怒らんだろうか」「いや大丈夫でしょう。むしろ、これで何か会得するところがあると思いますよ」「そうだろうか、それならばいいが。なんなら俳句をひとつつけ加えよう。秋風や曲りくねりて来りけり」「いや、そんな必要はありません」私は士郎の顔を見てニヤリと笑った〉（『評伝・尾崎士郎』今井達夫）。

ところで山梨県が生んだ作家といえば、周五郎のほかに飯田蛇笏、青柳瑞穂、中村星湖、木々高太郎、村岡花子、熊王徳平、菊島隆三、土橋治重、村松定孝、石原八束、深沢七郎、中沢新一、林真理子らがいる。こうした作家に周五郎が指摘する甲州人気質はみられるのであろうか。太宰治や井伏鱒二は甲州を愛し、甲州を舞台にした作品を書いている。ただその太宰までが、甲州女についてある種の偏見をもっていたという話を聞くと、文学と風土との関係、気質、県民性を考えなければならないかもしれない。評伝『山本周五郎』（上巻）で、木村久邇典は甲府出身で泉鏡花研究で著名な上智大学教授、村松定孝の一文を紹介している。〈（太宰治は）甲府に疎開中は、「お伽草紙」の原稿を書いていて、その話の筋を私に語ってきかせたりした。カチカチ山の兎は意地の悪い女性で狸はお人好しの男性であり、狸が兎を恋うてさんざんなぶられ、最後に泥の舟にのせられて沈められる。兎は恐ろしい妖婦だという解釈で「ずいぶん悪く兎を仕立てたものですネ。何かモデルでもあるんですか」と訊ねたら「うん、甲州の女は皆んな兎だ」と答えた。甲府生活には、よほどまいっていたらしい〉（『近代日本文学の系譜』）というものである。

『文学における原風景』や『文学の原像を求めて』さらには『現代文学風土記』などの著作で風土や歴史と文学や人間の関係を文明史的にえぐってきた奥野健男は、〈土俗的で地方的で特殊な風土に密着し、もっとも深く濃く描いた作品の方が、はじめから共通の人間性や一般性をめざした作品よりかえって強烈な存在感で、普遍的であり根源的であるように思える。つまりもっとも風土的な文学こそ、もっとも普遍性、超越性、永遠性を持つ文学であると言うことができるのではないか〉（『現代文学風土記』）という。そして日本文学を世界文学にたとえるならばと仮定し、山梨県をも含む中部山岳地帯の文学をゲルマン系文学と規定している。

奥野健男が『太宰治論』と『山本周五郎』と『室生犀星』の著者であることと、常に「東北地方、中部山嶽地帯や北陸地方の出身」の文学者を鑽仰してきたことにも整合性がある。これらの地域は、弥生文化、古墳文化の上に立ったいわゆる天皇家中心の日本国家観からみれば、従属せぬ蛮族の住む敵地、皇化の及ばぬ〝化外の地〟であった。縄文文化が熟成し、もっとも強く根を下ろしたこれらの地域からは観念的、抽象的、個性的、呪詛的な性格をもつ文化、芸術が生まれた。

山本周五郎をイメージして以下を読まれたい。

前九年の役の安倍氏、後三年の役の清原氏、平泉の藤原氏、さらには伊達、最上、南部、津軽、相馬、佐竹などの諸氏も、ぼくには東北蝦夷の縄文文化的〝化外の民〟の独立意識を継承し続けた独立王国のように思われる。（略）正統的日本歴史とは異質の縄文的文化、つまり原日本的文化が、別箇の反逆的歴史が、近年まで残っていた地域なのだ。（『現代文学風土記』）

弥生以後の日本人の画一性、即物性、平面性、外向性とは違う性格を持っていた。このいわば北方的とも言える性格が、日本の近代化において、単なる近代技術の輸入、模倣にとどめず、それに抵抗しながら、それを独自に内面化し、思索的に立体化し、深化、血肉化させた。（同前）

これらの引用文の中からも、周五郎を連想させるキイワードのいくつかを掬うことが出来るだろう。内面的、内向的、観念化する深部への思考、伊達藩で寛文事件といわれた原田甲斐の騒動（『樅ノ木は残った』）、北方的ともいえる性格＝北方指向、等々である。周五郎は木村に「南国より北国のほうが好きだ」と、よく語ったという。〈「北ぐにはいいな、わたしは南国よりも北ぐにが好きだ。なり物の豊富な土地は人間を怠惰にする。凜冽な風土に耐えてなにものかを生みだそうとするのが人間の努力というものなんです。北欧と南欧の文学を比較すれば一目瞭然じゃないですか」と山本はいった〉（『素顔の山本周五郎』）

これは章を改めて詳述するが、周五郎が愛読した北欧・南欧の作家に、ストリンドベリィ、アルフォンス・ドーデ、シャルル＝ルイ・フィリップ、ドストエフスキー、イプセン、ハウプトマン、アナトール・フランスがいる。(アメリカ文学ではヘミングウェイ、サローヤン、フォークナー、スタインベック、ノーマン・メイラーがいる。作家の別所真紀子も、ヘミングウェイの周五郎への影響を私信で伝えてきた)。

北方指向に関してはその通りであろう。近代絵画の展開は、絵画が色彩の強度と明度を獲得してゆく過程、即ち絵画の「南方化」の過程に同調している。たとえばピサロは亜熱帯の島セント・トーマス島の、セザンヌは南仏プロヴァンスの生まれだった。マネは少年時代に南米航路の見習水夫として熱帯を知り、モネはアルジェリアで軍務に服し、アフリカの太陽を経験した。ゴッホやゴーギャンは、アルルからタヒチへ向けて出発し、「熱帯のアトリエ」を構想した。ピカソやブラック、マチス、ドランらは、アフリカの未開芸術の影響を受けた。わが国では土方久功、福井爽人。「治癒の場としての南島」という観念が蔓延した……。

文学者も「南方志向」が圧倒的であろう。ランボー、ボードレール、スティーヴンソン、D・H・ロレンス、メルヴィル、アルトー、ミシェル・レリス、ロレンス・ダレル、中島敦、島尾敏雄……。国文学者の山田昭夫は、有島武郎・小林多喜二・本庄陸男・島木健作・久保栄とつづく北海道の文学者を「悲劇的精神系譜」「精神の北方性」と名付けた。このあとには伊藤整・船山馨・八木義徳・原田康子・小檜山博らがつながろう。

周五郎の北方指向には本人が吐露する〝凛冽な風土〟への憧憬ないしは希求があろう。それに私は加えたい。北とは狷介、孤高、高邁、孤独。湿潤を拒み、垂直に直立する凛冽なる精神の謂《いい》だと。美術評論家の奥岡茂雄は、「静謐、深淵、幻想、神秘」といった言葉にも北方の気配を感受している。

風土と文学の関係について少し踏み込み、考えてみたい。〈おれは関西から西の人間とはつき合わないことにしている。この狭い島国の日本で、あんたの生まれは何処だ? などと聞くのもおかしな話だが、もしそう問われたら、おれは山梨県出身ということになっているんだが、東京っ子だと答えることにしている。四つの歳に東京に出てきて、甲州へ帰ったのは数えるほどしかなかったし、八つのとき横浜に移って十四の年に東京のまん真ん中の木挽町の質屋に丁稚奉公にあがって、ずうっと東京で育った。つまり人間の精神の形成期を、東京の下町で過ごした。だからおれは純粋の東京っ子だと思っている。ミミッチイ考えをする奴らはでえきらい。エンガチョだ〉と周五郎は言うのだが、世間話の冗語だとしても、「純粋の東京っ子」云々は無理があろう。ミミッチイ考えを嫌悪するのは別に東京っ子＝江戸っ子と限ったことではない。ここには思想を豊かに育んでいくための契機も衝迫も皆無である。「東京＝都市は可能であるか」とか、「東京＝日本とは何か」と、かつて民俗学者の柳田國男が自問した〝民俗的アイデンティティ（自己同一性）〟にかかわる生産的な問いが存在しない。

その上で、私はいま一度、作家にとって〈風土〉とは何かということを考えたい。拙著『寂聴伝良夜玲瓏』（白水社）で私は次のようなことを書いた。〈「原風景」という言葉を作家にとっての文学の母胎とする論考を、文学理論にまで練成したのは奥野健男で、文学者の思想や気質や美意識、文学作品の基調となっている作家の内的イメージ＝深層意識は、その生まれた故郷の風土や風景と密接にかかわりあっているという。奥野は一九六二年に死去したフランスの文芸評論家・哲学者であるガストン・バシュラールの空、火、水、大地の物質の想像力論やヨハン・ホイジンガーの『ホモ・ルーデンス』の遊戯論などを引き、文学や芸術が自己形成空間といえる風土や風景に支えられて、はじめて成立すると考え、その作家の魂に焼付いて、永遠に離れなくなった原風景の『核』＝想像力の源泉にある《原イメージ》を剔抉したのである〉。

〈太宰治にとっての『思い出』の中の、たけに連れられて行ったお寺の御絵掛軸の無間奈落。坂口安吾の『ふるさとに寄する讃歌』の少年の日、寝ころんだ砂丘から見た沁みる蒼空、透明な光、風、波、空気。それらがよく知られている太宰や坂口の《原体験》である。作者に限らず、人は誰もが自分の内部にそれぞれ固有の《原体験》を持っているものであろう。「幼少年期の、さらには青春期の自己形成空間として深層意識の中に固着し、しかも血縁、地縁の重い人間関係もわかちがたくからみあった、彼らの文学を無意識のうちに規定している時空間、それを象徴するイメージを《原体験》と定義したい」(奥野健男『文字における原風景』)〉

私はつい数年前まで、「県民性」などというものは、非科学的な妄想として頭から否定していた。占いや血液型、風水信仰を馬鹿にし、無視してきた。だから周五郎の「甲州人＝面従腹背、吝嗇、依怙地、偏狭」説にも猛烈に反撥した。だが「県民性」に関しては今では一理あるものとして認めている。よくよく考えれば、日本も明治のはじめまで長い封建制度の政治体制によって、各藩が閉鎖的な独立国のように続いて来たのは歴史上の事実である。藩ごと、国ごと、県ごとに気風、習慣、風土が浸透し、ある種の気質が形成されていくのは当然であろう。

そこで奥野健男の〈山梨〉観である。

山梨県――甲斐の国は、信濃に続く山国だが、甲州人の気質は信州人とかなり異なる。戦国時代は武田家が繁栄を誇ったが、武田が滅亡してから、大名が置かれず江戸時代ずっと徳川幕府が天領として直轄し、三百年間圧政を続けたのも、またその反動としての武田信玄への伝説的な渇仰も甲州人の気質を形成する大きな原因になっているかもしれない。甲州人は加えられて来た政治の圧力に、経済を制することによって反逆しようと企てる。甲州商人と言われ明治以後、有名な経済人は多いが、文学や文化教育には全く無関心のようであり、出身の文学者は少ない。東京に近く、ひとつの文化圏を成立させることが困難なのかもしれない。(『現代文学風土記』)

山本周五郎について同書の記載しているところを引く。

たえざる精進と不屈の文学的向上心によって「日本婦道記」あたりから、高い文学性芸術性を帯びはじめ「樅ノ木は残った」によって純文学評論家にも絶讃され、「青べか物語」「赤ひげ診療譚」「虚空遍歴」「ながい坂」などで多くの熱烈な愛読者を得、周五郎ブームをつくった。その作家魂と精進ぶりにより大衆作家から純文学を超えた稀有の文学者である。曲軒とあだ名のある人ぎらいであったが、「落葉の隣り」「その木戸を通って」など短篇にまことに心をうつ芸術的な作品があり、ここに周五郎の本領がある。幼少の頃山津波で家が崩壊した悲惨な体験もあり、殆んど甲州に帰らず甲州を忌避していたが、その既成の文化的権威に屈せず大衆文学と庶民を愛した狷介さは典型的な甲州人と言えよう。(同前)

昭和三十八年ごろ、朝日新聞は「新・人国記」シリーズを企画、連載したが、その山梨県を担当したのが、社会部の疋田桂一郎である。木村久邇典から、周五郎に関する予備知識を仕入れてから、周五郎を訪れた疋田は後に、「僕が会った山梨県人のなかで、断然甲州人の体臭の濃い人物でしたね——あらゆる意味で。とにかく一番印象が強い人だったなあ」と木村に報告したらしい。因みに疋田は甲州人の特徴を、「乱世の英雄」「一匹おおかみ」「忍耐づよく執念深い」「恐ろしく巧妙」「俊敏」

「精力的」「荒々しく骨太」「逆境に屈しない」「時には手を汚してでも、たくましく生きる」と、とらえている。

疋田桂一郎はのちに朝日新聞の第一面「天声人語」のコラムで、その名を知られることになるが、さすがに人間観察においても鋭い。周五郎を評しての「断然甲州人の体臭の濃い人物、あらゆる意味で」という言葉は、私の直観でもある。それでは周五郎の「語り部」木村久邇典は、その辺をどう見ているか。断定的な言及はないが、彼のみが直接、体験した挿話を紹介しておこう。


わたくしが若尾をたずねてもっとも強く感銘したことは、このあたり一帯こそが武田発祥の地であり、一木一草にいたるまで、武田の悲史を、今日に語りつたえようとしているかのごとき山河のたたずまいや、ひとびとの気風であった。織豊、徳川をとびこえて、いまなおこの地の人々の胸奥には〝武田〟が根ぶかく息づいているのである。(『山本周五郎』上巻)

「おれはキリストだぞ」という声がわたくしの耳の奥で聞こえた。晩年の山本周五郎が、横浜市中区間門《まかど》の仕事場で、杯をあげながらわたくしに語った言葉である。半分はもちろんジョークの響きがこもっていたが、そう言い切ったときの周五郎の目にはらんらんとした光があった。

馬小屋のかいば桶のなかで生まれたという赤ん坊のキリストと、斉藤まつ《の》能家の物置き小屋で出生したというみどり児周五郎の映像が、わたくしの内部のもっとも奥深いところで、感動的に重ね合わせられた。

周五郎の物置き小屋誕生説は、あるいは里びとの誇張した語り草ではあるまいか。成功者に対す

るジェラシーといく分かの尊敬をないまぜて、庶民はこの種の多くの伝説を語り継いできた。（同前）

予言者は常に故郷には入れられない。周五郎には生涯、甲州の人々に、石をもて故郷を逐われたという被害者意識のようなものが、こびりついていたという。敏感すぎるほど敏感な周五郎が、不遇、屈辱感から深く鋭い傷を心に負い、山梨を離れたことは疑いない。「故郷」とは、己の存在の根としての観念的命題である。それを奪われた周五郎にとって、「甲州」とは愛憎併立感情の奔騰する用語、用字であった。周五郎の狷介、反骨の魂の基底には、「ふるさとよ、汝を愛し、汝を憎む」（太宰治）のエートス（情念）が横溢しているように思われる。

# 第二章　二人の恩人

いかなる評伝も、まずその伝記が扱う人物の出生証明から始まるのが普通である。しかるに周五郎はめったに過去を語らなかった。とくに幼少のことは、自分の子供たちにさえ話そうとしなかった。ために、その時期の情報が年譜からは欠落している。それを木村久邇典のように、「意識的に前向きであろうとしたのである」、「おのれの過去をめんめんと語るなんぞ、照れ臭くてとてもとても、といったことも理由のひとつであったろう」などと判断して通過すると、さまざまな齟齬《そご》を来たすことになる。講談社版『山本周五郎全集』の年譜製作の仕事を担当した木村に、「僕の前歴調査は、年譜のために語る範囲で勘弁してほしい」と、周五郎は何度も念を押したという（傍点・筆者）。そして己れの出生地初狩に関して一言半句も生涯語らず、初狩という故郷を峻拒しつづけたのである。

歴史家の菊地昌典と文芸評論家の尾崎秀樹が対談した『歴史文学読本―人間学としての歴史学』（平凡社）のなかに、「山本周五郎　静止した歴史空間」という章がある。副題の意味するところについての私見は、後に周五郎の歴史観、歴史像で詳述するとして、ここでは「故郷」に関しての二人の発言をみておきたい。

**菊地**　常識的な意味での歴史観、つまり時間空間のある一定の流れの法則性であるとか、その流れの中での社会構造の変動とか、そういう歴史観というのは、山本さんにはたいへん欠けている部分だと思います。しかし、その欠けている部分を超越した時点で、人間の哀歓はいかなる時代をとっても共通しているという確信が、すべての作品に流れている（略）山本さんの出生ということが決定的だと思うんです。これほど自分の出生とその体験が文学のあり方を規定した作家は珍しいんじゃないでしょうか。

普通の作家には、大学で仏文をやるとか露文をやるとかが、かなりの影響を及ぼすだろうが、山本さんの場合は家系をたどれば武田の豪族の一味である、名門の末裔であるということ。彼はそれを誇っていたにもかかわらず、質屋の小僧にならなければならなかった。だから、木村久邇典さんの年表を読んでいると、言葉はおかしいですけれど、かなり学歴詐称のようなこともいっていますね。

**尾崎**　私も年表を手がけてみて、いくつかの事実との食い違いにぶつかり、当惑したことがあります。

**菊地**　出生とか家系とかいうきわめて古い意識と、彼が庶民の世界にどっぷり身をひたして書きつづけたということ、考えようによっては奇妙な結合です。そこがまた山本さんの魅力にもなっているんでしょうが。

『評論　山本周五郎』という著書もある尾崎秀樹は、対談のなかで、〈そんなこと（註・出生地の虚偽）何も隠す必要はないだろうと第三者は考えるのですが、これは山本周五郎にとっては重大なキーともなる問題で、（略）作家は、苦難を乗り越える、それにうちかつことによって、自己をつくり上げていくわけでしょうが、山本周五郎の場合は郷里をふりむかないというかたちでそれが出てくる〉とも語っている。周五郎が、〈ぼくは山梨県人ではない。しいて言うならば、下町で育った東京っ子だ。なんとなれば、少年から青年にかけての精神形成期を、東京の木挽町で育ったからだ。そして第二の故郷は、幼少年期を過ごした横浜だ〉と語ったことは広く知られている。東京の下町っ子、横浜人とみられることで、ある種のアイデンティティないしはステータスを得るとでも錯覚したとしか思えない。そんなことで鬱屈する内面が救済されるものであろうか。

というのは周五郎が上京した明治四十年の東京は、人口が膨張しつづける巨大都市の典型であったからだ。笠原伸夫の『文明開化の光と影』（新典社）の第五章「都市流民の夢」の一節「故郷と異郷」によれば、〈近代産業社会を形づくる条件の一つとして、都市の人口増加は不可避〉で、膨張部分を支えるのは、〈その日ぐらしの職人や行商人（棒手《ぼて》振《ふり》）たち〉、あるいは〈疲弊する農村から流入する細民層〉であった。

たとえば天保十四年七月の〈出生地別人口統計〉によると、江戸生まれは、三十八万八千余人であるのに対して、他所出生者は十六万五千余人を数え、三十六パーセントが流入者であったという（豊田武『日本の封建都市』）。この傾向は明治に入ってからも一層加速される。明治二十一年、百二十九万八千人あまりであった東京市の人口が、明治三十一年には百四十二万五千余人になっていて、実に十二万六千人ほど増えている。（『第二回大都市比較統計年表・昭和十三年』）この間、郡区の区画改正があり、行政区域が拡大してはいるものの、過密化の進行は急速であった。（『文明開化の光と影』）

明治四十（一九〇七）年、周五郎は四歳だ。八月二十五日、早朝の大雨による山津波で住家をつぶされ、祖父伊三郎、祖母さく、叔父条次郎、叔母せきを喪った。父は上京中だったので、母に伴われて、東京へ出て、王子に転居している。四十三年、東京府北豊島郡王子町豊島の豊川小学校に入学……。この頃の東京の人口は二百万人余。大半は流民という形の離郷者で、東京を故郷とする者はそんなに多くはないというデータが残されている。

> 父祖累代の江戸市民は、他所出生者たちによって占有され、文化の質まで変わってゆく故郷としての東京のありさまに苛立ち、そこから逃げ出してしまう者すらあった。生粋の江戸町人、日本橋生まれの谷崎潤一郎にみられる関西移住の思想的動機は、膨張する首都への愛想尽かしにほかならない。谷崎は本籍地から墓まで関西に移してしまっている。（同前）

周五郎が「下町で育った東京っ子だ」と胸を張るとき、これら元々の東京地元民の反応は冷水を浴びせるていのものだろう。磯田光一の『思想としての東京──近代文学史論ノート』（国文社）が、そのさまざまな反応を収録している。明治三十年代以後、「下町」は自らの危機を意識せざるをえなくなる。かつて〝誇り〟であった東京っ子という存在は、〝誇り〟たりえなくなる。谷崎潤一郎、芥川龍之介の世代は、この問題を背負って生きなければならなかった。磯田は、〈あたかも地方人が東京を「中央」とみて地方性を恥じたように、こんどは東京の地元民が「下町」に感性の根をもつことを知りつつ、「下町」を微妙に羞恥しはじめるのである〉（『思想としての東京』）という。谷崎潤一郎は、こう書いている。

同じ人間でありながら、自分はなぜこんな貧民に生れて此世間のどん底を出発点としなければならなかつたのか、自分はどうして運命の神からハンデイキヤツプを附けられて居るのか、思へば思ふほど章三郎は業が煮えてたまらなかつた。それも自分が陋巷に生れて陋巷に死するにふさはしい、頭脳の低い、趣味の乏しい無価値な人間ならば知らぬこと、かりにも最高の学府に教育を受けて、将《まさ》に文学士の称号を得んとしつゝある有為の青年である。（『異端者の悲しみ』）

東京も浅草生れの円地文子にとって、かっては東京の西半分へ行くことは「都落ち」と同じであった。現在、東京の西半分から東側に来るのがかえって「都落ち」とみえかねないのと、ちょうど逆の現実が大正時代まで存在したことを円地文子『川波抄』の一節は物語っている。「何しろ新宿界隈に原っぱのあった大正中期頃のことで、町はあったにしても下町育ちからいうと半分田舎落ちの感じであろう」（磯田光一『思想としての東京』）

孤高にして狷介、そして博覧強記の山本周五郎が、〈東京生れの谷崎潤一郎が関東大震災後に関西にのがれて感受性の安定をはかり、永井荷風や石川淳が地方人にたいして強固に武装しながら〝下町〟の江戸文化に固執し、さらに小林秀雄、永井龍男、福田恆存、中村光夫らが、東京の近代化に絶望して鎌倉方面に〝第二の江戸〟を求めざるをえなかった〉（『思想としての東京』）ことを知らなかったはずはない。〈住居の選定も人間生活の上では、最も広い意味での表現である。それはひょっとしたらイデオロギーの表皮の下にある感受性の質にまで関係があるのかもしれない〉（同前）ことは、何より周五郎によって自覚されていたと私は考える。〈小林秀雄は人から江戸っ子といわれると、いつも苦笑いをするといい、また自分を江戸っ子だなどと思ったことは一度もないと述べている〉（『文明開化の光と影』）。

ストリンドベリイの〈苦しみ働け、常に苦しみつつ常に希望を抱け、永久の定住を望むな、此の世は巡礼である〉を座右の銘とし、〈予は貴方を礼拝しつつ巡礼を続けよう〉と決意した周五郎の「故郷喪失の永久漂泊者」の理念が、「下町っ子」と自称することで満足することを訝る所以である。私が久しく周五郎に抱いてきたのは、たとえば「帰郷」（萩原朔太郎）における玄冬のただなかにおける荒涼とした想念である。

嗚呼また都を逃れ来て
何処《いづこ》の家郷に行かむとするぞ。
過去は寂寥の谷に連なり
未来は絶望の岸に向へり。
砂礫《されき》のごとき人生かな！
われ既に勇気おとろへ
暗澹として長《とこし》なへに生きるに倦みたり。
いかんぞ故郷に独り帰り
さびしくまた利根の岸に立たんや。

因みに周五郎が豊島の豊川小学校に入学した明治四十三（一九一〇）年、パリではライナー・マリア・リルケの『マルテの手記』が完成、出版されている。冒頭の書き出しは、例のあまりにも有名な、〈人々は生きるためにこの都会へ集まって来るらしい。しかし、僕はむしろ、ここではみんなが死んでゆくとしか思えないのだ。〉（大山定一訳）というフレーズである。

明治四十年の秋、周五郎は母のとくに背負われて、すでに上京し、東京府王子町豊島に居を構えていた父逸太郎のもとに赴いている。そこで学齢に達して、四十三年四月、小学校へ入る。引けば四、五行ですむ記述だが、これも実は断定するわけにはいかない。〈校名は覚えているけれども、忘れた、ということにしてくれたまえ。数ヵ月しか在学しなかったので、受持の先生なんかは全然記憶がない〉と周五郎が生前語っているからだ。これだけを頼りに昭和五十一（一九七六）年の暮れから木村久邇典の探索が開始される。その情報にしても、「無意識的、意識的な食言があまりに多い」周五郎のことだ、どれほど信用してよいかわからない。それに明治四十二年六月、清水逸太郎家が居住していたという王子町豊島二六二五番地が、七十数年を経た昭和の世まで、おそらく何度か町名や番地を変更したかもしれないではないか。

木村は東京都庁、北区教育委員会、北区立図書館等々と、予想されるかぎりの故地を訪ねる。「なるほど、調査というものは、こういうふうにするものなんだな」と私は感心したり、その執念に頭が下がるなどして、心は乱れるが、今は亡き故人の成果を謹んで拝受させていただくことにする（木村久邇典『山本周五郎の最初の母校』小峯書店）。即ち〈周五郎が母とくと上京した期日を、明治四十年八月二十五日の寒場沢水害以後から、明治四十二年六月十七日、つまり周五郎の実弟潔が、東京府北豊島郡王子町大字豊島二六二五番地で誕生するまでの間と推定する〉という結論である。

なお、木村の人徳なのか、「国民的作家」周五郎の余徳のせいか、関係各省庁は、どこも、〈手数のかかる面倒なわたくしの依頼を、こころよく容れ、資料室が引っ越し中であるにもかかわらず、くわしく調査してくれた〉（木村）という。役所に対する私の偏見を改めねばなるまい。

豊川小学校は大正十二（一九二三）年の関東大震災で焼失。現在、学校に保存されている入学生や卒業生名簿には、周五郎の本名、清水三十六《さとむ》の名は見当たらない。当然周五郎の成績表も、六年生のとき作ったという回覧雑誌もすべてが灰になってしまった。

自伝を書かず、己れについて語ることの少なかった周五郎だが、「昔のままの石垣——ふるさとの学校」は、そのことを越えて、生涯を決定した「出来事」を描き、貴重な一篇である。

> 横浜市西区にあり、西前小学校という。私のころは木造二階建で、正門は北にあった。写真にみえる石垣だけがその当時のもので、四十余年の風雪に削られた石どもは角がまるくなり、隙間ができ、崩れかかって、そしてぜんたいに苔むしている。
>
> 私は二年から六年までお世話になったが、二、三年の担任であった水野実先生は、終生の恩人の第一人者である。というのは、三年生のときに先生から「小説家になれ」といわれ、それが私の一生を決定したからである。先生は若死にをされ、故郷の小田原在曾我村鬼柳の墓地にねむっておられるが、——校長は夏目漱石そっくりの風貌をした高橋先生（註・正しくは、和田校長）。少し出っ歯であられた唱歌の浅見先生。学校をやめて炭屋になった鈴木先生。算術を教えるよりも、平家物語を身振りおかしく語るほうを好まれた田辺先生、などが記憶に残っている。

私は六年生のとき回覧雑誌を作った。自分で表紙を書き、扉絵に詩（？）を書き、級友の作文や図画を集めたもので、たしか五、六冊は溜ったと思う。卒業のとき校長先生から「参考にするから寄付せよ」といわれ、よろこんで学校へ残したが、大正十二年の震災で、校舎もろとも灰になったそうである。

――戦後に横浜へ住むとすぐ、この学校を訪ねたが、古い先生がたや旧友の消息も知れず、ただ昔のままのこの石垣を見て、なつかしいというより深いさびしさのようなものを感じた。いまでも月に一度ぐらいは、この石垣を見にゆくのである。

（『週刊朝日』昭和三十五年五月）

〈取材調査を通じて、わたくしはひとつの発見をした〉と木村久邇典が書いていることは、私たちの（少なくとも私の）盲点を剔抉するものではないだろうか。周五郎が描く「下町もの」、〈たとえば名作「並木河岸」の背景は、主として深川平野町、深川扇町であり、他に相川町、竪川、枝川、新高橋、猿江橋、四ツ目橋、永代橋などが描きこまれている〉。

わたくしはこれまで、山本周五郎の〝下町もの〟を、単に、下層階級の市民が多く登場する〝庶民もの〟と解釈して割り切っていはしなかっただろうか。これらの〝町〟たちは、同時に低水位地帯にあることを見逃していたのではなかったか。（『山本周五郎』上巻）

これは小説を読んだだけでは、うっかり見逃がす視点である。北区立図書館で『北豊島郡誌』を手にとった木村の探索行が役に立っているのだ。『北区年表』が「明治年間最大の洪水」が襲った岩淵町、王子村の諸工場が浸水のため休業を余儀なくされた情況を記録している。一帯は低湿地で、標高は九十五センチメートルないし六十センチメートル。大洪水のときは平地面出水一丈六尺（四メートル八十センチ）というからその浸水被害の甚大さが想像されよう。このときの洪水被災が、清水一家の横浜移転への直接の原因にもなったといわれる。周五郎の回想では、この洪水で教科書を流されてしまい、父の逸太郎が教科書を借りて筆写してくれたという。〈父はなかなかの能書家であったらしい。

昭和五十一年十二月二十五日、木村久邇典は、周五郎の最初の母校、豊川小学校を見に行こうと東京都北区王子町へ赴く。もっとも前述したように学校は大正十二年の関東大震災で焼失してしまっている。往年の趣を偲ぶしかない。豊川小学校は明治八年十月、開設された。『北豊島郡誌』から摘録する。〈小学校の児童の如き男女ともみな袴を用ひ、雨日蝙蝠傘を携ふるもの割合に多くして、全数の三分の一なるべし。（略）明治三十七年の児童数が百五十一名。十四年後の大正七年には千十二名。四十二年には二教室が増築され、運動場六十一坪がつけ加えられた〉。周五郎が入校した当時の豊川小学校の概要である。木村の感想を引いておこう。

山本さんが意識的に（わたくしにはそう考えられた）、ひとに秘匿した最初の母校や、住んでいた場所を、実見してきたわたくしは、すこし昂奮していた。（『山本周五郎の最初の母校』）

わたくしは、あの豊石橋たもとの石神井河畔にたたずんでみて、山本さんが少年時代に、低水位地帯に住んだ体験と記憶が、確固とした〝下町もの〟の基盤となって、作者の内部に生き続けた〝実感〟であることを現実に感じ取ったのであった。わたくしには、大きな、新しい〝発見〟であ

った。(同前)

周五郎は大正五(一九一六)年、西前小学校を卒業する。級友のひとり、村田汎愛《ひろえ》(関東学院高校部教頭)が、「級友のなかでは、周五郎君と私と、青江一郎、町野敬一郎、桃井達雄の五人が仲よしでした。桃井君は級長で有望な少年でしたが、流行病で早世してしまいました。桃井君のお姉さんというひとが、周五郎君を大変かわいがっていて、震災後、彼が関西へいったとき、須磨に住んでいたこのお姉さんのところで、世話になったということでした」と、昭和四十三(一九六八)年九月の中旬、横浜市金沢区六浦の関東学院を訪ねた木村久邇典に思い出を語っている(『素顔の山本周五郎』)。

この村田の語ったことは、周五郎の文壇処女作「須磨寺附近」成立の事情でもある。即ち大正十二年九月、東京で関東大震災に罹災し、勤務先の「きねや」質店焼失という憂き目に遭った周五郎は関西に新天地を求め、小学校時代の級友桃井達雄の姉木村じゅんの婚家先であった神戸市須磨区中今池に寄宿し、雑誌記者を業としながら文学修業に励む。その時の体験にヒントを得て執筆、「文藝春秋」(大正十五年四月号)に懸賞小説当選作として掲載されたという経緯である。人妻との恋のアヴァンチュールを通じて、女性という不可思議にして妖しい人間像を、青年の視点で描ききっている。

西前小学校で四、五年の担任であった水野実から、「小説家になれ」といわれたことが自分の一生を決定した、だから終生の恩人の第一人者だと周五郎はいう。村田汎愛によれば、〈水野先生は神奈川師範を卒業後、すぐ、西前小に赴任された若手の先生二人のうちの一人で、ひ弱そうな体格に似ず、ランニングの名手〉(『素顔の山本周五郎』)だった。その村田は山の手から通学していた税関官吏の息子で、クラスでは周五郎とともに副級長を務めた。級長、副級長は学校側からの任命制ではなく、生徒間の人気投票（選挙制）であったという。周五郎はそれなりに級友から支持されていたことになる。
ただ山の手と下町の子供たちの間には、漠然とした対立・反撥感情があった。村田汎愛の祖母が、子供たちを集めては何かとご馳走をするのが好きなこともあって、村田は周五郎を自宅によく連れていっている。「周五郎君は、自分の家の職業なんかも決して話さないので、長いこと彼の家の商売を知りませんでした。たった一度だけ、家の前へつれていかれたことがあるんですが、どうしてもうちへあげようとはしませんでした。周五郎君としては、自分の家は貧しいと思いこんでいて、その貧しさを私に見せたくなかったのでしょう。おれは山の手はきらいだ、というのも周五郎君の口ぐせでした」と、村田は往時を回想している。（『素顔の山本周五郎』より要約）
村田の記憶では、西前小学校を卒業してから、周五郎は県立横浜第一中学校（通称・神中。現在の希望ヶ丘高校の前身）へは進学しなかったという。
〈周五郎君は神中に短期間在学したと云っているけれども、彼は入学試験そのものを受けなかったと記憶しています。受験すればもちろん合格できる学力は十分ありましたが、家庭の経済的な都合で上の学校へは進めなかったのでしょう。西前小の児童の家庭は、庶民的な家が多く、中学へ進学する子供の数は極端に少なかったのです〉（同前）
神中へ入学したか、否か、これも年譜にまつわる謎の一つである。生前の周五郎は「西前小学校を卒業すると、神中へ入学したが、一学期だけで中途退学し、東京・木挽町六丁目の山本周五郎商店（きねや質店）へ、徒弟として住み込み奉公をするかたわら、夜間の正則英語学校や大原簿記学校へ通った」と、ひとに語り、各種の自筆による〝作家略歴〟にも、「神中中退ののち、新聞・雑誌記者を経て、作家生活に入る」と記録されている（木村久邇典『山本周五郎上巻』）。

周五郎は退学の理由として木村に、「一学期で中退したのは、その短時日のうちに、中学校教育というものが、どの程度のものなのかを理解することができたので、なにも高い授業料を払ってまで、五年間も通学する必要がないと悟ったから」と語ったらしい。さらに神中時代、教練のお抱え教師だった所帯やつれのした後備役の陸軍特務曹長が、いかに融通のきかない人間であったかを、面白おかしく語って聞かせたという。

ここに至ってさすがに木村久邇典も異議申し立てをしなければならなくなる。〈山本の追懐談は、時間的にあきらかに辻褄が合わないのである〉。なぜか。〈全国の中等学校・師範学校・高等専門学校および大学に、軍事教育が実施されたのは、大正十四年四月一日以降のこと〉だからだ。

周五郎と最も親しかった級友で、大学では英文科に進み、戦後、英文学を講じた篤学の学者・村田汎愛も前述した通り、周五郎は短期間在学どころか入学試験そのものを受けなかったと言明している。いま一つ決定的な出来事があった。木村の『素顔の山本周五郎』から、引用しよう。

わたくしは、昭和三十八年の初夏、「レストラン・ニュー不二」(桜木町駅のちかく)で開かれた山本さんのクラス会でのひとこまを、まざまざと思い出した。村田(汎愛)さんは遅刻して来たので、その場には居合せなかった。級友のひとりが、おれたちのクラスで神中へいったのは、ダレソレとダレソレだったっけと三人ほど名前をあげたなかに、山本さんははいっていなかった。そのとき、山本さんは生ビールのジョッキを音をたてて卓におき、一同がびっくりするような大声で云った。「いや、おれは神中に行った」そして出席者の一人を指さして、もう一度にらみ据えるようにして云った。「〇〇君、きみは知ってるな、おれが神中へいったことを」

座はそのために、瞬時、しらけたようであった。短い沈黙があり、それは山本さんの発言を肯定したようにも、また否定しているようにも思われた。

級友たちはともに六十歳の人生の達人同士である。ひと呼吸おいて、ひとりの級友が気分を転換する口調で別の話題を提出し、話柄はそっちのほうへ移った。（引用者註・新潮文庫『素顔の山本周五郎』一六七ページに、この時のクラス会の写真が掲載されている）

周五郎が口ぐせのように、「自分には学歴コンプレックスはない」と断言していたことは、彼の担当であった新聞の記者や出版社の編集者たちが証言する。周五郎の仕事場を訪れる記者、編集者のほとんどが一流有名大学の出身者で、一中一高東大卒というのも珍しくはなかった。

「すると、君も一中一高東大卒ですか？」と周五郎はしばしば彼らに訊ねたという。村田汎愛の「学歴コンプレックスと、彼の家庭が貧しかったというひけ目は、終生、周五郎君を支配していたように思います」との発言を紹介しながら、木村久邇典も〈有名校出身者たちをからかったのも、あるいは山本周五郎の、裏返した学歴コンプレックスの現われだったのかもしれない〉と注釈している。

木村久邇典は、中央大学法学部卒。朝日新聞社記者を経て、別府大学、青山学院女子短大教授、ドイツ・トリア大学客員教授を歴任した。エリートである。あるとき木村は周五郎に質問を発した。

「たとえば入社試験をするばあい、先生は大卒者を採りますか、中卒者を採用しますか？」

周五郎は即座にこたえたという。「そりゃあ、ぼくが経営者だったら大卒者を採るな。人間の本性なんて、ペーパーテストや数十分の面接で判断できるもんじゃない。とすれば、九年間しか学校生活を体験しなかった中卒者に較べて、あのつまらない大学教育を、十五年間も辛抱した学卒者は、一応、社会に適合するペーシェンスの所有者だと考えてもいいわけだからね。ぼくは学卒者を採用します」

それでは〈神中を一学期で中退したのは、その短時日のうちに、中学校教育というものが、どの程度のものなのかを理解することができたので、なにも高い授業料を払ってまで、五年間も通学する必要がない、と悟った〉人間はどこで救抜されるのだろうか。

実際はどうだったのか。周五郎が西前小学校を卒業した大正五（一九一六）年は、第一次世界大戦のさなかで、一月に大隈首相が瓶詰入りの爆弾を投げつけられる暗殺未遂事件があり、三月には大杉栄の『労働運動の哲学』が、発売直後に発禁処分に遭う。五月、風紀紊乱のために浅草千束町・日本橋郡代・芝神明の三大魔窟の私娼取締が強化されている。景気は流動的で好況とはいえなかった。三十六少年（周五郎）としては県内随一のエリート校で、〝神中〟と略称されていた神奈川県立横浜第一中学校へ進学することを熱望していた。しかし、それが許されるような家庭の経済状態ではなかった。寒場沢の山津波によって生じた莫大な借財の返済、それに異母弟菊蔵の養育までが、一家に重く担わされていた。進学は断念せざるを得ず、ただちに上京して東京・木挽町の山本周五郎商店に住み込みの丁稚として勤めることを余儀なくされるのである。勤めにあたって、父の逸太郎は、三十六少年の給料の何年分かを、山本店主から前借している。その一事を見ても、清水家の進学どころではない、経済的な困窮が推測される。〈中学にも進めなかった実人生は、思い出すにもミジメすぎて、「中学中退」という幸福な物語を作ったのだろう〉（島内景二『評伝山本周五郎』）。

木村は〈当時の丁稚・女中奉公というものは、何年かの年季があけるまでは、給銀を親権者が前借するというのは、大して珍しくもない風習でさえあったらしいのだが、やがて、その実情を知った清水三十六少年は、どんな屈辱の思いを味わったことであろう。山本作品のいくつかに、自分の承知しない間に、何年間もの給料を先取りされていたという境遇の若い男女たちが登場するのは、作者自身の臍《ほぞ》を実際にかんだ体験によって裏打ちされた、血を吐くような思いで描かれたものなのである〉と受けとめている。

同じことを言うにしても、国文学者、作家の島内景二は、〈向学心に燃える山本は、貧しい生活を打開して息子を中学校に進学させられない父の甲斐性のなさを心から憎んだことだろう。この父は、女性関係にもルーズだったらしい。しかも、山本を奉公させる際に、数年分の賃金を父親が前借りしてしまった。後年、「正しく生きる」ことや「美しく生きる」ことの大切さを説いた山本だが、彼の小説で「理想的な父親像」が描かれることは少なかった。母親を美化した小説は、たくさんある。こんなところにも、少年時代のトラウマが暗い影を落としている〉（『評伝山本周五郎』）と評し、一刀両断という感じの文体は、私などの性にあっているが、周五郎に惚れた弱みのせいもあって、私の筆勢は木村久邇典よりも幾分か島内景二寄りになる。

横山源之助の『日本之下層社会』（明治三十二年）や農商務省商工局の編纂した『職工事情』（全五巻・明治三十六年）は、紡績女工たちがいかに言葉たくみに集められ、毎日十五時間以上の苛酷な労働に低賃金で釘づけにされ、非衛生的な寄宿舎であえいでいたか、また逃亡防止のためにいかなる手段が用いられたか、その虐待の実例を数多く収録している。

大正五年、清水三十六少年は、十三歳。まさか自分の奉公を紡績女工のそれと混同したり、農村から遊郭に身売りされる婦女子と同一視することはなかったろうが、村田汎愛ら級友の何人かが〝神中〟へ進学するのを傍で見て、ある屈辱の思いを味わったことは慥《たし》かであったろう。ともあれ大正五年の〝神中〟の入学生に清水三十六の名が有るか無いかはもう調べようがない。大正十二年の関東大震災で、神中の書類は、「在校生名簿」も含めすべて焼失してしまったのである。

山本周五郎は、西前小学校の授業で「小説家になれ」といった水野実先生を〝終生の恩人の第一人者〟と称し、奉公入りした山本周五郎商店「きねや」の店主山本周五郎(雅号・洒落斎)を〝生涯第二の恩人〟と呼んでいる。二人との出会いは、文字通り運命的なものであった。「清水三十六」が作家として自立し、「山本周五郎」を名乗る契機も、すべてこの邂逅が決定的なものなのである。

# 第三章　三十六少年の夢と失意

大正五（一九一六）年、周五郎は西前小学校を卒業し、上京する。十三歳になっていた。初めての上京ではない。生誕の地、大月市の下初狩から韮崎市若尾への移住には清水家の家運の傾きという事情があった。四歳の時には山津波で住家が崩壊、東京・王子に転居を強いられる。さらに七歳のときには横浜市中区久保町に移り、西戸部小学校へ進んでいる。幼少年期の繰り返される転居は、「故郷」＝「望郷」といった観念を純粋培養する暇を与えることなく、むしろ流れ者（漂泊者）意識、故郷喪失という心情の後背地を形成することに作用していったのではないだろうか。

故郷、出身地、出生地といった日本的な郷土意識が否定的（稀薄）な作家の存在は別に珍しいことではない。少年期の原風景に荒涼とした廃墟や荒野をもつ「故郷喪失者」と、私たちは過去にも現在にも数多く出会っている。歌人の寺山修司は誕生日を二つもち、周五郎と同じく自分の出生地と本籍地を混同していた。物心ついた寺山が母に質すると、母はつは、「おまえは走っている汽車のなかで生まれたから、出生地が曖昧なのだ」と答えたらしい。

しかし故郷という観念はある意味では危ういといえなくもない。故郷という言葉は母、大地、血縁、地縁、紐帯というイメージを直ちに呼び起こす。「故郷回帰」は最も身近なところに引き寄せるならば、母子関係ということになろう。寺山修司が短歌作品で敢行した「母親殺し」（存命している母を亡き母としたり、母を売買したり、姥捨てや老婆として醜悪化した〉は、故郷や、陰湿な風土からの形を変えた訣別宣言というものであった。

安易な故郷回帰現象は、土俗や伝統の見直しといった形をとり、政治、社会、文化のあらゆる分野で滲透し進行しつつある。菱川善夫は、〈人々は、生きるためにも死ぬためにも、今日、「故郷」という棺を新たに必要としているようだ〉と警鐘を鳴らす。〈土俗志向は、思想的なよるべを失った現代の人間が、伝承された形や、もの言わぬ草木にことよせて、あらたな魂の浄化作用をはかるていのものとしか思われない。現代の都市生活者が、無名者の怨念や涙、山河のすだまに身をすりよせ、それを美化しているだけではないのか〉といい、〈文化の回帰現象が権力化していくと、それはちょうど、「日本浪曼派」をうみだした戦前の文化状況に近づいていく。死者の美化、風土の美化、伝統の美化、ヤマトの美化――それらの美化作用による〈近代の超克〉化現象が、人々の意識をも緩慢な形で蝕んでいるのではないか〉と糺すのだ。

菱川が危惧する「死者の美化、風土の美化、伝統の美化、ヤマトの美化」は、農本主義、地方主義、ロマン主義、日本主義、アジア主義といった反動思想＝ファシズムに通底するものであろう。それゆえに周五郎の「故郷」拒否は評価されなければならない、と私は考えてきた。だが拒否するだけで、問題がおわりというわけにはいかない。

山本周五郎という作家は、「反風土幻想」の創出のため、よく険阻な道に挑もうとしたか否か。敗戦後、周五郎がしきりに太宰治に会いたがり、「ヴィヨンの妻」などの作品に大きな感銘を示したことは既に紹介した。木村久邇典によると、《『落葉の隣り』についての平野謙の読後感、そして奥野健男の「山本周五郎はたたきあげた職工だ」という評言には快心のえみをもらしたりした。「だんだんわかってきてくれるんだな。偏見のないひとのほうが、にごらない目でものをみることが出来るんだな」。奥野健男が『太宰治論』の著者であることが、山本さんにひとしおの感慨をさそったようである。「不思議だね。不思議に太宰治ゆかりの人がおれをほめてくれるようになったな」〉（『人間　山本周五郎』）と述べたという。その奥野健男が、〈太宰治が三十九歳で自殺せず、もし生きていたら、山本周五郎のような生き方をしたのではないか。山本周五郎の後期の文学から受ける感銘に近い、感銘を与えてくれる作品を書いたのではないか、とぼくは時々想像することがある〉（『太宰治と山本周五郎』）と発言したことにも既に触れた。奥野健男と三十数年にわたる付き合いがあった私など、さしずめ奥野健男ゆかりの人ということになろう。偏見があるかないか、濁らない目でものを見ることができるかどうか自分では何ともいえないが、以下のような太宰の発言に目を留めると、周五郎の言動とつい比較してみたくなるのもやむをえない。

太宰は家や父母について、〈私の生れた家には、誇るべき系図も何も無い。どこからか流れて来て、この津軽の北端に土着した百姓が、私たちの祖先なのに違いない。私は、無智の、食うや食わずの貧農の子孫である〉。〈私の家系には、ひとりの思想家もいない。ひとりの学者もいない。ひとりの芸術家もいない。役人、将軍さえいない。実に凡俗の、ただの田舎の大地主というだけのものであった（略）この父は、芝居が好きなようであったが、しかし、小説は何も読まなかった。「死線を越えて」という長編を読み、とんだ時間つぶしをしたと愚痴を言っていたのを、私は幼い時に聞いて覚えている（略）この家系で、うしろ指を差されるような愚行を演じたのは私ひとりであった〉（「苦悩の年鑑」）と述べている。

山本周五郎と太宰治に共通する「放棄、犠牲、献身」という精神にたいする寛容と偏執をいま少し補綴するため、一つの補助線を引こう。詩人、評論家の吉本隆明は、高校時代に執筆した初期作品の公刊にあたって、「過去についての自註」なる文章を寄せている。〈未成熟なじぶんの時代を、あばき出された本人にとって、何が感懐となるだろうか?〉と問い、〈羞恥、自己嫌悪、といったものは、過去がすべて羞恥、自己嫌悪の別名にしかすぎないとかんがえているものにとっては、いまさら驚くべきことではない。謙虚も傲慢も、あるばあいには、メダルの裏表のように、ひとつであるとかんがえているものには、いま、ある愛惜の努力によって、必然的にじぶんの未成熟な過去が公刊されるという、傲慢さとまちがわれやすい事態に出遇っても、いうほどのこともなければ、管々しい弁明をも必要としないだろう〉という一節に続き、以下の「自註」が記される。周五郎や太宰治という個人を超え、戦後の文学、思想者の届き得ることのない隔絶した精神の水位に粛然とならざるをえない。私たちが着地したいのは、こういう感慨である。

あるがままの過去を、ないように見せかける必要から、わたしは遥かに遠ざかっているし、ことさら体裁をとりつくろわねばならぬ根拠も、もっていない。これは、わたしが虚偽から遠いからではなく、わたしの思想が、「自然」にちかい部分を斬りすてず歩んできたし、いまも歩んでいるからである。

すべての思想体験の経路は、どんなつまらぬものでも、捨てるものでも秘匿すべきでもない。それは包括され、止揚されるべきものとして存在する。もし、わたしに思想の方法があるとすれば、世のイデオローグたちが、体験的思想を捨てたり、秘匿したりすることで現実的「立場」を得たと信じているのにたいし、わたしが、それを捨てずに包括してきた、ということのなかにある。それは、必然的に世のイデオローグたちの思想的投機と、わたしの思想的寄与とを、あるばあいには無限遠点に遠ざけ、あるばあいには至近距離にちかづける。かれらは、「立場」によって揺れうごき、わたしは、現実によってのみ揺れうごく。わたしが、とにかく無二の時代的な思想の根拠をじぶんのなかに感ずるとき、かれらは、死滅した「立場」の名にかわる。かれらがその「立場」を強調するとき、わたしは単独者に視える。しかし、勿論、わたしのほうが無形の組織者であり、無形の多数派であり、確乎たる「現実」そのものである。（『初期ノート』所収の「過去についての自註」）

出身地や出生地に拘泥することが、いかに他愛無いことか。私たちは父や母を選ぶことが出来ないように、生誕の時も場所も選択することが出来ない。それに先祖の系譜とか、血統などそれが何だというのだ。「万世一系」という血統幻想について、作家の阿川弘之は、かつて、〈私なら私が、祖父母、曾祖父母、その又曾祖父母と、家の系譜を過去に遡って行くと、直系尊属の数は鼠算的に増えて、二十代前の時点で、百四万八千五百七十六人の御先祖様が全国に散らばってゐる勘定になる。三十代前だと、約十億七千三百万といふ数字が出て来る。第百二十五代今上天皇の三十代前は花園天皇、時代は鎌倉後期、一人々々の現代日本人の、七百年昔の、十億を超すぢいさまばあさま（重複を除くと実際は千万人単位か？）の中に、花園天皇の御近縁、公卿や親王は一切入ってゐないと考へる方が、むしろ不自然であろう〉と、昨今認めざるを得ない御時世だ。因みに周五郎はエッセイ「それが来る」のなかで、〈阿川弘之さんは私のもっとも敬愛する作家のひとりであるが、その才能があまりにゆたかであるため、小説を書くだけではエネルギーが余るとみえ、つまり才能経済にゆとりがあり過ぎるために、ゆうゆうと証券や株券の売り買いをたのしんでいらっしゃるようである〉（「別冊新日本文学」昭和三十六年六月号）と書いている。

さて周五郎が向かったのは、東京・木挽町の質屋・山本周五郎商店である。質屋は「質物《しちもつ》」（衣類、装身具、家具など、身近の生活用具）を担保として、金銭貸付を行なう業者のことである。利用者はもっぱら都市細民たちだった。質屋は人間社会で最古の商売の一つで、二千年ないし三千年前にすでに中国に存在し、わが国では奈良、平安時代にその原型をみることが出来るらしい。専門の質屋が生まれたのは鎌倉中期になってから。初めは「庫倉《くら》」、室町期には「土倉《どそう》」「土蔵」と称し、江戸時代に入って「質屋」の名称が一般化した。短期の生計資金を簡易迅速に貸し付けるので、庶民に大いに活用されるようになる。

昭和二（一九二七）年、社会政策的な見地から、公益質屋法が制定され、地方公共団体や社会福祉法人によって、公益質屋が設立。以後、公・私営の質屋が共存することになる。私営質屋は昭和二十九年一万九千百七十、同五十五年には九千三百二と半減。公益質屋は三十年に六百三十四、五十五年には七十九と著しく減少している。金融機関のカードローンの普及やサラリーマン金融など、個人向け金融の発達によって利用客数が減少したことによる。それに質草（耐久消費財の冷蔵庫、洗濯機、テレビ、ステレオ等）の大型化で、保管や運搬が困難になったことも質屋から客の足を遠ざける理由となっている。

周五郎（以下しばらくは三十六《さとむ》少年と表記していった方がいいかもしれない）が、質屋山本周五郎商店に奉公に行く経緯は、それこそ「小説よりも奇なり」といった物語がある。三十六少年が小学校四年に進んで旬日を置かず、大正元年六月二日、隣に新しく引っ越してきた家族があった。新しく隣人となったその一家のあるじは、添田辰五郎といい、北海道での開拓事業が失敗したため、蝦夷《えぞ》地から船で横浜港へ引き揚げて来たのである。辰五郎の弟由五郎が横浜市久保町の塩田の家を借りておいてくれたのに入居したのであった。由五郎自身は横浜・樺太間航路の貨物船の事務長をやっていた。

添田辰五郎は五人の子持ちで、長男を貞吉、弟が英二、その下に三人の娘がいて、一番の末っ子がアサ（のち鈴木姓）といった。貞吉と英二はすでに成人していて、貞吉の就職先が、東京・木挽町の「きねや」質店（山本周五郎商店）、英二は八丁堀の「粕谷卯三郎質店」に住み込んでいた。山本店も粕谷店も、鉄砲洲の軽子橋のそばにあった池谷店「きねや」の分かれで、今日いう「きねや」チェーンの一店であった。二店のほかに、新富町の加藤店、芝の里見店、大根河岸の楯岡店、御徒町の藤本店、松島町のきねやなど、十店ちかくの「きねや」支店が、東京の下町に点在していたという。親店の池谷店のうえにもさらに親店があり、これは池谷とは親類で、店舗は本所に位置していた。

添田辰五郎は、由五郎の世話で横浜市瓦斯局に就職した。三人の娘の末っ子のアサは、西前小学校第一学年に転入した。アサは、西前小学校の四年生だった隣家の清水三十六少年（周五郎）のことをはっきり記憶していて、昭和四十三年四月、六十三歳頃、川崎市の「高津図書館報」に「清水三十六少年＝のちの作家山本周五郎についての回想」という随想を書いている。このなかに重要な指摘があるので、後で詳述したい。

添田辰五郎には、由五郎のほかに詩人で平吉という弟もいた。演歌師の添田啞蟬坊といった方が通りがいいだろう。兄の影響で船員になったが、船酔いに耐えられず下船、人夫をしている時、街頭で聞いた演歌にひかれて、演歌師の仲間入りをした。俳号は凡人。明治二十（一八八七）年、久田鬼石、殿江酔卿などと「青年倶楽部」という演歌師のグループを作り、浅草を中心に歌いながら、歌詞本を売って生活。明治三十八年、日露戦争の時、非戦論に共感、自ら作詞作曲し街頭を流した「ラッパ節」「あゝ金の世」「ノンキ節」がヒットし、また野口男三郎事件に関して作った「袖しぐれ」が広く歌われた。「ストトン節」「枯すすき」など、社会の底辺に生きる人々の心に触れた作品が多い。社会風刺の演歌は、官憲の監視下にあって、なお一世を風靡したのである。のち、大森・馬込の〝空想部落〟の住人同士として、尾崎士郎や周五郎と親しく交わる添田知道《ともみち》（筆名・さつき）は、唖蟬坊の息子である。「パイノパイノパイ（東京節）」は、知道が作詞して「マーチング・スルー・ジョージ」の節を借用して歌い広めたものである。

半年ほどして、近くに四軒の家が新築され、清水家は引っ越すことになった。添田家もまたその一軒に移住したので、また隣同士という間柄になる。清水逸太郎は商売を変え、小料理屋をひらく。船乗りをやめた添田アサの叔父の由五郎は貸本屋をはじめる。

添田アサ（のち鈴木姓）は、当時のことをはっきり記憶している。木村久邇典は、前述した川崎市の「高津図書館報」に掲載されたアサの回想に、添田英二、竹内隆二らの談話をないまぜ、周五郎（清水三十六）の小学生時代の家庭環境を再現する。（「別冊新評・山本周五郎の世界」所収の「山本周五郎と『きねや』」）

由五郎の戸部の家は改造され、本棚が備えられた。ギッシリ並べられた貸本のなかには、けっこう分厚い書物もあり、菊池幽芳、小杉天外、尾崎紅葉らの文芸本や、赤穂義士や笹野権三郎などの講談本、巌谷小波文庫、立川文庫、村井弦斎の料理本まで、棚を飾っていた。由五郎は、じっと店番をするだけでなく、ときどき、昔、牛乳屋が配達に用いたようなリヤカー式の箱車に貸本をつめこみ、近所のお得意を回って、本を貸し変えたり、予約を取ったりした。三十六少年は、その貸本屋の大ファンのひとりだった。小遣い銭のほとんどを、本の借り賃に充てたのではなかったろうか。

アサは、「小学校を卒業するまでには、由五郎の店の貸本の大半は、読破していたのではなかったろうか」と思っている。「机に向かって学校の本を読んでいた姿を、見たことがない」とも言う。〈次兄の英二の観察によれば、三十六は普通の少年少女のように〝筋〟だけを追う読み方をせず、大抵の者が見落としてしまいそうな、細部の描写についても、きわめて慎重に読破していった。原っぱに遊びにゆくようなこともあまりせず、ひたすら読書一本ヤリの日常で、そのころから、並の少年と違った一面を示していた〉（同前）というのである。

その時分のことだが、添田アサと、アサの姉のクラスに、木村せい、すえという姉妹が転校してくる。これがまた三十六少年（周五郎）に新たな運命の転回を後年、もたらす伏線をなすのである。アサ姉妹は、木村姉妹とすぐ仲良しになり、互いの家に遊びに行くということになる。木村姉妹には父はなく、彼女らの母といっしょに、欧州航路の汽船に乗っている兄の家に同居していた。その家はアサや三十六少年の家から五百メートルほど行った山の中腹にあり、坂の登り口には願成寺という寺があった。

木村家の嫂のじゅんの実家は、桃井といい、やはりすぐ近くの西前小学校のそばに住んでいた。そのじゅんの弟が、三十六と同級生で、彼と親友だった桃井達雄である。じゅんの夫君の勤務していた船会社はKラインといい、その後、転勤になって、神戸市の須磨へ越して行った……といえば、察しが早い読者は、周五郎のデビュー作『須磨寺附近』を想起するだろう。だがそれはまだまだ後になっての話である。木村久邇典は、〈アサの記録は、逸太郎夫妻の輪郭や人柄、そして東京・木挽町六丁目の山本周五郎商店（質屋〝きねや〟）へ丁稚として住み込んだ三十六少年の姿を、少女の目から、かなり正確にとらえていて、周五郎研究のうえで貴重な文献といえる〉と附記している。なお清水家が最初に横浜に移った久保田塩田には、三十六少年にとって、またいとこに当たる写真家の秋山青磁の家もあった。

アサの回想は、三十六少年の奉公の経緯に関しても決定的な証言を構成する。アサの父・添田辰五郎の長男貞吉は、明治四〇年代、東京・木挽町の三十間堀のにぎわい橋そばの山本周五郎商店に勤め、当時は二番番頭になり、十全病院に入院したアサの母（辰五郎の妻）を見舞うために、しばしば東京から横浜へ帰ってきたという。

店主の山本周五郎は、貞吉に同情して東京―横浜間の回数券を買い与えて共に憂える人格者であった。貞吉は清水夫婦に、山本店主の人徳について、横浜に帰るたびに語っていたようである。たまたま、山本商店では少年店員を求めてい、貞吉はその旨を逸太郎夫婦に話してみた。夫婦も「そういう立派な方なら」といい、三十六に奉公に出る気持があるか、と訊くと「上の学校へ通うのを許してくれるならば」と少年はこたえた。山本質店主は、夜間の正則英語学校へ入れてやろうと応諾したので、三十六の上京は割にスムーズに決まったのであった。（同前）

隣人でありかつ小学校の同窓生であったアサという少女の証言で、不明にされていた周五郎の「きねや」質店に住み込む前後が明らかになったかのように見えるが、はたしてそうか。これでは私が描いてきた周五郎像と異なる別の人間像が出現することになる。無葛藤の少年像が佇立していることになる。周五郎についての論考『『柳橋物語』の文芸史的意義』を発表して以来、二十年以上も周五郎を読みつづけ、論文・エッセイを書きつづけてきた水谷昭夫（関西学院大学教授）に『山本周五郎の生涯——たゆまざるものの如く』（人文書院、昭和五十九年刊）という書き下ろしの一書がある。著者自身は「あとがき」で、〈作家論になるか、作品論になるか、あるいは伝記小説になるか、そんなことはどうでもよかった。大衆小説で書きたいものを書くと宣言した周五郎のひそみにならって言えば、小説という形で書いた作家論と言えはしないか〉と、書いている。〈「沈黙」の中に輝いている彼の生涯を、一人でも多くの人に知ってもらいたいと思う〉という言葉もある。昭和六十三年に死去された氏が渾身の筆で彫琢した初期周五郎像をダイジェストで摘録する。

　少年の父逸太郎は真田紐の巻きとりを業としていたがほどなく商売をかえ、市電の停留所で一つばかり離れた新築の二階建ての家へ引っ越して行く。ここで彼は若いお酌を二、三人も置く小料理屋をひらくのである。名前は「甲子屋《きねや》」と言った。金はどこから出たのか誰も知らない。あり金をはたいたとしても、足りるはずがない。だとすると借金である。しかしこの時期の逸太郎に、それほどまとまった金を貸す人物がいたとも思えない。少年が「きねや」質店に徒弟として住みこまされるのがこの前後である。質店の名が「きねや」で、小料理屋の名前が「甲子屋《きねや》」。

　質店「きねや」と小料理屋「きねや」。そして少年が奉公に出される。父は少年に、この質店は「うちの遠い親戚すじにあたるところだ。三十六《さとむ》、手伝いにゆくか」と言った。うそである。周五郎は自分を言いくるめるためについた父のうそを信じ、終生この質屋店主洒落斎山本周五郎が、清水家の親戚だと思いこむ。

　少年はそのとき、「神中」とよばれた名門の中学校の一年に在学中であった（註・水谷昭夫は周五郎が「神中」に進学したと捉えている)。春風の中で自分の前途を夢見ていたその夢が突然断たれる。三十六、学校もいいが、どうだ、ここらで一つ人生の実修業をやってみるのもいいことではないか。幸い、東京に名の知られた質店がある。それが遠い親戚になる……。

きさくで世話好きで、他人の面倒見がいいという父。家の内ではケチでギクシャクして、屁理屈をこねて母に辛くあたっているような人間に限って、いわゆる外面《そとづら》がいいというやつだ。(略)その父がその日に限って、まことに気さくで、それこそ面倒見のよい親切なおじさんの顔をして少年を説得した。/少年は途端に、目の前に広がっている道にかけわたされている美しい橋が、ふっと消失しているのに気がついた。/(略)しかも不思議なことに、このきかぬ気の少年は(略)父の言うことを素直に聞いて、まばゆいような神中の帽子をぬぎ、東京木挽町にあった質店「きねや」の徒弟が着るおし着せにかえるのである。(『山本周五郎の生涯』の「断たれた「橋」」の章)

藪入りの日になると、三十六少年は鳥打ち帽子に角帯という丁稚姿で久保町の実家に帰ってきた。「思いやりのある親友」として少年がなつかしく思っていた親友の村田汎愛が身を寄せていた彼の叔父の家を訪ね、「南京街へめしを食べにいかないか」と誘ったところ、村田の叔父は三十六の身なりを一目見るなり「汎愛には受験勉強があるじゃないか、お断りしなさい」と甥を一喝したそうだ。親友の叔父から疫病神をはらうように激しく追い返されるという形で露呈する俗世間の貌というものの苛酷さ。

水谷昭夫は、しかしこのきかぬ気の少年が何の抵抗もせず、父の言うことを素直に聞いたことを

「不思議なことに」と表現した。そのことの内容をあとになって補筆する。〈無念などというものではなかった。生涯彼の心の中に、このとりはずされた「橋」が横たわっている。彼はそれを超えようとこころみる。たとえば作品『ながい坂』で、ある日突然かよい馴れた道にかかっていた「橋」がこわされ、そのこわされた〝橋〟が描かれている。人はおのが生涯のどこかで、ある日突然「橋」がおとされることがあるという。作品の主人公三浦主水正は、生涯をかけてこの「橋」を復旧させ、自分の道をきずきあげることに心血を注ぐ〉（同前）。

つまり水谷は、山本周五郎の作品にしばしば表われる「橋」を、少年期に突然断たれた夢の象徴と捉える。それほどにも少年の徒弟奉公の体験はトラウマとして後々まで作品に光と影を投げかけているという考えが基本にある。〈『柳橋物語』では、江戸の大火で、隅田川畔でおびただしい人が焼死するが、そこに一本の「橋」があれば、あれほど多くの人が死なずにすんだという。その現実の「橋」が、人の心にかかる「橋」に通じあって、この比類なく美しい恋愛小説の世界を築き上げている。ここで「橋」は「愛」を意味する。（略）周五郎は「橋」を描いた。ねばり強く、決して音をあげないで、「橋」をかけようとこころみる。そしてたとえば「ちくしょう谷」の主人公朝田隼人は言う。「橋をかけるために、橋げたになる。がまん強く、腹を立てず、音をあげぬ」〉云々が、水谷の引く例である。

長い引用になったが、この周五郎の原体験ともいうべき丁稚奉公は容易にやり過ごすわけにはいかない。「不思議にも」とあえて表現した水谷説にはまだ無視することの出来ない指摘がある。「我らに罪を犯す者を」の章をいま少しダイジェストして、問題の所在を提示したい。

身から出たさびとは言え、母子を貧窮の底につき落とし、あまつさえ子供を質屋へ売り飛ばさねばならない。子供を売る、とはおだやかではないが、逸太郎は真実を少年に教えず、だましうち同様の形で出された少年の方は、すくなくともそう受けとめてもいたしかたのないような成り行きであった。質店につとめているうちに事情がわかった。少年の驚きと失望は大きかった。どうやら給金を、かなりの額にわたって前借りしているらしい。何ともいえない口惜しさがこみあげて、少年は（略）あふれ落ちる涙と嗚咽を、わけもなく必死になってこらえていた。（略）（どんなことがあっても、許せるものか）と、少年は孤りで嗚咽にむせびながら思った。

『赤ひげ診療譚』の中で言う。「よく聞け、犬畜生でさえ、仔を守るためには親は命を惜しまないものだ、自分は食わなくともまず仔に食わせる、けものでも親はそういうものだ、きさまは犬畜生にも劣るやつだぞ」と怒りをぶちまける場面がある。父逸太郎が「犬畜生に劣る奴」なら、自分は「仔」以下であると、周五郎は書いているのだ。親に裏切られた子供の、癒しがたい悲しさを、彼はこの「仔」という文字の中にこめている。逸太郎はそして、赤字だらけの自分の小料理屋に、わざわざ「甲子屋《きねや》」という名前までつけて、少しでも金主「きねや」の心証をよくしようと心がけていた。この男は、そういう点でぬかりがなかった。（同前、傍点は筆者）

なお水谷昭夫はクリスチャンである（と筆者は推測している）から、すべての周五郎論とは異質の視点から、この「父と子」の劇を考察しているのだが、これは後述することにして、ここでは〈周五郎の作品を語る上で必ず引きあいに出される、彼の「文学とは何か」の中心をなす重要なことばであるが、いままで、このことばの中に見おとされて来たことが一つある〉と言う、その言葉を見ておきたい。
〈慶長五年の何月何日に、大阪城で、どういうことがあったか、ということではなくて、そのときに、道修町《どしょう》の、ある商家の丁稚《でっち》が、どういう悲しい思いをしたか、であって、その悲しい思いの中から、彼がどういうことを、しようとしたかということを探究するのが文学の仕事だと私は思います〉——周五郎ファンなら諳んじている、周五郎独自の時代小説の方法論である。だがどこに「見おとされて来たことが」あるのだろうか、と私など訝しむ。是が非でも水谷説を傾聴しなくてはならない。

要約すると、たとえば「道修町」。この薬種問屋として高名な大阪商人の町が、大阪の歴史に登場するのは、天正年間の初め、西暦一六七六年前後のことで、その頃はまだ名もない平地や谷間で人家もほとんどなく、時に「道修谷《どしょうたに》」などとも呼ばれていたものらしい。のちに「道修谷」が「道修町」と「谷町」に分かれて今日のにぎわいをきわめる。従って周五郎が語ったように、慶長五年には丁稚が住みこめるような大店もなかったし、そのような制度も出来ていなかった。

しかしそれを歴史に対する周五郎の無知だなどと一笑に附すのは正しくない。周五郎はこの言葉を講演で思わず知らず引き合いに出した。その中に彼が背負っていた深い「悲しみ」が不覚のうちに暗がりの中で輝きを見せてくれたといえないか。「慶長五年」は、関ヶ原の合戦で、勝てるはずの三成軍が東軍家康の軍勢に敗れ去った年である。「五年」と言っただけで、それが周五郎のこころの悲しみにひびくものがあったのだ。それはどれほど歳月が経とうが、癒しがたいひびきをもって彼の心によみがえってくる。

「大正五年辰年」である。少年はこの年、横浜から父に連れられて質店の徒弟となった。「木挽町」である。丁稚である。大阪のイメージが「道修町」につながる。他でもない「道修町」は木挽町である。大正五年といえば、インドの詩人タゴールが来日し、大杉栄が伊藤野枝との三角関係で神近市子に刺された（葉山日蔭茶屋事件）、『海潮音』の上田敏が死去し、年の暮に夏目漱石が没した。しかし十三歳の周五郎にとっては、丁稚の悲しみの年であった……。

木村久邇典の〈現段階でほぼ完ぺきに近い考証〉（水谷昭夫）でも、この歳月は淡白にしか記述されない。というより〈清水家が、そののち家業を変え、市電で一つ先の新築の二階家に引っ越し、（略）逸太郎はここで甲子屋という小料理屋をいとなみ〉と周五郎の質屋奉公の後に記述されている。

アサの記録によると、周五郎の母とくは、三十六が藪入りで帰ってくる折には、喜びに輝いた顔で、彼の好物を整えて待った。そして三十六が東京へ戻ったあとは、気落ちしたように言うのであった。「本当にあの子は、あまり話もしないし、せっかく用意した物も、いいよ、こんなのいつも食べてるからなんて……。張り合いのないことといったら」と。「あまり話もしない」少年は「思いやりのある親友」を訪ねていったとき、親友の叔父に追い返されても「気にするな」と言い、帰ってきた。その「悲しみ」の癒しがたい深さを見てとるべくもなかった。アサの思い出の手記は次のようにしめくくられている。〈（逸太郎の小料理屋「甲子屋」は）若い女の人が二三人居て、琴三味線の音色が漏れ聞えるという噂を聞いた。私は父が厳格だったのでその家を訪れたことがない。三十六君も藪入りには行くが長居はせぬと聞いた。母君が亡くなられたのは、それから間もなくであった〉。母のとくが死去したのは、大正十五年十月二十日のことである。

さて、大正五年辰年、つまり山本質店にやって来た少年の「慶長五年」に話を戻そう。そこで「一人の丁稚がどんな悲しい思いをしたか」を、なおしばらくたどっていかなければならない。

質店主山本周五郎は、川崎在上丸子の日枝神社の神主の次男に生まれ、長じて東京・鉄砲洲の、屋号を「きねや」と称す池谷質店の店員となり、のちに暖簾分けしてもらって木挽町に山本商店を開いて独立、屋号を親店に倣って「きねや」と唱え、一風変わった人生観に基づき、手堅い商売を営んでいた。小説を書くことにも興味をもち、雅号を洒落斎と名乗っていた。

隣家の添田貞吉の手引きがなければ、洒落斎と三十六少年のめぐりあいは、あるいは一生おとずれなかったかもしれない。洒落斎山本周五郎と、清水三十六少年との遭遇は、まことに運命的であった。向学心に燃える三十六を山本店主は深く愛して、少年と競い合うように勉学に励んだし、三十六はやがて、肉親の逸太郎よりも、〝真実の父〟を店主のなかに見いだしてゆくのである。〈木村久邇典「山本周五郎と『きねや』」〉

藤沢市の元図書館長の竹内隆二は、明治三十三年三月生まれ。母が唖蟬坊の姉に当たる。〈添田辰五郎は唖蟬坊の兄であるから、辰五郎の長男の貞吉、次男の英二、鈴木アサや唖蟬坊の長子知道らとは血続きのいとこという間柄である〉。三十六少年が奉公したのは、木挽町の「きねや」だったが、竹内隆二は、貞吉の弟英二が住みこんでいた八丁堀の粕谷卯三郎店に入った。前述したごとく、どちらも「きねや」チェーンの一店だった。

距離的にも近かったため、竹内はしばしば木挽町の山本質店に使いに出され、そこで十三歳の新入りの三十六少年と忽ち知り合いになる。木村久邇典との面談で、竹内隆二は当時の記憶をたどりながら、山本店は店員が五、六人ほどいて、かなり繁昌していたと答えている。〈まわりは新橋の待合街で、店のまん前にも大きな旗亭があった〉という。山本店主の末娘敬子の話では、そういった待合から、しばしば、いますぐなん十円持ってきてくれという火急の電話がかかってくる。すると、大番頭か二番番頭が金子《きんす》を用意してかけつけ、相当額の品物を質草としてあずかって帰ってくる〉のである。

山本敬子の回想では、大正十二年の関東大震災後も再建された山本商店には、帳場と客を隔てる格子がなかった。質を置きにくる客のひけめを、いくらかでも軽減しようという着想によるものであったらしい。店主はまた、池谷の親店に住み込んで修業していた時のように、同店では奉公人の生活と、奥の生活を別建てにして、店員には食事も家族とは別のものをあてがい、奥では女中が家族の身の回りの世話をするといった分け隔てをするような生活様式には反対だった。食事も家族と店員はみな同じで、予めメニューを公表する、といったやり方であったという。

店主がいちばん先に起きたときには、徒弟に命ずることなく、かまどの火をたきつけたり、帚をにぎったりした。木挽町の店が再開されたのは昭和三年で、そのとき、洗面場には当時では全く珍しかったガス湯沸器が備えられた。顔を洗うにもどんどんお湯を使え、はやく洗面をすませて、さっさと仕事にとりかかるんだと、山本店主はいった。積極的な合理主義者の一面がうかがわれる挿話である。質屋は決してカビ臭く薄暗い社会ではなかった。向学心に燃え、新しい世界を知り、開明的な店主の人格に、三十六少年が傾斜していったのは、当然すぎることだったのである（木村『同前』）

「きねや」質店のあった木挽町九丁目の路地を入った格子造りの二階家に永井荷風が居をかまえていた。六丁目の「きねや」質店から目と鼻の距離で、歩いて二分とかからぬ所だ。この界隈は、森鷗外の『普請中』に描写されている。

質屋といえば、宇野浩二の名作『蔵の中』やドストエフスキーの『罪と罰』がおのずと連想される。よく知られているように、小説『罪と罰』の中のペテルブルグと、当時の実在のペテルブルグの市街地図とは全く一致するという。所謂「罪と罰地図」と呼ばれ、この小説集を携帯すれば、誰もがその地図の上を、ラスコーリニコフと同じように歩くことが出来、もはや案内人は不要ということになるらしい。ラスコーリニコフのアパートの門から、質屋＝高利貸し老婆の住む建物まで、作家は五、六百メートルと書かず、「きっかり七百三十歩」と歩数で表現している。

山本周五郎がドストエフスキーについて発言することがないのは不思議である。ドストエフスキーが『罪と罰』や『白痴』で、高利貸しを描いたことに何か関係があるのだろうか。あの大読書家周五郎が、一篇も読まなかったなんてことは考えられない。『罪と罰』は、内田不知庵（魯庵）訳が、明治二十五年と二十六年に内田老鶴圃から出版されたのを皮切りに、大正三年中村白葉訳が新潮社から出て、それが昭和三年に岩波文庫に初収録、普及されることになる。さらに米川正夫訳が昭和九年、三笠書房から出ている。読もうと思えば機会はあったはずだ。

慶応元（一八六五）年、〈地球上のありとあらゆる都市のなかで、最も抽象的な都会ペテルブルグ〉（ドストエフスキー）の人口は約五十四万人。大正五年の東京・木挽町のそれと比較するのは無理としても、いくつか共通点もある。どちらの都市も、ドストエフスキー風に言えば、〈大地から根こそぎされた〉人々が寄り集まっていた土地ということ。ラスコーリニコフはペテルブルグ大学法学部を学費未納によって中退した形になり、一方、周五郎は中学進学を断念させられた生徒であった。一方は五階の屋根裏部屋に住み、他方は質屋の二階に寝起きする。その部屋は現実の貧困が強いる、およそ生活の最小限の必要といったもので形成される、無一物のように簡素な部屋であった。両者は「自意識の病人」という近代人としての共通項をもち、己れの生活の場所を、抽象的な想念の猛り狂う自身の想像力の部屋に化している。

秋山駿なら言うだろう。〈薪とかパンだけが大切なことではない。そこには、冬の寒気にこごえる抽象的な思想があり、灰色の日のように憂鬱な想念がある、と何故いわないのか。（略）何故真に必要な一点はいわないのか。彼らもまた自分の生を考え、何故生きるのかと問い、この世の中を告発する権利をもっているのだ〉と。

〈わたくしは、みたび繰り返す。一箇の抽象的な思想が燃えている屋根裏部屋、というこの発見は新しいのである。現代の徴候はこの部屋の存在をますます必然のものにしている〉（秋山駿「イッポリートの告白」）。引きこもりは何ら否定されることではない。

三十六少年は、娘が娼婦になって働かなければ、餓死する状態にあったマルメラードフ一家の娘ソーニャに、父逸太郎によって売られた自分を重ね合わせることはなかっただろうか。

山本質店に住み込んだ二年後の大正七年、「きねや」の徒弟仲間で、回覧の文芸同人誌をやろうという話になり、三十六、添田貞吉、添田英次、竹内隆二らを中心に、手書きの雑誌『金星』が刊行される。三十六は西前小学校の六年生時代に級友と手書きの雑誌を作成している（『昔のままの石垣』）。昔取った杵柄《きねづか》とやらで、久しぶりに創作熱を再燃させることになる。竹内隆二の記憶では、三十六は清水逸平というペンネームで、小説や詩を書いた。その時分は、吉田紘二郎の散文詩的作品と小川未明に心酔していたという。またいとこの秋山青児（ペーンネーム青磁）も、三十六を追うようにしてその同人誌に加わっていく。

吉田紘二郎に関して、木村久邇典には苦い記憶がある。〈戦後、わたくしが、中学校時代、吉田紘二郎に受けた影響について語ったところ、山本は仕方なさそうに笑い、「紘二郎というのは、少年にとってはやはり風邪のようなもので、あんなところは、素早く通りすぎなくっちゃね」と言ったものであった〉。「仕方なさそうに笑った」が微妙であり、不可解だが、周五郎と木村の屈折した心理が一瞬、交錯し火花を散らしたとみれば納得されよう。木村は周五郎の絶対心酔者だから、どんな局面でもおだやかで均整のとれた視点を失わず、感情をおさえた筆致を崩すことはない。だがよく読みこめば、心理合戦が飽和状態に達し、修復不可能なほどの亀裂を見せていることがわかる。

木村は、『素顔の山本周五郎』（昭和四十五年、新潮社）で、〈『万朝報』の懸賞小説に応じた『南桑川村』が佳作になったのは、山本さんが、十六歳、木挽町時代のことである〉と書いている。この〝事実〟（情報）は、どこで知ったのか。「別冊新評・山本周五郎の世界」（新評社、昭和五十二年十二月）でも、同じ記述に、〈その早熟ぶりがうかがわれる〉の一行が加わっているだけで、訂正を迫られたのは、昭和五十七年九月刊『山本周五郎―青春時代』（福武書店）によってで、没後十五年になっていた。

わたくしは国立国会図書館に赴き、大正八年に「万朝報」が懸賞小説を募集し、十六歳の山本周五郎が書いた『南桑川村』が佳作にあげられた事実があるのか否かについてあたってみた。同図書館に同年の「万朝報」は保存されているが、特別閲覧扱いになっているほど紙面は老化しており、さわっただけでくずれ散るような感触に、わたくしはざっと目を通しただけで、企図を放棄してしまった。わたくしの当たった範囲で、そのような記事は見当たらなかった。（『山本周五郎―青春時代』）

周五郎の食言は、死後も木村を奔走させ、翻弄するのである。

周五郎に関する膨大な資料（編集者や知人、家族の証言、等々を含む）を博捜していくと、この種の事柄にしばしば遭遇する。周五郎が構築した創作というフィクション（虚構）の世界は微動だにしないが、その人生、人格、人間性は次々と破綻を見せる。あたかも周五郎が歴史から復讐されているかのように。

# 第四章　初恋の虚と実

私が最も衝撃を受けた挿話の一つで、話はいきなり昭和三十六（一九六一）年三月二日に飛ぶが（その年代自体が予め言っておくが、驚くべきことの一つである）、すでに作家として文壇に君臨していた周五郎（死まで五年を残す五十八歳だ）は、山本質店「きねや」の洒落斎の末娘の山本敬子あての書簡に、山本店主を〈私はいまでも本当の父と思っています〉と書いている。

周五郎が洒落斎翁を「おやじ」と呼び、実父の逸太郎よりも心の底でつながりあう触れあいを見出していたことは事実である。木村にも「真実の人間同士の理解を、〝おやじ〟に見た」と、何度も述懐している。そのことは（後述するが）清水三十六少年が文壇デビューにあたって、ペンネームに自分の本名を捨て、「山本周五郎」という洒落斎の本名を用いるようになったことでも明らかである。それらの事情を全て考慮しても敬子宛の遅すぎた手紙は（返信を求めたのが敬子側であったにせよ）異様で唐突の感がする。それに、まだ触れてはいないが、「きねや」時代における周五郎、というよりも、周五郎の生涯における決定的な事件とも思われる質店主の長女、山本志津子との「出会い」と「別れ」の〝事件〟がある。丁稚として入った十三歳の少年は、志津子に次第に特別の感情を抱くようになっていく。だが彼女は大正十五年十月四日、急性盲腸炎で急逝する。十八歳の短い生涯であった。

数少ない対談のうちの一つ、河盛好蔵との対談「作家の素顔」（「小説現代」昭和四十一年三月号）で、河盛の、〈山本さんは、お若いときに大阪にいらしたことがあるんですか〉の問いに、〈神戸、須磨ですね、関東の大震災のとき。僕の親父《おやじ》が、僕に質屋をさせたがって天現寺のほうの店に見習い奉公に行ってたことがあるんです。そこへ大地震がきた。僕は最初からものを書こうという気持があったから、質屋にはいるなり、心理学、論理学、哲学などをどんどんやり始めた。すると質屋のおやじもいっしょにやるんですよ。とても変ったおやじで、これだけで一つの話になっちゃうくらい。朝起きると、本をひろげて、すぐノート。こんなにうず高いノートの山ができる。僕は読み飛ばしているだけだ。質屋はこれだけ時間があるんだから、小説だっていくらも書けるんだと、おやじさんはいうんですが、僕はどうしたって質屋はいやだったんです。そこへ大地震でこれ幸いと須磨へ逃げた。そこには友人の姉さんがいまして、それが少年時代から憧れの的の女性だったんです〉と答えている。

この発言を引き、木村は〈注目ねがいたい〉と読者に特に注意を促している。

つまり山本周五郎は、洒落斎翁が〈僕に質屋をさせたがって〉というのは、正則英語学校や大原簿記学校へ通わせて質店経営の基礎知識を学ばせ、長女と娶わせて独立ないし跡継ぎに――と期待していたようだということを婉曲に語っているのである。げんに山本は、わたくしには、はっきりそう語ったものであった。(『山本周五郎―青春時代』)

現に直言されたのだったら、木村が「親父」と「おやじ」を洒落斎と同一視した混交も理解される。木村は別の箇所で周五郎が、〈山本店主を〈私はいまでも本当の父と思っています〉と書き送っている。これを山本周五郎独特の一種の自己催眠と解釈することはかならずしも不当ではあるまい。(略)

山本は、洒落斎店主を、ストレートに〝真実の父〟と信じたのである。それが山本における絶対の〝真実〟なのであった〉と書き、自分を納得させようとしている。

そこで末娘の山本敬子の話である。大正十二（一九二三）年生まれの敬子は、周五郎とは二十歳違い。周五郎の「きねや」時代にはまだ生まれていなかった。だから〈談話は彼女が長じてのち、洒落斎翁や周囲のひとびとから語り聞かされたものであったろう〉と留保をつけたまま、その発言が、木村の著書に録されている。

うちの父（洒落斎）には、三十六さんに家業を継がせたり譲ったりしようという考えなどは、最初からぜんぜん無かったようです。三十六さんの希望は、初めから物書きになりたいということでしたので、そっちの道へ行くように伸ばしてやりたいと思っていたようですよ。姉の志津子と一緒にさせる、ということもまったく頭の中にはなかったと思います。むしろ、三十六さんと自分達は、住む世界の本質的にちがった人間だという思いがあったのではないでしょうか。夜間の英語学校や簿記学校へ通学させたのも、うちの店は銀座のドまん中という場所柄、お客さんには外人も参りますし、これからの質屋は、英語ぐらいは知っておかなければならない、という考えから通わせたということです。簿記を勉強させたのも年季があけて、暖簾わけしてやって各自が独立したとき、簿記の知識は必要だというので、学校へやったのだそうです。ええ、三十六さんひとりだけが特別に通学したのではなく、うちの店員はぜんぶ通わされたんだそうです。（同前）

説得力のある発言である。三十六少年が、質店に丁稚奉公することを承諾したのは、もともと「夜間の正則学校へ行かしてやる」という条件があったからであった。質店主は、少年の希望を先取りして、正則学校のみならず、簿記学校へも通わせてくれた。勉強好きな少年は、質店の土蔵の一間を貸し与えられ、同僚仲間が寝静まった後に、ろうそくをつけて読書にふけることも出来た。店主は自分の本を貸し与えたり、少年の蓄えていく新しい知識を聞き出したり、それをもとに議論を闘わしたりした……。「きねや」はゴーリキイ言うところの、人生の学校の観があった。

こうした洒落斎と三十六少年の関係を水谷昭夫は、『赤ひげ診療譚』の「赤ひげ」こと新出去定と青年医師保本登の関係に擬《なぞら》える。〈少年は、自分に対して、無限の可能性を信じ、「無駄なこと」を試みることを教えもし、すすめもしてくれた洒落斎を、生涯の恩人、「真実の父」と呼んで、終生敬慕してやまなかった〉。少年はだから彼を「父」と呼んだ。その名・山本周五郎を生涯自分のペンネームとした。山本周五郎の誕生である。

洒落斎は昭和二十二年七月二十五日、隠棲さきの多摩川畔にある川崎市丸子の別宅で、卒中を悪化させ七十二歳で長逝している。通夜にも葬式にも作家山本周五郎は行っていない。昭和二十三年四月、その理由を周五郎は木村に直接話している。労働文化社から書き下ろし小説『花筵』を刊行することになり、同社の担当編集者がやって来た。それが若き日の木村久邇典で、『花筵』出版は彼の初仕事であった。

洒落斎翁は、卒中でたおれ、半歳ほど病臥していた。その間、一度だけ見舞いにいった。そのとき、おれはオヤジの枕辺で、携えていった『野分』を朗読した。しかし、オヤジのうつろに開いた目は、なんの反応を示さず、小説の内容も全く理解できないようだった。おれはそれっきり、オヤジの家に行ったことはない。あんなに立派だったオヤジの、人間としての人格を失ってしまったような姿をみることは、残酷なような気がしたし、おれにとっても耐えられなかった。オヤジが死んだとき、おれはカミさんを代わりにやって、通夜にも葬式にも行かなかった。そんな時間があったら、おれは読者のために、よりよい小説を書く努力をする。——それがおれにできるオヤジへの唯一の孝行だと思ったからだ。人間はいつか必ず死ぬ。人間のつきあいは生きている間だけのことだ。死んじまってからでは間に合わない。だから人間は、今の今、お互いの現在の人間関係を大切にしなければならない。おれはそう思った。(同前)

引き写していて、特に後半部分は何か目茶苦茶なことを目にしている感がしてならない。だいたい卒中で倒れ臥している高齢(七十二歳)の病者に、自作を朗読するという神経がわからない。真に病んでいるのはどちらなのか。作家の神経ではないのか。肉体は措くとして少なくとも翁は精神を病んでいるわけではない。

三十六少年は、少年時代から、「ぼくは、物を書かない人間に付き合う気持はない」と、誰に対しても言い放っていたそうである。脳卒中となったら物を書くことは困難になろう。死者はいわずもがな。人格どころか、一握の灰と化すばかりだ。だからといって、「死者との関係」が一切、無になるとは思えない。無になるなら古典なども存在しない。〈お互いの現在の人間関係を大切にしなければならない〉という周五郎の言葉も、不可視の死者との関係を大切にする営為があってこそ、その想念は深化されるはずである。

敬子の話は続く。

小説家の山本周五郎は、私の家とは遠い親戚で、その縁故で山本商店に奉公したと云っていたそうですが、うちは代々、川崎在の丸子の出身ですし、三十六さんは山梨県の出のかたで、まるっきりアカの他人なのです。たまたま山本と清水の両家を知っているひと（添田貞吉のこと）の紹介で、丁稚奉公に入ったというのが事実なのに、後年の小説家山本周五郎は、私の家とは遠縁の親類だ、私の父（洒落斎）のことを、〝真実の父親〟だ、などと語っていますが、わたくし、どうしても三十六さんの気持ちが理解できないのです。（同前）

一言、一言、「小説家山本周五郎」と冠をつけて話す敬子の口調に揶揄、皮肉というより、悲憤、悲哀といったものを感じる。通夜、葬式にも訪れず、作家になってからも何十年もの歳月、消息の無音を通した三十六に対する不信がなかったとはいえまい。また後年、再開した「きねや」に復帰せず、雑誌記者としての道を選択した青年への裏切られたという絶望もあったろう。周囲を見渡してみても、末っ子というのは、とても親思いという固定観念が私にはある。

山本周五郎の読者にとっては、「山本周五郎の作品」だけで充分であり、周五郎研究とか周五郎論、ましてや評伝など不要というひともいるだろう。私にしても周五郎にかぎらず、いちいち作者の来歴など調べて読者に対するわけではない。作品の舞台裏をのぞき見るなどといった芸能ゴシップ記者まがいの関心などは、それこそ御免こうむりたい。私は周五郎のある作品と出会うことで、決定的な〝回心〟ともいうべき経験をもった。そのことの意味を考えたいのだ。そのためにあらゆる資料にあたってきた。「資料渉猟の輩は傲慢になる」と鷗外は言ったという。旁々《かたがた》入手した資料の絶対性を誇ることで、対象を失し、とどのつまり自己を失うことを戒めた発言と私は受けとめている。『どこに思想の根拠をおくか――吉本隆明対談集』（筑摩書房、昭和四十七年刊）の栞に「人間と思想」と題して柄谷行人が執筆している。

以前吉本さんと雑談していて、思想と人間のいずれをとるかという話になったとき、吉本さんが「人間をとる」とはっきりいわれたことをおぼえている。むろんそれは真の意味での「思想」をとるという意味である。互いが互いを心底軽蔑しながら革命的・進歩的であるからとか利敵行為はよくないからとかいったもっともらしい理由で、かばいあったりののしりあったりしている光景を長年みてくると、まったくうんざりしてしまう。こんなところに、本当の連帯なんかありえたためしはないのである。文学、映画、演劇、何でもよいがそのあたりにたむろしている「左翼」ほどいやらしいものはない。新旧いずれもいやだ。いやらしい点では学者の世界も文士の世界も同じだが、とくに異様な腐臭が漂ってくるのには我慢がならぬ。まず私はミザントロープになる。この世は闇だという気になる（後略）。

何気ない雑談のようだが、吉本隆明と柄谷行人のそれと考えると、思想の深淵をうかがわせる含蓄のある対話として思わず息を呑む。

一文はこのあと、〈吉本さんの本を読んでいると、何となくすがすがしい気分になるのは、吉本さんがどこか深いところで他人を信じようとしているからである。そこで、私もまたかすかに信頼感を回復しえたような気になる〉と続くのだが、私の周五郎に対する関心の内実はこの柄谷の文章にすべて尽きている。「山本周五郎という作家がいる。お前は彼の『人間をとるか、思想（作品）をとるか』」。真の意味での思想（作品）をとるという意味で、私は山本周五郎という人間をとりたい。

いずれ章を改めて引用していくが、周五郎が、〈わが人生のもっともよく有難き伴侶、わが妻よ〉と讃え、周五郎の戦後から晩年、死に至るまでの旺盛な作家活動を支えつづけたきん夫人が作家没後五年後（昭和四十七年）に『夫　山本周五郎』（文化出版局）を出版している。意識的に過去を語ろうとしなかった周五郎にも増して、〈いっさい前歴などをひとに開陳することのない婦人である。そのかたくなさは、日常が底ぬけに明るい人柄だけに、文壇無類の頑固者の定評のあった山本周五郎以上だった〉（木村久邇典）きん夫人の話だけに、耳目をひかせるものがある。

夫にたいして、妻は絶対、二歩も三歩も下がらなければならない、といった暮らしぶりなのです。妙なところで、とてもハイカラでしたが、そんなところはこれはまたひどく封建的な人でした。男よりさきに口をきいてはいけない。亭主よりなんでも知っててはいけない。亭主だけが知っていなければいけない……。

木村久邇典が、吉田絃二郎の詩を中学校時代に読んで影響を受けたなどと周五郎の前で発言したことは、まずかったのである。

〈家庭内でのこと、仕事でのこと、天下われひとりでなくちゃならないんですから、なかなかむずかしいんです。わたくしでさえそう思ったものでした。まして、ほかの方たちにとっては気分を

害されたことも、いっぱいあったんじゃないかと思うんです〉
〈そういうふうで、言うことと行なうことは必ずしも一致しないこともあるのでした。ですからわたくし、ときにはあなたって二枚舌ねって言ってやったこともありました〉
「きねや」質店に十三歳の少年三十六が奉公に入ったとき、洒落斎店主の長女志津子は小学校一年生、八歳であった。少年の初恋の相手はこの志津子である。眉の濃い鼻筋の通った少女はやがて東京市内でも名門校の誉の高かった三輪田高等女学校に進み、女らしさを増してくる。一つ屋根の下で起居しているのだから、当然青年三十六も、朝夕はあいさつし、ことばを掛け合う。特別な感情を抱くようになっていく。しかし、志津子は、大正十五年十月四日、急性盲腸炎のため、十八歳の短い命を天に召される。
周五郎はこの「初恋」のことを、「青べか日記」と、短篇『むかしも今も』の中へ登場させている。「青べか日記」は、昭和三年夏から四年秋にかけて千葉県浦安市に住み、文学に精励していたときの日記である。後日の発表を意識したものではなかったらしく、登場する人物は実名もしくは名前の一字を用いて書かれている。それだけに率直な感情の吐露があり、感銘は強烈である。没後、「波」昭和四十五年三・四月号から十一・十二月号に発表された。題名は『青べか物語』にちなんで、編集部がつけたものだ。日記の注を担当したのが、木村久邇典。〈失恋、失職、貧困、飢餓、病苦、ままならぬ文壇進出……等々の艱難に耐えながら、あいむ・りまあかぶる・ふえろう、と歯をくいしばり、ストリンドベリーの箴言に支えられて、なお己れに鞭打つ青年の真摯な生き方には、鬼気迫るものすら感じられる〉と附記している。永井荷風の『断腸亭日乗』と同様、日記といえど、一箇の作品である。評伝、研究書、作家論嫌いの周五郎の愛好者にとっても、必読の手記と私も断じて憚らない。日記では志津子は静子と表記されている。

静子よ余の眠りを護ってお呉れ。（昭和三年八月十九日）
静子よ私の眠りを護っておくれ。（昭和三年八月二十日）
静子よ私の眠りを護ってお呉れ。（昭和三年八月二十一日）
静子よ私と末子とを護っておくれ。（昭和三年八月三十日）
静子よ、明日はあなたの命日だね、今夜は僕が一人でお逮夜《たいや》をするよ。神よ静子の魂が安らかに在るように。（昭和三年十月三日）

日記は昭和三年から翌年九月二十日まで断続的に書かれるが、一日の末尾に、「静子よ、末子と余を守ってお呉れ」は、十五回にわたって記される。

浦安の生活は、周五郎二十五歳。志津子が世を去って二年の歳月が流れているが、思慕の念はいささかも風化することなく光芒を放っている。「末子」は彦山光三の夫人の妹。一目惚れした周五郎は結婚を申し込んでいた。

『むかしも今も』は、昭和二十四年、「講談雑誌」（六月―八月号）に発表された。「きねや」周辺の風景がこれほど詳細に描写されている作品は他にはない。

七八つになっても、まきは直吉につきまとって離れなかった。仕事場にいる彼を呼びだしては、

「つき当りへゆこう」とせがんだ。道のつき当りになっているので、その河岸の空地を彼女はそう呼んでいたのである。

周五郎は、志津子を作品のなかでは五歳の幼女まきに仕立て、彼女を思う主人公直吉に自分を投影し、在りし日の初恋を語っているように思われる。

直吉とまきの関係は、谷崎潤一郎の『春琴抄』の佐助と春琴の関係を連想させる。（略）だが佐助にくらべ直吉は、もっと控え目で献身的である。佐助は肉の陶酔を、耽美を知っているが、直吉はそれすら抑圧し、自分を殺して、ただプラトニックにまきに仕えようとする。この余りに封建的と言える男の方が逆に現代人の心をうつのは、どういうわけであろうか。ここに現代人が忘れていた何かがある。現世のたのしみを超えた、精神のやむにやまれぬ渇仰がある。それこそ人生の真実、真の生き甲斐ではないか。（奥野健男『柳橋物語・むかしも今も』解説）

性的関係を昇華したプラトニックな愛の交歓だが、むろん現実の青年は、肉の陶酔を知っていた。昭和三年十月三日の「青べか日記」は〈昨日は婦《おんな》を買った〉で始まり、先に引用した部分で終る。〈末子よ安らかな眠りと甘い静かな夢が貴女の夜を護るように。さて寝よう。静子よ、明日はあなたの命日だね、今夜は僕が一人でお逮夜をするよ。神よ静子の魂が安らかに在るように〉が、終わりの部分である。周五郎の女性との関係については、きん夫人も知っていて、著書『夫　山本周五郎』の「主人と女性たち」の章で語っている。

ところで「きねや」質店の奉公人たちは誰もが、清水三十六と志津子の間柄について気付いていない。その気配さえも感じなかったと証言する。周五郎は木村に、「志津子が患いののち死までの数日間、病床から自分を離そうとはせず、自分も彼女の手をにぎってやりながら、生について、死について、天国について語りつづけた」と話したという。質店主の長女が死に瀕しているのだから、誰か見守っているはずなのに、誰一人としてその光景の目撃者はいない。

木村は同じ釜のめしを食った秋山青磁に訊ねてみたところ、こう答えた。〈間門（周五郎のこと）が志津子に心を寄せていた？　そんなことあ、これっぽっちもありませんよ。許婚だったって？　そいつは傑作だ。かれらがそんな間柄だったなんてのは、誰ひとり知っちゃあいませんよ。それより間門はね、あれは関西から帰って新橋の板新道の蔦廼家に下宿していたころでしたか、「松島家」という芸妓置き屋の松太郎という半玉に惚れましてね、それでわれわれは、ひとつからかってやろうと衆議一決して、ピンク色の封筒をかってきて、偽筆のラブレターを松太郎の名で出したんですよ。手紙を読んだ先生はとびあがって喜んで、駆け出していったんだが、すぐにニセモノと気がついたんでしょうね。いやあそのときの怒ったこと！〉（『山本周五郎―青春時代』）

むろん洒落斎翁の末娘敬子も否定している。ところで初恋の女性といえば、その代名詞はベアトリーチェということになる。ダンテ『新生』に登場する久遠の女性。ダンテは九歳のとき、同じ年齢のベアトリーチェと出会う。彼女も若くして死んでいる。『神曲』にも、人生の半ば（三十五歳）に達した主人公ダンテが聖金曜日の前夜、暗い森に迷いこみ、詩人ウェルギリウスに出会って地獄界を巡り、煉獄の山へ登り、そこから先はベアトリーチェに導かれて、至高天へ昇り、一瞬、神の姿を仰ぎ見る、という結構を取っている。

山本志津子をベアトリーチェと重ねたのは、常套手段であり、いささか勇み足であったこともわかっている。ここは憂い顔の騎士ドン・キホーテが、その胸中に面影を抱いて修業の旅に出たときの村の娘ドルシネアを対置すべきであったろう。周五郎の読者、殊にも「青べか日記」を愛読しているファンにとっては、そのことは自明のことであったと思う。

周五郎は『青べか物語』の舞台となる千葉県浦安へ着く早々、町の老人から一艘の青べかを売りつけられる。青いペンキを塗ったべか舟。舟底は穴があき、へさきはへし折れて、使いものになりそうもないボロ舟である。しかし周五郎はためらうことなく買いこんで、その「青べか」に名前までつけ、自分の手でその名を舟側に書きつける。

それは〈ロシナンテ〉――ドン・キホーテが跨がったよぼよぼの痩せ馬の名である。ラマンチャの片田舎に住む五十歳にならんとする騎士ならぬ郷士ドン・キホーテは、「この鉄の時代に黄金時代をよみがえらせるため、天意によって生まれてきた」という使命感にもえ、痩せ馬ロシナンテに跨がって心の旅路にのぼる。「文学復興のため、天意によって生まれてきた」という周五郎が重ねあわせて考えたとしてもおかしくない。

浦安という貧しい漁村には馬ではなく舟こそふさわしい。ぼろぼろのべか舟は、よぼよぼの痩せ馬といい勝負だと、思ったかどうか。

むろん水谷昭夫は、志津子にドルシネア姫を重ねている。〈男というものは、しばしば二通りの女性のイメージをいだいて、この世の煉獄を耐えてゆく〉と言い、〈一つは、世界文芸として名高い『神曲』の著者ダンテが、フィレンツェの橋の上で見かけたベアトリーチェにいだく永遠の女性の姿であり、いま一つは、憂い顔の騎士ドン・キホーテが、田舎の尻軽娘ドルシネアにいだいた思いである。青年清水三十六の女性は、どちらかというとドルシネア姫への思慕に近く、初恋の志津子に至っては、志津子が一体青年をどう思っていたかすらはなはだあやしい所がないではないが、煉獄を耐えるこの向う意気の強い憂い顔の騎士にとっては一向におかまいなく、痛切な思慕のありったけを、幻の志津子に注ぎこんで、この世の苦難に耐えた〉と続ける。いささかの揶揄を添えることをも忘れない。〈人間にとって大切なことは、いかに生きたかではなく、いかに生きようとしたかである。と彼はくりかえして語る。槍をかついで、風車小屋に突き進むへそまがりの騎士は、世のため人のため、せいせい一杯、彼の美しくも優しい、ドルシネア姫の名誉においてたたかっている〉(『山本周五郎の生涯』)と。前半部分は周五郎の口癖であった。「青べか日記」を「ロシナンテ日記」と呼んでいるのは、水谷の独創として記憶されていい。木村にはこういうエスプリは感じられない。

ところで前述した私のドルシネア姫への連想は、水谷のそれとも異なるものである。私には磯田光一の実質的な論壇デビュー作となった「殉教の美学＝三島由紀夫論1」の「序章　セルヴァンテスの眼」、殊にもそこに引かれたエピグラム「セルヴァンテスは、ドン・キホーテではなかった」(三島由紀夫「太宰治について」)が、絶えずちらつき、念頭を去りそうにもないのである。このエピグラムを「山本周五郎は、ドン・キホーテではなかった」と言い換えることが出来ないか。この「ドン・キホーテ」の部分に、「庶民」「知識人」の意を籠めたいのである。「周五郎は庶民作家で、ありのままの庶民の世界を描いている」とか、「庶民の日常の哀歓のなかに、真の人生をみつめ、日本の大衆像を描きつづけた」とか、これに近い惹句が氾濫していることに対して、反措定を試みたいのである。

単なるドン・キホーテでもなく、また単なるサンチョでもなく、両者を包蔵した「セルヴァンテスの眼」を獲得したことによって三島由紀夫の文学は成立している、というのが、『殉教の美学』の主張である。敷衍して続ければ、セルヴァンテス＝山本周五郎は紛うかたなき近代人であった。だが彼はまさしく「近代」の毒に深く傷ついていたがゆえに、「近代」の限界をも、よく見ぬくことが出来たのである。「騎士道」（献身、無償、自己犠牲）の夢にふけることは、時代錯誤であり、この上ない愚行であることを知りぬいていた。しかし同時に彼の目には、近代合理主義の論理に還元出来ない「精神」の領域を救出するには、この世で最も愚かな人間を造型すること以外にありえないことも明らかだったのではなかったか。周五郎が描いて成功した庶民像は、おそらく現実に実在する庶民ではない。「非在」の庶民を描くことはあらゆる理想主義を否定しうる酷薄な眼によって書かれた理想主義の挽歌であり、同時に讃歌でもあり、そこには夢想とその挫折、または理想と現実との背反という、人間における最も根源的な問題が、驚くべき豊饒さをもって投入されているように思われる……。

周五郎は志津子との関係について『むかしも今も』でまきと直吉に託して描いたが、没後十年になって、いま一篇、志津子に言及した作品が発見されている。「別冊新評・山本周五郎の世界」（昭和五十二年十二月刊、新評社）に周五郎十七歳の作として特別収録された「曠野の落日」である。「現存する周五郎作品の最も古い実作が発見された」と、行きつけの新宿の飲み屋「ナベサン」で斎藤節郎編集長から聞き、興奮したことを覚えている。解説は木村久邇典である。発見の経緯はその後の木村の著書では触れられていないので、手許の同誌からそのまま引く。

『曠野の落日』は、昭和四十八年二月、実業之日本社から『山本周五郎アルバム』を刊行すべく、資料あつめをしていた際、横浜西前小学校の同級生で、親友であった町野敬一郎氏（註、住所省略）から提供された貴重な手書きの同人誌に執筆された野心的小説である。誌名を『創作』といい、大正九年九月二十日発行、第一巻第三号、作者名は本名の清水三十六となっているが、本誌では読者の混乱を防ぐため山本周五郎とした。

発行所は木挽町の「きねや質店」と同じ所番地の「白い鳥社」で、刊行期日は不定期となっている。「曠野の落日」の末尾には、「以下次号、未完」と記されている。三号まで書き継がれたことは奥附で判明するが、次号で完結したかどうかは不明である。目次をみると、論説「マルサスの人口論」添田生。創作「曠野の落日」清水三十六。説苑「金山行」添田貞吉。「鳩の群れ」高里秋子。詩歌「夜曲」田中啞小鳥。「鵠沼にて」秋山青磁。三号雑記、三号合評。鶏舎……扉、となっている。同人は添田貞吉や秋山青磁の名がみえることからも明らかだが、「きねや質店」の店員である。

周五郎にとって、「創作」が最初の同人雑誌ではないことは、既に述べたとおり、大正七年、山本質店に住み込んだ二年後に、竹内隆二、添田貞吉、添田英次らと「金星」を創刊した例があり、もっといえば西前小学校時代の級友間で手書きの回覧雑誌をつくった例がある。

別れて甲州へ離れるとしても、一度は柳川にも逢っておかねばなるまいし、父母とももう少し和解して行きたいと思ったので、東京の伯父の家がすっかり片付いたら、一月ほどでも横浜へ行っていよう、と清田は心のうちで決めていた。

秋元清二郎や、高木友吉などが二日隔くらいずつに訪ねて来ては、なにかといろいろ旅のしたくを手伝ってくれていたが、清田には、いろいろな感情のうえからして、少なからず相手の心をさげすむと同時に、かなり激しい被優越感を感じた。……何をこやつらが俺を自分たちの幸福のためにいいかげん使っておきながら、さてもうすっかり安全となったところで俺を投げ出そうというんじゃないか…心のどこかでムラムラと以上のような言葉が頭をもたげて、今眼の前に自分の書物の片付けをしている二人をほとんどなぐりつけたいくらいに思い出した…。

「清田君、志津子が君に話したいと云っていたようだったがね……」

「そうかい、だけれど僕はもうそんな暇はないんだ。君からでももし用事があるんなら甲州の方へでも手紙を出すように云ってくれたまえ、……今更用などある筈がないがな……」

清田は志津子と名を聞いただけでさえ、むしゃくしゃしてきてならぬので、多少口汚なく云ってのけてから、友人たちに引き遷り通知の手紙に筆を運ばせた……（「曠野の落日」）


清田＝清水三十六、秋元清二郎＝秋山青磁、志津子＝志津子ではないにせよ、登場人物の名は工夫があってもいいのでは、という感想も浮かぶ。三十六少年が十七歳といえば、実在の志津子は十二歳である。狭い店内のことで、誰が雑誌を手に取るかしれない。ましてこの青年同士の女性をめぐる心理の葛藤が、当時の山本質店「きねや」の日々の出来事を原景にしていると推測されるだけに、「志津子」の名前そのままはないだろうと思う。周囲への配慮に繊細さを失すると感じるのだが、これも怜悧な計算の上での命名なのだろうか。

それにしても現存する周五郎作品の最も初期のものといわれる「曠野の落日」の文体は老巧で、とても十七歳の手になるとは思えない。最終行を以下に引く。

永遠に歴史を語る地雷の断崖よ、

千歳よりの神秘を物語る浪声よ、前代不変の天涯よ、しかしてそのあいだにうごめく微弱な生命よ、微弱なる生命は微弱なる熱情をもって叫び、悠久なる大自然は勇然たる冷たき熱情をもって永遠に黙視を交す。……何という大きい光影であるだろう、松の株の下に樫の林の下に杉の森に、冷眼なる自然が悩ましくも沈視しているのである、ああまた何という悠大な光影であるだろう。

「起つのだ……起つのだ、力強く起つのだ。しかしてこの大地上に一箇の真理として自分を生かしていこう、暁光……暁光……」

清田は心の一角に力強い光を輝かせながら、一歩一歩楽しく一歩一歩強くそしてまた一歩は一歩の希望に満ち満ちて三の谷を越して山を下った。

周五郎は昭和三年、千葉県浦安に住み、いわゆる「青べか日記」に、その日々の思索や身辺雑記を克明に記したが、精神の支えを北欧の作家ストリンドベリに拠ったことがつとに知られている。愛読したという『青巻』の最終行を見ると、さきの「曠野の落日」に通底するものを感じないわけにいかない。『青巻』に出会ったのは、「青べか日記」時代の二十五歳でなく、「きねや」時代の十七歳であったという推論も成り立つのではないか。

吾々が今迄為して来た凡ての誤謬は、悪に対する痛烈な怨恨となつて吾々の心に滲み、善に対する新たな衝動を与ゆるやうにならなければならぬ。斯うなれば、霊界に入りつゝ花を咲かせ実を実のらせることが出来る。

それが即ち生の真意義であつて、頑迷不霊な奴は、煩ひを逃れむ為めに、それに向つて屁理屈をいふ。

祈りながら働け。苦しみながら望みを抱け。天と地とを共に吾が裏に有つのだ。永久の定住を求むるな。此の世は巡礼の世である。故郷では無くて、さすらひ場である。真理を求めよ。さらば発見し得る。只道にして、真理であり、生命である基督と共にあつてのみ真理が悟られるのだ。（ストリンドベリ『青巻』柳英彦訳）

スウェーデンの作家ストリンドベリ（一八四九―一九一二）は、イプセンとともに、北欧の生んだ二大文豪といわれる。ゲーテの誕生からちょうど百年後に生まれたというので、この偉大な先輩の後継者をもって任じていたらしい。

ゲーテの後継者を自ら任じたストリンドベリは、ゲーテが七十四歳にして十九歳の少女に求婚したように、五十八歳にして十九歳のファンニイ・ファルリネルに求婚している。周五郎がなぜストリンドベリを讃仰しつづけたかは明らかではない。例の「永久の定住を求むるな。此の世は巡礼の世である」を、座右の銘にしていたということだけが流布されているのみである。ストリンドベリと周五郎に共通するのは理想主義、あるいは求道精神。それに両者とも零落しきった父を持ったということか。

ストリンベリは、自伝『女中の子――或る魂の発展史』で、幼年時代に「鞭と飢との怖れ」、つまり貧困に苦しめられ、父親の不当な抑圧に悩み、みたされざる愛の渇望に悩んだことを告白している。ストリンドベリの訳書もある山室静は、ストリンドベリに於て特徴的なことを、〈環境が醜悪であればあるほど、美しいもの、「神」「天国」へのあこがれを燃やしたことだ。そしてそれがことに女性渇仰の形をとるのであった。九歳で、在学していた学校の校長の娘にはげしい恋心を抱き（略）十二歳では二十歳の女に恋し、十五歳では三十歳の女性に恋した。これらを通じていつもうかがわれるのは、相手を絶対の高さにもちあげて神のようにあがめる、マドンナ崇拝とも言うべき傾向である〉(『北欧文学の世界』)と指摘している。周五郎の場合、「女性渇仰」は母親渇仰であったかもしれない。ストリンドベリも早くして母を亡くし、継母とは折合いが悪かった。

山室静が、〈ストリンドベリは百人にちかい人物を動かす大がかりの史劇にも力倆を見せる一方で、「一つのテーブルと二脚の椅子さえあれば、人生が提供する最も激烈な争闘が表現できる」として、そのような簡素極まる劇をも書いた〉と称賛するとき、周五郎の読者は『樅ノ木は残った』などを思い浮かべ、海彼の土地と時代を超えた両者の真の共通点に思い至ることになるのではないか。

# 第五章　関東大震災と周五郎

大正十二（一九二三）年九月一日、午前十一時五十八分、東京府下をはじめ神奈川、千葉、静岡その他の関東地方の南部の各県にわたり大地震がおそった。震源地は東京から八十キロほど離れた相模湾の一角、震度は六、マグニチュードは七・九。あまりの烈しさに中央気象台の地震計の針が飛んでしまい、測定出来なかったという。焼失を免れ、震災後、東京で発行された唯一の新聞である「東京日日新聞」（大正十二年九月二日付）は、「強震後の大火災／東京全市火の海に化す」「日本橋、京橋、下谷、浅草、本所、深川、神田殆ど全滅死傷十数万／電信、電話、電車、瓦斯、山手線全部杜絶」「安政以来の大地震」という見出しで、次のように報道した。

正午の大地震後帝室林野管理局、警視庁、帝劇、神田、三番町、赤坂見附、砲兵工廠等から揚がつた火の手は八方にひろがり夕刻から日本橋、京橋、下谷、神田、浅草、本所、深川の大半を包み水道の多くが断水したので火の手は猛り狂ふのみで数十万の人々が上野、宮城前、日比谷、芝公園などの広場に夜を徹して批難する有様は全くこの世ながらの焦熱地獄である。近衛、第一の両師団は全員出動して救護につとめ、その営庭は負傷者に依って満され全市の死傷十数万の見込みである焼失家屋の主なるものは帝劇、警視庁、内務省、有楽座、帝国ホテル、博文館、朝日、時事、中央各新聞社、鍋島侯、中橋徳五郎氏邸などである、前日から飲まず喰はずの二百万市民は二日に至り大饑餓の襲ふところとなり東京府、埼玉、群馬、栃木、千葉、茨城の臨接県は何れも青年団東郷軍人の総動員を行ひ食糧輸送に着手してゐる。

当時、麻布市兵衛町（港区六本木付近）の崖上の木造西洋館に住んでいた永井荷風は、日記『断腸亭日乗』の中にこう記している。

日将に午ならむとする時天地忽《たちまち》鳴動す。（中略）架上の書帙《しよちつ》頭上に落来るに驚き、立つて窗《まど》を開く。門外塵烟濛々《じんえんもうもう》殆《ほとんど》咫尺《しせき》を弁せず。児女雞犬の声頻《しきり》なり。塵烟は門外人家の瓦の雨下したるが為なり。予も亦徐《おもむろ》に逃走の準備をなす。時に大地再び震動す。書巻を手にせしまゝ表の戸を排《おしひら》いて庭に出でたり。数分間にしてまた震動す。身体の動揺さながら船上に立つが如し。

石川啄木や江戸川乱歩が作品のなかで描いた浅草のシンボルともいえる十二階の凌雲閣も八階上から脆くも崩れ落ちる。

吉原遊廓などの歓楽境も酸鼻をきわめた。

東大図書館は所蔵図書七十六万冊のほとんどを焼失し、横浜地方裁判所では開廷中で、三十四名の判検事、二十四名の弁護士、二百名を越す傍聴人が一瞬のうちに下敷きになった。「きねや」質店の附近に住んでいて、『近代の恋愛観』がベストセラーになった厨川白村は、鎌倉で圧死した。大震災は国家予算の三年分を超える五十五億円の損害を関東地方に与えた。

関東大震災にふれる場合、大杉栄と伊藤野枝らが虐殺された甘粕事件、朝鮮人の大量虐殺、平沢計七らの亀戸事件について黙殺するわけにはいかないが、これらについては拙著『寂聴伝　良夜玲瓏』(白水社)で詳述したので、参照していただきたい。

浦西和彦は、日本の経済、政治、社会、文化の中心である首都を壊滅状態に追いこんだ関東大震災が、日本近代の歴史に一時期を画するきわめて重要な意味をもっとして、〈明治から今日までの日本の文学を、おおまかに近代文学と現代文学との二つに区分するとすれば、この関東大震災が一つの境めになるのではないかと思う。それは明治以後の文明開化の中心であった東京の遺産が瓦礫と化し、春風駘蕩たりし華やかな大正文壇の実質的な終焉を意味した。関東大震災以前とそれ以後とでは文壇の雰囲気が一転したことである。関東大震災によって東京の印刷所がほとんど壊滅し、『白樺』をはじめ、多くの雑誌が廃刊、または休刊となり、出版ジャーナリズムも一時的に解体を余儀なくされる。大正文学を支えた社会的基盤が根底より崩壊しただけに、文学者にとっても決定的な大きな衝撃を受けた〉(「國文學」一九八九年三月臨時増刊号「関東大震災と文学」)と指摘している。

山本周五郎は当時、どう震災に対処したか。木村久邇典の執筆した「年譜」大正十二年の一項を引いてみる。(『山本周五郎―青春時代』)

大正十二年(一九二三)　二十歳
九月一日関東大震災で山本質店、横浜の実家ともに焼失。山本質店はいったん解散と決まり、文学の新天地を求めて関西へ。但馬豊岡の地方新聞に職をうるも間もなく辞し、神戸市須磨区離宮前一丁目の木村豊橘宅(主婦のじゅんは級友桃井達雄の姉だった)へ達雄と共に止宿、神戸・花隈駅ちかくにあったタウンガイド雑誌「夜の神戸」の編集記者になった。このころから清水三十六は、「山本周五郎」をペンネームとしていたらしい。五カ月の神戸生活ののち帰京。下谷黒門町に下宿、さらに新橋・板新道《いたじんみち》の芸妓置き屋蔦廼家へ転居、小説、劇作に励む。

震災は作家たちにもさまざまな衝撃をあたえた。〈菊池寛は震災の年の一月に、すでに『文藝春秋』を創刊していた。（略）菊池寛流のやりかたで第一次大衆社会状況を先取りしたメディアでもあった。そして震災のショックからたち直ると、積極的に通俗小説を執筆し、文壇の大御所としての風貌をくわえてゆくことになる。後に大衆文学のすぐれた担い手となる白井喬二や長谷川伸も、菊池寛によって見出され、支援された作家だった〉（尾崎秀樹『日本と日本人――近代百年の生活史』）。

作家の関西移住がはじまったのも震災がきっかけであった。谷崎潤一郎、吉井勇、川口松太郎、小山内薫、直木三十五、山本周五郎は関西へ移住。室生犀星が郷里の金沢へ帰り、江口渙は那須へ、金子洋文は秋田県雄勝郡秋の宮村へ引っ込んだのである。菊池寛も「落ちざるを恥ず」という文章の中で、〈都落ちをしようとしたことを恥じてはいない〉と言い、一時は大阪移住を考えたのだった。

大佛次郎は鎌倉で震災を体験、これを機に大衆文学の作家に転身、その代表作『鞍馬天狗』は、震災の翌年六月に登場する。吉川英治は東京毎夕新聞社の編集局で震災に遭う。アルミの弁当箱を机の上に置き、蓋をあけてウズラ豆を一つつまみあげたところだったという。炎に追われて大川端へ出、おわい舟に乗って、大川へ漕ぎ出し、一夜を明かしたという。

尾崎秀樹は記している。〈吉川英治は新聞記者生活にピリオドをうち、上野の山で牛めし屋を開いた。そして生活のためにいくつもの筆名を駆使して、明朗小説、実録、捕物奇談、お伽話、新作落語等を講談社系の諸雑誌に執筆した。その彼が一躍文壇の花形作家になるのは、『キング』創刊以後のことである〉（『日本と日本人――近代百年の生活史』）

菊池寛と吉川英治を引いたのは、後述するが、この二人は周五郎と和解することのない、さまざまな葛藤を繰りひろげることになるからである。菊池は「中央公論」同年十月号の特集「前古未曾有の大震・大火惨害記録」に、〈我々文芸家に取って、第一の打撃は、文芸と云うことが、生死在亡の境に於て、骨董書画などと同じように、無用の贅沢品であることを、マザ／＼と知ったことである。（略）今度の震災に依って、文芸が衰えることは、間違いないだろう。我々が、文芸に対する自信を失くしたのも、一つの原因となるだろう。その上、文芸に対する需要が激減するだろう。震災後、書店は長く店を閉していた。印刷能力の減少も、その大なる原因だ。雑誌の減少も、その一つだ。量に於ける文芸の黄金時代は去ったと云ってもいいだろう〉と悲観的な予言をした。

里見弴は菊池の芸術無力説の対極となる芸術不変説、〈芸術には目に見えないほどのひゞすらなかつたのだ。（略）記せよ、芸術はピリッとも損《いた》んではゐないのである〉と唱えている。

関東大震災の被害は、資料によっても異なるが、〈東京・横浜を中心に死者九万一〇〇〇余人、行方不明四万三〇〇〇余人、負傷者一〇万四〇〇〇余人、倒壊・半壊家屋数各一七万五〇〇〇余戸、焼失三八万余戸にのぼっている。（略）近代日本一〇〇年の地震史のなかで、その規模からみてこの地震は六番目であるにもかかわらず、被害が桁はずれに大きいのは、東京湾ぞいの地盤のよわい埋立地が激震地区で、しかも地震発生時刻が昼食時に近く、食事のしたくをしていたせいもあり、倒壊した家々からあがった火の手が、街々をなめつくしたからである。東京市の被害は六五パーセント、横浜市は全滅に近く、火災被害は震害をはるかに上回っていた〉。（金原左門『昭和の歴史1――昭和への胎動』）

内務省警保局から出た「不逞鮮人の一派随所に蜂起せんとする模様あり」という無電は、「流言飛語」を生み、街は不安と恐怖につつまれる。憲兵や自警団による在日朝鮮人への迫害が始まった。自警団（自衛組織）は、関東地方一円で、三千六百八十九つくられたといわれる。消防団、在郷軍人分会・青年団などが中心となって、彼らは日本刀、竹槍、鳶口《とびぐち》、棍棒《こんぼう》、猟銃、ピストルで武装し、だれかれの別なく通行人を検問し、朝鮮人くさいとなると、たとえ日本人であろうと見境なく叩きのめし、無法にも三千人以上の朝鮮人を虐殺し、日本史上例をみない汚点を残すことになったのである。

九月三日夜、純労働者組合長平沢計七、南葛労働会本部理事の川合義虎、山岸実司、北島吉蔵、鈴木直一、加藤高寿、それに同吾嬬支部長、吉村光治らが、亀戸署に検束された。五日未明を中心に、彼らは警察と軍隊の手により、虐殺される。いわゆる亀戸事件である。大杉栄は妻の伊藤野枝や甥橘宗一少年とともに憲兵隊で絞殺され、死体は隊内の古井戸へ投げこまれた。この強権の暴虐に抗議して、小牧近江、金子洋文らの雑誌『種蒔く人』では、すぐさま「帝都震災号外」を発行した。

焼け跡の復興は意外に早かった。『江戸から東京へ』の著者矢田挿雲は、震災の翌年の初夏、東京の街を歩いて、以下の感想を書き記している。〈帝都の復興は思ったよりも活発に行われた。（略）冬が過ぎて今年の春がおとずれる頃には、我東京は殆ど全く昔の東京になり、銀座も須田町も、否どこもかしこもと謂っても好いほど、家並が建ち揃い、人通りも多く、商店も賑い、遊びどこも盛り、夜景も旧に倍して美しくなった。震災後初めての夏となる此の頃は、もう道行く人の誰の顔にも当時の悲痛を宿していない〉（『熱灰を踏みつゝ』）

震災の一、二年後には、日刊紙が百万部を超え、週刊誌がメディアとして定着し、「キング」その他の大衆娯楽雑誌がスタートし、大衆文学や娯楽読物をふくむ大衆文化がさまざま花を一時に咲かせる。菊池寛の予言は完全に外れたのである。

講談社の大衆雑誌「キング」は、大正十四年一月に創刊された。創刊号には村上浪六の『人間味』、中村武羅夫の『処女』、下村悦夫の『悲願千人斬』、それに吉川英治の『剣難女難』などの連載小説がずらり顔を並べた。発行部数は五十万部、すぐさま売り切れ、二十五万部を増し刷り。「主婦之友」の約二十四万部、「婦女界」の約二十二万部と比べても、驚異的な部数だった。「キング」の創刊の辞は、〈庶幾《こいねが》ふところは我が国民の全部に亙《わた》り、職業、階級、貧富貴賤の差別なく、老若男女、智識あるものも、智識なきものも、翕然《きゅうぜん》として爰《ここ》に集り、限なき興味を以て耽読《たんどく》しつつある間に、自ら高尚なる気品と、堅固なる道念とを涵養《かんよう》せられ、一世是《これ》に由《よ》ってその風《ふう》を改むるに至らんことである〉と、うたった。

因みに山本周五郎が「キング」に登場するのは昭和七年五月号からで、『だだら団兵衛』という作品で、はじめて大人向けの大衆娯楽作品に手を染めている。この年は八月号に『熊谷十郎左』、十二月号に『西本寺鮪介』を発表。周五郎は二十九歳になっていた。滝川駿の回想によれば、「キング」に周五郎が最初に意気込んで持ち込んだのは、『竹槍念仏』という短篇だったが、編集部からクレームが何か所かつき、書き直すと言って帰ると、数日後、全くテーマの違う作品『だだら団兵衛』を提出してようやく採用されたのだという。

大正十四年は、ラジオ放送の誕生の年でもある。

大正十五年十月十八日、この日の新聞（「東京朝日新聞」）に一ページ大の広告が掲載された。改造社の『現代日本文学全集』全三十七巻の内容一覧が載った最初の新聞広告である。このコピーは一冊一円の本、いわゆる円本時代を告げていた。

　空前の不況の時代にもかかわらず、三十八万人の予約を得る。全三十七巻中、第三十三巻の「社会・宗教論集」の収録作家が、それこそ驚異だ。中江兆民、片山潜、幸徳秋水、安部磯雄、酒井雄三郎、堺利彦、大西操山、綱島梁川、清澤満之、大杉栄らが掲げられている。

　周五郎が愛読したという吉田絃二郎の作品は、この全集の第四十七巻『吉田絃二郎集・藤森成吉集』に収録されている。

『わが詩わが旅』に収録された一篇「青年の憂鬱」は、いかにも周五郎が好みそうな詞章ではないだろうか。吉田絃二郎の著作は現在入手しにくい。引用してみよう。


　わたくしは明るい春のやうな心を持った子供たらんことを欲する。と同時に真面目な青年の憂鬱さを欲する。

　わたくしたちはあまりに人生について思惟することがすくない。一枚の木の葉の落ちるにすら詩人は宇宙の意味を見出す。わたくしたちの親しい友人が死んだ刹那、わたくしたちはどれほどの深さに於いて驚きと悲しみとを感じたか。どれほどの真剣さに於いて人生を、死を、思惟したか。

　青年のみが詩人たり得る。青年のみが哲人たり得る。かれ等は世間的な雑念から救はれてゐるがゆゑに。

　青年よ、その憂鬱な日を悲しんではならぬ。憂鬱の中にこそ詩があり、哲学があるのだ。

　心の眼を魂の底に向けなければならぬ。わたくしたちの魂は何を語りつゝあるか。

　わたくしたちは静かに心の世界を歩む魂の跫音を聴かなければならぬ。

『わが詩わが旅』のなかにも、しばしばストリンドベリイ（一八四九―一九一二）が引用される。〈婦人を嫌ひ、婦人を憎み通したストリンドベルクがなほその一作中の死んでゆく主人公をしてつひに「乳母《ばあ》や、お前の膝を貸しておくれ！　お前の膝だけはいつも懐かしい」といった意味の言語を語らせてゐる。恐らくストリンドベルク自身実は憎んでも憎んでも、疑つても疑つても、忘るゝことのできない愛着を婦人に対して持つてゐたであらう。人生は相頼ることなしには生きてをれない〉

ストリンドベルクの最後のこのやさしい、人懐つこい心はさらに自然に対するかれの言葉のなかに一層明かに見出すことができる。死の床に仰臥したかれは胸の上に聖書を抱きつゝ眠つて行つた。しかもかれは山の上の木の下に自分を葬つてくれるやうにと静かに語りながら眠つてしまつたとつたへられてゐる。一生社会の虚偽を呪ひつゝ、憎しみつゝ、疑ひつゝ、憤りつゝ終始したストリンドベルクにもやさしい母性へのあこがれがあり、さらに自然への帰依《きえ》があつた。山の上の木の下に葬つてくれと頼んだストリンドベルクの最後の言葉はわたくしをしてさらにモンテーヌの言葉を思ひ出させる。「わたくしは人間よりも木を愛する！」と。人を愛し、人を憎み、人を憤り、人を信じ、人に絶望する者の最後に還りゆくところは自然である。自然は人を憎まない。人を疑はない。自然はいつも人を拒まない。

後の詞章などは、『おごそかな渇き』を執筆していた周五郎の晩年の心境に近いのではあるまいか。ストリンドベリは、明治から大正にかけて活動した作家をことごとく虜にしている。永井荷風、芥川龍之介。殊にも芥川は、『侏儒の言葉』や『歯車』、そして遺作となった『或阿呆の一生』で、ストリンドベリイについて、何度も言及している。『歯車』の主人公は、ドストエフスキーの『カラマーゾフの兄弟』の一節を読み始め、一頁も読み終えないうちに全身を震わせる。そこには悪魔に苦しめられるイヴァンが描かれていたからである。〈悪魔はイヴァンを苦しめたように、ストリンドベリーを、モオパッサンを、そして今この部屋にいる僕自身を苦しめている〉と主人公は感じている。

大正時代を象徴する近代建築、そして浅草歓楽街のシンボル、十二階という愛称で呼ばれた凌雲閣が大音響をたてて崩壊し、おびただしい死傷者を出した関東大震災。すべてのものが崩れ去り、巷では「一切がっさい　皆煙り」という奇妙な歌が流行ったという。

山本周五郎商店店主洒落斎は、災害がおさまるのを待って多摩川畔にあった別邸に集まった家族や徒弟たちと無事を喜び、徒弟の一人ひとりに、何がしかの金品をわかち与え、それぞれが故郷へ帰るもよし、ふみとどまって新しい商売を見つけるのもよし、各人の身の立つようにしたらいいと、つけ加えた。

周五郎はどうしたのか。いやどうしたかったのだろうか。志津子に対する思慕もある。東京にとどまり、「きねや」の再興に手を貸したいと思っていたのではないか。だが先に見たように河盛好蔵との対談「作家の素顔」（「小説現代」昭和四十一年三月号）では、周五郎は洒落斎が自分に質屋をさせたがっていたが、どうしてもそれはいやだった、そこへ大地震。これ幸いと須磨へ逃げたと、あたかも質屋にされてはかなわないといったニュアンスで語っている。これは洒落斎の末娘敬子が否定したように、「最初から父は後継ぎにしようなどとの気持ちも、また長女の志津子を娶あわせようとの意思もまったくなかった」と発言したことでも明らかで、周五郎の一方的思い込みであった。

洒落斎も津多夫人も、彼を引きとめることはなかったのである。そして私が推測するに、周五郎もそのことは最初からわかっていたのではなかったか。東京から脱出し、須磨へ逃げ、〈須磨から再び上京するまでの三年間の須磨生活は、山本さんの生涯で、結果的には縁辺の人たちの目からも遠く隠蔽された。もっとも他人に知られざる「欠落の期間」になってしまう〉（木村久邇典）心理的な要因を、私はその一幕に見ている。

しかし、質屋を嫌っていたことは事実であろう。〈最初からものを書こうという気持があったから、質屋にはいるなり、心理学、論理学、哲学などをどんどんやり始めた〉（「作家の素顔」）。いまひとつ要因をなすと思われるのは、山本質店の親店である鉄砲洲の池谷店の「きねや」の次男、池谷信三郎の存在である。周五郎は実弟の潔がそこに徒弟として住み込んでいたことから、信三郎を知っていた。今日では池谷の名を知る人は少ないが、昭和初頭、菊池寛によって池谷信三郎賞が設けられ、改造社から『池谷信三郎全集』が出版されたほどの文学者である。

『新潮日本文学小辞典』（池谷の項目の筆者は磯貝英夫）から摘録すると、池谷信三郎は、明治三十三（一九〇〇）年十月十五日、東京生まれ。暁星小、府立一中、一高を経て、大正十一年、東大法学部に入学。休学して渡欧、ベルリン大学法科に入学したが、学業より、演劇、音楽、舞踏などに凝った。十二年、関東大震災で実家が焼失したため帰国。十三年末、ベルリン生活に取材した中篇『望郷』が「時事新報」の懸賞小説に当選、十四年一月より連載され、以後作家生活に入った。同年九月、村山知義、舟橋聖一、河原崎長十郎らと劇団「心座」をおこし、第一回公演に、自作「三月三十二日」を上演、また十月には、東大文芸部の「朱門」の創刊にもかかわっている。昭和五年には、中村正常、今日出海らと劇団「蝙蝠座」をおこしたが、翌年、喀血、結局、この病によって、三十四歳で没した。池谷は周五郎より三歳上である。「きねや」の両親は、次男の信三郎に将来は法律家かエリート官僚になることを期待し、潤沢に教育費をつぎこみ、英才教育を施したらしい。

池谷が東大を休学して渡独し、ベルリン大学法科に入学したのは、かつてない円高景気で、東京で学生生活をする金があれば、経済情勢として、ドイツでも十分に勉学することが可能だと聞いたからである。〈親の目を離れた信三郎の欧州生活は、東京での生活よりも自由なものとなった。学費は豊富に実家から送られてくる。もともとディレッタントであった彼は、学業には身を入れず、演劇、音楽、ダンスなどのほうに時間の多くを割くという月日にあけ暮れた。三十六（周五郎）はそういった信三郎の恵まれた境遇をもちろん知っていた。片方は大金持ちの親店の息子で、なにひとつ不足なく育ち、一中、一高、東大に進んで、そのうえ優雅なドイツ遊学。一方は小学校教育しかうけられず、質屋の丁稚奉公に出される身の上。山本質店主が理解ある人格者だったとはいえ、信三郎と自分の置かれている位置の距離の遠さに、歯がみする思いは強かったにちがいない〉（木村久邇典「山本周五郎と『きねや』」）

昭和三年十月十三日の周五郎の日記（「青べか日記」）に、池谷信三郎の名前が記載されている。

ああ、池谷信三郎が借金で生活していると。そして曰く「此処で食えなければ何処へでも行く。己は日本の信三郎だ」と。呵々《ああ》貧乏をすると誰でもそう云う、信三郎よ、卿も始めて人間となったか。幸あれ、坊っちゃん。君は間もなく真の人生を見るだろう。でなければ教員にでもなるのだ。さあ来い。三十六は却々《なかなか》挫けはしないぞ、見ろ。明日の日に栄えあれ。

「きねや」の徒弟仲間で、周五郎と回覧の文芸同人誌「金星」を出した竹内隆二（のち藤沢市の図書館長）は、浦安で「青べか日記」を綴っていた時代の周五郎を回想している。

（周五郎は）飢をしのぐため、小魚をとり、掘り残してある屑芋を拾い、川原の小枝を燃して、焼いて飢をしのいだ。山本は物質的にも飢とたたかい、筆舌に尽きせぬ苦難な道を辿って来た。彼の作品の庶民性は少年時代の苦学の中で、その生活と共に体得した生きた学問の現れで、何事も肌で感じ取った尊い収穫だ。（「山本周五郎の少年時代」）

ところで周五郎は「須磨寺附近」について、〈懸賞小説当選作ということになってますがね、嘘なんですよ。僕は懸賞小説に応募したことがない。（略）小説についてはあなた（菊池）の教えは受けませんといって帰ってきた（笑）〉と河盛好蔵との対談で語っており、この作品については多くの謎がある。後に章をあらためて、その間のことは詳述したい。

# 第六章　須磨寺での女性開眼

関東大震災で都落ちした山本周五郎を、尾崎秀樹、木村久邇典、足立巻一らは、いともたやすく須磨に到着させたが、ことはそんなに簡単ではない。これほど錯綜した事柄も伝記では珍しいのだ。第一は東京から神戸に来た経路と時期。汽車で行ったというのから、船で出かけたという説まである。第二の疑点は、神戸滞在の期間だ。「足かけ四年」説、「わずか五か月たらず」説、「十五か月」説と本人を含めた関係の深い当事者によっても諸説紛々。第三の疑問は、いつ山本周五郎というペンネームを用い始めたか。第四に、大阪で「罹災日記」を新聞社に売り込んだのは事実か、兵庫県豊岡の新聞社には本当に勤めたのか、「須磨寺附近」の女主人公・須子は康子のモデルなのか等々、いくつもの解明を迫る問題が山積している。それもこれも〈山本さんは人なみ外れて記憶力がよく、さらに人からうけた侮辱に対して、決して忘れないほどプライドが高かった。その性向は、〝執念ぶかい〟とさえいえるようであった〉（木村久邇典『山本周五郎の須磨』）といわれる周五郎の記憶違い、意識的（確信犯的というか）思い込みに発しているのである。

木村久邇典が執筆した「年譜」大正十二（一九二三）年の項が、たとえ数行ではあっても、日付が記入されているのに比し、尾崎秀樹のそれは大ざっぱである。〈関東大震災で都落ちした山本周五郎は、小学校時代の親友の一人である桃井達雄の姉の家に下宿した。もっとも東京を脱出することは容易ではなく、山本質店の夫人を避暑先の腰越にたずね、横浜の両親を見舞ったりした後、いったん東京へもどって中央線経由で関西へ向かったという。大阪到着後まもなく中之島の朝日新聞本社を訪れ、罹災の手記を寄稿したらしい。新聞紙上には出なかったが、そのときにもらった稿料は、ふところのとぼしい彼にとっては多少の救いとなった。これが彼のはじめて得た原稿料だったといわれる〉(『評論　山本周五郎』)

当時、罹災証明書があれば、日本国有鉄道は、どこまで行っても無料という政府の措置がとられていた。周五郎が中央線を経由したのは、東海道線は根府川・真鶴間の橋脚の鉄橋が地震で海に崩れ落ち、不通となって開通の見通しがたたなかったからである。貨物列車に積み込まれた被災者たちは、トンネルを通過するたびに煤煙でいぶされる。大阪に着いたときには、周五郎も全身が煤塵でまっ黒になった。

水谷昭夫は、〈大阪へ着いた清水青年は、その足で大阪朝日新聞の本社をたずねた。車中で知り合った赤井記者が、青年をともなったもので、新聞社の一室で震災の見聞を原稿に書かされた。(略)青年は紙と鉛筆を与えられた。『罹災日記』と題して二十枚ばかりの作品を書いて、青年はその場で二十円の原稿料をもらった。大正末期の二十円は、六畳二間のしゃれた文化住宅二カ月の家賃にあたる〉(『山本周五郎の生涯』)と記述する。

木村久邇典は、〈大阪にたどりついた三十六青年は、その足で朝日新聞大阪本社を訪れ、自分が目撃した関東大震災のありさまを書かせてくれ、と申し出た。(略)その記事は、けっきょく紙面には出なかったけれども、ぼくが物を書いて初めて金を得た最初の原稿ということになった」〉(『山本周五郎―青春時代』)と、周五郎から直接聞いたことを書いている。

水谷も〈ただし原稿の載った形跡はない、おそらく記事の一行か二行に生かされたのであろう。清水三十六という署名入りの「罹災日記」は、いまも幻の原稿となって行方が知れない〉と補記して切り上げるが、木村はいま少しねばり強く取材にあたっている。〈後日わたくしは、大正十二年九月一日現在、朝日の大阪本社にアカイ某という記者が在社していたかどうかを、人事部を通じて調べてもらった。しかし、これと確定すべき人物を探しだすことはできなかった。アカイという苗字は山本周五郎の記憶ちがいだったのであろう〉

門田勲といえば、私でも中学生の頃から記憶している朝日の名文記者だが、周五郎より年長者である。その門田に、周五郎が質問したことがある。

「門田さん、あなたが朝日に入社したのはいつ?」「昭和二年」と、門田が答えると、周五郎が即座に切り返すように、「じゃあ、朝日から金を取ったのは、数年ぼくが先輩だったというわけだ」と言ったため、門田は鼻白んだらしい。それにしても『罹災日記』二十枚に大枚二十円を支払った、一種のスクープ記事ともいえる原稿を朝日はなぜ掲載しなかったのであろう。

年譜によると（周五郎の直話によれば）、周五郎ははじめての原稿料を得、ついで遊山をかねて但馬の豊岡へ行き、わずかの期間だったが、そこの地方新聞社の記者になったということになっている。少し先走ると、周五郎が終生「須磨寺夫人」と呼ぶ木村じゅん（周五郎と同級生の桃井達雄の姉）は、そのことを否定している。

足立巻一（神戸女子大教授）は、〈木村じゅんさんと当時小学二年生だったその長男一正氏が、宮崎修二朗氏に語ったところによると、周五郎は桃井達雄とふたりで大震災から三、四日目に汽車の煤煙で全身真黒になって到着したという。桃井は勤めていた横浜のアイザック商会が被災したので避難して来たというわけだ。一正氏は「二人の姿を見たとき、煙突掃除かルンペンかと間違えましたよ」と記憶を語り、中央線の貨車の屋根上に乗って来て、いぶされたのだという。そうなると大阪で『罹災日記』を売り込んだという話も信じにくくなるし、豊岡の地方新聞社に勤めたことも事実に反する。

じゅんさんは滞在中に周五郎が桃井と二人で城崎へ遊びにいったことはあるが、豊岡で勤めていたというのはウソだ、とはっきり否定する。この大きな食いちがいについて、周五郎も桃井達雄も物故したいまとなっては立証できないけれど、わたしはじゅんさんの証言のほうに信憑性をおぼえる〉

(「『須磨寺附近』前後」、『山本周五郎の世界』所収)。

足立は木村じゅんが語ったという〈周五郎が神戸に来たのは、震災直後の三、四日目〉というのは、木村久邇典が疑問視するように、物理的に不可能だと思うが、〈じゅんさんの談話の日付けは厳密な意味ではなく、「間もないころ」と解してよいのではないか〉としている。そして被災者の群れでごったがえす混雑のなかで、周五郎が『罹災日記』を売り込みに行き、さらに大阪から当時交通不便だった豊岡へわざわざ出かけたとは考えられないとし、〈豊岡勤務は城崎旅行のときの印象からの虚構ではあるまいか〉と推断している。足立もまた〈どうして強記をもって知られる周五郎が、そんな仮構を語り残したのであろうか〉と書きとめることを忘れていない。

周五郎が東京から神戸に来た経路と時期についての詳細を、周五郎からの直話と、木村じゅんと長男一正が宮崎修二朗に語った話をもとに木村久邇典と足立巻一が、構成した経緯を辿ってきた。〈宮崎修二朗は当時、神戸新聞に勤務、柳田國男に関する著書(朝日新聞社刊)も持つ文芸記者である。ひょんなことから、山本周五郎が文壇出世作『須磨寺附近』の須磨寺にちなんで〝須磨寺夫人〟と呼んだ木村じゅんと一人息子の一正が、宝塚市清荒神一〇ノ一六にそろって居住していることを知り、両人に面接して、須磨寺時代の山本周五郎の、ありし日の模様を詳細に聞き取り、「歴史と人物」誌上に発表したというわけなのだ〉（木村久邇典『山本周五郎—青春時代』）

木村はこの「歴史と人物」昭和五十一年六月号（中央公論社）に発表された「山本周五郎の〝永遠の女性〟——文豪の青春に大きな影響を与えた〝須磨寺夫人〟」と題する文章を読んで驚喜し、〈宮崎レポートは、山本周五郎研究にとって、もっとも重要な資料のひとつである〉とまで断言する。

「もっとも重要な資料のひとつ」をもたらしたと驚喜したわりには、宮崎修二朗に関する説明は引用した二行では、さみしい。宮崎修二朗の名を見たとき、どこかで目にしたことがあると既視感を覚えた。そしてしばらくして思い出した。柳田國男の『故郷七十年』の口述筆記の作業をした人物であり、のちに朝日選書『柳田國男　その原郷』を公刊した人である。大正十一年、長崎県生まれ、神戸新聞「のじぎく文庫」編集長を経て、同新聞社嘱託。主要著書に『兵庫の民話』『環状彷徨』などがある。

周五郎伝の一つのモチーフに柳田國男の営為を重ねようとして、私が既に序章で触れた当の柳田と関係のある人物の登場——その偶然の成り行きに驚く。

宮崎修二朗の履歴を紹介したあとでなければ、周五郎研究に重要な位置を占める宮崎レポートを本書でも摘録させていただくわけにはいかないだろう。木村久邇典の『山本周五郎—青春時代』は「全文引用」だが、ここでは要所を摘録する。

——山本周五郎さんが、須磨に見えたのは？

**じゅん**　大震災の直後……そう、三、四日目でしたか。弟の桃井達雄も横浜で勤め先のアイザック商会が被災したので、周五郎さんもごいっしょに私《わたくし》宅に寄宿なさったんですよ。家は今の離宮前町二丁目です。当時二軒だけだった家のまわりは一面の田んぼで、今も残ってるはずですよ。

（その数日後、じゅんから、「さがしに行ってみたんですが、なくなっていました」と電話がありました）

**一正**　お見えになったときのことを、今でもはっきり覚えています。二人の姿を見たとき、煙突掃除かルンペンかと間違えましたよ。全身まっ黒で。東海道線が不通だったので、中央線の貨車の屋根の上に乗って来た。だから汽車の煙でいぶされてたんですね。私は小学校の二年生でした。

――じゃあ、東京から直接だったんですね。須磨へ見える前、豊岡市の新聞社に……。

**じゅん**　そりゃあ、ウソ。家にいらしたころ、なぜか城崎の方に行ってみたいって、おっしゃって、見物に行かれたんですよ。だって翌日の夜遅く帰ってみえましたもの。

**一正**　私もね、いっしょに行くと言って、母にしかられたことを覚えてますからね。豊岡で勤めてたとは考えられません。たったの二日だから……。冬でしたよ。

――そのときが、周五郎との初対面で？

**じゅん**　いやそれ以前にも二回ほど遊びに見えました。弟の達雄といっしょに――。横浜時代も遊びに見えたそうですが、何分九歳も違っていますからね、記憶にありませんよ。私の父は逓信省の官吏、課長クラスでしたが、従軍して朝鮮の仁川で病死しました。各地に赴任しまして、私は山形で生まれ仙台で大きくなり、横浜で女学校を出て、卒業するとすぐ結婚して神戸へ来たんです。学校は神奈川県立平沼高等女学校（宮崎註・旧県立第一高女、男子校の神中と並ぶ女子校の県内随一のエリート校だった）、外人の英語教師もいましたが、もう……。だから外国でも私の英語はむちゃくちゃでしたの。

――周五郎の上京が大正十四年だから、アメリカへいらっしたのはやはり……。

**じゅん**　いやあ、私たちが渡米したのは大正十三年の一月半ばですよ。主人が今のKラインの商船会社のポートランドの支店長か何かで……私たちはその後を追って渡米したんですよ。周五郎さんも東京へ帰るって――で、名古屋までご一緒して別れました。お困りの様子だったので、たしか二十円差しあげたことを覚えています。

――じゃあ、神戸は九月から翌年一月までの五カ月ほどで……。

**じゅん**　ええ、そのまま東京へいらっしゃったんですからね。

――「夜の神戸」社の勤めは？

**じゅん**　ほんのちょっとでしたよ。勤める以前は毎日図書館に行って勉強してらっしたし、私たちが渡米する一週間ほど前に、「やめた」と言ってらっしゃいましたから。

――昭和三年の『青べか日記』に、十二月三十一日の記として「二五八四年（大正十三年）の除夜は神戸千秋屋旅館に。二五八五年（大正十四年）も同じく神戸に」という回想があるんですよ。

**じゅん**　あ、私たち大正十三年の秋帰国しましたの。で、お正月ごとに二回、神戸の家へ遊びに見えましたよ。そうそう、あの方の弟さん（潔）もごいっしょでした。小説がなかなかうまくゆかないって話してらっしゃいました。そういえば、名古屋で別れるとき〝姉さん、もし山本周五郎という名の小説を見たら、私が出世したと思って下さい〟と言われました。家にいるときも、二階にこもって原稿用紙をクズでいっぱいにして……。だからあのころから山本周五郎のペンネームだったんですね。本名は清水三十六――明治三十六年生まれ、ですね。

――菊池寛が大阪に来たとき、原稿をもってゆかれたとか……。

**じゅん**　神戸の関西学院に講演に見えたときでした。「売り込みに行ったが、断わられた」って聞きました。大阪のお勤めもウソ。

――居候だったんですか？

**じゅん**　私が下宿料はいいって言うのに、ちゃんと十円置かれるような几帳面なところがおありでしたね。幼いころから苦労なさった方だから……。でもひどい〝機嫌変え〟でしたよ。弟の達雄――これも文学青年で、昭和六年に神戸で亡くなったんですが――にはひどくわがままで、酒はよく召しあがりましたね。そのくせ、人をそらさないといった人間的魅力のある方でした。（略）神戸でも転々と職を変えられたようでしたがねえ。写真がお上手で、そうハーモニカなんか、外国の曲ばかりでしたよ。山本質店で、夜、倉庫の中で練習したんだって……。服装？　やはり質店に勤めてらっしたので商人の着る縞柄がお嫌いで、そう、久留米ガスリが着たいって、私ごいっしょに買いに行って仕立ててさしあげたことがありますわ。そうですか、終生カスリの和服で……。

――『須磨寺附近』お読みになりました？

**じゅん**　二十歳になる孫の昭子が『山本周五郎アルバム』を買って来て、おばあちゃんが出てるって言うんで、気がついたんです。あの付録で読みましたよ。小説って本当のこと書くんじゃないんだし、あれ事実じゃありませんよ。私も嫌いじゃなかった。あの人も私が好きだったんでしょうが……。まあ読む方がどうお思いになろうと、かまいませんよ。私だってもう齢《とし》だから……。でも今考えると、あの方の生い立ちと生活様式が違ってたので、ひどく興味がおありだったんでしょうね。

――その後の文通なんかは？

**じゅん**　弟の達雄が亡くなったときお悔み状いただいて……。戦後、主人が亡くなり、長男もソ連から帰らず寂しかったとき一度、お手紙差しあげました。住所がわからないので、講談社気付で。ご返事に「私の方が先に死ぬんだから……」なんて書いてあって、気味悪かったですよ。でも主人の妹の安否なんか気遣って下さってました。あの方、家庭の温みを知らずに育った方でしたからね。私に心を寄せられたお気持はわかるんです。お家はうどん屋が看板で、裏でアイマイ宿なんか営んでたんだって話してられましたね。そんなことで苦労したし、芸者相手の質屋に勤めたから人生の裏表には通じてる——なんて、ね。でも今思えば、まだ二十歳でね。若かったし、道楽もしてらっしゃらなかったし、弟のように可愛がったし、よくしてあげましたし、美しく懐かしい思い出ですわ。もう、すべてが時効よ、ねえ。

このインタビューが行われた昭和五十一（一九七六）年、木村じゅんは何歳だったのだろう。その応答の華やかさ、艶めかしさに、驚きを覚え、つい年齢を知りたくなる。推定するには、四つの方法がある。

(1)小説「須磨寺附近」に当たる。嫂《あによめ》の康子は、二十三歳の主人公の青年、清水清三よりも五歳年上の美貌の持ち主という設定である。（周五郎の直話では自分より九歳年長であった、という）。「清水」は周五郎の本姓であり、「清三」は本名の三十六にちなむもので、作者自身をモデルにしていることは歴然としている。小説に則すると、康子のモデルである木村じゅんは当時二十八歳、インタビュー時は、七十八歳になる。

(2)「青べか日記」を参照する。昭和四年六月六日の日附で、〈今日旅（註・北海道旅行）から帰った。

二旬に渉《わた》る長い紀行が終った、今は大変に疲れている、根室のお文さんがなつかしくて耐らぬ、丁度初めて須磨を訪れ、須子（註・須磨寺夫人木村じゅん）の温かい懐《ふところ》でなずんだ後、帰京して暫くは馬鹿のように気が脱けて、淋しくて耐えられなかった、あの時の気持だ、お文さんは良い乙女だ、旅のことは別に書く積りである〉とある。このとき周五郎は二十六歳だから、「須子」は当時三十一歳。インタビュー時は七十八歳ということになる。公開を前提にしない日記に、「須子の温かい懐でなずんだ……」は、酔狂では書けないだろう。

(3)インタビューそのもの。〈でも今思えば、まだ二十歳でね。若かったし、道楽もしてらっしゃらなかったし、弟のように可愛がったし、よくしてあげましたし、美しく懐かしい思い出ですわ。もう、すべてが時効よ、ねえ〉。意味深長な発言ではないか。「まだ二十歳でね」というのは、本人ではなく、周五郎のことだから、(2)の「青べか日記」の頃の年齢に近似する。何が意味深長か。「道楽もしてらっしゃらなかったし」であり、「美しく懐かしい思い出ですわ」、それに「もう、すべてが時効よ」の一言である。道楽云々などは、女性の勘だけでは、この発言は出ない。

(4)略年譜。〈大正十二年（一九二三）二十歳。神戸市須磨区中今池一四ノ一（現・離宮前一ノ七八）の木村（級友桃井達雄の姉じゅんの婚家）方に止宿〉。(2)(3)の記述に一致する。小説での五歳年上か、周五郎の直話による九歳上か。即ち当時七十八歳か八十二歳か。どちらにせよ、「もう、すべてが時効よ、ねえ」は艶かしい。

山本周五郎の須磨時代の消息を明らかにするために、いきなり「須磨寺附近」のモデルの詮索に及び、不明な箇所の多かった時代を照射することが可能になったが、木村じゅん談話でもなおいくつかの疑問点は残る。それについては当の小説を紹介したあとに検討してみたい。

「須磨寺附近」は、大正十五年、「文藝春秋」（四月号）に発表された作品で、周五郎がジャーナリズムにデビューしたいわば文壇処女作である。級友の姉の嫁ぎ先であった須磨に寄宿していたおりの恋のアバンチュールがテーマとなっている。

> 清三は青木に迎えられて須磨に来た。青木は須磨寺の近くに、嫂と二人で、米国の支店詰になって出張している兄の留守を預っていた。で、精神的にかなり手甚い打撃を受けていた清三は、その静かな友の生活の蔭に慰を求めたのであった。
>
> 須磨は秋であった。
>
> 青木の嫂の康子は非常に優れて美貌だった。彼女については青木がまだ東京にいた時分よく彼によって語られていたのでおおかたのことを清三は識っていた。

小説の発端だが、ここで早くも「事実」とは異なる「小説化」が行われていることに気付く。康子（じゅん）は兄嫁ではなく、清三（周五郎）の友人青木（桃井達雄）の実姉である。〈清三は青木に迎えられて須磨に来た〉が事実なら、桃井はひと足早く須磨に来ていて、清三を出迎え須磨寺夫人の家に止宿するよう奨めたことになる。しかし桃井が先に須磨に来ていたとか、二人が同じ列車で関西へ向かったかどうかは調べる手だてがない。

月見山の家に着いた夜、清三のために風呂が焚かれ、食膳には康子の手料理が並べられる。〈遠慮なぞしないで、ゆっくり遊んで行ってくださいね、二人きりで寂しいんですから〉と康子は云い、清三はその鋭い瞳に威圧される。月が佳《い》いから浜へ行こうと誘う康子に清三は応じる。砂の上に足を投げ出した清三は、〈いつごろまでいてくだすって〉と呟くような康子の声を聞く。康子の面は月光を浴びて彫像のように崇高に見えた。

清三は、「温かい幸福」感をもち、大阪の雑誌社に働くことになる。康子は須磨寺や六甲山の紅葉狩りに連れて行ってくれる。須磨寺で康子は〈地の中で虫が土を掘る音まで聞えそうだ、と云っている人がゲエテの詩の中にありましたね。──雨さえ降っていなかったら、こんな静かさをそう云うのでしょうか〉とか、〈あなた、生きている目的が分かりますか〉〈生活の目的ではなく、生きている目的よ〉などと言う。六甲山では、〈道が分からないってことは興味があるじゃないの（略）どこへ出るか疑問だから〉とか〈興味というものは不安があるから起こってくるものじゃないの〉と言い、清三はその会話の「技巧に思わず微笑」する。夕食の時、康子は義弟に〈あなた私たちの結婚が、幸福か幸福でないか分かりますか〉と、ふいに言って二人を驚かす。

ある日、清三は社で康子からの電話を受けた。劇場に行くと、康子は夫の上司と来ていた。清三は遁《に》げるように去る。その夜中、軀が悩ましくて仕方がなかった。四、五日後の夕刻、康子に下宿を勧められ、悲劇的な感傷が頭の中で火のように閃き回る。

窓から来る宵明りで清三の姿を見出した康子は、素早く寄って来て、清三の頸に腕をかけた、清三はその腕を払い除けようと思った、が反対に軀をねじ向けて、康子を抱いた。

「あ──」

康子の短い叫びが清三の唇に触れた、二人の唇はしっかりと合った。しかし清三はすぐ康子の前に膝をおとした。康子の手が清三の髪毛の中に差しこまれた。二人の嵐のような呼吸が静寂な八畳の部屋に荒々しく続いていた。

「あたし来月の船で亜米利加へ行きます」

「――――」（以下八行略）

康子の熱い呼吸が清三の頬に近づいた。

「我慢なさい」

そう云って康子は静かに階下へ去った。


「須磨寺附近」について、やや多くの枚数を費したのは、足立巻一による〈短編「須磨寺附近」は、山本周五郎の全文学を観望するとき、重要な作品だと思う。（略）作品そのものにおいて作家としての資質、文学的初心が明確にあらわれていることで重要である。つまり、この一作に山本周五郎の文学の原核がすでに顕在しているように思われる〉（『須磨寺附近』前後」）という指摘を首肯するからである。

木村久邇典によれば、「須磨寺附近」が発表される前月の「文藝春秋」（大正十五年三月号）の「よしなごと」欄に、菊池寛は大略つぎのように書いてるという。〈二百編の応募があった懸賞小説（傍点筆者。やはり懸賞小説だったのだ）の選を終えた。社員も読み自分も選考したが、感激もなく、今日の新進作家を抜く水準のものも見当らなかった。二百円の賞金は佳作者に五十円ずつ与えたい〉と。結局、当選作として力石平三、阿川志津代、山本周五郎、田島準子の四名の作品が、二月号から五月号まで四カ月にわたり、一編ずつ掲載されていったのである（阿部知二が佳作に選ばれている）。菊池の選評は、周五郎作品だけを対象にして言ったものではないが、入選した四名が、それぞれ自作への辛辣な評と受けとめたであろう。

当時の時評では、どう評価されたか。朝日新聞文芸時評欄で山本の作品についての山内房吉の評がある。〈新しい作家に対する興味とある期待とをもって読んだのであるが、最初の十行ほどで私は失望した。それだけでもうこの小説のヤマがみえたからである。しかし数多い応募者の中から選びだされた新人の作品だから、何か新しいものでもあるかも知れないと思って、つとめて終りまで読んでみたが、ついにそれらしいものを発見することができなかった。ありふれたことを、ありふれたように書いただけである〉と酷評に近いものである。


〈やや過褒と言うべきだろう〉と西垣勤（神戸大学教授）に揶揄されているのが、水谷昭夫の『須磨寺附近』に対する評価である。水谷は康子と清三の会話、たとえば「あなた、生きている目的がわかりますか」「目的ですか」「生活の目的ではなく、生きている目的よ」を引き、〈男と女の愛のからみあいに、このような観念的な会話をもちだしてくるのは、「大正」という時代の特色で〉新しいのだと言う。〈表現が新しい、というだけでない。悩んでいる悩みそのものが新しい。しいて言えば、夏目漱石の苦悩に似ている〉と、漱石の『行人』の一節を水谷は引く。


「自分のしてゐる事が、自分の目的《エンド》になつてゐない程苦しい事はない」と兄さんは云ひます。

「目的《エンド》でなくつても方便《ミインズ》になれば好いじやないか」と私が云ひます。

「それは結構である。ある目的《エンド》があればこそ、方便《ミインズ》が定められるのだから」と兄さんが答へます。

（『行人』）

「須磨寺附近」を覆っている観念的会話は、この漱石の『行人』の会話以来のものであろうと断案する。また『行人』の主人公一郎が、〈自分は女の容貌に満足する人を見ると羨ましい。女の肉に満足する人を見ても羨ましい。自分は何《ど》うあっても女の霊といふか魂といふか、所謂《いはゆる》スピリットを攫《つか》まなければ満足出来ない〉というのは、『須磨寺附近』の清三が、〈地の中で虫が土を掘る音まで聞えそうだ、と云っている人がゲエテの詩の中にありました〉というようなことを話す康子の、その美しい言葉やスピリットのすべてを所有したいとのぞむことと相似をなすというのである。

また『行人』にも「須磨寺附近」（ひいては「豹」）にも、「女の正体」というものを見たい、知りたいという願望が描かれていることで共通しているという。まとめて言えば、漱石と周五郎の作品において、〈人間存在の帰するところ、もっとも根源的なものへの熱い希求という点において、はっきりと共通する。その一つが女性である。あの観念的な会話である。「女の正体」をあこがれる思いである〉（『山本周五郎の生涯』）。

周五郎のいわゆる「神戸もの」といわれる作品には、「須磨寺附近」のほかに、「秋風の記」「陽気な客」「豹」「正体」などがある。そして、これら「神戸もの」こそが、〈山本にしては〝例外〟といってよいほど、事実を、事実に近いかたちで小説化している〉（木村久邇典）ということになる。そのことを念頭にして、「アサヒグラフ」（昭和八年九月二十日号）に発表した「豹」を見てみよう。挿絵は小山内龍が描いている。舞台は同じく須磨寺附近である。

ストーリーを要約すると――。正三は父の命で、兄の一周忌後、御目附役として嫂を須磨の家に訪れて三度目になる。たまたま須磨寺公園内の動物園の檻から豹が逃げ、二人を嚙み倒して逃走したという事件が起こる。月見山や離宮前町の一帯の住民は恐怖におののき、猟銃の弾丸を仕入れたりしている。隣家の和田という好色そうな貿易商は嫂に関心をもっていて、豹の警戒を口実に、銃を携えて訪れて来るが、嫂はかえって彼をきらい、離れ屋に寝ている正三に、「今夜は母屋へお泊まりなさい」と頼み込んだりする。そして汽船会社の支店長だった兄がアメリカ在勤中に客死した真相は、米人家政婦に子供を産ませたトラブルによる自殺だったのだ、と打ち明ける。

翌日、正三は図書館へ出かけたものの、嫂の前夜の告白にひどく動揺している。親の激しい反対を押し切り、あれほど愛しあって結婚した二人ではなかったか。それが三年そこそこの別居生活で……。正三の心はさらに揺れ、どうしたわけか嫂がいとおしくて我慢できぬ思いに胸をかきむしられる。たった今、即座に彼女に会わなければ、そのまま頭が狂ってしまいそうな気持だった。その夜、正三は晩く帰宅して、離れで寝る。〈何時ころであったか、正三は静かに襖の明く音を聞いて眼を醒ました。すると嫂が蒼白い顔をして立っているのを見つけた。「どうしました」正三が驚いて起上ると、純子は歪んだ微笑を見せながら、「いま裏のほうで妙な音がしたんです。豹なんです。豹が来たのじゃないかしらと思って」「見て来ましょうか」正三が立上ると、純子は近寄って来て、「いえいいのよ、まさか雨戸を破って入っても来ないでしょう。久しぶりで胸がどきっとしたら、すっかり眼が冴えちゃって」〉

正三は床を片寄せて、机の上のスタンドのカバアを除けようとした、すると純子が急いで正三の手を押えながら、

「いいのよ、いいのよ、私すぐ帰るから」

と云った。純子の手が触れた一瞬、その冷たい触覚が正三の脳へ痺れるような感を伝えた。正三

は息を呑みながら本能的に身を退けた。それにもかかわらず堅くふくれた嫂の胸が、光をたたえた眸子《ひとみ》が、張りきった丸味のある肩が、豊かな腰が、一時にぐんとのしかかってくるような幻暈《めまい》を感じて正三は低く喘いだ。

（略）裏のほうで何か倒れたらしい。（略）いきなり庭先でからからと烈しく竹桿の倒れる音がした。

「正三さん」

純子は低く叫びながら、左手でぎゅっと正三の手を握った。

「大丈夫です」

正三はとっさに片手を純子の背へ廻した。喘ぐような純子の息吹が正三の面を蔽った。むっとする香料の匂いと、ぬれた女の唇が自分のを強く求めて動くのを感じた。

しかし、翌朝、正三は豹が前日すでに射殺されていたと知らされる。とすると嫂が自分を求めた昨夜は、豹の運命を嫂はとうに知っていたはずである。そして闇の廊下で自分の唇に押し合わされたものの方こそ、〝豹〟の正体であったのだと、正三は気づく――。

登場人物の実名とモデル名は、対比するまでもない。主人公は正三（清水清三→清水三十六）、人妻は純子（木村じゅん）、その息子一政《かずまさ》（木村一正《かずまさ》）である。女性のなかにひそむ魔性を剔抉するために、野性そのものの豹を登場させるなど、まことに巧妙な作品だが、前述した足立巻一の『須磨寺附近』前後」によれば、須磨公園で実際に豹が逃げた事件があったという。〈兵庫電気軌道が経営していた須磨動物園の豹が檻を破って逃げた事件は、大正六年六月二十九日におこった。神戸の町は大騒動となり、どの家も早くから戸をおろすという日々がつづいた。豹は神戸裏山から有馬、丹波の山奥へ逃げ、百七日目に京都府船井郡和知村で猟友会によって射殺された。その剝製は久しく須磨動物園に出陳されていた。だから、周五郎が須磨滞在中におこった事件ではない。おそらく剝製の豹を見、大事件として語られていた顚末を知り、それを十年もたってから小説の素材として使ったのであろう。そして愛憎激しい純子を豹になぞらえ、短編に仕立てたのにちがいない〉というのが、足立の判断である。

〝神戸もの〟にかぎらず、周五郎作品には共通するテーマがある。「年上の女」であり、「女性のなかにひそむ魔性」だ。そしてそのすべてが「須磨寺附近」を端緒とする。須磨という土地を起点とすることを、偶然としても不思議に思わないわけにはいかない。

須磨寺の塔頭「正覚院」横には、山本周五郎の文学碑がある。表に「須磨は秋であった……」とあり、裏は「貧困と病気と絶望／に沈んでゐる人たちのために／幸ひと安息の恵まれるように」と、刻まれている。表は「須磨寺附近」の冒頭近くの一節、裏はきん夫人のために周五郎が晩年、和紙に墨書したものである。足立巻一は、この章句を〈これは読者の一部、ひいては日本の庶民への周五郎の遺書あるいは祈りであったと思う。この祈りにあらわれているのも、周五郎の静かではあるが、激しく強い理想主義への志向である〉と受容している。

清三と康子の関係は、プラトニックな物語で終わったのではなく、清三が初めて女性を体験する人世開眼の契機となっていると考えたい。その根拠は、これまでも述べてきたように、昭和四年六月六日の「青べか日記」の中の〈丁度初めて須磨を訪れ、須子の温かい懐ろでなずんだ後、帰京して暫くは馬鹿のように気が脱けて、淋しくて耐えられなかった、あの時の気持だ〉という記述であり、同じ日記で、大正十三年の秋に木村じゅん夫婦が、米国から再び帰国すると、同年と翌十四年の十二月三十一日に神戸へ出かけ、さらに大正十五年・昭和元年には鳥取市へ旅して、〝須子〟の身近に身を置こうとしていることである。〈ふいに嫂の声を聞きたいという欲望が激しく正三の胸をかき乱しはじめた。まるで熱病のようだった、たった今、即座に嫂の眼に触れなければ、そのまま頭が狂ってしまうような気持だった〉(「豹」)。狂わしいほどに慕わしい憧憬のひとならば、遥かな須磨への旅も苦にならなかったであろう。

周五郎の女性開眼を、文学的に自己告白した作品に『正雪記』『樅ノ木は残った』「へちまの木」などがあるが、いずれも「須磨寺附近」の情景、積極的な〝年上の女〟の情動が印象的である。〈時に冷たく時に熱く、しかも不分明な悲しみを宿した人妻が、二十三歳の筆に成ったとは思われないほどの鮮明さで描かれている。その文体も、後年のそれがすでにこの一作でほぼ骨格を成していることを思わせる〉(足立巻一、同前)に意義を挟む余地はない。

年上の女の不思議な魅力、といえば、私などはまず漱石『三四郎』の美禰子を想起するが(そしてプラトニック・ラブの最も代表的女性として浮上するが)、周五郎の〝康子〟や〝須子〟や〝純子〟には、美禰子のアンコンシャス・ヒポクリット的な魅力は感じられない。ひたすら艶っぽく、官能的であるだけだ。

『正雪記』の少年久米(のちの正雪)が、女性を知らされる場面を引く。

——苦しい、どうしたんだろう。

彼が目をさましたとき、彼は誰かに組みしかれていた。熱くて軟らかい弾力のある軀が、しっかりと彼の軀を掩い、押えつけ、火のようなものが彼の唇を塞いだ。

——殺されるのか。

久米は一刹那そう思った。しかし、触れている肌の吸盤のような密接な感じや、むっとする安香料の匂いや、狂ったような激しい呼吸を聞いたとき、彼は（おぼろげながら）なにが起こっているかを知った。——彼は非常な嫌悪と、絶望におそわれながら、その暴力から自分を救おうとした。本当にそうだったろうか。

彼は嫌悪と絶望におそわれたが、他のものとは違っていた。まるで種類の違う、新たな、しかも避けがたい感覚であった。その暴力から自分を救おうと思ったのは事実であるが、意志とは反対に抵抗することも、動くことさえもできなかった。目のすぐ側で、狂人のような喘ぎと呻きが聞えた「可愛い、可愛い子——」

闇の中で、久米は殆んど失神した。

『樅ノ木は残った』で、青年宮本新八が、年上の女おみやによって、女性を初体験させられる場面を引く。

「じっとしてて」と耳のそばで喘ぐのが聞えた、「じっとしてらっしゃいね、新さん、じっとしてるの、わかって」

新八は首を振った。ねっとりとした、火のように熱いものが、唇を押え、耳たぶに触れ、また唇を痛いほど吸った。新八はようやく眼ざめ、殆んど恐怖におそわれながら、その腕をつかみ、身をよじった。相手は手と足とで絡みつき、押え、のしかかって緊めつけた。ぬめぬめとした火のように熱いものが、頬に頚に吸いつき、肩に歯を立て、そうしてあらあらしい喘ぎで彼を包んだ。

「いやです」と新八は手を払った、「よして下さい、いやです」

いま一つ、周五郎の最晩年の作品「へちまの木」から引く。

房二郎は夢の中で、やわらかく、吸いつくような、熱い女の軀の重みを感じた。いつかの女だな、と彼はおぼろげに思った。女の軀は彼を上から蔽い、押しつけたり、緊めつけたりした。けんめいに苦痛を耐えているような女の声を聞きながら、また酔いすぎたんだな、と彼は思った。軀の一部に異様な感覚がおこり、その感覚が急に頂点に達したとき、彼は女のかすかな、わけのわからない叫び声を聞き、自分の全筋肉がばらばらにほぐされるのを感じた。

周五郎が女性を描くことにかけては第一級の精緻な筆をもつ作者として定評があったことは、引用した初期の作品でも明らかだが、戦後の「岡場所もの」の諸作品にみる女の性のみずみずしさ、なましさ、美しさ、哀れさ、かなしさは群を抜いてたくみである。その頂点に来るのが、周五郎全作品中でも私がベスト三に数える『おさん』だ。そして何度も繰り返すが、その女性開眼の中心にあるのが、須磨寺夫人であり、周五郎にとって象徴的存在ともなる。夫人を想ったとき、周五郎の心中から、長年思慕していたドルシネア姫、もしくはベアトリーチェであった洒落斎の娘山本志津子も忘却されるのである。

「須磨寺附近」で、疑問に思うことが、一、二ある。冒頭の部分、青木（桃井達雄）の嫂・康子（木村じゅん）が優れて美貌であったことを、青木自身から清三（周五郎）は、よく語られて識っていたという記述のあと、〈「君なら一眼で恋着するだろうなあ」青木は話の出るたびにかならずそう云ったものである、従って打明けて云えば、青木の暗示的な言葉は、彼女の写真を見たり性情を聞いたりすることに救けられて清三の心の中でいつのまにか育っていた〉と続く条りである。義理の弟が、仲のよい友人とはいえ、「嫂」を「君なら一眼で恋着するだろうな」なんて言えるものだろうか。

関西生活を切り上げ、大正十三年に東京へ帰ってきた周五郎が、二年、三年の大晦日に、年末になると続けて神戸行を繰り返しているのも、よくわからない。最初は須磨寺夫人の夫はアメリカに赴任していて不在であったが、後の二回は夫も帰国しているのだ。それに周五郎が須磨生活を切りあげるきっかけになったのが、夫人が急に夫の許へと渡米することになったためではなく、夫に帰国命令が出たからであることは今では明らかになっている。須磨から帰京することになった理由は、きん夫人によれば、「ご亭主が帰ってきてみたらば、変な文学青年みたいのが、ヒモみたいにごろごろ下宿してるなんて不愉快でしょ。こんな生活をいつまでもだらだら続けていたら、自分も駄目になってしまう、そう思って須磨を引揚げてくる気になったんですって……」と周五郎から聞いたことを後に明かしている。

周五郎が木村久邇典に語った須磨脱出の理由は、〈関西の気風が、自分の体質に合わないことに気づいたため〉というものだった。

〈関西のおんな、特に京都の商売女はサービス満点だ。人を寝かしつけるとき、掛け蒲団の四角《よすみ》をうえから軽く叩くように、やさしく取り扱ってくれる。関東の人間は、単純でお人善しだから、その奉仕ぶりに手もなく感激してコロリと参ってしまうんだが、客に金が無くなったと知ったら、掌を返したように態度を変える。ぜんぜん見向きもしないという薄情さだ。だからおれは、箱根山から西は鬼が出るって云うんだ〉といい、そのあと、〈ときによっては、箱根山から鈴鹿峠へ〝ライン〟を西に移動させることもあった〉が、〈そういうわけで、おれは関西から西の人間とはつき合わないことにしている〉(『山本周五郎—青春時代』)と、つけ加えていたらしい。

前述したが宮崎修二朗による木村じゅん、一正母子とのインタビューは、「歴史と人物」(昭和五十一年六月号)に発表された「山本周五郎の〝永遠の女性〟——文豪の青春に大きな影響を与えた〝須磨寺夫人〟」と題する文章に収録されたものである。正確にいえば、これは第二報ともいうべきもので、第一報はそれより三か月も前に同年(昭和五十一年)二月四日付の神戸新聞夕刊五面「こちら社会部」欄に、「山本周五郎の〝神戸時代〟明るみに」という大見出しで、同紙の宮崎修二朗記者によって報じられたものである。〝須磨寺夫人〟の名は、木村じゅん(八一)といい、長子の木村一正氏(六一)と共に、宝塚市清荒神に近い住宅街で健在であることが、これで明らかになったのである。

当時じゅんが八十一歳と聞いて、その記憶のたしかさに驚かされる。かくて宮崎記者の手引きで両人に面接した木村久邇典によって、須磨寺時代の周五郎の在りし日のくさぐさが明らかになる。木村じゅん談話にもある疑点を取り除き、ほぼ確実とされる事実を記せば、周五郎の神戸滞在期間は五か月であったこと、一時豊岡のローカルな新聞社に勤めたが、一週間前後で辞めたこと、そのあと「夜の神戸社」の社員募集に応じて入社、観光ガイド誌「月刊夜の神戸」のためにゴシップ記事を書いたが、これもじきに辞めた。弟の桃井達雄が昭和六年の暮れに腸チフスかなにかの流行病で死亡したこと（享年二十八）、そして須磨寺夫人の家に下宿することになった経緯に関してである。

さきに引いた「へちまの木」は、この「夜の神戸社」勤務時代に材をとったもので、昭和四十一年「小説新潮」（三月号）に発表された。周五郎が急逝する一年前に執筆された時代小説だが、主人公の房二郎が下宿先の年上の主婦によって初めて女性を知るというテーマが、またもや繰り返される。「山本急逝のちょうど一年まえに執筆した作物だけに、とくに関心をひかれる」と木村久邇典は言う。それは、「なぜ周五郎はわずか五か月で関西生活を切りあげて、東京へ帰ることを決めたのか」に対する答えともなっている。木村は周五郎が「理由は関西の気風が、自分の体質に合わないことに気づいたため」と語ったことを、さすがに信じてはいない。

再上京のきめ手となったのは、須磨寺夫人の木村じゅんが米国の夫君のもとに渡航することになったためのように思われる。勤め先の雰囲気に馴染めず、憧れの須磨寺夫人と同じ家で青春の日を、何カ月かでも共にし、〈須子の温かい懐ろでなずん〉（「青べか日記」）でしまった山本には、須子の居ない関西生活は、無意味なものにさえ考えられたのであろう。親友の桃井達雄は依然として神戸のアイザック商会支店につとめていたのだが、桃井の神戸残留さえ、山本周五郎をひきとめる力を持たなかった。大正十三年一月半ばに渡米した須磨寺夫人は、意外に早く、同年秋には神戸に帰国している。十三年、十四年と続けて除夜の鐘を神戸へ聞きに西下した山本の行動には、いちだんとかきたてられた須子への慕情が、起爆剤になっていたとみるのは誤まりであろうか。（『山本周五郎――青春時代』）。

なおも逡巡しながら、ここには一歩踏み込んだ見解が述べられている。

周五郎が、再び東京へもどったのは、大正十三年一月中旬のことである。震災で灰燼と化した帝都は数年たたないうちに復興し、町々は活気を呈していた。かつて勤めていた山本質店「きねや」も、以前と同じ場所に店を開いており、急テンポの帝都復興に合わせて、二階建ての仮店舗を構えていた。その後、昭和三年に、鉄筋コンクリート三階建てのビルとなった。秋山青磁の『三十六少年とうた』によれば、周五郎は、ちょくちょく質店に立ちよったが、「きねや」の店員として戻ることはなかった。下谷黒門町に下宿住いし、やがて「きねや」とは徒歩で五分とかからない新橋の板新道の「蔦廼家」という芸妓置屋の二階に移ったという。（同前書）

酒席で木村は周五郎が蔦廼家時代につくった小唄をうたうのを何度か聞いている。この小唄「四つの袂」は、昭和八年の一月から六月にかけて、河北新報に連載した『安永一代男』のなかにも挿入されている。

四つの袂（山本周五郎作詞）
四つの袂に霜が降る
もう退《ひ》け過ぎの仲の町
聞く人もない蘭蝶を
〽約束かため身をかため
世帯しょせんはつれ弾きが

結局気ままな悪のはて
今夜は月もまんまるな
ふたつ並んだ影法師

こうした芸妓屋での時間が、のちに『虚空遍歴』の構想を醸成していくことになるのだ。周五郎の実弟の潔も、この時代を語っている。

兄貴の気の強さは人一倍でした。関西から帰ってきて新橋の板新道の芸妓屋に下宿していたころのことです。向いの芸妓屋で犬を飼っていましてね、その犬が兄貴をみると、毎度むやみに吠えたてる。ある時、吠えつかれた兄貴はかんかんに腹をたてましてね。石をもって追っかけていった。犬はとうとうその芸妓屋の玄関へ逃げこんだそうです。ところが兄はその芸妓屋の玄関の戸をあけてはいっていって、この犬はぼくを見るといつでもやたらに吠える、もう勘弁できない。殺してやるからその犬を出せって云ったというんです。(『素顔の山本周五郎』)

# 第七章　洒落斎と周五郎

作家のなかにはその生涯史に、ある謎の空白の期間をもつひとが幾人かいる。江戸川乱歩の昭和九年がそうであり、アガサ・クリスティの失踪事件がそうだ。山本周五郎の下谷・黒門町時代即ち大正十三（一九二四）年から十四年にかけてのことは、そのころもっとも親しかったといわれる秋山青磁でさえ、殆ど知らない。毎日をどう凌いでいたのか、どんな方法で収入を得ていたのか。秋山は黒門町の止宿先も訪ねたことがないという。

黒門町時代の思い出のひと齣《こま》を、木村久邇典は周五郎から聞かされている。〈神戸から東京へ帰って来たぼくは、レコに関しては、味を知ってすっかり悪くなっていた〉と右手の小指をすこし曲げてみせて語ったらしい。

「黒門町の下宿には、出戻りだという色きちがいみたような娘がいて、さかんにこっちへ秋波をおくるようなそぶりをする。おれも悪かったな、銭湯へゆくとかなんとか云って、おれの二階の部屋の机につんだ本の下に、裏返しにしたエロ写真の端をチラっと見えるていどにかくして、外へ出てゆく。帰ってきてみると、机の上はそのままになってるが、あきらかに色娘が、写真を覗いた気配があるんだ。そんなコは、すぐモノになった。だけど、そのたんびに、実に執拗に、けっこんしてくれ、けっこんしてくれって強要されるんで、うるさくなってその下宿は、直きに飛び出してしまったというわけだ」（『山本周五郎―青春時代』）

追々《おいおい》書いていくが、この種の〝直話〟が、周五郎には多い。躁だとか、酒が入ったからとか、韜晦とかというのではない。含羞のかけらもないのだ。きん夫人によれば、〈(周五郎は）来客があると、さかんに笑わせたり、ワイ談なんかも平気でしました。〝ぼくのワイ談はちっともいやらしくないだろう〟というのが自慢でした〉（『夫 山本周五郎』）というが、私に言わせれば、世人が興じている猥談のほうが、いやらしくもないし、からりとしている。私はさらにいくつかの周五郎が語ったワイ談を引用しようかどうか迷ったすえに、断念したのだが、周五郎のワイ談は下品であり、下劣である。何より露骨で、それは周五郎が女を「もの」として扱い、人間としてみなかったことからの必然であった。

木村久邇典の、さきの〝直伝のワイ談〟を聞いたあとの感想は、〈わずか五カ月の時間の推移が、山本周五郎を人間的に大きく変えたのだ。まさに東京を脱けだすまえの彼と、帰ってきた彼は、〈彼は昔の彼ならず〉だったのである。山本は今や精神的にも肉体的にも、〝大人の世界〟の住人の一員であった〉（『山本周五郎―青春時代』）。

ここにいう「周五郎を人間的に大きく変えた」は、皮肉なのか、揶揄なのか、それとも褒詞なのか。いわゆる「紅灯の巷《ちまた》」に流連したことでは、永井荷風も山本周五郎も同じだが、両者はその「反俗」の内実について差違を見せる。そしてここに太宰治や坂口安吾を並置すれば、まるで異なることは一目瞭然になる。奥野健男による太宰治―山本周五郎の系譜は、短絡ではないか。私はアンビヴァレントな感情に傾かざるをえない。それが荷風、周五郎の「女」に対する倫理的なるものの欠如といったら、ひとは驚くだろうか。

偏奇館住人の永井荷風と、曲軒こと山本周五郎、この両人には共通するところが多い。一つが菊池寛嫌い、というより憎むこと執拗を極めた。大正十四（一九二五）年十月二十四日の荷風日記（『断腸亭日乗』）には、〈悪むべきは菊池寛の如き売文専業の徒〉とし、十一月十三日の日記には、〈菊池は曾て歌舞伎座また帝国劇場に脚本を売付け置き、其上場延期を機とし損害賠償金を強請せしことあり。品性甚下劣の文士なれば、その編輯する雑誌には予が草稾は寄せがたしとて、くれぐ〵も記者の心得違ひを戒め帰らしめたり〉と筆誅している。後段は、十一月十三日に、「文藝春秋」の記者が、菊池寛主筆の手紙を持参して、寄稿依頼のために偏奇館を訪ねたとき、荷風がにべもなく拒絶したことをいう。

昭和十二（一九三七）年に発表した『濹東綺譚』において、〈昭和四年の四月「文藝春秋」といふ雑誌は、世に「生存させて置いてはならない」人間としてわたくしを攻撃した。其文中には、「処女誘拐」といふが如き文字をも使用した所を見るとわたくしを陥れて犯法の罪人たらしめやうとしたものかも知れない〉とまで書いている（筆者註・これは後に荷風の思い過ごしだということが判明する）。周五郎の菊池寛憎悪は、直木賞拒絶の章に合わせて、後述するが、同じ菊池嫌いにしても二人は違う。私は荷風を贔屓する。

秋山青磁の死後、昭和五十四（一九七九）年五月、遺稿集『写真撮り物帖』（創文社）が出版された。十章からなる遺稿集に、「山本周五郎のこと」と題する一章があり、木挽町「きねや」時代と馬込時代の周五郎の姿が、洒脱軽妙な才筆で描かれている。これまで触れてこなかったことを、その回想から録しておこう。

わたしなどは奉公に出たその翌日から、数寄屋橋の泰明小学校にある乙種《おつしゅ》商業学校に通わされた。サトム君はすでにここを卒業して神田の正則英語学校にいっていた。二年という二人の勉強の間はどうしても縮らず、わたしが正則の夏季講座にいったときは、彼は同じく神田の大原簿記学校に進んでいた。正則には牛山充《みつる》という先生がいて、英文法を教えていた。本業は音楽の評論家だが、学校のほうはアルバイトらしかった。夏の暑い教室に袴をつけた先生の白い絣の単衣が、汗でびっしょりになり背中が黄色く変色して地図ができていた。

神田の正則英語学校や大原簿記学校の名は、当時発行されていた少年向けの雑誌や「キング」など大人の大衆雑誌に毎月、広告が出ていた。中学や高校へ進学出来ない地方の貧しい少年たちのために、通信講座で資格を獲得させるものもあった。たとえば佐藤忠男は、〈『少年倶楽部』には、不思議なパッションを感じさせるものがあった〉と回想する。

〈毎号おびただしい数の講義録の広告が載っており、それが一つのムードをかもしていた。いわく、「最新式中学講義録」「師範入学と小学教員受験講義録」「英語通信講座」「井上英語講義録」「鉄道員志願」「軍人志願」「珠算と簿記」「少年航空兵」等々、二〇種類を越えるそれらの大きな文字が、はじめのころは「無学は一生の恥」程度の文句から、後には「中学を出ずとも出世は出来る！」といった強烈なキャッチフレーズを重ねるようになった。私たちにとって、『少年倶楽部』はそれらの広告で象徴されているような真面目な雑誌だった〉（「少年の理想主義」、「思想の科学」昭和三十四年三月号）と。

「少年倶楽部」は野間清治によって、大日本雄弁会講談社から、大正三（一九一四）年十一月に創刊された月刊雑誌だ。初期には篤学な農村の少年を対象とした人生雑誌、修養雑誌ふうな色彩のあったことは、大正四年四月号の「本誌の編輯方針」にも明らかである。

大正の末から昭和初年、同誌に連載された読物は、吉川英治の『神州天馬俠』（大正十四年五月—昭和三年十二月）、佐藤紅緑の『ああ玉杯に花うけて』（昭和二年五月—三年四月）、佐々木邦の『苦心の学友』（昭和二年十月—三年九月）、大佛次郎の『鞍馬天狗・角兵衛獅子』（昭和二年三月—三年五月）、山中峯太郎の『敵中横断三百里』（昭和五年四月—九月）、『亜細亜《アジア》の曙』（昭和六年一月—七年七月）、平田晋策の『昭和遊撃隊』（昭和九年一月—十二月）、高垣眸の『快傑黒頭巾』（昭和十年一月—十二月）、『まぼろし城』（昭和十一年一月—十二月）、田河水泡の漫画『のらくろ』（昭和六年一月—）、南洋一郎の『吼える密林』（昭和七年四月—十二月）、島田啓三の漫画『冒険ダン吉』（昭和八年六月—）、江戸川乱歩の『怪人二十面相』（昭和十一年一月—十二月）、海野十三の『浮かぶ飛行島』などであった。最盛期には発行部数は百万部前後。

山本周五郎の少年少女向けの読物は、『少年倶楽部』の姉妹誌である『少女倶楽部』に主に発表されている。（初めての少女小説「小さいミケル」は中西屋発行の『少女号』に発表された。同誌の井口長次（筆名山手樹一郎）の勧めによる。大正十五年の七月号、周五郎は二十三歳だった）

「誉の競べ矢」（『少女倶楽部』昭和十年十二月号）を皮切りに、以下、「半化け又平」（昭和十一年十一月号）、「鳥刺おくめ」（昭和十二年五月号）、「戦国会津唄」（昭和十二年九月号）、「歔欷《すすりな》く仁王像」（昭和十三年六月号）、「身代り金之助」（昭和十四年二月号）等々がある。『少年倶楽部』には、昭和十一年九月号の「だんまり伝九」が初登場だ。

前述したように、周五郎が正則英語学校（夜間部）、大原簿記学校へ通ったのは、大正五年で、十三歳であった。正則を卒業してからも、負けずぎらいの周五郎のことだ、誰にもひけをとりたくないと気負いたち、懸命に英語習得に励んだことが何人かの人々によって語られている。

周五郎が日常会話にも、不自然と思えるほど英語を連発していたことを、これまた何人かの人が証言している。朝日新聞の百目鬼《どうめき》恭三郎記者はインタビューのため、仕事場を訪ねたとき、いきなり、「お茶がわりに」といって酒棚から葡萄酒を取り出し、「きみ、このワインをテーストしてみて下さい」といわれたという。

山本周五郎さんは時代小説家に似合わず、日常は外国語を使うのが好きだった。「人間はシャイネス（はにかみ）なのが好きだ」とか「それはぼくのジャステス（正義）が許さない」などはまだいい。「そうパージャリー（うそ）を並べるな」「これはミラクル（奇跡）だねえ」「このワイン、ちょっとテースト（味わう）してごらん。酒はよくチョイス（選ぶ）しなければいけませんよ」となると文明開化期の書生じみてくる。やたらに外国語を使うのと、和服しか着ず、夫人を「かみさん」と呼ぶのとは、周五郎さんにとって少しも矛盾ではなかった。つまりどちらも粋《いき》だと周五郎さんは思っていたのである。だから、周五郎さんは正確な外国語を使いたがった。コップといった日本語化した外来語をきらって、タンブラーといった。（「日本語はゆれる」朝日新聞、昭和四十三年八月八日付）

これらの会話が日常会話として不断に行われていたとすればこれはもう異常というほかない。「人間はシャイネス（はにかみ）なのが好きだ」が聞いて呆れる（と周五郎の小説の登場人物は言わないだろうから）と私はいいたい。傍で誰かそれとなく言ってやる人はいなかったのかと、私などは思う。そして百目鬼記者の記事を読んで、周五郎はどうしただろうかと考えた。「こりゃ一本やられた」と苦笑するか、天下に恥を晒《さら》されたと激昂するか。そう問うことも空しいことが、すぐにわかった。記事は周五郎の没後に掲載されたものなのである。〈山本さんが、むやみに外国語を日用会話にさしはさんだのは、ひとつには幼年期をヨコハマという港町ですごしたことにも負うていたであろう〉と、木村久邇典は書いている（『素顔の山本周五郎』）が、これは苦しい弁護であろう。それは周五郎の〝英語つかい〟よりも滑稽な話だ。同時代をヨコハマで幼年期を過ごした大佛次郎が、そんな会話をしたとでも木村は思っているのであろうか。

為にする言いがかりなどではない。譬えがふさわしくないかもしれないが、周五郎自身が、馬込村時代の挿話として、次のようなことを木村久邇典に〝直話〟しているからだ。

広津和郎さんだったかが、尾崎士郎さんだったかをつれて、うなぎ屋にいった。広津さんが、「ぼくは中串《ちゅうぐし》がいい、きみは何にする？　いかだでもどうか」とすすめた。士郎さんは「うっ」といった。中串だの、筏《いかだ》だのという言葉は聞いたこともなかったのだ。士郎さんは声をのみこんでから答えた「うん、ぼくはうなぎにしよう」。これはいい話だ。テレずにうなぎにしようと答えた士郎さんの勝ちだ。だって彼等は、うなぎを食べにいったんだもの。（『素顔の山本周五郎』）

映画監督で巨匠といわれる人々は、ほとんどが小学校か中学卒（中退）という学歴である。まず小学校卒が、「世界映画史上でも最大の巨匠の一人に位置づけられている」（佐藤忠男）溝口健二、衣笠貞之助、稲垣浩、木村荘十二、成瀬巳喜男、新藤兼人。中学卒が小津安二郎、吉村公三郎、黒澤明、木下恵介、豊田四郎、伊丹万作。中学中退が内田吐夢、加藤泰。ついでに小学校ないし中学卒で漫画家になったのが白土三平、つげ義春、永島慎二、赤塚不二夫、林静一。だが彼らにはコンプレックスをかかえこんでいる面がまったくみられない。周五郎はしばしば「自分には学歴コンプレックスはない」と口にしながら、その言動からはそれが払拭されたとはいえない面が多々ある。

教育社会学者の竹内洋は、『立身出世主義─近代日本のロマンと欲望』や『学歴貴族の栄光と挫折』といった著作で、〈旧制高校という社会化（価値・知識・技能などを習得する過程）装置を抜きに近代日本社会を考えることはできない〉というが、旧制高校的なるもの（教養主義、エリート性、立身出世主義、エゴイズム、友情共同体）が謳歌された時代、それに接触しようにも最初から拒まれていた貧しい下層民の鬱屈した内面を無視するわけにはいかないだろう。

周五郎が木挽町の「きねや」質店に住み込んでいた時代、吉田絃二郎と小川未明に心酔していたことは前に触れた。ドイツ文学者の原田義人（大正七年─昭和三十五年）は、自分が一九三〇年代後半の旧制第一高等学校生であった時代を振り返り、〈青年子女を中核とする我国の読者層にとって、ヘルマン・ヘッセこそは、吉田絃二郎氏と相並んで、三〇年代も終りに近づきつつあったかの時代の輝ける寵児であった〉（『現代ドイツ文学論』）というから、周五郎の発言に嘘はない。「かの時代」（高田万里子のいう、天皇制ファシズム期であり、教養主義が復活した時代）には、ヘッセと吉田絃二郎が、よく読まれていたことがわかる。

次の疑問は、菊池寛が大阪に来たとき（正確には神戸の関西学院に講演に来たとき）、周五郎は、原稿を売り込みに行って、断わられた、というのは本当なのかということである。これまで何度か引用させてもらっている『山本周五郎の生涯』の著者水谷昭夫は関西学院大学の教授である。水谷は神戸新聞の宮崎修二朗記者の要請で、関西学院大学文学部が作成した『関西学院史』の大正十二年の九月から翌年始めの事項を丹念に追ったが、菊池が来校した形跡は見当たらないと結論している。

文壇に初登場する際に用いた山本周五郎というペンネームのいきさつについても異説がある。周五郎自身の直話では、当時、自分の本拠は木挽町の「きねや」質店だと考えていたので、原稿を『文藝春秋』に送るとき、住所を木挽町、山本周五郎方清水三十六と書いて投函した。ところが『文藝春秋』の受付係が、事務処理を誤ったのか、作者名を山本周五郎として発表してしまった、という。質店の当主、洒落斎山本周五郎は生涯の恩人、真実の父として終生、敬慕してやまなかった存在である。『赤ひげ診療譚』の「赤ひげ」こと新出去定と保本登の関係のようだ。その名をペンネームとすることで、自戒の念をつねに刻みつけようとしたのであろう――木村久邇典、秋山青磁、水谷昭夫が解釈したことが、いつしか定説のようになってしまった。

きん夫人も、〈大正十五年に「文藝春秋」に『須磨寺附近』を投稿したとき、封筒の所書きに、木挽町山本周五郎方清水三十六と書いたのを、作者名山本周五郎として発表されてしまったので、（略）ずうっとペンネームとして通してしまった、という話です。また、本名の清水三十六《さとむ》という名もわるくはないが、直木三十五などというまぎらわしい名の作家もいるので、それをつかうのはいやだった、とも言っておりました。秋山青磁さんなどは、木挽町の店主のことを、今でも〝先代〟とよんで、主《う》人《ち》と区別しておられます〉（『夫　山本周五郎』傍点は筆者）と口述している。

親類の今井達夫は、〈周五郎（清水三十六）の意識的な操作で、最初から清水三十六という本名は書き込まなかったのでないか、それは大いにありそうなことだ〉と言う。私なども今井説に同意する。素朴な疑問だが、いくら大正時代とはいえ、老舗出版社の文書管理がそんな杜撰《ずさん》なものであるはずがないということだ。それに文壇デビューの登龍門ともなる懸賞小説の入選者の発表となれば、関係者は万遺漏《いろう》なきを期するものだろう。常識的に考えれば、誤りがあれば、自社の名誉にかかわることだ。文藝春秋は作者に自分たちの不手際を謝罪し、誌上でも訂正し、詫びて然るべきであろう。ところがそんな後日談は文春側からも周五郎側からも何も伝えられていない。

大恩人への感謝のために、その名を奉戴し、文名をあげることで報いる……という謝恩の形というか方法を否定するものではない。恋人の名で文学賞に応募するという稚気満々の文学青年が私の周囲にもいた。だが不思議なことに、山本周五郎の名を無断で使われた洒落斎山本周五郎の反応は一言、一行すら後世に伝えられていないのだ。普通（またしてもこの言葉を口にしてしまった。自分が凡庸な生活人であることを痛感する）こういう場合、真意が謝恩にあったとしても、勝手に公の場所で、名前を使用したことについて、本人に直接お詫びなり、釈明をするものではないか。

恩人の遺族に対して小説家山本周五郎は生涯、それに応えることはなかった。昭和二十四年七月二十五日、洒落斎山本周五郎は川崎の丸子の隠居宅で中風を病んだ末に、七十二歳で長逝した。

きん夫人と周五郎については別章で述べる。本章に引いた作家のペンネームについて少し触れておきたい。直木三十五の本名は植村宗一。〝植〟の字を二つに分け、「直木」とし、当時の年齢が三十一歳だったので、「三十一」と命名したが、毎年、年がふえるので「三十二」「三十三」と名乗り、三十四は四（死）で縁起が悪いので、とばして「三十五」とした。「三十五」で止めた理由を、本人は、

「三十六になったら、きっと三十六計逃げるにしかず、とまぜっ返すやつがいると思ったからさ」と語っている。

周五郎は、河盛好蔵との対談で、「僕は懸賞小説に応募したことがない」と語り、「須磨寺附近」が投稿ではないと主張したが、菊池寛が〝選評〟を書いているし、きん夫人には〝投稿〟と言明している。大正八年、十六歳の折、万朝報の懸賞小説に応募した作品「南桑川村」が佳作入選（木村は調査のうえ否定）、新国劇への「法林寺異記」の応募（大正十五年）もある。昭和四年には東京市主催の児童映画脚本の懸賞募集に応じ、脚本「春はまた丘へ」が一等当選しているなど、投稿を続けていたのだ。この脚本募集のときの同時受賞者が、今井達夫で、当時、博文館の「少女世界」に勤務していた。慶應義塾大学文学部中退で、周五郎より一歳年下だったが、すでに「三田文学」にモダンな小説を発表していた。周五郎は「譚海」の井口長次（のちの山手樹一郎）の紹介で今井と会うことになる。

昭和五年の夏の宵、二人は銀座尾張町の交差点に近い場所で落ち合うことになった。初対面の山本の目印は和服を着て、本を読んでいる、ということだった。今井が指定された時間に赴くと、山本はバス停の前で翻訳物らしい書物を読んでいた。一杯飲もう、ということになったが、山本は酒席で神経質そうに、今井が付き合える相手かどうか、値踏みしている様子だった。今井は闊達な都会人で、話題も豊富だったから、山本の許容するところとなったが、今井のほうは他人を品定めするような山本の手前勝手さが面白くなかった。これが長年の質屋勤めの男の習性か、と思って、我慢した。それでも二人は意気投合するところもあって、その後もよく酒を飲み、ときにはケンカ口論にまで及ぶこともあったが、終生の文学上の交わりを結んだ。（大村彦次郎『時代小説盛衰史』）

この大村の記述は、「人と日本」の昭和五十年八月号から十五回にわたり連載された『評伝・尾崎士郎』（今井達夫）と、「大衆文学研究」第二十号（特集・山本周五郎）所収の座談会「山本周五郎の人と作品」（出席者は今井達夫、奥野健男、真鍋元之、尾崎秀樹）が参照されていると推測するが、今井の「これが長年の質屋勤めの男の習性か」は、痛烈である。座談会では、その発言は見当たらず、〈山本は、非常に神経質で、こいつつきあえるか、つきあえないかということを酒席で判断するという癖があるのですね。そこで一応飲んでみてつきあえるかどうかきめるために僕はテストされたことになるのです。どうやら気が合ったことになるわけです〉と穏やかなものである。だが大村彦次郎が記述した面を何人かの作家、編集者が指摘しているのも事実である。木村久邇典も初対面の時に、いろいろ質問をされたことを書いている。

山本さんの話題はきわめて豊富だったし、言葉だけでなしに、必要なときには必要な身振りも加わるので、より迫真性をました。話術によって相手の反応をみ、そのテーマが散文になるかならないかを確かめてみるといった計算が、いつも無意識に働いているようであった。（略）それから山本さんは呟くように「木村君は合格だな」と云った。山本さんの浴びせた質問には、入学テストといった雰囲気が伴っていたようであった。（『素顔の山本周五郎』）

私は太宰治の「きみ、他人《ひと》の能力をはかるなんてことは悪だよ」という言葉を箴言のように大事にしているくらいだから、周五郎の、このような〝人間観察〟には心おだやかならざるものを感ずる。

私は前に周五郎の「人間は酒を飲ませてみると、だいたい本性がわかる。酒の飲めないやつには女をあてがってみれば、たいてい判断ができるものだよ」との発言を引き、柄にもなく激昂したのもそのことにかかわる。これは文学者の口にする言葉ではない。女衒《ぜげん》的言辞というものであろう。それも酒席での失言ならまだしも、あろうことか周五郎は担当の編集者に自分の発言を確認するかのように、準備立て実行に移しているのである。相手の本性をそうまでして判断したかったのか、いや作家の業として、文学のためにそこまで人間観察を徹底しなければならなかったのか。周五郎に曲軒という渾名《あだな》をつけた『人生劇場』の作家尾崎士郎は、周五郎の性向を、〈山本くんは質屋で育ったせいか、着物の生地を裏返すようにして人間を見る〉と表現したが、これは職業差別と咎めるより、周五郎の性向の習性を思案した方がいいと考える。

東京府荏原郡馬込村（後に大森区馬込）は当時はまだ武蔵野の面影が残り、九十九谷と称されるほど勾配のはげしい丘が続いていた。大正十二年秋、尾崎士郎が馬込村中井の納屋を買い取り、人妻であった宇野千代と結婚、愛の巣を構えてからは、作家、評論家、詩人、画家などが風に吹き寄せられる落葉のように集まり、いつか梁山泊の観を呈するようになる。田端文士村や荻窪阿佐谷文士村、本郷菊富士ホテルに倣って馬込文士村、もしくは尾崎士郎の代表作のひとつ『空想部落』に因み「空想部落村」と称されている。

実際に周五郎が馬込村の住人になったのは昭和六年一月で、尾崎士郎が宇野千代とは別れ、二度目の「空想部落」定住民になった一、二カ月のちのことである。〈周五郎は当時、湘南腰越の漁師のうちの二階を借りて新居をもった〉（今井達夫）というのをいま少し説明すると、周五郎は所帯を構えた神奈川県鎌倉郡腰越町から、今井達夫と松沢太平（広津和郎の義弟）の奨めによって、馬込文士村への転居に自発的に応じたのである。大勢の新進、中堅の芸術家が屯《たむろ》していた村で、周五郎は直ちに、今井、松沢らのほか、尾崎士郎、鈴木彦次郎、添田知道、藤浦洸、室生犀星、北園克衛、村岡花子、石田一郎らと交友を結ぶことになる。

尾崎士郎は宇野千代と離婚したあと、昭和三年春、銀座ライオンの女給古賀清子と都内を転々、五年暮れ、大森山王に居を構え、翌々七年には大森源蔵ヶ原に移り、さらに十一年、山王二丁目に移転。この一帯が空想部落の版図である。

前期の馬込村、後期の馬込村では、その村民の顔ぶれも変わるが、前後にあいわたるメンバーを挙げると萩原朔太郎、北原白秋、衣巻省三、保高徳蔵、榊山潤、吉田甲子太郎、川端康成、間宮茂輔、牧野信一、神崎清、真船豊などがいた。前後にあいわたる中心的人物が尾崎士郎だった。

〈空想部落のエピソードは多すぎて語りつくせない〉と尾崎秀樹は『文壇うちそと』で書いているが、如上の多士済々さを見ただけで納得されよう。

周五郎が、〈ほどなくキング、婦人倶楽部、現代など講談社系の雑誌に登場するようになるのは、尾崎や鈴木の推輓によるものだった。発表舞台は広がったものの、これは同時に周五郎が、大衆文学の作者として〝仕分け〟される決定的な要因ともなった〉（木村久邇典「国文学解釈と鑑賞」昭和五十九年十二月号）。

大正十三年一月中旬、周五郎は神戸を引き揚げ、再び東京へ戻ってくる。五か月の時間が推移していた。再開していた「きねや」質店には復職はせず、桜橋にあった日本魂社に入社している。再上京の決め手となったのは、木村久邇典の指摘するように、須磨寺夫人木村じゅんが米国の夫のもとに渡航することになったためである。

須磨寺夫人の木村じゅんと一人息子の一正が、須磨寺時代の周五郎のありし日の模様をもっと具体的に語った宮崎修二朗の談話「山本周五郎の〝永遠の女性〟——文豪の青春に大きな影響を与えた〝須磨寺夫人〟」（「歴史と人物」昭和五十一年六月号）は既に紹介したが、大正十三年一月半ばに渡米した夫人は、同年秋には神戸に帰国している。「青べか日記」によれば、十三年と十四年の十二月三十一日に周五郎が神戸へ除夜の鐘を聞きに西下した理由も既に推定して記述した。そこには憧れの須磨寺夫人と同じ一つ屋根の下で、青春の日を何か月かでも共にし、〈須子の温かい懐ろでなずん〉（「青べか日記」）でしまった周五郎の、狂おしいまでの慕情が読み取れるのである。

江戸を出て上方に赴き、数年後にまた江戸へ戻ってくる。「柳橋物語」や「むかしも今も」「おさん」がそうだ（江戸を出て、戻ることはなかったが『虚空遍歴』もある）。このストーリーの構成に、木村久邇典は周五郎自身の経験が投影されていることを見る。水谷昭夫はもう一歩それを深めている。「上方」という意味をひろくとって、長崎留学まで含めてみると、『赤ひげ診療譚』や『風流太平記』があり、いずれも漱石の晩年の『道草』と同じく「遠い所から帰ってきた男の物語」であるのと一脈通じるというのだ。この「帰ってきた」（還相）というキーワードは、従来の漱石の作品評価をコペルニクス的転回といわれるほど決定的に変えたものとして知られる。周五郎の作品についても、その論理を適用していきたい。『道草』における〈漱石の「遠い所」は、はるか海をへだてたイギリスの古都であるが、周五郎にとって「上方」は、それにもまして遠い所であった〉（水谷昭夫）は、まことに含蓄のある言葉なのである。

大正十五年十月二十日、周五郎の母の清水とくが、横浜市中区久保町関町で死去する。周五郎は「語る事なし」という文章で、〈母が病死したときにこんなことがある。当時、私は東京のある小さな雑誌社に勤めていた。母は脳出血で倒れ、三十余日寝て恢復したが、父と床上げ祝いの相談をしているさいちゅうに、二度めの発作にみまわれて死んだ〉と叙述している。〈東京のある小さな雑誌社〉というのは、日本魂社のことである。京橋区桜橋のたもとにあった帝国興信所（現・帝国データバンク）を母体とする社で、月刊の会員雑誌「日本魂」を発行していた。周五郎はその編集記者として入社したのである。

日本魂社入社は、少なくとも母の死（大正十五年十月二十日）以前のことと断定は出来るものの正確な日付はわかっていない。仮に大正十四年としても、十三年から十四年にかけて、周五郎がいかなる明け暮れを送っていたかは依然不明なのである。雑誌「日本魂」は、国粋主義に立ち、青少年の薫育を目的とする〝忠君愛国思想〟普及の、当時の国家主義の時流に添った刊行物であった。日本魂社の母体である帝国興信所を創立した後藤武夫は、私宅を木挽町に持ち、一時は京橋区議会議員や東京市議会議員もつとめ、政界進出にも野心的な事業家であったという。

こんな会社に山本周五郎は入社し、サラリーマンとしての生活を踏み出すのである。帝国興信所の全所員は即日本魂社社員でもあった。出勤時間は午前八時三十分、退社時間が四時三十分と定め、厳守励行。後藤は一業を興す人物に通有の独自の人生観の持ち主であった。〈一般の銀行会社の始業は午前九時だから、そのまえに三十分勉強せよ、また一般企業の退社時間は四時であるから、三十分残業して跡整理せよ。そうすれば一年に十五日分、同業の競争他社より余計働ける〉という主張の厳守励行である。

日本魂社入社以後、数年間の周五郎の勤務態度は、精励恪勤、午前八時三十分出社の規則をきちんと励行する申し分のない社員であった。だが在社四年の後半になると、後藤社長との間に何かと齟齬をきたすようになる。後藤武夫は青年時代、小説家たらんと志した一時期があり、その自己顕示欲、ワンマン的性格から、自分の雇用する社員が、かれを上回る文才をもち、日本魂社以上に著名なジャーナリズムの舞台で認められることを快く思わなかった。破局は時間の問題だったのである。

周五郎は、「文藝春秋」大正十五年四月号に「須磨寺附近」を発表、文壇に初登場し、同年、ひき続き「演劇新潮」六月号に三幕五場の戯曲「法林寺異記」を、「少女号」七月号に「小さいミケル」を、「舞台評論」九月号に一幕戯曲「破られた画像」をと、矢継ぎ早やに発表していた。後藤社長の耳に入らなかったとは考えにくい。しかも昭和三年七月号の「日本魂」に、周五郎は俵屋宗八のペンネームで、「宗太兄弟の悲劇（敵討後日譚）」を公然と発表するようにもなっていた。

昭和三年十月下旬、浦安の仮寓さきで、周五郎は一通の通知書で日本魂社を馘首されることになる。経済不況にも原因があったろうが、とどのつまりは後藤社長との根本的な性格の不一致である（なお木村久邇典は馘首の原因を後藤武夫との性格の乖離にもとめているが、水谷昭夫は「日本魂」の芳井直利編集長との衝突を原因としている。国学者の芳井の名は木村久邇典の論考にほとんど出てこない）。

「日本魂」の編集者時代、周五郎に好意をもって接したのが、編集次長の彦山光三である。〈「編集長の〈一時間話《ばなし》〉といいましてね」と、彦山光三は言った。「ねちねちと、はじまると一時間はやるのです。前書きがあって、序論があって、本論があって、それにインデックスもついている。全く、人間にやる気というものをなくさせる名人です」〉（水谷昭夫『山本周五郎の生涯』）と、編集長の「一時間話」の渾名の由来を話している。

彦山光三、のちに大日本相撲協会の「相撲」編集長を経て相撲評論家になった人物である。周五郎は彦山と気が合った。彦山は休みの日など周五郎を代々木の自宅に誘い、手料理で酒を酌んだ。彦山の夫人の妹であった中川末子が周五郎の前に姿を現わすのは、この彦山の家であり、末子はこのときまだ十七歳になるかならぬかの、まだまだ子どもであった。後に「青べか日記」にベアトリーチェ、もしくはドルシネア姫として、山本志津子とともに名前が刻まれた末子との出会いである。周五郎、二十五歳。末子、十七歳。周五郎は焔のような恋を感じる。

為事《しごと》だ、為事だ。末子よ安らかな眠りと甘い静かな夢が貴女の夜を護るように。さて寝よう。静子よ、明日はあなたの命日だね。今夜は僕が一人でお逮夜《たいや》をするよ。神よ静子の魂が安らかに在るように。(十月三日)

昭和三年夏から四年秋にかけての、一年余にわたる浦安在住時代の日記「青べか日記」に、周五郎は、中川末子について、二十六回も記録している。

信頼する兄が大切にしている周五郎に、彼女が兄以上の好意を寄せたとしても不自然ではない。それを周五郎は恋だととった。(略)青年の心に、志津子はまだ生きていた。その志津子が、まるでみちびいたかのように末子を彼にひきあわせた、と彼は思いこんでいた。年格好も同じである。

この性急で、一途な青年の思いこみに、少女はとまどう。現在なら高校一年か、たかだか二年の年齢である。女子の早婚が一般的であった当時のことであるからただちに比較するのはおかしいが、いまならさしずめ高校卒業早々の感じというところだろう。彦山の家も随分と戸惑ったにちがいない。青年の気持の高ぶりに反比例して事態は冷えびえとしたものになってゆく。（水谷昭夫『山本周五郎の生涯』）

解雇通知に周五郎は大きな衝撃を受ける。昭和三年十月十七日から二十二日の間のことである。経済的窮乏の状態にありながら、周五郎はかなり足繁く紅燈の巷をさまよう。「青べか日記」の十月十七日の項に、

一昨日（註・十月十五日）は木挽町で泊った。昨日は海辺の紅燈家にふ・子と寝た。今日は神嘗祭《かんなめ》で休みである。朝浦安に帰り昼寝をした。家婦が「五目飯」を馳走してくれた。食後にひどく喉が渇いたので林檎を二つ喰べた。雨になったのでスケッチが出来なかった。今夜も早く寝る。佳き夢が（どうも昨夜の今夜でこいつは怪しい）あるだろう。末子よおやすみ、甘く楽しい夢があなたの夜を守るように。今は雨は歇《や》んでいる、静かな夜だ。（二五八八、一〇、一七）

さらに十月二十四日の項に、

亡母（註・とく）の三年忌で弟と郷《さと》に帰って来た。帰路石井（註・信次）を訪ねた。妻君（註・康子）がまた寝ていた。其の日（註・とくの命日は十月二十日）、余は勤先からの通知で職を逐われた。大きな打撃で少し参った。山本（註・洒落斎？）が激励してくれた。独りで寝ることが辛かったの

で、海端の紅燈家を訪って婦《おんな》と寝た。二十二日には「ヒ」（註・彦山）と「タ」（註・宅間大乗）とが送別の宴を張ってくれた。その夜「ヒ」の家に泊った。また二十二日の昼間、徳田秋聲先生（今は先生と云わねばならぬ）を訪ね、原稿のこと、勤口のことなど、浅い馴染にも不拘《かかわらず》頼んでみた。大変親切にしてくれた。感謝している。昨夜（二十三日）も川端の紅燈家に婦と寝た。名を「小林光」綺麗な可憐な乙女だった。余は挫けはしない。何者と雖も余を挫くことは出来ない。愈々背水の陣か？　呵々。（二五八八、一〇、二四）

日記では〈山本（洒落斎？）が激励してくれた〉と記しているが、実情はどうだったのだろう。水谷昭夫の『山本周五郎の生涯』は、異なった状況を描出している。

彼（註・周五郎）はそのまま木挽町へまわって事情を話し、当座のしのぎにいくらかの費用を用立ててもらおうとした。洒落斎は青年を愛し、ずい分と彼の無理を許し、今までも、物心両面で彼を支えてきていた。しかしこのとき、顔色のかわった青年の姿を一目見て、「三十六《さとむ》どん、何て顔をしてなさる。そんな面《つら》にゃ一文だって出せねえよ」と、青年が何も言い出さぬ先にぴしゃりと言って奥へひっこんでしまった。（略）洒落斎は青年を見るなり、わけもわからない憤りがこみあげてくるのをどうしようもなく、彼が望みをかけた若者が尾羽うちからしている様子が一そう無念であった。（略）何かをはじめようとして歯をくいしばっていた頃の青年の面《つら》つきを、このすぐれた人生の先達《せんだち》は、失いたくなかったのである。（よわねをはくな）と洒落斎も沈痛な思いで青年に告げたのである。

木村久邇典の二十数冊の周五郎随聞録を繙いてみても、水谷昭夫が解析したような洒落斎の心理の洞察はない。水谷はどんな資料を参照して件のような洒落斎の心理を察知したのであろうか。そして水谷の推察は間違っていなかったのである。周五郎も「山本（洒落斎）が激励してくれた」などと「日記」に繰り返すことが出来ないことを知る。昭和四年一月三十一日の「青べか日記」では、〈予の浦安町の生活は終りをつげる。（中略）愈々金に窮し、蔵書を売却して、新しく踏み出さねばならぬ。（中略）予の唯一人の後援者である木挽町家でも最早予の為には金銭的補助は拒んでいる〉と苦く認識せざるを得なくなる。

木村久邇典が筆を止めた箇所から水谷昭夫はさらに周五郎の内的世界に分け入る。

（たすけがいるのはいまなのだ！）

と青年は心の中で必死になって叫んだが、彼はそう叫ぼうとしている自分にむちうつように黙って木挽町をあとにした。

がまんしていたものがどっとあふれて来た。体のたががゆるんでしまったように気だるく足が重い。熱が出てきたのである。

（為事《しごと》がしたい）

と青年はそのような体で、無意識につぶやいていた。浦安へ渡す帰りの船の中で、秋の落日後の、寂寥かぎりない葦と洲と、旧い街並と川の堤とが、次々とうつっていくのを、彼は茫然と眺めていた。（略）

そのとき、彼がそれを主題にして原稿を書こうとしていた聖書の言葉が、まるで耳もとで語りかけられるようにありありと思い浮んで来た。
彼は侮《あなど》られて人に捨てられ、
悲しみの人で、病《やまい》を知っていた。(『イザヤ書』)
彼は船ばたを両手でにぎりしめて、悪寒をともなって襲ってくる高熱よりも、なおたえがたい寂寥の思いに、じっと耐えた。そして口の中でくり返していた。
(為事《しごと》がしたい)
『日記』に書く。
木挽町まで、私を見すてたか。
ただ一行、彼の日記の中の、ぐちめいた箇所であった。(『山本周五郎の生涯』)
沢木耕太郎は周五郎が「青べか日記」で、「為事《しごと》」と表記することに注目している。

二十代なかばの彼にとって、人生における大事は文学しかなかった。彼が日記に「為事」と書く場合、それは小説や戯曲を書くということと同義であった。何日か創作がうまくはかどらない日がつづくと、たとえその日は会社に出かけて行ったとしても、今日もまた「為事」をしなかったといって嘆くのである。このような青年がやがて会社をクビになるのは、あるいは当然のことであったかもしれない。昼から出社したり気儘《きまま》に休んだり、会社の勤務状態はかなり怠惰なものであったが、こと文学に関するかぎり、日記上の山本周五郎はとてつもなく勤勉である。「為事」をしなかったといっては自らを叱咤《しった》し、日記を休んだといっては哀しげな嘆声をあげる。その様は修行僧のようにストイックな印象のものである。しかし、山本周五郎は文学という唯一の信仰の対象を見つけながら、実は深く自分自身に苛立っていた。(『新潮現代文学17　山本周五郎』解説)

対象の急所を押えた批評の鋭さに感心するが、たとえば「日記」の〈独りで寝ることが辛かったので、海端の紅燈家を訪って婦《おんな》と寝た〉や経済的窮乏の状態にありながら、足繁く紅燈下をさまよったといった記述などをも、〈その様は修行僧のようにストイックな印象のものである〉と断じていいものかどうか。

いずれにしろ「日記」が書かれた時点で、周五郎と洒落斎の関係は断絶することになったのではないか。そう考えれば、後年、周五郎が洒落斎の通夜にも葬式にも行かなかった理由が納得されるのである。

そこで問題が残る。洒落斎と周五郎——私たちはどちらに加担するのが倫理にかなっているのであろうか。洒落斎は青年を愛し、彼の無理無体を許し、物心両面で支えてきた。それだけに尾羽うちからしている青年の様子が無念でならず、「よわねを吐くな」と怒りをぶちまけないではいられなかったのかもしれない。

しかし周五郎は「たすけがいるのはいまなのだ！」と心の中で必死に叫んでいたともいえるのだ。そしてこの周五郎の内心の呻きは、六〇年安保闘争後の「政治の季節」における私のそれでもあった。私は詩人の谷川雁が口にした「血の論理」を、自分を納得させるための論理に勝手に変形させていた。「血の論理は血の噴き出た瞬間にこそ在る」、やがて止血し、傷の瘡蓋《かさぶた》が取れる。その時に包帯や薬を持って来てももう遅いのだ、という論理である。

しかし世間の習いでは、「そんなに苦しいのなら、なぜもっと早く知らせてくれなかったのか」と心配そうに声をかけてくる。

周五郎の短篇「裏の木戸はあいている」の主人公喜兵衛は裏の木戸の内側に金の入った箱をかけておく。貧窮した人たちが、誰にも知られずにその金を自由に借りることが出来るためである。そのことが問題になる。ある日、喜兵衛は城中の寄合で、馬廻支配の細島左内に呼び出され、詰問される。お前の行為は「かくれた金貸し」だというのだ。

〈金貸しでないにしても、怠けたがる下人を甘やかし、苦労して働く精神を失わせる「小人」の浅はかな知恵だ〉と言う。あげく〈「寄合役の意見」として、沙汰があるまで、「ただちにその木戸を閉め、その箱を取払っておくがよい」と命ずる〉。

喜兵衛ははじめて言う。


「それはお受けできません」

「なに、――不承知だというのか」

「お受けすることはできません」と喜兵衛は穏やかに云った、「箱の中の僅かな銭を、たのみにする者が一人でもある限り、私はその箱を掛け、木戸をあけておきます」

両者の言い分に対して、左内寄りの三郎兵衛は「小人の思案だ、そんなことをしてはかえって貧窮している人間をだめにするばかりだ」と言う。喜兵衛に共感を示しているような久之助の論理でも、人間の本当の苦悩が脱落している。

「お前の言うことはよくわかるが、これはそう簡単な問題ではない」という大所高所からの大義名分論を述べる。〈領内に窮民があれば、藩で救恤《きゅうじゅつ》の法を講ずるのが当然で、高林（喜兵衛）はそれを独力でやって来たわけです〉と。藩が救恤の法を講ずる前に、貧窮のために生涯をちぢめてゆく者が、たとえ一人でもいたらどうするのか。そういった切実な思いが、久之助＝官僚にはない。

『裏の木戸はあいている』を、わかりやすく読解するために、水谷昭夫はオーストリアの精神医学者V・E・フランクルが用いた比喩を例に引く。

「泳ぐべからず」という立札のある池で子供がおぼれていた。通りがかった一人の男が見つけて子供に言った。「お前はこの字が読めないのか」

通りがかったもう一人の男が言った。「どうして平素から泳ぎを学んでおかなかったのだ」

通りがかったいま一人の男が、ものも言わずに池に飛びこみ、抜き手を切って子供に近づいて救いあげた。泣きじゃくっている子供に静かな声が言った。

「よし、もう大丈夫だ、安心しろ、これから気をつけろよ」そう言って立ち去って行った。それを見ていた別の男が言った。「余計なことをする奴がいるものだ。あの男も規則を破ったのを気づかないバカだ。なんとか《泳ぐな》という規則を破らないで子供を助ける方法を考えるべきだった。そして根本的に、この危険な池の管理体制を確立させることに努力すべきだ」（水谷昭夫『山本周五郎の生涯』）

ナチのアウシュヴィッツの死のガス室から生還した『夜と霧』の著者でウイーン大学神経科教授の用いた比喩だけに、心に沁み込む。「泳ぐな」という禁止を破って池に飛び込み、子供を助けて立ち去った男以外は、全て正しく、何の罪も犯していない。助けた男は非難される。まず禁止を破った。服もぬれたし、子供を甘やかした……いつの世にあっても世間はこの見事なスジ論に同調する。『裏の木戸はあいている』の喜兵衛が「しかし、それを云ったところで」と、かなしげに微笑する所以だ。〈あの人たちにはわからないだろうからね、自分で現実に飢えた経験がなければ、飢えがいかに辛いかということはわからないものだ〉と。

水谷昭夫は、「あの人たちにはわからないだろう」というその言葉の中に、周五郎が生涯に味わった重い現実を透視し、さらに作品の深層に迫る。〈十五年も以前、自分の家に出入りしていた桶屋の吉兵衛が、貧窮のあまり、妻子三人を殺して自分も自殺した事件について喜兵衛が回想する〉場面がある。

桶屋の一家心中は、人びとの同情をあつめる。ある者は「ちょっと相談してくれれば、少しくらいの金は都合してやったものを」と言った。またある者は「銀の一両か二両あれば死なずとも済んだであろう。そのくらいの金なら誰に頼んでも都合が出来たであろうに、馬鹿なことをする人間もあったものだ」と言った。しかし喜兵衛は（周五郎はというべきか）静かに反論する。

「銀の一両や二両というけれども、それは吉兵衛一家が死んだあとだからで、もし生きているうちに借りにいったらどうだ、こころよく貸す者があるだろうか、――いや私にはわかっている、かれらはおそらくは貸しはしない、少なくともそういうことを云う人間は、決して貸しはしないいんだ」

喜兵衛のこの台詞を書きつけているとき、周五郎は木挽町の洒落斎を念頭に置いていたかもしれない。「たすけがいるのはいまなのだ！」と心の中で必死になって叫んだ自分の姿を反芻していたかもしれない。〈人間の苦悩や貧困をスジ論で語る非情さを周五郎ははっきりと見すえている〉というのが、水谷昭夫の見解である。そして私のように、「それは消極的な忍従を説いているだけではないか」と見誤る人間を想定してか、以下の見解をさらに加えている。

> あらゆる政治、あらゆる制度ができたとしても、その恩恵に浴さず苦吟する人びとがいるものだ。それが人間である。その人間のために「裏の木戸」をあけておけと、周五郎は静かに、穏やかに、口ごもりながら訴えつづけるのである。（略）
>
> 一切のスジ論やタテマエ論をかなぐり捨てて、周五郎は、この人間の真実にしっかりと根をおろしてゆずらないのである。時には罪を犯すこともいとわない。子供の生命を救うためなら、あえて罪を犯す親たちがいるように、周五郎は、人間の苦悩を守るためには、あえて静かに、罪に耐える。――罪の意識のない人間は人を裁く。と彼が書くのは、この故であろう。貧窮や苦悩や罪すらも、おそれることはない、道はひらけるのだとくり返す。この世の常識から言えば、もう行きづまりであるような絶望的な場所にこそ、周五郎はすでにさしこんでいる一条の光をこのように描く。周五郎はこうして、罪と苦悩に耐えて生きる人間の美しさを頑固に描きつづける。（水谷昭夫、同前）

美しい論理である。周五郎は「時には罪を犯すこともいとわない」どんな人間像を描いたというのか。「人間の苦悩を守るためには、あえて静かに、罪に耐える」どんな状況を現出させえたか。スジ論にスジ論を対置させても、新しい倫理＝コンミューン的な光は胚胎することはないのではないか。筋張った倫理が横行するだけだ。先に見たわが「血の論理」の発語者谷川雁なら、「前方に熊がおり、手もとに斧があれば、斧をとるべし。斧じゃだめだ、鉄砲がなくちゃなどといいながら、鉄砲で斧をうつ奴がおれば、ついでに鉄砲もぶったぎるべし。それだけのことである。相手が友軍の腕章をつけておろうがおるまいが、身分証明書など問題ではない」といって終わりである。

先の『裏の木戸はあいている』を指して、水谷昭夫は〈作家山本周五郎の、人間と金銭と貧困に対する、きびしくも優しいまなざしを描いた佳品〉と評する。しかし周五郎の金銭観に関しては、百人百説、定説というものがない。不思議でならないのは、昭和四年四月末、東京市の企画した児童映画脚本に周五郎は脚本「春はまた丘へ」で応募し、見事に当選、賞金五百円を得ている。それを二回の北海道旅行ですべて費消してしまう。そのことを誰一人として問題にしていない。水谷もそうである。たとえば水谷は「きやね質店」の洒落斎が独特の人生哲学にもとづいてした「一円貸し」については誰よりも詳しく言及する。「一円貸し」とは、一円までと限って、一定の期限はもうけるが、利息も質草もとらずに金を貸す方法である。

大正六年六月、かつおや鰺が一匹一銭、それが倍の二銭に大暴騰して大騒ぎになった。また、大正七年、米価暴騰のためにはじまった米騒動は、神戸市で暴動鎮圧のために軍隊まで出動する騒ぎがおこり、たまりかねた政府が持米を廉価で放出している。その値段が一升三十七銭であった。洒落斎が信頼貸しをした「一円」というのは、かつおが五十匹買えた勘定である。一円あれば、親子五人、米二升、かつお二十匹で、数日間露命はつなげた。なおこの大正の米騒動は東京にも波及して、群衆が暴動をおこし、「きねや」質店近くの木挽町豊玉河岸の巡査派出所を襲撃する。

このような騒然とした時代の中で、洒落斎の「一円貸し」は、ささやかな灯を極貧の人の中にともしていた。どれほど救われた人びとがいたか、少年（註・周五郎）は身につまされて見聞きして過した。（同前）

大正六（一九一七）年と昭和四（一九二九）年では十二年の開きがあるが、経済状況はさして変動はないはずだ。賞金五百円は高額であったろう（註・一八一八年・大正七年七月、米価が高騰、一等米が二升四合で一円にまで上がる。当時の中堅サラリーマンの給与は年額三百四十円。学生の下宿代は三食つきで月十円。『國文學』平成五年五月臨時増刊号、曽根博義）。

昭和四年の世相を瞥見しておこう。六月、教員の俸給不払い、減俸が全国化。九月、松竹映画『大学は出たけれど』（小津安二郎監督。田中絹代、高田稔主演）が公開。表題が流行語となる。同月、小林多喜二の『蟹工船』が発禁。十月、ニューヨーク株式市場が大暴落。世界恐慌がはじまる。十一月、内務省が全国の失業者数は二十六万八千五百九十人と発表。周五郎もその一人であったことになる。巷では「東京行進曲」「君恋し」などの歌謡曲が流行。

滝川駿は『小堀遠州』の代表作で知られる時代小説家だが、『大衆文学研究』（第二十号）に「周五郎前後」という回想文を執筆している。昭和四十九年四月十五日、木村久邇典は彼にインタビューしている。

「(周五郎は)ボロボロにくたびれた、そこらにザラにある縞かなんかの着物に、これもおんぼろのインバネスを羽織ってました。男性の和服としては、久留米絣に木綿の紺足袋というのがオシャレときまっていたものなんです。しかるに山本は、断固として『いや、絣を着用するなど下の下だ』と言い張って傍若無人、昂然としているんですな。ところがどうですか、晩年は手織りの久留米絣に紺の木綿の足袋でないといかんと宗旨変えし、ほかのものは体につけなかったという(略)」

「私にどうしても合点がいかないのは、あなた(註・木村)あたりは、山本を文壇有数の浪費家ですこぶる気前がよかった、と書いておられるそうだが、どうにも信じ難い。山本は徹底した割勘主義者で、私は文学青年時代から馬込時代にかけて、彼とはずいぶん親しくしてたけれども一度もおごられたことはない。(略)どこか飲みにいったとするでしょう、すると山本は飲み出すまえにはっきりと宣言する。『おい、きょうは割勘で行こう』とね。それが自分ではいま、某々雑誌社から〝集金〟してきたばかりでたくさん金を持っている。こっちはたいていまあ貧乏でさあな。すると山本は、じゃ今日のぶんは君に貸しておくといって、あとでその借金をきびしく取り立てにくるんですからな」

周五郎の吝嗇性については、浦安時代の文学仲間の飯塚清が、脚本「春はまた丘へ」で賞金五百円を得たときの周五郎を回想している。

〈その夜彼は、大枚五百円の副賞を物して気をよくしたのか珍らしく〝今夜は俺がおごるぞ〟といって、その頃「日本魂社」の編集次長だった彦山光三氏をも連れ三人で、新富町の大阪ぜんざい屋の

「愛して頂戴」という曾我廼家五郎の一座員が営んでいた店で、ぜんざいを食い当選の祝賀会？をされたものだ〉（「イリョーヒン」）

# 第八章　ヴェルレーヌとストリンドベリ

昭和三（一九二八）年の夏、周五郎は千葉県の浦安に仮りの住まいを移す。当時、浦安は〈深川の高橋《たかばし》から江戸川の河港行徳《ぎょうとく》まで蒸気船で二時間半を要する〝陸の孤島〟とさえ呼ばれた辺鄙《ぴ》な土地〉であった。日本魂社はまだ馘《くび》になってはいなかった。徒歩で通えた会社であったが、浦安からだと通勤に二時間半を要する。荒天で欠航のときもあったろう。周五郎に遅刻や欠勤が目立つようになる。

浦安への移転の動機を後年、周五郎は次のように語っている。

（当時）新橋の芸者屋の二階にごろごろしていましてね。地図を見ていたら『八犬伝』に出て来る行徳に行きたくなった。そこで出かけたわけですが、途中、満々と水をたたえた川の中に小さな町がベニスのようにみえた。ああこんな所があるのか、とおりてしまったのが浦安の町でしてね。二十五の年から七まで、ノートとスケッチをとって暮らしました。（「朝日新聞」昭和三十六年二月三日付「著者と一時間」）

『南総里見八犬伝』のなかに行徳が出て来るかどうか知らないのだが、それは措いて、このとき、周五郎の同行者が『青べか物語』や「青べか日記」にY新聞の演劇記者として登場する小野金次郎である。周五郎より十一歳年長であった。彼は周五郎の文学青年時代の仲間であった日本石油社員の石井信次とも知り合いであった縁ですぐに友人となった。小野はさらに記者仲間の足立忠《きよし》（中外商業新報＝現・日本経済新聞）を周五郎に紹介した。

この足立を介して、周五郎は高梨正三《まさみ》を知ることになる。高梨は中外商業新報家庭部（のち日本経済新聞社人事部長、社史編纂室長）であった。〈浦安の素封家に生まれた高梨は『青べか物語』では〝高品さん〟として描かれ、高橋・行徳間を運航する定期蒸気船会社の関係者でもあって、定期船の発着場〝蒸気河岸〟の切符売場のそばに、細君と女中の三人で暮らしていた。とくに細君の千代《ちよ》は、山本青年の人柄を愛し、しばしば食事を饗したり、小遣い銭を用立てるなどし、山本にとっては浦安での得がたい恩人夫婦であった。したがって、山本周五郎の浦安行きの動機は、彼のいうとおり衝動的なものであったにせよ、浦安は山本にとって、まったく縁もゆかりもない土地、というわけではなかったのである〉（木村久邇典『山本周五郎—青春時代』）

「青べか日記」は、昭和三年、否、二五八八年八月十二日に開巻する。周五郎がここで皇紀という元号を用いているのはどんな理由によるものなのか。木村久邇典もひとことも触れていない。皇紀とは神武天皇即位の年を元号とする『日本書紀』の記述に基づく紀元である。皇紀元年は西暦紀元前六六〇年をいう。つまり昭和三年は西暦で一九二八年、それに六六〇を加えれば、紀元二五八八年となる。皇紀を日常的に使用することが普通であったのだろうか。

唐澤富太郎のエッセイ「学校音楽の歴史」を参照に、唱歌の背景を通覧してみたい。明治二十年代以後、国家主義の高まりゆく中で、二十四年、文部省内に祝祭日唱歌審査委員会が設置され、東京音楽教職員、宮内省楽師などを委員とし、オーストリア人ディットリヒを顧問として審議を重ね、二十六年八月に祝祭日唱歌が制定されている。「一月一日」(千家尊福詞、上真行曲)、「元始祭」(鈴木重嶺詞、芝葛鎮曲)、「紀元節」(高崎正風詞、伊沢修二曲)、「春秋季皇霊祭」(谷勤・坂正臣詞、小山作之助曲)、「神武天皇祭」(丸山作楽詞、林広守曲)、「天長節」(黒川真頼詞、奥好義曲)、「神嘗祭」(木村正辞詞、辻高節曲)、「新嘗祭」(小中村清矩詞、辻高節曲)、「勅語奉答」(勝安房詞、小山作之助曲)などがそれで、国家主義的な音楽教育が全国の学校に課されることになる。

日清戦争の勃発の時代は唱歌も軍国調となり、「青葉茂れる桜井の」(落合直文詞、奥山朝恭曲)などが、多くの児童、国民に愛唱され、軍歌は爆発的な勢力で日本国中に充満する。「勇敢なる水兵」「四百余州を挙《こぞ》る」「敵は幾万ありとても」など学生も児童も蛮声をふりしぼって歌ったのである。

明治四十三(一九一〇)年に『尋常小学読本唱歌』(全一冊)。明治四十四年五月から大正三(一九一四)年にかけて各学生用国定音楽教科書の『尋常小学唱歌』(全六冊)、かなり遅れて昭和五年五月『高等小学唱歌』(全一冊)、七年から十年にかけて、『新訂尋常小学唱歌』(全六冊)、『新訂高等小学唱歌』が刊行されている。音楽がファシズム教育の道具となりはじめたのは昭和七年の『新訂尋常小学唱歌』からで、十六年の『ウタノホン』『初等科音楽』の時代になると、超国家主義的な観念を児童の情操教育を通じて深く印象づけようと図《はか》ることになる。

〈『ウタノホン』の巻頭に「君が代」「勅語奉答」「紀元節」「天長節」「明治節」などのいわゆる儀式歌が並び、「皇室」に対する「敬虔の心情」「愛国精神」の涵養が意図され、戦争謳歌と神国日本を鼓吹する教材が大部分を占め、音楽は軍国主義と超国家主義を幼い児童の心のすみずみにまで塗りつぶすためのものとなった。「軍艦」(行け行け軍艦日本の)、「少年戦車兵」(来たぞ少年戦車兵)、「国引き」(国来い、国来い、えんやらや)などがそれらである〉(唐澤富太郎)

周五郎が「日記」に皇紀の元号を用いた理由を探るには、唱歌の歴史の記述は長すぎたかもしれないが、後に周五郎の少年少女読物を考える際に、この記述が役立つのである。「日記」にも軍人が出てくる。たとえば昭和三年の九月の項、〈二十四日には佐藤鉄太郎中将（註・日本海海戦の第二艦隊先任参謀、山形県出身、海軍の知恵袋といわれ、のち海軍大学校校長）と会った。中将の著、「国防史論」（註・『帝国国防史論』）に談が及ぶや、中将は明らかに亢奮し、資料などを示して大いに好意を見せて呉れた。帰りには玄関まで送り出し、余の為に傘の心配までしてくれた〉（二五八八・九・二六）、〈ああ、昨日大島健一中将（註・陸軍大臣、枢密顧問官）に会った。（略）此の日、秩父宮の結婚式、提燈行列で赤坂付近は賑わった。余も行列に加わった〉（九・三〇）など、軍人に対して用心の意識は皆無である。

木村久邇典が周五郎から直接聞いた退社の事情——周五郎が埋め草のために書いた講談「宮本武蔵と化物退治」が、後藤社長の逆鱗に触れたこと（社長は〈これは日本武士道に対する重大な侮辱であるばかりでなく、わが日本魂社の成立基盤に対する否定である〉とカンカンになった）それが直接の原因だったということに対しても、「日本魂」時代の同僚宅間大乗は〈そりゃ大いに言えることでしょうな〉と首肯している。

周五郎が浦安に住むことになった昭和三年七月から翌年秋までの一年数か月間の日記は没後「青べか日記」と銘打ち、雑誌「波」（昭和四十五年三・四月合併号より十一・十二月合併号まで五回にわたり連載）に公表された。傑作『青べか物語』に因んで名づけられたものだが、水谷昭夫が、いみじくも「ロシナンテ日記」と命名したように、クライマックスといえば、初恋のドルネシア姫志津子と彦山光三の妹末子への想念の記述であろう。〈彼は侮《あなど》られて人に捨てられた、悲しみの人で、病《やまい》を知っていた〉（『イザヤ書』）という聖書の言葉がふいに口をつくほど、周五郎は絶望の淵にいた。〈貧窮と飢餓と病患と失恋と失職に打ちひしがれた無名の文学青年が、ストリンドベリーの『青巻』に励まされつつ、いかなる困難にも屈せず、自らに鞭うち続ける真剣な文学との格闘のすさまじさである。発表を予期せずに書かれた日記が、読者を心底から感動させるのは、真率無比の魂の叫びが、刻み込まれているためである〉（木村久邇典）

予の明日の日に栄えぁれ、三十六《さとむ》は挫けはしないぞ、あいむ・りまあかぶる・ふぇろう。（昭和三年十一月二日）

もっと為事《しごと》をしなければいけない、三十六よ、しっかりやれ。（十一月五日）

しっかりしろ三十六、貴様は挫けるのか、世間の奴等に万歳を叫ばしたいのか、大きな嘘吐《うそつ》きとして嘲笑されたいのか、元気を出せ、貴様は選ばれた男だぞ、忘れるな、いいか、起《た》て、起てそして確《しっか》りとその両の足で立上つて困苦や窮乏を迎えろ、貴様にはその力があるぞ。あるんだぞ、忘れるな、自分を尚《たっと》べ大事にしろ。（十一月六日）

為事だ、為事だ、参りはしないぞ。（十二月二十九日）

徳田秋聲を訪ね、預けてある原稿の返戻を求めた。（略）氏は予に斯《こ》う云った。「あんな物を持ち廻ったところで、売れやしないぜ」そして遂に原稿はみつからなかった。（略）予は帰後責任を問う手紙をしようと思ったが止める。上智と下愚は移らず。彼如きに大事な原稿を預けたのが予の過失であった。（略）今予はストリンドベリイの「青巻」を読んでいる。ストリンドベリイは毎度予にとっては最も大きく且つ尊く良き師であり友である。予は涙をもって彼の名を口にする。（昭和四年一月十五日）

今日、ストリンドベリイの「青巻」を読み了えた。最後の言葉「苦しみ働け、常に苦しみつつ常に希望を抱け、永久の定住を望むな、此の世は巡礼である」――がひどく予を鞭撻しまた慰めて呉れた。ああストリンドベリイ、吾が友、吾が師、吾が主。予は貴方を礼拝しつつ巡礼を続けよう。(一月二十八日)

予は今日更に開眼された、宜し、七を七十倍した丈《だけ》倒れよ、予は飽くまで起上るぞ。今日の大収穫。(一月二十九日)

今こそ、予に残っているものは、唯一、〝創作の歓び〟是丈《これだけ》だ。予は最後の宝玉を(然も自分の血液に等しく、死を以っても手放すことは出来ぬ宝玉を)抱いて、明日の道へと踏み出す。

師よ、(弟子が訊ねた)人は如何なる時に歇《や》む可《べ》きか。信なく望なく金なく友なく愛人なく飢えし時にか。

否、(師が答えて曰《い》った)汝の脈の最後の三つが打ち切るまで歇む可からず。汝を全くせむには、それらの困難艱苦は必要なるが故なり。いと尊き玉はいと勁《つよ》き金剛砂もて飽くまで磨かざるべからざる也。汝はいと貴き玉なれば也。

師よ、人は如何なる時に怒る可きか、侮辱せられし時にか。

師答えて曰いけるは、否、汝自ら汝を瀆《けが》せし時にせよ。他人は絶えて何物をも侮辱する事能わず、何となれば汝は玉にして彼等は砂なれば、彼等五十万を十万倍する程集《つど》いて眨《そし》るとも汝を亡ぼす事を得ざる故なり。(一月三十一日)

自分の為事の価値を疑ってみるには、私は余りに真剣な為事をしている。(四月十七日)

此の仕事をする者には、富貴も、安逸も、名声も、恋も無い。絶えざる貧窮と、飽くなき創造欲

とが、唯、あるばかりだ。知っているか？（四月二十五日）
幸運を望む男よ、お前が三つしか事を為さないのに、十の結果を望んでいる間は、幸運は来はしない。（四月二十七日）
金が入った為に予の足は地から浮いた。馬鹿なことだ。貧乏は貴いと思った。（五月二日）

在浦安町の日記「青べか日記」のサブタイトル「吾が生涯」の下へ、周五郎は「し・さ」と記した。日記中の人名の省略例から顧みて、「し・さ」は、「しみず・さとむ（清水三十六）」であるだろう。水谷昭夫は、それでは平凡だという。

「しにさうです」か「しっかりしろ、三十六《さとむ》」と読むべきだろうという。

静子よ余の眠りを護ってお呉れ。（昭和三年八月十九日）
静子よ私の眠りを護っておくれ。（同年八月二十日）
静子よ私の眠りを護ってお呉れ。（同年八月二十一日）
静子よ私と末子とを護っておくれ。（同年八月三十日）

志津子は天に召されて二年の歳月が流れていたが、周五郎の思慕の念は風化することはない。

〈苦難に耐えた精神が、しばしば見せる稲妻のような輝きのことば〉と水谷昭夫が指摘する「あいむ・りまあかぶる・ふぇろお」という言葉は、日記が書き始められた昭和三年八月十二日から十六日目、八月二十八日付に〈おお、あいむ・りまあかぶる・ふぇろお。末子よ卿に佳き夢があるように〉

という形で初出する。以後、出てくるのは予想に反して一回、〈予の明日の日に栄えあれ、三十六は挫けはしないぞ、あいむ・りまあかぶる・ふぇろう〉（昭和三年十一月二日）だけである。

ところで、

「あいむ・りまあかぶる・ふぇろお」

「撰ばれてあることの恍惚と不安と二つわれにあり」

というヴェルレーヌの詩句を、周五郎はどこで読んだのであろうか。周五郎はこのとき二十五歳。太宰治が出版した第一創作集『晩年』のなかの「葉」のエピグラフで、この詩句を用いたのは、昭和九年（二十五歳）だから、周五郎のほうが早い。『晩年』に収められた諸篇も、昭和八年から十一年にかけての作品だから、雑誌「海豹《かいひょう》」「鷭《ばん》」「世紀」に先行発表されたとしても、太宰が周五郎に遅れをとっていることは明らかである。

しかしヴェルレーヌの「撰ばれてあることの恍惚と不安と二つわれにあり」が、太宰治の『晩年』によって広く知られることになったことはこれまた明白である。

ヴェルレーヌの句は太宰治の全生涯の作品に、太宰治その人を深いニュアンスをもって、もっともふさわしく象徴するものとして掲げられたと、奥野健男はみる。太宰の死後、彼に対する評価の定まらなかった時期に、初めて本格的な、そして青春の香り高い『太宰治論』を完成した奥野は、まず「撰ばれてある」と颯爽とかかげた作家の自信に瞠目する。

だが奥野はこのエピグラフに魅せられながらも、一方ではこれは太宰の気取りだろうとも考える。自信もないのに、このような楯をふりかざす弱さ、いわば自信なき者の憧れにも似た心情、自己を高く設定することにより、次第に醸成されていく自信、等々、奥野は自分に引き寄せて考える。しかし、その考えをすぐ改める。〈この句はぼくが考えたような文学青年的なものではなかったのです。そんな月並な野望ではありません。太宰にとって「撰ばれてある」とは、好むと好まざるとに関《ママ》らず、すでに置かれてしまった位置だったのです。努力して這い上るべき願望としての位置ではなく、先天的に与えられてしまった宿命と、多分に主観的ではあったにせよ、彼にはそう考えられたのです〉（『太宰治論』）

　奥野健男の『太宰治論』は、太宰が「撰ばれてある」宿命を感じていたのだと確信する所から始まり、その位置から出立した太宰の生涯のゆくたてを追求していく。太宰治の生家、津島家は名門でも旧家でもないが、津軽地方屈指の大地主であり、〈定紋のついた黒くてかてか光ったうちの箱馬車は、殿様くさくて〉（「思い出」）というような、金木の殿様と呼ばれた、田舎の名家であった。

「撰ばれてあること」を同じく掲げても、太宰と周五郎では、その行き方（生き方）もかなり違っている。基底に性格としての自己愛（ナルシシズム）があることでは二人は共通している。そして〈元来ナルシストは自己に限り無く愛着を感ずる者であり、自己の存在なり主張なりを正当視する傾向を持つ者です。その矜持は必ずしも他を必要とせず、自分一人の評価だけで充分なのです。このようにナルシストはただでさえ自己中心的であるのに、これにエゴイズムという欲望が加わった時、すべては〝自分の為〟という猛烈な自己に求心的な運動を起します。そしてその自己求心的な意欲が往々にして偉大な業績や非人間的な事業を完成させるのです〉という奥野健男が太宰治にみたネガティブなナルシストの一面は、これまでみてきた周五郎像とほぼ重なるのではないか。

　むろん奥野は太宰をその種のナルシストに位置づけようとしているのでない。ナルシシズムと名家の出という事実はそれ自体において充足しており、快い状態であることは疑いない。太宰がその先天的に与えられた、他に切実な願望を必要としないそのもっとも恵まれた位置に満足していたら問題はなかっただろう。そのかわり作家太宰治、太宰文学は存在しなかっただろう。

「序章」で祖述したように、太宰はその先天的に与えられた人間の位置から果敢に下降しようとした。〈ナルシシズムに対しては自己破壊を、生家に対しては脱出を、そして社会秩序に対しては反逆を、これが太宰の一生を貫く下降指向の道です〉(奥野健男)。

太宰治に対してはこれほど深い人間洞察を披瀝してみせた奥野健男が、何故、山本周五郎に対しても同じ炯眼で臨むことが出来なかったのか。「序章」で奥野が〈太宰治の愛読者と周五郎のそれとは重なり合っている〉と言い、〈太宰治が三十九歳で自殺せず、もし生きていたら、山本周五郎のような生き方をしたのではないか〉と言ったことも紹介した。そしてその奥野テーゼの延長に、『周五郎伝』の座標軸を据えようとした当初の目論見はここに来て軌道修正を余儀なくされる。権力、文壇づきあい、賞の類いが大嫌いで、直木賞を拒絶した周五郎の態度を「下降指向」の、まごうことなき実践のように思ったことも浅慮であったと考える。

「撰ばれてあることの恍惚と不安」を、太宰が口にすると、「恍惚」に「否定」の影が伴うが、周五郎が呟くと、「歓喜」と「肯定」、エゴイズムの傲岸不遜さの光を帯びる。だから、こんな卑小な疑問もふと浮かんだりする。周五郎は直木賞や毎日出版文化賞、それに文藝春秋読者賞を辞退したが、これらの賞は、みな民間の商業出版社や新聞社の創設によるものである。これが文化勲章や芸術院賞、紫綬褒章という〝官製〟であっても周五郎は同じように拒絶したであろうか。因みに周五郎に『よじょう』で揶揄された吉川英治は昭和三十五年に六十八歳で文化勲章を受章しており、五十七歳の周五郎はその報道に接している。翌三十六年、周五郎に舞い込んだ文藝春秋読者賞は文化勲章に比べれば、報道の扱いに格差がある。

　さらに何かと周五郎が反発した大佛次郎も、芸術院賞、朝日文化賞、菊池寛賞を総ナメにした後、三十五年には芸術院会員となり、四年後の三十九年、文化勲章を受けている。六十七歳の時である。六十一歳の周五郎には残された生涯は三年しかない。これでは、「あいむ・りまあかぶる・ふぇろお」とひそかに思い続けてきたことが無になる。「撰ばれたる」という矜持は他人（世間）の評価が加わってこそ支えとなる。それが無に帰するのである。

　太宰治が「葉」のエピグラフに用いた「撰ばれてあることの　恍惚と不安と　二つわれにあり」が、ヴェルレェヌの『知恵』“Sagesse”「V」の「8」の詩句 “j'ai l'extase et j'ai la terreur d'être choisi” の堀口大學訳から採られたことを明らかにしたのは私の知る限り山内祥史である。

〈ただし、太宰治が拠ったのは、堀口大學著の『ヴエルレエヌ（世界文学大綱第九巻）』（東方出版株式会社、昭和二年二月十五日発行）か、同書の改版『ヴエルレエヌ研究』（第一書房、昭和八年三月十八日発行）かであって、堀口大學訳の『ヴエルレエヌ詩抄』（第一書房、昭和二年三月三日発行）や『ヴエルレエヌ詩抄』（第一書房、昭和七年八月十五日発行）ではない〉（山内祥史）

「青べか日記」が書かれた時期から鑑《かんが》みて、周五郎は『ヴエルレエヌ』か『ヴエルレエヌ詩抄』を手にしたと思われるが、それならなぜ、堀口訳を引かず、「あいむ・りまあかぶる・ふぇろお」などとしたのかが不明である。訳書ではなく、ヴェルレエヌの原書、もしくは英訳書を手に入れたのであろうか。しかしこの設問は無意味であろう。周五郎が仏語を学んだ気配はないし、ヴェルレエヌの原書そのものが、当時、輸入されたとも考えられないからだ。

　ヴェルレエヌの詩集『知恵』が本国のフランスで世に出たのは一八八一年である。作者の自費出版

（五百部）ということで出版社に引き受けられたのだった。灰黄色の表紙の百六ページの小冊子の体裁の一冊は教皇レオ十三世に、別の一冊はウージェニー皇后陛下に贈られたという。だが『知恵』は出版としてはまったく失敗に終わり、全部で八部売れただけである。「ル・タン」紙の一八八〇年十二月十四日号には、ジュール・クラルティがあの「半ば忘れられたへぼ詩人」が、また妙ちきりんな新作を出すと言っている、とこの本についてひどい文章を書いたらしい。エドモン・ルペルチェは、『レヴェーユ』紙に「わるい冗談だ」と語り、二、三の地方紙はその「折りこみ広告文」をそのままのせるにとどめた……。

十年後に、モーリス・バレスとジャン・モレアスとが初版本を手に入れたくて、版元へおもむいたとき、答えはこうだった。「倉庫であれをみつけるには少なくとも一週間かかりますよ！」。八部のうちの一冊が日本に輸入されたとは考えられない。

さて件の詩句は『知恵』（巻の二）のなかの「その八」にある。

――ああ、主《しゅ》よ、われいかにしてけん？　あわれ、見そなわせ、わが主、
われいま不思議なるよろこびの涙に濡れてあり、
御身《おんみ》が声は同時にわれをよろこばせ、われを苦します、
その喜びも苦しみも同じくわれに嬉しきかな。

われ笑い、われ泣く、盾に立ちて
運ばれ行く青白《せいはく》の天使の姿ある戦場へ

征《ゆ》けと鳴るラッパを聞くと似たるかな、
その音《ね》ほがらかにわれを導く男男《おお》しき心へと。

選ばれて在ることの恍惚と不安とふたつわれにあり、
われにその価《あたい》なし、されどわれまた御身が寛容を知れり、
ああ！　こは何たる努力ぞ！　されどまたなんたる熱意ぞ！

見そなわせ、われここにあり、御身が声われに現わせし望みに眼《まなこ》くらみつつ
なおしかも心つつましき祈りにみちて
おののきて、呼吸《いき》したり……
— Ah, Seigneur, qu'ai-je?
（堀口大學訳）

太宰が愛誦した詩句が、〈死後、出生地の津軽の蟹田町で建てられた記念の文学碑に、この訳で大きく刻まれている〉と堀口大學は書いているが、建てられた場所については誤解で、実際は金木町東北の芦野公園にある。なお太宰治「葉」は周知のごとく一行空きによって区切られた三十五の断章から成っている。山内祥史は〈この断章数は、連句の歌仙形式を踏襲したものと推定される〉と言うが、独創的な見解である。その第三十三の断章に関して、久保喬が著書『太宰治の青春像　人と文学』のなかで、つぎのように回想していることをも、山内は見逃がしてはいない。〈ドーデの南欧の田園地方を舞台にした短篇や、私がすすめた恋愛小説『サフォ』など、鋭い人間描写と詩的な抒情性が融け

合っているパリっ子ドーデの粋《いき》な作風も太宰は好んでいるようだった〉。

太宰の短篇「葉」が、「三十五の断章」から成ることや、太宰がドーデの作風を好んだなど、清水三十六こと山本周五郎を意識しなかったら、興がることもなく読み過ごしたところである。周五郎とヴェルレエヌの関係について、いま少し踏み込んでみる。

『ポール・ヴェルレーヌ』（ピエール・プチフィス著）の訳者平井啓之の「解題」を参照すると、文学史の通念では、〈ボードレールの詩的遺産をヴェルレーヌ、マラルメ、ランボーがそれぞれに発展させて、フランス象徴主義のもつ《文学の永続革命的》な性格が確立された〉ということになる。マラルメとランボーの〈尖鋭な今日性に比して、ヴェルレーヌの影はうすい〉。ところが〈今日におけるその詩業の評価とは別に、生前、まったくと言ってよいほど無名であったランボーと異なって、晩年のヴェルレーヌはその生活の困窮ぶりにもかかわらず、有名人であった〉らしい。


　一八九四年にはルコント・ド・リールの死の後を受けて詩王Prince des poètesに選ばれている。二年後、ヴェルレーヌの死後、この世俗的な名声の座を占めるのはマラルメであることを思えば、晩年のヴェルレーヌの位置は単にカリカチュアめいた虚名とのみは言い難いだろう。じじつ、コルビエールも、ランボーも、マラルメも、デボルド＝ヴァルモールも、リラダンも、まず、ヴェルレーヌのめりはりの利いた人物像《ポルトレ》『呪われた詩人たち』によって世に出たのだから。しかしとりわけ「呪われた詩人」の極めつきは、ヴェルレーヌがこの連作の最後に付した「ポーヴル《あわれな》・レリアン」[これはポール・ヴェルレーヌのアナグラム]、すなわち彼自身であった。（平井啓之「解題」）

太宰治がヴェルレーヌの詩句を、というよりヴェルレーヌその人を敢えて引いた理由がこれで理解される。〈おれは滅亡の民であるという思念一つが動かなかった〉『人間失格』という太宰は己れが〝呪われた詩人たち〟のひとりであることを自覚していた。先の平井啓之によれば、一八八〇年代末から九〇年代にかけて、ヴェルレーヌはほとんどヨーロッパ的な規模で、「詩人」の宿命の体現者とみえた一時期があったことは確かだという。当代一般のもつ詩人（文学者）の観念の「生きた姿」として、多くの人びとの関心の的であったと言う。当時（一八九二年から九三年）、ヴェルレーヌは、積年の放蕩を原因とするさまざまな病患により荒廃をきわめてゆく肉体を施療院で養っていたが、そんな姿に人びとが「詩人」（作家）の宿命の生身の形を見ていたという挿話は、戦後の荒廃の世相のなかで無頼派として若者たちに渇仰された太宰その人に重なる。そして周五郎とは重ならない。

ヴェルレーヌは一口で言えば、いわゆる破滅型の作家の典型であった。一九世紀後半のフランス詩界は、ローマン派の後をうけて、高踏派、象徴派、頽唐派へと推移してゆくが、その流れは、世紀末に近づくにつれて、ローマン派の文学運動の特徴であった反俗精神、つまりブルジョワ支配への反抗の、いわば縮小再生産であったことを思えば、ヴェルレーヌはまさに時代の子として、カルチエ・ラタンの第一等の名士であったことも肯けるのである。（平井啓之、同前）

平井啓之の「解題」は、一九八八年四月二十日に執筆されている。引用の最終行に〝カルチエ・ラタン〟がふいに出てくるが、この地名は一九六八年五月、パリで起こった「五月革命」の拠点ともなった。二十世紀後半の世界史的転換点ともいわれる歴史的な大事件の遥か先行者に、破滅型の作家、無頼派の作家が位置づけられることに瞠目せざるをえない。
飢餓、貧窮、病患、失恋、失職……絶望の淵に沈潜していながら、どうして周五郎は「時代の子」たりえないのか。後年、周五郎作品は全集、文庫化、テレビ、映画、舞台で引っ張り凧、大フィーバーが続き、それは今も続行されているが、なぜ「時代」を画すといわれることはないのか。

パリで暮らし、カルチェ・ラタンに立つこともあった西欧派知識人、加藤周一について、『日本回帰・再論』『パリ五月革命　私論』の著者、西川長夫は、〈私はこの人はもし外国語の使用を禁じられたら、日常会話もできなくなるのではないかと思ったことがある〉といい、合わせて加藤周一のマチネ・ポエティクの親しい仲間であった中村真一郎の『戦後文学の回想』のある箇所を想起している。ある箇所――そこで中村は〈私たちは無暗と外国語を符牒に使った一種の隠語のようなものを発明して喋りあった〉と書いていたのである。ここで私が想起するのは、発表を予期せずに書かれた日記にせよ、「あいむ・りまあかぶる・ふぇろお」などと記す周五郎であり、先に書いた朝日の記者との周五郎の英語まじりの会話風景である。

西川長夫の「日本におけるフランス――マチネ・ポエティク論」が「マチネ・ポエティク」の福永武彦、中村真一郎、加藤周一らの戦前戦中体験、つまり第二次大戦中、戦争に行かず、軽井沢の別荘にこもって、文学に専念していたことを、特権的な知識人の現実遊離として非難したことは、周五郎の池谷信三郎批判に通底するものであろう。

池谷信三郎――池谷についてはすでに言及したが、いま一度触れたい。彼は周五郎が少年時代、奉公した「きねや」質店の親店、「きねや」池谷質店の次男で周五郎より三歳年長。府立一中、一高を経て東大法学部に進み、ベルリン大学法科に留学。帰国後、大正十三年、「時事新報」が募った懸賞小説に中篇「望郷」が当選し、一躍、文壇の注目を集めるに至った。周五郎が好意をもつはずがない。奔放な私生活、演劇、音楽、ダンスなどでの明け暮れ。自分の置かれている位置との距離の懸隔《けんかく》に歯がみする思いであったかもしれない。しかし周五郎当人とてあまり大きな口はたたけないはずであった。

〈金が入った為に予の足は地から浮いた。馬鹿なことだ。貧乏は貴いと思った〉(昭和四年五月二日)。金が入り「予の足は地から浮いた」の内容については触れるのはよしておこう。

さていま一度、「撰ばれてあることの　恍惚と不安と　二つわれにあり」(ヴェルレーヌ)に戻りたい。太宰治や周五郎が存命中に翻訳出版された詩集から、以下に当該箇所を引いてみよう。

吾は限りなき恍惚とかぎりなき恐怖《おそれ》とを身に持てり(『ヴェルレーヌ詩集』川路柳虹訳、新潮社、大正八年九月二十二日刊)

選ばれし法悦《よろこび》と恐怖《おそれ》を持てり(『ヹルレエヌ』竹友藻風訳、アルス、大正十年六月二十一日刊)

選ばれてあることの恍惚と不安と二つわれにあり(『ヴェルレエヌ詩抄』堀口大學訳、第一書房、昭和二年二月十日刊)

選ばれしてふ歓喜と恐をわれ持てり(『叡智』河上徹太郎訳、芝書店、昭和十年六月二十五日刊)

前述したように山内祥史は、太宰治が拠ったのは、堀口大學著の『ヴェルレエヌ』(東方出版、昭和二年二月十五日刊)か、同書の改版『ヴェルレエヌ研究』(第一書房、昭和八年三月十八日刊)の、どちらかだとした。これに対して詩人の石関善治郎は、「太宰治初期文学態度の一検討――『葉』私論」

（「国学院雑誌」第七一巻第二号）で、山内が否定した堀口大學訳『ヴェルレエヌ詩抄』（第一書房、昭和七年八月刊）の詩集『智恵』から引用されたと断定した（堀口訳では『智慧』。近年、常用漢字使用で『智恵』。「何ともちえのない表記」と水谷昭夫。小林秀雄、河上徹太郎の訳語は『叡智』）。

もう一人、重要な指摘をした研究者がいる。山田晃は論考「恍惚と不安と」（「国文学」昭和五十一年五月号）で、「撰ばれてあることの」が、「選ばれてあることの」ではない、昭和二年か八年版だと推定している。「撰」と「選」の違いについて、水谷昭夫は、どちらを使うかで意味が違ってくると言う。「神がえらぶというときは〈撰〉であろう」と説明するのだが、キリスト教に通暁していない人間には「目から鱗」の指摘である。

ただ太宰治は「西方の人」で、文学史上、最高のキリスト教理解を示した作家であるし、山本周五郎も『おごそかな渇き』に取り組む最晩年に至るまでキリスト教に深い関心をもち続けたことは考慮されなくてはならない。

ヴェルレーヌの『智恵』は、彼が「わが悪霊」と名付けた驕傲な少年詩人ランボーとの同性愛的交渉と傷害事件の末の投獄、そして獄中の回心、等々、あたかも「青べか日記」を書く山本周五郎の絶望の日々に照応するかのような泥濘に咲いた詞華というべきだろうか。ヴェルレーヌにしたがえば、「あいむ・りまあかぶる・ふぇろお」は、「主なる神により、苦しみと悩みと傷心に撰ばれてある」という意味になる。この一行は最も高潮した神への応答のそれといえる。

「青べか日記」は、周五郎の読書ノートという一面もある。夥しい書名が目を射る。ド・キュレル

『獅子の餌食』、ゴルズオオジイ（ゴールズワージー？）、ルナン『基督伝《キリスト》』、芥川龍之介「鼻」「羅生門」「芋粥」「蜜柑」、「鮭」（「河童」？）、「歯車」、ゲーテ『ヴェルテルの悩み』、泉鏡花『婦系図』、里見弴『多情仏心』、ピエエル・ロティ『氷島の漁人』、葉山嘉樹『海に生くる人びと』など。

そのなかで、ストリンドベリイが頻出する。

今年もストリンドベリイに感謝しよう。さてよく疲れずにやったな、三十六よ。では佳き年があるように。末子の事も良くなるだろう。左様なら二五八八年。（昭和三年十二月三十一日）

今予はストリンドベリイの「青巻」を読んでいる。ストリンドベリイは毎度予にとっては最も大きく且つ尊く良き師であり友である。予は涙をもって彼の名を口にする。（昭和四年一月十五日）

ストリンドベリイの「青巻」は大変に予を力づけ、励まして呉れる。（同年一月十六日）

今日、ストリンドベリイの「青巻」を読み了えた。最後の言葉「苦しみ働け、常に苦しみつつ常に希望を抱け、永久の定住を望むな、此の世は巡礼である」――がひどく予を鞭撻しまた慰めて呉れた。ああストリンドベリイ、吾が友、吾が師、吾が主。予は貴方を礼拝しつつ巡礼を続けよう。（同年一月二十八日）

「巨勢弘高」二部曲のプランに着手。ス・ベ（ストリンドベリ）の「ルッテル」に負うところが多い。（同年二月九日）

周五郎の読んだストリンドベリイの『青巻』が誰の訳で、出版社がどこか、いっこうに明らかではない。肝心の箴言の引用も不正確である。柳英彦訳『青巻』（天佑社、大正十年十月二日刊）では以下が最終行である。

祈りながら働け。苦しみながら望みを抱け。天と地とを共に吾が裏に有つのだ。永久の定住を求むるな。此の世は巡礼の世である。故郷では無くて、さすらひ場である。真理を求めよ。さらば発見し得る。只道にして、真理であり、生命である基督と共にあってのみ真理が悟られるのだ。

両者を比べると、周五郎の方が、いかにもアフォリズムとして体をなしている。ほとんど周五郎の独創であるかのように。だからこそ正確な訳書を知りたい。柳英彦は〈本書は三浦國造氏の訳で『新生の曙』と題して発行したのであるが、絶版となって居たので改訂改題して再び発行する事としたのである〉と附している。

周五郎をかくも熱狂せしめたストリンドベリとはいかなる作家か。〈一体 Strindberg の名前ぐらゐ日本で滅茶苦茶に読まれてゐるものはあるまい。ざっと数へても十以上ある。ストリンドベルヒ、ストリンドベルク、ストリントベルヒ、ストリントベルク、シュトリントベルク、シュトリンドベルヒ、ストリンベルジュ、ストリンドベルジュ、ストリンドベルグ、ストリントベルグ、ストリンドベルイ、ストリンドベリィ　とても一人の名前ではあるまいと思はれるほどまち〳〵である〉（山本有三「Strindberg の読方——ストリンドベリィ」『山本有三全集』第九巻、岩波書店）

〈一般に明治年代はストリンドベルヒが多用され、大正年代に入って十二年頃まではストリンドベルヒ・ストリンドベルグを主とする前記十種の表記が行われていたが、大正十二年四月「劇と評論」が『ストリントベルヒ研究』号を刊行、これに小山内薫が「Strindberg の発音に就いて」という一文を載せ、山本有三、武者小路実篤等がストリンベルイと発音しているようであるが、現在ストックホルムでは〝ストリンベルジュ〟と発音されている、との説を発表した。これに対して山本有三が、大正十二年五月から十四年一月までの二ヶ年・五度にわたって論じ、この間、吉田白甲のストリンドベルイ説が出されたりしたが、有三は終始一貫ストリンドベリィ説を主張し、多くの賛成説を得て、その後、今日に至る迄この読方が一般に行われているようである〉(「芥川龍之介におけるストリンドベリィ」森本修)

因みに新潮社と岩波書店が大正期に全集を刊行している。大正十二年十一月に新潮社は「小説全集」と「戯曲全集」の二つに分けて、『ストリンドベルク全集』(全十七巻)を、岩波書店が十三年三月から『ストリントベルク全集』(全十巻)を刊行している。私が持っている河出書房版『世界文学全集10イプセン　ストリンドベリ』は、山室静、杉山誠訳、表記はストリンドベリだ。

中村真一郎が「ストリンドベリーの弟子であった芥川」(『芥川龍之介の世界』)と評したほどStrindberg に著しく傾倒し、影響を受けた芥川は、六種の違う表記をして、混乱に拍車をかけている。前出森本修の調べでは、⑴Strindberg、⑵ストリントベルク、⑶ストリントベルグ、⑷ストリンドベルク、⑸ストリントベリィ、⑹ストリンドベリイで、⑵は比較的初期、⑶は中期、⑸は後期と使用時期を大別してみることが出来、使用頻度は⑸⑶⑵⑷⑹⑴の順である。後期の作品にストリンドベリイの名がもっとも多く出ているという。いや研究者というものは大変なもので、こうした調査もしなくてはならないのである。イとィの活字の大小なんてうっかり見過ごしてしまう。

芥川がストリンドベリイの作品に初めて接したのは、「愛読書の印象」(「文章倶楽部」大正九年八月)から推して、明治四十五年から大正二年と考えられている。また「羅生門」「鼻」を執筆していた大正四年秋の頃の思い出を書いた「あの頃の自分の事」(「中央公論」大正八年一月号)を読むと、芥川の出世作となった「羅生門」「鼻」に、すでにストリンドベリィの影響がさしていたことがわかる。周五郎が芥川龍之介のそれらの作品を読んだのは、二五八九年(昭和四年)三月五日から六日にかけてである。この読書体験がストリンドベリイ(これが周五郎の表記)を読む契機となったとは断言出来ないが、「西方の人」「歯車」「侏儒の言葉」「或阿呆の一生」などに何度も出て来るこの「世紀末の欧羅巴」の作家に、無関心でいられたとも考えにくい。(「青べか日記」では、芥川龍之介集を読んだ日時(昭和四年)より、『青巻』を読んだ日時(昭和三年)の方が早いのだから、この推理は成立しないかもしれないが、当時のストリンドベリイ・ブームに解消するのも味気ない)。

それで前出の芥川の「あの頃の自分の事」の注目したい箇所を引用したい。

その頃自分は日本間の二階に、安物の西洋机や椅子を並べて、そこを書斎に定めてゐる。(略)この書斎の中が、混沌たる和漢洋の寄せ物であるが如く、その頃の(或は今でも)自分の頭の中には、やはり和漢洋の思想や感情が出たらめに一ぱいつまつてゐた。(略)読んだ本の中で、義理にも自分が感服しずにゐられなかつたのは、何よりも先ストリントベルグだつた。その頃はまだシェリングの訳本が沢山あつたから、手あたり次第読んで見たが、自分は彼を見ると、まるで近代精神のプリズムを見るやうな心もちがした。彼の作品には人間のあらゆる心理が、あらゆる微妙な色調の変化を含んだ七色に分解されてゐた。いや、「インフエルノ」や「レゲンデン」になると、怪しげな紫外光線さへ歴々としてそこに捕へられてゐた。「令嬢ジユリア」「グスタフス・アドルフス」「白鳥姫」「ダマスクへ」――かう並べて見ただけでも、これが皆同一人の手になつたとは思はれない程、極端に懸け離れたものばかりである。（略）「マイステル・オラアフ」が現れて以来、我々は世界の至る所に、ストリントベルグの影がさすのを見た。（略）実際、彼は当時の自分にとつて、丁度魂のあるノアの箱船が蜃気楼よりも大仕掛に空を塞いで漂つてゐるやうな感があつた。さうしてかう云ふ以上に彼の作品を喋々するのは、僭越のやうな気が今でもする。又喋々した所で、到底あの素ばらしい箱船が、髣髴出来るものぢやない。出来たと思つたら、それは僅に船腹の板をとめてゐる釘の一本位なものだらう。

と讃辞を与えている。芥川がストリンドベリイの作品に対して最も関心を示していたのは『痴人の告白』『伝説』のようだ、と森本修は言う。『歯車』のなかに、〈僕は丸善の二階の書棚にストリントベルグの「伝説」を見つけ、二三頁づつ目を通した。それは僕の経験と大差のないことを書いたものだつた〉とある。『侏儒の言葉』には言及が多いが、一つ引く。〈ストリントベリイは「伝説」の中に死は苦痛か否かと云ふ実験をしたことを語つてゐる。しかしかう云ふ実験は遊戯的に出来るものではない。彼も亦、「死にたいと思ひながら、しかも死ねなかつた」一人である〉。

明治末年以後の作家のほとんどが、強弱の差こそあれ、ストリンドベリイの影響を受けたといわれる。明治四十年前後における自然主義運動は、因襲打破、偶像破壊、現実暴露に、まずイプセンが受容され、イプセン・ブームに次いで同じ北欧のストリンドベリイが一世を風靡することになる。雑誌「白樺」（明治四十三年四月創刊―大正十二年八月終刊）は、約八十篇のストリンドベリイ全作品の約八分の三にあたる三十三篇を翻訳掲載している。ストリンドベリイを争って読んだ作家はこれまで見てきた芥川のほかにも森鷗外、田山花袋、武者小路実篤、上田敏、正宗白鳥、小山内薫、山本有三、佐藤

春夫、中村草田男、堀辰雄、山本周五郎……。

ただ不思議なのは、周五郎以外誰一人として『青巻』については寸毫も触れようとしないのである（芥川の「あの頃の自分の事」に出てくる『青い本』は『青巻』ではない）。そればかりではない。北欧文学研究の泰斗といわれ、ストリンドベリ、イプセンの訳書も多い山室静は大著『北欧文学の世界』（弘文堂、昭和三十四年一月十五日刊）のなかの「ストリンドベリ小論」においても、『青巻』という作品名を録することもしていない。文学辞典、百科事典でも「ストリンドベリ」の項目は、むろんあるが、紹介される作品のなかに『青巻』はない。（『日本大百科全書』（小学館）には『青春』として記述あり）。『青巻』は正直読んで面白い作品ではない。訳者の「序」と周五郎が愛誦した本文の最終行だけが辛うじて目を惹くだけの作品である。復刻は考えられないだろう。

当のストリンドベリイについては、明治四十五年五月十七日付の東京朝日新聞の死亡記事が簡にして要を得た紹介文となっている。「女の嫌な文豪ストリンドベルヒ氏逝く」との見出しで、その死を報じている。

氏は一八四九年、ストックホルムに生れ、一八七八年、深刻な戯曲的心理的の筆を用ゐた『マステルオローフ』を出して革命的な写実主義の作家として世に現はれた。其後一八七九年より八八年にかけ沢山の劇及び小説を公にし、深刻な現実描写と婦人両性問題に対して痛辣な諷刺攻撃を加えた。中にも結婚の暗黒面を暴露した短篇集『結婚者』は当代社会に物議を起して遂に法廷の問題となつた。ストリンドベルヒの生涯は頗る奇異なもので、根本的に世間と調和する分子を欠いて居り、女性に対する憎悪の念は多少発狂の気味を交へて居た。一八八九年以後、彼は翻然としてストックホルムの多島海の生活を題材として神秘的病理的な小説を出し、極端な自我崇拝に傾き、『愚人の懺悔』『地獄』等の作から『ダマスクへ』を出して神秘主義の奥所に入り、遂に基督教と調和するに至った。瑞典の文学はストリンドベルヒ以前にも歴史を有するけれども、其の近代文学史はストリンドベルヒが全体であると云ふと宜い位だ。若し一のストリンドベルヒが出なかつたら、世界の文学史或は瑞典の頁は略されたかも知れぬ。ストリンドベルヒと日本の近代文学とは非常に関係がある。森鷗外博士は其数篇を翻訳し、又小説戯曲の作家は英独訳に依つて、先を争つて其の著を読むと言ふ風である。

森鷗外の「月草」の序文（明治二十九年十一月）によって、ストリンドベリイは、わが国にはじめて紹介されたのであった。作品と作風の具体的紹介は、森本修の調査を借りれば、田山花袋の「西花余香」（明治三十四年六月十七日）、上田敏の「北欧自然主義の戯曲論——ストリンドベルヒ作悲劇『ゆり子』序」（「中央公論」明治三十七年五・七・八月）が最初期に位置することになる。上田敏の『ゆり子』とは『令嬢ジュリー』（『令嬢ユリエ』としても出版された）のことだろうか。ジュリーは日本名に翻案すると、ゆり子になるか？　象徴詩運動の先覚者にして、小泉八雲に天才と絶賛された語学力を誇る上田敏のユーモアであろうか。

平野謙は明治四十年生まれだから、周五郎より四歳下、ほとんど同世代人である。彼は『青べか物語』の解説を担当したとき、〈私の記憶によれば、ストリンドベリイの感想集『青巻』は大正初年訳者不明、昭和十年宮原晃一郎訳で、二度出版されているはずである。大正末年ころの紙表紙の粗末な本と、昭和十年代にそれを改訳した厚表紙の本と。そして、また私の記憶によれば、その『青巻』をもっとも愛読した文学者のひとりは尾崎士郎である。もしかしたら、山本周五郎も尾崎士郎にすすめられて、『青巻』を愛読するようになったのかもしれない〉(新潮文庫『青べか物語』解説、昭和三十九年八月)。

これは前に記したように、三浦國造訳『新生の曙』(『青巻』の別名)と、柳英彦訳『青巻』があるから、平野謙の記憶もあまり頼りにならない。ただ後述するが、尾崎士郎の当時の愛読書はストリンドベリと大杉栄であったことは事実である。奥野健男がいうように、〈青年期の尾崎士郎に思想的な影響をもたらしたのは、ストリンドベリと大杉栄だった〉(学研版『山本周五郎』「評伝的解説」)。平野は続けて言う。〈大正末年にはちょっとしたストリンドベリイ・ブームがあって、田舎の中学生の私でさえ、『女中の子』『痴人の告白』などの小説や『令嬢ユリエ』『稲妻』『父親』などの戯曲や『ストリンドベリイの最後の恋』とかいう豆本まで読んだくらいだから、山本周五郎もストリンドベリイを愛読していて、それがひとつの機縁となって、尾崎士郎と親しくなったのかもしれない。いずれにしても、山本周五郎も尾崎士郎とおなじように、ストリンドベリイ党のひとりだったにちがいない〉(平野謙、同前)

そこで再々「青べか日記」に戻る。

これからシネマを見に行く。(昭和三年九月十日)

ああ昨日東京で、ドラグ・ネットを見た。「伯林《ベルリン》」を見た、ドラグ・ネットは佳かった。バンクロフトはうまい、スタンバアグは立派なポエト(註・詩)だ。(同年十月三日)

今日は東京へ行ってシトロウハイムの「ウェッディング・マアチ」を観た。純粋の自然主義シネマ。シトロウハイムも老いた。林檎の花の散る下の恋などは甘いも甘いも論にならぬ。ただ幕明きの老公爵夫婦のベッド・ルウムの描写は素晴しかった。（同年十一月二日）

今日は東京へ行った。シネマを観た。（同年十一月五日）

ゴルズオオジイ（註・ゴールスワージーのことか）、決して凡庸作家でない。英国詩人中では看過し難い位置だ。（同年十二月四日）

秋声の「黴《かび》」を読んだ。（同年十二月十四日）

今「ルナン」「基督伝」を読んでいる。（昭和四年一月十六日。筆者註・これはルナン『基督伝』の誤記ではないか？）

いま芥川龍之介集を読んでいる、矢張り胸に来るものは考証物よりも現代物である。「鼻」「羅生門」「芋粥」などよりも、一短篇「蜜柑」の方がどれ丈《ほど》貴いかしれない。現代に生き現代を生かさねばならぬ、それが全部でないまでもそれが基本でなければならぬ。など考えた。「蛙」（註・「河童」の思い違いか）は傑作だろう。併《しか》しどうせパラドクスなら、もっとずっと突込んでやる余地があった筈だ、ひと皮は切ったがふた皮目み皮目には刃が届きかねた形だ、況《いわん》や骨にをやだ。是《これ》は明らかに荷が勝ち過ぎたのと、彼の体力の不足から来たものだろう。予は彼の為に、後者を其の原因に採《と》る。（同年三月五日）

「ヴェルテルの悩み」を一昨日読み了えた。今日のものではない、退屈なものだ。感心しなかった。彼は些《すこ》しも自殺する必要はない。と思った。（同年三月十三日）

鏡花の「婦系図」読んで泣いた、そして泣かせる小説なら造作なく書けることに気付いた。鏡花

は三時代前の人間だ、そう思ってみれば良いところもある。（同年四月一日）
小酒井不木が死んだ。惜しいことだ。日本のポウだと思っていたのに。（同年四月二日）
「多情仏心」里見弴作を読んだ。佳作。己もやる。得るところありだ。（同年四月八日）
ピエエル・ロティの「氷島の漁人」を読んだ。是は両三年前、シネマで見たことがある。全篇青白く冷たい霧に包まれた中で、つつましいヤンとゴオドとのロマンスが、さあさあと絶えず流れる風に吹かれて営まれた。大きくパン・ポルの湾を見下ろす断崖の斜面の草地、そこで行き会うヤンとゴオド。その時二人は唯《ただ》目礼して、風に揺れる草の中で別れて了う。その一景はいつまでも私の頭を去らなかった。私が漁夫の生活に心を惹かれたのは実に此の作品が一つの起因をなしていたと云っても宜いだろう。
今度原作を読んでみて、その優れていることを更に強く感じた。「氷島の漁人」は良い芸術である。私は金が出来たら是非北海道の北端地方へ出掛けたいと思う。ああ、よき一日だった。ロティの霊の上に平安あれ。（同年四月十七日）
葉山嘉樹の「海に生くる人々」を読んでいる。良い。是は考えなければならない。予自身の境地は渝《かわ》らぬが。（同年五月二日）

「青べか日記」は、その三十年後に書かれ、周五郎の最高傑作といわれる『青べか物語』と対応させて読まれたり、論じられたりされるが、あまり意味のあることとは思われない。死後に公表された「青べか日記」は、はじめからそのような標題が付いていたわけではなく、ただ「吾が生活」と表記され、それに本名の清水三十六の頭文字をとって、「し・さ」とだけ記したにすぎないことは既述したとおりである。

ただし「青べか日記」で当時の周五郎の読書と映画遍歴、および世相の一端を知ることが出来る。
二、三、注をつけてみたい。
ゴールスワージー（一八六七―一九三三）は、イギリスの小説家、劇作家。富裕な弁護士の家に生まれ、最初、法律で身を立てようとしたが、やがて文筆生活に入った。岩波文庫で『静寂の宿』（一九三四年）、『争闘』（同）、『吾等がために踊れ』（一九三七年）、『りんごの木・人生の小春日和』（一九八七年）を読むことが出来る。代表作は約四半世紀をかけて完成させた『フォーサイト家年代記』。周五郎は原書で読んだのだろうか。

余談ながら美智子皇后は二千ページに及ぶこの『フォーサイト家年代記』を原文で繰り返し読み、「フォーサイト家年代記における相克と調和」を大学卒論のテーマにしている。

芥川龍之介の短篇「蜜柑」を、「鼻」や「羅生門」などの作品より評価する点では、周五郎は吉本隆明とまったく同じである。吉本隆明は芥川の短篇からという枠を超え、近現代文学史の三短篇の一つに「蜜柑」を推し、讃仰してやまない。

映画『氷島の漁夫』は一九二四年の無声映画で、わが国では昭和二年に公開されている。ピエール・ロティの小説をジャック・ド・バロンセリ監督が脚本を書き映画化。ブリタニア北岸の港町に住む漁師とその愛する女の話で、海を捨て切れなかった男の悲劇を切々と描く。シャルル・ヴァネルとサンドロ・ミロワノフの共演。監督のバロンセリは、ルネ・クレール、ジャック・フェデーの師に当る。昭和三年九月刊の岩波文庫『氷島の漁夫』の訳者は吉江喬松。

小酒井不木（明治二十三年―昭和四年）を周五郎は「日本のポウだと思っていたのに」という。これは意外な評価である。本名は小酒井光次。愛知県生まれ。東京帝国大学医学部を卒業後、大学院に進み、院生時代に『生命神秘論』を刊行している。大正十一年から「新青年」に専門の医学知識と探偵小説的な主題を組み合せたユニークなエッセイ『毒及毒殺の研究』『殺人論』『犯罪文学研究』等々を発表。同十四年からは創作にも手を染め、『画家の罪?』『呪われの家』『疑問の黒枠』などを発表。江戸川乱歩から「医学的犯罪小説」と名付けられる。周五郎は作者の医学的な専門知識に惹かれたのではないだろうか。

小酒井の代表作一作といえば『恋愛曲線』（大正十五年）となろうか。情緒と心臓機能の関係を研究している男が金力によって強引に愛を奪おうとする男に対して、死を賭けた実験を試みることによって高らかに愛を謳歌するという物語である。権田萬治によれば、〈余りにも科学的、解剖学的に人間を見る残酷な視点にも通じる。『肉種』『血の盃』などはそういう悪い面が出た残酷小説であり、評論家の平林初之輔から「不健全派」のレッテルを貼られることになった。（略）二十三年（大正十二）に鳥井零水の筆名でドゥーセなどドイツ・北欧系の探偵小説を翻訳したのをはじめ、多くの海外作品の翻訳紹介がある〉という。

周五郎の医学知識の豊富さが、常人を遥かに超えていたということについて、木村久邇典は、講談社版『山本周五郎全集』の『赤ひげ診療譚』の巻の月報で、〈山本氏が医学に関した小説を書こうとして小石川養生所に興味をもったのは大正の末期、二十代前半の文学青年時分で、日比谷の図書館に通っては資料をあさり、仔細なメモをとった。そのうえ「日進医学」「臨床医学」「実験医学」（「実験医報」）などの医学専門雑誌を毎月愛読したとのことだから、その好奇心と探究心のふかさにおどろかされるのである〉と明言している。

木村は他に日本魂社で同僚であった宅間清太郎（大乗）の啓発があったことをも付記している。宅間は周五郎より一、二年前に日本魂社へ入社しており、それ以前から医学の座談会速記の仕事をやっている。時局の逼迫で「日本魂」誌が休刊（昭和九年九月）した後も、月刊「実験医報」（克誠堂）、「日本内科学会報」「外科学会報」といった医学専門雑誌に、ドイツ語や英語の医学雑誌から座談会記事を翻訳したり摘録する仕事を続けている。周五郎の『赤ひげ診療譚』に多少なりとも貢献しているといえよう。

# 第九章　最初期の少年少女小説

日記に戻ろう。

昨日山本（木挽町の山本質店）で貸出しを拒絶された。博文館へ少女小説を持って行った。井口（井口長次、作家山手樹一郎）は大変に親切にして呉れた。（昭和三年十一月三十日）

日記が昭和三年八月十二日に書き始められており、この日までそういった記述がないので、博文館へ少女小説を持って行ったのは、この日が初めてかと錯覚してしまうが、周五郎は大正十五（一九二六）年に、最初の少女小説を発表している。「年譜」（木村久邇典作成）によると、大正十五・昭和元年、二十三歳の項に、〈須磨時代に得た体験をヒントにした「須磨寺附近」が「文藝春秋」四月号に掲載され、文壇出世作となる。（略）七月、当時、中西屋が発行していた「少女号」の井口長次（筆名山手樹一郎）を知り、山手のすすめで「少女号」に初めての少女小説『小さいミケル』を書いた〉とある。

つまり周五郎は大人向けの小説（「須磨寺附近」）と少女小説（「小さいミケル」）を同時にスタートさせているのだ。しかも昭和五年から二十年までに、実に百十四篇もの少年少女小説を、俵屋宗八、山田丈一郎などを含めた筆名で、「少女世界」「新少年」「譚海」「少年少女譚海」「少女倶楽部」「少年倶楽部」

「少女之友」誌に発表している。

周五郎は、少年少女小説に手を染めるようになったのは、生活の糊《こ》とするために、まずは稿料になる小説を書いたと、次のように語っている（昭和三十五年の談話速記）。

　大衆小説を初めて書かせてくれたのは、山手樹一郎だった。その時分、彼は博文館の『譚海』の編集長で、会いに行ったら、この雑誌には、君に書かせたくないと彼が言うんですね。僕はちょうど結婚相手が出来て、家を持たねばならないし（略）ともかく金の必要があるから、書かしてくれと言うと、彼はじゃア俺の言う通り書くかと念をおすので、よし何でもいうとおりにすると約束した。それで書きあげたのが「疾風のさつき丸」という少年時代小説だった。たしか五十枚ぐらいのもので、彼の言うとおりに三度書きなおして持っていった。（「畏友山手樹一郎へ」）

昭和四年から「少女世界」（博文館）への執筆が多くなるのは、中西屋から移籍した井口長次が同誌の編集長となったためである。この年四月、東京市主催の児童映画脚本「春はまた丘へ」が今井達夫の「明日天気になアれ」と共に入選。周五郎は俵屋宗八のペンネームで応募した。賞金五百円で五月十八日から六月六日まで二十日間の北海道旅行に出かけている。

「春はまた丘へ」は日活で長倉祐孝監督により映画化され、昭和四年十月四日、公開されている。上映時間は六十八分、もとより白黒、無声映画である。撮影は対島寅雄。現存するフィルムはクライマックスの途中で終わっている。児童向け作品であるせいか、猪俣勝人『日本映画名作全史』（戦前篇）に記録すら残っていない。因みにこの年（昭和四年）に公開された映画には松竹映画「大学は出たけれど」（小津安二郎監督、主演＝高田稔、田中絹代。表題が流行語となる）、日活映画「日本橋」（溝口健二監督、原作・泉鏡花。主演＝岡田時彦、梅村蓉子、夏川静江）。日活映画『東京行進曲』（溝口健二監督、原作・菊池寛。主演＝夏川静江、入江たか子、小杉勇）。松竹映画「君恋し」（島津保次郎監督。主演＝八雲恵美子、渡辺篤）がある。

映画「春はまた丘へ」が一般公開された二十日後（十月二十四日）、ニューヨークのウォール街で株式が大暴落、世界恐慌の発端となる。物価は暴落、事業の破産や工場閉鎖が相次ぎ、とくに農村は米価が軒並み暴落。そうした恐慌下で、「金解禁」の是非が政友会、民政党による宣伝合戦ともなり、やがてその対立が、政党政治の破綻と政治への不信とつながり、軍部の台頭をうながしていく。そうした恐慌下、周五郎は二十日間の北海道旅行をたのしみ、五百円を蕩尽しつくしてしまうのである。

レマルクの『西部戦線異状なし』が劇団築地小劇場により東京本郷座で上演され、〈『……異状なし』は流行語にもなり、「生活戦線異状あり」と逆手にとった言葉も出現した〉（日高昭二）。巷では「東京行進曲」（西条八十作詞、中山晋平作曲）などの歌謡曲が流行した。

「春はまた丘へ」の内容は、従来の周五郎研究において（木村久邇典の論考も含めて）一度も紹介されたことがない。当時、作成された散らしによって、そのシノプシスを紹介したい。脚本は如月敏。

大きな水車が回る美しい川や森がある田園風景の中、着物姿の三人（溝田満三、松本三郎、鵜沢春雄）の少年らが下校している（画面には唱歌「春が来た」の歌詞が重なる）。

とある塀ぎわを通っていた三人、突然、塀の向こう側から飛び出して来たボールを拾って、塀から身を乗り出したセーラー服の女学生（実は書生を踏み台にしている）に渡してやる。女学生（十二、三歳くらいか？）は、礼とともに、いつか遊びに来てと三人を誘う。承知する三人。

少年の一人、溝田満三は、身体の弱い父親を助け、牛乳売りをやっている。彼は牛乳馬車に乗り、新しいお客になった東京からやってきた偉い博士の家を訪ねる。そこが先ほどの女学生の住む洒落た洋館であった。博士には、女学生の長女と小学校低学年くらいの長男があり、彼等の家庭教師も務める書生の春山（三枚目役）が一緒に暮らしていた。

満三は裏口から牛乳をお手伝いさんに手渡すと、その礼に、ちょうど作っていたアイスクリームをもらう。途中から馬車に同乗していた松本三郎にもそれを食べさせてやる。二人ともアイスクリームなど、生まれて初めて食べたので、後で半分食べようと胸元に入れ、溶かしてしまう失敗も。

満三と別れた三郎は、医者から薬をもらうと帰宅する。彼のおじいさんは病気で臥せっていたのである。おじいさんとの二人暮らしで生活に困窮している三郎だったが、彼には発明の才能があり、先ほど満三から聞いたアイスクリームの作り方をヒントに、風力でアイスクリームを作ることができる器具を製作する。

後日、他の二人とともに博士邸を訪れた際、それを見せて博士に誉められる。他の二人にも夢があり、それぞれ努力している事を知った博士はすっかり感心してしまう。娘にせがまれ、四月一日に子供たちは牛乳馬車に乗り、ピクニックへ出かけることになる。

最初は徒歩で同行していた春山だったが、途中でへたばってしまい、馬の背中に乗って御機嫌になる。空にツェッペリン号が飛んでいるといって、子供たちをおどかし、「今日、四月一日は、西洋では嘘をついてよい節句なのだ」と教える。お嬢さんが馬車から落ちた！　などと、逆に書生を慌てさす子供たち。「罪な嘘はいけない。私がお手本になる楽しい嘘を聞かせる」と春山。ドン・キホーテならぬドン・イサム・コンドウなる騎士の話を始める（ここからは西洋風の衣装を身にまとった春山と子供たちの幻想シーンになる。結局、夢の中でも、春山は子供たちにやっつけられる始末)。

さて現実に戻り、川のほとりに到着した一行は、そこで楽しく遊んでいたが、川にかかった丸木橋を渡ろうとした娘は、あやまって川に転落して流されてしまう。

その知らせを聞いた春山、最初は先ほどの嘘の続きと相手にしなかったが、子供たちのただならぬ様子を見て、本当の事と知り、自ら川へ飛び込む。三人の少年たちは各々、必死に救出方法を考え、実行する。一人は自ら川へ飛び込み、彼女を救おうとする。一人は馬にまたがり、村に救援依頼に走る。一人は愛犬と鳩に事故を知らせる伝言を付け、村に向けて放つのだった。

最初に伝書鳩の伝言に気付いたのは、三郎のおじいさんをちょうど診察に訪れていた医者であった。彼は自転車で現場へ急ぐ。

一方、犬の伝言を見た満三の母は……。

ここで映画は途切れている。


全編、地方を舞台にしながらも、極力、泥臭さを排した設定、美しい自然描写が相まって、日本映画ながら、ヨーロッパ風とでもいいたくなるような、お洒落なファンタジー映画になっている。一方で貧しい子供らの家庭事情を描きながらも、決して暗くならず、むしろ健気に生きる少年達の姿を通して、爽やかな雰囲気が全編に漂っている。

教育的な配慮もあってか、かなり理想主義的な描き方にはなっているが、ユーモアを取り入れた作風は、観ていて好感が持てる。途中、何度か回る水車の映像が、走る馬車の車輪の映像や救援を知らせに急ぐ馬のシーンなどにダブり、効果を上げている。

戦前の映画の水準の高さを窺い知ることが出来る、まさに貴重な作品である。

この感想（批評）の筆者は誰であろうか。配役は山本秀子（伏見信子）、松本三郎（中村英雄）、溝田満三（中村政登志）、鵜沢春雄（尾上助三郎）、溝田清助（土井平太郎）、書生の春山（大崎四郎）、医者（城英助）、松本太郎（高木枡二郎）、溝田静子（久野英子）。

溝田満三に清水三十六、山本秀子に山本志津子の面影が投影されているというべきか。

なおドイツの飛行船ツェッペリン伯号が茨城県霞ヶ浦に着いたのは、同年（昭和四年）八月十九日のことである。

児童映画の懸賞脚本で同時に受賞した今井達夫とは翌五年から交友が始まっている。周五郎が第一のライバルと目したのがこの今井で、「すべては「これから」」のなかで〈私にとって今井達夫は文学上の恩人であり〉、〈はるかにおとなであって〉、しばしば論争もしけんかもしたが、ある時けんかの末〈自分はこれから大衆小説だけ書いてゆくと宣言した〉が、やがてはその中で自分のやりたいことをやるつもりである〉と言った。〈私にこういうことを宣言する機会を与えてくれた点で、改めて今井達夫に深い恩恵を感ずるのである〉と言っている。周五郎はこの闊達で都会人的な聡明さをたたえた今井を晩年まで競争相手として意識していた。馬込村への引越しを勧めたのも今井である。

周五郎が今井達夫と別れることになった挿話を木村久邇典が記している（「山本周五郎氏とともに」〈5〉、昭和四十三年六月）。それによると昭和三十八年七月下旬のある夜、鎌倉までドライブに出た周五郎が、電話で今井達夫と宮田新八郎（元「週刊朝日」編集長）を呼びよせた。席上、今井が述懐したらしい。〈ひっきょう、おれは別荘っ子ってものだったんだな。田舎っぺえみたいに、執念ぶかく粘るガメツさが、おれにはないんだよ〉と。

二人が帰っていったあと、山本さんはかなり酩酊していたが、憮然とした面持ちで云った。

「なあ、くにのり。今井はとうとう本音をあげたな。執念がなけりゃ、初めっから物書きなんかにならなかったほうがよかったんだ。この勝負、おれの勝ちだな。そしておそらくおれはもう今井達夫に会うこともないだろう」（注・その後四十年に今井さんと会った。それが最後になった）

憮然とするのは読者の方であろう。こういうのは友人関係でも何でもない。友人というものは食うか食われるかと虎視眈々とする関係のものではない。切磋琢磨するといったところで、真の互いの向上というものはそういう我欲、利己心、虚栄心からは生まれてくるはずがない。周五郎のさみしい内部世界が露呈している。

周五郎が亡くなったあと、「山本周五郎」を特集している「大衆文学研究」第二十号が、座談会「山本周五郎の人と作品」で、尾崎秀樹を司会役に、今井達夫、奥野健男、真鍋元之が語り合っている。今井達夫の人間性を覗わせる挿話がある。

**今井達夫**　「青べか物語」は「三田文学」にあれしようと思ったけれども、うまくいかなくてよしたということを何かに書いておりましたね。これはおそらく和木君がキャンセルしたと思うんです（笑）。水上さん（註・滝太郎）いわく、「和木君ぐらい文学のわからないのはいない」と笑っていましたからね。それは純文学と大衆文学の差というものは、編集者和木清三郎の中にははっきりあったわけですね。読んでいない大衆文学を差別しているわけなんです。

**真鍋元之**　「小説新潮」の編集者、戦後十年たたないぐらいか、山周さんが「小説新潮」へもち込んだ。そうしたら断わった返事が「うちはよごれた作家は使わない」、それからガラガラ変って、あそこから全集が出るのですからね（笑）。奇妙な移り変わりになりますが、当時はそんな状況でしたよ。ましてそのころ「三田」にもっていったって、和木氏でなくったっていやというな（笑）。

**今井達夫**　僕は残念ながら彼からそれをきいていないんで、彼が相談もちかければ、もうすこし力になれたと思うんですね。当時の「三田文学」ならば。

**奥野健男**　どうしてそう差別ができちゃうのでしょうね。純文学作家だって学歴のないのは室生犀星はじめいっぱいいいるわけですからね。

二十二ページにも及ぶ座談会については、また後に触れたい。この「周五郎特集」には、周五郎とゆかりのある人はすべて登場している。尾崎秀樹、奥野健男、足立巻一、山田宗睦、小松伸六、平野謙、山口瞳、山手樹一郎、伊藤桂一、山岡荘八……。なぜか木村久邇典が欠けていて、その上、誰ひとりとして彼に触れることがない。

周五郎のはじめての少女小説「小さいミケル」（「少女号」大正十五年）を紹介する前に、あらかじめ断わっておかなければならないことがある。生前、周五郎は、「もし自分の死後、作品集が刊行されるような機会があったら、原則として、昭和二十年以後のものに限ってほしい。いや、出来ることなら、わたしが死ぬときは、全作品を焼き捨ててあの世に行きたい」と語るのを常としていた。そうはいっていたものの、自作の全焼却をマックス・ブロートに遺言したカフカの決意とは異なって、周五郎は昭和二十六年、『山本周五郎傑作選集』（全四巻、太平洋出版社）の作品選定に、みずから『日本婦道記』など六篇の戦前作品を収録している。

昭和三十八年に刊行が開始された『山本周五郎全集』（全十三巻、講談社）にも、『日本婦道記』十一篇のほか、戦前の作品を入れることを承諾している。直木賞を辞退した『日本婦道記』をはじめ、中、高校国語教科書に採用された「鼓くらべ」、「紅梅月毛」、それに大学用テキストに採用された「城中の霜」、「殉死」など、戦時中に執筆した作品にも珠玉といわれる短篇が少なくない。

昭和四十二年、五月から刊行を始めた『山本周五郎小説全集』（新潮社）は、当初三十三巻の予定であったものが、盛り上がりをみせる世評に応えるべく、さらに五巻を追加し、同社の個人全集としては最多巻数を記録する全集となった。（その後、この記録は『三島由紀夫全集』で破られる）。同五十六年九月に第一回配本の始まった『山本周五郎全集』（全三十巻、新潮社）は、巻数は前の全集より少ないが、全巻あわせた総ページ数では優に勝っている。

「推薦の言葉」を河盛好蔵、開高健。山口瞳、奥野健男、灰谷健次郎が寄せている。

開高健の弁を抄録しよう。

多数の読者の声が体験されるからこそこんな企画がたてられるのであろうが、かねがね山周は長年月にわたって読者と〝直《ちょく》〟の関係にたつことを念じていた人だったから、その狷介な魂はやっと水中の微笑でほころんでいることだろう。後半生に入ってからのこの人の文体には、いつも、夜ふけに壁ごしに隣室の吐息や呻吟を聞くようなところがあった。また、青畳にすわって米の飯を茶の香りでしみじみと食べるようなところもあった。痛苦の忍耐もあればほのぼのとした安堵もあたえられる、おとなの作品群だった。
定本全集を謳ったが、「おとなの作品」以外の少年少女小説は殆ど収録されていない。またその「おとなの作品」も全作ではない。何故か。全集刊行時には未発見だったからだ。
児童文学者・灰谷健次郎の推薦の言葉を摘録したい。

山本周五郎ほど、文学の根本命題である、人とは何であり、生きるとは何であるかということを、ひたすら追求した作家もめずらしいのではないか。周五郎の偉大さは、それを特定の知的世界のものにとどめず、あらゆるところで生きている人々に、老若男女を問わず魂の髄をゆりうごかすような感動と躍動でもって伝えたというところにある。国民文学というならば、山本周五郎の文学こそ、その名を冠せられて、もっともふさわしい文学であり、人々の苦悩と希望をつつみこんで永遠に走りつづける長距離ランナーであると思う。

驚くべきことは、『山本周五郎・全集未収録作品集』（実業之日本社）の刊行である。昭和四十七年七月、第一巻『士道小説集』が配本されたとき、多分二、三巻で完結するシリーズだとファンの誰もが思ったのではないだろうか。新潮社の全集こそが、周五郎没後十余年の間、研究者のたゆみない努力で、それまで所在を確かめられなかった作品、その発表誌（紙）、年月、題名その他の明らかにされた成果を初めて集大成したものと思われていたからである。〈作者自身、作品の切抜きや、単行本を手元に保存しない建前であったし、戦前の大衆娯楽雑誌までを完備する図書館等も少なく、ほとんどど散逸の状態にあったのである〉（木村久邇典「解説」『士道小説集』）

国会図書館や大宅壮一文庫を探索してみても、周五郎作品を発見することは現在でも恐らく不可能である。だから一篇一篇に発見のドラマが存在する。たとえば初の少女小説「小さいミケル」は、新潮文庫では『怒らぬ慶之助』（平成十一年九月刊）に収録、同文庫五十七冊中の最後の刊行になっている。周五郎にとっても思い出ぶかい作品だったというが、掲載誌はとうに散逸して復刻はほぼ絶望的と思われていた。むろん周五郎の生前、発見されることはなかったのである。

発見に至る経緯は――大正十五（一九二六）年、「小さいミケル」を掲載した「小学新報社」発行の「少女号」（第七号）の編集部に「雀の学校」の作詞などで知られる清水かつらが在籍していたという僥倖があった。当時、周五郎の既知の間柄であった井口長次（山手樹一郎）が同誌の編集長を務めていたことから「小さいミケル」が掲載の運びとなったことはすでに述べた。「編集後記」に、ゐぐち・ちやうじ名で、〈この七月号は、きつとみなさんによろこんでいただけると、たのしみにしてゐます。山本周五郎先生の『小さいミケル』、横山裕吉先生の『森のクローバ』、これは面白い読物ですから、どうかご評判下さい〉と記している。

その掲載誌を清水かつらの実弟である清水五郎（前橋市在住）が所蔵していて、清水かつらと由縁ふかい埼玉県和光市が企画した〈清水かつら展〉に遺品として出展したことが、雑誌発見のきっかけとなったのである。清水五郎は、木村久邇典が朝日新聞社在社中、同じ職場にいた先輩というから、まさに奇縁という他はない。

「小さいミケル」の粗筋を紹介しよう。少女（友子）の庭で黄金色の花をたわわに咲かせていた山吹の花が、闖入した四五人の子供たちによって折りとられる。逃げ遅れて泣きじゃくる傴僂の子に、少女は花の一枝を差し出し、これからは庭へは入らぬことを約束させる。数日後、子供はお詫びの印《しるし》に山苺の白い花を「いまに甘い実がなるよ」といい、少女に渡す。少女は兄から聞いた伊太利《イタリー》の彫刻家・画家のミケル・アンジェロ（ミケランジェロ）の話を思い出し、この子供に「小さいミケル」とひそかに名づける。ミケル・アンジェロは天井の壁画を描くために、幾月もあお向けで仕事を続けたため、背中が曲がり傴僂になってしまったのだった。

二度目に会ったとき、ミケルは「苺はまだ実をつけないの」と訊く。少女はじつは苺の花が萎《しお》れたので捨ててしまったのだが、そのことをいえず、「庭のコスモスが、背ほど伸びるまではだめなの」と答える。ミケルは貧しい洗濯屋の子供で、父親は亡くなり、母は継母《ままはは》と噂されていた。近々、奉公に行くという。ミケルは池の中に落ちた小犬を救おうとして、溺死する。翌朝、少女は庭に山苺が根を持っていきいきと葉を出しているのを見る……。悲しい結末に涙腺を刺激されない読者はいないだろう。この作品は後年、「花咲かぬリラの話」（「アサヒグラフ」昭和九年八月一日号）に変奏される。

周五郎は少年少女小説を書いているときでも、少なくとも意識裡では、子供向けとか大人向けといった区別をつけることはなかったと語っている。ただただ断固不抜の精進を一作一作に刻み込もうとする遺志のもとに挑み続けたということだろう。

周五郎は最初期の少年少女小説を発表する際、及び戦後のおよそ五年間、さまざまな筆名を使用している。煩《はん》をいとわず列挙すると、俵屋宗八、横西五郎、清水きよし、清水清、青江俊一郎、土生清三、佐野喬吉、仁木繁吉、平田清人、神田周山、風々亭一迷、五州亭洒竹、覆面作家、黒林騎士、折箸蘭亭、酒井松花亭、参々亭五猿など十数の多きを数える。近年「小説現代」（平成二十三年七月号）に、八十年近く埋もれていたとして発表された「少年探偵黄色毒矢事件」の筆者甲野信三も周五郎の筆名であることが判明した。初出誌は、昭和七年の博文館の『少年少女譚海』八月号の別冊第二附録である。新潟県在住の読者の所蔵により確認された。

竹添敦子（三重短期大学教授、著書に『山本周五郎　庶民の空間』双文社出版、『周五郎の江戸　町人の江戸』ハルキ文庫）の調査では、甲野信三の名が「譚海」に登場するのは昭和六年八月号の「魔ヶ岬の秘密」が最初で、翌九月号から「鉄甲魔人軍」の連載が始まる、そして〈甲野信三のその後の作品は単発ばかりである。翌昭和七年十二月には「祖国の為に」、昭和八年二月に「決死仏艦乗込み」、五月「痛快水雷三勇士」、九月「壮烈砲塁奪取」、十月「悲壮南台の爆死」と続き、昭和九年二月に「異人館斬込み」、四月に「鹿島灘乗切り」、九月「日本へ帰る船」、十二月「義務と名誉」と続く。間が空いて昭和十四年一月には「河底の奇蹟」が載った。また昭和十年三月の『新少年』に「流星妖怪自動車」がある。甲野信三が山本周五郎であるとすれば、私たちは今後、大量の作品と出会えることになる〉（「小説現代」）

従来、木村久邇典が編纂した詳細な書誌『山本周五郎』（日外アソシエーツ）からも脱漏のあった作品が、近年、末國善己や竹添敦子によって発見されている。すなわち「謎の頸飾事件」（「譚海」昭和六年一月号）を含めた六作、それに今回の「少年探偵　黄色毒矢事件」。そして全九回の連載のうち、一回分だけが見つからない『鉄甲魔人軍』（「譚海」昭和六年十月号が出てくれれば、すべて揃う）。甲野信三名義の残り十一篇の発見も、まだ不可能と断定するのは時期尚早ということになろう。さらに〈所在確認の難しい『少年世界』『新少年』にはなお数篇が掲載された可能性も捨てきれない〉（竹添敦子、同前）という。

当時、周五郎は結婚したばかりであり、生活のために書いたとはいえ、書きも書いたりという感がする。

昭和四十二年五月から刊行が開始され、四十五年六月に完結をみた『山本周五郎小説全集』（全三十三巻、別巻五巻、新潮社）以後、昭和四十七年七月から実業之日本社で『山本周五郎・全集未収録作品集』が刊行される。そのときに「多分、二、三巻で完結するシリーズではないか」と私は予断した。ところが全巻の巻数も公表されないまま同シリーズは次々と巻数を重ねていったのである。

『山本周五郎　士道小説集』以下、著者名を省略して「未収録全集」の内容を記す。新潮日本文学アルバム『山本周五郎』の年譜、主要参考文献、主要著作目録に、この全集の存在は触れられていない。（『山本周五郎全集』第三十巻の年譜には記載されている）。

『愛情小説集』『修道小説集』『浪漫小説集』『武道小説集』『甲州小説集』『滑稽小説集』『感動小説集』『幕末小説集』『浪人小説集』『婦道小説集』『痛快小説集』『強豪小説集』『爽快小説集』『現代小説集』『抵抗小説集』『真情小説集』と、十七巻を数える。各巻とも全集未収録の作品が平均して三百ページ、十二、三篇収録されているのだから驚く。

さらに驚くべきことには、ほぼ時期を同じくして文化出版局からも新発見作品を含む未収録作品シリーズが刊行されている。実業之日本社と符節を合わせたかのごとく、昭和四十七年二月にスタートしたこのシリーズは『山本周五郎　婦道物語選　上』、（以下、作者名を略す）、『婦道物語選　下』『慕情物語選　上』『慕情物語選　下』である。

私が編集した平成二十年十二月刊の角川文庫『春いくたび』と翌二十一年三月刊の『美少女一番乗り』は、それまで埋もれていた周五郎の少年少女小説の初の文庫化である。このとき底本にしたのが、実業之日本社版である。前述したが、同社版はテーマ別に収録しているものの、「少年少女小説」という分類で編集されてはいない。少年少女物を初集成した末國善己編『山本周五郎探偵小説全集』（全六巻、別巻一、作品社）が、平成十九年から二十年にかけて刊行されたが、角川文庫版と作品はダブってはいない。

しかし一般的には周五郎の作品は、『山本周五郎全集』（全三十巻、新潮社）が、ほぼすべてと思われている。戦前の少年少女物作品に対する評価はいままでは低かった。作者の文壇的地位も低くみられていたため、未収録作品に光があてられることはなかったのである。ざっと百十四篇の作品が数えられる個々の作品へ言及した人々も、木村久邇典、末國善己、五十嵐康夫、上野瞭、今江祥智ら数人しかいない。今後の研究が待たれるとともに、少年少女物（児童文学）を含めた決定版の『山本周五郎全集』が企画されることを期待したい。

光があたった作品集もある。昭和十六年一月号の「少女の友」に発表された「鼓くらべ」は、先の実業之日本社版『山本周五郎全集未収録作品集1　士道小説集』に収録され、その後、中学校教科書「現代国語」の教材に採用されている（少年少女物以外で中学、高校の国語教材として使用された作品に『小説日本婦道記』シリーズの「箭竹」「藪の陰」「糸車」などがある）。

作品の発表年月順に、粗筋と寸評を記述する。

「誉の競べ矢」（「少女倶楽部」昭和十年十二月号）。一連の「伊達藩物」（「牡丹花譜」や『樅ノ木は残った』などの作品）の一篇。舞台は出羽国米沢。二十歳の若さで出羽奥州十五余郡五十万石の領主となった伊達政宗は、鷹狩りで「それ鷹」を射落とした小菊に驚嘆する。小菊の父の浦上靭負《ゆきえ》は、かつて剣と弓とに非凡なる才能をもつ伊達藩の軍学者だった。正宗から山岸次郎七と競《くら》べ矢を命ぜられ、山岸の奸計《かんけい》にあって敗れ、暇《いとま》を申し出て下野したのだった。真相を知った小菊は弓道に専念し、御前試合で山岸を打ち負かす。会いに来た正宗に、靭負は「暗愚の殿には、帰参せいとあっても、手前の方よりお断り申す」と言い切る。それに対する正宗の意表をついた行為に息を呑む。正宗が独眼竜といわれる理由が判明することになる。

「だんまり伝九」（「少年倶楽部」昭和十一年九月号）。舞台は土佐の国浦戸の城中。領主の元親や家臣の居並ぶ前で、赤松剛兵衛と別部伝九郎の二人が試合を始める。伝九郎は一太刀合わせただけで、木剣をかつぎ逃げ出す。無口な武士ゆえにつけられた「だんまり伝九」という渾名《あだな》に、「逃げ足の伝九」が加わる。臆病者の汚名に耐える伝九。やがて吉野川合戦で殊勲をたて、褒美を申しつけられるが、逆に「三か条お願いがございます」と要求する。その三つの願いがこれまた意表をつき、泣かせる。登場人物の誰もが思わず「あっぱれ、あっぱれ、美しき武士道」と感動させたその三つの願いとは何か？

「鳥刺おくめ」（「少女倶楽部」昭和十二年五月号）。鳥取藩池田家中の足軽、村岡伊右衛門の娘おくめは、「猿っ子」と悪童たちにいじめられながらも、延べ棹《ざお》で鶯、駒鳥、頬白などを刺し止めては、鳥好きの家老、池田三左衛門に売って家計を補い、病父に尽くしていた。山峡の山小屋でおくめは、物頭格で池田家の家中の嫌われ者、鬼鞍東左《おにくらとうざ》が若者を脅しているのを目撃する。鬼鞍は若者を主君光政公の御落胤《ごらくいん》に仕立てて、お家を壟断《ろうだん》しようとしていたのだ。御落胤の真の正体を暴くため、おくめは、ある罠を仕掛けるため、髪を結い、化粧し、晴着を借りて美しい乙女に変貌する。（「鳥刺」は、細い竹竿の先端に鳥黐《とりもち》をつけて小鳥を捕まえる人をいう。）

「武道宵節句」（「新少年」昭和十三年三月号）。「渇しても盗泉の水は汲まず、貧にして餓死するはむしろ武士の本懐なり」という父の遺言を銘として生きる少年とその妹の兄妹愛が描かれる。梶派一刀流免許皆伝の腕がありながら、三樹八郎は仕官の途もない。そして今宵は雛祭りの宵節句、三樹八郎は妹の加代を刺し、自分も切腹して潔く世を辞そうと覚悟する。ところが突如、運命を一変させる出来事が起こる。武士道を体現した少年の凜々《りり》しい雄姿を鮮やかに描く。因みに武士道の構成要素は、『広辞苑』によれば、「忠誠・犠牲・信義・廉恥・礼儀・潔白・質素・名誉・情愛」とある。周五郎作品に登場する武士には、これらの稟性《ひんせい》に富む「もののふ」が多い。

　少年少女物を書きながらも、周五郎は文壇に出ていく野心を捨てたわけではない。「青べか日記」には、寸暇を惜しんで読書に励み、〝創作ノート〟を何冊もメモしつづけたことが記載されている。〈各種の大衆娯楽雑誌に精力的に執筆しながら、かつ歯をくいしばり、書きたいものを書きたいように書ける日を目標に、文学精神を重ねていた時期〉（木村久邇典）であった。しかし後に触れるが、昭和五年十一月、結婚した夫人（土生《はぶ》きよえ）から、〈わたしは大衆作家のところへ嫁に来たのではありません〉と悲しませるような不本意の作品群であったことも事実である。

　「日記」に池谷信三郎が出てくることは既に述べた。昭和三年十月十三日付でも〈信三郎よ、卿《おんみ》も始めて人間となったか。幸あれ、坊っちゃん。君は間もなく真の人生を見るだろう〉と悪態をついている。〈山本はある意味で、粘着質の執念ぶかい一面を、かなり濃厚に持っていた〉と木村久邇典も再三、書きとめているが、周五郎＝木村の圏外からも、池谷信三郎を客観的に見る必要もあろう。池谷は明治三十三（一九〇〇）年十月十五日生まれ。周五郎より三歳年長。自筆年譜には〈三十三年と云へば西暦一九〇〇年で、丁度十九世紀と二十世紀の境目の年である。船松町（註・生地の京橋区船松町）は築地の河岸にあつて、明石町の居留地と向ひ合つてゐる。私の好みの中には、だから、下町風とハイカラ好きが、奇妙な配合を持つてゐる〉と記している。周五郎に揶揄されるまでもなく、本人がハイカラ好みだと自覚しているのだ。

川端康成は「池谷信三郎素描」というエッセイで、〈例へば大正十五年の夏、私達は逗子に家を借りて共に暮したが、夕暮の浜辺で女学生と唱歌を合唱出来るやうなのは、池谷一人であつた。スキスの湖水のヨット競争に加はつたとは、彼の自慢話の一つで、逗子でも毎日ヨットを走らせたし、水泳やスキイにもスタイリストだし、ベルリン大学で音楽の講義を聞いてゐただけに、ピアノも弾け、絵も描き、料理も出来、彼の余技は私の知るだけでも二十種もあらうか。いはゆる諸芸百般に通じるといふよりも、彼はどんな遊びも決して傍でぼんやり見てゐることはなかつた〉（「帝国大学新聞」第五一〇号、昭和九年）と回想している。

池谷は酒が飲めなかった。それでスポーツを愛好するのだが、そのことをとやかく非難してもはじまるまい。スキーやテニス、ゴルフに興じようと、それはその人の好みである。池谷信三郎から見れば、待合や紅燈の巷を彷徨する人種こそ、奇妙に見えただろう。

大正十三（一九二四）年、周五郎が記者として就職していた神戸市花隈の「夜の神戸社」を辞めて上京した年、池谷はベルリン生活に取材した中編小説「望郷」で、「時事新報」の懸賞小説に当選する。里見弴、菊池寛、久米正雄の三人が選者であったが、久米正雄は、〈或る意味で私は此の作品なぞこそ、模倣ではなく本体に於いて、日本の『夜ひらく』ではないかと思つてゐる〉と賞賛している。池谷が「文藝春秋」旧同人で「文芸時代」同人の川端康成と知り合ったのは翌十四年で、それ以来、中河與一、横光利一、片岡鐵兵らと親交を結ぶ。著書に『望郷』（新潮社）、『池谷信三郎集』（平凡社、昭和四年）がある。『夜ひらく』はポオル・モオラン作。「時代区画の作」として、日本の文壇にも大きな影響を与えた小説で、堀口大學訳で知られる。

新劇協会がストリンドベリの「死の舞踏」を上演した時、池谷は〈ストリンドベルヒが、まだ四十には間のある僕にとつて、どうも近づき難い所にある（略）それに正直な所、僕等見たいに人世をまだ這ってゐる者には、こんなに深く一所を掘り下げた掘抜き井戸には興味が持てず、それに、余りに特殊的な、主観的な強さが、僕等には圧倒的で深刻過ぎるし、最後に、彼の表はすニヒルの世界は余りに暗く、余りに切実で、それに同感し、共鳴す可く、僕等には血が多過ぎるのである〉（「新劇協会を観る」）と感想を述べている。私などは一文の中の「余りに」が余計で、鼻白む。昭和八年十二月二十一日死去。享年三十三。長短合わせて四十九篇の小説、十八篇の戯曲、他に随筆、感想、翻訳など、合わせて約六千余枚の作品が残された。「季刊銀花」（七十三号、昭和六十三年三月三十日刊）に再録された短篇「殺幻」を私は愛惜している。

# 第十章　旺盛な少年少女小説の執筆

浦安で「青べか日記」を綴っていた時代、周五郎は独身であった。そして昭和四（一九二九）年九月下旬、浦安を〈獺《かわうそ》のように〉脱出した翌五年十一月、唐突のごとく宮城県亘理《わたり》郡吉田村（現・亘理町）出身の土生《はぶ》きよえと結婚、新所帯を神奈川県南腰越（現・鎌倉市）に構えている。

「青べか日記」を読んだ読者が「?·」とある疑念が頭を擡《もた》げ、ページを繰る指を止めるのが、文学仲間や知人の夫人たちへの、周五郎の特異な関心のもち方である。木村久邇典はそのことを、〈この時代の山本は、独身だったのもその理由の一つと考えられるが〉とユニークな解釈をしているが、それほどにも奇妙な記述が頻出する。

親友「い」（石井信次）の妻康子についての記述である。

妻君がまた寝ていた（昭和三年十月二十四日）
妻君が喇叭《らっぱ》管破裂から腹膜炎を起こして臥床していた。（十二月二十六日）
康子さん小康との報。（昭和四年三月十二日）
康子夫人は昼だけ床を離れている。と。（三月十六日）
妻君は殆んど全快。されど未だ家事にも就けぬ由。（三月三十一日）

大船の妻君の家への招待である。断りの手紙を出した。金がないから行けないのだ。（四月二十三日）

妻君は病後でたいへんに美しくたおやかであった。（五月十六日）

ここは引き続き木村久邇典の見解に耳を傾けたい。木村は「舞台評論」（大正十五年九月号）に発表された周五郎の一幕物戯曲「破られた画像」を一読し、〈わたくしは、夫婦がそれぞれ恋人の画像を、各自の部屋に飾ってあるという設定からして、直ちに「い」の妻君の存在から、ヒントを得たものであろうと推測された。山本周五郎は昭和十年に誕生した次女に康子と命名している。山本の意識のどこかに「い」の妻君の康子が、まったくひそんではいなかった、とはいい切れぬ感じがするのである。「日記」という文学形式がもつおもしろさ、不思議さとはいえないだろうか〉（『山本周五郎　青春時代』）と吐露している。

周五郎は追われるように浦安を脱出する。

私は浦粕から逃げだした。その土地の生活にも飽きたが、それ以上に、こんな田舎にいてはだめだ、ということを悟ったからであった。（略）書きあげた幾篇かの原稿と、材料ノートと、スケッチブック五冊とペンを持っただけで、蒸気にも乗らず、歩いて町から脱出した。いちどもうしろを見なかった。私にとって、浦粕町はもう過去のものであった。私の眼も心も、前方だけに向っていた。（略）「東京へ出て」と私は不安を抑えきれずに呟いた、「はたしてやってゆけるだろうか、生きてゆく、ということだけでもいいのだが」次には「なにくそ」と呟いていた。気負い立ったり、自分の才能のなさや、小説を書いてゆくことの困難さを思って、息苦しいような感じにおそわれたりしながら、私は埃立った陰気な道を歩き続けた。

この感慨は『青べか物語』の「おわりに」の章に書きつけられたものである。浦安脱出には、さまざま理由が考えられるが、その理由を現在まで考えた評者はいない。周五郎の浦安時代の交友関係について詳しい知人が殆どいなくなった現在、「青べか日記」に描かれた人物、事件などの事実関係を明らかにすることは不可能に近い。しかしこの唐突な浦安脱出の理由が不問に付されるのもおかしい。私の思いつきを書きつけておくのも無駄ではないだろう。

周五郎が東京を離れることになった最初のきっかけは、大正十二年（一九二三）九月一日の関東大震災で山本質店が罹災、店がいったん閉鎖ときまったからである。すぐさま大阪へ向かったのは、関西がつぎの文学的中心地になろうと思案しての東京脱出であった。兵庫県神戸市須磨区の級友桃井達雄の姉じゅんの婚家に止宿し、大正十四年一月半ば帰京。わずか半年にもみたぬ滞在期間であった。

昭和三年七月から千葉県浦安町に仮寓するも、翌年、九月下旬、ピリオドを打ち、浦安を脱出、東京・虎の門の晩翠軒裏にあった仕立屋の二階に移る。こちらも一年余の歳月の在住である。

神戸と浦安における周五郎の日々から、関東大震災、須磨寺夫人こと級友の姉じゅんの存在、親友「い」の妻康子の存在といった共通するキーワードを抽出することが出来る。じゅんと康子の存在からヒントを得て、「須磨寺附近」「破られた画像」が発表されている。

これらからはからずも想起するのは、江藤淳のエッセイ「登世という名の嫂」（「新潮」昭和四十五年三月号）である。漱石評価にコペルニクス的転回をもたらしたといわれる『夏目漱石』に収録されているが、なかでも異色を放っている一篇である。周五郎の女性観を語るのに、これ以上の接近の方法はないと、現在の私は考えるので、以下、摘録したい。

この嫂は漱石の季兄・夏目和三郎直矩の二度目の妻で、名を登世《とせ》といった。慶応三（一八六七）年四月二十日、水田孝畜・和歌の二女として芝愛宕町に生まれた。同年一月五日生まれの漱石とは同い年、正確にいえば三か月半ほどの妹である。明治二十一（一八八八）年四月三十日、夏目家の戸主である直矩と婚姻入籍。二十四年七月二十八日、懐妊中の悪阻をこじらせて満二十四歳三か月余りで世を去っている。漱石は同年八月三日、郷里松山に帰省していた親友の子規にその死を報じて、悼亡の句十余句を連ねた書簡を出している。

注意をうながしたいのは、登世の実家が、芝愛宕下に移ったのは、安政二（一八五五）年十月二日夜半の大震災以降という事実である。水田家はもともと深川大島町の地主で、同地に倉が九つもあったという。苗字帯刀を許されていたというこの富裕な町家も、地震がともなった大火で烏有に帰している。その芝愛宕町の家も関東大震災で焼失している。

〈幸いなことに、登世の写真は一葉だけ現存していた。それは十七、八の娘時代のもの〉で、江藤淳は、〈登世は面長なところは父の孝畜に似、切れ長の眼許は母の和歌によく似ている。漱石の好んだという「脊のすらつとした細面」の美人で、はじめてこの写真を見たとき私はなぜか「明治一代女」の花井お梅に似ているなと感じた。（略）漱石が後年出獄した花井お梅に異常な関心を抱き、断片や作品のなかに彼女のことを書いているのも、この女性に嫂の面影を見ていたためかも知れない。そういえば登世は漱石が「理想の美人」だとしていたという大塚保治夫人の閨秀作家、大塚楠緒子にもどこか似ている〉と指摘している。

漱石が病中の登世を抱いて二階への上り下りを助けるなどし、こまやかに世話を焼いたことを、後年まで水田家の人びとは感謝していたという。〈つまり漱石は優しい思いやりのある義弟という役割を果すことにおいて、登世の肉体の豊かな感触を知っていたのである〉（同前）。江藤が漱石の作品に登世の面影を宿していると覚しい女のイメージを見い出すのは、明治三十六年の八月から十二月にかけて書かれた七篇の英詩の第二番目、“Dawn of Creation”（創造の夜明け）だ。

> 私は思わずわが眼を疑った。（略）ここには見逃すことのできない数行があったからである。（略）おそらく作者はここである重要な秘密を告白しようとしていて、そのために詩的倒錯を辞さなかったのである。（略）このことに思いいたったとき、私は漱石と嫂との関係を解く決定的な鍵を発見したように感じた。

いっこうに周五郎との関連が出てこないではないか、との声にすみやかに対処したいのだが、いま数刻、説明に要する時間を許してほしい。

〈当時漱石はある深刻な生の危機に直面していた。神経症は肉体的変調のあらわれでもあるが、さらに深い生のリズムの乱調であったとも考えられる〉と江藤は続ける。以下、読者は「当時周五郎はある深刻な生の危機に直面していた」というふうに、漱石と周五郎を重ねつつ読み進んでほしい。

明治二十二年九月二十日付正岡子規あての手紙に記された漢詩が漱石の心の傾きを暗示すると江藤は指摘する。この年月日は登世が夏目家に嫁して一年半が経過していたことになる。

漱石はすでに一年余り嫂と一つ屋根の下で暮していた。もともと日本の家における嫂という存在は一種独特なものである。それは同居している義弟にとっては義姉でありながら事実上同年輩か年下の若い女であり、すでに性生活を経験していることによって一層刺戟的な性の象徴となり得る。しかもこの女は兄の妻であるために二重の禁忌にへだてられており、そのことによってさらに激しい渇望と憧憬の対象となるからである。

ここは周五郎の〝神戸もの〟の作品を彷彿とさせる。「須磨寺附近」、「正体」、「秋風の記」、「陽気な客」、「豹」、〝神戸もの〟以外では『正雪記』、『樅ノ木は残った』、「へちまの木」などを繙読してほしい。ここらで切り上げては漱石も江藤淳も癇癪《かんしゃく》を起こすことになるだろう。プラトニックな憧れにとどまっていた漱石の感情も、翌二十三年の夏には、〈二十三歳の青年にふさわしい欲情をともなう恋に変質したとしても不自然ではない〉（同前）

〈あたかもこの夏、東京ではコレラが猖獗《しょうけつ》をきわめていた。六月に長崎で発生したのが次第に東漸し、八月から九月にかけて全市にひろがったのである。記録によれば九月下旬には東京市中の罹病者三千四百六十五人、死者二千八百人を数え、病勢は十二月にいたるまでおとろえなかったという〉（同前）

夏休みも終わり近い八月末日、漱石は突然、箱根に湯治に出かけている。なぜ東京を離れようとしたのか。コレラを避けるためだったのか、それ以外の切迫した理由があったのか。箱根滞在中に作った八首の五言律詩の第四番目に「一夜征人《せいじん》の夢／無端《むたん》　柳枝《りゅうし》に落つ」との詩句が見えることも、江藤には気になる。〈「柳枝」は恋人の象徴である〉（吉川幸次郎『漱石詩注』）ということは、漱石の夢枕に恋人＝登世の姿があらわれたことを意味する。

夢は人を禁忌から解放して「死」の世界に近づける浮橋だから。しかし果して夢だけが人を禁忌から自由にするのだろうか。戦争や疫病もまた禁忌の弛緩をもたらすのではないか。このことに思いいたったとき、私は愕然とした。この夏、東京ではコレラが流行していたではないか。当時の貧弱な衛生状態からして、コレラは明らかに死病であり、コッホがその病原体を発見したのもわずか八年前のことにすぎなかった。このような抗しがたい「死」の接近は、社会や家庭の共同体の禁忌を緩和し、人をおのずから放恣にする。漱石はコレラから避難したというより、むしろ疫病がもたらした禁忌の緩和を避けようとしたのかも知れない。いやむしろこのような禁忌の緩和がすでに彼にもたらしていた「罪」からのがれようとして、漱石は突然、箱根におもむいたのかも知れない。

（同前）

ここらが江藤論考のクライマックスといえよう。江藤は漱石の箱根行の前後に漱石と登世との肉体関係の発生、もしくは濃密な情緒をともなう性的な接触、あるいは漠然とお互いに「心に姦淫」の情を抱きあったということを想像し、〈これらはすべて漱石の内部では、心理的に等価であ」るという。重要なことはそれが漱石の内部に刻みつけた記憶の重み――そこから発生する癒しがたい罪悪感と甘美さだという。

夏の箱根行き以来、漱石がしばしば執拗な迫害妄想にとり憑かれていたという、よく知られている事実に、江藤は漱石の内部によどむ罪悪感の深さの暗示を見る。〈漱石はこの「罪」に追われて円覚寺に参禅し、松山に行き、熊本に行き、ロンドンにまで行ったのである〉。そして明治三十六年に帰朝することで、稀弱になっていた登世の幻影が喚び起こされる。登世はすでに十二年前に死んでいたものの、そのイメージは生きつづけ、転生し、現実社会を律する禁忌の拘束から漱石を救い出して、「生」の持続を確かめさせ、かつあのなまなましい「罪」の味わいを回復させたというのが、江藤の推断である。漱石は英詩のなかで直截に登世との恋を告白している。〈英語が外国語であり、一種の暗号であることを思えば、漱石にとって告白とは告白しないことであったという逆説が可能である。それならなぜ彼にとって告白とは決して告白せず、つねに暗号や象徴によって語ることであったか。それは彼がその生涯を通じていつも自分を禁忌の拘束のなかに置きつづけていたからである〉（同前）

周五郎にとっての登世は山本志津子か、彦山光三の夫人の妹末子か、または木村じゅんか、ということになれば、やはり「須磨寺附近」、「豹」、「正体」のヒロインのモデルとおぼしき木村じゅん、つまり須磨寺夫人ということになろう。ただそれは水谷昭夫が言うように、実在の木村じゅんを指すとともに、関西で得た周五郎の、数々の女性体験の中心にある象徴的存在の名であるというべきだろう。

漱石は英詩で〈私は頭を彼女の波うつ胸に休ませた。／燃える額を彼女の雪の乳房でいやした〉と叙し、周五郎は「青べか日記」で、〈須子の温かい懐ろでなずんだ〉と記す。一脈通じるものがあるが、周五郎には漱石の罪悪感はない。〈関西から再上京した山本周五郎は、日本魂社時代にはすでに童貞ではなかった。二十五歳の青年としては、ごく一般のことであったろう〉と木村久邇典は書き、周五郎から性体験を直接語られもしている。

〈日本魂社時代のおれは、女性に対しては抑制心がなかったからな。これと思うコは、ちょっと口説けば、たいてい落ちた。だが、あれが女ごころというのかね。テキさんは、いよいよのとき、キスは駄目だとか、オッパイは嫌、お嫁に行くとき、これだけはきれいに持って行かなければならないからなんて理由を並べるんだが、肝腎のところはダメといったのは一人もいなかったな〉（『山本周五郎青春時代』）と、漱石が聞けば神経症を拗《こじ》らすようなことを言っている。

抗しがたい「死」の意識が、禁忌《タブー》の弛緩をもたらし、人を放恣にする……。禁忌に拘束された「道ならぬ恋」「三角関係」の現実はかくして破壊されるという江藤淳の論理を敷衍すれば、漱石の神経症悪化、並びにコレラの猖獗による深刻な生の危機は、関東大震災時の周五郎の関西行に通底するだろう。周五郎が須磨寺夫人に放恣に振る舞う理由が納得されるのである。それが牽強付会という人も、級友の嫂にして人妻である須磨寺夫人や「い」夫人こと石井信次夫人とはそのために二重の禁忌にへだてられており、そのことによって一層、周五郎の激しい渇望と憧憬の対象となったということまでは否定出来ないであろう。

周五郎が昭和三年の七月から四年の九月下旬まで、一年余にわたった浦安在住を切りあげて、東京虎の門の晩翠軒のうらにあった仕立屋の二階に部屋を借り、当分の住居としたことまでは判明しているが、引き揚げた正確な日時は今もって明らかになっていない。世界恐慌がはじまり、徐々にわが国にもその影響が波及している。

東京帝大卒の就職率が三十パーセント、就職難が深刻化する。小津安二郎の映画「大学は出たけれど」が公開され、表題が流行語となったのも、昭和四年である。巷では「東京行進曲」「君恋し」などの歌謡曲が流行。レストランではスープとコーヒーを付けた一円定食のメニューがあらわれ、人々の人気を呼んでいる。

喜劇の王様エノケンこと榎本健一らのカジノ・フォーリーが浅草の水族館で初公演を行なったのも、昭和四年七月十日のことである。しかし客足は鈍く、不入りが続いた。その矢先、川端康成が東京朝日新聞に十二月十二日から翌五年二月十六日にかけて『浅草紅団』を連載。浅草の風俗を巧みに作品に織り込んだことで、カジノ・フォーリーも世間の注目を浴びることとなり、これが結果的にカジノの援軍となった。単行本『浅草紅団』の表紙には、「カジノ・フォーリー」の名が見える。川端はエッセイ「浅草」の中で、浅草は「東京の心臓」、「人間の市場」だと書き、「流行ジャズ小唄的な騒ぎが、何よりも一九三〇年の浅草」なのだと述べている。これが周五郎を迎えた巷の風俗模様であった。周五郎の横浜の実家には、五十二歳の実父清水逸太郎がいた。四年前に連れ合いのとく（周五郎の生母）を喪っていたが、その後、若い後添えを二度もいれ、二度とも若い男と家出されていた。周五郎の実弟の潔は一時、木挽町の「きねや質店」の親店で、鉄砲洲の軽子橋のそばにあった池谷質店（池谷信三郎の実家）に徒弟として住み込んでいたが、重症の脚気で質店を長期欠勤した後、兄周五郎の虎の門の住居の二階に同居することになる。

　弟の潔も学歴は小学校だけで、すぐ質屋奉公に出ている。だが周五郎に似て、文芸志向があったことがその周辺からは伝えられている。周五郎も潔に「物書き」の道を選択させようと考えたふしがあると、木村久邇典は見ている。その根拠として木村が挙げるのが、昭和六年に周五郎が発表した長篇少女小説一本を含む十二篇の作品のペンネームである。「おぺこさん」（「少女世界」四月号）、「かえらぬ快走艇」（同六月号）を、清水きよしで、また「港へゆく馬車」（同五月号）は、清水清のペンネームで発表している。〈山本はこの他にも、清水逸平、俵屋宗八、横西五郎、土生《はぶ》清三、青江俊一郎などの筆名をこの時代もちいているのだが、清水きよしと清水清の三篇がもっとも多い。これらの実作によって、彼は実弟に、小説の手ほどきを試みようとしたのでもあるらしかった〉（『山本周五郎―馬込時代』）というのが、木村の考える周五郎の思料である。

さらに弟思いの周五郎は、かつて勤務した月刊「日本魂」編集部の先輩だった彦山光三が、昭和九年に大相撲協会嘱託に転じ、協会発行の「相撲」編集長になったとき、潔を編集者として推薦している。潔は同誌に掲載する勝負の詳しい解説の何番かを任せられ、執筆したらしい。

周五郎関連の書を見渡しても、彦山光三については殆ど触れられることがないので、ここで取り上げたい。周五郎が彦山の夫人の妹・中川末子と結婚を考えたものの、これは周五郎の独り相撲に終わったことは既に述べた。

彦山は好角家なら誰でも知っている著名な相撲評論家であった。明治二十六年十一月十四日、静岡県庵原《いはら》郡飯田村生まれ。〈昭和四十年三月九日に亡くなるまで、毎場所休むことなく相撲場（国技館）に通いつめて、観戦記を書いている。取口の解説が正確で、〈しかもそのなかに相撲技に関する蘊蓄が織り込められていたから、相撲評論として読むこともでき、親方や力士から一目も二目も置かれていた〉（もりたなるお）という。

昭和五年、周五郎は夏の間の心労がたたり、東京・信濃町の慶應義塾大学医学部附属病院へ入院する。土生《はぶ》きよえとはここで出会う。看護婦見習として周五郎を受け持った当時二十一歳の娘であった。

慶應義塾大学医学部附属病院は、日本魂社時代に知り合った医者がいたことから選ばれた。病名については、周五郎は明かすことはなかった。見舞いに来た実弟の清水潔にすら、病名については、わざといかがわしいことを言って、その上、他人に言ったら絶対に承知しないぞと兄貴風を吹かせている。

入院したことと、病院名を周五郎から直接告げられた木村久邇典にも、病名は明かされなかった。木村が病名を知ったのは、周五郎が死去して二年後、潔から聞かされたからである。

〈兄貴はね、あのとき、実は軟性下カンだったのですよ。しかし、これはぼくが書きますからね。それまでは絶対、秘密にしておいてくださいよ、木村くん〉(『山本周五郎—馬込時代』)

そう言った清水潔は、昭和四十六年二月十日、急性心臓病で急逝した。六十歳の生涯だった。軟性下疳というのがどういう病気かわからないが、大村彦次郎が『時代小説盛衰史』のなかの「田岡典夫と山本周五郎」の項で、〈「日本婦道記」のほとんどの諸篇は山本の妻きよえの生活態度に啓発されたものであった。山本がきよえに逢ったのは昭和五年、放蕩の末の軟性下疳の治療で、慶応病院に入院したときであった〉(傍点は引用者)の記述から、想像するしかない。

「疳」を辞書で引くと、「皮膚や粘膜にできるちいさなおでき」とある。ここから水谷昭夫の〈元来風呂のきらいな周五郎が悪い皮膚病をわずらう。風呂がきらいというのは妙な話だが、風呂そのものがきらいというのではなく、風呂に入ってくつろぐ弛《ゆる》んだ気持がどうしても馴じめず、彼はできるかぎり簡単な湯あみでことをすませていた」(『山本周五郎の生涯』)という記述が導き出されるのだろう。実際に周五郎が風呂に一週間も入らず、着物もそのままで通すという類いの話は周囲にいた人たちからしばしば語られていることでもある。

土生きよえは宮城県亘理《わたり》郡吉田村長瀞字中条の土生利助の妹で、父清之助、母きのの三女として、明治四十二年二月十五日に生まれている。周五郎より六つ歳下だ。

吉田村は現在、亘理町に合併されている。亘理町は周五郎の『樅ノ木は残った』の主人公原田甲斐の知行地・船岡と直線距離では数キロメートルの近さにある。亘理町の名はここではそんな説明よりも、平成二十三（二〇一一）年三月十一日の東日本大震災の津波で壊滅状態になったことを伝えるべきであろう。

周五郎の生涯はしばしば自然の暴威に晒されている。明治四十年八月、出生地の初狩に大雨が降り、土石流が発生。四歳の周五郎と両親は無事だったが、祖父も祖母も命を失っている。大正十二年九月一日、二十歳時には関東大震災に遭遇し、奉公先の山本質店は罹災。昭和二十年三月十日のB29による東京大空襲で下町を焼かれ、五月二十五日には山手をふくめて東京の大半が焼き払われている。周五郎のこの体験が、『柳橋物語』や『赤ひげ診療譚』などの作品に結晶するのを私たちは追尋していくことになろう。

周五郎と震災の不思議なめぐり合わせを思うとき、いまひとりの文学者が脳裏に浮上する。宮沢賢治である。賢治が生まれる二か月前の明治二十九年六月十五日、大地震による明治大津波が三陸沿岸に襲いかかり、波の高さは綾里村（現在の三陸町）では三八・二メートルもあり、人口の少なかった岩手県だけで死者二万二千人を出している。

賢治が三十七歳でこの世を去ったのは、昭和八年九月二十一日。その半年前の三月三日、震度五の大地震による昭和三陸大津波で、同じ綾里村では二八・七メートルの津波を記録、三千人の死者・行方不明者を出している。この時からTSUNAMIは国際語になった。賢治は一回目の大津波の年に生まれ、二回目の大津波の年に亡くなっている。いささか情感を籠めた言い方をするなら、〈賢治は、大地震と大津波によってこの世に迎えられ、大地震と大津波によってあの世に送られたのだ〉（高山文彦『大津波を生きる』）ということになる。

土生きよえには、二人の兄のほかに、きよ、きえ、きよのの三人の女きょうだいがあり、きよえは六人兄姉妹の五番目の子供であった。

周五郎と土生きよえが結婚したのは昭和五年十一月だが、実際に婚姻を届け出たのは昭和六年十一月九日で、この日は長男の篌二《こうじ》の誕生日でもあった。この年は、東北が冷害と旱魃と凶作に見舞われ、十一月三日、賢治が病床で「雨ニモマケズ」の詩を黒い手帳に書きつけた年でもあった。

新妻を迎えた周五郎は、晩翠軒裏を引き払って、神奈川県湘南海岸の腰越に新居を構える。ここに腰を据え、新たに文学の道へ精進すると思いきや、周五郎は南腰越の新婚所帯をわずか三か月でたたみ、東京・大田区の馬込村へ移転する。それもこれも〈山本は粘液質の性格がかなり濃厚だった半面、とくに人づきあいの点で、飽きっぽい傾向があった〉（木村久邇典）というその性格ゆえである。

記述があとさきになるが、結婚の経緯について、いま少し触れておく必要があるだろう。具体的な証言が残されていない以上、ここは「小説という形で書いた作家論」と著者自身が語っている水谷昭夫の『山本周五郎の生涯』を参照したい。

〈ひきしまった小さめの顔、頰がこけ、高い鼻がいっそう高く見え、よく澄んだきれいな瞳を持っている。小太刀の名手、どのような苦難のときでも、毅然として志を失わない〉といった『風流太平記』のヒロインつなを青年（周五郎）は、土生きよえの看護婦の姿の奥に見ていた。

　青年は彼女に、当時彼が熱中していたストリンドベリイやイプセンやチェホフの文学を、熱のこもった調子で語った。（略）

　幸い彼女が青年の担当らしく、非番の時以外は早朝に脈をとり、検温をし、投薬をし、検査や注射など、一切彼女が面倒を見る。

彼女は最初それほど興味を示した様子もなく、ただ短くうなずいて聞いているだけであったが、しばらくたつうちに、青年の言う外国の文学者の小説を、青年から借りた本で読むようになる。周五郎はほとんど、日本の作家の作品よりも、外国の作家の作品を英語で読破していた。彼の口から熱をこめて語られる珍しい話のほとんどが、彼女の聞いたこともない未知の世界へと彼女を案内していってくれた。

木村久邇典が周五郎から直接聞いた話は、「きよえとの結婚を決意したのは、彼女に意中のひとがあったためだ」ということらしい。これはまた異なる話である。

〈彼女に婚約者がいなければ、ぼくはそのまま、とおりすぎていたのかもしれなかった。あのころのぼくはワルかったんだなあ。欲しいものはなんでも自分のものにしたかった。ひとの手中から彼女をうばいとることに、ぼくはかえって情熱をかきたてられたもんだった〉

周五郎がきよえをモデルにしたと思われる作品は幾つもある。〈『日本婦道記』のほとんどの諸篇は山本の妻きよえの生活態度に啓発されたものであった〉（大村彦次郎）というのは極端にせよ、『小説日本婦道記』のなかの「松の花」、「箭竹」、「梅咲きぬ」などにきよえの妻として女としての生き方をモデルとしたことは疑いない。

木村久邇典は、彼が初めて担当した周五郎の「竹柏記」に、周五郎ときよえのケースを見ている。岡村八束という許婚者のあった親友笠井鉄馬の妹杉乃を、八束に対する人間不信から、強引にうばって結婚した孝之助が、その後の結婚生活においてなめなければならなかった苦渋をつうじて、人間の真の成長とは何かを追求しようとした小説である。

「労働文化」誌に昭和二十六年十月号から翌二十七年三月号まで、半年にわたって連載するにあたって、周五郎は次のような言葉を寄せている。

お互いの身を焼きつくすほどの、激しい、ひたむきな恋は、美くしい。一生にいちどは、そういう恋を味わいたいし、そういう経験のない人生はさびしいと思う。しかし、いかに美くしく、熱烈であっても、人間の一生、という立場からみると、「恋」は決してすべてではない。仮借のない現実のなかで、飢えず、凍えず、いちおう生活を立ててゆく、ということだけでも、辛抱づよい努力と、絶えざる精神が必要である。「恋」を人生の華麗な牡丹だとすれば、生活は松柏の変らぬ色に譬えることができるだろう。私はこの二つのものを主題に「竹柏記」を書きます。御愛読を乞う。

連載を始めるにあたっての、〝作者の言葉〟として掲載された変哲もない一文と読み過ごされても不思議ではない。しかし評伝を試みようとして臨む眼には自ずと別様に映る。

昭和二十六年といえば、周五郎ときよえが結婚してからすでに二十年余の歳月が経過している。いや、きよえ夫人は膵臓癌ですでに死去している。それは昭和二十年五月四日のことで、夫人は三十六歳のときであった。夫人は〈我慢づよく、苦痛をひと言も洩らさなかった〉という。夫周五郎の仕事のみを信頼して生き、〈すべてを尽くし、一身を犠牲にした。愚痴ひとつこぼさず、何事も夫の言うように従った〉。（大村彦次郎『時代小説盛衰史』）

〈この言葉少なく、生涯山本周五郎と連れ添い、想像を絶する辛苦に耐えて、一言も弱音をはかなかった、しんの強い〉（水谷昭夫）夫人に対して、周五郎は〈仕事が進まず、鬱屈すると、妻に辛く当たった。妻の作った食膳を気に入らない、と言って、引っくり返した。妻はどんな無理難題を吹っかけられても、口答えひとつしなかった。それがまた夫には不満のタネになった。「きみは、何でもハイ、ハイじゃないか。俺のほうが明らかに理不尽なのに、どうして文句を付けないんだ」と、謗《そし》った〉（大村彦次郎　同前）

周五郎の負の側面に努めて触れようとしなかった木村久邇典も、ことここに至っては、無視してやり過ごすわけにはいかなかったのであろう。

〈志に反した売文を、たつきとしなければならぬ山本の胸には、しだいに誰へとぶっつけようのない憤りが鬱積していったものにちがいない。それらの憤りは、多く家人に向かって爆発した〉（『山本周五郎―馬込時代』）と書くことになる。「それらの憤りは、多く家人に」というのが微妙である。当然、後に触れるように、木村自身にもその憤りは向けられ爆発するのである。一層、微妙なのが、以下の木村の記述である。

きよえの妹のきよのは、一時、大森・馬込の山本宅に同居し、家事を手伝ったことがある。わたくしが山本についての思い出を求めると、

「さあ、義兄さんのことについては、何も申しあげないことにしています。どうか勘弁して下さい」

を繰り返すばかりだった。山本の身近にあったばかりに、彼女も姉と共に、しばしば被害者のひとりだったのであろう。（同前）

不世出の作家について身内の人間として誇りをもって思い出の一端なりを語って然るべきところを、この妹きよのの怯えにも似た表情は何を意味するのか。〈彼女も姉と共に、しばしば被害者のひとりだったのであろう〉という最終行がすべてを語っているように思われる。

昭和二十年五月四日、きよえは三十六歳の生を終えた。遺体を収める棺は書斎の本棚を毀して、急慥《ごしら》えした。通夜に集まる客は殆どなかった。蠟燭も線香も、葬いのために飾る供花さえなかった。もちろん霊柩車などあるはずがない。再従弟《またいとこ》で写真家の秋山青磁が、近所の商家を回り、リヤカーの借用を頼んでみたが、遺体を運ぶと分かると断わられた。気の毒がった薪炭屋が貸してくれたリヤカーに寝棺をのせ、周五郎が曳き、秋山と友人の作家添田知道の三人で、桐ヶ谷の火葬場まで運び、辛うじて荼毘に付すことが出来た。

周五郎がきよえの死亡を、大森区役所に届け出たのは五月五日である。三か月後の八月六日、広島に原爆投下。九日、長崎に原爆投下。十四日、日本はポツダム宣言を受諾。十五日、天皇の玉音放送(無条件降伏放送)。

きよえは日本の敗戦を知らずして死んだ。空襲警報発令のたびに、周五郎に背負われ防空壕へ入った。膵臓癌は最も痛みの激しい癌だといわれる。しかしきよえは苦しみをひと言も洩らさなかった。ただ最期の日近く「家ごと爆弾にやられても結構ですから、もう防空壕へはたくさんです」と言ったという。

きよえは六十六年後の平成二十三年三月十一日、自分の故郷の宮城県の亘理町が、東日本大震災で壊滅的な被害を受けたことを知らない。

周五郎によって次のように描写された亘理町の、恐らく土生家のたたずまいと推測される光景は、いまや幻となってしまった。

夜半十二時過ぎ、来太は五人と別れて亘理という小駅に下車した。（略）駅員に宿屋をきいたが、こんな時勢だし時間が時間だから起きまいと云う、長瀞という所をきくと歩いて一時間足らずだとのことで、これも初めて訪ねるにはすぐ歩きだすと早く着きすぎてしまう、仕方がないので彼は待合室のベンチでひと眠りすることにした。（略）彼は手鞄を持って駅を出た。町はそこから離れているらしく、屋根の低いうら寂れた家並みのひと側並びに続く道が、霜を結んで凍てたまま西のほうへ延びている、その道の向こうには阿武隈山脈の高低の多い山峻が迫っていて、赤く枯れた草地と松林との斑な山肌を、未明の光の下にさむざむと横たえていた。

長瀞という地名から渓流の畔を想像していたが、二度ばかり訊き訊きしてゆき着いたそこは、国道から山ふところへ二町あまりも爪先登りに登った高台で、ひと跨《また》ぎほどの細流のある他には川らしいものもなく、まったくの山家という感じだった。杉浦の家は土地の豪家だと聞いていたが、予想したよりも大きな屋敷構えで、めぐらせてある白壁の土塀は方一町もありそうに見え、その中に亭々と杉の古木が森をなしていた。何百年かたっているであろう飾鋲を打った門を入ると手入れのゆき届いた前栽があり、武家のような式台のある表玄関と脇玄関が並んでいる。来太は表玄関へいって立った。（「花咲かぬリラ」「新青年」昭和二十一年五月号）

周五郎が妻きよえの実家に一週間ほど滞在したのは昭和十九年のことだから、「花咲かぬリラ」の舞台となった亘理町のたたずまいは、六十六年もの歳月に洗われ、すっかりその様相を変貌させたはずである。さらに平成二十三年三月十一日の東日本大震災による地震と大津波は、周五郎やきよえ夫人が遊行した亘理の在りし日の、夢のひとこまのような残影をも根こそぎ壊死させてしまった。

マグニチュード九・〇の巨大地震は、宮城県北部が震度七、亘理町も六強の大きな揺れを記録。大船渡市三陸町で二十三メートル、亘理町でも七メートル以上（河北新報の報道では一二・二メートル）の大津波が押し寄せ、甚大な被害をもたらす。

亘理町で発見された遺体　二五六
亘理町民の死者　二九七人
行方不明者　五人　負傷者　四四人　火災　二件

周五郎が活写した亘理町浜吉田附近、長瀞附近は、津波による流木や車などの瓦礫でうずくまり、電柱は折れ、傾き、架線はずたずたに切断され、無残に大破した家、根こそぎ流された納屋、倉庫は数知れず。ブロック塀もほとんど倒壊した。漁港に近くなると陸に押し上げられた漁船が船底を天に向けひっくりかえった。亘理町荒浜で被災した町民は「内湾の底が見える勢いで水が引いたと思ったら、海に真っ黒な水の壁が見えた。生きた心地がしなかった」と、その恐怖を語っている。

〈ある風景が、そしてある人柄が美しいものであるのは、それを美しいと見るまなざしの働きがあるからだ。私が死んでも自然は美しくあり続けるのではない。それを美しいと見る私のまなざしがあればこそ、自然は私の死後も美しくあり続けるのだ。事実、私のいなくなったあと、私が愛した人びとは、自然を美しいものと見続けて行くだろう。私のまなざしは彼らのまなざしなのだ。そして彼らが死ねば、彼らの愛したものたちがまた〉（渡辺京二「まなざしと時」「同心」二十二号、真宗寺仏教青年会、昭和五十八年）といわれる一方、「人間を離れて自然なし」ともいわれる。人間が把握するところの自然は、人間の考えそのままの投影としての存在である。だから人類が絶滅したときには、他の生命体にとって自然が命にあふれる存在であったとしても、自然は無い、ということになる……。千年に一度という「三・一一」の震災は、かくも哲学的な思索を突きつける。〈千年も経てばわれわれが生きてゐたといふ事実さへ消滅してしまふ。墓石さへ無くなつてしまふだらう。しかもその「千年」なる時間は自然の極小の経過でしかない。僕は千年後の眼で女房の死や自分の絶望をかへりみた。なにをうろうろすることがあるだらう。みんな亡びてしまふのだ〉と、周五郎は若い友人の土岐雄三にあてた手紙で書いている（昭和二十四年十一月二日付）。

結婚後、数年間の周五郎の作品発表の舞台は、「少女世界」「譚海」「キング」「アサヒグラフ」「少女倶楽部」などである。

「初午《はつうま》試合討ち」（「新少年」昭和十三年二月号）。初午の太鼓が響いてくるような花も実もある華麗な物語である。剣客本山図書の道場には、五百人に余る門人がいた。ただ本山には男子がなく、小浪という娘が一人。当然、道場の跡目が問題になる。門中の双璧は松林甲子雄と仁木兵馬。男ぶりも腕前も群を抜く秀才同士。ところが三年前、仁木兵馬の姿が道場から見えなくなる。道場の火事での本山の死という事態も起きる。そこに尾羽打ち枯らし、仁木が帰ってくる。失踪の原因は何だったのか。展開がスリリングである。

「半化け又平」（「少女倶楽部」昭和十一年十一月号）。播州姫路の城下、古中条流剣法の達人・八重樫主水の道場。一人娘の椙江はある夜、奉公人の又平が薪割り台の皿を木剣で両断するのを見て、古中条流「忍び太刀」の一手ではないかと、疑う。主水は道場の門弟から三羽烏と呼ばれた三人の腕利きと、二人の師範代を集め、「近く隠居をするゆえ、跡目を決めたい」と告げる。勝ち抜き試合をし、最後に勝った者へ、古中条流の秘伝を授け、娘の椙江とめあわせ、家名を相続させるというのだ。椙江は又平をも加えてほしいと申し出る。又平は試合に出るものの、いざ立ち合うと悲鳴をあげ、逃げ廻るばかり。そして主水と椙江に危機が迫る。

「戦国会津唄」（「少女倶楽部」昭和十二年九月増刊号）。上杉景勝の重臣で猪苗代城代を務める岡野左内は、一万石の大身なのに、吝嗇《りんしょく》に近い生活をしていた。人々からは「左内ではない吝内《りんない》殿だ」とか「稗野《ひえの》吝内であろう」などと陰口を叩かれていた。一人娘の小房も乙女盛りなのに、正月の晴着も与えられず、木綿布子を着せられていた。その上、左内は金貸しを行ない、期限がくれば厳しく取り立て、「まるで金貸商人のような奴だ」とまでいわれている。そのため許嫁の約束のある土岐市之丞、菊枝兄妹とも疎遠になってしまう。左内は果たして、「稗食い虫」で「金貸商人のような男」であったのか。「治《ち》にいて乱を案ずるは武人のたしなみ」「艱難《かんなん》汝を玉にす」という章句が彷彿する一篇だ。

「美少女一番乗り」（「少女倶楽部」昭和十三年五月増刊号）。飛騨と信濃の国境、摩耶谷の山中。追手に斬り込んだものの、高山城の武士・苅谷兵馬は深傷《ふかで》を負い、谷へ転落する。彼を救ったのが少女お弓。建武の帝の勅勘によって流罪になった殿上人の裔《すえ》で、一族を指導する北畠十四代の賀茂老人の娘だ。苅谷を救ったことで、一族にも木曽方の圧力がかかる。苅谷も父も裏切者によって殺される。美少女お弓は馬上に大薙刀《なぎなた》を執って、敵陣の中へと斬って行く。

「歔欷《すすりな》く仁王像」（「少女倶楽部」昭和十三年六月号）。この作品には周五郎には珍しや、天下の名奉行、大岡越前守が登場する。骨董商・和泉屋治兵衛の一粒種のお通と従兄妹同士に当たる孤児の清吉は大の仲良しで、今日の遊びは蔵の中での隠れん坊だ。大鎧《よろい》の中に隠れていた清吉は番頭の藤兵衛と島津家の津田直記が交わす悪だくみを聞いてしまう。だが彼らが立ち去ったあと、転倒し、頭を打ち、痴呆になってしまう。島津家御宝の冑《かぶと》が紛失したことで、治兵衛は引き立てられる。法心寺の仁王像が歔欷き、大岡越前守を罵《ののし》るという噂が広まる。消えたお宝の行方はいずこ。清吉の痴呆は癒えるのか、古今の名判官大岡越前守の活躍はあるのか。興味津々の展開が続く。

「和蘭《おらんだ》人形」(「少女倶楽部」「昭和十三年十月増刊号」)。金森飛騨守の邸では、主君頼宗の危篤が伝えられ、病間には駆けつけた分家の金森頼母、家老の相良外記、重臣、中小姓、右筆らが控えていた。頼宗は家督相続のことを認《したた》めた遺言状への一同の署名を求める。遺言状は、板倉内膳に預け、自分が死んだら、内膳立ち会いのうえ開封せよという。分家の頼母は、本家を狙って自分の子を養子にしようと画策していた。遺言状を届けるのは高村数馬の役目であった。妹の千草は、頼宗の一人娘満里子姫の遊び相手だった。板倉邸へ向かう途中、数馬は闇討ちにあい、署名血判のある遺言状を奪われ、命を落とす。飛騨守邸では、姫の人形が盗まれ、千草が疑われる。お家の大事に命をかけた数馬と千草の奇知と勇気。

「身代り金之助」(「少女倶楽部」昭和十四年二月号)。三河国嵩山城の旗頭、榊原与右衛門の一人息子の慶太郎は我が儘《わがまま》で乱暴者であった。お相手を申しつけられた郎党の子、金之助に何かと言い掛かりをつけては殴りつける。足軽の娘お奈々はそんな金之助に同情と思慕を抱いていた。金之助は出世の途を京に求めようと、お奈々に母を託して旅立とうとした夜道で、嵩山城に不意討ちをかけようとする北条と吉良の軍勢の動きを知る。「身代り」という題名の意味が判明する意外な顚末。最後まで興趣は尽きない。

こうした作品は、周五郎の生前、全集に収録されることはなかった。〈戦前の少年物作品に対する評価は、少年読み物作家の位置と同様、非常に低くみられていた〉（五十嵐康夫）風潮こそ、近年さすがに退歩したかもしれないが、浜田廣介や坪田譲治、小川未明らの童話作家と、佐藤紅緑、平田晋策、南洋一郎、高垣眸、海野十三、蘭郁二郎、佐々木邦、山中峯太郎ら少年少女小説を書いた作家との垣根は、なお取り払われることはないのが実情である。

『少年小説大系』（三一書房）が、監修に尾崎秀樹、小田切進、紀田順一郎を迎え、昭和六十一年二月に第一回配本を開始し、十一年間をかけて全三十三巻を刊行し終えたのは、平成九年四月のことである。紀田順一郎、二上洋一、根本正義の三人による「完結にあたって」という鼎談が「月報32」（第二十二巻）に掲載されている。重要な発言を抄録しよう。

**二上**　大衆児童文学としてこれほどまとまった全集はなく、資料的にも、また読者の思い出の中で生きていた作品が読めるようになったという点でも、大きな意味をもっていると思います。刊行途中に巌谷小波賞を受賞して、それなりの評価を受けた全集だと思います。

**根本**　先年ほるぷから『日本児童文学大系』が出ましたが、芸術的児童文学が主体でした。明治から戦後までのこれだけ体系的な全集が出たというのは素晴らしい。

**紀田**　少年小説を児童文化全体の枠組みでとらえるべきだという配慮から、漫画も重視したんですね。ここが大人の文学全集との違いだと思います。（略）少女小説については、この大系で初めてという作品が多いんですが、由利聖子とか竜胆寺雄などの非常に珍しい作品が入っていて、それぞれ個性的ないいものでした。こういうものが臨戦態勢の時代から戦時中に書かれているというのは考えさせられます。（略）大衆児童文学が低くみられていて、児童文学の研究者があまりアクセスしないという状況は、この全集を始めたころから比べて改善されたんでしょうか？

**根本**　戦後の解放史観によって、娯楽としての読書を全面的に否定してきたことが、大衆児童文学を視野に入れさせなかったんじゃないかと思います。

**紀田**　大衆児童文学評価のきっかけは、佐藤忠男さんの『少年の理想主義』ですね。（略）この論文で研究の流れが出てきた。

**二上**　絵物語を一巻つくりたかったですね。山川惣治、小松崎茂、それから福島鉄次、『黄金バット』の加太こうじなど。

この鼎談で高く評価されている佐藤忠男の「少年の理想主義」は、「思想の科学」（昭和三十四年三月号）に発表されたもので、原題は「少年の理想主義について」であった。作者が付けた題「少年倶楽部論」を鶴見俊輔が改題したのであった。先の鼎談で二上洋一が、〈「思想の科学」連載当時から、世の研究者が徹底的に批判していたということがありましたね。ですから、本が出ても、この論文は徹底的に批判されていましたから、そのあたりでも大衆児童文学をみる目を研究者の間から削いでいたということはあるようですね。そういう意味で別巻に入ったことの意味はあると思います〉と発言しているが、佐藤忠男はこのエッセイが岩波書店の「同時代ライブラリー」の一冊『大衆文化の原像』（平成五年一月刊）に収録されたとき、「あとがきに代えて」を副題とする「なぜ大衆文化を考えるか」を執筆している。

佐藤は〈私の学歴は定時制工業高校の定時制卒である〉と切り出す。（小学校卒業だけの周五郎よりも高学歴とはいえるだろうが、世間的には似たようなものとしか受け取られまい）。そしてそのことを〈ひとつの問題意識として持つようになった。学校だけが教養の源泉か。そんなはずはない〉という自問自答を繰り返した後に、〈私は私の教養を主として読書から得ている。なかでも重要なのは私を本の虫にした少年時代の読物類である。そう考えると昭和戦前の最大の大衆的少年雑誌だった『少年倶楽部』が私にとっては大きな存在だったと思えてくる。そしてたぶんあれは、私にとってだけでなく、私と同世代の人々にとって、学校とならぶくらいの大きな存在だったのではないか〉（傍点は引用者）という考えが導かれる。つまり、「少年の理想主義」は、

私としては単純に、私自身の教養のルーツをさぐり、いわば私の独学論の出発点としたいという程度の意図で書いたものであり、それが同時に、大衆レベルの近代日本思想史の一部になればいいと考えたのだが、発表すると、それまで私の書いたどんな文章よりも大きな反響があった。素人のこわいもの知らずで、すでに定説が確立していた近代日本児童文学史の常識をひっくり返すような仕事になっていたからである。そこで児童文学論壇の正統というべき人々の間から激しい反発と共鳴がこもごも起ったのである。以来この論文は、児童文学や児童文化の研究者や学生のための文献集、資料集といったものが編集出版されるときには、その都度たいてい再録される重要論文ということになった。（「なぜ大衆文化を考えるか」）

佐藤論考を再録した監修者、編者、出版社こそ評価すべきであろう。蔑視されるか、黙殺されるのが普通だったのである。鈴木三重吉の主宰した純文学的児童雑誌「赤い鳥」をまずとりあげ、生活綴方運動に着目し、小川未明や坪田譲治を頂点にして、プロレタリア童話や生活童話などを語るのが正

統だったのである。大衆小説を蔑視する周五郎をとり巻く情況も殆ど同じものであった。
佐藤忠男が「今日（註・昭和三十四年）の児童文学論壇における定説」として取り上げた論考を引く。

一九二七年（昭和二年）春の金融恐慌は、第一次世界大戦後の矛盾が、資本主義の弱い環である日本で、まず爆発したものであった。やがて永遠の繁栄を誇ったアメリカにも金融恐慌がおこり（一九二九年）、それが波及して世界大恐慌となったが、日本の経済危機は深刻をきわめ、国民生活は破滅的状態におちいった。（略）この恐慌のなかで、日本の金融独占資本は、低賃金と婦人・少年労働に集約される産業合理化を強行し、また中小資本の犠牲において、支配力を高めていった。かれらは、日本資本主義の危機を救う活路として、植民地獲得の侵略戦争を計画し、そのためにも階級闘争の弾圧と国民の反動的教化に、あらゆる手段を惜しまなかった。

こうした支配階級の意図を反映しながら、講談社ジャーナリズムは児童雑誌の王座に位するようになっていた。〝おもしろくて、ためになる〟というスローガンは、低俗な娯楽性と反動的な教化性を意味し、これで国民のおくれた意識をとらえていたわけである。商業主義的な少年少女雑誌は、明治末年以降、だいたいこのような性格を帯びてきたが、それをあからさまに強くおしだしたことが、競争誌の圧倒に成功したのであった。『少年倶楽部』に連載され、満州事変にさきだって単行本にもなった山中峯太郎の『敵中横断三百里』は、日露戦争のおりの将校斥候の活躍を描いた国策的冒険読物で、この時期の典型の一つといえよう。大正末年ころから、いわゆる大衆文芸の進出が目だち、吉川英治、大佛次郎をはじめ、通俗文学の作家が、少年少女雑誌でも活躍しだした。『神州天馬俠』や『鞍馬天狗』の少年版、佐藤紅緑の熱血小説が現われたのは昭和初年のことで、こういう小説が童話の影を薄くしていった事情は無視できない。ここで見落とすわけにいかないのは、大衆文学のヴェテランの登場によって、それなりに文学性が高まってきたことである。低俗のレッテルだけではかたづかぬ問題が、興味性のありかたとからんで提起されていたわけである。この問題は、芸術的児童文学自体の弱さにかかわるものでもあった。(『日本児童文学大系』③プロレタリア童話から生活童話へ　解説・菅忠道〔佐藤の著書による〕)

典型的なイデオロギー批判というものであろう。「少年倶楽部」という雑誌は、はたしてただそれだけのものであったのだろうか。〈だとすると、そういう低俗な娯楽性にうつつをぬかし、そういう反動的な教化性に魂を奪われる思いをし、小川未明や坪田譲治にはほとんど退屈以外の何ものをも感じることが出来なかった私たちはいったい何者であろうか〉と佐藤忠男は嘆息する。

昭和七年から十一年十月まで「アサヒグラフ」誌では二十枚の短篇小説をレギュラー作家に依頼していた。その欄を担当していた宮田新八郎は、〈今井達夫、山本周五郎、上野壮夫の三人の作品は、その大部分が今日的価値を保っているように考えられる。この三人は、当時のアサヒグラフの最も勝れた短篇作家だった。差を認め難い三人に強いて優劣をつけるならば、山本周五郎は文章の点で、短篇作家として今井、上野より少し劣っていたかも知れない。しかしストーリー・テラーとしての巧さに、山本は独特のものを持っていた。扱う材料の点では三人三様、それぞれ特色があった。今井達夫はサロン風なキメ細かい話を、上野壮夫は左翼活動に関係のある青年男女のことを、山本周五郎は市井の人間の生活を書いたものが多かった〉と回想している(尾崎秀樹『評論　山本周五郎』)。「アサヒグラフ」に発表した短篇の幾つかは、後に『青べか物語』に昇華することになる。

余談ながら尾崎秀樹は、先の〈同じ小説で講談雑誌へ出しても改造や中央公論へ出しても少しもおかしくないもの〉という周五郎発言の、ある些細な点に私たち読者の注意をうながしている。「改造や中央公論へ出しても講談雑誌へ出しても」と書かず、「講談雑誌へ出しても改造や中央公論へ云々」と述べている事実――それが尾崎秀樹の拘泥した点だ。

さりげないこの言葉の配列には、しかし筆者の深い配慮が働いている。別の作家なら「改造」や「中央公論」をさきに挙げたかもしれない。しかし山本周五郎はそうしなかった。(『評論　山本周五郎』)

周五郎は小説に対する純と通俗の誤った先入観を、実作によって打破するため、ひたすら研鑽していくのである。少年少女小説にも愛惜措くあたわざる珠玉作も多い。

たとえば中学や高校の国語教材に採用された『鼓くらべ』(「少女の友」昭和十六年一月号)もその一篇である。

作品の梗概――。町いちばんの絹問屋の娘で十五歳になるお留伊《るい》は、金沢城中の御前で行われる鼓のくらべ打ちに勝つために懸命に稽古に励んでいた。〈眼鼻だちはすぐれて美しいが、その美しさは澄み透ったギヤマンの壺のように冷たく、勝気な、驕《おご》った心をそのまま描いたように見える〉。だが鼓を打つ姿は凄まじいものを感じさせるし、聞くものの骨髄へ徹する響きをもっていた。

菊の籬《まがき》の蔭で、痩せた体つきで、髪も眉毛も灰色をした老人が、不精らしく左手だけを懐に入れた恰好で鼓の音に聞き入っていた。問いつめるお留伊に、老人は旅から旅を渡り歩く名もない絵師だと答える。旅の途次での涙と溜息とに満ちた数々の話をしながら、老人の声音には温雅な感じが溢れ、お留伊は心が温かく和やかになるのを感じる。

明くる日も、その翌日も、老人は来た。急にお留伊は金沢へ行くことになる。師匠の勧めで城下の観世家から手直しをして貰うためである。大師匠が熱心に稽古をつけてくれた。鼓のくらべ打ちをする相手の十六歳のお宇多に勝って一番の賞を得ることはもう確実だった。

老人の使いといって宿屋の娘が来た。死ぬ前にもう一度、鼓が聞きたいという。木賃宿を訪れたお留伊に老人は十余年前、観世の囃子方《はやしかた》の市之丞《いちのじょう》と六郎兵衛が領主前田侯の御前で鼓くらべをした話をする。市之丞と六郎兵衛。小鼓を打たせては竜虎《りゅうこ》と呼ばれ、二人とも負け嫌いな烈しい性質で、常々、互いに相手を凌《しの》ごうとせり合っていた。

一代の名を争う勝負。市之丞の意気は凄まじく、精根を尽くして打ち込む気合に、遂に相手の六郎兵衛の鼓を割ってしまう。「友割りの鼓」といまに伝えられるその神技の噂をお留伊も知っていた。勝負のあと市之丞は何処かへ去って行方不明となる。あまり技《ぎ》が神《しん》に入ってしまったので、神隠しにあったのだという噂も流れた。しかし老人は、市之亟は自分で鼓を持つ方の腕を折り、生きている限り鼓は持たぬと誓って、何処ともなく去ったのだという。

息を休めてから、老人は言う。

「……わたくしはその話を聞いたときに断《こ》う思いました。すべて芸術は人の心をたのしませ、清くし、高めるために役立つべきもので、そのために誰かを負かそうとしたり、人を押退《おしの》けて自分だけの欲を満足させたりする道具にすべきではない。鼓を打つにも、絵を描くにも、清浄《しょうじょう》な温かい心がない限りなんの値打もない。……お嬢さま、あなたはすぐれた鼓の打ち手だと存じます、お城の鼓くらべなどにお上りなさらずとも、そのお手並は立派なものでございます。おやめなさいまし、人と優劣を争うことなどはおやめなさいまし、音楽はもっと美しいものでございます、人の世で最も美しいものでございます」

語り終え、老人はながい沈黙のあとで言う。「では、聴かせて頂きましょうか……もうこれが聴き納めになるかも知れません」

金沢城のなかに設けられた楽殿。鼓くらべが進み、遂にお留伊の番が来た。お留伊は左に、お宇多は右に座を占め、曲ははじまった。お宇多の顔は蒼ざめ、唇はひきつるように片方へ歪み、それはどうかして勝とうとする心をそのまま絵にしたような、烈しい執念の相であった。その時、お留伊の脳裏にあの老絵師の姿が浮かんだ。いつも懐に隠した左手、あれは観世市之丞さまにちがいない。老人は市之丞が鼓くらべに勝ったあとで自分の鼓を持つ方の腕を折り、行方をくらましたといったではないか……。お留伊は愕然として、夢から醒めたように思う。優劣を争うことなどおやめなさいまし。老人の声が耳によみがえって来た。お留伊の右手が止まった。周りには失敗したとだけ告げ、老人の許へと急いだ。しかし、老人は前夜死んでいた……。

周五郎の読者なら、老絵師がお留伊に語ることが、周五郎の生涯変わらぬ芸術観であることを諒解するであろう。木村久邇典は、太宰治の『走れメロス』が、「道徳」の学校教科書に用いられているのに比べ、周五郎作品が全て「国語」の教育に当てられていることに注目している。

# 第十一章　馬込文士村での執筆生活

周五郎が「譚海」や「少女世界」につぎつぎと小説を発表したのは、土生きよえとの新生活に向けての資金かせぎのためであった。しかし南腰越の漁師のうちの二階を借りての新居での生活はわずか三か月ほどで幕を閉じ、大森の馬込村へ移転する。勧めたのは今井達夫である。今井はその時分、それまでの湘南鵠沼の住居を引き払い、関東大震災まえの大正九年ごろから、荏原郡馬込村に、母や妹たちとともに一戸を構えていたのである。

今井は昭和六年の正月、旅行帰りの途中、周五郎の新居を襲って一夜を飲み明かしたときのことを、座談会「山本周五郎の人と作品」（「大衆文学研究」第二十号）で語っている。

そうすすめた責任上、尾崎士郎、鈴木彦次郎なんて人達に紹介したわけです。あとは藤浦洸など、いろいろな人がいましたけれども、時期的に昭和六年ですから、尾崎士郎、宇野千代が別れた後で、榊山潤も馬込にいなくなった後で、第二次の馬込ですね。彼はそれまでは子供ものばかり書いていたんで、大人物《おとなもの》といえば戯曲だけだったのですが、講談社の時代小説を書くというので、尾崎、鈴木両氏の推輓で講談社と縁がついたのです。

こうして周五郎の馬込時代がはじまり、いわゆる「空想部落」の住人としての日々が続くことになるのだが、木村久邇典は、周五郎自身からと、周五郎の没後に松沢太平から聞いた話として、〈周五郎に馬込への引っ越しを勧めたのは、今井達夫だけではなく、馬込村の住人で、広津和郎の義弟だった松沢太平との共同の勧誘によるものだった〉（木村久邇典『山本周五郎』上巻）と書いている。

周五郎は自称するほど人間嫌いでも狷介でもなかったようである。

大正十五年（昭和元年）十一月に馬込に転居した萩原朔太郎には、前橋在住当時、前橋の殺風景な自然にたいする憎悪を自嘲の思いとともにうたい、東京を中心におこった田園ブームにも敵意を覚えていたなど、居住地の選択にもはっきりしたポリシーがある。馬込の風景のうちに、朔太郎は自分の美意識、鋭敏な感覚に適合したものを見い出したからこその転居であった。「仲間が欲しい」など、甘ったれた感慨など出るはずもない。

朔太郎の眼には、九十九谷《つづらだに》と称された東京府下荏原郡馬込村は、つぎのように映った。

坂のある風景は、ふしぎに浪漫的で、のすたるぢやの感じをあたへるものだ。坂を見てゐると、その風景の向ふに、別の遥かな地平があるやうに思はれる。特に遠方から、透視的に見る場合がさうである。（「坂」）

同じく散文詩「坂」には、

或る晩秋のしづかな日に、私は長い坂を登つて行つた。ずつと前から、私はその坂をよく知つてゐた。それは或る新開地の郊外で、いちめんに広茫とした眺めの向ふを、遠く夢のやうに這ってゐた。いつか一度、私はその夢のやうな坂を登り、切崖の上にひらけてゐる、未知の自然や風物を見やうとする、詩的な、Adventure に駆られてゐた。

という章句もみられる。浪漫的、あるいはのすたるぢやが、朔太郎の美意識の適合するものであったことはいうまでもない。近藤富枝は、〈この〝遠く夢のやうに這ってゐ〟る坂は、むろん馬込村のもの以外ではない。そして、私は多くの馬込文士たちが腕によりをかけて描写したどの文章よりも、この朔太郎の表現のなかに、馬込の魅力を発見する〉（『馬込文学地図』）と強調している。

大正十二（一九二三）年から昭和十一（一九三六）年ごろまで、約十五年にわたって、馬込を中心に繰りひろげられた文士たちの人生絵図を、従来の、作品中心に論じる文学史とも、作家相互の関わりを考証し、文壇の推移を主として述べる文壇史とも異なる方法、即ち、〈田端村とか馬込とか、本郷菊富士ホテルとか、ごく限られた空間のなかで、ある特定の時代における複雑微妙な文学者の相互作用に座標を定め、その座標を点綴することによって、主題を追求していく〉のが、著書『本郷菊富士ホテル』『田端文士村』『馬込文学地図』を貫く近藤富枝の手法――海野弘がトポス（場所）の学＝都市論的トポロジーと名づける所以のもの――である。

〈トポス（場所）を文学史の方法として選ぶと、そこにはあらゆる雑多なものが入ってくる。そして、ジャンルやイズムの歴史では見えなかった思いがけない関係を発見することができる。それはレヴィ＝ストロースが、ブリコラージュといった手法に似ているだろう。ブリコラージュは専門的なやり方ではなく、なんでも手近なものを利用して、つぎはぎでつくりあげていくことである。ブリコラージュのうちに、硬直したアカデミズムを破る新鮮な可能性がかくされているのだ〉（海野弘）。馬込というトポスに登場する作家たちが、文学史的流派を超えて自由に交流する全容は、この方法でとらえることが可能になるだろう。

大正のはじめから昭和にかけて、本郷の菊富士ホテルや田端村周辺に文士が集まっていき、文士村を形成するようになる。〝乱臣賊子のたぐい〟と文学の徒が貶しめられていた時代、作家たるもの、とても恥ずかしくて、一人で暮らせたものではない、実は身近にアウトロウをふやし、衆を恃んで世間に対抗しようという、いじらしい心情の発現だというようがった見方もあるが、文士村として、一層醇化されたのが、荏原郡馬込村（馬込文士村）である。別名〝空想部落〟と呼ばれたのは、尾崎士郎が、昭和十一年一月から四月にかけて、朝日新聞に連載した同名の長篇小説に由来する。（註・なお周五郎は、真山青果宅を訪ねたとき、青果から「文学を志すのは乱臣賊子のなす業だぞ」といわれている。）

この空想部落には、本郷菊富士ホテルや田端文士村からも、多くの文士が流れてきている。菊富士ホテルから、尾崎士郎、宇野千代、広津和郎、高田保、間宮茂輔らが、田端村からは萩原朔太郎、室生犀星、北原白秋、竹村俊郎、平木二六らが移ってきて住んでいる。

馬込村をズームアップすると、尾崎士郎を囲むようにして川端康成、牧野信一、榊山潤、今井達夫、山本周五郎、藤浦洸、鈴木彦次郎、吉田甲子太郎ら。朔太郎・犀星の周辺に三好達治、平木二六、衣巻省三、竹村俊郎。他に北園克衛、倉田百三、稲垣足穂。周辺地区の山王、入新井、新井宿には高見順、子母澤寛、小島政二郎、佐多稲子、高田保、村岡花子、松村みね子、画家の川端龍子、小林古径、佐藤玄々、長谷川春子らの姿が浮上する。

尾崎士郎は馬込文士村の当時の雰囲気を次のように書いている。

だれも彼も不遇で生活は呼吸がつまるほどに苦しかったが、しかし不遇であるといふことが、彼等の幻想を湧き立たせ、それが逆に英雄的な昂奮を強ひるのであった。目標のないインテリゲンチュアの悩みが彼等の詩であり、生活である。どのような生活の落武者も足ひとたびこの村に入ったが最後、没落する感情の中で、たちまち息を吹きかへした。それほど時代に対して敏感になりきった神経があり得べからざる感情の上に彼等の生活を築きあげてゐたとも言へるのである。（定本『空想部落』跋）

写真家の秋山青磁もその時代の馬込のたたずまいを記録している。

馬込は九十九谷とも言われて、谷あり丘あり、ちょっと歩けばあたりの風光がガラリと変って変化があり写真になった（略）。秋の朝早く、落葉のつもった、けやきの大木の下を歩く小道などは、深い山の中を思わせるような気分になったものだし（略）。そのころの馬込には、（略）山本周五郎氏がいた。万福寺を山王キネマの方に降った中間あたりに住居があったが、ここに小生の留り木のようなものがあり、このへんから文学趣味写真が起ってきたのかも知れない。小生の家は五反田を玉川の方にあがった荏原だが、毎朝起きると、自転車で、山本氏の家にゆき、門の中に自転車を引きずり込んで上がりこむ。（「山本周五郎氏のこと　馬込の散歩道」）

周五郎の身辺を見てみると、馬込に移転した年（昭和六年）の十一月、長男篌二が生まれている

（篌二は二十年五月、空襲下に行方不明となる）。同八年一月、長女きよ誕生。同十年六月、次女康子誕生。同十八年三月、次男徹が生まれている。当時の暮らしぶりというか、執筆時の精神の内景は、昭和九年、俳句雑誌「ぬかご」三月号に執筆した「酒・杯・徳利」という小品に、ほぼ正確に描写されている。

五年経った（註・浦安を脱出してから）。

丘と木とにかこまれた二階家に、青年は妻と二人の子と生活していた。二階の部屋は終日明るく日がさし窓の外には――狡猾な家主が借り手を誘き寄せる為に無理をして植えた――松が枝をさしのべている。

青年は机に向って酒を呑んでいる。秋の午後の強い光が、西の窓にかっとさしつけて、安手の窓帷《カーテン》の縞を青年の横顔に染めつけている。五年前、漁夫の廃屋に積んであった書冊はどこへやったのか、床間には四、五冊の小説本と辞書、それに壊れたセルロイドの玩具が、ぽつんとひとつ置き忘れてあるばかりだ。あの大きな、畳一帖ほどもある机の代わりに、今は擬《まがい》紫檀の卓子が居心地悪く据えられ、その隅には洒落れた硝子のインク壺がきれいに拭われて置いてある。

青年は焼きの良い燗徳利を取り上げた。青磁色の盃に、匂い高く澄んだ美酒がつがれる、投げ売り物の錦手の鉢《ママ》には鯛の刺身があり、小皿には妻君にがみがみ言って作らせた芋棒が、体裁よく盛られてある。もはやあの手製の五つの書架はない、しかし桑の小綺麗な茶簞笥があり、壁にはゴッホの複製画が掛けてある。青年は綿の厚く入った座布団に坐り、紬織りの袷を着て錦紗の帯をしめている。

青年はふと盃を措いた、そして左手で書きかけの原稿用紙をひき寄せ、覗き込むようにしながら読み始めた。

「正則は思わず、はらはらと落涙しながら、十郎左の屍体の前に崩折れるように坐って、胸から絞り出すような声で云った。

――よくぞ死んだ、十郎左――」（略）

青年は低く呻いて、（略）強く頭《かぶり》を振りながら再び盃を取り上げた。酒は蓬のように苦く、酔いは胃の中にこちんとかたまっている、刺身も芋棒も、石灰を舐めるように徒《いたず》らに舌をよごすばかりで、脂肪のたまった食道を頓《にわか》には下りて行かない。青年は北向きの窓から外へ眼をやった。

青年（周五郎か）が読む書きかけの自作は、「熊谷十郎左」（「キング」昭和七年八月号）で、周五郎二十九歳のときの作品である。青年は自らが書きはじめた、たたみこむようなリズム感に富む講談調の行文に満足してはいない。〈青年は低く呻いて〉の前後の省略した文章を補ってみよう。

読む調べは故意に高められた情熱と、自分で煽《あお》りつける抑揚のためにひどく張切った響きをもっているが、青年の眸子《ひとみ》はおよそその調子とは逆に、空虚で暗澹としている。青年は眼を閉じて、数日前にやって来た通俗雑誌の記者の顔を思い出した。（略）

――要するに、これは面白い！　と読者が膝を打つようなものですな、すっと筋が通っていて、しかし何処かぐいっと突っ込んだところも欲しいです、註文を申せば色模様にからんで、ほろっとくると云う深刻なものですな、どうかひとつそんな点を御考慮願って――。

青年は低く呻いて、その記者の幻想をかき消しでもするように、強く頭を振りながら再び盃を取り上げた。

となるのである。己れを認めてくれた主君に、身命をなげうって奉公する熊谷十郎左のすさまじい生き方を描く日々は、編集者の注文に心ならずも応じなければならぬ自分の鬱屈した苦渋の日々が、合わせ鏡のようにあったのである。

〈志に反した売文を、たつきとしなければならぬ山本の胸には、しだいに誰へとぶっつけようのない憤りが鬱積していったものにちがいない。それらの憤りは、多く家人に向かって爆発した〉と書いた木村久邇典の文を先に引いた。彼はまた次のようにも書く。〈文学に志をたてたときに志向した純文学や劇作と、ますますかけ離れてゆく大衆娯楽読物という路線でオゼゼを稼ぎ、まげもの小説や、〃小児・婦人科〃（と山本は自嘲的に命名していた）の小説も、生活のためには手がけなければならないのが詐りのない現実であってみれば、山本の、誰へとあてつけようのない鬱積が、ときに、妻のきよえに向けて爆発することも無理からぬ仕儀だったのかもしれない。はた目に山本周五郎が〃暴君〃にうつったとしても、せん方ない成りゆきだったろう〉（『山本周五郎—馬込時代』）と。

ここまではわかる。しかしその行文に続けて木村が〈きよえにも原因の一半はあった。さきにも触れたが、平生は口数すくない彼女が、某日、非難の目ざしを良人に向けてこう云ったのだ。「わたし、大衆作家のところへ嫁にきたのではありません」。心なくも彼女は、良人のもっとも痛い傷を、ぐいと抉ったのである。きよえ夫人もまた東北人通有の、時に毒舌の針を蔵する内剛の婦人だったようである〉と書くのは言い過ぎだろう。殊に〈東北人通有の……〉云々は、筆の走りにしても看過出来ないように思われる。

木村は周五郎がしばしば飲みに通った銀座のバー「ルパン」の女拾・平野千代から、〈癇癪玉を破裂させた山本が、妻の作った料理が気に入らないと、鍋ごと捨ててしまうこともあった〉と語ったことや、〈宮城県亘理町のきよえの実家の土生家でも、嫁にやるときは世間ひと通りのものは持たせてやったつもりだったが、ある日、馬込の山本宅を訪れたきよえの実兄利吉が、彼女の着物の大半が無くなっているのに気づき、「きよえもずいぶん苦労しているんだな」と、こころ塞がれる思いで辞去したこともあった〉と語った挿話を録しているのだから、なおさら〈きよえにも原因の一半はあった〉が、非情に響くのである。

一時、馬込の周五郎宅に同居し、家事を手伝ったこともあるきよえの妹のきよのが、木村久邇典から、「周五郎についての思い出を話して下さい」と求められても、「義兄さんのことについては、何も申しあげないことにしています。どうか勘弁して下さい」と固辞されたことにはすでに触れた。

いまひとつ不可解なことがある。周五郎が新妻のきよえと腰越に新居を定めたものの、完全に晩翠軒裏の仕立屋の二階におさらばしたわけではなかったということである。

〈仕事場としてときどき上京して、これまでどおり使用し、泊まり込むこともあったからだ。「だから、ぼくは結婚して以来、すぐに別居をはじめて、満足な家庭生活を一度もしたことがない」と、苦笑をまじえながらも、やや得意そうに山本は云った〉（『山本周五郎—馬込時代』）ということらしいが、得意そうに語ることではないだろう。

前後するが、周五郎の小品「酒・杯・徳利」は、すでに触れたように俳誌「ぬかご」に発表されている。同誌は大正十年、長谷川零余子《れいよし》によって前身の「枯野」が東京で創刊されている。昭和三年、零余子没後、同年十月に主幹水野六山人、雑詠選者長谷川かな女で、「ぬかご」と改題して再出発。

周五郎は昭和九年三月号から翌十年一月号まで、俳誌「ぬかご」に八回にわたって小品を発表している。「酒・杯・徳利」（三月号）、「青べかを買う」（五月号）、「驢馬馴らし」（六月号）、「荒涼の記」（七月号）、「可笑記」（八月号）、「秋風の記」（九月号）、これら六篇は完本『山本周五郎全エッセイ〈増補版〉』（中央大学出版部、昭和五十五年二月十五日刊）に収録された。「ぬかご」に発表された残りの『断片』『酔中痴語』の二篇は未発見である。

「仲間が欲しい」と願って馬込村へ転居した周五郎が、とくに親しく交わり、また好意を抱いたのは、今井達夫、石田一郎、添田知道、城左門、松沢太平、尾崎士郎、鈴木彦次郎、太田亮輔、藤浦洸、北園克衛、吉川清、田岡典夫、吉田甲子太郎、広津和郎らであった。編集者では朝日新聞の中里富次郎、宮田新八郎、博文館の高森栄次、三木蒐一、横溝武夫、講談社の茂木茂、西井武夫、有木勉らがいた。

作品発表の主要な舞台は、昭和六年までは「少女世界」「譚海」で、発行元は両誌とも博文館である。七年からは講談社の「キング」が加わる。周五郎は馬込文士村に移住することで、多彩な芸術家や文士連を知り、講談社という有力なジャーナリズムで活躍の場を得たのであった。「キング」は当時、国内随一の発行部数を誇った大雑誌である。周五郎の最初の大人向けの娯楽大衆小説「だだら団兵衛」は、昭和七年五月号の「キング」に発表され、「熊谷十郎左」は、同年八月号に寄せた二作目の小説であった。

真鍋元之は、〈「キング」に三作掲載されれば、執筆者は〝先生〟と呼ばれたものだった〉と回想するが、周五郎は毎月、あるいは隔月というペースで、昭和十六年まで執筆。戦後、昭和三十年八月号の「キング」発表の「釣忍」が、この雑誌での最後の作品ではないだろうか。

『本郷菊富士ホテル』『田端文士村』『馬込文学地図』などの著作で、都市論的トポロジーの方法で大正・昭和初期文壇側面史を描いてきた近藤富枝は、〈いまはもう死語となりつつある「文士」たちは、妻子を犠牲にし、満身創痍、文学一すじの道を走りつづけた。「いい作品を残すこと」この一事に、彼等はすべてをかけたのだ。そのためには手段をえらばなかった。彼らを坂口安吾は「毒に当てられた奴、罰当たり者」と評したものだ〉（『馬込文学地図』「おわりに」）という。

海野弘も〈文士が村をつくるというのは、二〇年代が独得な時代だったからではないだろうか。（略）彼ら（註・空想部落の文士たち）はむしろ書くより、遊ぶこと、生きることにいそがしかったのである。文士が村をつくるほどいつも寄り集っているという傾向は、しだいに薄れていったようだ。現代の作家はサラリーマン化し、いそがしくなっているから、互いの関係はそれほど密ではない。そして文士が時代の尖端で、ファッションをつくるといったこともなくなった〉（『馬込文学地図』解説）と慨嘆している。

文士の終焉についても海野の論考は示唆的である。大正十五年から昭和六年にかけて改造社から『現代日本文学全集』が出版され、円本ブームが起きる。文士たちは突然、収入が豊かになり、社会的にも脚光を浴びるようになる。彼らは一九二〇年代には今のタレントのようなものだったのではないだろうか、という。〈マージャン、ダンス、そして姦通など、最尖端（これも当時のはやりことばだ）の風俗を文士がつくりだし、彼らの一挙手一動が新聞・雑誌をにぎわした。彼らの私的な関係がこれほど話題になったことはなかったのではないだろうか〉（同前）

大森相撲協会が、昭和六年七月に、馬込村居住の文士連によって結成されたのも、遊びの精神の顕現といったものだろう。空想部落には尾崎士郎、鈴木彦次郎、それに周五郎など、大の相撲ファンで、相撲巧者の文士が多かった。

大森相撲協会の発足については諸説がある。

〈大森相撲協会が（尾崎）士郎によって発足したのは、昭和六年七月である〉（近藤富枝）

〈たまたま鈴木彦次郎がひろげてみていた相撲雑誌を、尾崎士郎がのぞきこみ、協会の結成にたちまち共鳴したことが導火線となって、大森界隈を嵐のように、渦巻のうちにまきこんだ〉（今井達夫）

〈若いころ、山本君が勤めていた「日本魂」の編集者で、当時、相撲協会の嘱託をしていた彦山光三君を、相撲好きの私や尾崎に紹介してくれたのも、そのころだった。そんなことから、私どもの相撲熱はますます高まって、大森相撲協会なるものをつくり、池上の山本虎大尽旧邸の荒れ果てた広い庭に土俵を築き、本格的に大森場所を数度挙行した。（略）何しろ、やせっぽちの吉田甲子太郎、添田知道、今井達夫、藤浦洸、画家の田沢八甲君等も、まわしをつけて稽古したんだから元気なものだった。中にも、もっとも稽古熱心で将来の大物と目されたのは、馬錦こと山本曲軒であった。彼は、こうした遊びにも真剣で、みじんもふざけ気分はなかった。ことに、大関の私、関脇の尾崎に対しては、闘志満々、気合いをこめて、ぶちかましてくるので、彼との相撲では、いつも生きずが絶えなかった。この辺にも、曲軒の曲軒たる真骨頂がうかがわれた〉（鈴木彦次郎「闘志満々の曲軒」）

〈あれはたぶん昭和六、七年ごろであったろうか。山本と話しているうち、じゃあ一つ大森在住の作家たちを誘って相撲をみようかということになった。（略）故人（尾崎士郎）をはじめ岡田三郎、鈴木彦次郎、榊山潤、今井達夫などの作家や、中央公論の佐藤観次郎、三田文学の和木清三郎などと親しくしていた山本が、相撲見物のことを持ち出すと（略）たちまち話はまとまった。先々代の出羽海にたのんで〝ます〟を都合してもらった。（略）そのころはひと〝ます〟六人づめだった。〉（彦山光三『尾崎士郎追悼文集』）

　山本周五郎は何といっているか。

「――当時、尾崎士郎さんが音頭取りで相撲が始まり、「大森部屋」などといって、関口隆嗣（註・画家）の家の庭で稽古をするやら、みんなに四股名《しこ》をつけるやら、神崎清が番付を書くやら、本気なようなふざけたような気分で賑やかに騒いだ。（略）その熱がもりあがったのと貧乏を紛らかすために相撲大会をやることになった。土俵場は池上本門寺の裏にあった（山本虎大尽の）大きな空屋敷の山上で、季節は五月か六月のはじめだったでしょう。」（「全部エヌ・ジイ」「文藝春秋」昭和三十二年七月号）

　文士連のシコ名は「八郎山」（サトウハチロー）、「天神山」（吉田甲子太郎）、「夜長鳥」（高田保）、「柿の花」（榊山潤）、「飛龍山」（鈴木彦次郎）、「若鮎」（今井達夫）、「八丁堀」（武田麟太郎）、「玄海」（藤浦洸）、「彦山」（彦山光三）、「蟬ケ峰」（添田知道）。尾崎士郎は西の前頭で「夕凪」、山本周五郎は東の前頭で「平錦」。いずれも尾崎士郎が名づけたものである。

　今井達夫と秋山青磁は、「馬錦というのが、周五郎のシコ名だ」と回想するが、これは木村久邇典によって記憶違いだとして否定されている。木村の根拠（反対物証）は、尾崎士郎自筆のこんにゃく版番付を実際に見ての否定である（近藤富枝『馬込文学地図』二〇七ページに番付の写真版が掲載されているのを参照したか）。

都築久義は『日本近代文学大事典』の「尾崎士郎」の項で、〈酒、浪曲、相撲と日本的庶民感情に通じ、男の心意気や悲壮なロマンを描破した彼の文学は、日本で数少ない「硬派の文学」（三島由紀夫）という見方もあるが、近代知識人文学の概念からはみ出す部分もあり、評価はまちまち〉と記述する。

山本曲軒という傑作ともいうべき愛称を周五郎につけた尾崎士郎が『山本周五郎全集』（第四巻、講談社）の月報に執筆している。

山本君と会わなくなってから三十年くらい経つのではあるまいか。今、考えてみると、そんな気がするが、私は今まで、交際した友人の中で、彼ほど身近かなかんじで生活をともにしてきた男はない。（略）

彼は怒るのも早いが、笑うことも早かった。たやすく人を容れぬ狭量さを、当時の私は山本君のために惜んでいたが、そのひと筋の道を全うすることによって今日、第一流の山本周五郎が出来あがったことだけは、いささかも疑う余地もあるまい。

尾崎士郎が死の一年前に綴った文章である。曲軒と綽名された周五郎は、どんな気持だったのだろう。

昔、尾崎士郎さんは私に「曲軒」という仇名をつけられた。私がなにごとにも他人より一寸五分ばかり曲っているというわけである。北園克衛という自分がべらぼうにわかりにくい詩を作っている詩人までが、「なるほど曲軒だ」などと折紙を付けるようなことをいった。私は迷惑なような顔をしたものでしょう。が、実はそんなにも物凄く迷惑というのではなかった。腹の底のほうでは（不服なりに）いくらかほくそ笑むという感じもあったのである。なぜかというに、我田引水流にいえば私のものの考え方や観察の仕方がたとい僅か一寸五分にもせよ、他の人たちとは違っているということになるからである。――これは他の人たちの書かない主題を、他の人たちの書かないように書きたい。少なくとも他の人たちの書くものとは肌合の変ったものを書きたい。という私の謙遜な立場を支持されたものと考えるのにかなり好都合だと思う。（「小説の芸術性」日本経済新聞、昭和二十八年十一月）

「曲軒」という語句は小さな辞書には見当たらないが、私は感覚的には夏目漱石の「漱石」の意味もあるのではないかと考えていた。中国の古典、つまり魏・晋の時代の名士の逸話を集めた『世説《せせつ》新語』に、西晋の孫楚《そんそ》という人物が、隠遁の決意を友人に告げるとき、「枕石漱流（石を枕とし、流れで口を漱《すす》ぐ）」と言うべきところを、つい「漱石枕流（石で口を漱ぎ、流れを枕とする）」と言い損なってしまった。まちがいを指摘されると、意地っぱりの孫楚は、「流れを枕とするのは耳を洗うためだし、石で口を漱ぐのは歯を磨《みが》くためだ」と、言いはったというものである。

漱石は悪戯心で自分を「意地っぱり」であると主張したことになる。因みに漱石の正岡子規宛の手紙（明治二十三年八月末）に、〈石に漱ぎて又た石に枕し／固陋　吾が痴を歓ぶ／君が痾は猶《な》お癒《いや》すべし／僕の痴は医《いや》すべからず〉（原文「漱石又枕石。固陋歓吾痴。君痾猶可癒。僕痴不可医」）という五言古詩が録されている。中国文学者の井波律子は、〈子規の結核は治癒するだろうが、むやみと片意地な自分の愚かさだけはならないというのだ。ここで「漱石枕石（石に口漱ぎ、石に枕す）」と、ユーモラスに石のイメージを重ね、もともとの孫楚の「漱石枕流」より、いちだんと自らの「固陋」ぶりを誇示しているところが、なんとも秀逸である〉と解釈の妙を示す。周五郎が生きていれば、快心の笑みを浮かべたところだろう。

昭和二十七年四月四日、横浜消印の木村久邇典宛の周五郎の「葉書」がある。

酒興に化かされてよけいなことを云ひしかしそのつもりになつて実際にプランを立ててみましたが、当時の日記や随筆なども散逸し、思つたほどのものが出来さうもありません。苦しむことはわかつてゐるし、苦しんでも良いものが書ければいゝが、読者のことを思ふと断念するはうが本当だと思ひます。どうか『馬込村』はひとまづ（少くとも延期）といふことにお願ひします。

ドウモスミマセン、ヒラニゴカンベン下サイ。

この幻に終わった長篇小説『馬込村』の顚末について少し触れたい。当時、木村久邇典は月刊雑誌「労働文化」編集部に勤務してしていた。「労働文化」は労働者向けの教養娯楽雑誌で、毎号、時代ものと現代ものの短期連載小説と、他に二十五枚前後の短篇にコント、一ページ講談といった文芸読み物にページ数の多くを当てていた。中間小説の興隆期にもあたっていたから、雑誌には活気が溢れていた。

主として文芸ものを担当していた木村が〈若さにまかせて、多くの小説家のなかを駆けずり回った〉という長篇小説の執筆者を挙げると、富田常雄、尾崎士郎、村上元三、田岡典夫、海音寺潮五郎、多田裕計、木山捷平、山手樹一郎、火野葦平、南條範夫、三橋一夫、渡辺淳一ら、短篇にも永井龍男、長谷川伸、土師清二、森山啓、今官一、小山清、有馬頼義、梅崎春生、尾崎一雄、深田久弥、今日出海、菊村到、藤原審爾、船山馨、八木義徳ら、そしてコントの常連に土岐雄三がいたのである。

周五郎は、「労働文化」の編集方針に助言までしており、他社の依頼をあと回しにして、「竹柏記」「思い違い物語」「彦左衛門外記」『正雪記』などの野心作を執筆する。

某日、周五郎を訪問した木村は、「このつぎの連載には時代小説より、現代ものをいただけませんか」と切り出してみる。周五郎の表情に緊張の色が現われるのがわかった。手酌で盃に酒を満たしてから周五郎は答えた。

〈そうだな。ここいらで〝現代もの〟というのもわるくない。実はこれはながねんの腹案なんだが、ぼくは馬込時代のことを小説に描いてみたいと思っているんだ。昭和十年に尾崎士郎さんが、朝日新聞に連載した長篇小説に『空想部落』というのがあって、馬込文士村をモデルにした作品だということはよく知られている。あれを読む者が読めば、ははあこの男はだれそれだ、と思い当たるフシがあるように描いてある。連載時分、馬込の物書きの間では、それが評判になって、書かれた奴のなかには憤慨したり、内心は得意がったりしていたのが居たものだ。ぼくが馬込村を描くんなら、決してあいう小説にはしない。だいたい士郎さんとは、人間のつかまえかたが根本的にちがうんだ〉

それから周五郎は、馬込文士村の良友、悪友、奇人についてエピソードをまじえて話し出したという。先生、それは傑作になりますよ、と周五郎の巧みな話術に引き込まれた木村が意気込んで言うと、

〈一回二十五枚。一年か、いや二年ぐらいはかかるな。題は、これもまえから考えていたことだが、『青の時代』というのはどうだろう。仕事場に昔の日記やメモがあるはずだ。なんとかモノになるか

もしれない〉。周五郎は真顔になってうなずいたらしい。
ところが、先の、なか一日おいての葉書である。木村が仕事場に駆けつけてみると、周五郎はしょんぼりしているようで精彩がない。
〈いろいろ練ってみたんだが、あれは駄目だよ。どんなにひっくり返しても面白いものが書けそうにない。仲間うちでは面白いと思っても、一般読者にとっては、なんの関係もない。だいたいこのテーマ自体、自己満足の度が大きすぎるようだ。もっと普遍性のあるテーマで、連載をやらせてほしいんだ〉（『素顔の山本周五郎』）
周五郎は尾崎士郎の『空想部落』も『人生劇場』も、さして評価しない。『空想部落』に周五郎は登場していない。このことについては木村久邇典に話した周五郎の発言がよく知られている。
〈おれは士郎さんに、きっぱり云ってやった。士郎さん、もしぼくのことを小説の中に書いたりしたら絶交ですぞ。ぼくは承知しませんからねって。（略）尾崎士郎は、本心の片すみでは、どこかでおれをコワがっているところがあった。彼がおれのことを書けなかったのは、その証拠だと、ぼくはおもう〉（同前）
周五郎は尾崎士郎より五歳年下である。目上の先輩に対して大層な口のきき方ではないだろうか。私などが不可解に思うのは、〈ぼくのことを小説の中に書いたりしたら〉の件《くだり》だ。自意識過剰ではないか。尾崎士郎がそんなことを欠片《かけら》も考えていないかも知れないということが考慮の外なのだ。「自分がモデルにされると思うなんてショッテル（背負《しょ》ってる＝うぬぼれている。いい気になっている。）ねえ」と尾崎に反駁されたら終わりだ。
〈士郎さんはいつも颯爽としていたな。ぼくはあの颯爽ぶりを好まない。壮烈な言葉を弄するのがきらいだ〉と周五郎はこんなことも木村久邇典に言っている。
『樅ノ木は残った』に登場する伊東七十郎は東西古今の学に通じ、槍、剣術にも長じ、詩歌の才もある。桜の枝を手折って花片を噛みながらうたを吟《くちずさ》んであらわれるし、彼はつねに壮烈であり颯爽としている。その遺書においても、『このほどこころざし候て、宿老のためとらわれとなり申し候、いにしえのおうとうのごとく、くるしみをうけ候えども、のちの世きく者、かんぜざらんことあるべからず、すこしもかなしみはなきものなり』と書く。「七十郎は尾崎士郎だ。ぼくは尾崎士郎の映像を伊東七十郎に結びつけた。誰でもやりたい役だろうな。しかしわたしは、あのような壮烈さは厭だ」と山本さんはいった。(『人間山本周五郎』)
『樅ノ木は残った』を書き終えたのちの談話だから、昭和三十三年以降の言葉ということになる。尾崎士郎は存命していた。自分はモデルにされるのを拒絶しながら、周五郎には、作中人物が誰それと勘づかれるように描かれている作品が幾篇かある。
尾崎士郎が死去したのは、昭和三十九年二月十九日、享年六十六(それから三年後の二月十四日、周五郎も死去、享年六十三)。十七歳の長男俵士に尾崎士郎は次の言葉を口授した。

ざんむきえつくしていちまつの残るところなし、
人生のこうようここにことごとく終る、
ただ人情を知つてこれに及ばず、

ただむくいるあたはざるを悲しむのみ。

口授した言葉の「人生のこうよう」を、川端康成は、「人生の紅葉」と読み、高橋義孝は、「人生の興行」と読んだ。相撲甚句の「当地興行も本日限りよ」に拠ったと解したのである。相撲を愛好し、横綱審議委員も務め、長男に土俵をひっくり返した漢字にも似た俵士と名付けた士郎。ここは高橋義孝説に分がありそうだが、川端説も捨て難い。むろん光耀とか綱要、高揚と考えられないこともない。ただし尾崎秀樹は「人生の紅葉」以外の説を排している。周五郎は尾崎士郎逝去について殆ど何も語らなかった。

尾崎士郎と山本周五郎で共通するのは、青年期におけるストリンドベリの影響である。ただ尾崎の場合、「ストリンドベリと大杉栄」を対にして語るところが、周五郎と相違する。このストリンドベリと大杉栄は、尾崎士郎の内部にあっては一つの結び目をもっていたのである。

尾崎秀樹は、〈彼〔尾崎士郎〕は大杉の中に、概念ではきめつけることのできない勇敢で図太く、意欲と感情の流れるままに生きようとする男をみた。そのアナキシ《ママ》ズムにおいても、論理的な結論というよりも、より純粋なものへのあこがれであり、ヒロイズムとロマンチシズムの発露だと理解した。またストリンドベリについては、大杉がしめしたような情熱を人間的完成によってもたらした唯一の作家であるとし、たとえ時代との組み打ちによって半生をすり減らしてしまったとしても、その青春は文学のなかにみごとな世界を築き上げたのであり、文学におけるヒロイズムはかならずしも現実の生活に影響することを目的としない、という点での共感だった〉と述べている。

鋭い見解だと思う。戦後の実存主義の知的雰囲気圏を生きた人間には胸に響くものを覚える。

第五章でも述べたが、講談社の大衆雑誌「キング」は大正十四年一月に創刊。村上浪六の『人間味』、渡辺霞亭の『獅子王』、中村武羅夫の『処女』、下村悦夫の『悲願千人斬』、吉川英治の『剣難女難』などの連載小説がずらり顔を並べた。発行部数は五十万部、店頭に出ると、すぐさま売り切れ、二十五万部を増し刷りした。返品率は二分三厘というから、爆発的な人気である。

「日本一面白い！　日本一為になる！　日本一の大部数」というのが、「キング」のキャッチ・フレーズであった。〈それは〝色〟と〝欲〟の二字に要約される。〝色〟は千変万化する宇宙の姿であり、〝欲〟は希望とか知識欲をもふくむ人間の欲望を意味する。つまり趣味と実益こそ雑誌づくりの本体だというのだ。「面白くて為になる」が講談社のモットーとされるのはこのときからだ〉（尾崎秀樹『日本と日本人——近代百年の生活史』）

遠山茂樹・今井清一・藤原彰共著の岩波新書『昭和史』の歴史分析をかりると、〈満州事変の前後から、世論の指導的役割は雑誌から新聞に移った。雑誌はこれまでは新しい文化の担い手として世論の開拓者であったが、その編集方針は次第に新聞に追随して情勢の報道・解説中心となり、マルクス主義的論文も姿を消した。それはまた、発行部数数万程度の二、三の綜合雑誌に代表される先進的知識階級の独自の地位と役割とが力を失ってゆく動きに照応するものであった。これにたいして、一九二五（大正十四）年創刊の「キング」に代表される大衆娯楽雑誌が都市に農村に流れこみ、「キング」をはじめとする講談社発行の九雑誌の総発行部数は、三〇（昭和五）年ごろには一カ月およそ六〇〇万に達したという。これらの大衆雑誌は、一般の人々の思想・生活感情の停滞的な側面をつかみ、卑俗な娯楽、日常的実用と忠君愛国、義理人情をないまぜにしてそそぎこむ内容のものであった〉ということになる。

「キング」創刊号の下村悦夫の『悲願千人斬』にしても、吉川英治の『剣難女難』にしても、〈作家の出世作であり、また代表作に数えられる〉。わが国の〈大衆文学は、このような形で次第に大衆読者の中に浸透していくことになる。〉（尾崎秀樹「同前」）

大衆作家の親睦機関である二十一日会が生まれたのは、大正十四年である。最初の集まりが偶々、二十一日だったところから、白井喬二が命名した。在京作家の白井喬二、本山荻舟《てきしゅう》、長谷川伸、平山蘆江、正木不如丘《ふじょきゅう》、矢田挿雲をはじめ、大阪からもどった直木三十五（当時は三十三）、名古屋の国枝史郎、小酒井不木、宝塚の土師《はじ》清二、守口の江戸川乱歩らが参加している。

大衆文芸ないし大衆小説という名称の起源については、今日のところ定かではない。通説に拠れば、大正十三年春の「講談雑誌」の目次扉に「みよ大衆文芸の偉観」と印刷されたのが、文献上の初見と見做されてきた。そう書いたのは笹本寅で、彼は〈「大衆文芸」なる言葉が、最初に、公に使用されたのは、大正十三年春、「講談雑誌」の目次の扉に「見よ、大衆文芸の偉観！」と広告文にあらわれた時だった〉（「文壇手帖」）と述べたのである。

木村毅も、笹本説を拠り所として、〈博文館の編集局でこの言葉は初めて創造せられて、大正十三年春の「講談雑誌」の目次に「見よ、大衆文芸の偉観！」なる広告文に現われたのが、この文章の出来た最初であったそうだ〉（「大衆文学発達史」）。木村の「大衆文学発達史」は、のちに『大衆文学十六講』に収録され、改造社版日本文学講座の『大衆文学篇』に再録されて、大衆文学研究家に現在までくりかえし読まれてきた。

白井喬二も往時を回想して、〈あれはやっぱり、編集者でしょうね。博文館だから、生田氏か、あるいは広告係の人ですね。雑誌の目次の見ひらきのところに「見よこの大衆文芸の壮観を」というのが出た。たぶん広告係の人の頭でできたものじゃないですか〉（「対談・大衆文学を考える」）と語る。

他に菊池寛、中谷博、杉山平助、大宅壮一、貴司山治、尾崎秀樹らが言及しているが、それは追い追い触れていく。要するに、「通説」がその通り信ぜられて、誰一人疑うものもなく、今日に至ったのだった。

大衆文芸研究家の八木昇は当該の「講談雑誌」を改めて調べた結果、笹本寅らのいう事実はないことが判明した。八木は、「大正十三年春」という漠たる言葉を拡大して、〈大正十三年一月号から六月号のどの目次扉をみても、右にいう文章は一言半句も見出し得ない〉（『大衆文芸館』）と実証した。後述するが、私は八木昇と澁澤龍彦・中井英夫・松山俊太郎監修『永遠の少年文学』（全十二巻）の編集企画に参画したこともあり、その実証のために八木昇が支払った時間と労力を眼前にしている。八木の実証の結果を疑う気はない。

調査の過程で八木はいくつかの文章に注目している。同年十月号の目次扉の右に、〈通俗読物。大衆文学。民衆読本。読物文学。それは皆この講談雑誌から生れた言葉です。講談雑誌は娯楽雑誌界に燦然として輝いてゐます」とあり、そして目次扉の左に、

〈白井喬二、国枝史郎、三上於菟吉氏、前田孤泉氏、高桑義生氏等は講談雑誌から皆生れて大衆文学第一線に立った大家です。講談雑誌は斯くの如く大権威があります〉

八木昇は、〈この文をみて感じることは、要約すれば笹本のいう「大衆文芸の偉観」ということになりはしないか、ということである。笹本は秋（十月号）と春をとり違えて、書いてしまったのかも知れない〉と推測している。

〈それにしても少し気になるのは〉と八木は言を継ぐ。〈「この講談雑誌から生れた言葉です」とい

うことだ。生れた、とあるからには、十月号以前にそのような名称が存在していることを意味しよう。残念ながら本誌には見出し得ない。もしかしたら新聞の広告などに使用されたか、ということも考えられる。あるいはまた、「講談雑誌」掲載の作品が批評の対象とされて、評者が通俗読物、大衆文学、などという名称を冠したか、とも考えられる。ともかくここでは笹本寅のいう十三年春説は一応疑問としておかなければならない、ということをいっておくに止めよう〉と切り上げる。いや切り上げてはいない。

八木昇が嘱目した、もっとも早い用例が報告されている。〈大正十三年六月二十六、二十八、とんで、七月一日、と三回に亙って「読売新聞」文芸欄に掲載された伊藤松雄の評論「大衆文学と国枝史郎」である。この中で伊藤はふんだんに、きわめて当然のように、「大衆文学」なる言葉を使っている〉

伊藤松雄の「大衆文学と国枝史郎」は、八木に言わすれば、大衆文芸勃興期の動向を調べる上に、きわめて興味深いものがあるという。八木による同論考の要約によれば、すべて芸術というものは、〝大衆〟に受容されるべきもので、「大衆文学」に至るのは文学の範疇の当然の帰結である。最近の「大衆文学」の提唱、あるいは作家の登場の意味は、文学の本道に異を立てる平行道というのではなく、既成文壇に対する反逆と考えるのが妥当である。その観点から「大衆文学」の先駆者として、白井喬二、国枝史郎を挙げたい。白井喬二は怜悧な観察と批判によって「歴史を探求」するのに対し、国枝史郎は怪異と幻想に素材を求め「歴史の創造」を企図した。国枝が文壇を去って十年振りに「大衆文学」の旗幟をかかげ奮起したことは興味と期待が持たれる。大デュマ再現の名を国枝に冠することは近き将来であろう——というものである。

「講談雑誌」は、速記講談を主体として、大正四年四月に博文館から創刊された。〈この雑誌が大衆文芸史に果した功績は無視出来ない。それはひとえに初代編集長生田蝶介の力に負うところが多かった〉（八木昇）。（山本周五郎の作品が同誌の呼び物となるのは、戦後の風間真一編集担当の時期である）。生田は本名が調介。早稲田大学中退後、時事新報社を経て、博文館に入社。大正十五年、退社するまで編集生活十六年間に及んだ。最初の五年間は「日曜画報」「文芸倶楽部」「演芸倶楽部」の編集に任じたが、大正四年四月、「講談雑誌」の編集主任に登用され、爾来満十一年間、新しい大衆雑誌作りに才能を傾注。「十万雑誌の最初のレコード」を作った。

『生田蝶介自伝』に〈大衆文芸はこの「講談雑誌」と講談社の「講談倶楽部」とによって、最初の胚胎及び発生を見たのでした。白井喬二、三上於菟吉、川口松太郎をはじめ、多くがみな「講談雑誌」に最初の傑作をのせています。挿絵画家の岩田専太郎、苅谷深隍も、みなこの雑誌で生れたのです〉と述べ、自分の果した役割について自信を示している。時期が曖昧とはいえ、八木昇が言う通り、〈生田とその一党が「大衆文芸」の名付け親として、もっともふさわしいこと〉は、明らかであろう。

周五郎の「講談雑誌」初登場は、私の調べでは昭和十一年九月号で、作品は「浪人一代男」、以下、「斑猫呪文」（昭和十二年一月号—七月号）、「忠弥恋日記」（十三年二月号）、「吉弥組始末」（同四月号）、「悪人定九郎」（同七月号）、「享保おとこ髷」（同九月号）と陸続と続く。「吉弥組始末」は『腰元吉弥組』の題で昭和十三年に日活京都で映画化（菅沼完二監督）。同誌の終刊は昭和二十九年十月。大正昭和の博文館系統の娯楽雑誌では最も長命であった。周五郎はその四年前の昭和二十五年には二月増刊号、五月号、九月号に執筆。ただし「長屋天一坊」（五月号、筆名・酒井松花亭）、「ゆうれい貸屋」（九月号、筆名・風々亭一迷）は筆名での発表である。

昭和二年二月二十六日の東京朝日新聞には、「円本全集の全盛期——二年の出版界」と見出しにある。円本は定価一冊一円の予約刊行物の総称で、一円本の略であるが、後には廉価版の全集、叢書類をも円本と呼ぶようになった。

〈円本の始祖として我国出版界に燦然と輝く〉(『出版年鑑』昭和七年版)改造社の『現代日本文学全集』は、菊判、二十一字二十四行、三段組、杉浦非水の装幀、三百ページから六百ページの大冊で、一冊一円という廉価版で、「改造」誌の五十銭に比べてきわめて廉価であり、円本ブームの火付け役となり出版ジャーナリズムに一大革命をもたらしたのであった。

明治大正文学の決算期にあたって、代表的な作家をほぼ網羅した企画も時宜を得たものであったので、中・高等教育の普及とともに拡大しつつあった読書階層に大きな反響を呼び、当初二十万を超える予約者を得た(予約者はのち、さらに増加し三十数万に達した)。(鈴木晴夫「円本と文学全集」)

同全集は、大正十五年十二月、『尾崎紅葉集』の配本に始まり、毎月ほぼ一巻配本し、当初の全三十七巻の企画を六十二巻に変更し、昭和六年十二月、さらに別巻『現代日本文学大年表、附社会略年表』を配本して完結した。第一巻『明治開化期文学集』から、第六十一巻『新興芸術派文学集』(十一谷義三郎、川端康成、池谷信三郎、中河與一、龍胆寺雄)、第六十二巻『プロレタリア文学集』に至る、ほぼ六十年間の、小説・評論・詩・漢詩・戯曲・短歌・俳句等を収録し、三宅雪嶺・徳富蘇峰ら、硬文学系の論客や、『新聞文学集』『宗教文学集』などの分野にも巻をさき、戦前の同種文学全集のうちで、もっとも完備したものとなっている。

この全集の成功をきっかけに、昭和二、三年に頂点をみせる円本ブームは、四百数十種といわれる廉価本全集・叢書が刊行されている。主要なものとして『世界文学全集』（全五十七巻、新潮社）、『現代大衆文学全集』（六十巻、平凡社）、『近代劇全集』（全四十三巻、第一書房）、『明治大正文学全集』（全五十巻、春陽堂）、『世界戯曲全集』（全四十巻、近代社）、『新興文学全集』（全二十四巻、平凡社）など。円本形式の個人全集では、岩波書店『夏目漱石全集』（第四次）、平凡社『菊池寛全集』『久米正雄全集』。文学関係以外では、春秋社『世界大思想全集』、改造社『マルクス・エンゲルス全集』『経済学全集』、日本評論社『現代経済学全集』『現代法学全集』、平凡社『世界美術全集』、大日本雄辯会講談社『講談全集』、誠文堂『大日本百科全集』などが知られている。

「円本流行で印刷・製本は大車輪」（報知新聞、昭和二年三月三十一日とあり）、多額の印税収入は作家生活をうるおし、作家の社会的地位はいちじるしく向上した。作家が「作ルレ家ヲ」＝家ヲ作ルことができたのは、円本ブームによるといわれる。昭和三年の中村星湖・正宗白鳥らの海外旅行、徳田秋声のアパート経営も円本の副産物で、「逃亡奴隷」（伊藤整）であった文士たちは、社会復帰をとげる。ギルド的文壇は崩壊し、サロン化する。

それまで作家は三文文士とよばれ、「三文文士には娘をやらない」とまでいわれた。それが一転して社会的名士になり、外遊し、家を新築し、自家用車を持つ。グラビア・ページに登場し、マスコミの寵児となる。大宅壮一の「現文壇にたいする公開状」（昭和三年六月）と題したエッセイには、〈実業界の一分野としての現文壇〉という副題がついている。尾崎秀樹によると描かれるのは、〈ルンペン・インテリゲンチャの集団から脱却することのできた文士は、河原乞食の兄弟分ではなくなり、ある者は大臣とその豪奢を競い、新参者でさえモーニングにシルクハットの紳士スタイルで、富豪の令嬢と帝国ホテルで結婚式を挙行し、東京會館で披露宴を張るなど、驚嘆すべき状況〉（尾崎）である。

この円本ブームも、昭和四年ころから下火となり、昭和六年には、〈あの華々しかった円本時代は完全に昔話となってしまった〉（『出版年鑑』）と総括される始末である。わが山本周五郎は、馬込村に住み、〈夏でも仕事場の雨戸を閉め、電灯をつけて原稿を書いていた〉（尾崎士郎談）だけで、円本ブームには無縁であった。

ブームに最初から批判的だったのは、宮武外骨《がいこつ》である。彼は「一円本流行の害毒と其裏面談」（昭和三年）と題するパンフレットを出版し、〈円本出版屋の無謀、円本著訳者の悖徳、書籍尊重の気持の稀薄化、予約出版の不信、出版界全体へのしわよせ、少国民への弊害、出資者の当惑、印税成金の堕落、広告不信任の悪例をつくった罪、公正でない批評の悪習をうながした罪、国産洋紙の浪費、製本技術の低下、通信機関への妨害、運輸機関への障礙、財界の不景気の助長、一般学者の不満の醸成〉など十六か条を列挙して批判したのだった。宮武外骨はまことに先見の明のあった考証家といえよう。昭和の終焉から平成の初期にかけて、赤瀬川原平を中軸にして、宮武外骨再評価の動きがあり、一時的にはブームが見られたのも、ゆえなしとしない。

円本全集に名を連ねる作家たちが、かつて経験したことのない恵沢に浴したのは事実だが、そんな僥倖の籤《くじ》を引き当てた者は、ほんのひとつかみの文学者にすぎず、九十九谷と呼ばれた馬込村に、光がそそがれることはなかった。一家を構え、稿料一本で生活を糊するていどに達したとはいえ、周五郎の暮らしむきは、裕福というにはほど遠かった。

木村久邇典の『山本周五郎—馬込時代』（福武文庫）には、全十四章のうちの、「第六章　喧嘩始末記」には、文士たち相互の乱闘や喧嘩の記載で埋まっている。

大正十二年ごろから昭和五、六年にかけての期間を尾崎士郎は、〈私の文学的生活の前期における一種の思索期〉でもあったと『小説四十六年』のなかで回想している。

〈当時の文学環境についていえば、文壇が、ブルとプロによって対立していただけではなく、同じプロレタリヤ派の中でも、アナーキストとボルシェビキとが対立し、作家の会合が行なわれるときには、必ず乱闘やけんかがはじまった〉と。ところが何が〈一種の思索期〉か、馬込村の文士たちは、ちょっとした感情の行き違いから、何かと自分の感情を爆発させたらしい。その蛮風の期間を、尾崎士郎は大正末期から昭和の初期と、限定したが、文士間の〝なぐりあい〟光景はその期間にとどまるものではなかった。追跡調査をすると、その後も依然として続き、しかも山本周五郎は、しばしばその劇を演じた主役のひとりであった。

木村久邇典が、周五郎の担当役を指名され、山本宅を訪問するようになった時（昭和二十二年の春から夏に入ろうとする時期）、日吉早苗は忠告してくれたという。「山本くんは、大のつむじ曲りで、そのうえ酒癖がわるい。癇にさわるとひとにからんで暴力を振るいますからねえ、注意して下さいよう」

富田常雄は柔道五段の猛者で、『姿三四郎』など柔道小説を書いていた。博文館へ原稿を持ち込んだ日に、同じ目的でやってきた周五郎に出会った。〈博文館の帰りだったと思うが〉と富田は書いている。

〈新橋の太田屋裏のおでんの「おきな」で二人で飲んだ。彼も強い。私も強い。彼は頑固で毒舌家だった。私もまた同じ。かてて加えて、酒癖のわるいのも同じである。文学論から文壇ばなしに及び、はては仲間の人物論に至った。

彼の毒舌は火の吐く如くにして、どうにも我慢ならなくなった。そこで、外へ出ろ、よし、と言うことになり、深夜の太田屋横で大立廻りとなった。格闘三分、私曰く、「もう、よそう」山本答えて「そうしよう」ということで握手して別れた〉(「遠い記憶」)

榊山潤も初めて周五郎と会った日に激しい口論をしている。それに作詞家の藤浦洸。淡谷のり子が唄った「別れのブルース」や美空ひばりの「悲しき口笛」の作詞を担当した詩人は、〈ある夜中に、今井達夫と山本周五郎が夜中の二時ごろ起こすんだよ。今井、きみ覚えているか。二人とも酔っぱらっているんだ。で、玄関に出たらね、女房や子供もいるのに、とにかくお前はなまけ者で困る、(略)なんでそんなになまけているのだ、と云って二人でなぐりかかるんだ〉(東京放送のラジオ特別番組「山本周五郎を偲ぶ」昭和四十二年二月二十五日)

山岡荘八は、やはり馬込時代の周五郎の、粗暴ともみえる行動について、〈山本周五郎は一見傲岸に見えながら、その実ひどく淋しがりやで、根はやさしい人間であったと思う。(略)一杯入るとがらりと人間が変っていた。もともと温容とは言いがたいあの面構えで、議論を吹っかけるのと拳固を飛ばすのとが一緒であった。私も何度かそのお相手をした。(略)彼の怒りは全く爆発的で、お互いに撲りあっていながら、何が原因でこうなったのか、さっぱりわからない場合がしばしばであった〉(「名器の表裏」)と回想している。

この種の話がいくらでもある。印象的なのは、全員が、「議論を吹っかけるのと拳固を飛ばすのが同時であった」という。これは怖い。防御する手がない。先手必勝の喧嘩術というより、生来の粗暴という性格ゆえのものではないか。前にさらっと書いたが、〈癇癪玉を破裂させた周五郎が、妻の作った料理が気に入らないと、鍋ごと捨ててしまうこともあった〉との平野千代(銀座のバー「ルパン」

のホステス）の証言もある。

山岡荘八の場合、ある酒席で突然「ストップ！　それはいけない、それは云わない約束だった」と周五郎は山岡に云い、庭に出ろとうながした。五、六分ほど経て二人は戻ってきた。殴られた山岡の瞳がうるんでみえた……。山岡は先の「名器の表裏」で、〈彼（周五郎）は彼に近づくほどの者に決して平凡な幸福を感じさせる人間ではなかった。その悔いと反省が、作品の中ではしみじみとした庶民への愛情になって活きてゆく〉とも書いて、周五郎の粗暴ともみえる行動をどこか擁護しているふしがあるが、私はそれをそのまま信じることは出来ない。相手を殴りつけ、頰に傷跡をつけた暴力行為に対する〈悔いと反省〉が、庶民を描くとき、庶民への愛情となる、だって？

周五郎と山岡荘八の衝突した現場に居合わせた土岐雄三は「初対面」（昭和五十七年四月）という文章の中で、この一件のゆくたてを誰からかに聞かされたと回想している。大略こういうことだ。戦時中、周五郎と山岡荘八は一緒に少年航空兵だか特攻隊だかへ講演に行ったことがあったという。若木のまま散ってゆこうという若者たちに深い印象を受け、「生涯この感銘を忘れまいぞ」と、二人は言葉にこそ出さなかったものの、そうした想いで終戦を迎えたのだが、〈山岡さんがなにを書かれたのか、山本周五郎との無言の誓約にそむく事を文字にされたのであろう〉と。その内容については言及していない。

周五郎はさすがに木村久邇典には説明している。〈山本の行為には、はっきりした理由があった〉と木村はいう。昭和二十二年の秋口のこと。

わたくし（木村）は最近読んだ山岡荘八の「竹を斬る」（「新世紀」所載）という作品に感動した旨

を山本に伝えた。それは終戦を迎えた鹿屋航空隊基地で、生き残った特攻隊要員の予備学生たちと、作者らしい報道班員との心の交流を描いた真摯な作品だった。しかし山本は強い口吻で否定して云った（略）。

「――山岡はそういう奴だ。純真な青年たちを扇動し、美辞麗句を並べて説教し、みずからはすこしも傷つくことがない。有為の若者を死地に追いやったのは、山岡ら一連の御用作家どもだ。じつはこの間、山岡がうちへ訪ねてきた。まるで親しそうにおれのことをアニキ、アニキと呼ぶんだ。おれはすでにその呼びかけに腹を立てていた。山岡は厚顔にも鹿屋時代の出来事を語った。（略）ぼくは腹に据えかねた。『海岸へいこう』。おれは山岡を浜辺につれだし、そして云った。『特攻隊員たちを直接ころしたのは山岡、おまえだ。突込んでいった若者たちに対しても、おまえは責任を負うべきだ。おれはいま、戦死した青年たちに代っておまえをぶんなぐってやる』。山岡はだまってなぐらせた。おれは戦後、追放になった小説家どもに決して同情なんかしていない。戦時中、軍部とつるんで時を得がおに偉そうなことを並べていたやつらのことを思い出してみるがいい。」

（『山本周五郎―馬込時代』）

これに関連するかどうか、座談会「山本周五郎の人と作品」で、今井達夫は、〈戦時中、偕行社でやっている陸軍の会、あれには（周五郎も）ときどき出ていたね。僕は行かなかったけれども、あとからだいぶいろんな話を、こういう話をきいてきたという報告をきいたりして、それはもちろん戦争の（行方の）心配で探りにいったと思うんだけれども〉と回想する。また、〈山口範次郎海軍主計大佐の回想では、（略）昭和十四年、谷田部航空隊主計長だった時代、山本を招いて隊員に講話してもらったことがあった。山本はべつに拒絶もせず来隊して、講演に応じたという。「さあ、話の内容は戦争とはあんまり関係のないもので、現在ではは っきり思い出せないんですがねえ」とのことである。国の運命を憂えての軍隊訪問だったと思われる〉という（『山本周五郎―馬込時代』）

昭和十四年といえば、前年、国家総動員法が公布され、国民服が制定され、女性にはもんぺの着用が奨励された。国民は衣服の面でも鋳型にはめられ、学生の長髪や電髪（パーマネント・ウェーブ）は禁止され、遊興営業時間を短縮、ネオンは全廃された。男子はいがぐり頭が奨励され、価格等統制令が実施されたためにヤミ値が横行した。市販される酒は八割方が水で、金魚を入れても死なないため、金魚酒と呼ばれたのもこの頃のことだ。「贅沢は敵だ！」という標語が巷にあふれ、生活必需品の切符制度が施行された。

翌十五年には、皇紀二千六百年の式典が行われている。各地で旗行列や提灯行列が催され、「金鵄輝く日本の　栄えある光　身に受けて　今こそ祝え　この朝《あした》　紀元は二千六百年　ああ一億の　胸は鳴る」という奉祝歌が歌われたが、物価値上がりになやむ大衆は「金鵄あがって十五銭　はえある光三十銭　いよいよあがるこの物価　紀元は二千六百年　ああ一億の民は泣く」という替え歌を歌った。太平洋戦争の始まる前夜であった。

こういう戦争一色に雪崩れこんでいく時代、周五郎は軍隊で何を話したのであろうか。

周五郎は山岡荘八の戦争責任を糾弾する。純真な青年たちを扇動し、死地へ追いやったという。そういう周五郎は無辜《むこ》なのか。

周五郎は今次の太平洋戦争において聖戦を謳歌する作品、国策に便乗するような作品は一篇も書かなかったといわれている。それに間違いはないか。初期の代表作とされる『小説日本婦道記』は、

「ぎりぎり踏みとどまった、微妙なところで、時局的な作品とはちがっていた」と諸氏から評価された小説である。そのことに私はいささかの疑念がある。

# 第十二章　直木賞辞退

「わが駒よ、逸《はや》るな」と自分自身に呟いていたところ、平成二十三（二〇一一）年十二月十八日、『山本周五郎 戦中日記』（角川春樹事務所）が刊行された。周五郎が遺した日記から、太平洋戦争中の、未公開部分を含む全文を収録したもので、六十六年の時を経て、初めて書籍化されたものである。

周五郎が遺した日記は「わが為事」と書かれた作品目録を含め、十一冊あるという。発表を前提としたものでなく、プライバシーにかかわる記録だからと、生前、木村久邇典にも「公表はまかりならぬ」と念を押してもいた。しかし私たちはすでに「青べか日記」と題する、昭和三年の夏から秋にかけての浦安時代の日記を新潮文庫で読んできた。作家没後、遺族の了解を得て、雑誌「波」に昭和四十五（一九七〇）年、連載されたものであった。その後、平成九年から同十三年にかけ、日記の未公開部分が、「新潮45」に、縄田一男の解説を付し、不定期で六回の連載をみたが、これも完全な公開というものではなかった。

『山本周五郎 戦中日記』は、新潮社の「金庫に眠っていて、門外不出」と半ば存在が伝説化していた十一冊の日記のうちの〈もっとも大部の日記帖〉の単行本化である。監修を務めた竹添敦子によれば、刊行が実現したのは十余年前、その日記が、山梨県立文学館に展示されたときから、周五郎の子息・清水徹に公開の重要性を訴え続けた編集者・廣瀬暁子の執念と清水徹の尽力によるものだという。

この日記、昭和十六年は、「十二月八日」の一日のみの記述。それも〈午前十一時、米・英に対し宣戦布告の大詔下る〉以下の短文で、全体のエピグラフのように映る。監修者は、〈今回採録したのは、一九四一年十二月八日以降の部分、すなわち太平洋戦争開始の当日から足かけ五年、日付がとんでいるので実質三年余の日記である。ここには戦時下の日常が克明に記録されている。本書を『山本周五郎　戦中日記』としたのはそれゆえである〉と書いている。

「新潮45」（平成九〜十三年）に六回連載された「未発表『山本周五郎』日記」は未だに単行本化されていない。一般読書人は未読と推測されるので、こちらの方も合わせて紹介したい。

周五郎の「吾が生活」（「青べか日記」）は皇紀二五八八年、つまり昭和三年八月から始まる。なぜ周五郎は日記にまで「皇紀」という元号を用いたのか。永井荷風の『断腸亭日乗』にしろ、山田風太郎の『戦中派不戦日記』にしろ、「皇紀」を用いていない。周五郎の真意がわからない。

昭和十五年に出版された子供向けの国体原理主義に基づく歴史的偉人伝の逸話集『これこそ日本人』（日本児童文化協会編、金蘭社）には多くの児童文学の作家たちが執筆しているが、当時の国策的風潮がいかなるものであったか、その「序」が生々しく伝えている。

紀元二千六百年を、東亜新秩序建設の聖戦中に迎えて、本協会が『これこそ日本人』を出版するに至ったのは、まことに意義深いものがあると痛切に感じます（略）。さすがに文章報国の意気を、多年の錬磨による技術に籠めて執筆されただけあって、よくその真面目を伝え、日本精神の発露を如実に描いていると思います（略）。少国民の精神的武装は、国民全体の士気を奮い起させます。

と、児童にも呪術的国体原理主義を刷り込ませようとしている。そのシンボル操作が「皇紀二千六百年」という元号である。後述するが、周五郎は銃後の老幼婦女に向かって、「わが国土を守ろう、城と生死を共にしよう」と、国史に残る「忍城」の教訓を臆面もなく垂れている。

最初の夫人きよえについての日記。

土生清栄が僕の生活に現はれた。僕の生活は変つた。僕は新しい力と、勇気とを以て改善された道に踏み出す。出来たら清と結婚したい。清こそ僕の為事を完成するに必要な女だ。

清は僕を好いてゐて呉れる。そして、ああどんなに僕が清を愛してゐることだらう。

今は別れて来た許だ、僕の胸はがらん洞だ、清恋しさで胸は裂けさうだ。僕の唇は、未だ清の唇の名残に顫《ふる》えてゐる、僕は恵まれた奴だ。今迄のやうではいけない本当に今度こそやる、見てゐるが宜い。清おやすみ、良い夢をごらん、いつも神様があなたをお護り下さいますやうに。

二五九〇・九・一五

前後するが、『山本周五郎　戦中日記』で明らかになった重要な事実がある。それは周五郎夫人の名前だ。竹添敦子の新発見である。

木村久邇典氏によれば夫人はきよ𛀁であるが、日記帖にきよ𛀁の表記は一度も登場しない。周五郎にとって夫人は終始きよえだったようなのだ。この点に私は長くひっかかりを感じていた。戸籍簿にある手書きの𛀁は以のくずし字ではなく、江のくずし字ではないかと疑ったのである。これは、初期のペンネームに夫人の旧姓を用いた土生清江（「強襲血河を越えて」一九三三年一月『少年少女譚海』所収）を発見したことで確信に変わった。清水（註・徹）氏にも二度、三度と確かめた。結果、本書では日記帖のとおり「きよえ」として再現することとした。そのきよえ夫人は一九四五年、この日記帖が終わったころに発病し、五月に亡くなっている。これまであまり紹介されていないきよえ夫人の様子が、本書で明らかになったとすれば幸いである（竹添敦子「監修の言葉――『山本周五郎戦中日記』について」）

二五九五年＝昭和十年（在馬込東三丁目にて）

余にとつていま最も大切なのは自分を制することである。いま小説を書かうとして、精密なプランを建てゝゐるが、酒と遊びのために、金を取ることのみ急がしく、落着いて仕事に向へない、斯うしてゐては実に「きり」がないのである。ずゐぶんとながい酒色であつた。このへんで一度緊めなければならぬのである。

周五郎はきよえと結婚（昭和五年十一月）、八年には長女きよが生まれていた。それでも放蕩は続いていたことになる。

ぢんてふげ更けおほせたる机かな

昭和十八年（一九四三）八月三日

朝香西昇「直木賞」の事で来訪、断わる。西井来る、二ヶ月遅延の原稿督促、夕傾秋省来る、仕事一枚もせず。酒（麦）二本。

『小説日本婦道記』が第十七回直木賞（昭和十八年上半期）に推されるも、周五郎は辞退する。「直木三十五賞『辞退のこと』」（「文藝春秋」昭和十八年九月号）の全文を引く。

こんど直木賞に擬せられたそうで甚だ光栄でありますが、自分としてはどうも頂戴する気持になれませんので勝手ながら辞退させて貰いました。この賞の目的はなにも知りませんけれども、もっと新しい人、新しい作品に当てられるのがよいのではないか、そういう気がします。新しいとだけでは漠然としすぎますが、とにかくいま清新なものがほしいという感じは誰にもあると思う。局外者がこんなことを云うのはおせっかいに類するけれども、新人と新風とを紹介する点にこの種の賞の意味があるので、もちろん在来もそうであったとは思いますが、今後もなおそういうものが選ばれてゆくことを希望したいと思います。

候補作となったのは初期の代表作とされる『小説日本婦道記』で、この小説は『日本婦道記』のメーンタイトルのもとに、昭和十七年六月号から終戦後の昭和二十一年まで、総数三十篇が執筆された読切連作である。「文藝春秋」に「琴女おぼえ書」（のち「桃の井戸」と改題）、「ますらを」に「阿漕《あこぎ》の浦」、「小指」が「講談雑誌」に掲載された他は、すべて「婦人倶楽部」に発表されている。新潮文庫（昭和三十三年刊）に収められた十一篇は、周五郎自身の選定したもので、いわば同書の「定本」の意味がある。

周五郎が大森の南馬込を引揚げ「第二の故郷」である横浜中区の本牧元町二三七番地へ移転した昭和二十一、二年頃に、読者へ宛てた書信の下書きがある。周五郎没後に発見されたその手紙には、『日本婦道記』執筆の意図めいたものがうかがえる。

（略）あれは格別に意識して日本の女性たちの道を示すといふやうな大それた気持で書いたのではありませんでした。わたくしの好きな女性をあのやうなテーマに置いて、読者には寧《むし》ろないしょで、いつしよに悲しみや悦こびを味はつた、このくらいゐの意味の小説なのです。婦人倶楽部といふ雑誌に連載したときあのやうな標題だつたのと、それが一般的になつてしまつたゝめに、あのやうな標題をつけて出し、そのために却って反感を買つてゐるやうです。もつと気楽にふつうの小説と同じに読んで呉れるとうれしいのですが――けれども私には好きなモチーフなので、これからも時どき清《すが》すがしい気持になつた折書いてゆかうと思ひます。御主人にあまり上等でもないお酒をおすゝめし、お酔ひになつてお帰りのことゝ思ひますが申訳ありませんでした。おゆるし下さい。右一筆お詫びまで。周

さて第十七回直木賞の第一次予選通過作品は次の七篇である。「華僑伝」大林清、「西域記」岩下俊作、『日本婦道記』山本周五郎、「真福寺事件」久生十蘭、「西北撮影隊」渡辺啓助、「幻の翼」立川賢、「雪よりも白く」辻勝三郎。

選考委員は濱本浩、中野實、井伏鱒二、片岡鐵兵、吉川英治、岩田豊雄（獅子文六）、岸田國士、大

佛次郎という顔触れである。結果は「文藝春秋」昭和十八年九月号に、「直木三十五賞は当期該当者無し」と発表され、選考経過、各委員の選評、それに前出「辞退のこと」と題する山本周五郎の言葉が掲載されている。各委員の意見を木村久邇典『山本周五郎―馬込時代』から摘録してみる。

井伏鱒二（新委員）

候補作品十五《ママ》篇のうち、辻勝三郎氏の『雪より白く』及び立川賢氏の『幻の翼』を私は佳作として選んだ。いずれも作者自身の身をもって生み出した素材を取扱っていて、その素材にはずみを持たしているところを頼もしく思ったわけである。しかしこういう鑑賞のしかたは一方的であるかもしれないと思っていた。果して山本周五郎氏の『名婦伝《ママ》』を推す気受けが圧倒的であった。これも練達の技によって書かれた作品である。厳然たる婦道を鼓吹する意欲が現われている。健全な作品である。私もこれを推す気受けに反対すべき理由はない。

濱本浩（新委員）

山本周五郎氏の『名婦伝《ママ》』と、渡辺啓助氏の『西北撮影隊』と何れを選ぶべきか思惑ったが「大衆文学の価値は、その作品が、如何に強く深く読者を動かすかによって決定せられる」と云った故直木三十五氏の言葉を想い起し『名婦伝』を採った。そして、この作者が、恭謙に、真摯に、今日の国家理念に確りと立脚して、至難の仕事に対した態度を尊く感じた。この作品は、読切連載であって、一二篇、文学として粗雑なものもあったが、他の佳作と共に通読すれば問題にならぬ。（略）

吉川英治

山本周五郎氏の『名婦伝《マ マ》』と、大林清氏の『華僑伝』とを候補に挙げる。しかしこのどっちにもなお望みたいものは感じるが、今度のうちではこの二作のほかに私には推薦作を見出し得ない。『真福寺事件』は興味として又洗練された筆致としては以上二作の上になるものといってよいが、現下の緊迫した読者層から見たとき何かしらつかみどころのない頼りなさを覚えるのではあるまいか。（略）

『西域記』はしばらくあずかる。これを直木賞でとりあげていいか何うかも考えさせられる。『雪よりも白く』は懸命に書いていることがわかる。作家の純情も素直にうなずける。然し問題はやはり皇軍の一斑を画いているので、この人の真情としてはゆるし得るとしても皇軍の兵をつらぬいてよいものかどうかという点に問題がありはしまいかと思う。（略）結局、以上を通読した上では『名婦伝《マ マ》』の真面目な勉強を私は認めたい。決して新鮮な描破や感激の盛り上るようなものを持っている作品ではないが、手がたいと云えるものである。惜しむらくは素材に敬虔になり過ぎて叙述にとどまることと、近代の婦道観と時代の女子訓との相照と示唆に稀薄なことにある。功をいえば余り世人に膾炙されない婦人を拉して来ていることとである。又書く物として『名婦伝』のごときは至難の業のほうである。その点も私は大いに買いたい。

『華僑伝』にもひとつの大きな短所がある。華僑の華僑性を描いているあいだはよいが、これの時局現実に対して変ってくる推移になると、甚だその心理が不明瞭なものになってくる。描き落されているというよりは作家自身が対象とするものに対して深い信念の浸透を持ちあわしていなかったというように思われるのである。（略）この作の如きも華僑のユダヤ的径路につぶさで、時局の変革に当ると押流されるままになって、それに作家としての精神的解決が与えられていないのは、何といっても欠点である。ただしこの作の筆触はどれよりも優れている。私は短所のみを大きく云ったが、『名婦伝』と比しては、いずれとも云えないし、こんどの候補作品のなかではやはり出色の作だということは充分云える。

候補者のひとり岩下俊作（明治三十九年―昭和五十五年）は、最初は、八幡製鉄所に勤務のかたわら、詩誌「黄孫樹」「とらんしっと」の同人として詩を書いていた。仲間に劉寒吉、矢野朗、玉井勝利（のちの火野葦平）がいた。昭和十三年、火野の芥川賞受賞を機に県下の同人雑誌が合同して「九州文学」となったが、それに最初の小説『富島松五郎伝』（昭和十四年）を発表。同作が昭和十五年に直木賞候補となったのである。

十六年、同作は森本薫の脚色で文学座が築地小劇場で上演、その後、映画化されたとき『無法松の一生』という題名になり、のちには作者自身がその題に改題した。映画『無法松の一生』（大映京都、昭和十八年）の監督は稲垣浩。脚本が伊丹万作。主演・阪東妻三郎（松五郎役）、月形龍之介、園井恵子（吉岡夫人よし子役）。稲垣監督は、この完全版をめざして三十三年、三船敏郎主演で再映画化し、これはヴェニス映画祭でグランプリを受賞している。

いまひとりの候補者大林清（明治四十一―平成十一年）は東京生まれ。府立一中を経て慶大中退。長谷川伸を中心とする「新鷹会」「二十六日会」に所属。『庄内士族』ほかにより昭和十八年度野間文芸奨励賞を受賞。ラジオ・ドラマ、テレビドラマにも活躍し、『あの波の果てまで』（三十四年―三十五年）などは好評を博した。

「文藝春秋」（昭和十八年九月号）は、「直木三十五賞は当期該当者無し」と発表し、前出の選考経過、各委員の選評。そしてそのページに枠付きで「辞退のこと」と題する周五郎の言葉を載せている。この言葉について永井龍男は、〈苦節十年というが、山本周五郎は大正末期からの投書家時代を経て、当時すでに中堅作家の列に加わっていた。「辞退のこと」には、今更私が直木賞でもありますまいという含羞と気魄が感じられる。作者の経歴は承知の筈の委員会が、なお山本周五郎を選んだのは、戦時色で煮詰められた世情に、『日本婦道記』の主題と力倆がふさわしいものに思われた結果であろう。銓衡委員の感想には、それぞれに「非常時」の陰翳が刻まれている〉（『回想の芥川・直木賞』）と書いている。

あらためて注意を喚起しておきたいが、『日本婦道記』は、〈厳然たる婦道を鼓吹する意欲が現われている〉（井伏鱒二）、〈恭謙に、真摯に、今日の国家理念に確りと立脚し〉（濱本浩）、〈日本婦道というものに堅固な把握をもち〉（岩田豊雄）、〈戦時色で煮詰められた世情に、『日本婦道記』の主題と力倆がふさわしいものに思われた〉（永井龍男）作品であったということである。

読み巧者とされる文学者が、『日本婦道記』を、このように受けとめているのである。周五郎は、〈時局便乗の小説ではない〉とか、〈日本女性の道を示す、という大上段にふりかざした作品ではない〉と語っているが、読者の受容、読解のありさままで予測することは不可能であろう。

周五郎が『日本婦道記』に取りかかった昭和十七年は、太平洋戦争は二年目に入り、六月、ミッドウェー敗戦、八月、米軍のガダルカナル上陸と、日本軍は暗雲漂う形勢にあった。この間、六月に日本文学報国会が結成され、十一月には第一回大東亜文学者大会を東京で開催、十二月には大日本言論報国会が発足するという文壇人といえども楽観は許されない緊迫した情勢に転じつつあった。このような戦局下で、〈厳然たる婦道を鼓吹する意欲が現はれてゐる。健全な作品〉（井伏鱒二）が大部数を誇る「婦人倶楽部」に連載されたのである。

ああ「健全な作品！」、井伏の弟子の太宰治は、この時期、『右大臣実朝』で、〈アカルサハホロビノ姿デアラウカ〉〈人モ家モ暗イウチハマダ滅亡セヌ〉と書いていた。そう、健康なるもの、健全なるものが権力に囲われたときは、アカルサハ、ホロビノ姿デアラウ。そして昭和二十年八月、日本は一度、滅びるのである。

「日本文学報国会」は、全文学者を一丸にしようとする一元的組織で、情報局翼賛会の指導下で計画されている。〈常に国家の要請するところに従って、国策の周知徹底、宣伝普及に挺身し、以て国策の施行実践に協力すること、が目的〉（戸川貞雄『社団法人日本文学報国会の成立』）で、大東亜文学者大会を開き、文学報国運動講演会を地域別に組織し、『愛国百人一首』や『辻小説集』などの発案や編纂を行っていく。文壇は国策文学一色に塗りつぶされたかの観を呈し、驚くべきことだが「反体制」作家を目されていた中野重治や宮本百合子、蔵原惟人も文学報国会の会員になったのである。〈たとえばフランスのレジスタンスの文学のような明確なかたちでの抵抗は存在し得べくもなかった〉（平野謙『昭和文学史』）のだった。

それでは木村久邇典は、『日本婦道記』をどう評価しているのか。木村は前出の周五郎の発言を肯定的に受けとめ、周五郎擁護につとめる。それも山田宗睦や尾崎秀樹の、共に戦後二十五年もの歳月を経て発表された文章を楯にとっての擁護である。背景となった「時代」を考慮しない作品評価が妥当といえようか。

山田宗睦は、〈『日本婦道記』は、微妙なところで、時局的な作品とはちがっていた。この微妙さは、記憶さるべきである。（略）しかし、『日本婦道記』が、まったく時局と無縁だったといちめん的にいきることは、できない。この点では、たとえば堀辰雄の作品と山本周五郎の作品とは、ちがうのである。堀は、まったく時局と無縁なところに、自己の作品をえがいた。山本周五郎は、時局とはりあわせの微妙なところで、しかし、時局便乗とはぎりぎりちがうものを、えがいた〉（「山本周五郎についての断章」、「思想の科学」昭和四十五年二月号）と書き記す。

尾崎秀樹は、〈『日本婦道記』はひろく読まれ、好評のうちに戦後まで書きつがれることになる。多くの連載ものが八月十五日で中断され、連載打ち切り、あるいは繰り上げ完結になった中で、この作品が戦後まで書きつがれたことは、作者の意図が国策的なものとは異ったところにあったことを証明するであろう〉（「『日本婦道記』の意味」、『日本婦道記』解説、講談社、昭和四十五年八月）と書いている。山田、尾崎の文の執筆時は、大阪で日本万国博覧会が開催され、「七〇年安保」で条約延長と決まって、高度成長の実力を示した昭和四十五年である。敗色が濃くなった昭和十七、八年の時代とは時代状況がまるで違うという認識が欠落しているといえないか。

木村久邇典は、新潮文庫『小説　日本婦道記』（新版）の解説で、〈作者が危惧したような、的はずれの批評が、けっして世に皆無だったわけではない〉と書き、山田宗睦や尾崎秀樹のような好意的な解説一色に塗りつぶされていたわけではないことを暗示したうえで、言わずもがなのことを書き継ぐ。〈山本さんとしてはよほど気がかりだったらしく、声を高めてこう反論します〉と、昭和三十五年五月、文化放送「お便り有難う」でインタビューを受けた周五郎の発言を採録している。

ときどき、『婦道記』について、あれは教訓で、女だけが不当な犠牲を払っている、ということをいわれるのですが、私はそれは非常に心外なので、もう一度よく読み直して頂きたいと、よく申し上げます。あれはむしろ世の男性や、父親たちに読んで貰おうと思って書いたもので、小説自体の中では女性だけが特別に不当な犠牲を払っているようなものは一篇もないと思います。(略)もし不当な犠牲を強いられたら、日本の女性だって、そんな不当な犠牲に甘んじている筈はありません。私はそうではなく夫も苦しむ、その夫が苦しむと同時に妻も夫と一緒になって、一つの苦難を乗り切って行く、という意味で、あれだけの一連の小説を書いたのであります。

こう言われたからといって、納得するひとはいないだろう。女性のおかれていた現実に関して、無知という以外にない。連合国軍最高司令官マッカーサーが、人権確保の五大改革を要求したのが、昭和二十年十月十一日。五大改革は、婦人解放、労働組合結成奨励、学校教育民主化、秘密審問司法制度撤廃、経済機構民主化の五項目で、同年十二月十七日、衆議院議員選挙法が改正となり、婦人参政権が実現する。翌二十一年十一月三日、日本国憲法公布。さらに二十二年五月三日、憲法が施行されるのである。『日本婦道記』が発表され、読まれたのは「婦人解放」も「婦人参政権」も存在しなかった時代だった。〈もし不当な犠牲を強いられたら、日本の女性だって、そんな不当な犠牲に甘んじている筈はありません〉とは、どこの国の、いつの時代の女性なのか。机上の空論以外の何ものでもない。

周五郎研究の第一人者たる木村久邇典は、さまざまな挿話を発掘してきては周五郎擁護に奔走する。前出の新潮文庫の解説で、こんな挿話を書きつけている。

先年物故された村岡花子さんは、初めて紹介された案内役の紳士と旅行にでた中年の婦人が、紳士の彼女に寄せているただならぬ感情を、携えていった『日本婦道記』を読みふけることでしりぞけた挿話をつづり、この作品に「旧《ふる》くして新しきもの、移りゆく世代を通じて不変の民族の魂の脈打つ」のを感じ、「一つの不動なるもの」を見いだしています。村岡さんは『日本婦道記』が、一婦人にもたらした実効をあげ、さらに不動なるもの、すなわち人間の普遍性を、まさしく受けとったのです。

いうまでもなくひとは、各人ひとところの人生をしか、体験することができない。小説は虚構なるがゆえに、読者に、むしろ実際の人生以上の真実性をもって、この局面にはかくも臨み、かかる場合にはこうも生きたい、というういく通りもの潜在願望を満たさせ、人生の意義を昂揚させる役割をもつ――と主張した山本さんは、もともと小説のもつ〝芸術的価値〟よりも、現実生活での〝実際的効用〟を信じた作家でした。そうした山本さんにとって、村岡花子さんの文章が、会心の反響だったことはいうまでもありません。

「会心の反響」とは異なことを仰るという感慨が浮かぶ。村岡花子（明治二十六年―昭和四十三年）は、著名な児童教育家であり、児童文学者である。昭和七年、ＪＯＡＫ（いまのＮＨＫ）の嘱託になり、太平洋戦争のはじまる年までの十年間、「コドモの新聞」という、子供のためのニュース番組を担当したことで知られる。『赤毛のアン』の翻訳でも知られ、広く文化活動の指導者として活躍している。知られていないのは、村岡花子が戦前・戦中に、どんなニュース番組を読み、どんな文化活動をしたか、ということである。

『現代日本の思想――その五つの渦』（久野収・鶴見俊輔）のＶ「日本の実存主義―戦後の世相」に、「一九四五年八月の新聞記事から」という見出しで、敗戦前後の一か月間の新聞記事（毎日新聞）が引用されている。十九日に注目されたい。

八月八日［知識人層も最後まで全面的に戦争に協力。心理戦争も激烈化。（略）特攻精神の昂揚。独自の我国防心理学］

八月九日［原子爆弾にたいしても竹槍主義を持って勝つと言う。特徴は垂直爆風圧。上方の遮蔽が大切。赤塚参謀視察談。正体は研究済み。掩蓋壕《えんがいごう》へ必ず待避、手足の露出は禁物、新爆弾対策］

八月十一日［陸軍による一億玉砕の線。全国将兵に告ぐ、陸相、烈々の闘魂披瀝、楠公精神］

八月十二日［天皇に一任。悠久の大義に生きん（宮城前に最敬礼する民衆の写真）］

八月十五日［時局収拾に畏き詔書を賜う。貫き通せ、国体護持］

八月十九日［（略）沈着冷静、日本の真姿顕現、大御心に絶対随従。（精神面におけるナショナリズムの継続。アメリカ文化の否定）。女性よ試煉にうち克て。純潔こそ婦道の礎、再興へ強き賢き母たれ（大妻こたか女史談）。心にも姿にも隙を見せるな、享楽文化の誘惑と戦おう（村岡花子女史談）〉

大新聞からコメントを求められるほど、村岡花子は影響力のある文化人であった。現在、フリー百科事典「ウィキペディア（Wikipedia）」で検索すると、その経歴の一端を知ることが出来る。〈第二次世界大戦中は、大政翼賛会後援の大東亜文学者大会に参加するなど、戦争遂行に協力的な姿勢を取った〉と明記されている。私が調査した分でも、村岡は軍国児童書の監修者、編纂者として刊行のために積極的に行動している。戦線美談集、国民精神総動員運動に対応する形での銃後美談集も出した。〈この時期の児童図書出版で一番眼につくのが学年別童話集である。それぞれ一年生から六年生の六冊セットで、（略）〇の中には一から六が入る〉（山中恒『戦時児童文学論』）として列挙された、単著の童話集に、村岡花子編『小学生童話〇年生』（昭和十二年、金の星社）が目をひく。

次に村岡花子のＪＯＡＫでの活躍に触れよう。紀元二六〇〇年奉祝祭というのは、「八紘一宇の肇国精神」を国をあげて讃美するという行事であった。「紀元二六〇〇年」というのは、戦中戦前の皇室を中心に考える歴史観である皇国史観によって、第一代神武天皇が即位して国を肇《はじ》めてから、この年（昭和十五年）が二六〇〇年目に当ると算出されている。その神武天皇が即位に際して出した詔勅に、〈八紘《はっこう》を掩《おお》いて宇《いえ》と為《な》すこと亦可《またよ》からざらんや〉とあり、これは「四方八方、世界を一軒の家のようにすることもよいではないか」という意味であるとされ、そこから「八紘為宇」さらには「八紘一宇《いちう》」という言葉が造語された。「一軒の家のように」という言葉のなかには、「天皇を家長として」という条件が含まれる。これが「肇国の精神」とよばれたのである。（参照、山中恒『子どもたちの太平洋戦争――国民学校の時代』岩波新書）

周五郎の「青べか日記」が、なぜか皇紀紀元年号で書かれていること、それに対する疑問もすでに述べた。昭和十五年十一月十日に行われた紀元二六〇〇年の奉祝行事は、神としての天皇の祖先を景仰し讃美するということで、その規模の大きさは、戦前戦後を通じて、昭和史における最大のものだったという。

山中恒は、前出の『子どもたちの太平洋戦争』のなかで、作文集『紀元二千六百年奉祝記念文集――低学年』（東京市誠之尋常小学校）から、三年生男子の作文を引いている。

〈その晩、ラジオの子供新聞で一ばん終りに、「こんな二日ともよい天気でしたのは天地の神々様が、奉祝紀元二千六百年のことがおわかりになってお助けなされたのでございましょう」と、放送局の村岡のおばさんは放送していました。僕も「ほんとうにそうだ」と思いました〉。この「放送局のおばさん」なる人物が、村岡花子であることは、いうまでもない。

鶴見俊輔は『現代日本の思想』（共著）で、V「日本の実存主義―戦後の世相」の執筆を担当、前出したように「一九四五年八月の新聞記事から」と、一日から二十七日までの毎日新聞の見出しを列挙してみせ、その所感を以下のように述べている。

この一月に日本の世論が新聞の見だしによってゆすぶられたふりはばは、明治元年から昭和二〇年までの八十年間の日本国家の歴史のふりはばに相当する。（略）そうしてゆれにゆれたあげく、最後には最もがんきょうな国粋主義であるはずの頭山秀三がさきだって一億総懺悔《ざんげ》をとく。十五年にわたって「聖戦」の旗となっていた天皇が衣《ころも》がえしてマッカーサーを訪問する〉。

頭山秀三、天皇、東久邇首相、高坂正顕、大妻こたか、どの人をとって見ても、それら、日本の軍国主義のにない手となった公人たちは、かつて民主主義者であった時期をもっているのである。日本の歴史は、過去百年に数回、国家的な温度をかえてきたので、たとえば、徳富蘇峰などのように百歳近く生きて来た人にとっては、昨日まで軍国主義であっても、必要に応じて自分の民主主義時代の体温をよびさますことができるのである。かれらは温度調節に長じ、決して風邪をひくことのない思想家である。

前出記事で「大妻こたか女史」と並列して扱われた「村岡花子女史」が、ここで登場しないからといって免責されたわけではない。

昭和二十二年の総選挙に当たって、作家の宮本百合子は、「今度の選挙と婦人」と題したエッセイを新聞（「アカハタ」昭和二十二年三月十八日、二十一日）に発表している。前年三月に大量に登場した婦人代議士三十九名が再選に臨むことに対する所感の表白だが、文中に村岡花子が出てくる。

婦人代議士は何をしているのでしょう。彼女達の多くは何といって話をしてよいか知りません。なぜなら大部分の人が有産階級の人ですから。昨今婦人代議士のいうことは、戦時中、村岡花子や山高しげりその他の婦人達が婦人雑誌や地方講演に出歩いて、どうしてもこの戦いを勝たすために、挙国一致して「耐乏生活」をやりとげてくださいと説いてまわったと同じような「耐乏生活」の泣きおとしです。今日彼女達はいいます。「戦時中あれほどの犠牲にたえた婦人の皆さん、どうぞあのときを想い出して窮乏に耐えて下さい。」しかし、あのときを思い出せということは、戦争で殺された夫と兄弟、父親、息子を想い出すことです。忍耐深い日本の女性の努力と涙でしのいだ年月は、その結果として社会生活の全面と愛を破壊しました。日本の幾百万の女性は、今日婦人代議士のある人々がいうとおり、はっきり目を開いて戦争中を思い出しましょう。そこにどんなむごい過労と悲しみと淋しさとはかない希望とがあったかを思い出しましょう。そのはかない希望が幾百万の女の胸の中で打砕かれたかという事実を一つ一つ思い出しましょう。（略）だれにしろまたあのときをそのまま繰返すには自分達のはらった犠牲があまりにも多かったことを知るのです。自分達の失われた愛にかけて少しは理窟にかなった人間らしい生活をうちたてたいと思います。日本の人民の民主化の途には数百万の人柱がたっています。（『宮本百合子全集』第十二巻、河出書房、昭和二十七年一月）

こう書いている宮本百合子が、戦争中は日本文学報国会に自らの意志で入会したのである。国策文学が多くの旧左翼文学者の手で推進されるという逆転現象。彼らの「戦争責任」「戦後責任」については、別の機会に譲りたい（内田百閒、中里介山らは文学報国会への入会を拒否している）。

さて、周五郎の直木賞の受賞辞退の件である。直木賞では初めてのことで、文壇関係者はみな仰天したと思われる。直木賞に並ぶ芥川賞を、周五郎に先立つ三年前（昭和十五年上半期の第十一回芥川賞）、高木卓が辞退して、世上騒然たる物議をかもしている。高木は幸田露伴の甥に当たり、旧制第一高等学校ドイツ語教授であった。一世紀になんなんとする両文学賞史上、受賞辞退はこの二名だけである。その高木卓に対して、文壇の大御所にして、文藝春秋の社長だった菊池寛のさあ憤るまいことか。彼は「文藝春秋」誌の「話の屑籠」欄で憤然として、

今度は、（註・委員間に）授賞中止説が多かったが、自分は高木卓氏の前作「遣唐船」が授賞に値したものであったと思うので、今度の作品（註・『歌と門の盾』）は不充分であるが、歴史小説として、「遣唐船」と共に上古日本の世界に取材してある点を買って、授賞を主張したのである。審査の正不正、適不適は審査員の責任であり、受賞者が負うべきものではない。（略）賞められて困るようなら、初めから発表しない方がいいと思う。殊に、芥川賞などは、授賞が内定した以上その受くる名誉は同じで、アトは賞金だけの問題である。辞退して謙譲の徳を発揮したつもりでも、（略）世間的には辞退したのでさらに効果的になったのと同じである。こんなものは素直に受けてくれないと、審査をするものは迷惑である。受賞者の辞退に依って、審査員が鼎の軽重などを問われてはや

り切れない。

と憤懣をぶちまけている。道理であろう。

しかし周五郎はこの菊池の文章を読んで首を横にふった、と水谷昭夫は、自ら「小説という形で書いた作家論」という『山本周五郎の生涯』の中で書いている。〈それは世間の道理かもしれない。しかし文学とは何の関係もない、妄言というべきだろう。それに許しがたいのは、あの権威主義だ。それがどれほど文学を毒しているか、また今後も毒していくことになるか、菊池はわかっていないらしい。文学に賞を与えることのむつかしさを、もっと謙虚に反省すべきではないか〉と周五郎は言った。作家論、作品論、伝記小説等々、一切の形式から離れて綴られた水谷の文を改行なしに引く。

菊池の逆鱗にふれて、今東光のように筆をおらねばならぬ事態においこまれないとはかぎらない。筆を折るとまで行かぬにしても、生涯、まっとうな場所で、まともな文章を書く機会をうばわれてしまうというおそれは充分あった。それを承知で、なお彼のこころは、菊池拒絶の方へ傾いていく。一時の憤激や昂奮から出たものではなく、周五郎はそれほど愚かではなかった。「これで俺がつぶされるなら、俺の命運もそんなものだ」という利害をこえた非常な覚悟があった。森鷗外描く『山椒大夫』の安寿は、「運が開けるものなら」と言って弟厨子王を逃がしてやった。おそいかかる苦難に身をさらしつつ、なおも未来を望んで命運をきりひらこうとする人間の姿形がここにある。周五郎はかつて、漱石の『行人』の主題を思わせる作品『須磨寺附近』をたずさえて、菊池寛のもとを訪ね、冷くあしらわれた一点を、おのれの命運のためにも生涯みつめつづける。

長年にわたる菊池との感情的齟齬《そご》の絡み——直木賞を拒絶する前後の周五郎の情況が、周五郎からの直話を綴る木村久邇典のそれより鮮烈に把えられている。

木村の『山本周五郎—馬込時代』の第十二章「直木賞を蹴る」によれば、某評論家が、周五郎が辞退した理由を、当時の周五郎の〈主要な作品発表の舞台は、おおむね博文館系の雑誌だったために、博文館への義理立てとでもいった心情から、文藝春秋の文学賞を遠慮したのではないか。そういう律義な性格がとらしめた、一見、佶屈《きっくつ》たる行動〉と述べているらしい。

友人の今井達夫は、「いろいろな賞を、いらんよ、それは読者がくれるものだよ」、と彼がいうのは、だんだん煮つめていってそういうことになるわけでしょうね。あの直木賞の時にはそううまく結論が出ていなかったんだと思うんです。あのころはむしろ曲軒の比重の方が大きくて、「なにが、あんなやつらが審査して賞なんかおこがましいじゃないか」（笑）という気持のほうがまだ強かったのじゃないかと思う〉（座談会「山本周五郎の人と作品」）と述べている。

作家と賞との関係について考えるとき、伊藤整の『小説の方法』が思い出される。伊藤整はそこで私小説作家嘉村礒多が、一流作家としての名誉を得たいという執着（作家の隠し場所＝罪ある衝動＝作家の中枢にある弱点＝作家たる者の最大のエゴ）を、自分が晒《さら》し者になるのも恐れず、容赦なく暴露することによって、礒多が私小説的方法の極点に達したと指摘した。

しかし名誉への執着が、なぜ「作家の隠し場所」なのか、伊藤は納得できる理由を提出していないと異議申し立てをした国文学者の藤中正義の意見もこの際、顧みられるべきだろう。藤中は、「嘉村礒多論」で「名誉への執着」は駄作への引き金となることもあるが、秀作を生みだす契機にもなりうる機能的な要因にすぎないのであって、実体的にそれ自体として罪悪であったり、恥辱であったり、醜悪であったりするわけがないと主張する。

彼はサルトルの〈作品を書くということは、コトバを使って自分（作家）がおこなった開示を客観的なものにするよう、読者に呼びかけることだ。（略）作家は読者の自由に対して作品制作への協力を呼びかける〉（『文学とは何か』一九四七年）を引き、文学作品を書くという作業は本質的に「名誉への執着」に無関係ではありえないことを証す。〈文学作品が実際に作品として成立し、書くという作業が完結するためには、読者の共感や協力が不可欠なのである。読まれることによってはじめて作中人物は生命を獲得し、作品世界も非現実的な仕方で存在しはじめるのだ。幸運な場合、読者のこうした共感や協力は、文学信仰の同信者集団から与えられる無形の称讃や尊敬へと拡大し、また世俗社会から与えられる可視的な名誉（たとえば文学賞、勲章、年金、芸術院会員）という形をとるに至る。名誉への執着の念が、作家の深層に芽生え、根づくのも当然のことではないだろうか」（「嘉村礒多論」）。かくして伊藤説は崩壊せざるをえない。

「しかし書くことはまず自分のための作業であって、それだけでもすでに精神的なカタルシスを体験できるのだ」と反問する向きにも藤中の答えは用意されている。〈それだけならば、書いても発表する必要はないだろう。それどころか、実際に書く必要はなく、観念のなかで書けば足りる。書かない作家、歌わない詩人、つまり一介の審美家であれば足りるわけである〉と。同じように読者の共感や讃辞を口にしても、周五郎より洞察が深く徹底しているといえないか。

「屈辱と怨念と意地のために受賞を拒否した周五郎」と単純化は出来ないが、明治人の気骨を示す挿話を録しておこう。和田利夫『明治文芸院始末記』によれば、第二次西園寺内閣の成立した明治四十五年三月三日、第一回の文芸選奨の最終候補に残されたのは、夏目漱石の『門』、島崎藤村の『家』、永井荷風の『すみだ川』、正宗白鳥の『微光』、谷崎潤一郎の『刺青』、それに与謝野晶子の歌集『春泥集』で、このほかに、沙翁劇翻訳者坪内逍遥と『プラトン全集』翻訳者の木村鷹太郎の八氏。選考委員は森鷗外、上田万年、上田敏、幸田露伴、島村抱月、大町桂月、饗庭篁村ら十二人と文部省側から二人。午前十時に始まった審議は、午後に入って投票となったが、八回も繰り返しても決まらず、「選奨なし」で閉会。このままでは世間の物笑いの種になることは必定、何とか格好を付けようと、文芸功労者として坪内逍遥を表彰する案が浮上、全員異議なく決まった。ところが逍遥はこれを辞退。しかし島村抱月の説得に応じ、ようやく決定。賞金二千二百円はどうなったか。政府への面当てでもあろうか、〈逍遥はまず、半分を文芸協会へ寄附した。そして、あとの半分のうち大半を、彼と関係の深かった二葉亭四迷の遺族に贈り、残りを山田美妙と国木田独歩の遺族に分け与えた。どの遺族も干天の慈雨に感激した〉。明治の文人の気骨を示した逍遥は昭和十年二月二十八日に他界。政府は勲一等の奏請を打診してきた。しかし生前、逍遥は勲三等奏請を拝辞している。〈遺族と門弟は相はかり、故人の遺志を体して、勲一等を拝辞した〉同年三月二日、〈衆議院は全会一致で、逍遥に弔辞を呈した。文勲ここに窮まる。学芸界では先に福沢諭吉の例あるのみ。文芸家としては空前だった。（略）――いま逍遥の声いずこ……〉。こうした選択もあったことを思えば、周五郎の辞退という行為は疑問なしとしない。

周五郎の行為は伝説化され、反権威、狷介孤高の象徴として語り継がれている。周五郎のいくつかの不滅の名作には、およそ考えられるかぎりの讃辞を惜しまない私だが、この直木賞辞退には、魂の濁りを感じないわけにはいかない。受賞が嫌なら拒絶し、沈黙すべきであろう。「辞退のこと」のなかの〈この賞の目的はなにも知りませんけれども、もっと新しい人、新しい作品に当てられるのがよいのではないか、そういう気がします〉は、空々しいというか、白々しいというか。選考委員の井伏鱒二、岸田國士、大佛次郎らに対しても失礼というものであろう。辞退の弁は、「そんな当たり前のことを今更、貴君には言われたくない」という一喝が返ってくる程度のレベルの内容である。

作家なら、直木賞ではないが、芸術院会員を辞退した際の大岡昇平のような応答が颯爽としているというべきだろう。大岡は「自分は戦争で俘虜になった過去があるから」という理由で辞退したのであった。もっと清々しいのは武田泰淳。辞退したことを死後まで公表しなかった。内田百閒、木下順二も辞退（会員であった菊池寛は、戦後、戦争責任を問われて辞任している）。

何も過去の話を持ち出すことはないのかもしれない。作家は常に同じようなことを問われている。最も新しい例だが、先頃、スペインでの文学賞を受けた村上春樹が現地で行なったスピーチに対して、スペインのある高校教師がノーといっていることを藤原新也が石牟礼道子との対談で明かしている。藤原は村上のスピーチの最後の〈「今回の賞金は、地震の被害と、原子力発電所事故の被害にあった人々に、義援金として寄附させていただきたいと思います」という部分です。聖書には「右手のことを左手に知らせてはいけない」という、つまり施しというものは他者に知らせるべきものではないという言葉があるという。（略）彼（註・高校教師）は、おそらく会場にいた多くのカトリック教徒は最後のその言葉に拒絶感を持ったんじゃないかというんですね。それを聞いて自分も気を引き締めなければと思いました。福島に行って何々を施したというような言葉が人との話の中でつい口をついて出てくる。ただ、全世界に向かって賞金を寄附すると喧伝するのとはちょっとちがいますね〉と語っている。対して石牟礼道子は〈ちがいますね。私も読みました〉と答える。そして藤原の〈ああ、読まれたんですね。どう感じられました?〉に、石牟礼は〈自分のことを含めて、もの書きっていったい何だろうと考えました。私はずいぶんとぼけているので、もの書きにしかなれなかった。何か手仕事をして、手仕事はわりと好きなんですけど、何かものの役に立つ仕事をやればよかったなと思って(笑)〉(『なみだふるはな』平成二十四年、河出書房新社)と応じている。ノーベル文学賞に日本では最も近い位置にいるとされる村上春樹(つまり世界的作家としてわが国が誇る!)にして、この体《てい》たらくなのだ。

ところで昭和十四年七月十五日に施行された「国民徴用令」は、「国家総動員法」の第四条「政府ハ戦時ニ際シ国家総動員上必要アルトキハ勅令ノ定ムル所ニ依リ帝国臣民ヲ徴用シテ総動員業務ニ従事セシムルコトヲ得」に基づいて作られたが、その徴用が文学者に適用されたのは同十六年十月になってからである。九月六日の「帝国国策遂行要領」で開戦が決定し、南方作戦準備の完整が現実化してくるとともに、作家を南方に徴用する計画が推進されていた。

十一月中旬には、陸軍徴用令書が文士のもとに届きはじめる。この徴用令書は、召集令状の「赤紙」に対して「白紙」と呼ばれた。白い紙に印刷されていたからである。封筒のなかには「令書」の本文とガリ版刷りの「出頭者注意書」が入れられていた。それにはこう書いてある。

一、本件ハ緊急極秘ノ徴用ニ付猥リニ内容ヲ他人ニ洩ラサザルコト
　本人ニ代リ出頭要求書ヲ受領シタル者ハ速カニ電報等ヲ以テ本人ニ通達シ指定ノ日時ニ出頭シ難キ時ハ医師、警察官、憲兵等ノ証明ヲ添付シ当日迄ニ届出ノコト
一、出頭ノ際旅費ナキ者ハ市区町村長ヨリ前金払ヲ受クルコト
一、出頭当日ハ筆記用具、並印鑑持参ノコト、履物ハ靴又ハ草履ノコト

一、入営、応召者ハ召集令状又ハ市区町村長ノ当該証明書ヲ持参スルコト
一、当日ハ身体検査ヲ為スコトアルベキニ依リ支障ナキ様注意スルコト
一、其ノ他不明ノ点ハ東京府職業課登録係ニ照会ノコト

川西政明の「文士と戦争――徴用作家たちのアジア」(「群像」平成十三年九月号)によれば、〈大森駅から電車に乗ろうとした高見順は、同じ大森に住んでいる尾崎士郎に出会った。尾崎士郎も本郷区役所に出かけるところであった。尾崎士郎は阿部知二のところにも、石坂洋次郎のところにも徴用令書がきたと教えてくれた。炭坑にでもやられるのかなと高見順がやけっぱちのようにいうと、いやいやと首をふった尾崎士郎は、なにか容易ならぬ事態が考えられると応答した〉

〈本郷区役所に着くと(略)島木健作、太宰治の顔も見えた。もうただの従軍ではないとだれもが思った。中野重治ら左翼の大物は除外されており、保田与重郎ら右翼の大物も除外されている。(略)高見順の一つ前で太宰治が検査を受けた。太宰治は胸部疾患の既往症ではねられた。高見順の番になった。高見順の身体を診断した軍医はちょっと首をひねって、「大丈夫かな、この身体で……」といった。そのとき高見順が「大丈夫です」と答えたので、彼は合格のほうに入れられた〉

〈徴用作家たちの顔ぶれを見ると、いくつかの特徴があげられる。一つは大宅壮一、高見順、武田麟太郎のように左翼運動にかかわった人、石坂洋次郎のように不敬罪、軍人誣告罪に問われた人がいたことだ。二つは三木清、清水幾太郎、中島健蔵など進歩的な知識人が加わっていた。三つは阿部知二、今日出海、小田嶽夫、富沢有為男ら外国留学経験者や外国駐在経験がある人、外国文学に造詣が深い人々が選ばれていることだ。これは語学の問題と関係する。四つは火野葦平、上田広、里村欣三、堺誠一郎、山本和夫、倉島竹二郎、浅野晃、氏原大作ら中国戦線での兵隊経験者が各班に分散される

かたちで配属されていることだ。さらに指摘しておけば、マレー方面では神保光太郎、ビルマ方面では山本和夫、ジャワ方面では大木惇夫、浅野晃、フィリピン方面では寺下辰夫と各方面に詩人が動員された。もうすこし眼をこらせば、太宰治、中村地平、小田嶽夫ら井伏鱒二に近い人々が、井伏鱒二ともども呼び集められていることだろう。これは中島健蔵が宣伝班の構成にからんでいることと関係するのかもしれない〉

山本周五郎の周囲から、従軍した文士を一部列挙すると、尾崎士郎、榊山潤を初めとし、菊池寛、吉川英治、小島政二郎、北村小松、濱本浩、吉屋信子、長谷川伸、土師清二、中村武羅夫、甲賀三郎、湊邦三、野村愛正、小山寛二、菊田一夫、北条秀司や海音寺潮五郎、鹿島孝二らである。

好むと好まざるとにかかわらず、従軍経験のない文学者は、戦争非協力者ないし局外者として、肩身のせまさを感ぜざるをえない社会的雰囲気だったのだ。戦時中の国民的な合い言葉に「バスに乗りおくれるな」というスローガンがあった。かつては〝左傾文士〟として投獄され、転向を声明してようやく免罪符を得たプロ（註・プロレタリア）作家の多くは、さらに〝従軍〟という踏み絵をみずから踏むことで、落ちこぼれ文士の烙印を押される不名誉から逃がれようとした。軍から〝お呼び〟がかからない者は、無為徒食、穀《ごく》つぶしの汚名を冠されても致し方ない時勢だったのだ。

（木村久邇典『山本周五郎―馬込時代』）

『小説日本婦道記』という、〈厳然たる婦道を鼓吹する意欲〉（井伏鱒二）をもつ作品の作者周五郎にも従軍要請があった。しかし、周五郎は意外な行動をとる。面接した陸軍の担当官に断わったのであ

る。前出の木村久邇典によれば、その拒絶の弁は、

わたくしは小説家です。小説家は小説を書いてお国のために尽くすのが本分だと思うからです。戦場へノコノコ出かけていって、兵隊さんに余計な厄介をおかけして足手まといになるよりは、国に残って本当にいい作品を書いてご奉公するのが、作家として本来あるべき姿のはずです。それに今日では、国内も戦場と同様の情況です。さらに用紙不足が深刻になり、小説を掲載する雑誌も発行できないような事態になったならば、わたくしは四角《よつかど》に立って、辻小説を読みあげましょう。ですから従軍はご免こうむります。

こんな言い草が本当に了承されたのだろうか。反軍的、反戦的な批判をもつ人々を逮捕し、あらゆる名目で民衆の自由な言論に箝口《かんこう》令が敷かれ、大政翼賛会が産業報国会や商業報国会、大日本婦人会、大日本青少年団などを傘下におさめ、戦争協力体制があらゆる分野に及び、第一次学徒が出陣するも、戦勢ますます日本に非となりつつあった時期である。周五郎はまだ人々に知られる作家ではなかった。折も折、第一回大会の開かれた大東亜文学者大会において、中河與一が今次の戦いを、「神とユダヤの戦いだ」とし、思想戦の意義を強調し、村岡花子が婦人の立場から、大東亜精神を子供のうちに築きあげるための言葉の問題をとりあげ、「大会宣言」の朗読、議長の閉会の挨拶に続いて万歳三唱で東京会議をとじたときも、周五郎には何の要請もされていないのである。

後日、周五郎は木村久邇典に語ったという。

（註・従軍する際の）待遇は陸軍の佐官ということだった。月給もなん百円だかくれるような話だった。しかし、おれはそんなものに目もくれなかった。尾崎士郎さんなんかは、日ごろから軍部とは親しくしていて、貴重になった生活物資や酒、食物はその筋から手に入る――あの当時は、手に入るなどという言葉がさかんに使われたものだが、実にいやな日用語だと思ったな――。彼に限らず軍に覚えのいい文士連は、一般市民の耐乏生活などとは関係なしに、参謀とつるんで歩き、酒池肉林に沈湎しては、無責任に好き勝手なことをホザいて得意になっていた。おれはそういった便乗文士連にがまんがならなかった。

木村は話を聞きながら、内心で〈比島（註・フィリピン）へ渡った尾崎士郎は陸軍中佐待遇の報道班員、吉川英治は海軍嘱託で勅任官（将官）待遇であった。普通の小市民とはかけ離れた特権階級である。山本には時を得顔の文士たちが許せなかったにちがいない〉と周五郎の怒りに理解を示している。しかし軍隊の仕組みに位階性が存在するのは当然であって、そのシステムがなければ軍隊という組織は機能しない。特権階級というなら、執筆が出来るということで、従軍を免れた周五郎自身が、その特権階級のひとりであろう。また従軍の話は、周五郎の拒否の意思表明により、それきり沙汰やみになったという。のちのち軍から執拗に目をつけられることもなく終戦にいたったとも。〈おそらく、軍の脅迫じみた要請をハネつけてお構いなしだったのは、おれひとりぐらいのものじゃなかったかね〉というが、これは特権的立場というしかない。実際にその後に、周五郎はこう語っている。

しかしね、ぼくの家には、酒たばこ、卵や砂糖といった食糧は、たいてい少しならあったんだよ。

出版・雑誌社なんかには、ときどき戦意昂揚のためとかなんとか称して特別配給がある。それを編集者たちが「先生に」といって、自分のぶんをうちへ持ってきてくれるんだ。いい仕事をして下さいってね。

語るに落ちるとはこれを言うか。平成二十三年十二月に刊行された『山本周五郎 戦中日記』には、太平洋戦争の末期でも、周五郎の食卓は、一般市民の耐乏生活などとは関係なしに松たけ、鮎、馬肉、白米、鮭缶、ハチ《ママ》、川蟹、牛肉、豚肉など、豊饒な食材で彩どられている。

周五郎の『小説日本婦道記』シリーズの一篇に「尾花川」という短篇がある。大津・尾花川の琵琶湖に面した広大な土地に棲む聖護院宮の有司であった尊皇の士・河瀬太宰と妻幸子が物語の主要人物である。その河瀬家に諸国の尊皇攘夷派の志士たちが、足しげく訪ねてくる。夫妻は彼らを手厚く遇したので、来客の数はふえ、接待の出費も嵩むようになる。

ところが最近、その幸子の態度に変化があらわれてきた。酒宴に運ばれる酒も少なくなったし、菜も粗末になった。太宰がその理由を訊ねると、幸子は悲しげに答える。〈私、あるお客さまのご接待の席で伺いました。さる御祝賀の賜宴で、主上が、お吸い物の中から焼き豆腐をはさみ出され、ことしの鶴はこれぞ、と仰せられた由にうけたまわりましたが、昨今は大膳職に於ても、佳例の鶴を調達することかなわず、焼き豆腐をもって代えられたこと。また所司代酒井若狭守が年賀に参内し、主上お箸つきの御膳部を賜わり，恐懼して頂戴つかまつりましたところ、鯛の焼き物が腐っており、親しい殿上人にわけを問うと、大膳職の御経費乏しきため、主上に鮮鯛《なまだい》をさしあげることができなかった、とのことでございました……〉。皇室の式微《しきび》を肴に、悲憤慷慨の酒を連日くみ交わす維新の志士たちの〝正体〟をみた幸子は、志業成就のためには、食を減じても、と思い立ち、接待の切り詰めを覚悟した――と述懐する〉。妻の幸子の言葉に、太宰は骨を噛みくだかれるような悔恨にうたれるというのが一篇の粗筋である。

周五郎は木村に短篇「尾花川」の意図を説明している。〈あの小説で、権勢に驕り、時世に便乗し、軍部に阿諛《あゆ》追従して暖衣飽食する一部の軍人、官僚、その他の特権階級や骨なし文士どもを、彼らさえもが肯定せざるをえないように、小説世界のなかで、批判してみせたのだよ〉と。

昭和十九年といえば、十四歳から二十五歳未満の女子が勤労挺身隊として軍需工場に動員された年だ。二月二十三日付「毎日新聞」の「竹槍では間に合わぬ。飛行機だ」の記事に東条首相が激怒。新聞記事が差し押さえられる。中学生の勤労動員大綱決定。大都市の学童集団疎開決定。マリアナ沖海戦で空母の大半を失う。サイパン全滅。グアム・テニアン全滅。B29東京初空襲。学徒勤労令・女子挺身勤労令が公布され、十月二十八日、海軍省は神風特別攻撃隊の必至必中の体当り攻撃を悠久の大義に殉じる偉業として全軍に布告。以後、生還を予定しない特攻行為は制度化され、若い世代の「散華」の志向を煽った……。

同十九年の周五郎の『山本周五郎 戦中日記』を「食」に焦点を絞り、アトランダムに摘録する。周五郎は不惑を一つ越えた四十一歳、働き盛りの年齢にあった。

十一月四日　牛肉、ハムにて食事を共にする。
十一月七日　晩餐のとき酒二盞、麦酒一、今宵必至の敵来に備えて元気をつけしもの也。
十一月十八日　牛肉の煮物に白米で食事。

十一月二十日　ウイスキィとナオシの混合酒をアペリチフに鯉の味噌漬とカレー汁。
十一月二十二日　麦酒一、ナオシで盞、スキ焼で食事。
十一月二十三日　篌二帰宅、鰯切干と冷凍鰈持参、スキ焼で午食をさせる。
十二月三十日　夕食はコールド・ポークに鰯干物（自家干し）。（略）今十二時である、（略）いまビフテキを注文し、夜食をしようと思う。（略）ステーキはやめて冷豚で夜食を済ませた。
十二月三十一日　ステーキで昼食を共にする、（略）夕食のスキ焼の味悪く、少し機嫌を悪くする。（略）十二時四十分（空襲警報）解除となる。煮直したスキ焼で夜食。

〈日記の多くを占めるのは執筆の進み具合と来訪者、そして飲食の覚え書きである〉と竹添敦子が監修の言葉で書き留めている。

『日記』を通覧すると、周五郎がこれを秘匿しておきたかった理由も判然とする。友人や知人から贈答されたり、配給で手に入ったとはいえ、その「飲食の覚え書き」は、一般の庶民のそれと隔絶していよう。また竹添は「思いがけないこと〈の最たるもの〉の例として周五郎が〈翼賛選挙で国家主義者の津久井龍雄に投票した〉などを引き、〈周五郎の素の姿〉」に驚きを隠さない。

津久井龍雄は明治三十四年二月四日、栃木県生まれ。右翼ジャーナリストだ。早大英文科を中退。大正十五（一九二六）年、赤尾敏らと建国会を創立。昭和五年、天野辰夫らと愛国勤労党、児玉誉士夫らと急進愛国党を結成。内田良平の大日本生産党に加盟し、大日本青年同盟を組織し、会長に就任。十七年の翼賛選挙に出馬するも落選。十八年に都会議員。戦後は追放解除後に、大日本愛国党に参画。二十七年、赤尾敏らと東風会を結成。二十八年、国論社で機関紙「国論」を発行、同紙廃刊後は文筆活動を専らとする。平成元年、死去。

「これまで私が探索し、発見した周五郎の言動には、政治や戦争から節度ある距離を保っているものが多かった」（竹添敦子）、その周五郎と右翼の国家主義者津久井龍雄との関係は『日記』を読むかぎりでは不明である。

もっと不明なのは、戦時下の窮乏を耐える庶民の日常を過ごしている筈の周五郎が、『小説日本婦道記』で、たとえば「尾花川」の企図を〈暖衣飽食する一部の軍人、官僚〉らを、〈小説世界のなかで、批判してみせたのだよ〉と発言していることである。相槌を打ちながら、木村久邇典も「まさしく山本周五郎は、巧妙このうえない筆で、かれらのアキレス腱を、みごとに衝いたのである」とする。これらの記述をそのまま受けとめて、山田宗睦の「戦後、山本周五郎は、自分は国策に便乗するような作品は書かなかった、という意味のことを語った。わたしはそれを信じる。『小説日本婦道記』は、微妙なところで、時局的な作品とはちがっていた」や、尾崎秀樹の「ほとんど国策的な色調を感じさせるような作品は書こうとせず」という評価が下されたのだから、周五郎の直話は、巧妙この上もなかったといえよう。

日中戦争から太平洋戦争へ移るにつれ、作家たちの在り方もあらゆる面で規制されるようになる。すでに述べたように報道班員として大陸や南方戦線へ派遣される者も多く、日本文学報国会が結成される。周五郎はその部会に所属した。そう、ここまでは事実である。

以下、「政府は躍起になって銃後の女性たちに忍従の美徳や貞淑さを説き、守りを固めることを強調し、常在戦場のモラルづくりに懸命であった。『小説日本婦道記』は、その国策的なものに応えるものであった……」という文脈で記述するか、

《『小説日本婦道記』は、国策的なものにこたえようとするかのような姿勢をみせながら、逆に作者一流の女性観を具象化したものであり、その主張は、「日本の女性の一番美しいのは、連れそっている夫も気づかないというところに非常に美しくあらわれる」という言葉に端的にしめされている。その意味ではこの連作は、女性にむかって語られているのではなく、むしろその美しさに気づこうとしない男性にたいして投げられた批判でもあったのだ。（略）この連作は昭和二十年の暮れまで書き継がれ、家庭の主婦や工場に動員されていた女子学生にひろく読まれた。読者もまた作者の意図がどこにあるかを本能的に読みとっていたのであろうか》（尾崎秀樹「山本周五郎とその時代」、『現代日本文学アルバム・山本周五郎』昭和四十八年所収、『評論　山本周五郎』再録、傍点は引用者）とするかの、どちらかである。

私はエウリピデスの「抵抗が協力であり／協力が抵抗であると／誰が知ろう」という言葉を想起する。あるいは周五郎もそう弁明したいのかもしれない。しかし戦争はすでに遂行されていたのである。総力戦の一翼を担うべく動員された主婦や女子学生たちが『小説日本婦道記』を本能的にではなく、理性的に読みとることもなく、その命を散華させた歴史の事実を変えることはできない。

日本文学報国会に、日本プロレタリア作家同盟出身の作家までが、「バスに乗り遅れまい」として加盟したなかにあって、『大菩薩峠』の作者である中里介山は勧誘をことわっている。

日本文学報国会というものが出来て、小生をその評議員とかに推薦して来たが、小生は世の文士とは全く性質を異にしている上に、人選の標準が判らないし、且文筆を持って以来報国の念を離れた事がないから、今更報国会に入る必要を認めないによって、直に辞任の通告をした。本来小生は、天皇の御国の『百姓弥之助』の立場の外に何等特別の地位名分を果し得ない立場にある。この立場で充分に御奉公をしたいのである。今後共、もし小生に何か肩書をつけるものがあるとすれば、それはこの立場を知らないものの過誤であるか、そうでなければ殊更らに小生を侮辱せんとする者の細工《さいく》であると御承知ありたい。（「文学報国に就いて」）

国策に協力せず、戦争に批判的な人々はすべて〝非国民〟とよばれ、〝売国奴〟とののしられた時代、これはこれで勇気ある発言であったろう。宮沢賢治は『大菩薩峠』の愛読者であった。「大菩薩峠の歌」と題した即興詩を作り、自ら曲をつけたりもしている。その詩は、〈二十日月かざす刃は音無しの　虚空も二つと　きりさぐる　その龍之助／風もなき修羅のさかひを行き惑ひ　すすきすがる　いのじ原　その雲のいろ／日は沈み鳥はねぐらにかへれども　ひとはかへらぬ修羅の旅　その龍之助〉というものだ。

介山と周五郎には共通するものがいくつかある。その共通するものでも、介山の方が徹底している。文壇をはじめ、あらゆる権威を敵対視しとおし、狷介なる態度でもって、孤立し、屹然とそびえている。みずからの背後に読者の絶対的な支持を感じとっていたからである。介山は、〈本書の著者は孤立無援の地位にあるが、併しその孤立無援ながら、これだけの事がやつて行けるといふのは、実は隠れたる偉大広汎なる支持後援が存するからである、この隠れたる偉大なる支持後援といふのは即ち本書の読者諸君の外の何物でもない〉（『大菩薩峠』「新月の巻」巻頭言）と書いている。

鹿野政直の『大正デモクラシーの底流――〝土俗〟的精神への回帰』での言葉を藉りれば、武蔵国羽村生れのこの学歴に乏しい作家は、十一歳のころから村で少年夜学会をひらいて勉強してきた人間として、知識人の病的な立場から、一線を画そうとする姿勢があった。周五郎の「庶民への愛」は、介山の場合、「経世済民への志」というもので、「虐げらるる小民」を「救ふ」という意志が、かれの内部に根づいていた。宗教にも無関心ではなく、ことにキリスト教は、介山の思想形成に多大なる影響を与えている。

周五郎が菊池寛を嫌悪した以上に、介山のそれは殆ど呪詛に近い。鹿野政直は、〈介山の菊池寛へのよく知られた猛烈な反感は、おそらくこのブルジョア批判と知識人批判が、相乗されたケースといえるだろう。この文壇の覇者にしてめずらしいほどの合理主義者であった菊池の存在は、一九二〇〜三〇年代の日本のなかで、一つの思想的な意味をもったと考えられるが、介山にとって、かれは唾棄すべき存在以外のなにものでもなかった。たとえば、「一万円の自動車を飛ばし、金にあかして多数の犬を弄んだといふ金持の文士が民衆を標榜して打つて出でると、それに五千の投票が集まるといふ、甘辛せんべい見たやうな帝都の人気云々」(「めいろの巻」)というようなところに、それはみえる〉と指摘している。「大衆小説」という自分に向けられた眨視に対する反撥を示す言葉として、「大乗小説」と称したのも介山である。

中里介山の死は、昭和十九年四月、敗戦の一年前であった。前年の五月十二日、アメリカ軍約一万一千名は、日本軍が占領するアリューシャン列島のアッツ島に上陸。迎え撃った山崎保代大佐指揮の守備隊二千六百三十八名は増援を得られぬまま、二十九日夜、全滅した。翌三十日、大本営は「全員玉砕《ぎょくさい》せるものと認む」と発表。玉砕という用語が広まる嚆矢とされる。以後、国民はタラワ・マキン両島など、玉砕につぐ玉砕を知らされることになる。

弾丸が尽きたら銃剣で闘え

剣が折れたら拳《こぶし》で撃て
拳が砕けたら歯でもって敵を嚙《か》め
身体が砕け心臓が止ったら
魂をもって敵中に突撃せよ
全身全霊をもって皇軍の真髄を顕現せよ

突撃を前に右のような最後の訓示をした山崎大佐は、二階級特進して中将となった。

周五郎の報道班員辞退について、いま少し触れてみる。前述したように、周五郎は木村久邇典に〈（報道班員の）待遇は陸軍の佐官ということだった。月給もなん百円だかくれるような話だった〉と語っている。軍隊は階級社会である。同じように徴用された作家のなかでも、学歴の高低で軍隊の階級がちがった。

川西政明の前出「文士と戦争——徴用作家たちのアジア」は、大谷晃一の『評伝武田麟太郎』から、待遇についての記述を引用している。「帝大が本俸で二百六十円、私大と専門学校が二百円、中等学校が百円を基準」にしたという。ジャワへ行った丙班では、最高が「大宅壮一の中佐待遇」、その次が「武田麟太郎の少佐待遇」であった。本俸は大宅壮一が最高で「月額三百五十円」、武田麟太郎は「二百六十五円」であった。

大江賢次のエッセイ「阿部知二と武田麟太郎」（『故旧回想』所収）で、大江自身は〈学歴からいえば下の下、兵卒あつかいだがそうならず、揉めたあげく奏任官待遇で月俸二百円、いわば中佐なみ〉であり、〈ちなみに奏任官でも、阿部（知二）や武田（麟太郎）は東大出だから二百六十五円の最高給で、三田出の北原〈武夫〉や芸大出の南政善や私などは、びりっこの辛うじての地位だった〉と告白している。東京美術学校を中退しフランスに留学した富沢有為男は武田麟太郎に比べればうんと低く、広島商業学校出身の大木惇夫は百円くらい、つまり「学歴の低い大木や松井はひどい目にあった」（大谷晃一）という。周五郎の徴用拒否は、ここに淵源があるのではないか。

昭和六年五月二十七日付、勅令第百三号「陸軍給与令中左ノ通改正ス」によれば、陸軍の給与体系は年額で次の通りだ。

大将　六千六百円　親任
中将　五千八百円　勅任一等
小将　五千円　勅任二等
大佐　四千百五十円　奏任三等
中佐　三千二百二十円　奏任四等
少佐　二千三百三十円　奏任五等
大尉　一等千九百円　二等千六百五十円　三等千四百七十円　奏任六等
中尉　一等千百三十円　二等千二十円　奏任七等
少尉　八百五十円　奏任八等

「奏任官」は「高等官」に相当し、一等官・二等官を総称して「勅任官」といった。三等官から八等官を「奏任官」という。

これに「参謀総長又ハ教育総監ノ職ニ在ル中将ノ俸給ハ年額六千四百円、軍司令官又ハ師団長ノ職ニ在ル中将ノ俸給ハ年額六千円トスル、連隊長又ハ独立隊長ノ職ニ在ル佐官ハ年額二百円以内ヲ加給ス」という規定が加わった。〈担任の下士官は、身分や本俸を伝えたあと、相手に復唱を命じる。このため誰が中佐で誰が少佐か、あるいはそれ以下か、本俸がいくらかがその場にいる者すべてに伝わった。このとき作家たちのあいだに、おのずから階級の差異が浸透したであろう〉（川西政明）。

もし、大宅壮一の給与が月額三百五十円（実際の計算では三百四十五円余）とするなら、大宅の階級は奏任三等で大佐待遇になる。同じく武田麟太郎の給与が月額二百六十五円（実際の計算では二百六十八円余）とすると、武田の階級は奏任四等で中佐待遇となる。東京帝国大学出の作家たちは、一様に奏任四等で中佐待遇だったことが判明する。軍隊の給与は勅令で決められているため、勝手に変えることはできない。ただ陸軍省令第五十九号に附則があり、その附則、「特別ノ経歴若ハ技能ヲ有スルモノニシテ本表ニ依リ難キ者ノ初給基本額ハ其ノ者ノ技能程度従軍スル業務及場所等ニ応ジ且従前ノ給与其ノ他ニ準ズベキ収入ヲ斟酌シ被配当部隊ニ於テ之ヲ定ムルモノトス」によって、文士たちは文壇での地位や収入の多寡などを斟酌されて、階級や給与が決められたと考えられる。

尾崎士郎は陸軍中佐待遇の報道班員、吉川英治は海軍嘱託で勅任官（将官）待遇、井伏鱒二が奏任五等の少佐待遇であった。尾崎士郎が中佐待遇（年額三千二百二十円、奏任四等）なら、周五郎は、それより階級は下位になろう。周五郎が語る〈待遇は陸軍の佐官ということだった。月給もなん百円だかくれるような話〉も、いささか怪しげになる。

現在のところ、私の力不足、それに研究の進展度や資料の絶対的な稀少という事情もあって、周五郎の徴用拒否の真相には、これ以上踏み込むことが出来ない。川村湊は、〈「南方」徴用文学者たちの東南アジア行の体験は、井伏鱒二の例も含めて、まさに昭和文学史上の「タブー」として隠蔽されてきたといってよい〉（「日本とアジア・その文学的つながり」「群像」平成十三年九月号）と書いている。

井伏鱒二がシンガポール（「昭南市」）に日本陸軍の宣伝班員として滞在していた時期に書いた『花の町』も、作者の死後、初版刊行（戦時中）から五十年ぶりに文庫本（『花の町・軍歌「戦友」』講談社文芸文庫）として再刊されている。川村湊によれば、詩人の神保光太郎の『昭南日本学園』（昭和十八年、愛之事業社）には、中島健蔵が「陥落」した「昭南市」の町中を軍部差廻しの自動車で駆けずり回り、「まなべ！　つかへ！　日本語を！」という脅迫じみたスローガンを創作し、日本軍が軍事占領したその地の市民たちに日本語を普及させようとした行為が描かれているという。しかし、そのことは、中島の戦後の回想記である『昭和時代』（岩波新書）や、大部の『回想の文学』にも殆ど書かれていないという指摘がある。

問題は、日本語普及に中島健蔵が邁進したということではないだろう。『昭和時代』に書いているように、日本軍の占領直後にシンガポールでは抗日華僑（華人）の大量虐殺が行われ、それを彼らが知っていたということだ。（略）もとより、中島健蔵や井伏鱒二が日本軍の「虐殺」に加担したり、協力したわけではない。ただ傍観していただけであり、それ以外に彼らにとってなすすべもなく、もちろん生命の危険を伴わない、何らかの抗議や抵抗の方法などまったくなかったのである。だが、彼ら自身がそうして「傍観」していることに耐え切れぬ思いをしていたに違いない。井伏鱒二の「徴用中のこと」の執筆の難渋ぶりや、中島健蔵の「シンガポール時代」の自分の行状についての隠蔽ということそのものが、彼らの「良心」を示している。そこに私は彼らの文学者としてのぎりぎりの「良心」を見るのであり、単に彼らの旧状を暴露して、死人に鞭打つつもりはない。（川村湊「日本とアジア・その文学的つながり」）

私はこの記述を読み、映画『ゆきゆきて、神軍』（原一男監督）の試写を観た吉本隆明のエッセイを想起する。映画は、天皇参賀の折、天皇にパチンコ玉を射かけた奥崎謙三を主役にしたドキュメンタリー映画で、奥崎謙三が、旧日本軍のニューギニア残留部隊で起った兵士銃殺事件の当事者をつぎつぎ訪ねていって、そのとき起った事件の全貌を告白させようとする行動を、記録したものである。吉本隆明が映画と奥崎に対して抱いた感想が、山岡荘八を殴りつけた周五郎に対する私のそれと同じものである。

〈その衝撃はどちらかというと、六割は胸くその悪い衝撃、あとの四割のうち三割は混濁した衝撃、ほんの残り一割くらいが澄明な響きをもった衝撃であった〉（周五郎の場合、その残り一割がない）。〈平穏な家庭に無理やり押しかけ、偏執的なすごい見幕で問答を仕掛け、四十年まえの兵士だったときの銃殺行為の告白を迫る。その理不尽さ、狂信、偏執、自己矛盾に気付かないど迫力もよく（だが肯定的に）捉えている〉〈兵士銃殺事件の真相を追及するのとおなじ程度には、奥崎謙三の人格と理念の真相を抉りだすべきだった。そう感じた。ようするに追及する主役の偏執に甘すぎるのだ〉（『薄力』粉と『強力』映画」、「映画芸術」昭和六十二年夏号）

六十数年ぶりに公刊された『山本周五郎 戦中日記』を通覧すると、山岡荘八の戦争責任を追及する資格が、周五郎にはあるのだろうかという疑問が浮上する。文部省唱歌「母の歌」を作詞した野上彌生子は、戦後、第二連の歌詞を恥じ、歌われることに抵抗したと聞く。〈一 母こそは、命のいずみ／いとし子《ご》を胸にいだきて／ほほ笑《え》めり、若やかに／うるわしきかな母の姿〉〈二 母こそは、み国の力／おの子《こ》らをいくさの庭に／遠くやり、なみだ隠す／おおしきかな、母の姿〉〈三 母こそは、千年《ちとせ》の光／人の世のあらんかぎり／地にはゆる天《あま》つ日なり／大いなるかな、母の姿〉（『初等科音楽（三）』昭和十八年二月、作曲・下総皖一）

第二次大戦中に、日本の軍部が、女性を戦争システム（戦時体制）の中で、どのような役割を果たすべきものとして位置づけていたかを虚心に顧みるなら、野上彌生子のとった行為は、作家の良心の「在り所」を示すものとして記憶されなければならないだろう。

昭和三年の五月に「母の日」（日本のオリジナルではなく、ドイツが起源）が開始されたが、この年の三月十五日、治安維持法の最初の本格的発動があり、共産党、無産者同盟などの左翼運動家千六百人が検挙され、拷問されるという三・一五事件があり、六月には張作霖爆殺事件が勃発、七月には全国に特高警察が設置されている。

『戦争がつくる女性像――第二次世界大戦下の日本女性動員の視覚的プロパガンダ』の著者若桑みどりは、同書で、〈「国家的大事」にくらべれば、産婆会の設置や「母の日」の制定などは実に些細なことのようにみえる。だが、大文字（軍事、経済、政治）の事件は、かならず小文字（私的、市民的領域）の事件に連鎖しているのである。この二つは、確実に相伴って国民を一定の方針に導く。特に、戦時下の日本国家の特質（これは日本にかぎらない。多くの国家が、全体主義、独裁主義、戦時体制を敷く時には同じ現象がおこる）は、この両者がすばやく、緊密に連関していることである。歴史家の多くは大文字の事件に終始する。だが、実際に国民の生活に直接に影響をもたらすのは、小文字の政策である。それらは私的領域に属することがらに対しての、国家の侵入を意味している。この侵入が完了したときに、市民／大衆は完全に国家と一体化させられる。つまり、全体主義が完成するのである〉と述べる。

一九三六（昭和十一）年、ヒトラーは党大会において、「一婦七児主義」を強調。子供八人以上の母親に金、六人は銀、四人は銅という「母親勲章」を授与。中絶禁止法がつくられ、母親像が理想化される。日本では昭和十六年、人口政策確立要綱が決定。結婚の奨励、出産の奨励が各分野で強力に推進されるようになる。「産めよ増やせよ国の為」という標語が生まれる。同十七年、前年の真珠湾攻撃に際して戦死した九軍神の精神は、彼らの母の感化によるものと、軍神の母を讃える声が澎湃と湧き起こる。「子宝報国」という言葉が流行。文部省教育局は「戦時家庭教育指導要綱」を制定、「伝統的家族制度を強調し、日本婦道の修練・家庭生活の国策への協力」を要請。

文面に、「（母親の役割は）次代ノ皇国民ノ育成（にあり）……日本婦人本来ノ柔順、温和、貞淑、忍耐、奉公ノ美徳（を養うべし）」といった項を認めることが出来る。この年の六月から終戦後の二十一年まで、周五郎は『小説日本婦道記』を執筆、発表する。同十八年六月、大日本婦人会主催の「婦人総決起中央大会」。スローガンは「戦士を皇国に捧げませう／決戦生産に参加協力しませう／長袖を断ちませう」

〈陛下の赤子として生を享け、歴代の御仁慈に育まれてきた日本人は、特にまちがった思想や不純な感情を植えつけられていない限り、日本人の親を思い子を愛する感情は……当然国を思ってやみがたいものになります。どんなに愛する大切な子供でも、応召となれば、おめでとうと励ましあって、喜んで戦場に送ることができるのもそのためです。家族的国家の家庭こそ、かくして真に世界の国々の家庭の模範になることができるのだと、感謝とともに日本の家庭の重大なる使命と責任を痛感しました。〉（「婦人之友」昭和十八年二月号、羽仁もと子）

昭和十九年一月十九日には十四歳から二十五歳までの未婚女性を軍需工場に動員。勤労から逃げる女性に対して、一月二十三日、東条英機は「婦道に恥じよ」と叱責した。（家庭総合研究会編『昭和家庭史年表』）。

社会学者、上野千鶴子は、『家父長制と資本制――マルクス主義フェミニズムの地平』で、戦争時における女性の役割について、つぎのように書いている。〈戦争は男性的な諸活動のうちでももっとも聖なる行為、女性の進出が最後になるべき男性のサンクチュアリ（聖域）である。ところが男性が戦場にでかけることによって「銃後」では平時の性分業の体制がくずれる。田畑や工場をあとにした男たちにかわって、女たちも鍬や鋤をもたざるを得なかったし、工場で「男の仕事」と見なされていた旋盤工やリベット打ちにも従事しなければならなかった。二つの大戦をつうじて、参戦諸国は、女性に国策協力をよびかけたが、それは「産めよ殖やせよ」と子どもを兵士としてオクニに捧げるという母性を通じての国策協力だけではなく、砲弾や航空機をつくるという男性的な職域に進出するという戦争協力にいたるまで、女性を伝統的な家庭領域から引っ張り出すことをアピールしなければならなかった〉

# 第十三章　『柳橋物語』の恋愛像

『小説日本婦道記』は、総数三十一篇にわたって執筆された読切連作だが、新潮文庫に収録される際、周五郎自身が懸命に撰定し「以後は、これをもって定本とする」と断定したところの十一篇を指す。残りは続篇として編まれた同文庫『髪かざり』に集成されている。つまり作者存命中に「定本」として刊行された『小説日本婦道記』は、「松の花」「箭竹」「梅咲きぬ」「不断草」「藪の蔭」「糸車」「風鈴」「尾花川」「桃の井戸」「墨丸」「二十三年」の十一篇。続篇の『髪かざり』には、右の諸篇と、すでに新潮文庫に収録された「花の位置」（『一人ならじ』所収）、「小指」（『花杖記』所収）、「おもかげ」（『菊月夜』所収）の計十四篇を除く十七篇が収録されている。

木村久邇典は〈山本みずからがえらび「定本」にしたいと語った（略）十一篇が、一般には最もすぐれている、とされている。果たしてそうであろうか。山本が十一篇に抑えたのは、出版社側から要請されたページ数の大枠を超えまいとした事情も介在したためであって、著者の裁断にもっと幅を与えたならば、すくなくとも数篇は追加されていたのではなかったろうか〉と世間の評価に異議を申し立てている。そして、追加されてすこしもおかしくない作品として、「笄堀」「忍緒」「襖」「障子」「横笛」「二粒の飴」「萱笠」を挙げている。

国文学者の塚本康彦は、『小説日本婦道記』を車中で再読したときの感想を記している。〈巻頭の

「松の花」で、はやくもわが胸臆には熱いものが込み上げ、四番目の「不断草」に及んでは落涙滂沱たるを禁じ能わず、教室に到着しても両眼の潤うを隠す苦労は歇まぬ始末だった。（略）生来感激の問屋、には非ず、あの頃だってすでに、人並みに人生体験上の屍山血河を越えて齢不惑・知命の半らに達していたこの私をして、あんなに流涕せしめたことの意味は一考されてみたっていいのではなかろうか〉と言い、〈而して今回御指名を受けて当書を再読、一昔前と同様の有様に陥ったとも告げておきたい〉（「日本婦道記」「国文学解釈と鑑賞」昭和六十三年四月号）と綴る。

塚本康彦は、〈果然、定本なる『小説日本婦道記』は粒が揃っており、続篇として編まれた「髪かざり」の十七篇中の何篇かは、私のあの感銘を害って、あらずもがなの印象を齎らす〉としつつも、さらに踏み込む。〈尤も「髪かざり」所収の「襖」「萱笠」などは『小説日本婦道記』の方に収められたとしてもなんら遜色が無い佳作で、これらが「尾花川」と置換されたなら、『小説日本婦道記』全体の密度はいっそう高まった筈、とさえ私には考えられてならない〉と、新潮文庫版に異をとなえる。

塚本は自分の流した涙に抗い、木村久邇典に対しても、〈反噬的な言種を為すようで申訳ないけれど、必ずや山本周五郎もこれ（「花の位置」）を己れが著作集から放逐・抹消したくてならなかった、と私には信じられる〉と物言いをつけた挙句、〈劣作「花の位置」なぞは除き、出来具合はまあまあの「三十二刻」なり「さるすべり」なりを、さらには中篇「花筵」をも含めて『小説日本婦道記』は全容を私達に示すのだ、と考えたって妥当だろう〉と結論する。異議なしといわねばなるまい。

作品のいくつかについて粗筋を紹介しよう。「松の花」は、生母をモデルにし、その陰徳をテーマに据えた作品である。紀州徳川家の年寄役の佐藤藤右衛門の妻やす女が病没する。家士・下部の女房達に形見分けをしようと遺品をとり出すと、継ぎはぎをした木綿の小袖だけだった。家格の体面を保つための節約で、千石の家刀自でありながら、やす女は死ぬまで洗い晒しの粗衣を着し、女房達に羽二重・小紋を贈るのを常としていたのだ。藤右衛門は三十年そのことを知らずに来た。「なんという迂闊なことだ。なんという愚かな眼だ。自分のすぐそばにいる妻がどんな人間であるかさえ己《おのれ》は知らずにいた」おのれを責めるように呟き、校閲中の藩譜の列女節婦伝には、世に隠れた節婦を記すべきだと、朱筆をとりあげる。

十一篇の主人公たちに共通するのは、ひとしく私利私欲を捨て、ひとのために誠心誠意、無償の精神を貫く女人像ということだ。周五郎が作品にこめたのは、〈日本の女性の一番美しいのは、連れそっている夫も気がつかないというところに非常に美しくあらわれる〉という想念で、〈世の男性や父親に読んでもらおうと思って書い〉たと語っている。

不断草の菊枝は嫁して半年そこそこに、良人の三郎兵衛と姑から疎隔された挙句、不縁の憂目を見る。しかし良人が藩政改革反対に連座し退国し、両眼盲いた姑が城外の農家に索居していることを耳にするや、彼女は実父から勘当されまでして、姑の預け先に駆けつける。身上も名前も偽り姑に仕える。実のところ離別は菊枝とその実家を巻き添えにすまいとの配慮からのことなのであった。当初より菊枝の気性を看破していた姑は菊枝の手をひしとにぎると言った。〈わたしは此処へ移るとすぐから、きっとあなたが来てお呉れだと思っていました（略）きっと来てお呉れだと、……わたしはあなたのお気性を知っていましたからね〉

「糸車」のお高は、卒中を病む五石扶持の養父と義弟の世話に奔命の毎日だ。「実母が重病」とたばかられて実家に帰省すると、実母から「このまま此処に止まるように」と涙ながらに懇願される。お高は病む養父こそが実父だと貧窮の養家に戻る。先天的な血よりも濃くて重い、後天的な愛と責任を選んだのだ。実家が渡す養い料代わりに、糸繰り内職で暮らしを助ける道を選ぶ。

あるいは「風鈴」の弥生。早く両親を喪って妹二人を養育し、それぞれ高禄の家に嫁がせるも、弥生は旧態依然のまま。妹二人の使嗾もあって、夫の役替え・出世を願う、だが夫は役替えを勧めに訪れた客に、〈たいせつなのは身分の高下や貧富の差ではない。人間と生れてきて、生きたことが、自分にとってむだでなかった、世の中のためにも少しは役だち、意義があった、そう自覚して死ぬことができるかどうかが問題だと思います〉と返答するのを聞き、慚愧の念が軀を趨《はし》るのを覚える。

塚本康彦の『小説日本婦道記』論のなかから、他の論者が言及しなかったことを摘録しておく。いな、これは『日本婦道記』ばかりでなく、広く周五郎作品を射程におさめる論となっている。一つは、「おれは気づかなかった。おまえがそのような妻でいてくれたとは、今日まで考えてみようともしなかった」などのいわゆる「山周ぶし」に、『葉隠』の「忍ぶ恋」の問題を含有させていることだ。「隠し奉公」とも呼ばれるこの態度は、自らの恋情をば相手に断じて洩らさず、毫も勘づかれてはならず、相手が無関心・酷薄であればある程己れの恋情・奉公の質の純化翚化が期せられるという、完璧に片務的な献身に終止する。売名的ヒロイズムとはまさに対蹠的に、わが実情真情を胸底深く秘し、ひたすら念者・主君のために尽しきる葉隠武士道のそれは『日本婦道記』の主人公たちと一脈も二脈も相通じるということである。〈作品がなにか、盲目的忍従、惨絶酷絶な自己犠牲を謳っているかのように釈られるかもしれないが、それくらい本書に対する誤読は無いことになる〉

　忍従・犠牲といった語感から通常受ける陰気鬱気はまるで立ちこめていない。（略）死を佩刀のごとくに帯した人物達の生がおしなべて、あくまで雄勁・峻烈でありながら、すこぶる自由なることに私は注目を促したい。或る意味では、彼等は没我なぞとはとんでもない、おそろしく自我を信じ、恃む個人主義の体得者なのだと私は考えてもみる。死・狂気の問題はさておき、菊枝等も、『鍋島論語』中の人物が通念に禍されてそう目されているのと同然、自我だの理性だのを失った屈従隷従の徒みたいに視られかねないが、然に非ざることは、如上の、実の親の義絶をも辞さず、哀願にもほだされず、すぐれて主体的に進退を決しているところからも瞭らかだろう。

二つは、『日本婦道記』を論ずるに、ニーチェを立ち合わせている。ニーチェのアモール・ファティとは、人間にとって自己の宿命を認める所為の裡にしか自由は存在しないの謂だという。主人公たちの振舞の注解として剴切きわまりなきもののごとく思われてならないというのだ。ニーチェは、あらゆる「であった」を「それを私は欲したのだ！」に転ずることこそわが救済、と述べた。「松の花」のやす女など、その宿命と自由の枢機を体現してみせている、無意識の履践者という点で同一轍ではないかというのだ。

塚本康彦は、当時（昭和六十三年）勤務先の中央大学で、韓国・台湾出身者が主なる留学生相手の日本語授業のなか、『日本婦道記』閲読を強いたところ、「総員一斉に、いとも古風な礼讃言を発しては、熱涙はふり落つるに任せた旨、告白するのだった」と書き留めている。

時代考証家として知られた稲垣史生は、周五郎作品のテレビ、映画等の時代考証の殆どを担当した。稲垣の「『日本婦道記』――かってありしままの世界」という随想は、時代考証家の立場ならではの眼が光っている貴重な一文である。

〈山周作品は、時代考証的には無類である。風俗上、制度上、間然するところなく、かってありしままの人間生活を再現している。それは中・下級武士から浪人、名主、棒手振《ぼて》り、路傍にたたずむ少女の風俗・生活感情まで、如実に描いて微塵の狂いもない。まこと当代随一である〉と称讃を惜しまない。氏に言わすれば、武家の中・下級、しかも妻女や娘になるとなじみ薄く、資料にも乏しく、〈下士の女がヒロインの作品は、『日本婦道記』をおいてほかになく、その意味での高い評価も見逃すことができない〉ということになる。

『日本婦道記』は、稲垣の指摘によれば、武家女をヒロインとする短篇から成り、〈中に「笄堀」や『忍緒』など戦国ものもあるが、概して江戸時代武家の女性の話である〉。その会話が驚異的だという。〈一般の時代語研究の遅れは否めないが、この作者の全作品に限り、的確にそうであろうと思われるその時代の言葉を使っている。一見、平易で、やさしい現代ことばに聞こえながら決してそうではない。櫛・笄を会話の中では「お髪《ぐし》道具」といい、容貌のことを「みめかたち」、勾欄を「おばしま」といっている。さらに大名の帰国を「参勤おいとま」と言わせ、領国の政策大綱を「御政治のごしゅい」と表現させている〉など、〈会話が小説の勘どころで、その巧拙が登場人物を生かしも殺しもする〉と解読し、目から鱗の指摘を続けるのである。

〈『日本婦道記』は正確な時代考証により、風俗や制度や時代語の面で、無類の現実感にあふれていること。それはかってありしままの世界であり、その世界でこそ登場人物は生き生きと、真に喜び、憂え、血の涙を流す。作者のいう〝書かずにいられないもの〟は、この世界に取材してはじめて書き切ることができるであろう。『婦道記』にその満たされた形をみる〉とまで言い切る。

五十枚たらずの「松の花」を例に、稲垣史生の時代考証、つまりかってありしままの世界の再現を目指す手順を追尋しよう。紀州徳川家の勝手役佐野藤右衛門の妻のやす女が癌のため息をひきとる。

〈運命的な死を藤右衛門は、冷静に聞いて病室の妻の枕元に坐る。夜具のそとに妻の手が出ているのに気づき、まだ温《ぬく》もりの残るその手をそっと入れようとして藤右衛門は驚く。思いがけず妻の手が、ひどく荒れてざらざらしていることに気づくのだ。どうしたことだ？〉

稲垣は一篇の感動の素因を三つ挙げて、それぞれに時代考証を試みる。第一に禄が千石の屋敷の奥方が手を荒らし、衣類・調度もろくに持っていなかったこと。第二にはその節約分で、召し使いをうるおし、家を修めていたこと。第三に、それらは夫に知られぬほど、当然の婦徳とされ、深く秘められていたことである。〈それは荒涼とした今日の世相で、奇異とも取れる女の地位と生活理念だが、これぞ想像や誇張の世界ではなく、かつてありしままの武家社会と、そこに生きる女人の真実のすがたにほかならない〉（稲垣史生）。

第一の手の荒れについて、稲垣は山川菊栄の著書『武家の女性』を引く。山川女史の祖父青山延寿（文政三年—明治三十九年）は儒学者で、慶応三（一八六七）年弘道館教授頭取代理兼彰考館権総裁となった人。禄高は「松の花」の佐藤藤右衛門に匹敵する。山川菊栄によれば、武士の窮迫は江戸末期になるほど凄まじく、水戸では百石以下の武士は公然と手内職を許されていた。水戸藩士千人のうち、百石以下は七百人だから、挙藩内職とさえ言えそうである。

山川女史はいう。屋敷の敷地は下賜されたものだが、家は各自が建て、修繕も自前である。そのため母屋は壊れたら薪にし、家来の住む長屋で一家が雨露をしのいだほどである。かつて武家地で新築など見たことがないと女史は断言する。日髪・日風呂は町人のこと、武家では井戸水を汲みあげ、手桶で運ぶのだから、せいぜい七日に一度の入浴だった。そのほか畑仕事や機織り……、手の荒れるのは当然のことであった。

糸の染め代がなく、白木綿の着物を織って素人絵を書き、子供に着せる。ひとつの着物を夏は単衣《ひとえ》にし、冬は裏をつけて袷にして着るのも常々の手段であった。「三界に家なし」といわれた女にとって、着物だけが唯一の財産であり、夫にも絶対手をつけさせなかった。着物は女のいのちともいうべく、それは着る物でなく、所有するものであった。死んだらかたみわけをするのは、記念品ゆえではなくて、得難い貴重品だったからである。「松の花」で、唯一の着物を、惜しみなく召し使いに与えていたことで二重の感動がもたらされる所以だ。

夫が後顧の憂いなく、公務を果たすのに、妻の目立たぬいじらしいまごころが、そこに絶えず働いている。いったん嫁したら墓参のほか、まったく外出することなく家を守り、ひたすら夫に尽くす。たとえば代官は家族をつれて赴任するが、妻女は次の転任まで一度も代官所を出なかったといわれる。妻の忍従と献身の上に、はじめて夫の武士道も栄光もあった。

水戸では、「男の子に玉を抱かせ、女の子には瓦を抱かせ」と言った。男は指導者であり、絶対者であり、女は己を空しうして、盲従することだけを教えられた。女を大事にしてはいけない、つとめて粗末に育てよ。一段劣るものとして、夫婦でありながら、妻は夫の部屋へ入れず、敷居に三つ指ついて口をきかねばならなかった。

稲垣史生は、それが現実の武家女性であったと傍証を示し、それらの事実や雰囲気が、どんなに周五郎「松の花」の背景をなしているか、否、その日常の生活感情を、いかに効果的に取り入れているかに一驚するのだ。

佐野家が一千石の中流ゆえ、やすの手の皹《あかぎれ》がより痛ましく、継ぎはぎの粗衣の遺品ゆえにかぎりない哀愁を覚える。藤右衛門が生前、妻の手に触れることがなかったのも、虚しい武家社会の男女観や慣習や、虚勢・虚礼のせいであった。武家の夫妻がしみじみ手を取るのは、計らずも死の瞬間だったとする運びはもっともすぐれ、感動の最大素因をなしている。ましてその手の触接から、はじめて夫婦の融合を感じ得た夫の悲哀は、とても形容のことばがない。

往時のテレビ時代劇作家（シナリオ・ライター）は、稲垣に対して、「（時代劇は）現代人の見るドラマで、複雑な内面感情を訴え、理解させるのに、どうしても現代語を使わざるを得ないのだ。そうでなければとても表現できない」と一つ覚えのように言ったらしい。

稲垣は、〈遁辞だ。不勉強のため、その現代語に相当する、当時のことばを探す努力をまるでしていないじゃないか。複雑でデリケートな心情を、ぴたり表現する時代語はないなどとは仮りにも言わさない。山本周五郎の『日本婦道記』――というよりも、山周作品のすべてにその可能性は立証ずみではないか〉と反論し、〈語調や雰囲気は別として、ただひとことの現代語が、〈周五郎作品の〉会話の中にあったら指摘していただこう〉とまで挑発している。

作品の無類の現実感は、衣裳・制度にマッチした、この時代語の味によって湧き出る――を信条とするこの不世出の時代考証家に対して、尾上松緑が呟いたという。「髷をつけたら、私は現代語をしゃべりませんよ」と。それは脚本に現代語の台詞が一言でもあったら、発語しないよ、という尾上の矜持であったろう。

周五郎の勉強ぶりについては、これまでも言及してきたが、少し視点を変えて、周五郎の父・逸太郎と母がいとこ同士であるという岡田正富（元・甲府市立図書館長）の観察を瞥見しておこう。昭和十八（一九四三）年、彼は周五郎を訪ねている。周五郎は作家として世間に認められ、よく雑誌に名前が載っていて、ことにも「婦人倶楽部」の『日本婦道記』は評判になっていた。

住所は大森区（現・大田区）馬込東。周五郎の家は、窪地のはずれにあった。コールタールを塗ったトタンぶきの平屋。〈通されたのは仕事部屋の向かいの八畳間で、本が部屋のかなりの部分をしめていた。本は文学書はもちろんのこと、政治、経済、宗教、哲学、歴史、そんな関係の本も目についた〉（「故郷甲州と山本周五郎」）。勉強するにはどんな本を読んだらよいかとたずねると、〈たくさん読め、古典でも現代ものでも、いい作品は手当たり次第、目を通すべきだ〉と言い、逆に〈江戸時代のものは何を読んだか〉と聞かれている。〈西鶴のものを少々〉と答えると、〈西鶴はつまらない、よしたほうがよい。近松を読みなさい。実にためになる〉と勧められる。

辞去しようとすると、周五郎は、これを読め、と太宰治の「富嶽百景」を貸してくれた。ついでに借りた本で記憶に残っているものをあげると、プーシキンの「オネーギン」「ペールギン物語」、ツルゲーネフの「猟人日記」、ゴーゴリの「死せる魂」、「検察官」、アンドレ・マルローの「王道」と、たいがいは外国の作品であったが、中には添田知道の「教育者」、作者は忘れたが「老骨の座」、彫刻家橋本平八の随筆集などがある。橋本平八は山本周五郎の友人北園克衛の兄で、平櫛田中の弟子であったが、本が出たときには故人になっていた。借りた本は私が書架から引き出したものでなく、山本周五郎の一方的な押しつけであった。（同前）

岡田正富が周五郎を訪ねた前年の昭和九年六月二十六日、周五郎の実父清水逸太郎が、横浜市中区久保町字関面の自宅で中風のため息をひきとった。享年五十九であった。

付き添っていたのは向山てるゑ。入籍こそしていないが、逸太郎の妻である。周五郎は晩年、横浜の実家へはほとんど寄りつかなくなっていた。むろん父の死に目にも立ち会おうとしなかった。

周五郎が実父を嫌ったのは、いくつかの理由がある。小学校を卒業した周五郎が、中学校に進みたいと熱望したのに、断念せざるを得なかったのは、家庭の経済的な不如意、つまりは父の不甲斐なさが原因であると頑なに考えていたこと。母のとくが大正十五年十月に死去して以後、父の再婚話が浮上することで、その間柄は決定的に悪化する。周五郎が強硬に反対したからである。

こうして実父逸太郎の葬儀の際の「香典強奪事件」が起こる。葬式に供えられた香典を、周五郎が全部さらって行ったのである。

前掲の「故郷甲州と山本周五郎」のなかで岡田正富は、周五郎がとった奇矯な行為について触れている。周五郎が甲州の親類一統から好感をもたれていなかった理由が二つあり、〈一つは田舎の生活から比較して彼の行動はあまりにも逸脱していて、ついていけない面があった〉こと、もう一つが、香典強奪事件であった。

大正十五年に生母のとくがなくなったあと、逸太郎は二度若い女を家に入れたが、二人とも男をつくって逃げ出してしまった。困っているのを見かねて私の叔父が後添えに韮崎の遠縁の向山てるゑを世話した。

てるゑは片ほおにえぐったような傷痕があり、表情をあまり表に出さないひとであった。婚期はとっくにすぎていた。叔父の仲立ちで二人は結婚したが、てるゑは家付きの独り娘のため、戦前の法律では、家督相続人が他家に入るには法律的な手続きが面倒で、結局は入籍せずじまいだった。てるゐは裁縫がよくでき、気立てのやさしい女性で、周五郎の弟・潔や養女の末子（写真作家・秋山青磁の妹）とは一緒に静かに暮らした。周五郎だけは、どうしてもなじまず、終始無視した態度をとった。普段でもあまり家に顔を見せない彼は、父の再婚後は全くといっていいほど寄りつかなくなった。（同前）

岡田は周五郎の「語ることなし」という一文から、〈私の父は道楽者のくせにけちで、自分は二度も女をつくって逃亡したりしながら、財布は自分がにぎっていて放さず、（略）こまごました買い物をするにも、母はいちいち父に請求しなければならなかった〉こと、さらに父を「女たらし」と批判したことを引き、そうした父親に対するきびしい批判が、いっしょくたになって、向山てるゐ一人に集中した結果、奇矯な行為に及んだのではないか、と言う。

葬式は周五郎が立ち会わないまますませた。その後片付けをしている最中、突然現れた彼は、集まった香典を全部さらって行ってしまった。あまりの事態に居合わせた近親者は呆然として手をこまねいていた。そして唇をかみしめているてるゐに同情が集まった。あまりにも理不尽である。彼女は入籍こそしていないが、立派な逸太郎の妻である。よく尽くしたのは親類の人たちも知っている。それに反して周五郎は子としての義務を果たしていない。大手を振ってやって来られるような資格はないのである。非難は彼に集中した。（同前）

岡田が後に〈当時の事情を向山末子にたずねると、「生活が苦しかったから止むを得ずやったことでしょうよ」との答えであったが、経済的な問題ではなく、てるゑが母でないと周囲に示した、がんこな、そして断固とした意思表示があったのだろう。てるゑは養女末子を清水の籍から抜いて向山になおした〉（傍点・引用者）

右の文中、木村久邇典は傍点を付した向山末子を〈後日、岡田は向山てるゑに、当時の事情をただしてみた。てるゑの答えは情理をわきまえた温厚なものだった。てるゑは云った。「さあ、生活が苦しかったから止むをえずやったことでしょうよ」〉と引いている。岡田が当時の事情をたずねた相手は、てるゑなのか、末子なのか。岡田の原典では、末子となっている。

香典強奪事件に関しては、不明のことがいくつもある。攫《さら》っていった香典の額は如何ほどであったのだろうか。父逸太郎の葬式から二か月ほど経過した八月初旬、周五郎は「日本魂」編集部時代の先輩だった彦山光三と西国巡歴の旅に出ている。東京を出発した二人が、帰京したのは、ひと月余も後というから、周五郎にとって、〝生涯最長期間の旅〟である。この費用はどう捻出したのであろうか。

木村久邇典は、〈どんなに節約しても、費用は相当額にのぼったであろう。あるいは逸太郎の葬儀に寄せられた香典が、路用の一部に化したのかもしれない〉（『山本周五郎—馬込時代』）と推測しているが、それが最も事実に近いように思われる。

これまでにも幾度となく指摘してきたが、周五郎は肝心なことを、何らかの事情で曖昧に暈《ぼか》すということを屢々行なっている。たとえば、昭和三十八年、講談社から刊行された『山本周五郎全集』（全十三巻）の第八巻の「山本周五郎年譜」は、周五郎が四冊の大学ノートに記帳した「作品年表」に基づいて、木村久邇典に口述したものだが、昭和二十年の項は、短い記述ながら、後に三か所もの誤りがあることが判明する。

〈五月、きよえ夫人を胃ガンで失う。空襲は急で、戦時下の物資窮乏はげしく、本箱で棺桶をつくり、遺体をリヤカーにのせ、秋山青磁と二人で桐ケ谷の火葬場まで運んでいった〉は、夫人の名は戸籍謄本によれば、きよえ。また夫人の病因は胃ガンではなく膵臓癌である。そして〈秋山青磁と二人で〉とあるのは、「秋山青磁と添田知道と、桜井某と四人で……」が正しいと判明する。桜井某は措いても、添田唖蟬坊の息子の添田知道が、なぜ抹消されたのか、腑に落ちない。木村久邇典は、〈添田がきよえ夫人のなきがらを火葬場に運ぶ一員に加わったのは、彼としては当然の奉仕だったのだろうが、その名が『山本年譜』から削られた事情は、ここでは省かなければならない〉と、思わせぶりなのだ。

止むなく筆者の推測を以下に書き記すしかない。周五郎にはきよえ夫人とのあいだに四人の子供があった。昭和六年十一月出生の長男篌二、八年一月に誕生した長女きよ、十年六月生まれの次女康子、そして十八年三月に生まれた次男徹。きよえ夫人の死後、乳離れもしていない末っ子の徹を周五郎は、疎開も兼ねて信州・上諏訪の栗原方へ里子に出している。

里子に出すことを勧めたのが添田知道である。先方が里子を引き受ける条件として法外と思われる金額を要求したとき、周五郎は黙って呑んでいる。ところが後日、徹に会いに行くと、幼児は栄養失調で全身が吹き出物で爛れている。すぐに引き取って、東京へ連れ戻ったという。先方の里親は周五郎に、「こんな手に負えないガキはみたことがねえ。ちょっと目を離すと、食いものを盗んで口に入れようとする。とっとと連れて帰ってくれ」と喚き散らしたらしい。

「ひとから金は絞れるだけ絞っておき、それに相手は、生後一年数か月の幼児ではないか。それなのに、あいつは、おれの息子をガキだ、とぬかしやがった。いったいどっちがガキなんだ」。周五郎の眦《まなじり》に涙がひかったのを木村は認めている。善意から里子に出すことを勧めた添田まで周五郎は不快に思ったのではないだろうか。

周五郎の口述による「年譜」には記載されなかったが、きよえ夫人の寝棺を乗せたリヤカーが、周五郎と秋山と、添田知道、桜井某の四人によって桐ヶ谷の火葬場へ曳かれ、荼毘《だび》に付されたことは間違いない。

夫人が某日、周五郎に、〈わたしは大衆作家のところに嫁にきたのではない〉と言った挿話に触れ、木村久邇典は〈きよえ夫人にも、文学志向があったのではないか〉と推量したが、後日、その的が外れていないことがわかる。俳句雑誌「ぬかご」の同人であった忠地虚骨が「私の中の山本周五郎像」という随想に、

〈前の奥さん（註・きよえ夫人）は、大戦さ中に癌で亡くなったが、後で書きかけのラジオドラマの原稿が見つかった。「貧乏させていたからねえ。お金が欲しくて、僕に内緒で書いていたらしいよ」。一流の自己鞭撻法で貧乏おかまいなしの山本さんも、その時はさすがに肩を落としてしんみりと私に語った〉（「ぬかご」昭和五十四年十一月号）と書いているからである。

周五郎がきよえ夫人の死亡を、大森区役所に届け出たのは五月五日である。八月六日、米軍機、広島に原爆投下。八日、ソ連、対日宣戦布告。九日、米軍機、長崎に原爆投下。十四日、日本、ポツダム宣言受諾。十五日、天皇無条件降伏放送。

妻のきよえは、日本の敗戦を知らずに死去したことになる。年譜（抄出）で確認してみよう。

昭和二十年　四十二歳

二月、長女と次女は学童疎開、長男は空襲下に行方不明という窮状下、五月四日、乳飲児の末っ子を残して妻きよえが膵臓癌で死去（きよえが床についたのは、東京大空襲の三月九日だった）

昭和二十一年　四十三歳

一月、吉村きんと結婚。二月、馬込東三丁目から横浜市中区本牧元町二三七番地に転居。七月、「四年間」を「新青年」に、『柳橋物語』（前篇）を山本周五郎一人雑誌「椿」創刊号に発表

ここで一挙に吉村きんとの結婚、そして所謂「下町もの」の先駆的作品にして、恋愛小説の金字塔たる『柳橋物語』へと記述を進めたいのだが、周五郎の「語り部」である木村久邇典も知らずに終わった新事実が出たので、少しく時間を巻き戻したい。

平成十二（二〇〇〇）年四月十二日、木村久邇典は七十六歳で死去する。生前、木村は周五郎が遺した日記の存在は知っておりながら、「未公開」の壁を突き崩すことは出来なかった。つまり「わが為事」と書かれた作品目録を含め計十一冊の日記を見ていない。全然見ていないというのではない。周五郎の没後、新潮社の雑誌「波」に連載（昭和四十五年）された「吾が生活」と題された三冊から半分ほど抄録した浦安時代の日記、現在「青べか日記」と称される日記はその折りに読んでおり、文庫化されたときには解説を担当している。

従って平成九年から同十三年にかけ、「新潮45」に不定期連載された日記の未公開部分に関してはほとんど読むことが不可能であったはずだ。そのことは木村の全著作を見れば明らかである。平成二十三年、未公開部分を含む周五郎の太平洋戦争中の日記が、『山本周五郎　戦中日記』（角川春樹事務所）として、六十六年の時を経て出版されたが、これとて「戦争中の日記」を収録したにすぎない。

平成二十四年九月現在、全十一冊の原本は新潮社の金庫に、複写したものを周五郎の子息、清水徹と、それに『山本周五郎　戦中日記』の監修者、三重短期大学の竹添敦子教授が所蔵しているだけである。竹添は「門外不出」の原本の閲覧もしている。（『山本周五郎　愛妻日記』平成二十五年三月刊）

現在、出版されている評伝や研究書には記載されていない新事実をいくつか引用しよう。テクストは前述した「新潮45」の「未発表『山本周五郎』日記」（解説・縄田一男）である。

縄田一男が、いみじくも書いている。〈山本周五郎を襲った数々の不条理が、戦後、まもなく、江戸の大火で運命を狂わされた男女を描いた『柳橋物語』に結実することは想像に難くないが、周五郎と最初の夫人きよえとの出会いは、この未発表日記の中でのほほえましい一幕であり、同時に自らの恋愛体験をあたかも小説の如く記述せずにはいられない、作家の業を感じさせるところでもある。日記を過去にさかのぼって、浦安の極貧生活から脱出して、約一年後の昭和五年の九月十七日の記述には、わくわくしながら恋人を待つ、二十七歳の山本周五郎の姿が見受けられる〉

電車で新橋駅まで行った。「来るだらうか」――「いや多分来ないだらう」そんな事を繰返し考へてゐた。併し心の底では清を信ずる力が「来るさ、来ない筈があるもんか清は来ると云つたぢやないか」と叫んでゐた（略）。

視野の中に彼女が現はれた。白と紫の市松柄の単衣に朱模様の帯を締めてゐた。「紫が似合ふと云つた言葉を覚えてゐたのだらうか」余はさり気なく頷いて席を立つた。彼女はたいそう淑かで控めがちに話した。（略）

家に着いた。清は羞しがつて躇つた。でも部屋へあがつた。何うしてもてなさう。何を餐さう。

貧しいがらんとした部屋は多分彼女に空虚な感じしか与へなかつたに違いない。
　寄つて行つて抱いた、拒まなかつた、でもくちづけには羞しがつて初め顔を外向けた。そしてくちづけの中で大きく喘いだ。彼女はくちづけの間中息をとめてゐた。やがて立つた。もう一度、抱いた、彼女の右手が軽く余の肩を抱きしめた。それで充分だ、清にはそれ以上の明らさまな表示は出来ない。清は全く余に於て純潔なのだ、雪の如く、水の如く清浄なのだ。余は彼女の過去などは全く眼中にない、今日の為に彼女を神の如き清さで受取るのだ。清の右手の甲につけた余の爪の痕は未だ遺つてゐた。（略）（二五九〇・九・一七・一二時三〇分）
　清は余を愛しはじめてゐる。神よ（略）（九・二一）
　清が来た。十一月の旅行はだめらしい。黄色い薔薇を贈つた。激しい抱擁とくちづけで情熱に燃へぐつたりと身を任せた。でも余は自分を制し、情慾を抑へた。でもどんなに抑へることが辛かつたらう。食事を共にしたが彼女は喰べなかつた。僅に茶と菓子を摘んだきりだ。疲れてぐつたりしてゐた。（略）今日は直ぐ近くまで送つた。結婚を申込んだ。（九・二三）

さて長々と引用したことには理由がある。別にパパラッチの趣味があるわけではない。

ああ、此の間に須磨へ行って来た。須磨夫人にも会ひ、木村氏にも会った、皆で食卓を囲んだ。木村氏は余をひどく親切にもてなしてくれた。夫人は。夫人は。
為事《しごと》をする。稼ぐ。恋と、結婚とが、余を元気づけまた健康にする。やるぞ。（一〇・一六）

そう、「気になるのは」と解説の縄田一男も呆れ顔だ。〈結婚を申し込んで一月も経っていないであろう頃に、文壇出世作たる「須磨寺附近」ヒロインのモデルである須磨夫人こと木村じゅんに会いにいっていることである〉。

しかも周五郎は、きよえ夫人と出会うことになる軟性下疳によって入院する前の日記（昭和五年八月十三日）に、〈息苦しい。死ぬのか。これっ限りで死ぬのか。未だ何もしてゐやしないぢやないか。（略）死ぬなら、ひとめ須磨夫人に会ひ度い〉と書いているのだ。

〈きびしさの中に生きたとされる山本周五郎の意外に脆弱な一面を垣間見る思いがする〉（縄田一男）と指摘するくらいでいいのだろうか。

きよえとのデートの後に書かれた歌には、甘美なる歓喜におののく周五郎がいる。

キスすれば
面かくして壁に倚りし
かの日のきみの若かりしかな

※

洗ひたる髪をほどきて
くちづけの息の乱れを
かくせし乙女

※

「好きか」と云へば

「知らず」と云ひて頬染めて
わが指に指からみてし人
※
戯れのことぞ
《と思ひ》くちづけしあの日ぞ
きみのわれに克ちしは

（二五九〇・九）

この歌の後に記される詩を、縄田はきよえでなく、須磨夫人を詠んでいるとみる。

むかしのをみなとほくさり
こゝろのほのほまたひえぬ
みちあたらしくひらかれて
をかのこだちはかげもなく
まつのおほきのひともとに
のこれるゆめぞはるかなる
やまかはうつりとしゆきて
をひしをとこのめのとがり
きみを見しかの日かの夜の
なかりせば

さて恋愛小説の傑作『柳橋物語』（昭和二十四年）である。この作品の成立は少しくやっかいである。一挙に全篇が発表されたのではない。まず昭和二十一年七月に、操書房から発行された周五郎の一人雑誌「椿」創刊号に「前篇」が掲載され、「椿」誌が一号雑誌で終わったため、中断。昭和二十四年一月号に雑誌「新青年」にその「前篇」を再掲載、ひき続き同誌に「中篇」（二月号）「後篇」（三月号）を書き加えて完成をみている。

『柳橋物語』には、周五郎が幼時から体験した天変地異、洪水や関東大震災、そして太平洋戦争中の東京空襲などが色濃い陰翳を刻印している。敗戦直後からテーマをあためていただけに、周五郎の熱の入れ方も、通り一遍のものではなかったという。

操書房主・西谷操の夫人は〈先生はうちの離れで仕事をしていらしったのですが、あの暑いさなか、昼でも雨戸をたてっきりにして、原稿を書いておられました。どうして戸を閉めてなさるのですか、と聞きましたら、いま火事の場面を描いている、その実感が得たいので、暑いのは覚悟のまえです、とおっしゃいましてね、たいへんな熱の入れようでした〉と回想している。

『柳橋物語』は、庄吉の愛の告白ではじまる。場所は大川端、神田川の落ち口に近い柳の樹蔭。庄吉に呼び出された主人公のおせんは、庄吉から〈上方へいって、みっちり稼いで、頭梁の株を買うだけの金をつかんで帰って来る。（略）早ければ三年、おそくっても五年ぐらいで帰れるだろう、おせんちゃん、おまえそれまで待っていて呉れるか〉と打ち明けられる。それに対するおせんの答えは、ほとんど衝動的だ。

〈「待っているわ」おせんはからだじゅうが火のように熱くなった。そして殆ど自分ではなにを云うのかわからずにこう答えた、「……ええ待っているわ、庄さん」〉

世間知らずなうぶな娘が、突然愛を打ちあけられて戸惑うさまが描きあげられる。おせんには庄吉のほかに幸太という幼な馴染がいて、〈どちらにも違った意味の近しさ親しさをもっていた〉のだが、その一人に生まれてはじめて告白され、咄嗟に決定的な選択をしてしまうのである。

わずか四半刻《しはんとき》ばかりのその時間は、彼女の一生の半分にも当るものだった。

〈わずか四半刻〉と周五郎が古風に表現したことを、水谷昭夫は〈著者は、たとえば作中人物たちの会話の口調ですら、通常、方言や極端な時代語を使用することをさけた。そのような特別の知識のみせびらかしによって、作品を装飾することが作者の意図ではなかったわけである。時のよび方にしても、ふるいよび名と両方つかうが、わかりやすさを旨としていたことはたしかである。わかりやすく出来るところはそうする、ということであったろう〉（「『柳橋物語』の悲劇性」、傍点引用者）と註している。

先に〈ただひとことの現代語が、会話の中にあったら指摘していただこう〉と啖呵を切った稲垣史生を称揚した手前、格好が付かないが、この場合は、古風な時の呼び方をしなければならなかったことは、感覚的にも納得がいく。正直に言えば、私は水谷や稲垣ほど、作中の会話に注意を払っていない。

〈わずか四半刻〉の表現は、「わずか」な時間、しかし、おせんの生涯を決定するには充分にしてかつ決定的な時間であることを、後半で明らかにするための伏線（暗示）であるとともに、水谷昭夫が指摘する〈このような「時」が、人間の生涯の内がわにはひそんでいる〉実存的な時間だという示唆である。水谷はここでも、その「時」を、〈漱石の『こゝろ』の「あの一瞬」に共通するものがないであろうか〉と註している。短い時が永遠を孕むのである。

後に書かれるように、おせんには庄吉のほかに幸太という「幼な馴染」がいて、〈どちらにも違った意味の近しさ親しさをもっていた〉のだが、その一人の告白に対して、おせんは咄嗟の、決定的な選択をしてしまうのである。

〈おせんは「自分では何を言うのかわからずに」答えてしまうのである。何の心の準備もないまま、生の暗がりから、ふと光まばゆい生の広野に放り出されたように、心眩み、目も昏《くら》む。その恍惚と不安が、娘心をよぎって行く微妙なあやうさの中に、心にくいばかりの冷静さをもってとらえられているのである〉（同前）という指摘は、恋愛という空間が孕む愛の初原性（熱情、眩暈、恍惚、不安）を把えて鮮やかである。

庄吉の愛の告白とそれに応えるおせん。二人の出逢いも含めて、読者は物語が庄吉とおせんの恋の物語と予想してしまうだろう。

庄吉は、おせんの返事を聞き、〈有難うおせんちゃん、おかげで江戸を立つにもはりあいがある、そしてその返辞を聞いたから云うが、実は幸太もおせんちゃんを欲しがっているんだ。（略）だからおれがいなくなれば、きっと幸太はおまえに云い寄るだろう、そいつは今から眼に見えている〉が、自分を待ってくれという。

庄吉は若者らしい清浄な野心と情熱を仕事に注ぎ込む誠実な青年である。おせんは江戸下町育ち、気だてがよくて可愛くて、娘らしい素直なかしこさを身にそなえた娘である。身も心も庄吉への想いにあふれ、「どんなことがあっても、庄吉を待っていなければ」と思い込んでいく。

庄吉が上方に旅立ったあと、おせんの前に、いま一つの「存在」が、ためらいがちに姿を現わす。庄吉が柳河岸で言ったとおり、〈幸太はなにか口実をみつけては訪ねて来た〉。幸太は、おせんが共に暮らしている祖父源六の店に足繁くやって来る。彼もまた庄吉におとらず、おせんを愛していたのだ。だが庄吉との約束を守るおせんは、かたくななまでに拒み続ける。幸太を避けて店にも出ない。

前篇でいきなりおせんを呼び出し、愛を告げる庄吉と、そのあと、ひかえめに登場する幸太。二人はよき対照をなし、つい庄吉は外向的、幸太は内向的と思ってしまうが、逆である。そして性格ですら完全な対照として描くところに、後半になって判明する周五郎の手法上の巧緻がある。

　二人の性格にしても、「幸太のてきぱきした無遠慮さ、自分を信じきった強い性格はにくいと思っても不愉快ではない。庄吉の控えめなおとなしさ、いつもなにかをがまんしているというようなところはあわれでもあり心を惹かれる」というように、対照的に設定されているのだが、庄吉の最初のことばがおせんの悲劇を生むことになったのに対し、幸太の最後のことばが真実を開示することになったという意味でも、二人は対照的なのである。（樫原修『柳橋物語』）

そう、「最初のことば」と「最後のことば」の指摘からも、周五郎の物語を進行させる上での計算は見事であり、腕は冴えている。

別にいえば水谷昭夫と樫原修の『柳橋物語』論は、よき対照を成している。まず水谷はこの作品の主題を、庄吉との約束にしばられて、〈真実の愛のよびかけに耳をふさぐ〉おせんの「愛の実存の悲劇」「その真実なものに対して暗い、その暗さ」だと述べているが、確かに主人公は、真実に暗いまま、運命を生きるように決定されている。

冒頭の〈そのときおせんは譬えようもなく複雑な多くの感情を経験した。あとになって考えると、わずか四半刻ばかりのその時間は、彼女の一生の半分にも当るものだった〉は、作品の終結する時点、作品末尾のことばと完全に照応し合っている。

——たったひと言、あの河岸の柳の下で聞いたたったひと言のために、なにもかもが違ってしまった、なにもかもが取返しのつかないほうへ曲ってしまったのよ、あなたは死んでしまい、おせんはこんなみじめなことになって、そうして初めてわかった、なにが真実だったかということ、ほんとうの愛がどんなものかということが、

樫原は、〈はじめのことばは、伏線というよりも、全篇を規定する枠のようなものになっていると見るのである。いわば、真実に暗い主人公に反して、作品はきわめて明晰なのである。おせんは、この二つのことばの間で、様々な試練に遭遇し、最後のことばに到達するのだが、それは作者がおせんに与える試練であり紆余曲折であって、作品自体は、はじめに定められた結末に向って着実に進行して行くのである〉(樫原修、同前)

おせんは幸太を嫌いぬく。それでもおせんの祖父源六のもとへ立ち寄り、源六が「古い職人気質」について語ることばに耳をかたむけるのであった。たまにおせんと顔が合うと、〈幸太はきまって眼

で笑いかけた。粗暴な向う気の強い彼には珍しく、おとなしいというよりはなにか乞い求めるような表情だった〉。そこへ噂がたつ。おせんが幸太の嫁になるというものである。〈そんなこと嘘よ、根も葉もないことだわ〉とおせんはそれを伝えたお針子仲間のおもんという娘に答えるが、〈でも幸太さんという人は毎日あんたの家《うち》へ入り浸りになっているというのよ〉と返され窮地に陥る。

おせんは幸太に対してもう店に近寄らないで欲しいと言う。それを源六に言わせるのだ。源六は、正月の四日、酒肴の遣《つか》い物を届けに来た幸太に祝い酒の盃を重ねながら、「ふと調子を改めて」きり出す。

〈「遠のくよ、爺さん」幸太は頭を垂れたまま独り言のように云った、「……悪い噂なんぞ立っちゃあ済まないからな」〉

そう言って幸太はおせんの愛の拒絶を受けとめる。そして耐える。〈このとき耐えるというのは、あふれ出るばかりの「愛」の思いを棄て去ることではない。あきらめる方が、はるかに容易な事態の中で、その思いを持続させつつ「拒絶」をうけいれる。この「耐える」ことはまた、周五郎文芸の「愛」の物語の一つの型である〉（水谷昭夫、同前）

〈幸太はそれから遠のきはじめ、たまに来てもちょっと立ち話をするくらいで、すぐに帰ってゆくようになった〉、そして庄吉の帰る日を待つおせんに次々と不幸が襲う。中風でたおれる源六、それでも幸太の親切を受け容れず、自分の賃仕事で所帯を立て、源六の面倒をみるおせん。雪が降りしきり、陽がかげり、赤穂浪士の討入りの沙汰が幻燈のように過ぎ去って行く。このつつましい日常性の描写は、美の揺曳となって光芒を放つが、これはこの日常性を根底から揺すり、くつがえす「大火事」と「大地震」の到来の予兆であった。

周五郎にとって、「大火事」や「大地震」は、極限状況における人間の在り方を追究するために物語に招来させられた天変地異ではない。自分の幼少時（王子時代）に祖父母を奪われた大洪水、二十歳で体験した関東大震災、そして四十一歳、昭和二十年春、東京の馬込で米軍機による大空襲と、その生涯で、ほぼ二十年ごとに実際に大変事を体験している。それだけに、この『柳橋物語』のなかの大火事、『天地静大』の津波、『暴風雨《あらし》の中』『ちいさこべ』の大火、『赤ひげ診療譚』の火事などの描写は、必死に逃がれた思いに裏打ちされ、迫力に満ちている。

〈作者にとって、単なる経験を超えたもの、あたかも天意との会話とも言うべき観がある〉〈その一つ一つの天変地異は、一つの時代の崩壊を象徴するような出来事であるとともに、作者の人生の岐路と出逢う〉と水谷昭夫は書き留めている。平成二十三年三月の東日本大震災に遭遇したあとで、これらの作品を読むと、「天意との会話」とか「一つの時代の崩壊を象徴」との指摘が予言のように響く。

江戸の大火の夜、病身の源六が、おれは残るから、お前一人で逃げよといっているところへ、幸太がおせんを助けに現れる。三人は、神田川の落ち口に沿った河岸の角の石置き場へ逃げ込み、そこで火にまかれる。源六が死に、おせんは石の蔭で泣いている赤児をひろいあげる。

〈ばかなことをするな〉。幸太がどなり、〈そんな小さな子をおまえがどうするんだ、死なしてやるのが慈悲じゃないか〉と言うが、おせんは〈……あたしだってもうながいことないわ、助けようというんじゃないの、こうして抱いて、いっしょに死んであげるんだわ、一人で死なすのは可哀そうだもの〉と耳をかさない。

幸太がおせんに、自分の思いを打ちあけるのは、このような限界情況の中である。

〈「おまえは助ける、おれが助けてみせる、おせんちゃん、おまえだけはおれが死なしあしないよ」〉。

彼はそう云って、刺子半纏《さしこばんてん》の上から水を掛けると、おせんのそばへ跼んで彼女の眼を覗いた。〈「……おまえにあ、ずいぶん厭な思いをさせたな、済まなかった。堪忍して呉んなおせんちゃん」〉

これからの四ページ分をすっかり引用したい誘惑にかられる。

「思いはじめたのは十七の夏からだ、それから五年、おれはどんなに苦しい日を送ったか知れない、おまえはおれを好いては呉れない、それがわかるんだ、でも逢いにゆかずにはいられなかった。いつかは好きになって呉れるかも知れない、そう思いながら、恥を忍んでおまえの家へゆきゆきした、だがおまえの気持はおれのほうへは向かなかった、そればかりじゃあない、とうとう、……もう来て呉れるなと云われてしまったっけ」煙が巻いて来、彼は、こんこんと激しく咳きこんだ。それから両の拳へ顔を伏せながら、まるで苦しさに耐え兼ねて呻くような声で、続けた、「……そう云われたときの気持がどんなだったか、おせんちゃんおまえにはわかるまい、おれは苦しかった、息もつけないほど苦しかった、おせんちゃん、おれはほんとうに苦しかったぜ」

古今東西の「恋」や「愛」の物語からどんな作品を挙げ、この無償の愛の重層性、その深さを凝縮した場面に拮抗させるべきか。幸太は愛するものの存在へ全身でむかう。

「だがもう迷惑はかけない、今夜でなにもかもきりがつくだろう」幸太は泣くような声でこう云った、「……どんな事だってきりというものがあるからな、おせんちゃん、これまでのことは忘れて呉んな、これまでの詫びにおまえだけはどんなことをしても助けてみせる、いいか、生きるんだぜ、諦めちゃあいけない、石にかじりついても生きる気持になるんだ、わかったか。」

事実、幸太はその言葉通り、自分の生命を投げ出しておせんを助けるのだ。だからこれは幸太の最後の告白ということになる。この直後、幸太は流れてきた手桶を取ろうとして溺れ死ぬ。

「おせんちゃん」と、彼は喉に水のからんだ濁音で叫んだ、「……おせんちゃん」

そしてもういちどがぶっという音がし、幸太は水の中へ沈んでしまった。おせんは憑き物でもしたように、大きな、うつろな眼をみはって、いつまでもその水面を見つめていた。彼女のふところで、赤子がはげしく泣きだした。

という息を呑むような場面で前篇がおわる。

〈おれは苦しかった、息もつけないほど苦しかった、おせんちゃん、おれはほんとうに苦しかったぜ〉という幸太の死の直前の血の出るような、祈りにも似た告白にも、しかしその時のおせんは耳をふさいでいた。

おせんは胸いっぱいに庄吉の名を呼んでいた、できるなら耳を塞いで逃げたかった、「おれがいなくなれば幸太はきっと云い寄るだろう」そう云った庄吉の言葉がまたしても鮮やかに思いだされた、「だがおれは安心して上方へゆく、おせんちゃんはおれを待っていて呉れるだろうから」そうよ庄さん、あたしを守って頂戴、あたしをしっかり支えていて頂戴。おせんはこう呟きながらかたく眼をつむり、抱いている赤子の上へ顔を伏せた。

おせんは真実の愛の呼びかけに対して庄吉の名にすがって、耳をふさぎ、目を閉じる。彼女は二つの言葉に、二つの愛の中で引き裂かれる。〈山本周五郎はすでに、この愛の詩と真実、虚像と実在のおりなすあわれを見ぬいている。（略）幸太の愛の声に耳をかたむけることの出来なかったおせんを、おせんの愛の実存の悲劇としてとらえ得たのだ。それは同時に、人間が、その真実なものに対して暗い、その暗さである。恋愛小説の形成において、人間の性格や社会的条件にではなく、かかる一点にその悲劇の根拠をおいた。その非凡さがある〉（水谷昭夫）という点は重要な指摘である。

「中篇」は、荒涼とした江戸の灰燼の光景で始められる。おせんは赤ん坊とともに生き残ったが、大火の廃墟の中で記憶を失い、痴呆のようになっている。煎餅屋の勘十夫婦に保護されるが、精神の虚脱状態は恢復しそうにもない。赤ん坊は、おせんが口走った「こう坊ウ……」の名によって幸太郎と名付けられて育っていく。

上方から庄吉が帰ってくる。彼はおせんが育てている子供幸太郎を、幸太との間の子と邪推する。

〈あの子は火事の晩に拾ったのよ、庄さん、親が死んじゃって、ひとりでねんねこにくるまれて泣いていたの、もうまわりは火でいっぱいだったわ、あたしみごろしに出来なかったの、――これが本当のことよ、庄さん、あたし約束どおり、待ってたのよ〉

庄吉は長いこと黙って、冷やかな眼でおせんの泣くさまを眺めていたが、〈それが本当なら、子供を捨ててみな〉と言う。〈実の子でなければなんでもありあしない、今日のうちに捨ててみせて呉れ、明日おれが証拠をみにゆくよ〉

おせんは心外だったが、幸太郎を捨てようとする。だが捨てられない。庄吉はおせんの不実をなじって去り、江戸で新しく付いた頭梁、山形屋の婿養子になる。自分が決定的に捨てられたことを知り、おせんは再び精神の錯乱を来たすが、覚醒したとき、自分を助けようとして死んだ幸太の真実の愛に気づく。

おせんは眼をつむり、両手で顔を掩《おお》いながらじっとあの声を聞こうとした。幾たびも幻聴にあらわれ、今では言葉のはしから声の抑揚まで思いだすことのできるあの声を。（略）

……おせんちゃん、おれは本当に苦しかったぜ。

おせんは喉を絞るように噎《むせ》びあげた。

「幸太さんわかってよ、あんたがどんなに苦しかったか、あたしには、今ようくわかってよ」

今はすべてが明らかにわかる、自分を本当に愛して呉れたのは幸太であった。

この箇所を引き、前掲の樫原修が絶妙の解読をしている。〈……おせんが火事の夜に拾った赤子である。その子が、おせんの記憶喪失と虚脱状態の中でおせんの実子と思われ、幸太郎と名付けられるという設定は、この構造をしっかりと支えているのである。幸太郎のおかげでおせんと庄吉との間が遠ざけられ、最後に幸太の愛が確認されるのであるから、幸太郎は、幸太とおせんの、現実においては成就しなかった「愛」の結晶であり、幸太の再成《ママ》なのである（また、おせんからいえば、幸太郎は処女懐胎による子のようなもので、この子の存在が、彼女の聖性を示しているのである）〉（同前）

様々な登場人物の後日談が書かれるが、庄吉の場合をみておこう。庄吉が真実を知るのは、幸太の養母から事実を知らされたためである。真相を知りあやまりに来た庄吉に対するおせんは、ここでも立派である。

「ひとこと詫びが云いたくって来たんだ」

彼は、こう云って、こちらを見上げた。五年まえに、見たきりだが、彼はあのときより少し肥り、酒を飲んでいるのだろう、顔が赭く膏《あぶら》ぎっていた。おせんは、平気で彼を眺めることができた。ふしぎなくらい感情が動かなかった。そうしたいと思えば笑うこともできそうであった。

この『柳橋物語』前篇のなかに、〈二月になって赤穂浪士たちに切腹の沙汰があった〉という数行がさり気なく挿入されている。これは作品の時代が、元禄十六年の二月ということを読者に判断させるための伏線でもあるが、そのことより、周五郎が常に主張していた、〈慶長五年の何月何日に、大阪城で、どういうことがあったか、ということではなくて、そのときに、道修町の、ある商家の丁稚《でっち》が、どういう悲しい思いをしたか、それを書くのが文学だ〉(「歴史と文学」)という主張の実践とみるべきだろう。水谷昭夫の〈その主張にうらうちされて、作品『柳橋物語』は、赤穂浪士の討入りから切腹という時代のドラマを、まわり灯籠の絵のように、作品の背景に淡く流し、あの歴史的な事件や、壮烈な死以上に、さらに重い、一人の人間の苦しみと死を描こうとする〉という指摘に加えるものは何もない。

『柳橋物語』の発表時の反響は、作者の期待にそぐわぬものだったらしい。一般読者から周五郎の代表的作品として認識されるのは、昭和三十年に河出書房刊の『大衆文学代表作全集20　山本周五郎集』に収録され、その解説を担当した扇谷正造の評価によるものといわれる。

作家として氏の住んでいる世界は、どちらかといえば、「きびしい義理と人情の世界」である。義理と人情の世界というと、よく世間では「古風な」といいたがるが、私は氏の場合は、むしろ「きびしい」といった方が似つかわしいように思っている。つまり、氏の人生に対する態度がひたむきなのである。義理人情はいろどりで、本質的にはこのひたむきさの中にロマンティシズムとリリシズムとをたたえているところが氏の魅力である。氏の作品が新鮮だといわれるのは、この「きびしさ」から来るものだろう。

奥野健男の『柳橋物語・むかしも今も』の解説（新潮文庫）からも抄出しておきたい。

〈これは余りにも、辛い悲しい作品である。ぼくははじめて読んだ時、おせんの運命が気の毒で、読み進むことができず、何度も巻をふせ、おせんが不幸になる中篇、後篇を逃げるように拾い読みし、そして暗然となった〉

〈作者は思春期のおせんの心情を巧みに描出する。おせんの恋にめざめる頃の自分では意識し得ぬ幾重にも自己欺瞞にみちた心理、記憶喪失後の心理などを、江戸時代の風俗のなかで作者は深層心理学的に精密に追求し表現する。（略）赤穂浪士の討入りの挿話も、何の不自然さもなく、とりいれられている。ぼくは今や完全に元禄の江戸に住んでいるのだ。〉

〈敗戦の翌年に書かれたこの作品では、火災、食糧不足、生活難、娼婦などがなまなましいリアリティを持っている。作者は江戸時代に仮託しながら、空襲下、敗戦下の庶民の苦しみを描いているのだ。〉

奥野は短い解説の中で、幾度も〈おせんの運命は余りにかなしい〉〈どうしておせんはこんな目にあうのだろう〉という言葉を繰り返す。〈山本周五郎という人は、登場人物に対し、なんと残酷な人だろうとさえ思った〉と作品解説の範疇を超える文言すら書き込む。

私は善人のヨブが神の試練に会う旧約聖書の『ヨブ記』を想起するが、このことは本来、水谷昭夫や笠原芳光のような批評家のほうが明るいと思われる。水谷が『柳橋物語』論の中で、〈この世のことを私たちは、「今は、鏡に映して見るようにおぼろげに見ている」と聖書は告げている。「愛」の書とも言われる『コリント人への第一の手紙』十三章である。鏡に映るようにおぼろげに見るとは、愛の実存の暗さを言い得たことばである。このことばが、聖書のなかの、「愛」の絶唱ともいわれるコリント前書第十三章に示されていることは由なしとしないと思う〉と書いていることに、その暗示があるように思う。

それよりも、いま問題にしたいのは、木村久邇典が、先の扇谷正造の解説を紹介しながら、〈扇谷の指摘は、「義理人情の作者」といわれることを激しく拒んだ山本周五郎ではあったけれども、一つの見解というべきであろう〉と発言していることである。周五郎が「義理人情の作者」と呼ばれることを嫌った背景には、馬込時代の尾崎士郎との葛藤があったとみてほぼ間違いはあるまい。

尾崎士郎の『人生劇場』は、義理を重んじ、人情に生きる真の男らしい生き方を憧憬した人びとの要求に応えて書かれた作品である。周五郎は『人生劇場』を読んでいないのではないか。馬込文士村の前期・後期を通じての中心的存在が尾崎士郎であったこと、〈人に愛されすぎるのが、唯一の欠点といえるような男〉（宇野千代）に対する単なる僻《ひが》み、というのが酷なら、両人ともがき大将的素質を持っていたことからくる近親憎悪とでもいったらよいか。

こう考えるのは、私が『人生劇場』の熱烈なファンであるという事情も影響しているが、むろんそんな単純な話ではない。源了圓の著作『義理と人情――日本的心情の一考察』を参照しながら、尾崎士郎と周五郎の関係を瞥見してみたい。

源了圓は同書で、『人生劇場』に一章をたてている。源にいわせれば、尾崎士郎にとってこの作品は、〈彼が彼となるためにはぜひ書かれねばならなかった彼の青春の墓標であり、彼のいわば「詩と真実」であったように思われる〉ということになる。作品の主人公青成瓢吉の父（三州横須賀村の辰巳屋の当主）は、旦那衆ではあるが、武士道と縁のない庶民である。彼にとって、〈義理・人情の理想はただ侠客道によってのみ実現される〉。没落しつつある家運の中で彼が夢見るのは、侠客道華やかなりし日だ。それはしかし所詮、在りし日への追憶の歌でしかない。彼のすがたは、騎士道華やかなりし日を夢みつづけたドン・キホーテに一脈相通ずるところをもつ〉……。

この記述だけでも、周五郎に共通するキイワードはいくつもある。たとえば『青べか物語』は、彼の「青春の墓標」であり、「詩と真実」である。購入した青べかに「ロシナンテ」と名付け、ドン・キホーテを気取ったのも、まったく同じである。周五郎が尾崎を忌避するいわれはないのだ。

それとも源了圓が、〈この作者（尾崎士郎）はけっして侠客道のたんなる心酔者ではない。若くして早稲田大学の学生運動の主謀者となり、堺枯川の売文社にも関係し、『資本論』の翻訳者高畠素之の指導の下に『近世社会主義発達史論』も書いた男である。そして彼の処女作の『低迷期の人々』という表題に示されるように、大逆事件後の日本を低迷期ととらえていた人である。彼は大正・昭和の低迷の時代が生んだ一人のインテリゲンツィアであった〉という評価に対する反感ないしコンプレックスでも感じたのだろうか。

源了圓の次の言葉が結局、周五郎の尾崎士郎に対する誤解の極みということになる。『人生劇場』という作品全体の中で、

尾崎士郎が吉良常や飛車角らの俠客たちの義理・人情の美しさを歌っていることはまちがいない。だがその美しさは滅びゆくものの美しさである。そこに歌われている歌は、挽歌ではあっても讃歌ではない。作者は義理と人情を、俠客の精神（あるいは心意気、意地、張り）が、ある時代、ある社会においてとった一つのかたちと考えているようだ。かたちはたとえそれがどんなに美しくとも、しょせん超えられるべき運命にある。在りし日の俠客道はなやかなりし日を夢みつづけた青成瓢太郎の二人の分身のうち、吉良常がこの超えられるべきかたち——義理・人情の具現者であるとすれば、青成瓢吉はこのかたちの美しさを知りつつ、しかもそれを踏みこえていこうとする精神の具現者である。（傍点原文）

義理人情を踏みこえた新しい世界とはどういう世界だろう。私がこれまで義理人情に関して最も感銘した論考は、渡辺京二の「義理人情という界域」（「朝日ジャーナル」昭和四十八年一月十九日号、原題「見果てぬ共同性への夢」）である。渡辺は、習俗としての義理人情なら、それは死滅の方向をたどりつつある社会的遺制にすぎないが、わが国の民衆にとっては、たんなる社会的習俗であったのではないと、言う。そういうものにすぎないのなら、歌謡や物語や劇のかたちをとって、あれほど深く彼らの魂にすみつくはずはなかったと続け、〈たんなる習俗をこえる倫理感覚としての義理人情を、極限的な形象としてえがいてみせた作家は山本周五郎である〉と断定するに至る。

ロングセラーを続ける『逝きし世の面影』の著者にして歴史家の渡辺京二は、〈周五郎の小説を読みふけったのは、自分がもっとも苦しい時期であった〉とも論考で吐露している。

> 山本周五郎には「かあちゃん」という短篇があるが、これは人情という概念を日本人がどのようなものとしてうけとってきたかということを、どうしようもない手放しの徹底性においてとらえた一種の名作である。（略）わが国の伝統的な民衆はこの「かあちゃん」を読めば確実に涙を流す。それは彼らがこの物語をひとつの幻として読むためである。
>
> 彼らは「かあちゃん」の中に、到達すべき倫理的規範を見るのではない。規範としてそれはそもそも到達しようのないものであるばかりでなく、彼らがこの「かあちゃん」一家にためいきをつかずにはおれないのは、それが指示するものが規範化を拒む一種の反現実であればこそなのだ。彼らはこの世にあるべくもない幻としてこの物語を読む。（略）義理人情とは彼らにとって社会的習俗としてではなく、このような彼岸的な幻として彼らの魂の深部に伝えられてきたのだ。

渡辺京二の論考の引用にページの多くが取られるが、義理人情という主題を論じた佐藤忠男、山折哲雄、尾崎秀樹らの見解を渡辺は遥かに抜きん出ており、作者周五郎の晦冥をも合わせて照射すると考えられるので、いま少し見ておきたい。「釣忍」では、〈義理とは、自分が人でなしに落ちこまぬための最低の一線（略）人と人とのあいだに本質的な人倫の意味を保証するぎりぎり最低限の行為的基準だ〉（傍点原文）という。

そして『柳橋物語』が論じられる。おせんはかつての恋人（庄吉）が自分を捨てて、他の女と結婚したのを知った時、自分を救うために大川に沈んでいった男（幸太）の痛ましい声を思い出す。幸太は愚直におせんを愛し通していた。そのことをおせんははじめて知る——当然ここが問題になる。幸太の誠実な愛を、おせんは自分が庄吉から捨てられるまでわからなかった……。

自分のかつての恋人が新妻に寄りそわれているのを見た時、彼女の耳にはじめて、男が大川に溺れながら叫んだ声、「おらあつらかった、おらあ苦しかった、本当におらあ苦しかったぜ」という声がよみがえる。彼女は悲鳴をあげて失神する。すなわち、彼女はこの時はじめて自分の存在を残りくまなく照し出され、意識したのだ。ここをおさえているために、この小説は名作としか呼びようのないものになっている。

私の読み得た限り（紀要の類も可能な限り読破）で最高の批評である。存在を残りくまなく照らし出され……とは、もはや宗教哲学の域に入射しているといわねばならない。生前の周五郎にこそ読んでもらいたかった論考である。これでも周五郎は「義理人情の作家」と呼ばれることを拒否しうるか。論考は更に深められる。

なんらかの態度決定なり行為なりにあたって、日常意識しない自分の存在のありかたを白日のもとにさらされるような、いわば覚醒的な瞬間が訪れる。義理とはそういう自分の存在の全面的な省察の上に成立つ、ある普遍的なものの触知感にほかならぬ。そのような普遍的なものへのロイヤルティとしての義理は、人生のさまざまな功利的な要素を拒否し切捨てることによってしか成立たぬ場合がある。「義理がすたれりゃこの世は闇よ」という歌の文句は、人間がある普遍的なもののために私的な利益をすてる心を失えば、人間の生きうる根拠もまた失われる、ということをいっている（略）

他人ごとに徹底的にかかわり、自と他との障壁をとりのぞいてしまうような人情、相互のあいだに無垢な信頼関係が存在するものと仮定する義理、これはいずれも人間にとって究極的なものは自他のあいだに成立つ共同性だ、という観念の上に生れる倫理感覚である。

義理人情とは日本の伝統的な民衆の共同性への見果てぬ夢。だからこそ、この世にとうてい存在すべからざる幻の形をとる……。渡辺京二が、〈周五郎の小説の大部分がすぐれたメルヘンである〉とする所以である。

周五郎の小説のつつましい主人公たちは、自他のあいだの共同性というものがいくらか気恥ずかしい情念であることを知っていて、自他のあいだにけじめをつける健気な節度をつねに保っているが、それでも彼らが人情をつらぬき義理をはりとおそうとするとき、彼らはもはや人情とか義理をこえた普遍的なもの、人間の共同性へのうずきのようなものによって身の内からつき動かされているのである。

民衆の素朴な連帯感も、信頼に対する呼応も、いつか周辺から失われてしまった。その度合いだけ、共同的なものへの人々の彼岸的な幻想も深いというべきではないか。人間にとって究極的なものは、自他のあいだに成り立つ共同性（日常のつき合い的なレベルにおける自他の共同性）だという倫理（道徳）感覚を失いたくないと考える。

愚直な人間として描かれる『柳橋物語』の幸太は、芥川龍之介が大正九年一月に発表した掌品『尾《び》生《せい》の信』の主人公尾生を想起させる。彼は中国古代の人で、古来信ある人とされ、『史記』『荘子』にもその名を見る。こんな話（要約）だ。

尾生は橋の下に佇んで、女の来るのを待っている。約束の刻がきたが、女は未だ来ない。尾生は気軽く橋の下の洲《す》を見渡した。黄泥の洲は、すぐに水と続いている。が、女は未だに来ない。尾生はやや待遠しそうに水際まで歩を移して、川筋を眺めまわした。が、女は未だに来ない。

尾生はとうとう立ちすくんだ。その内に川の水は、一寸ずつ、一尺ずつ、次第に洲の上へ上って来る。が、女は未だに来ない。川の水は漫々と橋の下に広がっている。いや、そういう内にも水嵩《みずかさ》は益々高くなって、両脛《はぎ》さえも、川波の下に没してしまった。が、女は未だに来ない。尾生は水の中に立ったまま、まだ一縷《いちる》の望を便りに、橋の空へ眼をやった。水は腹を浸《ひた》し、尾生の鼻を掠《かす》めて魚が一匹、白い腹を飜した。が、女は未だに来ない。……

夜半、月の光が一川の蘆と柳とに溢れた時、川の水と微風は、橋の下の尾生の死骸を、海の方へ運んで行った。……

薄暮の橋の下で、永久に来ない恋人をいつまでも待った尾生の話から、「愚直」という故事は生まれたという。川の水が酷薄にも尾生の膝を、腹を、胸を、首を、鼻を徐々に徐々に浸したとき、〈おせんちゃん、おまえにはわかるまい、おれは苦しかった、息もつけないほど苦しかった、おせんちゃん、おれはほんとに苦しかったぜ〉という叫びが時空を超えて、水の匂いや藻の匂いのように川から立ち昇らなかったであろうか。私たちはアドレッセンス（青春期）初葉に、誰しも尾生や幸太のような辛い挫折に遭遇するものではないだろうか。

愚直だの魯鈍だの、感傷と批判され嘲笑されようとも、私は「愛するものに拒絶されたら死なねばならぬ」と信じている節がある。そうした人間には、周五郎文学は大いなる慰藉として在る。

# 第十四章　横浜への転居

周五郎の〝馬込時代〟は十五年におよぶ。南腰越（現・鎌倉市）の新婚所帯を引き払って、東京府下荏原郡馬込村（馬込東二丁目）へ移転してきたのが、昭和六（一九三一）年一月。しかし数か月後に馬込東三丁目八四三番地へ再移転、敗戦後の昭和二十一年二月まで棲むことになる。

筋向かいに吉村という家があり、その老夫婦には若い年ごろの娘二人がいた。そろって器量よしで、上の娘をきん、妹を八重子といい、姉妹は別々の銀行に勤めていた。周五郎のまた従兄弟《いとこ》の秋山青磁は、「あの姉妹は近所でも評判の小町むすめでね、連れだって外でも通ると、うすくガラス戸をあけて、覗き見するものもいるという噂があったほどですよ」と、木村久邇典に語っている（『山本周五郎―横浜時代』）。姉のきんが、後に周五郎夫人となる。

太平洋戦争の帰趨が定まるにつれ、空襲は日ましに激しさを増した。

そのころ周五郎は、隣組の防空班長を割り当てられていた。家族構成は、日に日に病篤い妻きよえ、長女のきよ、次女康子、長男篌二、生後一年半にも満たぬ末っ子の徹。周五郎は妻のために粥をたき、徹のために、代用の粉ミルクをといた。空襲警報がなれば、メガホンをもって駆けつけなければならない。

各家ごとに防空壕の掘削が命じられたが、周五郎にはそんな待避壕をつくる余裕がなかった。病人の介抱に乳飲み児の世話、それに小説を書くという仕事があった。

窮境をみるにみかねて、筋向かいの吉村きんが、銀行へ出勤できない日などは、病人の面倒をみたり、乳児をあやしたりした。警報が出ると病人のきよえを寝床ごと、吉村家の防空壕へ入れる手助けもした。昭和二十年の三月、疎開先の伊東から、馬込の実家へ戻ってきていた長女のきよも母の蒲団を壕へ運ぶ作業を手伝っている。

前述したが、昭和二十年五月四日、きよえは膵臓癌で死去する。きよえの病気と戦争という二つの凶事《まがごと》は、山本と吉村という、筋向かいの家同士の交際を深めたことになる。そして敗戦。山本、吉村家ともに戦災を逃れきる。周五郎は敗戦後に、はじめて吉村家の家庭の事情を知ることになる。

吉村きんの兄の英《えい》は、少年の頃から社会主義に関心をもち、長じて共産党に入党、司直の手を逃れて密出国を敢行、中国経由でモスクワに潜入し、そこで教育を受けたのちに帰国。官憲に逮捕、投獄されるという前歴があった。もともと下町の住人である吉村家が、郊外だった馬込村に移転し、世を憚るようにひっそりと住まった直接の原因は、英の思想問題にあったのだった。

周五郎は英の思想遍歴に深い関心を抱く。復員してきた英とたちまち恰好の話し友達になる。〈そんなことで、兄とうち（註・周五郎）の間が急速に近くなり、兄のほうから、うちへわたくしとの結婚話をもちだしたのか、あるいはうちのほうからわたくしを望んだのか、それはわたくしにもはっきり分かりませんけれども、仲人もなにもなし、間に立つひと一切なくて、ごく自然なかたちで、わたくしどもの再婚ばなしは決まったのでした〉と、きん未亡人は回想する（『山本周五郎─横浜時代』）

周五郎が木村久邇典に含羞をまじえて語ったところでは、〈前のひと（註・周五郎は前夫人のきよえを生涯そう呼んだ）が重態におちいったとき、カミさん（註・周五郎は新夫人をカミさん、あるいはきんべえと呼んだ）が見舞いにきて、赤ん坊の世話を焼いたりしてくれるのをみ、前のひとはもしわたしが死んだら、うちのことはたのみますよ、と云ったそうだ。だからなんというのかな、事務引き継ぎのような、当然の成りゆきといった経過で、うちへ来ることになった〉（同前）

山本周五郎が吉村きんと再婚したのは、昭和二十一年の一月であった。

周五郎が四十二歳、吉村きんは三十六歳であった。きん夫人の『夫　山本周五郎』によれば、後添いの候補者は何人かいたという。

『夫　山本周五郎』は、昭和四十七年七月、文化出版局から刊行された。夫人の筆によるものでなく、木村久邇典の立てた質問項目にしたがって、夫人が口述した録音テープを原稿に起こし、削除および加筆を行なったものである。夫人は周五郎の仕事そのものに深く立ち入ることはしなかったし、自ら筆を走らせて、周五郎との生活を記録する、といったことは、いっさいしておらず、ひたすらに、夫への献身に明け暮れたのであった。とはいえ、周五郎は、かなりおおっぴらに、夫人に自分の女性関係のことを話している。夫人の心中を忖度する配慮が全くない。もちろん、それが女性関係の一部分にすぎないことは私でも容易に推測がつく。「青べか日記」や『戦中日記』からもそれは判断される。また周囲の文学者たちの談話や回顧からもそれがわかる。

昭和六年一月から、馬込村の住人となった周五郎について、交友を結んだ今井達夫、尾崎士郎、日吉早苗、北園克衛、石田一郎、添田知道らは、全員が周五郎についての回顧録を綴っている。なかには知らぬは夫人ばかりという話もある。木村久邇典にいわせれば、〈その尤なるものは、昭和五十九年八月、刀水書房から刊行された添田知道の『空襲下日記』に指を屈す〉らしい。〈四六判三百五十二ページ、八ポ二段組みの大冊で〉、〈周五郎に関する記述は、六十九か所以上にのぼっている〉という。同「日記」は、昭和十九年十一月二十四日から二十一年八月二十九日にわたっており、周五郎の馬込時代の最晩期（周五郎は二十年五月四日に、前夫人のきよえを膵臓癌でうしない、二十一年一月に吉村きんと再婚、翌二月、横浜市中区本牧元町へ転住）の日々〉が記されている。

太平洋戦争末期の、山本周五郎という小説家の姿勢を知るうえで、もっとも貴重な資料と称して過言ではない。しかるに、「添田日記」では、山本の先妻きよえの発病日から死去当日の模様まで、克明に述べられているにかかわらず（また、添田に次いで、山本に関する記述を多く遺している今井達夫の作物においても）、山本周五郎と吉村きんが相い識り、結婚にいたるいきさつは、一行も認《したた》められていないのである。（木村久邇典「解説」、『夫　山本周五郎』）

木村は、〈まことに摩訶《まか》不思議なことのようにも考えられる〉とし、〈だが、このことは、山本ときいん夫人との結婚が、いかに〝極秘裏〟かつ〝電撃的〟であったかの、逆証拠になっているのではなかろうか〉と思案するのだが、どうにも判断がつかない。夫人は周五郎が、〈なんでも包みかくさず、あけすけに話す〉というが、そんなにも周五郎を信用していたのだろうか。

わたくしの場合は、こちらのほうにはおかまいなしに、主人のほうがきわめて一方的で、強引に話をすすめてしまった、といったかたちでした。この結婚については、わたくしもよくよく考えました。三十八まで独りできて、わりあい気楽にやってきたし、親の面倒をみる、といった事情はあったにしろ、四人も子供のある家へはいる、というのですから……。わたくしはとても迷いました。

それに小説家というものは、いったいどんな生活をしているものなのだろうか、第一これの見当もつかない。(『夫　山本周五郎』)

夫人の談話をまとめた木村久邇典は、〈〝後妻〟という困難な立場で、しかも初婚でもあったきん夫人には、はた目では推測しきれぬ艱難が強いられたことだったろう。けれども夫人は、つねに明るい姿勢で、天下無類と称してもよい難人物の夫、山本周五郎に奉仕しぬいたのである。世にもまれな〝美しい夫婦〟だったといえる〉と「あとがき」で書き記す一方、〈山本さん身辺の、さらに立ち入ったプライバシーについては、死後といえどもなお尊敬されなければならないことはもちろんであり、徹底的追究を期待されるムキには、現時点においては、本書の表現の範囲でご海容が願いたいと思う〉とも書き添えているのである。腑《ふ》に落ちないこともあるので、夫人の書は適宜引用することにしたい。

『夫　山本周五郎』が刊行されると、好意的な批評で迎えられている。昭和四十七年度版『文藝年鑑』の「年間回顧」のページで、尾崎秀樹は、「清水きんの〝夫山本周五郎〟は、未亡人の回想として貴重な人間記録になっていた」と記している。

同書は昭和六十三年五月十日、福武文庫として復刻された。その際、「付・山本周五郎の周辺」と題する別章にあったテレビ、ラジオ等で放送された関係者らの座談会や「小伝」「年譜」は省かれ、夫人の回顧談のみの再録となっている。

文庫版、巻末の「解説」に、〈初版刊行後、すでに十六年の歳月が流れ去った。清水きん夫人は、昭和六十一年の夏、腸捻転という大病に見舞われたものの、家族、親せきの手厚い看護と、病院の適切機敏な処置で奇跡的に回復、現在も旧に劣らず健在である。ただ、この回想談の刊行後、話題にのぼった人々のなかで、清水潔、今井達夫、秋山青磁、片柳七郎、高橋女医、石坂洋次郎、彦山光三、向山末子、高梨正三、小林珍雄、木村じゅん、筒井芳太郎氏らは、すでに鬼籍にはいられている。年月の重さを痛感することひとしおである〉（昭和六十三年四月）

さらに二十五年の歳月が流れ去った。清水きん夫人、木村久邇典も、すでに鬼籍にはいっている。

〈ええ、結婚式なんて、そんな儀式ばったものはなあんにもやりませんでした。一家で本牧（本牧元町二二三七番地）へ移ってきたのが、結婚式でもあり、新婚旅行みたいなものでしょう〉と、きん夫人は語っている（『山本周五郎―横浜時代』）。

敗戦後の新生日本のスタートとともに、新夫人を迎えて、周五郎は新しい意欲の焔をかきたてるようであった。きん夫人は、〈再婚ばなしが決まったということが、馬込のご近所に知れますと、そこが世間のうるさいところなのよね、なんだのかんだのという声が耳に入ってくるんです。（略）それで思い切って引っ越しちゃおうということになったのでした〉（同前）という。

当時は戦災のため住居難で、新居捜しは大苦労だったが、周五郎が昭和十九年の暮、『日本士道記』という〝武家もの〟の短篇集を上梓した晴南社創立事務所の経営者西谷操のつてで、横浜市中区本牧元町に空き家が見つかった。二百メートルもゆけば、本牧海岸という健康地で、〈家主は佐佐木茂索文藝春秋新社社長の前々夫人の母堂で、すんなり入居を承諾してくれた〉。こうして周五郎が小学生時代を過ごし、昭和九年、父の逸太郎が死去するまで実家のあった「第二の故郷」横浜への移転は実現したのであった。一坪の三和土《たたき》の玄関、八畳の客間に六畳二間、四畳半の和室、それに三畳ほどの台所がついた古い平屋——それが今度の住居だった。

昭和二十四年から二十六年に、周五郎は、『おたふく物語』三部作を執筆する。シリーズ第一作「おたふく」は、二十四年四月号の「講談雑誌」に、第二作「妹の縁談」は、二十五年九月の「婦人倶楽部秋の増刊」に、第三作「湯治」は二十六年三月号「講談倶楽部」に発表された。きん夫人の実家の事情やきん夫人の妹の村田八重子夫人が、これらの物語のヒロインに擬せられているといわれている。

とくに「妹の縁談」は、これとほとんど違わない経験をきん夫人が周五郎に語ったことが気に入られ、そのまま小説化された。ちゃきちゃきの東京の下町っ子のおしずの原形はきん夫人で、物語の背景になっている不忍池や池之端など、夫人の生まれた東京市本郷の全助町近辺の風景が忠実に取り入れられている。

『おたふく物語』のシリーズは、読者から好評で迎えられた。周五郎は敗戦後、江戸の〝下町もの〟の秀作『柳橋物語』を発表していたが、こちらの方は、さしたる反響がなかっただけに、その反響に確かなものを感じた。

〈これで、〝下町もの〟への目処《めど》がついた。ぼくに下町ものを書かせてみろっていうんだ。ぜったいひとに負けない小説を書いてみせるぞ〉と周五郎は気力満々の語調で語ったが、その言葉のとおり、読者にその成果を次々に示していった。『おたふく物語』は、周五郎にとって、〈戦後第一段《ママ》の飛躍作と目すべき、忘れがたい小説〉（木村久邇典）となった。そこには東京の典型的な〝下町っ子〟で、よろず明朗第一主義の、きん夫人の存在がある。

ぼくは女性に関して、よほど運がいいのだな。まえのひとは、規矩《きく》をはずさぬ精神的な女性。こんどのきんべえは、まったく対蹠的な、あけっぴろげで気取らぬ江戸っ子だ。いうまでもなく小説は人間を描くものだし、人類には男と女しかいない。戦前のぼくは、女性を描くにしても、精神面に重点をおきすぎたようだ。これからは、健康な精神と肉体とを併わせもった女性を描いていこうと思う。

昭和二十二年、再婚まもない周五郎はそう木村久邇典に語ったという。周五郎によると、前妻きよえは〝忍従の人〟、古風な武家の主婦にも似て、己れをきびしく律して生きた女性であり、後妻のきんは、日常が底ぬけに明るい、虚飾のないひとだった。江戸の下町に生きる〝可愛い女〟たちのすべてには、きん夫人の姿が彫りつけられている。周五郎作品に占める夫人のウェートは、それほどにも重かったのである。

『おたふく物語』が新潮社版『山本周五郎小説全集』（全三十八巻）に収録されたとき、解説を河盛好蔵が執筆した。

ひと目をひくような美貌の持主でありながら、自分をおたふくと思いこみ、なにごとに対しても謙虚で、私欲がなく、しかしいつも朗らかで明るく積極的で、どんなに辛いことや苦しいことがあっても人を恨んだり、世間を呪ったりすることの絶えてないおしずのような女性は、この作者の好みにぴったりの主人公で、あの敗戦直後の不信と憎悪と絶望と頽廃にみちみちていた時代に、このような善意のかたまりのような人物を創造したことは、作者の並々ならぬ深い人間信頼を示すものである。

木村久邇典によれば、作中の名人肌の彫金師貞二郎には、周五郎自身のみならず、錺職《かざり》人だったというきん夫人の父吉村八十八の面影が重ね合わされており、世直し運動に奔走しているという反体制主義者の栄二には、きん夫人の長兄吉村英（日本経済新聞元整理部長で、昭和二十五年、レッド・パージの該当者となった）の境遇がヒントとなっているという。

周五郎は近代日本文学の作者のなかで、いわゆる「可愛い女」（チェーホフ）の典型を描きえた稀な作家のひとりで、『おさん』のおさん、『水たたき』のおうら、『雨あがる』のおたよ、『その木戸を通って』のふさ、『扇野』のおつる、等々、何人もの〝可愛い女〟たちの名を挙げることが出来るが、それらの祖型は、『おたふく物語』のおしず・おたか姉妹、つまりきん夫人と、妹の村田八重子夫人に求められると断じても過つことはないだろう。

昭和二十一年一月一日、天皇の人間宣言。二月一日、第一次農地改革実施。二十八日、公職追放令公布。三日、極東国際軍事裁判開廷。六月十日、キーナン検事、天皇は裁かずと言明。十一月三日、新憲法公布。十二月二十一日、南海大地震（和歌山・高知県の死者一千人を超す）。のど自慢放送開始。「リンゴの唄」が流行。坂口安吾の『堕落論』が発表（「新潮」四月号）されたのは、この年である。

昭和二十一年二月、天皇の全国巡幸がはじまる。満七年の間、延べ日数にして百六十五日、三万三千キロの巡幸であった。一月三十一日、総司令部、二月一日のゼネストの中止命令を声明。五月三日、新憲法施行。

その頃「アサヒグラフ」に世相を諷した『奥の細道』のパロディが掲載される。〈都人は百姓の顧客にして、米買う人もまた闇人なり。戸板の上に隠匿物資を並べ、人の袖をとらえて客を迎うる者は、夜な夜な停電にて闇を住家とす。成金も多く闇に残せるあり。予も敗戦の年よりか、千万の金にさそわれて闇儲けの思いやまず……〉(『玉石集』)

二十二年当時、全国で四万人と推定されたパンパン(無形の商品である性を売った)の中には、水商売出身のもののほかに事務員や学生、それに人妻までが混っていた。くり返し狩りこみをうけながらも、彼女たちはたくましく生き、GI相手の独特な戦後風俗をつくりだした。評論家の中には聖書の文句をモジって、「人はパンパンのみにて生くるものにあらず」と諷する人もあった。(参考資料、尾崎秀樹『日本と日本人――近代百年の生活史』)

復員作家田村泰次郎の『肉体の門』が空気座で劇化され、ボルネオ・マヤのリンチ・シーンが観客に強烈なショックを与えた。飢餓線上にあった大衆は、生きることの確証として性をもとめた。いくつものタブーにとりまかれていた性は、はじめて大衆の間に解放された。「肉体が人間である」と題した田村泰次郎の評論(「群像」昭和二十二年五月号)は、文字通りの「肉体派宣言」であった。〈肉体はいまや、一せいに蜂起した「不逞の徒」に似ている。肉体が、蓆旗やプラカアドを押し立て、銅鑼《どら》を鳴らして、「思想」にむかって攻め寄せているのが、今日の現実ではないか〉

〈田村泰次郎は、日本を敗戦にみちびいた既成の秩序とモラルにたいする、戦場体験者らしい率直な怒りをそこにこめ、敗戦がうみだした巷の女たちの生態に新しい戦後をみたのだ。その意味では『肉体の門』は、日本人が人間らしさをとりもどすためのひとつの関門でもあった〉(尾崎秀樹、同前)

この年四月に放送されたNHKラジオの街頭録音では、「ガード下の女たち」と題して、有楽町のガード下に立つ夜の女たちの生態を伝えた。彼女たちの肉声は生存のぎりぎりの表現でもあった。

肉体文学の流行に便乗して、性の解放を濫用するエロ小説も氾濫した。取締当局は、風俗犯罪取締に刑法第一七四条の公然ワイセツ罪と、一七五条のワイセツ文書・図書等の販売の罪に関する条項を強化しようと策す。周五郎の交遊圏からは、石坂洋次郎の『石中先生行状記』が摘発され、尾崎士郎の『ホーデン侍従』の車内広告が撤去された。

周五郎は『石中先生行状記』を高く評価するが（『青べか物語』の作者としては当然だろう）、私も大部の一冊本を座右の書にしている。取締当局が問題にしたのは第五話の「根っ子町の巻」に出てくるコンセイ様をめぐるくだりで、津軽地方の滑稽譚はむしろ健康で明るいものであり、どこをみても、ワイセツ文書と同一視されるいわれはないものであった。

官憲はノーマン・メイラーの『裸者と死者』（山西英一訳）、D・H・ロレンスの『チャタレイ夫人の恋人』（伊藤整訳）などの文芸作品などにも神経をとがらせたのだった。ヴァン・デ・ヴェルデの『完全なる結婚』が広く読まれ、〈インテリの間で、オルガスムスとかフォル・シュピレーンなどというドイツ語が流行し、性感曲線がまことしやかに論議された〉というから、いやたくましいものである。

用紙が制限されるといった出版事情下に、統制の枠外にある「仙花紙」が幅をきかし、カストリ雑誌の黄金時代が現出した。カストリ雑誌の中には性風俗の解放に便乗したものもあり、識者がしたり顔で非難する向きもあったが、尾崎秀樹は、非難や〈蔑視するのは正当ではなく、むしろ荒廃の中から、何かを生み出そうとする大衆の、たくましいエネルギーの反映だったとみるべきではないだろうか〉と言い、〈闇市とパンパン、それにカストリは、戦後の混乱期を象徴する存在であり、活字に飢えていた人々に、新しい息吹をおくりこんだカストリ雑誌は、底辺のメディアとして掘りおこされなければならない〉と主張している。

昭和二十三（一九四八）年、この年、周五郎は春から横浜市中区間門《まかど》町の旅館「間門園」の一室を仕事場とするようになる。操書房主、西谷操の都合から、借りていた仕事場を返さなければならなくなったからである。

自宅で原稿を書かないのは、周五郎の主義であり、習慣である。〈亭主が自分の家で、朝から晩まで机に坐り込んでいるのは、カミさんとしても気ぶっせい（というのが山本の口癖だった）だろうし、亭主としても、つねに家族の目が自分にそそがれているような感じがする〉（『山本周五郎―横浜時代』、木村）という。

少しく威厳をつけるならば、〈作者というものは、つねに孤独な環境のなかで、孤独に耐えて己れの仕事に取り組まなければならない〉、さらには〈温かい家庭的な空気にひたっていて、男に満足な仕事が出来るわけがありますか。本当に、家庭の幸福は、仕事における最大の敵だと、ぼくは思う。ゆえに、ぼくは原則として、自分の家では原稿を書かない。ぜいたくだというひともあるけれども、自宅と別に仕事場をもつというのは、ぼくの仕事にとって絶対条件なんだよ〉（同前）

後で詳しく書くつもりだが、私は周五郎のこの言に強い反撥を覚える。周五郎は、きん夫人にも仕事場に入ることを禁じた。夕飯を運ばせると、そのまま帰らせた。そのこともきん夫人は例の『夫山本周五郎』で縷々語っている。周五郎が敬愛の念を抱いていた太宰治は、「家庭の幸せは諸悪の根源」と言いはしたが、周五郎はその言を誤読している。太宰に執心していた木村久邇典は一言言い返すべきではなかったか。

昭和二十二年に周五郎が書いた小説は、短篇七本に長篇一本であった。長篇といっても『寝ぼけ署長』（「新青年」）は、一月から十二月までの読切連載だから、一回の枚数はそんなに多くはない。月一篇の稿料で、夫婦と子ども三人の一家が暮らしてゆけるわけがない。周五郎は原稿が捗らないといっては、編集者と酒びたり。すべての皺寄せは、新米のカミさん、きん夫人にくる。夫人は家計の苦しさなど少しも周五郎には打ち明けず、娘時代にあつらえた衣類を質屋に持っていく。ほどなく箪笥はカラになってしまった。質草もとぼしくなると、きん夫人は妹の八重子の家に行って、当面の生活費を融通してもらう。八重子の夫は大手銀行のエリート行員だった。

妹もインフレのさなかのこととて、生活はきちきちだったが、とにかく月給日がくれば、確実に一定の収入があるから、無理をしてでも姉のためにやりくりしてくれる。

きん夫人は『夫　山本周五郎』の口述で、木村久邇典の質問に答え、〈小説家というものは、月のなん日には、きちんときまった稿料がはいってくるという当てはないじゃない？　あたしは長いこと銀行に勤めてましたので、サラリーマンの経済生活は知っておりましたけれど、ほんとうに面喰らいました〉と言っている。〈あのとき村田（八重子の婚家）の助けがなかったら、あたしたち、生きていられなかったと思うの〉（『山本周五郎――横浜時代』）

大袈裟に言ったのではない。〈きん夫人の言葉には、実感がこもっていた〉と、木村は回想する。周五郎が倒れたときも、家には殆ど金銭的な余裕はなかったといわれる。

周五郎が、間門電停のまんまえの、海に面した丘の上に建っている旅館間門園の、奥の六番の間を仕事場とするようになったのは、前述したように、昭和二十三年の三月である。そこへ移る前、山渓園近くの「海の家」と呼ばれる六畳間の仕事場で、編集者と「お金をめぐって」一騒動をやらかしている。周五郎を語るとき、この挿話に触れないわけにはいかない。

当時、もっとも頻繁に訪ねてくる編集者は、博文館から博文館新社と名を改めた「講談雑誌」の三木蒐一と、「新青年」の横溝武夫であった。横ちゃんこと横溝武夫は、作家横溝正史の異母弟で、周五郎とは浦安時代から相識の編集者であった。三木蒐一は本名風間真一。画家風間完、評論家十返千鶴子（十返肇の妻）の兄にあたる。博文館で、終生「講談雑誌」の編集（のちに編集長）にたずさわった。周五郎とは深く交わり、同誌に明朗現代小説『地下鉄伸公』シリーズを不定期連載している。編集長は吉沢四郎、その隣の机に座っていたのが、山手樹一郎こと井口長二であった。

吉沢編集長は、三木蒐一に周五郎のところへ原稿依頼に行くときのコツを伝受した。

「山本氏はね、いい作品でも、わざとけなすんだよ。そうすると氏は、この野郎、こんど見ていろと、発奮してもっといいものを書いてくれるんだ」

昭和十八年の年初だった。周五郎から三木のもとに、依頼していた『夏草戦記』という作品がやっと脱稿したという連絡が入った。三木はさっそく出かけていった。まずはともあれ酒となる。杯をなめるしまりのない長酒がつづいた。そろそろ本題に入らなければならない。

「悪いことをいわせてもらいますがね……」

三木は周五郎の顔をのぞきこみながら口を開いた。

「なんだ」。周五郎は大きな声で、身構えるように三木をにらみすえた。そのとき三木の耳の奥で、吉沢編集長の入れ知恵した言葉がひらひらと舞った。三木は口の中で言った。

「こんなものは、つまんねえ」

作家の土岐雄三が、周五郎と三木との間に起こった事件について、書き止めている（『わが山本周五郎』土岐雄三、昭和四十五年、文藝春秋）。土岐が仕事場を訪れたとき、三木が先に来ていて、周五郎の作品にケチをつけていた。だいぶ酒の入っている気配だった。「先月のやつ、あれは、つまらねえよ、おれはつまらねえと思うんだ……愚作だよな、山周のもんとしちゃあ面白くねえ」と云う三木に対して、周五郎が爆発寸前の怒りを抑えて云った。以下、要旨を記述する。

「そうか、つまらないか」と周五郎はゆっくり云った。

「ああ、つまらないね、はっきりいって面白くねえ」

「じゃア、原稿を返せ」

「返せったってもう載せちまったンだ。返せる訳はないよ。原稿料だってもって来てるんだ」

原稿料の入った封筒は、机の端にのっていた。周五郎は三木に稿料を持って帰れ、と云った。「もう載せちまったんだから、今更いっても始まらないや」と三木が答えた。すると周五郎は、「お前が持って帰れないのなら、ここで燃やす」と云い、汚れた百円札の束（当時、千円札は出ていなかった）をひきぬき、マッチをすって火をつけた。札が湿っているのか、火はすぐ消えた。すぐに二本めのマッチをすり、かなりの額の稿料をその場で燃してしまった。

いい過ぎたと思ったのか、周五郎の剣幕におびえたように三木が云った。「焼くことはねえさ、そんな……焼いちまうなんて」。三木がボヤくうちにすべての札が燃えつき、白い灰になった。灰にはなったが、印刷された数字や絵柄は、はかない色調に変わって残った。「この灰をそっくり日銀へ持って行けば、新札ととり換えてもらえるんだが」と三井信託の行員である土岐が云った。周五郎はチラと土岐に視線を向けると、直ちに火箸をとり、激しい手つきで、灰の札束をつきまわし、粉々にしてしまった。

昭和二十七年三月の「週刊朝日別冊陽春読物号」に発表した「よじょう」は、剣聖といわれた宮本武蔵の晩年に材をとり、武道の面子にとらえられた武蔵と、そんなことには一向に頓着しない町人岩太との対比が、強烈な武士道批判ともなっており、発表と同時に各方面の視線を集め、称讃の的となった作品である。

周五郎自身も「後半期の道をひらいてくれた」と自認する、戦後の仕事の転機となったし、作品成立の核心に触れた一文、「小説「よじょう」の恩人」を後に発表している。

（略）「一郎さん」とは、作曲家の石田一郎である。秋田の大地主の長男であるが、気持のやさしい、神経のこまかい青年で、十歳くらいも年上だった私は、彼のためにずいぶん教えられることが多かった。その中の一つだけをあげると、あるとき彼はラヴェルの名曲「ダフネとクロエ」を私に聞かせ、スコアと対比して楽想や表現法を説明してくれた。私はその曲がわずか数小節のテーマによるものであること、単純なその数小節のテーマ・メロディーを変化させるだけで、そんなにも華麗な交響詩となっていることに、非常なおどろきと興奮を感じた。——散文でこの手法が使えないだろうか、私は石田一郎にいった。「この手法を小説でためしてみよう」

単純な、わかりやすい言葉を繰り返し、積み重ねることによって主題をあらわす。もちろん私は娯楽小説の作者だから、芸術作品を書くつもりはない。だれにでも楽にたのしく読める小説でそれをこころみようとしたのであるが、いくら試作をしてもうまくゆかず十四、五年のち、つまり戦後になって初めて、ややその手法に成功したものが一作できた。週刊朝日別冊に載った「よじょう」というのがそれである。小説そのものは拙劣だが、それは私の後半期の道をひらいてくれたという意味で、わが石田一郎とともに忘れがたいのである。（「朝日新聞」昭和三十四年四月十九日）

石田一郎の回想によれば、周五郎の言っていることとは異なるものである。

〈「彼（石田）はラヴェルの名曲『ダフニスとクロエ』を私（周五郎）に聞かせ、スコアと対比して楽想や表現法を説明してくれた」云々とあって、そこからある小説の手法を思いついたことを云っている。だがその曲は『ダフニスとクロエ』ではなく、『スペイン狂詩曲』が正しいのだ。私は山本さんに、あのときの曲名は『スペイン狂詩曲』でした、と何度も云ったのだが、自分で一度そう思いこんだらけっして訂正のきかない人だった。だからこの場所を借りて山本さんと私のために記しておく〉（「馬込のころ」、新潮社版『山本周五郎全集』第七巻〈月報〉）

山本周五郎の評伝を読んでいくと、この〈自分で一度そう思いこんだらけっして訂正のきかない人だった〉という場面にしばしば遭遇する。〈いったん云いだしたら、ぜったいあとには退かず、強引に相手をねじふせてしまう性癖に、辟易した人は少なくなかったはずである〉と木村久邇典も指摘はするが、彼の場合は、〈しかしそんな強情さが、故人となった周五郎への懐旧の情につながってゆくのも、単なる強情以外に、曰《いわ》く云いがたい人間的魅力が含まれていたからであろう〉という論理にずれていくのである。ラヴェルの楽譜を掲載すれば、楽譜を読める人なら分ることではないのか。

『人と文学シリーズ・山本周五郎』（学習研究社）のなかの「主要作品鑑賞小辞典」から、「よじょう」の粗筋（木村久邇典執筆）を引く。——肥後のくに隈本城の大御殿の廊下で宮本武蔵という剣術の達人が、某庖丁人を一刀のもとに斬り捨てた。さしたることではない。庖丁人は朋輩と論争のあげく、武蔵の腕前をためそうと、待ち伏せして襲いかかり、すると武蔵は声もあげずに斬り倒した。それだけのことであった。

しかし、物語はここが発端になっている。庖丁人の次男の岩太は、実は板前志望だったのだが、侍気質の父が許さず、旅館に住み込みで働いているところをなんどか連れ戻され、今では半ばやくざ気取りで、何軒かの旅館で知り合った女たちに金をせびるぐうたらな生活をしていた。このごろでは女たちにも見限られ、八方ふさがりの岩太は、いっそ乞食にでもなってやろうかと、やけのようなことさえ考えはじめた矢先だったのだ。

長兄は、「父は剣聖の腕前がわかったし、その人に斬られて死ぬのだから満足」といって絶命したといい、改めて岩太に勘当を申し渡した。不貞くされた岩太は、水前寺道にかまぼこ小屋をたてた。見回りの下役人が、取り払いを命じるためにやってきた。水前寺には藩侯の別荘もあり、重臣の往来も激しいのである。役人は岩太の姓名を問うた。答えると彼は急に態度をかえ、帰っていった。武蔵の控え家もその先の国分にあるので、役人はてっきり岩太が父の仇を討つために、この小屋で待ち構えているものと、〝侍〟らしい早合点をしたものらしい。問わずもがな、武蔵と岩太の腕の差は歴然としている。そこに判官びいきの心理が作用したのだろう、俄然、岩太の人気は高まり、食物や金品をみつぎにくる者がひきもきらなくなった。岩太は笑いが止まらなかった。恐らくその噂を気にしたものか、武蔵が千葉ノ城の本邸に住むのをやめ、国分の別邸から登下城するようになり、かまぼこ小屋の前にくると、ものの十拍子ばかり立ち停まり、前方をみつめるのである。いつでもかかってこいという意思表示だった。しかし岩太は決してかかってはいかなかった。なにしろ相手は剣聖だ。早く勝負がついてしまっては、岩太のファンたちを落胆させるばかりである。依然、岩太を支援する金品は続々あつまっていた。しかし、抜け目のないところもある岩太は、人々の同情もせいぜい半歳ぐらい、とみて、そろそろ田舎へ逃亡しようかと思案し始めていた。ところが、その直前に武蔵が病死してしまったのである。

使いの者が、かまぼこ小屋にきて、武蔵の死を伝え、「晋《しん》の予襄《よじょう》の故事にならって、恨みをはらすよう」と岩太に残したという帷子《かたびら》を持ってきた。予襄が旧主の仇を討つことができず、かたきである襄子の肌着を切って恨みをはらしたという故事に倣った贈り物であった。なにからなにまで、岩太はツイていたのだ。「あの爺め、あの見栄っぱりのじじいめ、死ぬまで見栄を張りやがった、死ぬまで」。岩太は小屋中を転げ回った。

隈本城下の京町に「よじょう」という旅館ができた。本当は「岩北」というのが正しかった。主人の岩太と主婦のお北の名を重ねたものであった。だがその家には宮本武蔵の遺品だという帷子（三ところ太刀で刺されたあとがある）があって、希望の客には展観に供じたために、「よじょう」と呼ばれるようになったのである。さしたる仔細はない、そしてそのために、旅館は繁昌していった。

たとえば山本健吉は書いている。

晋の国士予譲の故事を踏まえて、お城の庖丁人の息子岩太が、父の仇宮本武蔵の登城の道筋に、乞食の蒲鉾小屋を掛けて、仇をつけねらう、と言ったら、ありきたりの仇討のパターンに過ぎないが、作者はそれを引っくりかえして、喜劇に仕立てて見せる。岩太が坐っている前に、全身緊張のかたまりのような武蔵が通りかかり、如何なる襲撃にも応ずる変化の含みを持った、達人の見事な構えで、しばし立ちどまる。そして一度も岩太の方を振り向かず、また歩き出す。毎日二度繰り返されるこの緊張した時間が、双方に自分の方から掛って行く意志がないのだから、実はナンセンスであることの滑稽さが、この小説の眼目である。ある意味ではこれは、氏が吉川武蔵に突きつけた果し状とも言える。剣の力によってでなく、ユーモアの力によって――。これは日本の最も本格的な時代小説に対して「否《ノン》!」の一語を発した小説なのである。（筑摩書房版『昭和国民文学全集10　山本周五郎集』解説）

「よじょう」に対する高い評価は、逆にいえば吉川英治の小説『宮本武蔵』に対する反撥である。周知のように武蔵は実在の人物だが、その生涯を伝える史料はほとんどない。吉川英治の『宮本武蔵』によって、求道者としての武蔵のイメージが定着したことは疑いない。その小説『宮本武蔵』は、昭和十年八月二十三日から十四年七月十一日にかけて、途中に約半年間の休載をはさんで、東西の朝日新聞に連載されている。

新聞社側は当初、今さら講談の主人公を、と主人公武蔵の選択に消極的であったらしい。だが吉川英治は、「僕の武蔵は、読者にはまったく未知の人間と会う気がするであろう」と宣言、作品は、地水火風空の五輪にたとえて書きつがれ、連載回数一〇一三回の大ヒット作となった。では、それまでの武蔵とどこが違うのか。『「宮本武蔵」とは何か』の著者縄田一男は、吉川作品出現以前の武蔵は、塚原卜伝《ぼくでん》と鍋蓋《なべぶた》試合を行ったり、狒々《ひひ》退治をしたり、父の敵《かたき》の巌流佐々木小次郎を倒したりする、それこそ講談の主人公でしかなかったという。

それが、〈剣を殺しの道具から思索の糧へと変え、ひたむきに己れを磨いていく求道者《ぐどう》としての完成を見るのは、吉川作品においてであり、その背後に「生涯一書生」をモットーとした作者の、主人公への真摯なまでの一体化があったことはいうまでもない〉と縄田は指摘する。〈作品は、武蔵《タケゾウ》と呼ばれた武蔵十七歳の折の関ヶ原への出陣から、姫路城での幽閉、更に般若野での決闘や吉岡一門との対決等、人生の師沢庵和尚や武蔵を慕うお通、そして幼馴染の本位田又八ら、多彩な人物を配して進められ、武蔵の辿る人生行路は、そのまま、彼が二天一流の理《ことわり》を知り、剣禅一如《いちにょ》の境地へ達する苦闘の歴史でもあった〉(縄田一男)

折しも、当時、日本は二・二六事件や日中戦争の勃発へとなだれこむ緊迫した情勢にあり、いわゆる〝戦時下の文学〟として、多くの読者は、武蔵の生き方＝修行によって自己完成を目指す生き方に、人生の悟り、指針を求めたのである。尾崎秀樹も、〈戦中世代の実感でいうのだが、〝二十歳までしか人生のなかった〟私たちにとって、『宮本武蔵』は、〝いかに生きるべきか〟について教えてくれる一番手近な書物だった。生きるとは死ぬことだった当時の若者にとって宮本武蔵の求道者としての生き方は人生の指針でもあったのだ〉(『吉川英治・人と文学』)という。

この戦中派世代の「実感」を、戦後という転換期を迎えたからといって全否定することが出来るのか。吉川英治の『宮本武蔵』こそが、太平洋戦争を遂行した支配者層から庶民にいたるまでの保守的な世界観や忍従の拠りどころともなっていたと、責任をなすりつけることですませられるのか。

私は戦中派世代ではないが、吉川英治が「少年倶楽部」や『少女倶楽部』などに書いた少年少女向けの『神州天馬俠』や『左近右近』『朝顔夕顔』『天兵童子』に、魂を奪わるほど熱中した少年時代をもつ。戦中世代の「日本浪曼派」体験にも似た「少年倶楽部」体験。山中峯太郎の大陸雄飛思想、平田晋策のアメリカ討つべし主義、佐藤紅緑の立身出世主義、「冒険ダン吉」の南進思想などに夢中になったのである。

吉川英治本人は、敗戦とともに筆を折り、晴耕雨読の生活を続けるとともに、反省沈思することに日々を閲《けみ》してた。私たちはそれに替わる何をしたであろうか。私が学生時代に影響を受けた中国文学者の竹内好は〈戦争中のかれ（吉川英治）の行動を、人は便乗のようにいって批難するが、私は便乗とは思わない。かれは右翼に媚びたのではなく、右翼がかれに膝を屈したのだ〉（「吉川英治論」）と言い、桑原武夫を中心とした大衆文化研究グループは、一般読者に対するアンケート調査をベースとした『「宮本武蔵」と日本人』（講談社、昭和三十九年）をまとめ、この物語の各所には、日本人の最も好む徳目や道徳体系、すなわち、道、骨肉の愛、もののあはれ、恩義などがちりばめられ、それが武蔵の剣による自己修養という一点に絡め取られていくところに特色があり、この一巻を読むことは、畢竟、日本人論に突き当たることにほかならないとした。

また歴史学者の高橋磌一《しんいち》は、〈この作品の戦中版と戦後版をつぶさに比較検討し、「われ世々の道にそむかず」という武蔵の言葉を転身のモニュメントとし、自身が求める境地を「無刀、つまり刀なし」として戦争放棄の新憲法とたたえた吉川の、軍国主義から民主主義への転換の鮮やかさを（註・高橋は）批判した。縄田一男は戦後論壇で話題になった吉川英治『宮本武蔵』再評価の動向を「これらの指摘は必ずしも『宮本武蔵』という小説の全面否定ではなく、むしろ、そうした負の側面を有しながらも、戦中から戦後へと読み継がれたこの作品の存在意義を確認すべく行われた、といったニュアンスが強い」と理解する。

縄田一男は、『宮本武蔵』が時代のイデオロギーから解放されて今日でも強い生命力をもって版を重ね、根強い根強い人気を持ち続けていることに注目し、この作品が、どう書かれたか、ということよりも、どう読まれたか、ということを優先させることで、その真価が見えてくるのではないかという。縄田は小林秀雄が記した文章を手がかりに次のような結論に達する。

吉川英治は、昭和三十五年、文化勲章を受章するが、それ以前（昭和三十年）に、紫綬褒章を贈られた際、「自分は既に読者から十分、報われているから」と言って断っている。文化勲章を辞退するのではないかと危惧した文部省の依頼で、小林秀雄が急ぎ打診役を勤めたという。

案の定、吉川英治は辞退したのだが、〈私には、吉川さんの気性はわかっていたし、私から何か言う理由はないのだし、引退ろうとしたが、どうも残念な事と思われて仕方がなかったので、お目出たい事になったら、読者がさぞ喜ぶでしょう。それも考えて見て下さい、という言葉が、つい口に出て了った。吉川さんは、ちょっと驚いたような顔をしたが、又、すっかり考えこんで了い、私は黙って坐っているより他はなかった。やがて、吉川さんは、夫人を呼んで相談され、受諾された。吉川さんの文学については、いろいろに批評が出来ようが、私は、あまり重んじない。やはり、作者の心持ちが、読者に通じているというところが根本であろうと考えている」（小林秀雄「吉川英治さん」傍点縄田、前掲『「宮本武蔵」とは何か』による）。

縄田一男は、〈傍点を施した部分の意味をつきつめていくことで、何故、作者の主張より読者の思いなのか、或いは、何故、戦中、戦後、そして現在と時代が閉塞的な状況に陥った時、沢庵が理想を示し、武蔵の心臓が脈打ちはじめ、お通がそれに対してこころの支えとなり得るのか、その構図が見えてくるのではないのだろうか〉と結んでいる。

周五郎論を論じた人のなかで（わが内なる評価では）屈指の位置を占めている佐藤俊夫は、〈いったいにいわゆる英雄豪傑が好きでなかった周五郎ではあるが、とくに宮本武蔵のばあいは、吉川英治による剣聖ともいうべき偶像化に強く反撥するものがあったようで、「肥後のくに隈本城の、大御殿の廊下で、宮本武蔵という剣術の達人が、なにがしとかいう庖丁人を、斬った。さしたることではない」〉と、そっけなく「よじょう」論の筆を起こしている。

「さしたることではない」にはじまり、「さしたる仔細はない」に終るこの六十枚ほどの短篇に、周五郎は「私の後半生の道をひらいてくれた」とまで明言している。題材そのものは、それこそさしたることもなく、話の運びもとくにこの作品だけに特別ともいえないし、むしろ周五郎のまぎれもない一面である権威へのいわれのない度のすぎた反撥もみえて、後味がかならずしも爽かとばかりはいえないところもある。にもかかわらず、これほどまでにいいきっているのは、周五郎のいう「散文」の追求が、この作品によってひとつの型の定着を得た、ということなのではあるまいか。作者自身が作品に溺れこむあまり、生まな作者の素顔が作品のなかにのぞく習癖を脱皮して、作者が作品との間に過不足なく距離を置くことができた。すくなくとも周五郎にとって、自分自身からの脱皮がひとつ成功したと思えたのではあるまいか。（「ある自己表現——山本周五郎のばあい」）

多くの「よじょう」評のなかで、私の考えに最も近いものである。私は、以下のような理由で、「よじょう」を評価しない。「後味がよくない」し、それは「作者自身が作品に溺れこむ」、つまり自らのアイディアに得意然としている表情がここかしこにのぞき、それが鼻につくのである。私は周五郎の晩年の弟子・早乙女貢からも、この作品に関しての不満を聞いている。早乙女説は、学習研究社版『現代日本の文学　山本周五郎集』所収の「作品の舞台と周五郎文学の接点」で読むことが出来る。早乙女により指摘された作品の瑕瑾を二、三引くと、登場人物の会話に「寛永」時代の匂いがなく、熊本という地方性も感じられない。多くの「料理屋」や「女中」ということばが出てくるが、当時は「料理屋」もなく、「女中」もいなかった。「うどん屋」「掛行燈」「駕籠かき」なども、風俗考証的にみておかしい。地理的にみても、また貨幣単位にしても、「小粒で一両」「七両三分と二朱幾らか」などとあるが、分金をそのころ小粒といったか？　「二朱」金はまだ造られていなかった……等々、とあり、思わず「おっ、出藍の誉れ」と手を打ちたくなる。

そう、そう、ひとり私とまったく同意見の人を発見した。その人は日記にこう綴っている。

昭和二十七年四月二十三日　この日記は書きにくいので、つい書くのが億劫になる。週刊朝日の「よじょう」、新しい手法をつかつてみたところ、失敗した。ところが世評は反対に良い、河盛好蔵などゝいふ人も褒めてゐるにはおどろいた。失敗であることは自分にはよくわかつてゐるので、取返しに「似而非物語」を書く。これでいくらか（自分として）雪辱できるだらうと思ふ。二日で十四枚まで書いた。梶野。貞夫。来訪。

右の日記の書き手は「よじょう」の作者山本周五郎。「新潮45」（平成九～十三年）に縄田一男の解説で紹介された未発表「山本周五郎」日記である。この日記は平成二十三年十一月現在、書籍としては未刊行である。なお早乙女貢は、「山本周五郎文学紀行」（昭和五十年十月）のなかで、評判になった「よじょう」に関して、〈周五郎は、私にむかって、「あれは失敗作だ」と、言い切ったものだ〉と明かしている。この「山本周五郎文学紀行」は、『わが師　山本周五郎』（平成十五年、第三文明社）に収録されている。

# 第十五章　『樅ノ木は残った』と六〇年安保

『樅ノ木は残った』を「歴史の定説に対する否定であるばかりでなく、大衆文学の神聖伝説に対する否定」と断を下したのは、仏文学者の多田道太郎である。この小説は、昭和二十九（一九五四）年七月二十日から翌三十年四月二十一日まで二百七十四回分が第一部、第二部として発表され、第三部と第四部の冒頭のほぼ三章は昭和三十一年三月十日から九月三十日にかけて（二百三回分）連載された。掲載紙は日本経済新聞。連載の開始に先立ち、作者の言葉を同紙に寄せている。

かってそこにも一人の人間がいた。彼は、強権と我欲と陰謀から主家の崩壊を守るために、身を捨てて苦心経営し、危うくその目的を達したが、彼とその家族（母、妻、子たち）は奸賊の名によって罪死した。彼は名門に生れたが剛勇烈士の類ではなかった。酒を好み、女を愛し、美食を楽しむことを知っていた。彼には逸話は残っていない。ただ一つ彼は一本の樅ノ木を愛した。それは芝増上寺の塔頭「良源院」の庭にあり、明治中期までそこに立っていたという。――彼は伊達陸奥守の家臣で、名を原田甲斐宗輔といった。（「日本経済新聞」昭和二十九年七月六日）

腐心したのは題名であったらしい。経済の専門紙だから、縁起をかつぐ人もあろうかと思い、『樅ノ木は残った』とした。実際にあの伊達騒動で唯一残ったのは、芝・良源院の樅ノ木だけだったからだった。日経の文化部には気に入られなかったという。別の文章に大略次のようにも書いている。

小説の母体は伊達藩で「寛文事件」といわれる原田甲斐の騒動であるが、私は事件そのものよりも、そこに登場する人々、なかんずく原田甲斐その人の「人間」と「生活」を描いてみたい。これは約二十年まえからの宿題で、これに関する書物はかなり集めたし、借覧し筆写もしたりした。知っている人は知っているとおり、この事件の真相は極めて不明確であり、「悪人原田甲斐」という定評だけは伝わっているが、「ではいかなる事をなしたか」という事実については信頼すべき記録がない。

歴史上の出来事や人物を小説化するばあい、私がなにより困難を感ずるのは「史的事実」のなかでどこまで普遍的な「真実」をつかみうるか、という点である。一般に信じられている史的事実を無視することはやさしい、ときにそのほうがより真実に近い結果を生みだすばあいもなくはない。もともと「歴史」というやつは必らず反対証明の成り立つものだから、これは作者にとってしばしば強い誘惑となる。しかし、それならむしろその「史的事実」からまったく離れること、つまり自分自身の創作をなすに如くはないであろう。

私はこの事件の「史的事実」を歪めたり、牽強付会したりすることをできる限り避け、そのなかでもっとも真実に近いものをつかむつもりである。それは、すでに現存する資料を殆んど検討してしまったので、その背景をなす土地の山川林野を、自分の眼でながめ自分の足で歩いてみるためにでかけたのである。(「雨のみちのく」、日本経済新聞、昭和二十九年七月五日)

『樅ノ木は残った』の梗概を書く。万治三（一六六〇）年七月十八日、仙台藩三代藩主伊達綱宗は、突如、遊蕩を理由に幕府から逼塞を命ぜられる。その翌日、事件は起きた。伊達藩の四人の家臣、坂本八郎左衛門、渡辺九郎左衛門、畑与右衛門、宮本又市が暗殺されたのである。四人の侍の宅に押し込んだ暗殺者は「上意討《じょういうち》」と叫びながら斬殺に及んだという。綱宗に遊蕩を唆したという理由である。そのうちに妙な噂が広まる。「上意討」とはおかしいというのだ。綱宗が幕命で逼塞している時だけに、「上意討」を命ずる藩主はいないのである。後継者の亀千代はまだ幼い。

「上意討」を命じたのは誰か。背後には老中酒井忠清と通謀し、伊達藩六十二万石の二分割を狙う伊達兵部の策謀があり、さらにその奥に、松平信綱以来の幕府の大藩取り潰しの密計があった。酒井は兵部と結託するかたわら、久世大和守広周をして伊達家国老茂庭佐月に酒井―兵部の結託を密かに告げさせ、内紛による伊達家の崩壊を企図したのである。その間、船岡の館主にして伊達藩の重臣の原田甲斐は静観している。兵部派と伊達安芸派に分裂する藩で、中間に立っているように見える。そんな甲斐の態度にじれて、伊東七十郎らが、「志」を問いに現われる。

しかし甲斐の態度は決まっていた。甲斐の「志」は、伊達家を守ることであった。甲斐は幕府が伊達藩を潰そうとしていることに気付いていた。甲斐は茂庭周防、伊達安芸と密かに会い、伊達兵部の眼を欺き、主家の安泰を図るため、表面上は不和の仲を持し、互いに離反するよう努めることを約する。茂庭周防と伊達安芸は外から伊達兵部に対抗し、甲斐は二人と袂をわかって、自ら兵部の腹中に入って、兵部の動きを探ろうとする。そのために妻の律（周防の妹）とも離別する。こうした策謀は、「全く自分に向かないこと」だが、それをやらねば「志」は遂げられない、それが「道」というものだと甲斐は考えている。

「道」を歩くのは、甲斐だけではない。上意討事件で暗殺された畑与右衛門の遺子宇乃と虎之助は甲斐に保護され、渡辺九郎左衛門の妾おみやは浅草寺浄妙院主の通い大黒となる。宮本又市の弟新八は国送りの途中に脱走し、おみやの兄柿崎六郎兵衛の住居にかくまわれる。柿崎は剣客である。新八をネタにして伊達兵部に取り入り援助を受け、浪人仲間と町道場を開く。柿崎は妹のおみやを酒井忠清宅に上女中として住み込ませ、さらに宇乃・虎之助の姉弟の誘拐を図るが失敗する。

老中酒井忠清の懐柔策を退けた原田甲斐は、仙台に帰国後、離別した妻律の父佐月の葬儀にも参会しなかったことで、伊達兵部からの信頼は深まっていく。一方、甲斐と宇乃の間には年齢をこえた愛が芽生える。おみやは新八を愛するが、兄柿崎六郎兵衛と不和になった石川兵庫介に誘拐されようとしたところを、救われた、もと原田家家臣の中黒達弥の清潔さに魅かれ、更生を決意する。

今は黒田玄四郎として、酒井家に仕える中黒達弥は、酒井忠清―伊達兵部の間で交わされた密約書の持ち出しを、おみやに頼み、彼女の更生の意図を挫く。おみやは証文を手に入れて、甲斐の侍臣塩沢丹三郎に渡し、これが甲斐の手中に入り、最後に伊達家を救うことになる。新八は、おみやとともに姿を隠し、のちに宮本節を完成する。

塩沢丹三郎は、宇乃を好きになるが、宇乃の胸中に原田甲斐があることを察知し、身を退き、若君亀千代の毒見役を志願する。毒見役は犬死に覚悟の役目である。寛文五（一六六五）年藩主亀千代への置毒事件の勃発は、酒井忠清の長年の企図の成る絶好の機会であったが、この置毒事件は甲斐によって、食中毒として処理される。丹三郎の死は犬死となったが、伊達家を守るため、彼は自ら覚悟して、その「道」を選んだのである。

翌年一月、茂庭周防は死去。翌年、幕府国目付の饗応をめぐる席次問題が起こり、その不正を糾弾しようとした伊東七十郎は、家従の裏切りにより捕われ、伊東一族は断絶する。寛文八年、伊達安芸と伊達兵部の糸を引く伊達式部との間の知行地の境界をめぐる紛争が再燃。同十一年二月、訴えを受けた幕府の要求で、伊達安芸は出府しようとする。

伊達藩取り潰しという酒井忠清の企図を挫くため、老中評定は避けねばならない。藩内の争いを幕府に知らせることがどんな結果を及ぼすか甲斐には目に見えていた。悩みに悩んだ末、甲斐は老中久世大和守を訪ね、酒井忠清が伊達兵部と取り交わした密約書（伊達所領分割）を提示し、助力を乞う。密約書の露顕で自らの地位の危機を悟った酒井は、老中評定に出席する甲斐をはじめとする伊達家の家臣四人を全て抹殺してしまおうと、自邸に出頭した四人に刺客を差し向ける。

甲斐は刺客の刀を受けて血まみれになりながらも、駆けつけた大和守らに、「酒井家の方がたではない、私が乱心のうえの刃傷です」と苦しい息の下で訴えた。伊達安芸も、お家に累の及ばぬようにと、口添えして息を引き取る。伊達六十二万石の取り潰しの口実を幕府に与えないために、甲斐は自分の乱心による刃傷だと告げ、自らを悪人に仕立て上げたのだった。「あっぱれ、よくやった。あとは引き受けたぞ」という大和守の言葉を聞いて、甲斐は微笑を浮かべて死んでいった。原田甲斐は、伊達家六十二万石安泰のみかえりとして、逆臣の汚名を着、一家眷属はすべて死罪、船岡の館は闕所ときまる……。

作品について触れる前に、千六百枚を閉じる最終部分を正確に引いておこう。

雪はしだいに激しくなり、樅ノ木の枝が白くなった。空に向って伸びているその枝々は、いま雪を衣て凛《りん》と力づよく、昏れかかる光りの中に独り、静かに、しんと立っていた。

「――おじさま」

宇乃はおもいをこめて呼びかけた。すると、樅ノ木がぼうとにじんで、そこに甲斐の姿があらわれた。彼のもっとも好きな、紺染めの麻の帷子《かたびら》を着、右手に刀をさげている。慥かに、紺染めの麻の帷子だ。宇乃は微笑した。甲斐の姿がそこにあらわれたことを、少しの不自然さも感じずに受入れることができ、宇乃はもういちど微笑しながら云った。

「おじさま」

甲斐が「宇乃」と呼んだ。

宇乃と呼ぶ声が、現実のように温たかく、なつかしいひびきをもって聞えた。そして、甲斐は宇乃をみつめながら極めてゆっくりと、静かに、こちらへ近づいて来た。宇乃は云いようもなく激しい、官能的な幸福感におそわれ、自分のからだのそこが、湯でもあふれ出るように、温たかくうるおい濡れるのを感じた。甲斐はもう宇乃の前に来てい、宇乃は甲斐のほうへ、両手をそっとさし伸ばした。


仏文学者の多田道太郎は、〈私たち日本人は、ついに愛と犠牲において現世を「超越」しえないのだろうか。『樅ノ木は残った』の最後の、みごとな数行を読み、私はそのような感慨にとらわれた〉（「歴史と文学への挑戦」）と書き、そこに現世的愛の、しかしもっとも昇華された形をみてとっている。

『樅ノ木は残った』は、新聞連載終了以降は雑誌につづきを連載する話も出たが、周五郎の「新聞のテンポと雑誌のテンポは違うものだ。どうしても無理だ。おれは書下ろしでやってゆくよ」の一声で、全部書き終えたら、講談社から刊行することに話はきまり、完結篇三百五十枚が完成したのは、新聞連載から二年後である。

単行本『樅ノ木は残った』(上巻)が講談社から刊行されたのが昭和三十三年一月。下巻が九月、装幀芹沢銈介で、発売と同時にベストセラーとなり、周五郎の本格的長篇歴史小説の代表的決定打と目されるに至る。

表題の『樅ノ木は残った』は、しばしば『樅の木は残った』と誤記されることが多い。『樅ノ木』と『樅の木』の差異について、周五郎自身が説明している。「なになノという場合は、同義語をあらわす。平ノ清盛、源ノ義家——といった例だ。なになのという場合は所有格を表わす。つまり、私のカミさん、というようなときは、片仮名でなくて平仮名でなければならない。『樅ノ木』を注釈すれば、『樅という木』という意味だ。だから『樅の木は残った』ではいけないんだ」というのである。表題一つにも周五郎は拘泥した。

『樅ノ木は残った』は、出版されると、ベストセラーになり、周五郎の文名を決定的なものにした。それまで大衆小説は純文学畑の批評家の対象になることはほとんどなかったが、この作品から周五郎を取りあげる批評家の顔ぶれが幅ひろく多彩なものになっていく。吉川英治の作品ですら、純文学の批評家から黙殺されていた時代に、これは文学史上の〝事件〟というべきものであった。競って周五郎作品について論陣をはった評家に、荒正人、吉田健一、奥野信太郎、平野謙、河盛好蔵、大井広介、中田耕治、奥野健男、戸石泰一、小松伸六、尾崎秀樹、山本健吉、江藤淳、山田宗睦、佐藤俊夫、水谷昭夫、多田道太郎、辻邦生、開高健、吉野弘、谷沢永一らがいる。

批評家のなかで私に最も早く周五郎作品への注目をうながしたのは、奥野健男である。学生時代に決定的衝撃をもたらした『太宰治論』の著者は周五郎作品との邂逅を、本書の序でも少しく触れたが、こんな風に書いていたのだった。

純文学の作品ばかりに目を向けていたぼくは、偶然『樅ノ木は残った』を読み、驚愕といっていいような圧倒的な感銘、衝撃を受けた。こんな素晴しい作家が日本にいたのか。原田甲斐という政治的、社会的な要職にあるひとりの知識人、文化人を、十分の重みと拡がりを持って総合的に、しかも隠された深い内面まで表現し尽している。ひとりよがりで青っぽい純文学作家などにはとうてい書けぬ人物が見事に造型されているのだ。それに方法的にも、口語会話と地の文の独特な配列、書簡体の活用、そして十五ほどの「断章」という伊達兵部とスパイとの無気味な問答など、気鋭の純文学者でも真似のできない大胆な前衛的な手法である。（略）ぼくだけでなく文壇の気むずかしい玄人たちも、知識人の読者層も、今まで何となく身につまされ、また興味本位で読んで来た多くの読者たちも、改めて山本周五郎の文学に居ずまいを正して注目しはじめる。その意味で『樅ノ木は残った』は作者にとっても生涯を画する重要な作品と言ってよいだろう。

『樅ノ木は残った』に限定すれば、極めつきは谷沢永一の「『樅ノ木は残った』を語る」（『近代小説の構成』平成七年）における評価であろう。谷沢は雑誌「新潮」が創刊一千号（昭和六十三年五月号）を記念する企画「日本近代文学のうちからただ一篇を推すべし」の要望に応じて、作家評論家六十八人の中で、ひとりこの作品を推している。付されたコメントは次のようなものだ。

〈本来ならあり得ない筈の窮境に、自分の失錯ではない運命の力学によって、一人の男が立場上の理由から止むを得ず追い込まれる。それは抵抗できない時代の枠組と、容易には除去できない野心家の画策とに基づく。これら二つの絶対的な条件と理由を、文学史上もっとも鮮やかに解析してゆく構想が壮大である。

その男にとっては逃避の工夫も、決して不可能ではないのだが、彼は当初から一貫して迷わず、自分の死を代償に難題を真正面から引き受け、巧妙な韜晦を以て急がずに工夫を重ね、相手の野望を砕き尽くした替りに殺され、真実を知らぬ後世の記録者から、悲愴にも覚悟した通りの汚名を蒙る。

宮廷政治の構造を直視して、これ以上の域に達した例は想起できない。更に護るべきものを護る為に身を捨てて、政治の暗闇のなかで苦痛の限りに耐え、陰惨な闘争に生涯を賭けた人物を、ここまで描いた作品は他にない〉

が、その全文である。〈人に筆誅《ひっちゅう》を加えるときのきびしさ、烈しさは、当今あまり他に例がない〉(大岡信)といわれた評家だけに、この称讃ぶりは目を欹《そばだ》てさせる。しかし前述した「極めつき」は右のコメントの続きにある。

〈「未踏の山巓に立ち向かった登攀者を見渡すとき、私には山本周五郎の姿が思い浮かびます。(略)選んだ材料を温めることとじっくりと気が永く、少しずつ絶え間なく新しい手法を案じて練り鍛え、いつも遥かに遠い彼方を見詰めていたに違いありません。そのなかでも醸して醱酵させる手筈に最も手数をかけ、思うところをほとんど完璧に成しとげたのが『樅ノ木は残った』であると思います。これは意を用いること深い最高の実験文学でありながら、実験につきものの危さや揺れや偏りの跡を少しも残さぬ磨きあげた出来栄えと申して御異存はないでしょう。小説形式に内在する難関を突破する方法、その手立てを無理なく成功した作、そう見做してつくづく感服する評価に基づき、『樅ノ木は残った』を推したわけです〉

〈『樅ノ木は残った』を以て山本周五郎の隔絶した代表作であると私は評価したい。その卓越を仰ぎ見て幾重にも讃嘆します。日本近代文学史上に類似の作品を見出し得ない傑出した独創の達成ではないでしょうか〉(同前)

急いで私見を付すが、私はこの谷沢発言に全的な賛意を表するものではない。奥野健男、尾崎秀樹といった畏怖してやまない先行者の評価とも、私は見解を異にする。私にとっての周五郎は『青べか物語』であり、『その木戸を通って』であり、『おさん』『落葉の隣り』である。『樅ノ木は残った』を初めて読む読者は、自分でこの作品を評価するためにも、周五郎が昭和三十六年五月十二日、中央大学会館でおこなった講演『歴史と文学』のエッセンスを知っておいた方がいいだろう。

『樅ノ木は残った』における原田甲斐の解釈でも、私は決して異説をたてようとしたのではありません。あの小説の背景をなしている寛文事件——俗に伊達騒動とよばれております——あの事件については、殆どの資料を精密に調べつくした、と断言できると思っておりますが、幕府に一貫して流れていた基本政策というものは、家光以来の大藩取り潰し政策であり、酒井雅楽頭の術策にお どった伊達兵部の陰謀と、壮烈と反骨を好む仙台人の特異な気質とが、あの悲劇をつくりだした。 兵部を除いては、忠臣も悪人も誰一人おらないのである。平凡に、安穏に生きることを願っていた 原田甲斐が、その事件の渦中に次第にまきこまれてゆきながら、なおかつ、彼が一個の人間として 誠実に生きぬこうとした人生態度、その態度に私は惹かれたわけなんですけれども、これは、資料 を忠実に読みさえすれば、自然にうかび上ってくる甲斐の人間像である筈なんであります。(『酒み ずく・語る事なし』所収)

ところで周五郎は、徳川時代に勃発した伊達騒動、寛文事件をどんな資料で知り得たのであろうか。 平野謙は講談社版『山本周五郎全集』(第四巻)の「解説」(昭和三十八年四月)で大槻文彦の菊判千三 百九十八頁におよぶ大著『伊達騒動実録』(初版・明治四十二年十一月、吉川弘文館。復刻版、名著出版) を参考にしていると推測し、(周五郎は)「事実としてはもっとも忠実に大槻本の外郭にしたがってい る」と、太鼓判をおしている。

谷沢永一は当時、読売新聞大阪版夕刊に連載していたコラム「紙つぶて」(昭和四十五年一月二十六 日付「『樅ノ木は残った』のネタ本」)で、「だが『実録』が資料を網羅した決定版である以上、伊達騒動 を誰が書いても、この本の「外郭にしたがって」おくほかないのだから、これが『樅ノ木』のネタ本 だとは簡単にきめられぬ。これについては、さきに柳田知怒夫が『大衆文学研究』二十号で紹介し、 大池唯雄が『文藝春秋』二月号でも書いているように、別の本がある。原田甲斐にまったく新しい評 価をくだしたのは、仙台藩出身の好学の士、田辺実明の『先代萩の真相』(大正十年十二月、博文館)

という四六判の四百八十頁、分量はすくなくないが見識にみちた本だ。山本周五郎が歴史の新解釈によって人物評価の逆転劇を狙ったはじめての例としては、さきに「栄花物語」（昭和二十八年『週刊読売』連載）がある。この場合にも、田沼意次の新しい見方は、辻善之助が『田沼時代』（大正四年十二月、日本学術普及会）で論じたポイントを発展させたのだ。山本周五郎は、学問上のこうした変わった研究をいち早く取り入れるたいへんな勉強家ではあったが、歴史の直接の発見者ではなかったようで、作者が苦笑するような過大評価はつつしみたい」と、平野謙にチクリと針を刺している。

ことのついでに言及すれば、『紙つぶて・完全版』（PHP文庫、平成十一年三月）には、周五郎に関して執筆した七回ものコラムを収録している。「山本周五郎全集」（昭和四十四年八月十六日付）と題するコラムでは、〈編集方針についてはやはり不満がある。三十三巻中、短編がわずかに十巻、それも前期の厖大な作品群がすべて切り捨てとはなさけない。池島信平夫人が講談社版全集月報で、つぎのように書いたのは至言である。——「今や大家になられた山本氏の作品は、上手いなあと思わず唸ってしまう反面、いやあまりに上手すぎるせいでしょうか、気どりのようなものがチラチラするように感じられるのは私だけでしょうか」〉

「機械織り長編と手織り短編と」（昭和五十年九月二十二日付）では、〈周五郎は元来は無器用な作家だったが、昭和十年代に入って、実は山手樹一郎のテーマや人物設定に多くを学び、ときにはハッキリ模倣しながら、それを自家薬籠中のものにしていったのである〉。（このコラムの前後には〈山手樹一郎や源氏鶏太や渋谷天外の方が、森鷗外や横光利一や太宰治よりも、本当は人生の底を見とどけている〉との一文がある）。

資料精査では随一の木村久邇典が、『樅ノ木が残った』の原田甲斐忠臣説が周五郎のプライオリティであったのではないことを（知っていただろうに）少しも踏み込んで論じていないのは不可解である。

私が最も詳しいと感じたのは、今村忠純の一文である。

> 平野謙のあげている真山青果の戯曲、三幕三場の「原田甲斐の最期」（「講談倶楽部」昭和六年八月号）は、「青果が村上浪六原作を、後に全く新しく脚色しなおして、独立の作品とした」（細谷雪「解題」『真山青果全集』昭和五十一年五月）のだから、作品化された原田甲斐が忠臣として浮上するのは、はやくに村上浪六の作品であった。（略）村上浪六の「原田甲斐」が週刊の「太平洋」に掲載されたのは、はやく一八九九年（明治三十二）五月ということになっているのだから、おそらく周五郎は『樅ノ木は残った』の執筆にさいしても、この村上浪六作品を参看していたのにちがいない。
> （略）
> 村上浪六の「原田甲斐」は、はじめ前半の二幕を額田六福、三幕目以降を真山青果の脚色するところとなり、新国劇が一九二七年（昭和二年）一月興行として邦楽座に初演している。（略）額田と青果の脚色したこの五幕ものの「原田甲斐」が初演されるよりも少しまえに「新国劇十周年記念募集当選脚本の一」として、山本周五郎の「法林寺異記」（三幕五場）が「演劇新潮」（大正十五年）六月号に掲載されていたことも知っておきたい、とわたくしは思う。「法林寺異記」が『樅ノ木は残った』につながるというのではない。そうではなく、新国劇の上演演目にたいして、当時の山本周五郎が無関心であったとはとうてい思えないということである。山本周五郎はこのときの「原田甲斐」の舞台もおそらく見のがしはしなかったのではあるまいか。もし山本周五郎に伊達騒動、とい

うよりも原田甲斐との出会いをたずねるとすれば、このときをおいてはほかにないからである。

(「国文学解釈と鑑賞」昭和六十三年四月号)

今村文の後半の二行は要訂正であろう。秋山青磁に〈周五郎とぼくは少年時、東京・木挽町の同じ質屋で丁稚奉公をしていて、二人いっしょによく使いに出された。そのころからかれは、原田甲斐はけっして悪人ではないんだよ、ぼくは将来、かならず伊達騒動の原田甲斐を書くぞと、なんども語ったものです。そしてかれの予言どおり四十年もかけて、ああいう傑作に仕上げたのです。実に二十歳にもならない時分からそういってがんばっていたんですから、その執念にはほとほと敬服せざるを得ません〉(昭和四十五年六月二十二日、山梨県韮崎市における『山彦乙女』文学碑除幕式での挨拶)との証言があるからだ。

木村久邇典は、秋山青磁の発言は確実な信憑性をもつものだと、認めたうえで、いまひとつの要因を提示する。昭和五年十一月の、宮城県亘理郡吉田村(現・亘理町)の土生きよえとの結婚である。「結婚したのち、山本周五郎に伊達政宗や伊達藩に取材した作品が多くなったのは、人情のつねというものであろう」という。

周五郎が『樅ノ木は残った』の取材のために、昭和二十九年六月十八日から二十二日までと、同年十一月二十日から二十三日までの二回にわたり、宮城県から山形県下にかけて取材旅行をしたことは「年譜」でも明らかである。しかし二回きりではなかったのだ。周五郎の没後、木村は初めて土生家を訪問する。きよえの長兄利助も、利助の長男利一もすでに死去していたが、健在であった利一の未亡人しんが意外な〝新事実〟を語ってくれた。周五郎は、すでに土生家を訪問していたのだ。取材旅行が初めての仙台旅行ではなかったのである。

昭和十九年に一週間ほど、滞在してゆかれました。まだわたくしが、嫁に来たばかりのころで、そう、電気もついてなくてランプの時代でした。（略）義父の利助（当時、吉田村収入役）が、いろいろ伊達藩の話だの、昔話をしますと、山本先生は「わたしもそういう古い話が好きです。いつか小説に書きたいと思っているんです」とおっしゃって目を輝かせて聞き入っていました。（略）一週間滞在すると、たいていは飽きてしまわれるでしょうに、毎日のように、流れ川に沿って散歩されたり、うらの山長瀞《やまながとろ》のやまなど、山歩きなんかもしておられたようです。（木村久邇典「『花咲かぬリラ』余録」）

『樅ノ木は残った』（千六百枚）ほど、多彩な読者に、さまざまな形で受けとめられた小説も珍しい。お家騒動物語、剣客小説、芸道小説、さらに恋愛小説、物産小説、経済小説としても読まれた。藩を国家と考えて政治小説、組織と個人といったサラリーマンの焦眉の問題に引きつけて味読するファンもいた。周五郎は木村久邇典に「甲斐と宇乃の恋愛小説として書いたのだ」といったという。

この発言は、山本さん一流の逆説とだけ聞きながせぬものである。

「僕はこの小説でほんとうのプラトニックラブを描きたかった」

宇乃の原形は朝日新聞の出版局につとめていたうのの女史だ。宇乃はわたしの理想の女性像だ。作者は素直に書いているつもりでも、読者はなかなかそのとおり受取ってはくれないものだよ、と山本さんはいった。（木村久邇典『人間山本周五郎』）

水谷昭夫の「『樅ノ木は残った』――歴史と文芸と人間の再生」を、木村は「胸の透くような卓論であ」り、「すぐれた山本周五郎論として逸することのできないものである」と讃える。同感である。長くなるが、引用したい。

甲斐はたとえば、どのような情況の中ですら身を衝動にゆだねるという事がない。自らを斬殺せんといどみかかった国侍に対してすら、怒りにまかせてこれに対処するなどという事はない。すべての情況が暗く、灯一つさえない闇の中ですら、彼はなお明晰さを願い、だからこそ一そう人間に対する深い信頼や、つつましさや、或は繊細なおもいやりやを、人間の真の勇気や崇高さの中でもの静かにあかしして行くのである。そしてしかも彼がそうである度合に応じて、最も内面的な悲劇が形成されて行くこととなるのである。このとき、『樅ノ木は残った』の主人公が対決を余儀なくされているのは、彼をとりまく伊達藩の諸々の力学的関係や、幕府老中の陰謀やその他、お家騒動のわくぐみを超えているばかりでなく、同時代の矛盾対立する様々な形態をも一そう抜いて、人間存在の根源的なものにかかわる容認しがたい不条理な軽薄である。彼の戦いのねらいは、人間精神の高貴さやその繊細なやさしさを、常に浪費してかえりみない粗野で衰退したわれわれの時代とかかわるのであり、ここに『樅ノ木は残った』の「歴史と文芸」の問題がたしかめられるのである。

元来、近代における歴史小説の苦悩の出発は鷗外の言葉で言えば、「二つの床」に寝る事の中にあったと言えるであろう。ここで鷗外の「歴史其儘と歴史離れ」を持ち出すまでもないのであるが、近代歴史小説にとどまらず、近代文芸の上に投げかけられた呪縛のように、歴史→史料考証の重みが、あたかも存在そのものでもあるかの如くふるまい、無限に脱落し続ける人間や時代を、それは厖大な史料考証の鎖でつなぎとめるかのようである。人間→存在→歴史化の近代図式の進行にともなって、鷗外にみられたような、その実体との激しい緊張関係が喪われるにつれて殆ど逃れようもない形骸となって、しかも盲目的な力をふるうのである。その事はまた、近代における小説というものや、それを支える人間の根拠が、きわめてあやふやなものとなって崩壊に瀕するということと別のことではない。周五郎は、このことをふまえて、はっきりと、文芸と歴史とは画然と別個のものだと言い切るのである。このあまりにもあたり前の事を、決して居直ったり、投げ出したりするのではなく、寛文事件の調査二十数年、あの事件に関しては殆ど資料を調べつくしたという自負の上で、文芸と人間というものへの確かな信念をもって主張する。重ねて、そこには、硬直化した化石の羅列を、実証主義の虎の威をふりかざして正当化したり、内的人間の情熱に対してすら、ほとんど無関心なメカニズムとの、まぎれのない訣別が示されていると言っていい。

作品の最も終りの箇所で、宇乃が「樅ノ木」にはっきりと甲斐を感ずる情景がある。物語は終るのであるが、そこから新しい生命がはじまるのだという事を、作者はしっかりと書きこんでいるのである。ここで、ある孤独で誠実な一つの生涯が、陽のあたる饒舌な歴史から全くかえり見られる事がなかったとしても、否、そのことの故に、一そう確かなものとしてよみがえって来る事となるのである。歴史における普遍をでなく、人間の生涯におけるあの不たしかさとかけがえのなさの故にこそである。人間にとって大切なのは何を為したかではない。何を為そうと願ったかなのだという祈念へとそれは高められて行くのである。

歴史では出来ぬことを、文芸は、そのまるでありもしない願いの切なさによって追いもとめてやまないのだと言うのである。このことによって『樅ノ木は残った』の主人公原田甲斐は、お家騒動物語のわくぐみの超え、言ってみれば歴史と実存というきわめて現代的なたたかいを、もっとも反時代的にこころみることに成功したと言われるべきであろう。そのことはつまり、歴史と文芸との関係に投げかけられた鷗外以来のあのスペルを超えて、少くとも創造的な課題と視点をきりひらいたものとして高く評価されるべきものであろう。

（「国文学解釈と鑑賞」昭和四十五年四月号）

水谷昭夫は書き下ろしの伝記小説『山本周五郎の生涯』のほかに四本ほど周五郎作品を論じている。昭和三年、大阪市に生まれ、関西学院大学大学院博士課程を修了、文学博士学位を受け、同六十三年、病没している。享年六十。ナチの強制収容所から生還したオーストリアの精神医V・E・フランクルの決定的影響下で、実存論的立場から、屠殺されつづけている私たちの時代にむかって、〈人間の魂の尊厳〉の回復を祈念してやまない評論家であった。〈人間の、あらゆる合理的有効性以前の、しかも合理的有効性に矛盾すらおぼえる人間の英知の不条理性から目をそらさぬこと、それこそが人間の精神にかかわる学問や芸術の肝心というものであろう〉ということばは、しばしば私の胸を去就するのである。

尾崎秀樹は『樅ノ木は残った』を、〈山本周五郎の代表作であるばかりでなく、日本の大衆文学史上にも数少ない名作のひとつだ〉と評価するのだが、その当否は措いて、今日まで誰ひとりとして言及しなかったことに触れている。尾崎が指摘するのは、明治期の史伝家の一人である山路愛山の『御家騒動叢書』第一巻におさめられた「伊達騒動記」（大正元年）の冒頭に以下の文章が読めるという。〈御家騒動は悪人時を得て善人悲境に陥るに始まり、善人栄えて悪人亡ぶるに終る。これは講釈師のする千編一律の紋切型なり。さりながら世に醇乎たる善人もなければ、徹頭徹尾の悪人もなし。史学の批判よりすれば御家騒動は畢竟政党の争いにして幾編の権力争奪史に過ぎず。されば誠に御家騒動を研究するものは即ち政治的の人間を研究するものにして、その研究が科学的になればなる程、政界の陰陽二面に存在する秘密の鍵を捉え得べきものなり〉。

要するに尾崎は、この愛山の文章が、〈御家騒動を政治の中の人間葛藤としてとらえた最初のものであること、およびこの文章が書かれたのをきっかけに（直接的な影響というわけではないが）、いわゆる御家騒動ものの近代的な解釈がはじまり、鷗外や真山青果の作品がつぎつぎと世にとわれるようになった〉というのである。むろん尾崎は時期的には大槻文彦の『伊達騒動実録』などの方が早いことは承知している。〈しかし大槻の説は原田甲斐を悪の張本人からむしろ従犯の位置に据え直しただけのものでしかなく、悪と善の問題を組織の中において考えようとするような視点をもつものではなかった〉という。山路愛山の新しさは、御家騒動を政治の中において見直したところにあった。山本周五郎の『樅ノ木は残った』は、この政治の中の御家騒動とでもいった解釈を拡大し、人間の心理内部における相克までをふくみこんだスケールの大きさをもつだけでなく、むしろ伊達六十二万石をとりつぶそうとする幕府の陰謀に身を挺して対決した封建武士の苦衷をえがくことで、いっそう人間的な厚味をくわえているところに、重量感をもつ作品であった〉と結論するのである。

では『樅ノ木は残った』に対して疑義を提出した評家はいなかったのか。私はここでも佐藤俊夫の登場を願わないわけにはいかない。『青べか物語』論考のなかで一種独特の光芒を放つ佐藤は『樅ノ木は残った』に、さほど高い評価を与えていない。「ある自己表現——山本周五郎のばあい」（東京大学教養学部哲学研究室編『人文科学紀要』第五十七輯、昭和四十九年三月）の一節を摘録する。

『樅ノ木は残った』は、その執筆に中断を挟みながら前後五年をかけ、千六百枚にのぼる大作として、彼の代表作のひとつに数えられる。しかし、この作品において、自己表現の完結を求める周五郎の意図は、はたして成功したであろうか。『樅ノ木は残った』は、天下周知の伊達騒動という、事実としてはどこまでが確かとはいえないまでも、ともかくも歴史的な事実の前提がある。原田甲斐という主役は、それが一般にゆきわたった通念となっている悪人だったにもせよ、または周五郎が懸命になってそれを逆転させようとした義人だったにもせよ、ともかくも彼は実在の人物である。そして、この実在の人物に託して、また実在の事件に託して、作者が自己を語ろうとすれば、そこにはどうしても隙間風が吹かざるをえない。

『歴史と文学』という、執筆あとの作者のややむきになった講演での発言にもかかわらず、そしてまたあの厖大精細な人物と事件との展開と構築にもかかわらず、作者があきらかに自己を投入しようとした原田甲斐は作者の自己表現としてこなれきっていないし、伊達騒動は自家薬籠の世界にじゅうぶんにたぐりこんだとはいえない。

木村久邇典にむかっては、あれは甲斐と宇乃との恋愛物語として書いたのだ、などといくらか負け惜しみともいいたい発言もしているようだが、たしかにはじめから客観的な史実というものはなく、史実はいつも主観的な史観をくぐった史実であるにはちがいないけれども、しかし歴史上の著名な人物や事件については、時代の淘汰を経てほとんど客観的といえる通念がおのずから固定しているので、よしんばその通念が根拠のうすい怪しいものであるにもせよ、その通念をくつがえすことは容易な業ではない。「歴史と小説は劃然と別個のものだ」「文学はいつも（歴史的資料から人間性を）吸収する立場なので、（歴史的資料について）なにかを証明するものではない」と、周五郎はさきの『歴史と文学』の講演でもくりかえし述べているのだが、『樅ノ木は残った』では、彼はその禁をみずから破っているともいえる。周五郎が、この意味での歴史小説は、これ以後は書いていないのも興味深い。もっとも、作家の執念というのはすさまじいもので、彼は晩年には、明智光秀と徳川家康のふたりを書きたかったようである。田沼意次、由比正雪、原田甲斐、それに書かれずに終ったがこのふたりとならべてみると、周五郎が自己を投入しようとした歴史上の人物には、あきらかにある共通した趣好がある。

「ある共通した趣好」とは何か。日本歴史の人物については殆ど無知に等しいから、うまく言いあてることが出来ないが、徳川家康なら立川文庫や講談本から腹黒い狸親爺のイメージがある。豊太閤の恩義を忘れて、幼い秀頼や淀君の立籠る大坂城を攻め亡ぼした謀略家。歌舞伎・浄瑠璃でも、権術数家、家康悪人説が定着している。田沼意次については『近世日本国民史』のなかの「田沼時代」で徳富蘇峰が、〈如何に田沼が一代の政治家であったとしても、其の世を毒し、風を壊りたる罪悪は、到底之を払拭し得ない（略）士君子の教養を欠き只だ功利一遍の動物として、その卓越した才器を誤用した〉と〝罪業〟を特筆された男だ。成り上り者と賄賂政治。

しかし周五郎は〈『栄花物語』という意次を主人公にした小説も、通説の裏返しを意図したものでもなんでもありません。すこし、注意して資料を読めば、田沼が悪徳の政治家でなかったことが、

――田沼を誹謗している資料のなかからさえ――はっきり読みとることができる〉(「歴史と文学」)と述べる。そして原田甲斐は見てきた通り、伊達騒動の元凶、藩主綱宗の叔父伊達宗勝と共謀して綱宗を隠居させ、幼君亀千代の毒殺をはかり、奸魁に附随雷同、お家横領を企てた極悪人だ。明智光秀は、由比正雪は、と続けても同じような人物が併置されるだけだ。

『樅ノ木は残った』取材の案内役を買った船岡在住の直木賞作家大池唯雄(歌人小池光の父)が回顧文を遺している。

やがて『樅ノ木は残った』は完成し、周知のように世評もさだまった。テレビで放映されていたころ、私はよく人に「はじめてわかりました。原田甲斐は忠臣だったのですね」などといわれて、返答に窮した。小説は直ちに史実ではないのだが、多くの読者はすぐ史実と思いこみがちである。傑作であればあるほどそうなる。(略)「おどろきました。あれはもうそのまま史実だと思われています」

山本さんはちょっと改まったような態度で、まじめに、「わたしもあれが史実だと思っています」といわれた。この答えは私にはいささか意外なものだったので、ここに記録しておきたい。それくらいの確信がなかったならば、これほどの作品は書けないのだということをしめしているように思われる。(「『樅ノ木は残った』の作者をめぐって――作者の美しい心」)

木村久邇典が微妙な一文を残している。

「先生」、某日、わたくしが訊ねた。「『樅ノ木は残った』について、ひとつだけお聞きしたいことがあるんですが……」「なんだ」「それは、寛文十一年の三月二十七日に、伊達安芸の提訴を取りあげた老中評定が、板倉邸からにわかに酒井雅楽頭邸に変更になったとき、甲斐は自分の生命の危険を予感して出向いて行ったかどうか、ということです」

山本周五郎はちょっとまじめな表情になり、「うむ」と云ってからすぐに答えた。「いや、甲斐は、そこで自分が殺されるなどとは思ってもいなかっただろうな。彼は最期の最期まで、ねばりづよく精一杯に生きようとした人物だったのだから」

わたくしは深く頷いた。（傍点は引用者、木村久邇典『人間山本周五郎』）

私が傍点を付した木村の仕草がいささか意外なものだったので記録した。また周五郎の答えも予想外のものだった。師と弟子の阿吽の呼吸に立ち入る余地はない。

昭和三十四年、『樅ノ木は残った』は、毎日出版文化賞を授与されたが、周五郎は固辞し、出版元の講談社が応ずるという変則受賞となった。固辞の弁が新聞に掲載された。

> 賞に推されたことはまことに光栄でありますが、私はつねづね各社の編集部や読者や批評家諸氏から、過分な「賞」を頂いていることでもあり、そのほかいかなる賞もないと考えておりますので、ご好意にそむくようですがつつしんで辞退いたします。（「毎日出版文化賞辞退寸言」毎日新聞、昭和三十四年十一月三日）

周五郎は昭和二十八年から三十一年にかけて、由比正雪を主人公にした『正雪記』、田沼意次を主人公とした『栄花物語』、原田甲斐を主人公とした『樅ノ木は残った』という、歴史の事実を踏まえた人物を主人公に長篇小説を三篇執筆している。なぜこの時期にこれらの作品を書き、それ以後はなぜ歴史に則した作品を書こうとしなかったのであろうか。

『樅ノ木は残った』は、昭和三十四年三月、中村吉右衛門劇団が、（村山知義台本・演出）、幸四郎、歌右衛門、田之助、勘弥、団蔵、又五郎ら出演で、明治座において上演され評判になる。

昭和三十七年九月には、大映が同作品を『青葉城の鬼』というタイトルで、三隅研次監督、長谷川一夫主演で映画化。つづいて東京12チャンネルが開局記念番組としテレビ映画化。村山知義脚本、出演は実川延若、千秋実、小林千登勢、田村高廣。昭和四十五年一月になると、NHKが大河ドラマ化。吉田直哉演出、茂木草介脚本。主演は平幹二朗、吉永小百合、香川京子、栗原小巻、佐藤慶、辰巳柳太郎。仙台、船岡、青根への現地ロケも織り込んで制作するにおよび、全国的な『樅ノ木』ブームが巻き起こる。

愛宕山に『樅ノ木』文学碑が建立された（五基ある山本周五郎文学碑の最初の碑）。刻まれた撰文は大池唯雄が抄出した。〈雪はしだいに激しくなり、樅ノ木の枝が白くなった。空に向って伸びているその枝には、いま雪を衣て凜と力づよく、昏れかかる光りの中に独り、静かに、しんと立っていた〉

昭和三十五年は、いわゆる「六〇年安保の年」である。六月十五日の安保改定阻止の大規模なデモ、東大生樺美智子の死、そして新安保条約批准と続く動乱の年であった。戦後闘われた最大の政治決戦と総括される。違う言い方をすれば総資本対総労働の戦い。

文学界では、一月、倉橋由美子が『パルタイ』で「明治大学新聞」の学長賞を受賞し、平野謙の推奨で「文学界」に転載、大江健三郎以来の若い才能と注目され、芥川賞候補作となる。四月、澁澤龍彦訳『悪徳の栄え・続』(現代思潮社)が猥褻文書として警視庁に押収され、サド裁判。九月、島尾敏雄は代表作となる『死の棘』を発表。十月、孤高の作家大西巨人が『神聖喜劇』の連載を開始。

激動する時代の様相は心ある文学者の魂に波及するものらしい。

周五郎もまたこの年はエポックメーキングな仕事を一挙に結実させている。一月、『青べか物語』を「文藝春秋」に連載開始(十二月に完結)。三月、『その木戸を通って』(前年「オール讀物」五月号に発表)刊行。翌三十六年二月には「おさん」(「オール讀物」)と、一代の名作を三十五年前後に集中して発表。青春というものは、年齢ではなく、事件によって決定されるものではあるまいか。六〇年六月十五日に象徴される時刻は、私の精神の深部に〈青春〉という時刻として凍結されている。

私が吉本隆明という詩人・思想家に出会うことが出来たのも、六〇年であり、山本周五郎の短篇「その木戸を通って」を偶然(この偶然を誰にどう感謝したらよいか!)読むことになったのも六〇年であった。

私がそれから五十三年後も依拠する六〇年安保闘争の〈総括〉は、〈戦後の歴史過程の亀裂を、一層拡大しながら、権力への批判と、スターリニズム批判を一つの視座で貫く革命的流動をはじめて生み出し、そしてその本質性の故に、現在では敗北せざるを得ない宿命をたどったといえる〉(北川透「《六月》とは何か」)という洞察にある。

ここで周五郎文学の高峰に臨むにあたっての、〝わが幕間の端書き〟といったものを、書きつけてみる。まず私は自分を「六〇年安保世代」と認識している。世代論について、社会学者の橋川文三は、〈わが国の世代論は(戦争中の三木清に代表される世代論も、戦後の「近代文学」派のそれも含めて)歴史意識を欠如した擬似世代論であって、その根底にある哲学は、生命の哲学であり、したがって、外観の多様さにもかかわらず、〝俺達は若いんだ〟という形式的な自己主張が反復的に主張されているにすぎない〉という。

ここでいう歴史意識とは、〈それは〝今、此処《ここ》〟における主体的決断の内面に深くかかわりをもつ意識の形態である〉（橋川文三『歴史と体験』）のだと言う。これを敷衍すれば、〈世代論とは、自己と歴史（現実社会の総体）とのかかわり合いを問おうとする自意識の過渡的な形態であって、私的な体験を普遍的なものとして表現しようとするならば、どうしてもくぐらなければならない関門である。この関門のくぐり方如何によって、ひとは世代論を超克し、自己の視点に宇宙を集中することの可能性を摑むことができる〉（宍戸恭一『現代史の視点』）という道筋に至る。

六〇年安保世代にとっての体験を問うとき、次のような図絵が映し出される。昭和三十五（一九六〇）年六月十五日夕刻、安保が批准されようとする時刻、既成の革新政党（擬制前衛）によって指導される人々は、国会への「整然たる」請願デモを繰り返し、やがて流れ解散をしている。かれらにとって闘争は、戦後民主主義の「成果」、運動の盛りあがり（たとえば動員数という政治的実効性）という局面からみて〈勝利〉であったと総括される。

他方、共産主義者同盟、および革命的共産主義者同盟全国委員会に指導された全学連主流派の学生、先進的市民、労働者、知識人らは国会南通用門を突破し、構内で抗議集会を開いている。詩人の吉本隆明が演説をする。そして構内に入ったことで、建造物侵入現行犯として逮捕される（後に釈放）。逮捕されたなかに学生の常木守がいた。

やがて開始された「六・一五事件裁判」において、吉本隆明は一被告（常木守）のために思想的な弁護をする。弁護をしようとした理由は二つあった。一つは自分がこの裁判の公訴にたいして架空の被告としての思想的連帯感をもっている（〈わたしの被告は六・一五国会構内集会の思想をもっともよく体現している〉）こと。いま一つは（客観的な理由は）〈六・一五国会構内の抗議集会が、あきらかに安保闘争のもっとも豊かな思想の集約的表現であったにもかかわらず、検察官によって提起された公訴事由が、住居侵入、公務執行妨害、傷害等、おおよそ思想的な問題とはかかわりない次元にある〉ことである。

法の本質を果敢に問う、おそらく前代未聞の思想裁判の経緯は『思想的弁護論』――六・一五事件公判について」（『自立の思想的拠点』）に結実する。私見によれば、わが国の裁判史上で、この思想的弁護論の水位に達したものは他にない。そして被告常木守の裁判における「最終意見陳述」をもって、六〇年安保闘争の思想が到達した最も輝かしい極点と考える。

常木守「情況への発言――最終意見とはなにか」は大部のもので、ここに紹介することは出来ないが、平成二十年に死去した彼への哀悼を籠めて、陳述書を読んだ詩人・評論家北川透の論考を引用させていただくことにかえたい。

常木守の文章は、おそらく生涯にわたって、「死者の影」をつきつけられて生きることを余儀なくされた六・一五被告の現在の困難な位相をよく伝えている。（略）それにしても六・一五被告とは何なのであろう。この世界では遂に弁護されることのないかも知れない被告。誰が死者として未来を体現しているものを裁き得ることができようか。その彼等に五年後、《死》を可能とする青春の充溢が失われているとすれば、生活者として、沈黙のうちに自己固有の振動面を奏でる以外ないのだ（略）。

しかし、もし彼が世界に対する憤怒を、表現に転位しようとするなら、この解体した自己現実こそが契機なのだ。奪われてしまった「死者の声」を内部にとりもどすこと、沈黙にまで解体し破滅した思想的な死者の苦悩のうちに、本質的な表現の要請をおくこと、そうすることによって、彼は自己をこえた時代の感受性の高みに出ることができる。そして生み出された表現の性質は、常木守の次の思想とおそらく同質なところにある。

「裁かれる五年前のわたしと、裁きの結果をうけとる現在のわたしをこの法廷においてつなぐものがあるとすれば、それは精神の違法性——その存在自体が違法性としてあるようなわたしの精神であり、且つそれだけが本被告事件において公的審判にあたいしうるただひとつのものであったのだとわたしは考える」（常木守）

もし、六〇年代の青春がはらみうる芸術の内的契機を、本質につかせるようにいうとするならば、この常木守が現在『被告』として耐えている存在自体が違法性としてあるような《精神の違法性》ではないだろうか。ぼくらの詩が、その表出の尖端で担うものは、この精神の違法性を、思想や感情の混沌とした深みに置いて、はじめて生まれてくることばの本質的な自由性でなくて何であろう。

（「《六月》とは何か」）

私にとって、「六・一五」とは自身の存在がこの世界において違法であることを自覚、ないしは決意する日として在る。〈世界中がぷらすであったときに／かれひとりまいなすであったので／薄明のなかのかれは一点の深夜だった〉（谷川雁「人間A」）のだ。「政治の季節」の余燼は跡形もなく失せ、

「思索の季節」が呼号されてはいたけれども、新しい兆候はいつかな何処からも顕現せず、街にはつねに変わらぬ日常の疲労の影が色濃く漂い、道往く人々の顔を翳《かざ》していた——。

私は何を考えていたのだったか。生活にまつわる不如意のあれこれ、かつて恋した女性が二人目の子どもを産んだという風信。愛するものに去られてなおもひとは生きていかなければならないのか、といったおよそやくたいもない自問が頭の中で犇めいていた。何事にも感動することのなくなった（そのことを哀しくも誇ったこともあった）要するに私は失語症を病む憂鬱な学生だったのである。

そして〈転位〉の刻がやってくる。〈転位〉をもたらしたいくつかの言葉の断片をアトランダムに録してみよう。

生れ、婚姻し、子を生み、育て、老いた無数のひとたちを畏れよう。あのひとたちの貧しい食卓。暗い信仰。生活や嫉妬やの諍ひ。呑気な息子の鼻歌……。そんな夕ぐれにどうか幸ひがあってくれるように……。それから学者やおあつらへ向きの芸術家や賑やかで饒舌な権威者たち。どうかこんな寂かな夕ぐれだけは君達の胸くその悪いお喋言をやめてくれるように……。（吉本隆明「夕ぐれと夜との独白」『初期ノート』）

この現実は、私達が不幸にうちのめされるやうに前もつて制度づけられてゐるからです。わしらは、国家のない国に生まれたかつたのう。（井伏鱒二『黒い雨』）

生産と生殖と交遊の世界から、この日常の生の円周から、おそらくすべての論理が立て直されねばならぬであろう。今日における挫折の公約的帰結というものがあるとすれば、この一点に向うのではないか。そしてそのとき、帰結は起点でしかない――挫折という無意味を然るべく葬る作業の出発点でしかない。（渡辺京二「挫折について」）

そして私は山本周五郎に出会う……。

〈苦しみつつなお働け　安住を求めるな　この世は巡礼である〉（ストリンドベリイ）

# 第十六章　『青べか物語』の浦安

『青べか物語』ほど賞讃で迎えられた作品も珍しいだろう。周五郎全作品のなかでも最高の芸術的熟成を示すものとする批評家が少なくない。本章ではこの名作の周辺を航行してみたい。

文藝春秋の月刊誌「諸君!」は、昭和五十四年六月号から、評論家森本哲郎を起用し、「思想の原景」と題して、二十世紀の作家や思想家を一人ずつ取りあげる「思想への旅」＝二十世紀紀行を二年間連載している。二十世紀もあますところ、あと十数年となった「世紀末」、ジョージ・オーウェルが未来社会の風景として描いた『一九八四年』を目前にした時期のタイミングのよさもあって注目された企画だったが、瞠目すべきは二十世紀を証言する二十三人の「思想の冒険家たち」の顔ぶれのユニークさである。

「迷宮の設計者＝ジェイムス・ジョイス」に始まり、『『大衆』の発見者＝オルテガ・イ・ガゼット」、「『魂』の信者＝D・H・ロレンス」、「偉大なる読書家＝ホルヘ・ルイス・ボルヘス」、「『存在』の捜査官＝マルチン・ハイデッガー」、「『神』の測量師＝フランツ・カフカ」と続き、全二十三人中、日本人はただ一人、「日本の思想家＝山本周五郎」が選ばれている。森本が周五郎を発見したのは、「文藝春秋」連載時の『青べか物語』を、それもそのうちの一篇「人はなんによって生くるか」を目にとめたからである。

私はとっさに西田幾多郎の日本の小説に対するあの言葉、「何しろ人生いかに生くべきかに触れていないからね」という言葉を思い出した。私は、きっとこれは山本周五郎のそれに対する返答にちがいないと思った。そして一読するや、激しい感動、いや、衝撃さえ全身に感じた。それは西田幾多郎の評言に対する返答などではさらさらなく――おそらくこの作者はそんなことはつゆ知らなかったにちがいない――作者が出会った一人の男の人生を淡々と語った掌篇であった。けれども、ここには西田の評言に対する返答、というより解答が期せずして、はっきりと語られている、と私は思った。（『思想の冒険家たち』）

「人はなんによって生くるか」は連作六番目の作品で、作者は石灰工場の川下で釣をしていた。〈一つ汎《いり》のちょっと上《かみ》で、うしろには百万坪の荒地がひろがっており、早春のやわらかな風が、その荒地をわたって吹いて来た。陽はあたたかく、根戸川の水は薄濁りがして、ときどきこまかなさざ波をたたんでいた〉

すると一人の男が土堤の上をやってきて、彼のすぐ脇で釣りを始めた。そばに人がくると場所を変えることにしている「私」は、その場を動こうとした。と、男がいきなり「私」に向かって、こう呼びかけたのである。

「人はなんによって生くるか」

「私」はびっくりして思わずききかえした。すると、男は〈こんどは一《ひ》と言《こと》ずつ句切って、同じことをはっきりと云った。それだけではない。そういいながら右手の拳《こぶし》をぐいと突き出し、その拳を上下にゆすった。〈その拳を注意して見ると、握った中指と人さし指とのあいだから、拇指《おやゆび》の頭が覗いているのであった〉。男はふざけているようにはみえなかった。拳をつき出して「私」をにらんでいるのだ。うろたえた「私」はむりに微笑してみせ、大きく頷いてみせた。

〈それで納得したのか、または話にならないと思ったのか、男は無表情のまま拳をおろし、黙って自分の釣作業に戻った〉

文庫でわずか五ページにもみたない物語である。後日、「私」は「蒸気河岸の高品さん」の炉端で、この男の身の上を「秋屋エンジナー」からきかされる。七年前、男は出稼ぎに行っていた。その留守に妻と四人の子供が赤痢か何かで急死した。だが彼に連絡がとれない。そのうち男は帰って来てそれを聞くと、いっぺんに気がぬけたようになって、半月ばかりぼんやりしていたという。「彼はたいへんな子煩悩でしてね」と高品さんがいった。「作者」はこう記す。

私は話を聞きながらも、またそのあと、自分の家へ帰ってからも、ささやん（註・男の名前）の悲しみの深さに心が痛んだ。「人はなんによって生くるか」私は呟いてみた。それはまなんで覚えた言葉ではない、文法もでたらめである。けれどもそれは、妻と四人の子を一度に失った男の言葉なのだ。

森本は、〈頭のおかしい男の意味不明な言動といってしまえば、ただそれだけである〉が、じつはそこに〈深い意味があるのだ〉と直感している。〈深い意味があればこそ、作者山本周五郎はそれを一篇の珠玉の作品に仕上げたのであり、その作品が深い感動を読者に呼びおこすのである〉という。

男の〈姿から象徴的に人間存在の根源的な意味を感じと〉り、〈ここには、まさにその題名どおり、「人はなんによって生くるか」という思想が象徴的に描き出されている（傍点原文）と。

森本哲郎は妙な拳の握り方を、〈人間の性行為をあらわしている。（略）それを「性」そのものと受けとれば、彼はその拳によって、人が生きるのは、ほかでもない、性のためなのだ、と解することもできよう。とすれば、その男は、そしてその男をわずかな字数のなかで見事に描いた作者は、ロレンスとおなじ思想を語っているといえないであろうか〉とも自問する。〈彼はみずからの「性」によってつくりあげた男の人生を、一朝にして失ってしまったのだった。彼がそれによって生きていた人生を。彼は人生を失うことによって、はじめて「人はなんによって生くるか」という問に解答を与えることができたのである〉

森本は『青べか物語』を〈座右に置いた。以来、いつ読みかえしても、どの一篇を読み直しても、そのたびに〈私は新たな感動と深い思索に誘われる〉といい、あわせて短篇「将監さまの細みち」を取り上げる。〈病気と称して三年もぶらぶらしている亭主と幼い子供を養うために岡場所で働いているおひろ〉が、貧しく苦しい毎日のなかで、いつも自分にこういいきかせている。「五十年まえ――」「そして、五十年あと――」。つまり、五十年前に自分はこの世にいなかった、そして五十年あとにも自分はこの世にはいないのだ、というのである。彼女はこうして生きてゆく。その姿は、まさしく伊藤整が批判したあの「無を極とする判断」であろう。だが、それは果して否定さるべき判断、批判されるべき発想なのであろうか、と作者山本周五郎は反問しているように私には思える。それもまた、日本人が心の底からつくり出した思想ではないか、と〉

周五郎を敢えて思想家と規定した理由が明らかになったわけだが、その種の定義をした評家がいなかったこともあって森本の文章から受けた感銘は新鮮である。

周五郎は「これだけは、自分としてどうしても書いておかなければならないものだと思っている。自費出版でもいいから完成させたい」としばしば周囲に語ったという。

開高健は谷沢永一から〈山周の小説を読んでごらん、畳にすわってニギリ飯を食べるみたいなところがあるよ〉と教えられ、周五郎の小説が雑誌にでると、それだけ読み、〈あとは紙屑籠へほうりこんだ〉らしい。〈「文藝春秋」に『青べか物語』が連載されはじめると、やったナ！……と思った。作品もさることながら、よくこの作者からこの作品を抽出した編集者の眼力に感心させられた〉と書き、次第にオクターヴが上昇する。


彼は一字、一句をためつすがめつしながらすすみ、濃縮、濃縮、また濃縮し、しかものびのびと自由に書いた。「繁あね」の一篇は絶唱といってよいのではあるまいか。「白い人たち」の一篇も絶唱といってよいのではあるまいか。猟銃を持った人たちに追われて囚人が芦原をかきわけかきわけ沖へ逃走していく場景には博識な読者ならフォークナアの一頁を連想させられるかもしれない。ここでは生が原形質のままで抽出されている。小説家はこういう一篇を書きあげられたらそのままペンをおいて息をひきとっていいのではないか。（「原形質としての生」、『山本周五郎小説全集第十四巻青べか物語』栞、昭和四十二年九月）

この文章は周五郎の歿後に発表された。開高は周五郎の作風に〈外国文学を縦横に読みこなしたらしい気配〉を感じ、〈この人の会話の運び。お尻の青い連中が夢中になってヘミングウェイ張りのハードボイルドやつしをやっているが、とうていこの人の踵にも這いよれないではないか〉といい、いまひとつ重要な指摘をしている。作中の「私」の消去の工夫がそれで、〈私は山周が独創の苦心に成功したことを知った〉と歩をすすめる。なるほど周五郎は浦粕町の諸人物の言動を描き、その動機や背景について簡潔な註釈をほどこしてスケッチを仕上げていくが、肖像画の生死にかかわる肝心の眼、口の部分にさしかかると、いっさい「私」の口を密封してしまう。

読者は「私」が何をいったのか、まったく知らされない。ただ相手の返答ぶりで想像し、臆測し、まさぐるだけだ……。注意深い読者なら、その文体、作者とおぼしき「私」の無言に気付くだろう。だが〈苛烈をきわめた生の諸相を観察しながら、《私》の言葉そのものはたった三箇所にしか記されていない〉などと全作品中での「私」の言葉の回数と場景まで提示してみせることができたであろうか。〈「繁あね」で、「妹はどうしたんだ」と聞く一行と、「鼬《いたち》にかじられるぞ」という一行、その二行。「長と猛獣映画」で映画の撮影方法を説明してやる数行。さいごの「留さんと女」の結句。ストリンドベルヒを引用した独白。「巡礼だ、巡礼だ、苦しみつつ、なおはたらけ、安住を求めるな、この世は巡礼である」。ほかに《私》の肉声らしいものとしては他に一箇所、マルキシズムの平等の神話に挑戦した主題の戯曲を書こうとしながら書きあぐねて鬱屈している場景があるが、それも閃くように出現して瞬後には消えてしまう〉と重箱の隅を楊枝でほじくる、半端じゃない。

この徹底的な「私」の消去。想像の自由を与えられた読者はその空白のなかに若くて渇いた《私》の炸裂、抑圧、沈降を読むが、自分でコトバを作って充塡しなければならない。それが楽しい。考え考え読みすすむうちに読者はついに自分で物語を創造したような感動を味わうことになる。この技には作者の抜群の忍耐力がそそがれている。その力の寡黙の雄弁が人をうつ〉と本の読み方にまで言及する。

〈作者その人はつねに人形芝居の黒衣の操り手のような位置に自分をおこうとしているように見える〉〈きだみのるの『気違い部落』の諸作で観察された農民気質〉などといった揶すべき洞察も多々ある。〈「コトバの氾濫でザラザラに荒れてしまった私たちの眼にも《活字がたつ》ように文章を綴ってみせた、稀れな男が一人いたのである〉という結びに近い一文は今日でも色褪せることはないであろう。

『青べか物語』は、平野謙と木村久邇典の間でフィクションかノンフィクションかについて論争（「文学界」昭和四十四年十月号、十一月号）が交わされた。周五郎は、「これは小説でないといわれていますが？」という新聞記者の質問に対して、〈ドーデェの『風車小屋物語』をご存じ？ あれです。ああいう地方的な気質を描いてみたかった。実際にあったものを素材にするが、それに普遍化を与えよう。といって、小説化するには構成というものがいる。それも抜いてしまって、むだなものをできるだけ整理して、極限まで凝縮しようとの試みであったわけです〉（朝日新聞「著者と一時間」昭和三十六年二月）と答えている。

アルフォンス・ドーデ（一八四〇―一八九七）は、南仏ニーム市生まれの作家。『風車小屋物語』（邦訳では岩波文庫、旺文社文庫『風車小屋だより』）は、エッツェル書店から出版（一八六九年）。ドーデの故郷プロヴァンスの陽光と豊かな風物やそれらに育まれた素朴な人々の哀歓、そして民間口碑を綴った散文集だが、収められた二十五篇のコントの一つ一つがまさに珠玉、ドーデ文学の最良の部分がある。また十九世紀後半、激動するフランス社会で闘うドーデの貴重な体験をもとに開花した好短篇集でもある。最初の物語「最後の授業」は、フランス語を愛する一老先生と生徒を通じて、プロシアに占領された地方の悲哀を、あたたかく、ほほえましく、それだけにより痛切に描き出した短篇。わが国では中学校の国語教科書に掲載されたことで広く知られている。

木村久邇典は平野謙との論争に周五郎の直話を盾にとりながらノンフィクション説に固執したことを書いている。すなわち〈『青べか物語』は、〝小説の原形〟ではあっても、〝小説〟そのものではなく、〝小品集〟とでも称すべきもの、というのが山本周五郎の真のネライであり、そのような独特の風土をもつ〝浦粕世界〟を建設するために、三十年という歳月を作者の体内であたため続けたのである〉と書いている。

木村は、ノンフィクション、フィクションの区分けに対して視野狭窄におちいっているというのが私見だが、開高健は〈フィクションかノン・フィクションかとか、スケッチかタブロオかとか、作者と《私》の関係はどうか、などという詮索はどうでもいいではないか〉（前掲文）といい、ノンフィクションの旗手沢木耕太郎は〈『青べか物語』はフィクション以外のなにものでもない〉と断定している。

沢木耕太郎は、『新潮現代文学』で、『山本周五郎』の巻の解説を執筆している。名作「屑の世界」（『人の砂漠』所収）の筆者を選んだ関係者たちの炯眼に感銘する。沢木は周五郎を〈大衆文学でもなく純文学でもない「文学」の未知の頂に登るという野心を抱きつづけることで、自らを持してきた〉作家だと、全く新しい周五郎観を呈示する。そして『青べか物語』を周五郎の最高傑作、他とは異なる独特のにおいを放つそれと認容する。

『青べか物語』の語り手である「私」の発した言葉が直接的な形ではほとんど書きとめられていないことに注目したのは、平野謙、開高健と同じだが、一歩踏み込んでいる。

「私」は、作者の意志によって、沈黙の見者という位置に押しこめられているような印象さえ受ける。だがそれはあくまでも表面的なものにすぎない。熟達した物語作家の技倆によって、露骨な表現は避けられているが、青年の昂揚、沈降、焦躁、動揺、憤怒、断念といったものは、静かだが鋭い緊張感を伴って、文中に散りばめられている。（略）

「私」は『青べか物語』の世界の発光体であり、「私」の光に照らされることで浦安のあらゆる人物と風物が輝きを持つようになる。お繁も留さんも長もごったくやの女たちも、「私」という発光体の光を受けて、一瞬、美しく輝くのだ。

沢木の解説は短章だが、壮大なシンフォニーを聴くようで圧倒される。

『青べか物語』は、多くの評者の言葉を借りるまでもなく、山本周五郎の世界のひとつの極に立つ作品となった。『青べか物語』には圧倒的な存在感を持った人間たちがうごめいている。生の鮮やかな断面が描かれ、その断面のひとつが存在の全体を一気にあらわにする力を持っている。泥絵のような人間の生の一閃が描かれたあとに、淡いがリアリティーのある水彩の写生画のような文章がはさみこまれる。卓抜な構成によって、劇的な人間の物語性とそれを包みこむ土地の実在感とが見事な均衡を保つことになる。『青べか物語』が山本周五郎の他の作品と異なる独特のにおいを放っているとすれば、それはこの作品が例外的に作者の人生の一部を担保とすることで成立しているからというばかりでなく、その中に登場する人物や風物が作者の自由に改変できぬ自律性を持って存在しているということにもよっている。つまり作者はこの『青べか物語』にかぎって創造主として君臨しなかったということなのだ。『青べか物語』の世界はほとんど作者と拮抗するほどの重量感を持って存在している。山本周五郎は物の手応えにちかい世界、だから世界にちかい世界を生み出すことで、現代文学のフィールドに独創的な作品を提出することに成功したのである。

辻邦生の『青べか物語』論（新潮社版『山本周五郎全集』附録連載の「山本周五郎論」）も紹介しておきたい。辻は『山本周五郎論』を一冊にまとめることを構想していたが、平成十一（一九九九）年七月二十九日、死去。享年七十三。佐保子夫人も平成二十三年十二月二十四日、死去。享年八十一。私は御夫妻とは三十数年の親交があった。

戦後文学の旗手とされる小説家のなかで山本周五郎ほど「肖像《ポルトレ》」の魅惑にのめり込んだ人はいないし、また彼ほどいきいきと（サン＝シモン風に）「肖像」を描けた人もいない。『青べか物語』に寄せられた讃辞は多いが、結局山本周五郎はその讃辞のなかで孤独だったのではないか、という気がするのも、他に山本周五郎ほど「肖像」の魅惑にとりつかれた小説家が見当らないからなのだ。

「肖像」の魅惑とは人物の魅惑のことだが、日本文学には戦後文学も含めてたしかに人物の性癖、容貌、存在感に魅惑され、『青べか物語』に見られるような吝嗇さ、強慾さ（芳爺さん）、好人物性（留さん）、好色（おすず、おすみ、お兼）、陰険さ（末吉夫婦）、子供の残忍さ、狡さ（「青べか馴らし」「経済原理」）、純情（幸山船長、助なあこ）といった人間の「主要な相貌を浮き彫りすること」にのみ執着した作品はあまりない。（略）

しかしこうした素材が三十年も山本周五郎の中に眠っていて、小説家としての円熟期に初めて執筆されたということは、この小説家を考えるうえで重要な手がかりを与える。私小説作家ならすぐ飛びついて書いたであろうこうした適当にみだらで、適当に野趣のある素材を、なぜすぐ作品化しなかったのか。一つには山本周五郎が「影像《イマージュ》」になったものだけを描く作家だったからである。（「山本周五郎論」）

奥野健男は講談社版『山本周五郎全集第八巻　青べか物語　季節のない街』の解説でいう。

『青べか物語』は作者の青春の書でもあるのだ。（略）そのひとつひとつの章が夫々《それぞれ》独立した珠玉の短篇小説になっている。と同時に、それぞれの章が、人物や風景を、縦糸、横糸として、ゆるやかに重なりあい網の目のように拡がり、かつ閉されているひとつの世界を形成している。それは長篇小説のようにプロットによって統一されてはいない、絵巻物のように次々に新しい事件や場所が繰り展げられるのでもない、幸田露伴の連環体を連想させるが、そのような因果関係もない。しかしまぎれもなく、共通のトーン、雰囲気によって「青べか」の世界をつくっている。（略）

『青べか物語』は『気違い部落』（註・きだ・みのるの『気違い部落周游紀行』）と全く異質である。（略）『青べか物語』の作者は、その町に同化しながらも、自分が本質的に他所者と見られていることを強く意識している。そして批判的、諷刺的な手法を捨て、自分がしゃべり出すことを極力抑えている。（略）そこに作者のこの町の人々への愛情の深さと、酔うことのない透徹した文学者の眼を感ずる。

「人の世の修羅を描き切った名作」と推奨するのは、驚くべき読書量と目利きで知られる向井敏。

狡猾、貪欲、放埒、刻薄、そして無知。この小説に登場するのはこうした人間の弱さを背に負い、極度の貧しさのなかでそれをあらわにせずにはおれない人たちばかりだ。山本周五郎は彼らをさげすんだりはしない。けれども、けっしていとおしむということもしない。それは人間が存在するかぎりついてまわる弱さであろうと観じ、その姿をときにきびしく、ときにユーモラスに、抑制された筆致で描きだしたのである。

浦安の町の南は『青べか物語』で「沖の百万坪」と名づけられた広大な湿地帯であった。今はすっかり埋め立てられ、数知れぬマンション群、そしてその一角に東京ディズニーランドがあり、賑わっている。〈しかし、山本周五郎が今も生きていたならば、きっとつぶやいたことだろう〉と向井敏はこの『本のなかの本』（昭和五十九年刊）で書いている。〈人の世の修羅ばかりは埋め立てられまいと〉

大河内昭爾は、〈子供の折の海辺の不思議ななつかしさを、足の裏のこそばゆい砂の感覚までよびさまし思いおこさせるような〉「対話（砂について）」の章を傑作と呼ぶが、ルポライターの石田郁夫もその章を〈集中、絶妙の作品〉で、〈砂が、生きて、だんだん大きくなりながら川上のほうにのぼってゆく」ことを、富なあこが倉なあこに納得させる論証法は見事であって、民衆の対話についてこれほどまで書きつくしたものを、私はかつて知らなかった〉（「『青べか物語』――民衆のあっぱれな弁証法」）とまで言い切っている。〈柳田國男のいう、「石が育つ話」の民話の伝承の素地が、富なあこの論証を根のところで支えているだろうし、富なあこの説は、奇しくも、わが国の「君が代」の歌詞にも一致している〉という考証は胸が躍る。

佐藤俊夫（「山本周五郎の晩年」）は『青べか物語』を、周五郎の最高の傑作といい、同作は〈つくられた作品ではなく、できた作品である〉と、ほぼ完璧だという評価を与える。〈自己表現が、いくぶんかの感傷を残しながらも全体としてはみごとに熟し、ほとんど作為の跡を感じさせない〉と手ばなしだ。

佐藤俊夫は例の平野謙・木村久邇典の論争にも触れている。何人にも（作者の周五郎にさえ）一片の反論をも許さぬ明晰な論理展開なので、論争は、ほぼ半世紀ぶりにこれにて決着という次第にあいなる。

要は『青べか物語』は、ことさらにつくられた作品ではなく、おのずとできた作品なのであり、周五郎とかぎらず、作者の生涯において容易に恵まれることのない、まさしく会心の作だと思うのである。『青べか物語』においては、素材となった昭和初頭の浦安、また二十代なかばの作者周五郎の実像など問うところではない。『青べか物語』という作品においては、もはや当時の写真があってもどうにもならず、また当時の「日記」をみてもどうにもならぬのであり、昭和初頭という年代、浦安という場所、周五郎という人物の実像は濾過《ろか》され醸熟され蒸溜されているのであり、具体的な時と所と人とが、かくある事実をこえ、それらしき現実すらをこえ、まさしき真実の相にまで高まっているのである。

佐藤説にこのまま便乗して、『青べか物語』について瑕瑾《かきん》とでも言いたい箇所に触れる。「完璧な作品」だの、「生涯の傑作」だのといっておきながらと、まあお怒りにならずに、少しく耳目をお貸しいただきたい。

『青べか物語』については、ほとんど間然するところがないのであるが、あえていおうならば、終末の二章がすこし気にかかる。「おわりに」は浦安時代から八年ほどのち、「三十年後」は文字どおりそれだけたって、作者がふたたび浦安を訪ねる話であるが、とくに「三十年後」はせっかくの作品の余韻を打ちこわしているきらいがないでもない。作者があれほどみごとに活写した風景と人物、せっかく時空をこえて永遠の相にまで高まった自己表現の世界が、すこしばかりひきずりおろされる憾みを覚えるのである。『青べか物語』において、作中の「私」は、いわば万象をありのままに写すカメラになりきっている。万象をありのままに写すカメラそのものは、当のそのカメラによって写されることはない。平野謙が「〝私〟は、作者にとって、最初から無にひとしい」といったのはそこのところであろうが、「三十年後」の終章では、作者が顔を出してしまうのである。しかも、周五郎は、作中の場所を確認し、作中の人物と面接する。ところが、作品にあれほど生き生きと描かれた登場人物、ことに主役のひとりともいうべき三十年前の小学生の「長」は、周五郎のことをまったく覚えていない。

周五郎のほうは、すでに四十男になっている「長」の話し癖のはしばしから、三十年の歳月をこえて当時の「長」をありありと思い出すのに、相手の「長」にはまったく反応がない。同行した木村久邇典は事実そのとおりだったというが、もしこれが事実どおりならば、浦安時代の周五郎はまさしく影のような存在だったことになろうが、いささか楽屋落ちのしらじらしさを感ぜざるをえない。周五郎には、自己を透明人間に仕立てようとする一種の韜晦趣味があったようだが、このばあいは、よしんばそれが事実どおりだとしても、もうすこし別な書きようもあったはずであり、せっかくの名作にとって、あらずもがなの蛇足になっているように思われる。(同前)

佐藤俊夫は、こんな風にも言っている。

〈つむじ曲りの周五郎は、これは小説ではなくて随筆にすぎぬ、(略)などととぼけたことをいっているが、これは彼一流の照れかくしの逆説にすぎないというべきである。あるいはまた、そういっては過褒になるのかもしれないが、本気でそのように作者が考えていたとすれば、それほどにまで作品が作者を蟬脱《せんだつ》した証拠ともいえるのかもしれない〉と。

周五郎は「六〇年代」に『青べか物語』や「おさん」のような、「奇蹟の文学」を生んだ。唐突だが正確に一世紀をへだてたところの私たちが当面している現代の諸相をかえりみるとき、「一八六〇年代」のロシアが想起される。ドストエフスキーが一八六〇年代のロシアが当面した「現代」を鏡にして『罪と罰』を発表したが、ふたつの「六〇年代」が何故かいくつかの相似点が映し出される。なぜドストエフスキーか。周五郎文学に詳しい映画監督の篠田正浩が、雑誌『鳩よ!』(特集「山本周五郎」平成四年九月号)で、インタビューに答えている。

人々の魂をゆさぶってみたいときは山本周五郎の、ある作品をやれば可能でしょう。時期はあると思いますね。人々が光明を求めていると察したときとか。だから黒澤明は、ヒューマニズムとはこういうものだ、というのを『赤ひげ診療譚』でやってみせるわけです。ぼくは、山本周五郎とドストエフスキーは紙一重のところにあると思います。ドストエフスキーは最終的には混沌に入っていく。山本周五郎の中にもあきらかに『罪と罰』がある。『樅ノ木は残った』の原田甲斐は罪を背負って業罰の中にある。ところが、罰するものは何かというと、そこにはない。罰せられた者が一切の汚名を浴びて、聖職者に逆転するわけですね。原田甲斐がじつは聖職者であったと書かれると、罰せられるべきは政治のもつ不条理を引き起こす政治そのものということになりますが、そのことについては、山本周五郎は無力というか、無視している。（略）

原田甲斐が善に転化すると、悪は酒井雅楽頭と伊達兵部という野心家の問題になってくる。かれらはキリスト教的にいえば、人間の業欲を一身に背負っていて、その業欲にたいする業罰もある。ドストエフスキーはそちらも見るわけですね。周五郎は悪の魅力もいっぱい描くけれど、結局は善の光のまえにたじたじと眩んで消えてしまう。そこが周五郎の作品は大衆文学だといわれて、純文学から批判されるウィークポイントでもあると思うんです。（略）

一つ間違えると美談になる危険があるわけですよ。『一杯のかけそば』になってしまうから、そちらに隣接して読まれると困るけれど、ドストエフスキーの側に寄って、不条理の中で魂の救済を求めるものとして読むと、巨大なものに見えてくる。周五郎の評価は、モチーフであるよりも語り口にあるわけで、その語り口が、われわれを陶酔させてくれるんです。それに近い作家は誰かというと、菊池寛だと思いますね。

遠丸立に『「罪と罰」小論』（「三田文学」昭和四十四年四月号）がある。わが国の「六〇年代」から一世紀前のロシアにおける「六〇年代」を瞥見すると、ロシアは農奴解放令（一八六一年）以来、時代の思想的主導勢力が特権的貴族階級から、中間階級へ移り、ヴ・ナロード運動が尖鋭化し、既成支配階級のかかげる理想主義や人道主義は形骸化し、宗教的政治的権威は崩壊し、俗流唯物主義や科学主義が代って擡頭する……一言でいえば価値紊乱の時代であった。同様に、わが国の六〇年代も拠るべき確固たる思想を望見し把みとりえないまま、各人が各様に情況に流されている無秩序の時代といえなかったか。

昭和三十五年六月、政府・与党が新安保条約を強行単独採択して、国会周辺は連日デモの渦、樺美智子が国会構内で圧死、七月、岸信介首相退陣、池田勇人首相に代わり、九月、所得倍増政策が発表され、いわゆる高度経済成長時代がスタートする。一方では浅沼稲次郎社会党委員長の刺殺事件につづいて、「中央公論」に掲載された深沢七郎『風流夢譚』をめぐる事件——こうした激動の時代を背景に、『青べか物語』は書き継がれたのである。

昭和三十六年二月、『青べか物語』は「文藝春秋読者賞」に推されたが、周五郎は例によって辞退。〈私はつねづね多くの読者諸氏と、各編集部、また批評家諸氏から過分の賞をいただいており、それだけで充分以上に恵まれているしだいなので、いま改めて「賞」を受けることは、むしろ私の気持の負担になりかねない〉（「文藝春秋読者賞を辞すの弁」）

翌三十七年六月、『青べか物語』（東京映画）は、川島雄三監督によって映画化されている。天才川島雄三の最晩年期の作品である。撮影時の挿話をひとつ書いておこう。主演の森繁久彌らと数十人のロケ隊が、一か月余も浦安に分宿したが、映画の製作に反対する町民と、協力するものの二派が対立し、協力組は一時、村八分にされかねない状況になったという。反対派住民は『青べか物語』は、浦安住民の無智、卑猥、狡猾を故意に誇張した作品と読み、自分たちの愛すべき故郷の恥を天下にさらすものだとして反発したらしい。こんな話は木村久邇典がいうように、いかにも浦粕町めいた後日譚の趣きがある。

——曇天曇日
江戸川べりの
からっと晴れない路線の交錯
終日たえるときのない傾く電車の
Chin—Chin Curve の—

今官一のこの詩（一節）は、昭和三十二年に発表された。この頃、周五郎はこの町への、三十年昔の望郷の思いを書こうとしていた。昭和四十四年、地下鉄東西線の開通と、〝沖の十万坪〟におけるアパート、団地の開発によって、浦安市は数十万人の人口をかかえる東京のベッドタウンと化している。こんにち、浦安と〝青べか〟は、あたかも同義語《シノニム》のように全国に知れわたったが、周五郎文学を愛した詩人前田三郎が描いた散文詩「巡礼——追われる街の人々」に彫琢された点景は、一冊の書物のなかに、心の中にしか生きてはいない。

そこは葦の緑と海の青でいろどられていた。河口の三角洲をぬけると遠浅の渚がつづき、鷗や五位鷺、葦《よし》切り、千鳥が騒いでいた。月が出ると汀のあたりで鯊《はぜ》がおどり、蟹が走った。今は昔のことである。

関東平野を潤おした坂東大郎から分かれて、江戸川はこの入江で海と出会う。川筋が海と出会うところ、ここを堀江と呼んだ。隣に猫実、当代島、この集落から村となり、今、浦安と呼ばれる町である。

水と火と、住む人々を襲うのは、きまってこの二つであった。レベル0《ゼロ》。潮の干満にすら陸が見え隠れする中で、火はまた、めらめらと焼き尽くしていった。

# 第十七章　他者の発見

「その木戸を通って」は、「オール讀物」（昭和三十四年五月号）に掲載された。私が周五郎と邂逅した作品である。仲立ち役となったのは、著書『太宰治論』を読んで以後、親炙した奥野健男である。

「落葉の隣り」「その木戸を通って」は山本周五郎によってのみ表現され得た稀有の小説宇宙であり、周五郎文学の精髄として、また昭和時代の代表的小説として、永く残り人々の魂をゆるがし続けるであろう傑作である（略）

「その木戸を通って」は、日本に古代から伝わっている竹取や羽衣の天人や、鶴女房など、いずこからかあらわれ、また去って行く理想的な女性への伝説に通うものがある。ずいぶん大胆で破格なシチュエイションを設定した前衛的手法の実験小説であるが、何とも言えぬなつかしく美しい味わいがのこる。記憶喪失のふさがその木戸を通って……と呟く場面など、深層意識をふるえさせる底知れぬおそろしさがある。（新潮社版『山本周五郎小説全集』第三十一巻、解説）

さらに作品の「木戸」のもつ意味について、鋭利な解釈を発表した上野瞭の批評の一端は、本書の序章でも触れている。現実世界とは別の世界をつなぐこの「通路」が、ここでは「木戸」である。こうした「通路」「トンネル」「木戸」を媒介として日常世界から非日常的世界＝神話的世界に入って行くという物語は、陶淵明の「桃花源記」に始まる桃源境伝説（漁師が谷川をさかのぼり楽園に到る）や浦島太郎が海の中の道を亀の背に乗って龍宮城に至る浦島伝説など、東西に存在する。かぐや姫伝説の『竹取物語』や信田妻伝説もこれにつらなる。

周五郎は「〝神かくし〟に類する伝承が、日本には昔から少なくなかった。今度はそれをテーマにした小説を書いてみよう」と編集者に語ったというが、そこに現代という時代からの無意識の声が背を押しはしなかったか。前述したように六〇年代、七〇年代において、日本社会は大きな変化を遂げつつあった。安保闘争、大学紛争、反公害運動、環境保護運動が相次いでおこり、高度経済成長をめざして上昇してきた社会に対する大規模な異議申し立ての動きが一挙に顕在化する。

世界文学的なレベルでみれば、十九世紀、二十世紀前半にひきつづき、それまで実存主義文学からヌーヴォー・ロマンまで戦後世界文学に主導的な役割を演じてきたフランス文学が行きづまりに達し、それと交代するように、それまで特異な、局地的な文学として一部にのみ知られてきた中南米文学あるいはアフリカ文学が、新しい創造的なエネルギーを補給するものとして全世界的に注目され、普及するようになった現象に顕著にあらわれているが、近化合理主義的、リアリズム的文学方法が効力を失って、近代以前、非合理的、土着アニミズム的な文学方法が前面に復活してきた

（略）

そこでは、神話や夢、空想、幻想を物語の枠組に使って、物理的な時空間、因果法則等を越えた世界が展開され、人間と山川草木の霊が交流交換したりする。従来の現実世界、物理的時空間、因

果法則を枠組として人間のみを中心的な主人公とする近代文学の原則に対して、いわゆるポスト・モダンとよばれるこうした新しい文学のありようは、やはり、一九七〇年前後に、社会変動の波及と平行して、日本に入ってきた。（大久保喬樹『近代日本文学の源流』）

こうした情況を周五郎という作家に短絡的に重ねる愚をおかすつもりはないが、世情に敏感な作者は無意識裡に時代の声を聞きとっているものだということもまた首肯すべきことではあるまいか。

さて上野瞭の論考『「木戸」の話』に戻る。上野は従来のファンタジーの主人公が、「通路＝木戸」を潜り抜けることで、精神の解放区に入ることが出来、狭い現実世界の生きざまから自由になることで物語を終えることに初めて疑問を呈した。上野は「通路」の彼岸を持たない『虚空遍歴』と重ねて論をすすめる。「その木戸を通って」の木戸を潜り抜けるふさには彼岸がない、彼岸をもたないと。その発見まではよい。だが〈木戸は現実の苦悩を遮るものではないのだ。木戸のこちら側にもむこうにも、人間を打ちのめす日常世界がひらけている。この主人公にとって、苦悩からの解放は、死だけなのである。また、この物語の彼岸とは、人間が人間であることを否定される死去消滅の中にしか存在しないのだ〉とまで言い切っている。

私の疑問は江藤淳の各種の「夏目漱石論」から示唆されたことによる。則天去私に至って悟入するという漱石神話を破壊し、江藤はなお苦悩する漱石を描き出す。梶木剛は「戦後の漱石論の最良の部分ということは、別に言えば、全漱石論史のうちの最先端の部分ということ」で、それが江藤の漱石に関する書だと述べている（「夏目漱石・昭和戦後」『二松學舍の学芸』平成二十二年三月）

何が驚嘆すべきなのか。江藤が『道草』の書き出しから、「帰って来た人間」という命題を抽き出したことである。江藤は〈私小説とは、いわば帰って来た人間なのではなくて、出て来た人間の小説だからです。（略）私小説は田舎から出て来た人間の自己実現の欲望を中心にして書かれる小説であるのに対して、『道草』のほうは英国という都会から日本の東京という田舎に帰って来た人間の幻滅と自己発見の主題を中心に書かれた小説だという意味です〉（『決定版夏目漱石』）と言っている。

この「帰って来た男」は、「その木戸を通って」論に応用が出来るのではないかというのが、私の目論見である。往って、還ってくるというと「往相」「還相」という言葉が思い浮かぶ、衆生の救済が遂げられるのは、称名念仏をすすめた果てに、浄土へおもむき、ふたたびこの世へ戻ってくるときである。民俗学の折口信夫は、「われわれはどこへ往き、そして、どこから還ってきたのか」の問いかけを、たえずおこなっていた一人だが、その問いを内に発しながら、折口ははるかな魂のふるさとへと思いを馳せていたのではないかとも考えられる。

折口学では魂のふるさとは「異郷」とも「常世」とも「妣《はは》が国」ともいわれるが、それを〈私たちの生と死とが、存在そのものへとかぎりなく同一化しようとする場所。そこにおいて未生以前と死後とが、同質のものとして現れてくる場所。そんなふうに、いうことができるのではないか〉と神山睦美は言う。

それを念頭にして考えれば、ふさが突然平松正四郎をたずねてきて、ときどき昔の意識が甦るようになり、三月後の某日、子供と庭にいて、そのまま、現実にはない「その木戸を通って」失踪してしまうわけが、ぼんやりとわかってくる気がする。〈来たときのように、いってしまったのだな、――いまどこにいるんだ、どこでなにをしているんだ〉と正四郎は心の中でふさに囁くが、その問は私たちが、ときに憑かれたように自らに発する問でもある。

周五郎と漱石は、「われわれはどこへ往き、どこから帰ってきたのか」を問いつづけたという共通項がある。

帰ってくる「人にして神」であるものが、実は、こちら側からひとたびは、そこへ往ったものであること。すべてを失い、無一物となって、暗い海を越えていったもの――。〈輪廻からの解脱をくわだてる禅からするならば、未生以前も、死後も、ある絶対的な時間のなかで現成するものにほかならない。往還とは、結局は輪廻の、かたちを変えた現れにすぎない〉（神山睦美）のだから、正四郎にもふさにも、少しも死の影がさしていないように思われる。

江藤淳は〈（漱石が）真に倫理的な主題を取り扱ったのは『道草』に於てを嚆矢とする。つまり、ここではじめて自己と同一の平面に存在する人間としての他者が意識されるのである〉と断じる。前掲の梶木剛は、この部分が江藤の『道草』評価の核心、認識の核心で、〈「則天去私」に悟入する漱石神話を破砕した江藤淳は、その上に立って（略）このように『道草』評価ににじり寄る〉と瞠目する。

「他者の意識化、生活者の孤独、生活者のたたかいの発見」が、江藤の『道草』評価の核心だという梶木の指摘。言い替えると、「他者の発見、生活者の孤独、生活者のたたかいの意識化」ということになる。

「他者」であって「他人」ではない。「他者」は自己以外のもの、たとえば「自然、社会」もそうだ。知識人にとっての他者は「生活者、大衆」、この逆も真である。そういうものとして他者が存在するという「他者の発見」。自己が社会と同一の平面に並ぶ存在であることを知ったとき、私たちは日常生活に堪え、孤独なたたかいをたたかう以外のどんな術も許されないことを知る。

〈木戸〉のこちら側と向こう側の考察が、知識人（武士）の孤独の追究から、生活者の孤独の追尋への転換となったというのが、江藤の漱石理解である。ついでにもう一つ。東日本大震災の「三・一一」を体験した後では「その木戸を通って」は、別の思索をうながす一篇としてある。それは大海嘯に遭遇した福二の話に通底する。

柳田國男の『遠野物語』九九話は、

土淵《つちぶち》村の助役北川清と云ふ人の家は字《あざ》火《ひ》石《いし》に在り。代々の山臥《やまぶし》にて祖父は正福院と云ひ、学者にて著作多く、村の為に尽したる人なり。清の弟に福二と云ふ人は海岸の田ノ浜へ壻《むこ》に行きたるが、先年の大海嘯《おほつなみ》に遭ひて妻と子とを失ひ、生き残りたる二人の子と共に元の屋敷の地に小屋を掛けて一年ばかりありき。夏の初めの月夜に便所に起き出《い》でしが、遠く離れたる所に在りて行く道も浪《なみ》の打つ渚なり。霧の布《し》きたる夜なりしが、その霧の中より男女二人の者の近よるを見れば、女は正《まさ》しく亡くなりし我妻なり。思はず其跡をつけて、遥々《はるばる》と船越村の方へ行く崎の洞《ほら》ある所まで追ひ行き、名を呼びたるに、振返りてにこと笑ひたり。男はと見れば此《これ》も同じ里の者にて海嘯の難に死せし者なり。自分が壻に入りし以前に互に深く心を通はせたりと聞きし男なり。今は此《この》人と夫婦になりてありと云ふに、子供は可愛くは無いのかと云へば、女は少しく顔の色を変へて泣きたり。死したる人と物言ふとは思はれずして、悲しく情なくなりたれば足元を見て在りし間に、男女は再び足早にそこを立ち退《の》きて、小浦へ行く道の山陰を廻《めぐ》り見えずなりたり。追ひかけて見たりしがふと死したる者なりしと心付き、夜明まで道中《みちなか》に立ちて考へ、朝になりて帰りたり。其後久しく煩《わづら》ひたりと云へり。

福二は大海嘯で奥さんを亡くし、残された子どもとひっそり暮らしている。霧の深い初夏の月夜、ふと目覚めた福二は、霧の中から近づく男女を見る。愛した妻だ。あとをついて行き、福二は声をかける。女は〈振り返りてにこと〉笑う。横にいるのは自分に嫁ぐ前に〈深く心を通はせた〉男ではないか。〈今は此人と夫婦になりてあり〉と女は応える。おまえは残された子がいとおしくはないのか。その男のほうが、ほんとうはいいのか。煩悶する福二に、女は、少し顔の色を変え、さめざめと泣き、霧のなかに消えてしまう。残された福二は、〈その後久しく煩ひたりと云へり〉。

平成七（一九九五）年一月十七日午前五時四十六分、阪神大震災で被災者となった詩人の季村敏夫は、死者と生者のほとりで震災体験の内面化・普遍化に向けて思索の日々を過ごしてきた。氏は『遠野物語』九九話が気になって仕方がないという。

この九九話は、大災厄後、生き残った福二が語ることによって、かろうじて採集できたもので、語ることがなければ、沈黙に閉ざされていた、じつに哀切な話ですが、哀切の底には、死者との和解、究極のゆるしがある、ゆるしといったことを考えざるを得ない、赤坂さん（引用者註・赤坂憲雄）のこの見解に、ならば福二は、災厄以後なぜゆえに久しく煩ったのか。もしもゆるしあえたのなら、煩うことなく、平穏な日々が訪れるはずなのに。東北の大災厄が勃発する前、阪神大震災のあと、ずっと私は、こうとらえていました。死んだ女が夫を棄てたとしか考えられない行動をとった、だから煩ったのだと。ところが、神戸で東北からのことづてを聞いたあと、福二が目撃したあの男も、じつは死んでしまったのだ、行方不明になっていたのかもしれない。妻との生前の暮らしで、男のこと、口にだせず、ずっと身もだえ苦しんできたが、ある月夜の深い霧のなか、いとおしい妻から、悲しげな表情を贈られることにより、ついにダイアローグを果たしたのだ。亡くなった妻をゆるすことができたのだ、だからこそ、深いおもいのまま衰えてしまったのだ、最後の最後に、ゆるしがもたらされる、握手のあとの手のぬくもりを触りながら、私のおもいは、そのように変わっていくのが、ふしぎでした。（「ゆるしあう、ということ――赤坂憲雄さんへの私信」、「ギャラリー島田メールマガジン」七四九号、平成二十四年七月）

深いなあ、深いなあという嘆声が知らず私の口を突く。私が『遠野物語』や「その木戸を通って」の肝要を何ひとつ読んでいなかったことを痛覚させられる。どんな体験をすれば、こういう深い（文学と人間の）理解に達することが出来るのか。これもおそらく、「その木戸を通って」を理解するテキストになりうるのだろう。

「来たときのように、いってしまったのだな、ふさ」と彼は囁いた、「――いまどこにいるんだ、どこでなにをしているんだ」

雨の降りしきる昏れがた、観音堂の縁側に腰をかけて、途方にくれていたふさの姿が、おぼろげに眼の裏へうかんできた。彼の顔がするどく歪み、喉へ嗚咽《おえつ》がこみあげた。彼はむせび泣いた。縁側へ出て行き、庭下駄をはいて歩きだしながらも、むせび泣いていた。

この箇所では私もかつて堪《こら》えず嗚咽したことを覚えている。あと残すところ十行余もないのに涙で読み進むことが出来なかった。周五郎が男を手ばなしで泣かす場景を他の作品で描写したことがあったろうか。最終部分が、また泣かす。

——笹の道の、そこに木戸があって、……

ゆかは母がそっちへいったという。ふさはその木戸を通っていったのだろう。彼は現実にはないその木戸と、そこに立っている妻の姿が見えるように思えた。しかしふさは帰って来る、と彼は思った。こんどは良人があり、ゆかという子供がある、それを思いださないということはあるまい。いつかは必ず思いだして帰るだろう、——この木戸を通って。正四郎は片手をそっとさしのべた。「みんながおまえを待っている、帰ってくれ、ふさ」彼はそこにいない妻に向って囁いた、「帰るまで待っているよ」

うしろのほうで、わらべ唄をうたうゆかの明るい声が聞えた。（待っの傍点・引用者）

木村久邇典は〈月暈の世界の出来事のように幻想部分と現実部分が、奇妙な調和で共鳴しだす……〉という。月暈とは聞きなれぬ言葉だが、私には眩暈《げんうん》の世界の出来事のように思える。もっといえば未生以前の物語とも死後の風景とも受けとれるのだ。だからしんとして寂しい。

後半の数行に「待つ」という言葉が出てくるので傍点を打った。〈山本周五郎は、太宰治の心底からの愛読者であった。作品のほとんどは読んでいて、わたくしが太宰について語りだすと、山本の眼に、輝きのくわわるのがはっきり分かった〉（木村久邇典『山本周五郎—横浜時代』）というが、その太宰治の中期の掌篇に「待つ」（『女性』昭和十七年六月三十日発行）がある。三頁にも充たぬ分量。主人公は二十歳の女性で、何を「待つ」のか、対象が作中に明示されていないため、従来から研究者たちの間で対象探しが続けられてきた。

奥野健男は〈おそろしい傑作である。（略）神、救い、罰、死……と軽々しく口には出してならぬ、もっと深い何か〉（『太宰治全集』第五巻、解説）といい、佐古純一郎は対象は〈キリスト〉（『太宰治論』）、別所直樹は〈戦争の終結、平和〉（『太宰治の言葉』）、渡部芳紀は〈新しい道徳の行われる社会、自分の考えを思い切り大声で表明できる時代〉（『編年史・太宰治』〈昭和十七年〉の項）。変わったところで鈴木雄史の〈待つ対象は空白〉（『太宰治「待つ」の表現作用』）で、鳥居邦朗からは〈作品の言葉が読者に働きかけてくるという視点をとったところに、問題を一歩進めたところがある〉と評価された。

渡邊千華子はそれを深め、〈読者に参加を促すべく対象を故意に空白にする。そしてそうすることにより、作品そのものが伸縮自在になる〉とし、空白に入るべきものがあるとすれば、〈ぱっと明るい、素晴らしいもの〉、読者一人一人によって異なる趣を持つもの。〈結果として、与えられた文字数を凌駕した作品が生まれることがある〉（「ことばの楽園」第六号、平成二十五年二月一日）という。周五郎作品にはこの種の「省略」や象徴的表現技法が多様に駆使されていることが多い。存在のよろこびは存在のかなしみを生きる者にしか認識されるものではないことを教えられる。

木村久邇典は、もともと太宰治の心酔者で、三鷹の太宰家に出入りすることを許されていた。今井達夫は〈木村君を認めたのも、あれが太宰崇拝者なんで、そういう線がずいぶんあるでしょう。（略）木村君は太宰の郷里の家の近所出身らしい、だからその話ばかりするわけです。そういうことで山本にずいぶん何されたと思うんですね〉（『大衆文学研究』昭和四十二年九月号、座談会「山本周五郎の人と作品」）

周五郎の太宰治観について、木村久邇典の『山本周五郎―横浜時代』から、引用しておきたい。太宰が「ヴィヨンの妻」を発表したのは「展望」（昭和二十二年三月号）においてだったが、木村は太宰から二十一年の秋、その構想を直接に聞いていた。実作に接して興奮は亢じ、その感激を周五郎に訴える。送った切り抜きに対して、周五郎は木村宛にその感想を寄せた（二枚続きの葉書の後半）。

午前四時、月が冴えて、空も海も青一色である。電灯を消すと蚊屋越《ママ》しに机の上まで松の影が倒れてくる。はかどらない原稿。だましだまし半枚、半枚と拾うように書いている。飲みながら――切抜を有難う、絶望で息の詰る小説です。哀しいですね。こんなのを書かれたら近しい者は堪りませんね。胸にしこりが出来て解けない。いま午前五時、風呂を浴びて来た。熱燗でひと口やって横になる。また会いましょう。

数日後、間門園に木村が出向くと、周五郎はいきなり口を開いた。

「おそらく『ヴィヨンの妻』は、太宰君の最高傑作だとぼくは思うね。（略）こんどの小説で、太宰はほんとうに、自分のいのちを削っているんだよ。主人公が、ハアッ、ハアッと荒い息を吐くだろう。生きているのが、辛くて辛くてたまらない男の苦しい息づかいが、現実に聞こえてくるような気がぼくにはする。けれどもだよ、やはりこれは小説以外の要素に頼って、訴えようとしているようにぼくには思える。先を急いじゃいけないな。ぼくは、あくまで散文で、こういう困難な仕事にもぶつかってみようと思う」。周五郎は自分自身にも云い聞かせるように語ったという。

「ヴィヨンの妻」の妻は〈人非人でもいいぢやないの。私たちは、生きてゐさへすればいいのよ〉と言う。〈無思想、無道徳だが、そこから新しい思想、新しい道徳の生れる可能性がある、太宰はそんなふうにいいたげに見える〉(臼井吉見)。吉本隆明も太宰の最高傑作は『ヴィヨンの妻』だと書いている。木村は太宰治の通夜に行くことを周五郎に止められる。

〈「行くのはやめなさい。きみが行けば太宰が生き返るというのならべつだが」と云って山本は言葉をついだ。「ここで、二人きりで太宰の通夜をするのだ。(略)こうして彼のために杯をあげてかたりあうのが、本当の通夜なんだ。いま、日本国中で、太宰のためにいっとう美しい通夜をしているのが、この部屋だ。ここ以外にはない」〉

翌日の午後二時まで、夜を徹して杯は酌みかわされた。そのあとに周五郎が言った言葉はまた後に問題にしたい。〈ああいう死に方はいけない。生き残った奥さんの立場になって彼は考えなかったのだろうか。カミさんが、どんな気持ちで夫の死にざまの報を聞くか、ということを〉

木村による周五郎随聞記を注意深くたどると、周五郎がいかに太宰治的人間と異質な人間であったことかがわかってくる。

〈編集者が帰ってゆくと、つぎは、わたくしを相手にしての、それが得意だった山本周五郎の、文壇人こきおろしの一席が始まった〉(『山本周五郎―横浜時代』)という箇所にしばしば遭遇する。断罪されるのは実名や、ときにはアルファベットで表記される。当時の文壇事情に通じているなら、「M・S」と書かれてあれば早乙女貢かとおよそ推測がつくのだが、そんな悪態を延々と吐かれるのである。周五郎はきまって同意を求める。対する木村の側の反応は描写されない。

吉川英治は勅任官待遇で従軍記者としてまかり間違えば命をおとす危険な戦場に赴いたが、周五郎は日本にとどまっている。太宰治なら、生きのびた将軍は死んだ兵士に石を投げることは出来ない、とでも言っただろう。

私はかつて読んだ詩人鮎川信夫の「宮本武蔵の『五輪書』再見」というエッセイを想起する。鮎川は『五輪書』を徹底した武道の実用書であり、戦略書として評価する。ミステリアスなところもなければ、空疎な理論といった個所もないことに驚いている。

行間のいたるところから、武蔵が屠《ほふ》った敵の亡霊が立現われるのを感じ、背筋が寒くなるのを覚えた。万事において師匠をもたなかった男だから、その兵法はことごとく実戦によって体得したものである。諸国を遍歴して、二十八、九歳までに六十余度も勝負し、一度も負けたことがないのは、自己鍛練の厳しさもさることながら、よほど素質において卓越していたのであろう〉（略）

〈彼の剣が自然の理法に叶っていただけではなく、他流の欠陥を見抜く異常に鋭い眼を持っていたことも確かである。（略）彼が説く、実の道とは、あくまでも真剣を想定しており、道場の剣術ではない。真剣で斬られれば、どんな小さな傷からでも血が流れる。道場の技や道場の勇気では、人は斬れない。そのことを武蔵はいやというほど痛感していたにちがいない。風之巻の他流批判九ヶ条は、平和時代到来で、実の道を失った剣法を完膚なきまで粉砕しつくしている。真剣勝負の何たるかを知っていた最後の人だからこそ、はじめてそれが可能だったのであろう。武蔵に比肩しうるような批評家は、近代にはいない。武道の道を離れても、これだけシャープな批評ができる人は、ほとんど見当らず、その意味では絶後といっても過言でなかろう。

鮎川信夫は、武蔵にしてみれば、道場の剣術など、物の数ではなかったのだと断定する。武蔵の考えは、フォーニーなるものが全盛の当今なら、どの分野でも通用する真理を含んでいるといえよう。

周五郎が「よじょう」一篇で吉川英治『宮本武蔵』に立ち向かうには力量不足というものであろう。

周五郎の長男の篌二が空襲のさなかに行方不明になったことは前に述べた。連日の空襲で焼死してしまったのかもしれない。そう思わざるを得ない環境に周五郎が置かれていたのも事実だ。ところが昭和二十三年になって、ひょっこり篌二は帰ってくる。まるで「その木戸を通って」のふさのように。はじめ浮浪児の群れに加わって上野の地下道で暮し、そのうち北海道へ行ってみたくなり、釧路の近くの炭鉱で働いていたという。あるとき、合宿所で「新読物」を開いて、グラビアの頁に写っている父・周五郎の写真を見た。無性に家に帰りたくなって、引き揚げてきた。行方不明になる前に行っていた都立の園芸学校には復学の意志はなく、恰好な伝手《つて》があって、ある店に勤めることになった。

「ところが、彼は店の金を銀行に預けに行く途中、姿を消してしまった。店はぼくの体面も考えてくれたのだろう、表沙汰にならないように捜していたら、すぐ見つかった。彼はその金で自転車と洋服と、携帯ラジオを買い、多摩川へ行って、土堤にねっころがり、ラジオの音楽を聴いていたというんだ」

周五郎は表情を曇らせながらも、木村久邇典に向って話を続けた。

「篌二は本質的に詩人といったらいいか。べつに悪質な犯意があったわけじゃない。ただ彼は店から外へ出たとき、衝動的に自転車に乗って、どうしても土堤へ行って音楽が聞きたくなったのだ。そうすることがどんなに店に迷惑をかけることになるかなど、まったく考えない。これはもう完全に詩人ですよ。しかしこういった自己抑制のきかないロマンチストは、放っておくと今後どんなことをやらかすか分からない。ひとは苛酷というかもしれないが、このような人間は、社会から隔離するに限る、と思ったから、松沢病院へ入院させることにした。むろん、ぼくにとって、決して愉快な出来事じゃない。しかしこれとて、ぼくの小説の有益な糧になる。そう思って原稿にとりくんでいるところだ。まあそれでも、日吉にくらべたら、ぼくのほうがまだマシかもしれないがね」（『山本周五郎――横浜時代』傍点は引用者）

日吉というのは日吉早苗。周五郎とは大森・馬込時代からの親しい仲間である。昭和初期、ユーモア文学の旗手と目されたこともある作家だった。日吉には〈二十歳を超した重症の小児麻痺の娘、狂信的なクリスチャンである妻、学資が続けられないため大学を留年せざるをえない息子〉がいた。日吉は戦後も、ときどき横浜・本牧の周五郎を訪ねて来ては自分の不遇を訴えるのであった。それが昭和二十八年一月三十日、転居先の鵠沼で死去する。日吉の葬式に周五郎は腰をあげようとせず、きん夫人が会葬に出向いた。

周五郎は、昭和二十八年一月から九月にわたって、田沼意次を主人公にした『栄花物語』を「週刊読売」に連載している。作中に通笑という戯作者が登場する。周五郎は木村久邇典に〈通笑の原型は日吉早苗だ。おれは日吉への別れの挨拶のつもりで、『栄花物語』に、通笑のすがたを書きつけたのだ〉と語ったという。

本所小泉町の裏長屋で、信二郎は隣りの通笑と酒を飲んでいた。この老いた書かない戯作者は、娘のみよいが男と出奔し、稼ぎての岩吉という子が病気になって寝たきりということで、すっかりやけのようになっていた。（略）

「しかし私は考えましたね、ええ、これをたねに一作書けるぞってです」。通笑は昂然と頭を振った。「われわれには筆がある。ねえ、稼ぎてに寝こまれ娘に家出をされ、現在その日の食に追われていても、このなかから一篇の名作を書けば救われます、そうでしょう」（『栄花物語』）

同意を求められているのは、木村か読者か私か。むろん私は同意するつもりはない。

きん夫人の回想によると、長男を松沢に入れた山本は、退院してくるまで、一度も面会に行ったことはなかったそうである。

「病院へかようのは、すべてわたくしの役目でした。自分には仕事があるので、手が放せないって云いまして……。云ってみればずいぶん勝手よねえ」（『山本周五郎―横浜時代』）

『樅ノ木は残った』に登場する野心的な浪人柿崎六郎兵衛は、周五郎が創造した架空の剣士である。柿崎は云う。

　おれはおれの好ましいように生きて来た。自分を抑えたり、耐え忍んだりしたことはない。欲しいものは即座に手に入れた。欲しいものを手に入れるためには、少しも遠慮しなかったし、手段の当否にも決してこだわらなかった。「おれはおれなりに生きた」彼は駕籠に揺られながら呟いた。「これからもおれの望むように生きてゆく、どこまでもだ」（『樅ノ木は残った』）

木村久邇典が本音らしきものを、吐露している。曰く〈わたくしは柿崎六郎兵衛が、架空の人物であるだけに、他のどの登場人物よりも――作者が理想像としたこの物語のヒーロー原田甲斐宗輔そのひとよりも――六郎兵衛と山本周五郎との人間像の相似を、つよく感じるときがある〉と。

作品のための調査、取材を名目に周五郎が横浜市中の花街を流連《いつづけ》したことは有名である。「流連」とは集英社『国語辞典』第三版によれば、〈一カ所に長くいること。入り浸り。昔は、特に遊里などに泊まって長く帰宅しないことをいった〉とある。また「花街」は遊郭、色町、花柳街をいう。周五郎が頻繁に車を飛ばしたのは、〝日本橋〟と俗称される南区吉野町の待合街。気まえよく仲居や下働きの女中や板前にまでチップをはずんだから、周五郎はかなりモテたという。

『山本周五郎からの手紙』（土岐雄三編）から一、二例を抜粋しよう。

一昨日、真と横（博友社の風間真一と横溝武夫）とがあらはれた。そこでニホンバシえと出張、（間門園に）帰つて寝て、朝酒となるうち労・文（雑誌「労働文化」）の木村（久邇典）と社長の息子（河野吉明）があらはれ、朝日から二人あらはれ、関親分（博友社記者、関三穂）があらはれた。前夜の仕上げをしようといふことになり、車二台に分乗して又ぞろニホンバシ、オレを入れて八人の大一座サ。十二時すぎにS（芸妓）二人同乗で帰館、それから三時まで、四部屋に分寝して、朝になるとこちらは向ふハチ巻で原稿（夕刊朝日新聞連載中の『山彦乙女』の執筆）、連中は二人のSのサービスでのみなほし、飯。一人去り二人去り、三人去り、ようやく門馬（朝日新聞記者・門馬義久）と二人になつたが、S二人（その一の石松はわがおもひもの）（注・他の一人は春駒という芸妓）は居残り、家まで着替へを取りにいつたり、ねそべつたり、門馬一人トッチメられるのを眺めながら、こちらはフラ〳〵頭でやうやく一回しあげてぶつ倒れ、彼女たちの誘惑をしりぞけて、ダンコとして立たなかつた。（中略）石松がネマキで待つてゐるところえ（今朝）かみさん（きん夫人）が知らずにやつて来て、ちよいとした情緒的シーンを楽しむことができたよ。あゝ暑い、サヨナラ。（昭和二十六年

八月二十八日消印、はがき二枚に）

周五郎の遊蕩の場所に、きん夫人が来るなど、よく修羅場にならなかったものだ。実際に石松（周五郎のおもいもの）をモデルにした「いしが奢る」、磯子芸妓の金子ひさえ（本名久子）をモデルにした「扇野」などが小説として結実している。

「ひとはおれを放蕩ものと云うかもしれない。だがおれは彼女たちから少なくとも数篇の小説やテーマやヒントを吸収した。そして、小説はおれが死んだあとも残るからな。経験は金では買われないものなのだよ」

木村は頷きながら内心、〈周五郎の行為には、どんな小さな動作にも自己を正当化する弁明が必ず付随するのだが、そこに周五郎の愛嬌ある性格を感じとるひともある半面、鼻もちならぬ厭みたらしさを覚えるムキもあったのは事実だと思っている。酒興いたって周五郎が好んでうたう聖歌は「主よみもとに」「また逢う日まで」「もろびとこぞりて」「きよしこの夜」、ほかに「荒城の月」「故郷の廃家」「水師営の会見」など。歌詞を一番から始めて最終節まできちんと口ずさむのが周五郎の唱歌法だった〉。私たちの感覚からいえば、これは相当恥ずかしいふるまいではないか。

これまでも幾度も例を挙げてきたが、周五郎は自分で一度そう思いこんだらけっして訂正のきかない人だったようだ。作家の土岐雄三は、年齢を訊かれて答えると、「ちがうぞ、雄三の歳は○○歳だ」と断定的に否定されて閉口している。いったん言いだしたら、絶対にあとには退かず、強引に相手をねじふせてしまう性癖に辟易したひとは少なくない。

昭和三十九年の秋、周五郎原作の『さぶ』が、明治座で公演され、夜の部の観劇に東京に出て来た周五郎は、幕が降りると楽屋を訪ねて染五郎（現・幸四郎）、万之助（現・吉右衛門兄弟）に激励の言葉をかけたあと、上機嫌で横浜から乗ってきた金港タクシーで帰途についた。

「今晩は高輪台を通って第二国道へ出ましょうか」と木村久邇典が言うと、周五郎も「そうしよう、ときには変わったコースもいいものだ」とうなずいた。伊皿子《いさらご》の交叉点で信号が赤になり、車が停車したとき、木村は何気なく呟いた。「えーと、これを右へ行くと魚籃坂下《ぎょらんざか》、左に曲がると泉岳寺……」

するとと大きな声で周五郎が否定した。


「木村も相当の方向音痴だな、その反対だ。左が魚籃で右が泉岳寺だ」

即座にわたくしは、違います、と云った。「この道は、わたくしも社の車でときどき通るんですから」。するとと、山本はさらに声をはりあげ、叱りつけるような語調で云ったものだ。「ちがう、断じて違うぞ。なあに、津軽の山奥から出てきた山猿が生意気に……」。東京の道が分かってたまるか」

わたくしは黙った。山本の語気には、単なる道順を云い争う以上の、なにか別の件を強調しようとする気配さえ感じられたからだ。

数日後、仕事場をたずねたわたくしが云った。「こないだは驚きましたね。津軽の山奥から出て来た……」全部を云わせず、山本は手を横に振った。「やめてくれ、おれとしたことが、たいへん無礼なことを云った。このとおりだ」そして山本は、現実に額を畳にすりつけて低頭したのである。

「やめて下さい」と叫んだのは、こんどはわたくしのほうだった。（『山本周五郎―横浜時代』）

周五郎の大佛次郎や長谷川伸らに対するいわれのない敵意は何に由来するのだろう。長谷川伸は昭和十一年十月、都新聞紙上に『荒木又右衛門』の連載を始めたとき、「史伝物は読者の嗜好に左右される一般商業誌でも歓迎されないので、都新聞に迷惑をかけたくない」という理由から、新聞小説の原稿料を一切受け取らなかった。

昭和三十一年、長谷川の『日本捕虜志』が第四回菊池寛賞を受賞したが、世間は辞退すると考えた。彼は紫綬褒章叙勲の打診があった折も、官製の賞は受けないと辞退したからだ。だが自分を作家として認め、世に出してくれた菊池には恩義を感じていたから受けている。『日本捕虜志』は一千部を自費出版。売るためでなく、すべて贈呈であった。中公文庫で二分冊になって刊行された同書の解説を村上元三が執筆している。

あるとき、著者(註・長谷川伸)が国電に乗っていると、見知らぬ紳士が立ってきて、ていねいに声をかけた。「長谷川伸さんでいらっしゃいますか。わたくしは折口信夫でございます。日本捕虜志を拝読し、充実した時間を過させていただきました。有難う存じます」。著者も、すぐあいさつを返し、帰宅してから折口信夫氏に礼状を書いたという。(「解説」、『日本捕虜志』下)

大村彦次郎は書いている。

長谷川も篤志の念がつよかった。戦時中、陸軍と海軍へ毎月、恤兵金《じゅっぺい》を夫人が無名のまま届けていた。ひと月も欠けることはなかったし、額がおおいにも拘らず、夫人は名乗らなかった。あるとき海軍報道部の部員が夫人のあとをつけて、届け主が作家の長谷川伸であることを突きとめた。海軍から感謝状を送ろうとしたが、長谷川は固辞して受けなかった。戦後は学資困窮の学生がいると、その学生を呼んで家庭の事情を訊ね、毎月の学資と生活費を届けていた。それも二人や三人でないので、弟子の村上元三が心配して、夫人にそのことを訊くと、「こっちも苦しいけれど、子供がいない代り、と旦那様がおっしゃるのでね」という返事だった。(『時代小説盛衰史』)

富岡幸一郎の「打ちのめされるようなすごい小説」で、読者を圧倒し、打ちのめし、衝撃と感動を与えるであろう作品五十篇のうち、「衝撃力」「構想力」「文章力」「浸透力」の四評価で全部五つ星(満点)を獲得したのは六作のみ。その一冊が大佛次郎『天皇の世紀』である。富岡によると、大佛は死の二か月前、兄の野尻抱影に宛てた手紙に〈『天皇の世紀』は日本の小説家程度の頭では理解困難なのです。百年後には日本文学で『太平記』や『平家物語』より上の扱いを受けましょう。かつてなかったものなのです〉と記しているという。富岡は〈誇張ではない。『天皇の世紀』は、百年のスパンで、いや日本文学の千年の歳月のなかで読まれるべき至宝だ。この作品が読みつがれるかぎり、日本民族が滅亡することはない〉と書いている。

因みに山本周五郎『樅ノ木は残った』は、「衝撃力」が星三つ、「構想力」が星四つ。「文章力」と「浸透力」のみ五つ星だ。埴谷雄高『死霊』も「浸透力」が星四つ、あとは五。吉川英治『宮本武蔵』は「構想力」のみ星五つ、あとは三つ。満点は結局大佛作品と島崎藤村『夜明け前』、川端康成『眠れる美女』、谷崎潤一郎『瘋癲老人日記』、三島由紀夫『豊饒の海』、中上健次『千年の愉楽』の六作のみ。この評価、ほぼ私は同意する。

ジャーナリズムの側からは、周五郎が決して扱いよい作者ではなかったことが多々、記録されている。最も親しかった朝日新聞学芸部の、柔道実力三段の門馬義久は、「ぶんなぐってやりたいと思ったことが何度もあるが、残念ながら、テキは小説があまりにもうまいんで……」と語ったと伝えられる。よく判る。

では現代日本の若い世代の山本周五郎観はどんなものか。『おじさんはなぜ時代小説が好きか』（岩波書店、平成十八年）を出版した関川夏央は、昭和二十四年生まれの作家・評論家だが、この本の中では、『樅ノ木は残った』を解析しながら、周五郎観の披瀝にも及ぶ。全共闘世代というか、歯に衣きせぬ発言が口を突いて出るさまはまるで速射砲のようだ。「註」は引用者が記入。

山本周五郎は苦労人です。自分には学歴がないから浮かばれないと信じるタイプです。おなじ苦労人系でも、その点では吉川英治とは違っています。

上昇志向が強いのは松本清張もおなじですが、山本周五郎には経歴上の小さな嘘をつく癖がありました」。（註・例として出身地、「神中」という学歴、ペンネームの問題に触れる。ただし関川は朝日新聞社側が連絡先の「きねや」質店主を筆名と思い込んだと書くが、これは文藝春秋の誤り）

周五郎は編集者を呼びつけてそれを背に、原稿料と引き換えでないと原稿を渡さないといじめる。編集者の態度が気に入らないといって、渡すべき原稿をその場で破り捨てる。送られてきた雑誌に「恵送お断り」と付箋をつけて送り返す。（註・ここまでの関川の全文、どんな資料からこれらの情報を得たのか。筆者の調査では微妙なる誤伝では？　と思う）性格がよろしいとはいえませんね。若いころの苦労はあまりしないほうがいいのかも知れません。（註・同感！）

周五郎が原田甲斐の役を借りて、自分はかくある、人にはわからないが自分の内心はこうなんだ、と主張している気配があります。漱石の『坊っちゃん』にも漱石の自己像の反映がありますけれども、それが「坊っちゃん」と「赤シャツ」に分裂することによって痛烈な自己批評ともなっている。山本周五郎がだめだといっているわけではないのですが、少なくとも作者自身を託した原田甲斐は分裂していません。（註・佐藤俊夫の指摘に通底）

米《こめ》経済が貨幣経済にえんえんと敗北しつづける過程が江戸時代の歴史なのですが、山本周五郎の時代小説にはちょっとこのあたりの不備があります。（註・近代史研究家・加藤陽子が指摘するように、関川は、米穀の反別収量や労働者の賃金を必ず現在の価値で表現し直す＝手間のかかる換算をやってのける）

# 第十八章　晩年の周五郎

昭和三十六年一月二十一日、「朝日新聞」に江藤淳の「文芸時評」二月が掲載され、周五郎の「おさん」（「オール讀物」二月号）が批評される。江藤淳の「文芸時評」で周五郎が俎上に上るのは、最初にして最後である。まず藤枝静男の「凶徒津田三蔵」（「群像」）が取り上げられ、〈主人公のイメイジは鮮明でなく、歴史的なリアリテイも稀薄だという印象をうけるのは残念〉と退けられ、次いで大江健三郎「政治少年死す」（「文學界」）が前月の「セヴンテイーン」の第二部だということで論じられる。曰く〈前回の時評ではこの小説に対する期待を述べておいたが、期待は第二部にいたってむしろ裏切られたという感が強い〉と書き出し、〈この作品が腰砕けに終っている〉所以を述べ、大江氏は〈一種の功名心に燃えて、ジャーナリスティックな素材にひきずられたのであろうか〉と結ぶ、所謂、同世代人としての江藤、大江の蜜月時代に終止符を打った最初の批評と記憶する。そんな曰《いわ》く付きの時評に続き、

〈ひきあいに出すのもおかしな話であるが、山本周五郎氏「おさん」（オール讀物）には、「政治少年死す」よりはるかに実のある実験的手法がとりいれられている。これは「その木戸を通って」以来の佳作だが、時間を交錯させて二人の女を描いていくフォークナー的手法が、手法の新奇さのためにではなく、主人公の男の内的な現実を展開するために、うまくつかいこなされているのである〉と評価

されている。

「おさん」を発表したとき、周五郎は五十七歳、もっとも円熟の境に至った時期にあたる。「おさん」を短篇群のなかの最高傑作と推す批評家は多い。いな短篇・長篇を含め、山本周五郎全作品中の〝神品〟とする評者も少なくない。「おさん」が脱稿したとき、周五郎は木村久邇典に、「ああ骨が折れた。しかしこの小説に文句をつけられる人間は、ちょっといないだろうよ」と作品に対する自信を語っている。

佐藤俊夫が、いきなり核心をずばり把みだす。すなわち称賛されることになる作者の性愛描写に言及する。

すさまじい「女」の業、または「性」の業、または「生」の業を描ききったひとつの頂点は『おさん』である。男女のまじわりは人間どうしのむすびつきの象徴であり、男女の性感の高まりが、同時にのぼりつめた絶頂は人間交歓の極致とされるけれども、じつはその絶頂を境として、男女ともにこのうえもない孤独感に引き裂かれるのであり、男女の肉のまじわりは男女の心のわかれにほかならぬ、というのが周五郎のいつわらぬ感想であったらしい。(『ある自己表現――山本周五郎のばあい』)

〈正鵠を射た指摘である。事実それが、ひごろの山本の持説であった〉と木村久邇典も無条件に賛同しているが、〈周五郎のいつわらぬ感想であったらしい〉と佐藤俊夫が自分の意見を言わずに逃げを打っているのが不満である。「この小説に文句をつけられる人間は、ちょっといないだろうよ」という周五郎の一方的勝利宣言でいいのか。

私はとうてい周五郎の長い年月の女性遍歴から得た結論に、抗う力量（？）をもち合わせていないが、〈男女の肉のまじわりは男女の心のわかれにほかならぬ〉などと、純情な高校生のような性認識ですませていいはずがないというくらいの第六感のもち合わせはある。まあ吉本隆明風に、「性愛の問題を、社会的な諸関係から切り離したり、疎外したりして論ずるのは蕩児のセックス意識にすぎない」といえないか。

「恋愛関係もセックスも（その享楽ということさえも）、「家」とか「社会的関係」とかを除外して、抽出することはできない。これが、もっとも本能や無意識心理に関係のある問題の密教的性格が負わねばならない、現実的な、具体的な条件である。秘された関係ほど、正確に現実を反映するものはない」（「情勢論」『芸術的抵抗と挫折』所収）とでもしたら一挙に文芸批評が立ちあがる。なに、わが吉本隆明が昭和五十八年に別の場所に発表した評論からぬき出して、接続したのだが、結構、「おさん」批評として様《さま》になるのではないか。

河盛好蔵は次のように論評する。激賞なのだ。

私はこの集のなかの、たとえば「おさん」のような婦道などとは全く縁のない、痴のために身を滅ぼす女の物語を読んでも、そのむかし『小説日本婦道記』を読んだときと同じ質の感動を覚えるのである。それは著者が貞女節婦に対するのと同じ目で、彼女を眺めているからである。貞女節婦が情感の豊かな女性として描かれているように、おさんの真人間としての悩みが、ゆきとどいた、暖かい目で、哀切に描かれているからである。貞女を描いても、淪落の女を描いても、女そのものを描いてあますところがないというのは見事なことではないだろうか。
「おさん」はこの集のなかで私の最も高く評価する作品の一つである。女は魔ものだといわれるその魔性の正体をこれほど肉薄して描きこんだ作品は稀であろう。「夫婦の情事は空腹を満たすものではない、そういうものとはまるで違うのだ。単に男と女のまじわりではなく、一生の哀楽をともにする夫婦のお互いをむすびつけあうことなのだ。そのむすびつきのうちにお互いを慥かめあうことなのだ」と気づいた参太が、おさんが激しい陶酔状態におちいるのを見ると、そのたびごとになにかを失ってゆくのを感じて、彼女から離れようとする心理もよくわかるし、またおさんが男から男へと渡って、だんだん不幸になってゆくのを見て、その原因をよく知っているだけに、おさんを救い出してやりたいと焦慮する気持も十分に納得できる。

この作品のなかで、参太が手酌で酒を飲みながら、「女があり男がある、――かなしいもんだな」と呟く、その言葉がこの小説のテーマだといってよいかもしれないが、結局、おさんは、参太に救われないで殺されてしまう。私は彼女のなかに、「マノン・レスコオ」のマノンを見る思いがした。「あんな女はこの世に二人といねえな。可愛いやつだった、頭のてっぺんから足の爪先まで、可愛さってものがぎっちり詰ってた」と、捨てられた男に述懐させるほど魅力のある女が、最後は男の手にかかって殺されるところに、女というものの宿命、もしくは永遠の謎を感じさせる。おさんはこの作者の描いた最も女らしい女の一人といってはいけないだろうか。（講談社版『山本周五郎全集』第七巻、解説）

『可愛い女』といえば、チェーホフである。「おさん」を世界文学的視野から、島田謹二は説く。

おさんがふだんいたわっていたさびしい昼顔の花、おふさがじかにその目でみきわめた九月の朝顔の小さな花。西洋の近代文学の描き方に屢々《るる》みられる象徴の手法が、うつくしく匂い立つ。……その日本語は、あやとたくみのかぎりを尽くして、やわらかで、しみじみと、ぬめりがある。事を述べながら、情を伝えながら、心魂に訴えて、幽妙な詩をなりひびかす。それは口語の低誦でかきくどいた人生詩である。風物と人情とがからみあって出てくる、典型的な日本人の詩である。

おさんの肖像を彫むとき、山本さんはチェーホフの「かわいい女」を一つの材源として、何かのヒントをえていたろうか。（略）故人の墓の前で往時を語る手口は、『美奈和集』のフェラントの詩などがふっとうかんでくる。

たしかに女性に内具するふかいかなしさを描き出す点では、チェーホフも、フェラントも、「おさん」と同じ系列の上に立つ。つづくところは、ただそれだけの話である。文芸としての出来ばえからいえば、山本さんの作品の方がずっと上出来のように、私は考えている（新潮社版『山本周五郎全集』第二巻附録、月報）

「可愛い女」の系列にある小説をアトランダムに挙げれば、「水たたき」、「釣忍」、それに、きん夫人〝姉妹〟をモデルにした『おたふく物語』だろう。

「水たたき」（「面白倶楽部」（昭和三十年、十一月号）について、土岐雄三は、〈こんな女もいるのか、と思わせる女性の登場する作品だが、周五郎が最も心惹かれる女はこの種の『おたふく物語』的なひとだったのではあるまいか〉（『山本周五郎小説全集』第二十七巻解説）といい、山田宗睦も、〈時代小説という形で、かえって自由に、現代にも通じる人間の生き方や情を描いた。「水たたき」の情は、現代の情なのである〉(『山本周五郎の世界「―水たたき」』)と踏み込む。

「おさん」は昭和四十年四月、東映で映画化された。『冷飯とおさんとちゃん』(田坂具隆監督)という題のオムニバス映画で主演は中村錦之助(のちの萬屋錦之介)、三田佳子。「キネマ旬報」の年間ベストテン六位。

「釣忍」(「キング」昭和三十年八月号)は、「可愛い女」「下町もの」の二系列に属する作品で、入神の冴えが加わったと話題になった。

まず吉田健一は、〈「釣忍」も長屋暮しの話であるが、この小説に出て来る夫婦の前に現れるのは(註・「かあちゃん」のように)泥棒ではなくて、亭主の方が勘当された実家の兄であり、これは「かあちゃん」の泥棒よりも遥かに厄介な代物で、又そういう七面倒臭い存在であるだけに、その撃退法も簡単で、主人公の魚屋は親族が勘当を許されたお祝いに集った席上、少しばかり酔っ払って見せて、越前屋の主人の地位を棒に振って無事にそれまでの長屋に戻って来る。越前屋と言えば、今日の大きな百貨店のようなもので、我々はそれが何だという気持と、その方が長屋に暮して魚屋をしているよりもずっといいという今日の常識という、何れも全く根拠がない既成概念に煩されそうでいて、それをこの小説を読み終るまで忘れている。もしそういう既成概念がそれ程までに我々の日常生活を毒しているならば、文学にもその効用があると言わなければならない〉(解説)という。

それに対して既に紹介した渡辺京二の義理と人情論「義理人情という界域」(「朝日ジャーナル」昭和四十八年一月十九日号)で、渡辺は主人公の定次郎が親族一統の祝いの席で、大酔して悪態をついたのは、再び勘当されることを考えての行為、つまり女房おはんに対する義理立てであった。おはんの献身に応えるため、〈自分が人でなしに落ちこまぬための最低の一線〉を守るための行為だと解し、〈わが国の伝統的な民衆にとっては、義理とは何よりもまずこのような人と人とのあいだに本質的な人倫の意味を保証するぎりぎり最低限の行為基準だったと考えられる〉。

実を通す、心中だてをするという言葉は、〈わが国の民衆の意識深層において義理とは彼らの内面的なロイヤルティーにほかならなかった〉という。そして要するに〈義理人情とは、日本の伝統的な民衆の共同性への見果てぬ夢〉であり、〈幻の形〉をとったものであって、その点を鋭く衝いているために、周五郎の作品の大部分はメルヘンとなり得ているのだが、こんにち〈義理人情という徳目をストレートに再評価〉しようという発想は、〈しょせん政治的後退期の気なぐさめにしかならぬだろう〉、そのような消極的な発想から離陸するためには、たとえばドストエフスキーが発見した民衆――それは〈知識人の革命的観念の中でとらえられ成立する民衆ではなく、それ自身の中に革命の幻影をはらむ民衆〉という〝神〟であり、そうした聖なる神との対面において、民衆の連帯がとらえられなければならない、と説くのである。

山田宗睦は〈「釣忍」も、だいたい似たような作品なんですけど、これは、うっかりすると、人情ばなし、義理立ての話というところへいきがちなんですね。おそらく曲軒先生がこれを書いたのは、義理、人情の話ではなくて、まさに義理、人情とは違う生き方を書きたかったのだと思います。

木村久邇典は山田宗睦の立場に立ち、「釣忍」は定次郎のおはんへの義理立てが主題ではなくて、母親とは生きぬ仲の長男や親類への義理立てを吹きとばして、真の人間連帯の絆をさらに強いものにしようとする反義理人情の定次郎の行為の真の姿こそ、より深く読み取られなければならないとする。それは〈山本周五郎自身が、つねに「義理人情の作者」と呼ばれることに心外の思いを抱きつづけていたがゆえにほかならない〉と周五郎の内部世界まで忖度してみせるが、誤読ではないか。前に渡辺京二の〈義理人情とは、わが国の伝統的な民衆の共同性への見果てぬ夢〉説を援用して述べたはずだ。木村も周五郎も「義理人情」の真意を理解していないことにならないか。

周五郎は〈一時期、画描きになろうかと思ったほど絵が好きで、最期まで絵に対する関心を失わなかった〉という。木村久邇典はこんな逸話を書いている。〈周五郎は、横浜在住の独立美術協会会員松島一郎氏(註・元横浜国大講師)と野毛のバーあたりで顔を合わせたりすれば、ただちに画論を展開したし、また横浜に住む新進画家たちの個展をのぞきにいってやっては、率直な助言を与えたり、彼らの屯《たむろ》するバーへも赴いてグラスをかたむけながら論戦する、といったようなことも、昭和三十年前後まではしばしばだった〉(『素顔の山本周五郎』)

それだから、挿絵に関しては、当然にも他の作家にくらべてうるさかったらしい。戦前の山本周五郎作品の挿絵を担当したのは、鴨下晁湖、羽石光志、木下二介。戦後は風間完、小川洸二、中尾進らである。周五郎は小村雪岱《せったい》画伯の絵もさほど好まなかった。その華麗さで一時代をなしたS・I氏のものも評価しなかった。〈デッサンが狂ってる。この肩幅と腕や足の長さに比べて顔が異常に小さい。この人の絵はいつでも因果者を描いたようにさえ見える。基礎がしっかりしてないせいだね。さし絵画家で本ものになったのは宮本三郎ひとりだけだと思うな〉との発言が伝えられている。

「その華麗さで一時代をなしたS・I氏」とは、私など岩田専太郎しか思い出さない。岩田専太郎は多くの作家から、「挿絵のために生まれてきた人」といわれていた。岩田専太郎は吉川英治の『鳴門秘帖』を受け持ったりしたこともあるので、まあ周五郎が心情的に嫌うのもわからないわけではない。岩田の出世作は『鳴門秘帖』といってもいいだろう。大衆文芸の父・白井喬二は、「作家と挿絵画家は、野球ならばバッテリーという所であろう」といっている。

八木昇は言っている。〈白井喬二をはじめとし、大衆文芸の世界には長谷川伸、大佛次郎、吉川英治……と、いくたの大才を抱いた作家が輩出した。これに呼応して木村荘八、河野通勢、岩田専太郎、小田富弥……などの破格独壇の挿絵画家が現出した。而《しか》して名作が登場し、名挿絵が生まれ、名挿絵また名作を醞醸《うんじょう》せしめたのである。千山万水、百花斉放の盛況である。そもそも大衆文芸は、豪華であり、絢爛である。頽唐であり、放逸である。人間欲望の万華鏡である。情熱の修羅場である。文も絵も一体と化し、人間《じんかん》百相の因果応報を映し出したのであった〉（「大衆文芸の挿絵」「芸術生活」特別増大号〈さしえの黄金時代〉昭和四十九年八月号）

周五郎は連載中の挿絵が気に喰わないといい、強硬に申し入れて画家を交代させたこともあった。これは一概に否定は出来ないかもしれない。小説のイメージと余りにもかけ離れていたら作者としては、やりきれない。編集者や画家に再考してもらうケースはあるだろう。作者の我儘とばかりはいえないかもしれない。しかし周五郎の「挿絵画家で本ものになったのは宮本三郎ひとりだけだと思うな」という発言はどうだろう。当時も今もその言に納得する人間がいるとは思えない。

宮本三郎についてのイメージは、おおよそ思い浮かべることができる。川端画学校で藤島武二に学び、のち安井曽太郎に師事。昭和二年、二科展初入選、人気作家に。以下、旺文社版『現代日本人物事典』を引くと、「戦争中、陸軍報道班員として従軍、『山下・パーシバル両司令官会見図』で戦意を煽る。三十三年、美術家連盟初代理事長に就任。昭和九年、菊池寛が宮本の描く女性の顔に魅かれて、朝日新聞の連載小説『三家庭』の挿絵担当に抜擢、以降この分野でも活躍。獅子文六『大番』（週刊朝日）ギューちゃんのイメージが親しまれた。巧妙、筆が走りすぎ、の定評があり、師の安井曽太郎は「何でも描き得るんだ。少し達者すぎるかも知れぬ、そのために画品を少し下げている（この項、大井健地）」と表する。

こんな履歴の一端を知っていたら、周五郎とて当て推量の発言はしなかったのではないか。

周五郎の『竹柏記』の挿絵を担当したことで、周五郎と佐多芳郎の関係は深まる。周五郎は読売新聞に連載中だった大佛次郎『四十八人目の男』の挿絵を見て関心を持ったのである。画家の都合を聞くために木村久邇典が佐多家を訪ねると、〈一日二日まって戴けませんか。僕は新しい作家の挿絵の依頼があったとき、かならず大佛先生に相談することにしておりますんで〉と、当初から慎重な構えであったらしい。

その折、佐多が中座し、お茶を代えに来られた母堂が〈まあ、うちの芳郎が描くような絵でも、お役に立つのですかねえ〉と、急須を傾けながら言った言葉が、木村のこころに残った。

数日後、佐多さんから社のほうへ電話がかかった。大佛先生が云われるんです、山本さんは立派な作家だ。ぜひ引受けるように、とのことでした。喜んで描かせていただきます。

佐多さんを訪問したときの模様を、わたくしは山本さんに告げた。「ほう、そのお母さんの言葉はいいな。ものをかくという仕事は、元来が風流のみちだ。それがお金に換算されるなどということ自体、そもそも不思議なことと思わなければいけない。それが不思議だと感ずるこころを、〝初心〟といってもいいだろう。初心を忘れるなというのは、とくに物かきにとっては基本的な心得だ。佐多君のお母さんの、その言葉は珍重だな」（『素顔の山本周五郎』）

以来、周五郎作品のほとんどの挿絵を佐多芳郎が受け持つようになる。周五郎の最大の代表作が、日本経済新聞に掲載された『樅ノ木は残った』であると同時に、佐多芳郎の挿絵の代表作もまた、これである。画家は『樅ノ木は残った』によって明らかに自らのエポックを画したのだった。

ところが、『樅ノ木は残った』の第一部がおわり近くなった頃、周五郎は木村に〈佐多はこのごろ、逃げた絵を描いている。原作のテーマと対決しようとしていない〉と言い出した。

証拠として、〈小さく全身を描いたり、人物に後ろ向きの姿勢が多くなっている〉などを挙げ、〈おれは最近、新聞社から送られてくる棒組みの校正刷りしか見ないことにしている。挿絵のはいっている新聞を見て失望するのは厭だからな〉とまで言いだす。

佐多にとっては心外であったらしい。主人公のイメージにしても、周五郎の希望に添うように映画俳優のジョセフ・コットンの資料を蒐め、その風貌に倣《なら》わせるなど、これまでになく工夫をこらしてきたつもりであった。佐多芳郎は第二部『原田甲斐』を開始するに先立って、周五郎を訪ね、「どこで逃げているか、実例によって説明してほしい」と伺いを立てた。

周五郎は即座にその理由を挙げ、奥の間から持ってきた切抜きを佐多の目の前でめくりはじめた。ややあって、〈どうやらこれは、おれの思い違いだったようだぞ。よーしわかった。きみはちっとも逃げずにちゃんと描いている。これはぼくの間違いだった〉と、頭を垂れたという。私は周五郎の曲軒ぶりに慣れているから、この〝小事件〟でも周五郎の潔さより、大佛次郎や佐多芳郎とその母の振る舞いのみが心に残る。周五郎は一高東大出身の秀才大佛次郎の書くヒーローたちに侮蔑に近い罵言をあびせていた。私だったら根性悪だから、「曲軒の挿絵？　忙しいからと断わっておけ」などと助言したかもしれない。

木村久邇典の全著作を私なりに眼光紙背に徹するように読んできたが、周五郎が「シャッポを脱いだ」という記載を他には見ることができない。逆に、「挿絵が気に喰わない」といい、画家を交代させたという話は散見する。「作家と挿絵画家」を「野球ならばバッテリー」といった白井喬二的言辞が周五郎と画家との間にどこまで通用したかは詳らかにしないが、周五郎作品の挿絵を多く担当したのは、鴨下晁湖、羽石光志、木下二介。戦後は風間完、小川洗二、中尾進、朝倉摂らだ。

周五郎と画家とのつき合いは、マスコミの原稿依頼が周五郎に集中してくるなかで次第に途絶える。〈もう画家連中とつきあうのは、やめにしたよ。だって、彼等はおよそ不勉強なんだ。口では大きいことをたたいても、現実には馬鹿づらをして酒をひとにたかるばかり。せっせと小金を溜めて欧米旅行しさえすれば、目的達成とでも思い込んでるらしい。そんなやつらとはおさらばだ〉と昂然と胸を張る周五郎を木村久邇典は見ているし、晩年には、〈ぼくの小説は、挿絵のないほうが却って強烈なイメージを、自由に読者に与えることができると思うんだ。下手な挿絵がついていると、逆にマイナスになる〉と傲然たる口調で言い放つのも耳にしている。その発言とは関連はないと思うが、名作「屛風はたたまれた」「ちくしょう谷」『青べか物語』などには挿絵がない。


昭和三十七年は、高度経済成長政策、貿易自由化が軌道にのり、日本経済の急速な発展が開始された年である。

周五郎は五十九歳。作品は少なくなり、この年は六篇のみ。映画化作品は多く、一月『椿三十郎』（原案『日日平安』）、六月『青べか物語』、六月『ちいさこべ』、九月『青葉城の鬼』（原案『樅ノ木は残った』）が公開され、いずれもベストテンにランクされた。
昭和三十七年、周五郎は、『季節のない街』を朝日新聞夕刊に連載（四月一日―十月一日）を始め、旬日を置かずして作品のモチーフを、朝日新聞PR版に書いている。

私は去年、「青べか物語」という本をまとめた。（略）こんど朝日夕刊に連載している「季節のない街」は、都会の青べか物語といってもいいほど、内容には共通点が多いのである。（略）
ここの住人たちは「街」という概念では団結して他に当るけれども、個別的には孤独であり、煩瑣論的な自尊心を固持しているのが常のようだ。（略）
私がこれらの人たちに、もっとも人間らしい人間性を感ずるのは、その日のかてを得るため、いつもぎりぎりの生活に追われているから、虚飾で人の眼をくらましたり自分を偽ったりする暇も金もない、ありのままの自分をさらけだしている、というところにあると思う。（略）（「極貧者たちの喜びと怒りを」）

『青べか物語』に打ちのめされるような感銘を受けた読者も、この「現代版『青べか物語』こと『季節のない街』」には少なからず失望をしたようである。高評価する代表的評論家は奥野健男、失望組は佐藤俊夫、その中間に位置し奥野側寄りに開高健（そして私）が位置しているといおうか……。
まず奥野は、
この作品には、『青べか物語』の「蒸気河岸の先生」のように作者である「私」は登場しない。

作者は「街」の中に同化し、それを内側から観察し、描いている。この「街」には、「青べか」のようなのんびりした遊びはない。心やすまる自然もない。もっとぎりぎり切端づまった人間のかなしみでいっぱいになっている「街」である。ぼくは「私」の登場する『青べか物語』より、この『季節のない街』の幾篇かに、絶品と形容する以外ない珠玉の名作を見出す。作者が登場人物の中にどうしようもないほどのめりこみ、人間の極限の姿が描かれているのだ。それは社会や人生の片隅の姿であるが、ここにぼくたちが忘れていた確実な芸術がある。ぼくたちはシャルル・フィリップの「小さき町にて」の感動を忘れてから久しい。いつか余りに遠い地点に来てしまったようだ。「季節のない街」は、芸術の故郷を思い起させてくれる。こういう芸術を捨象してしまい、視野に収めることができないとすれば、現代の芸術観は、どこか病的に歪んでいるのであろう。プロレタリア文学、マルクス主義文学の眼鏡を捨て、深層意識の底にまで降れば、吹溜りの片隅の街はまだ芸術の無限の宝庫なのだ。（講談社版『山本周五郎全集』第八巻解説、昭和三十八年）

シャルル・フィリップに喚起をうながすあたりが奥野健男論考の魅力なのであるが、おぼろげな記憶によれば、奥野健男は上林暁の作品にもフィリップの感触を感じていたように思う。件《くだん》の解説の六年後に刊行された新潮社版『山本周五郎小説全集』第十七巻『季節のない街』（昭和四十四年四月）で、奥野の声はさらにオクターブが高くなる。

ぼくはこの『季節のない街』を、シャルル・フィリップの名作『小さき町にて』よりも高く深く評価する。ここには人生の極点がある。名もない庶民たちの姿の中に、現代人が忘れて久しい芸術、文学のふるさとがある。『季節のない街』のいくつかの章は、永遠に読み返される不朽の名作として世界の古典に連なるものとぼくは確信するのだ。

周五郎がフィリップを読んだという形跡は確認していない。むろん無くても問題はない。私は新潮社発行の「海外文学新選」第二十九巻『小さな町』（小牧近江訳、大正十四年八月十五日刊）と、岩波文庫『フィリップ短篇集　小さき町にて』（淀野隆三訳、昭和十年十月三十日刊）を所蔵している。昭和四年から五年に新潮社から『フィリップ全集』（全三巻）が出ている。文春文庫、川上弘美『大好きな本』（書評集、平成二十二年九月刊。単行本は朝日新聞社刊、平成十九年九月刊）を読むと、世に出回っているのは『小さな町で』というタイトルの本（みすず書房、平成十五年十二月刊）で、訳者は山田稔である。これは知らなかった。川上弘美の書評を読み、知らないことを三つほど知った。

本書に収められた三十三篇を、わたしは初めて読んだ。三十三篇は、一九〇八年から作者が三十五歳で亡くなる翌〇九年にかけての約一年の間に書かれた。かつて堀口大學や三好達治によって訳され愛読された名掌篇も、今や本国フランスにおいてさえ手に入りにくくなっているという。一世紀も前の作品だということは、読み始めてすぐに意識から消えた。なにしろ、面白いのだ。

面白いのは川上弘美が、〈わたしは、足を掬《すく》われたように、泣かされてしまった〉〈おそらく一世紀前でなければ書かれえなかったもの、フィリップという、凝縮された人生を駆け抜けるように送った作者でなければ、表現しえなかったものである〉〈百年前に書かれた物語は、今わたしに涙を流させ笑わせ哀しませる。百年たっても変わらないものが、そうさせる。百年たって変わったものを、それではは今自分はいかに書くのだろうかということもまた考えさせられる〉と書いていることだ。フィリップの『小さな街で』が、百年の後に川上弘美をして流涕せしめている。奥野をして五十年、百年、フィリップに「遜色がない」どころか、「十分越えている」といわしめた周五郎の『季節のない街』は今、読んで泣けるだろうか。

さて佐藤俊夫の出番である。

周五郎自身が『青べか物語』の都会版とよんだ『季節のない街』はどうであろうか。それほど簡単に姉妹篇とはよべないようである。なるほど、どちらも現代物であり、おなじような題材を扱った短い章節の積み重ねである点も共通していようし、分量もほぼ似ていて、『季節のない街』のほうが百枚ほど多いだけである。しかし、自己表現の成熟度という点では、両者はほとんど比較できないほど異質であると思われる。『青べか物語』が、できた作品であるのにたいして、これはあきらかにつくられた作品である。または『青べか物語』の二番煎じである。(略)

『季節のない街』は、その各章ごとに晩年の周五郎が手慣れた方法でうまく調理してみせてくれるけれども、全体としては創作ノート集なのであり、それをことさら一貫した作品に仕立てようとする無理が目につき、素材が生煮えのところがある。(「ある自己表現――山本周五郎のばあい」)

周五郎が『季節のない街』の「あとがき」で、『青べか物語』は漁師町版の『季節のない街』であり、『季節のない街』は都会版『青べか物語』というようなことを書きつけている。両著を合わせて

〈山本周五郎の詩と真実を伝える作品〉と規定し、〈それは作者の自伝的回想であり、ある個人の青春の心象風景であり、さらに古きよき時代の日本と日本人の生活へと連想を拡げる物語だ〉と言う浅井清（お茶の水女子大学教授）の意見（『山本周五郎』編 解説）も印象に残る。ゲーテの自伝『詩と真実』だというのだろう。『青べか物語』の最終章「三十年後」に対する批評では、佐藤俊夫と真逆の位置に立って、鮮やかな洞察を提示している。

所詮、先生は巨大な三角州に舞い込んだ旅人に過ぎなかった。温かく迎え入れながら決して同化させせない厳しさがそこにはあった。その未知の者を迎える温かさと厳しさとが、まだ世に容れられず、不遇意識に苛まれている人間の悲哀と孤独とを十分癒してくれたのである。

そして何よりも素晴らしいのは、その後三十年ぶりの再会の時、彼らに「私」はほとんど忘れ去られていることである。この終章の物語によって、この作品はもういちど全編に痺れるような感動が余韻として反響する。木村久邇典の詳細な調査によると、作者は浦安での見聞を昭和四年以来繰り返し作品化しているという。作者にとって忘れがたい体験が相手にはほとんど記憶に留まっていない、忘却の彼方に追いやられようとしていることが、この作品の夢と現実を何よりも雄弁に物語っている。（傍点・引用者）

「三十年」後の章に「痺れる」所以をここまで明晰に論理化した批評家はいない。そして「浦粕」（浦安）が、東京のベッドタウン化し、東京ディズニーランドが開園、さまざまな近代的構造物が幾何学的に林立して未来都市的な相貌を現前してきたことをとらえ、〈『青べか物語』の牧歌的風景は、むしろウィリアム・ギブスンの『ニューロマンサー』(一九八四)的な光景へと変貌した。いまや『青べか物語』は、蜃気楼と化した風景への挽歌となっている〉と指摘する。作品の登場人物は、作者にとって国木田独歩の所謂〈忘れ得ぬ人々〉ということになる。

浅井清にとっては、作品『季節のない街』の存在することすらもが、自己の論理を補完する要素となる。どういうことか。まあ御精読あれ。

「およそ四十四、五歳になってから、小説には純文学も大衆小説もない、という足場を私はたしかめることができた」(『すべては「これから」』)と山本周五郎が記したのは、昭和三十七年のことである。『青べか物語』が完成し、『季節のない街』を構想執筆中の時である。前年からいわゆる純文学論争が始まっていた。この論争の視野には松本清張、水上勉、司馬遼太郎らの活躍が大きく映っていたが、その先駆として山本周五郎の存在が論議の前提とならねばならない。「すべてはこれから」というのがさりげない山本周五郎の回答と自負であったのである。(同前)

庶民や大衆はどういう存在なのか。大衆の原像を把握することに、文学者や政治家や宗教家はいつも失敗する。大衆は愚鈍で、無知で蒙昧で、知識人からの啓蒙を待っている存在だと思い込んで、大衆に接近すると手酷い竹篦《しっぺ》返しを食うことになる。私などには『青べか物語』に登場する人物がみんな賢者に思える。ほとんど聖なる者という感じを受ける。

池内紀は〈古風な作家山本周五郎が少しも古くはならず、古ぼけている人物像が一向に古びないのは、おりにつけあの瞬間がまじりこむからである〉(傍点・原文)という。はて、あの瞬間?

竈《かまど》に焚木をくべながら鍋の番をしている平さんにも見舞った。顔はかたく無表情で煙にむせると咳込むが、すぐ元にもどる。

「……瞳孔の散大したような眼は、なにを見るともなく、前方にひろがる暗い空間を見まもっていた」火がゆれると平さんの顔がゆらゆら動くように見えるが、しかし表情は少しも変わらない。古風な、古めかしい人物たちが、きまってある瞬間に意味深い表情を見せる。それは能面のように無表情で、と同時にあらゆる表情を煮つめたようにして、どことも知れぬ一点に視線を落とし、ぼんやりしている。あるいは黙って冷えた茶を啜《すす》っている（略）周五郎の小説には、生きた影絵のような人物像が貼りつけてある。あるいはわきに見え隠れする。（「世の見方の始まり⑫山本周五郎・路地」「新潮」平成二十二年十一月号）

これが池内にとっての大衆だ。〈作者はそんな人々へのやさしいへだたりと、名づけようのない親愛の間でゆれている〉というのである。

周五郎の『樅ノ木は残った』の第四部以下を脱稿したのは、昭和三十三年のことである。引き続き、「オール讀物」（三月号―十二月号）に『赤ひげ診療譚』を連載。その後、三十四年十二月から翌三十五年十一月まで『天地静大』を「三社連合」（北海道新聞、中日新聞、神港新聞）に連載。

『赤ひげ診療譚』の「梗概」を述べる。長崎で三年間、西洋医学を修業し、江戸に戻った保本《やすもと》登は、貧しい病人を無料で診る幕府の施療所「小石川養生所」の医員見習いに任じられる。幕府の御目見《めみえ》医から御番医、さらには典薬頭にも出世することを夢見ていた彼にとって、それはエリートコースからの脱落を意味していた。医長の「赤ひげ」と呼ばれている新出《にいで》去定はたくましい顔つきの男で赤髯《あかひげ》を生やしている。

三十人ほどの入所患者は去定と登ら三名の定詰《じょうづめ》が診療、番医五人、嘱託五人らとともに通いの患者を診療、往診もする。

登は長崎遊学中に婚約者に裏切られたという心の傷を負っている。いわば傷ついた獣のような心を抱いて養生所に来たのだ。〈襤褸を着た、汗と垢にまみれた、臭くて汚い行倒れか、それに近い貧乏人ばかり〉を治療することが不服で、規則に反抗して診察もせず、許嫁のちぐさを憎み、自分の父を、ちぐさの父を、そして養生所をも憎む。

心を病んだ登が、「赤ひげ」と出会い、さまざま疾患に苦しむ人々に治療行為をしていく過程で、自らの病んだ心が治癒されていく……。

「赤ひげ」にしても聖人でも完全無欠な人格の持主でもない。「おれは盗みも知っている。売女に溺れたこともあるし、師を裏切り、友を売ったこともある。おれは泥にまみれ、傷だらけの人間だ、だから泥棒や売女や卑怯者の気持がよくわかる」とふと述懐したりする。「赤ひげ」もまた心を、精神を病む孤独な人間だったのだ。

一年ぶりで家に帰った登は、痛風の母の世話をしているちぐさの妹まさをを好ましく感じる。敏捷に働く清らかなまさをに惹かれるのは、登が養生所で成長したからに違いない。目見医に着任のすすめがあったものの、まさをと内祝言を挙げた登は、養生所に残る決意をする。登は去定に「辞めるつもりはない、力ずくでも養生所に残る」と言う。「ばかなやつだ、いまに後悔するぞ」と言う去定に、「試みてみましょう」と登はさわやかに答えるのだった。

読切り連作という発表形式は、周五郎作品では、『寝ぼけ署長』、『五瓣の椿』、そして『青べか物語』を数えるだけである。周五郎が医学に関心を抱くようになったのは、既に述べたが、大正十四年から昭和三年まで在籍した「日本魂」編集部の同僚だった宅間清太郎（大乗）記者に刺激されたためである。

荒正人は、こう書いている。『赤ひげ診療譚』は、保本登の感情教育であり、構成の点では、トーマス・マンの《魔の山》を連想させる。〈養生所〉という〈魔の山〉をかりそめに訪れた登は、赤ひげという教師に案内されて、地獄から天界までを見て廻り、信念の更生に成功する。〈魔の山〉のハンス・カストルプは、足取りおぼつかなく、第一次大戦の始まった下界に降りてゆくが、保本登は、まさをと結婚し、赤ひげの片腕となり、養生所に身を埋める。（略）

なお、赤ひげの態度について、ユマニストという言葉を使ったが、実践者である点も強調しなければならぬ。医者は、職業の本質からも実践的である。武者小路実篤が医者を書けば、こういう人物が生れたかもしれぬ。（略）山本周五郎は、この作品に関する限り、白樺派に接近している。ロマネスクという点では、白樺派は山本周五郎より遥かに劣る。この作品では、求道的要素と認識的要素がみごとは釣合いを保っている。（講談社版『山本周五郎全集』第六巻、解説）

清原康正は〈全八話を通してヒューマニズムあふれる物語が展開されていく。病気の治療と同時に政治的な社会悪とも取り組まねばならない赤ひげを見ているうちに、登は人間的に成長していく。医学時代小説であり、成長小説であり、江戸市井の庶民の実態をとらえた人情小説であるといった多角的な要素を含んでおり（略）裕福な者からは法外な治療費をむしり取る赤ひげを設定することで、安っぽいヒューマニズムに陥ることを免れている〉（「国文学解釈と鑑賞」別冊「山本周五郎」平成十二年二月）という。

昭和四十年、『赤ひげ診療譚』は『赤ひげ』の題名で、黒澤明監督、三船敏郎主演で映画化、日本映画史上、特筆されるほどの成功を収めた。若い世代にとって、「山本周五郎とは、ただただ黒澤明映画の原作を書いたひと」とのイメージが定着し、周五郎の小説が売れ出す。これが第二次の「山本周五郎」ブームだ。過去に昭和三十年、周五郎作品に対するテレビ各社からのテレビ劇化の攻勢が激化したことがありラジオ東京テレビ（現・TBS）から、「山本周五郎アワー」が放映されて、第一次の「山本周五郎ブーム」来たる、と喧伝された。このとき周五郎は五十二歳であった。

山本周五郎賞の受賞作家、佐々木譲は、常に「映画を観たあとに」原作を読むという。

『赤ひげ』を観たあとに、ドストエフスキー『虐げられた人々』を読んでいる。映画の『赤ひげ』の中には、二木てるみが演じるおとよという少女のエピソードがあって、この部分は『赤ひげ診療譚』ではなく、『虐げられた人々』だという情報をたぶん映画評から得ていたのだ。ドストエフスキーを『虐げられた人々』から読みだしたというのは、ちょっと珍しい読書体験ではないかと思う。『用心棒』『椿三十郎』（『日日平安』を含む）の二本立てを観たあとには、ダシル・ハメット『血の収穫』も読んだし、『天国と地獄』を観たあとに、エド・マクベイン『キングの身代金』も読んだ。（略）黒澤明には、ハメット、ドストエフスキー、マクベインと、後に愛読することになる作家を三人も教えてもらっていることになる（別冊歴史読本「山本周五郎読本」平成十年）

映画化され、ヒットした周五郎の『五瓣《ごべん》の椿』が、講談社版の全集に収録されていないのは、いかなる事情からであろう。

昭和三十八年八月から毎月一冊配本された講談社版『山本周五郎全集』は、初め全八巻の予定であったが、好評のため五巻が追加されている。といってもこの企画がスムーズに進行したわけではない。実現するまでには、およそ一年もの期間がかかっている。要するに周五郎が取り合わなかったからだ。周五郎の躊躇は、「生前に全集を出す」ことへの反撥、それに「全集」と銘打つに値する作品体系を自分が果たして創りあげたか否か、そのことへの逡巡である。「生前に全集を出す」ことなど、文学者たるもの考えること自体、胡乱なことであった。柳田國男を始め、そうした含羞の持ち主が文学者であった（柳田は「著作集」という名称にしている）。全集のプランが進行していることを伝え聞いた某社の編集者が、酔態を装いながら、周五郎に「へえ、生きてるうちに全集をお出しになるんですって？　先生もえらくなったもんですねえ」とか言ったことも、痛かった。

「たしかに生前に全集を出すなどというのは、烏滸《おこ》の沙汰だ。全集は中止したい」と真剣な面持ちで言い出す周五郎に、講談社側もひるまずに、「今日《こんにち》の全集というのは、実質的には選集なんで、読者の方が先刻承知ですよ。販売戦術用語とお考えになって下さればいいんです。全集という厳密な意味にこだわられる必要はないと思うんですが」と熱心に説得した。これに対しては「何を言うんだ、〝厳密にこだわる〟のが肝心で、読者が先刻承知であろうと、販売戦略だろうが、そんな発想、精神こそ最も唾棄すべきなのだ。いつから君らは堕落したのだ」と曲軒でなくても一喝が飛び出すところだが……、結局、同意が与えられた。

巻末解説の執筆者に平野謙、荒正人、河盛好蔵、奥野健男、戸石泰一、吉田健一、大井広介、山本

健吉、進藤純孝、中田耕治、山田宗睦、久保田正文といった〈錚々たるメンバーで、〃いわゆる大衆作家〃と称される小説家の全集ないしは選集に、かつてこのような本格派の論客を配した例はなく、『山本周五郎全集』をもって嚆矢とした〉（木村久邇典）を、事実の経過としての記述としてなら私も諾《うべな》う。これぞ最高の布陣だなぞと得意になっているのでは度し難いと考えるからだ。解説者に水谷昭夫や佐藤俊夫らを加えるべきであったろう。

〈自ら作品の取捨選択に当たった山本周五郎は、慎重のうえにも慎重を期したのであったが〉〈『五辨の椿』が収容されていないのは注目に価する〉（木村）。

『五瓣の椿』は「講談倶楽部」（昭和三十四年一月号から九月号）に連載された。連作読切りの体裁をもつ作品である。日本橋の薬種屋の主で養子の喜兵衛が癆痎で倒れて三年。妻のおそのは感染を恐れて寮に別居、ひとり娘のおしのという十八歳の無垢な乙女が父の看病をしていた。母のおそのは淫乱で、別居にかこつけて役者遊びで箱根に行ったりする。

喜兵衛の容体が悪化する。おしのは病いの床の父が語る赤い山椿の思い出話に感動する。寮に行くという喜兵衛は戸板で運ぶ途中で、息絶える。寮に戻ったおそのは遺骸のある家で子供役者と酒を飲み、戯れ、おしのに「お前は袋物問屋の源次郎との不義の子だ」と告げる。おしのは体内に流れるおそのの血を憎み、母の父への裏切りを赦せない。亡き父を苦しめ裏切った淫乱な生母と、その遊び相手になった男をつぎつぎと手段を変えては殺害してゆく。

『五瓣の椿』の論考では、新潮文庫の解説を執筆した山田宗睦のそれを、作品の〈声価を確定させた出色の評論〉と木村は記している。生前、周五郎もこの解説を読み、「うーむ、いよいよこういう読者が出て来てくれたぞ」と深くうなずいたという。

『五瓣の椿』は歴史小説風のかわいた叙述の裏側にひそむ、人間の小暗い汚濁とそれをバックに光る清冽な意志との葛藤劇を描いている。わたしは、山本周五郎と森鷗外とのひそかな対応が、『五瓣の椿』には秘められていると考えている。（略）

〈法〉と〈掟〉との葛藤というテーマは、ギリシア悲劇の主題の一つであった。アンチゴーネの悲劇はその代表的なものである。そして哲学者のヘーゲルは、『精神現象学』のなかで、このアンチゴーネ悲劇を分析して、神の〈掟〉を守るものが、人間の〈法〉によって死なねばならぬ矛盾を、ふかぶかとときあかした。山本周五郎が『五瓣の椿』でとりくんだのは、御定〈法〉も罰せられない罪がこの世にはあり、それを人間の〈掟〉から審くというテーマであった。（略）

〈法〉と〈掟〉の主題は、鷗外の「高瀬舟」にもあらわれたことがある。わたしは、山本周五郎という作家が、比喩的にいうなら、鷗外の「大塩平八郎」と「高瀬舟」とをつなげて、日本人の生活における人間の掟をさぐったことに興味をもつ。『五瓣の椿』は、山本周五郎の作品系列だけではなく日本の文学全体のなかに、まさに椿の花のようにうかんでいるのである。（新潮文庫『五瓣の椿』）

ここではヘーゲルやギリシア悲劇、森鷗外が引かれる。周五郎がその胸中を昂らせるのはわかる。〈叙による殺しと椿という同じ型をとりながら、男をひきつける手くだ、迫り来る探索の手、実父だけを苦しませるために生きのびさせるなど、筋立ては変化に富む。（略）法と人間の生活の葛藤をテーマとしたものに『しじみ河岸』がある〉（山名美和子）

周五郎は執筆中、殺人の不快感に耐えきれず、連載を打ち切っている。作中でおしのは人間を殺しては、不快な吐き気を催す。第二話でも〈急に吐きけにおそわれ、厠へ走っていって嘔吐した。あまり急なことで、女中はあっけにとられたが、おりう（註・おしのの変名）は「少しわる酔いをしたらしいわ」と云った〉

執筆中の周五郎も主人公同様の不快感にとらわれ、「講談倶楽部」の連載を打ち切ってしまう。『山本周五郎全集』に『五瓣の椿』を外したことについては、発表後、四年が過ぎても、作者自身がこの作品を失敗作と見做していたこと、さらに「殺し」の場面が多く、エロチックな要素とミステリーを盛りこんだ作品の結構が、エンターテインメント重視を考えた低俗小説と忌避されるという懸念などを理由にあげたらしい。

長篇小説『さぶ』も周五郎ファンには逸することの出来ない作品であろう。出だしがいい。〈小雨が靄《もや》のようにけぶる夕方、両国橋を西から東へ、さぶが泣きながら渡っていた〉周五郎は書き始めのたった一行のために、何日も何日も呻吟することは珍しくなかったという。木村は、周五郎自身が朗読するのを聞いている。「ぴしゃりと決まった表現だ」と関口安義はその所以を説明する。

全十六章、各章はほぼ五節から成るこの小説にあって、雨の両国橋はライトモチーフとしての役割を担い、全編を支配する。これは鋭い洞察で誰一人として（作者自身も？）気付いていない。むろん私は見すごしている。（略）

冒頭描写される両国橋上では、二人の主要登場人物――さぶと栄二が紹介されるのである。まずはさぶ。「双子縞の着物に、小倉の細い角帯、色の褪せた黒の前掛をしめ、頭から濡れていた。雨と涙とでぐしょぐしょになった顔を、ときどき手の甲でこするため、眼のまわりや頰が黒く斑《まだら》になっている」（略）。次は栄二。彼はさぶが橋を渡りきった時、後ろから追いかけてくるかたちで登場し、紹介される。「こっちは痩せたすばしっこそうな軀つきで（略）」とある。さぶと栄二の体格・風貌の違いが鮮やかに描き分けられていく。（『さぶ』「国文学解釈と鑑賞」）

奉公先を逃げ出し家に帰るというさぶ。彼を追いかけ、がまんするように説得する栄二。舞台は江戸の下町。二人は小舟町にある表具と経師の店、芳古堂に奉公している。この日さぶは、おかみさんに叱られ、葛西の家へ帰ると言い出し、泣きながら両国橋まで来たのであった。そこに十二、三になる少女が登場し、二人に傘を差出す。少女はおのぶ、主要登場人物の一人だ。さぶと栄二はともに十五歳、不幸な境遇に育った友情で堅く結ばれているという設定である。

『さぶ』を論ずる場合、主たる主人公は栄二か、あるいはさぶかという問題がしばしば俎上にのせられる。野村喬、土岐雄三、河盛好蔵、山田宗睦、山本健吉らが論戦に参入した。『さぶ』のモチーフに対して、「無償の献身」の美しさを説いたものだとする見解が一部にある（たとえば、野村喬、田邊貞夫）が、関口安義は、「本作を安易な道徳物語におとしめたくない。さぶの行為を献身に限定することは、作品の奥行きを狭める」と述べている。『さぶ』は、「下町もの」であり、「職人もの」、それに「従弟もの」と呼ばれるジャンルに入ろう。「きねや質店」での丁稚生活の経験が、文学として見事に開花しているのを見てとることが出来よう。

ここで「橋」というものが登場したことで、いまもう一篇の作品を俎上に載せたい。昭和三十四年、「別冊文藝春秋」（四月号）に「畜生谷」として発表され、後に（昭和三十五年）単行本『その木戸を通って』（文藝春秋新社）に収録されたとき、作者により「ちくしょう谷」と改題された、作者五十五歳のときの作品である。

梗概を述べると、朝田隼人の兄織部が、部下の西沢半四郎と決闘して殺される。真相は背後から斬られた横死らしい。事件を契機に短気で暴れ者だった隼人の性格は変る。誰もが嫌がる山奥の集落の木戸番頭《かしら》を志願して赴任する。そこには半四郎が隼人を襲うべく、策を練ってじっと待機していた……。

水谷昭夫は、「周五郎は〝橋〟を描いた」という。まず少年時に徒弟奉公に出された。父は「うちの遠い親戚すじにあたるところだ。三十六《さとむ》、手伝いにゆくか」と言った。うそであった。中学進学の夢は断たれた。無残に目前の橋はもぎとられたのである。生涯彼の心の中に、この取りはずされた「橋」が横たわっている。

『ながい坂』で、ある日、突然通い馴れた道にかかっていた「橋」がこわされる。主人公三浦主水正は、生涯をかけて、この「橋」を復旧させようと心血を注ぐ。『柳橋物語』では、江戸の大火で、隅田川畔でおびただしい人が焼死する。一本の「橋」があれば、多くの人は死なずにすんだ。その現実の「橋」が、人の心にかかる「橋」に通じあって、比類なく美しい恋愛小説の世界を築き上げる。

「橋」は「愛」を意味する。

『ちくしょう谷』の主人公朝田隼人は「橋をかけるために、橋げたになる。がまん強く、腹を立てず、音をあげぬ」。決して音をあげず「橋」をかけようと試みる。水谷昭夫は、周五郎が『ちくしょう谷』を執筆した同じ昭和三十四年の『五瓣の椿』に注目し、『五瓣の椿』を〈「父の名」において遂行されて行く徹底した裁きの物語〉とし、『ちくしょう谷』は、〈無実のまま殺された「兄の名」によって、徹底して人を許すことの可能性を追った物語〉だと分析する。

〈朝田隼人は人と争わない。真の「自由」が「剣」や「力」や、あるいは正義や名分によってですら、招来されるものでない事を見ぬいている。もともと、その「真実」をあらわにする一切の努力を放棄しているところにこの作品は成立する〉(「キリスト教と文芸――山本周五郎『ちくしょう谷』論」)

水谷は別の文章でも、『五瓣の椿』と『ちくしょう谷』に注目している。

『ちくしょう谷』の人と人とをかけわたす「橋」、それへの関心は周五郎文芸の一貫した希求である。その「橋」はそしてとにもかくにも、かけ渡さねばならないのである。それは現実を暴いてみたところで、どうなるというものでもない。ほんのわずかな悪意や詐術でも、もろくも崩れ去る橋ではあるが、決して不平を言わず、杭をうちこみ、支柱をつくり橋をつくる。それは畜生谷の人々との「橋」であるとともに、兄を殺した西沢半四郎との間をつなぐ「橋」ともなっているのだ。橋をかけることによって、またみずからも橋になる。罪をおかした人がそこに登場して消えて行くのではない。人々の内なる罪があらわれてゆるされて行く物語である。それが「かの時」にはあきらかになる。あるいは、「かの時」をはらんだこの世間と人間の把握であり信頼である。作品はしかし、『五瓣の椿』に比して成功したとは言いがたい。その主題の困難さの故であろう。その困難を超えて、著者はその主題を『おごそかな渇き』へと展開させるのである。

『五瓣の椿』とあわせて書かれた、そのために持たざるを得なかった『ちくしょう谷』のすぐれた意図やその欠陥についても、そう性急に結論づけられるものではない。ただ「聖書」の「神」、それに対する信頼とその光に照らし出されて、作品が決定的な一つの性格を持つに至ったことはここにあきらかである。人間の窮極的なものにかかわる情熱において、人を解き放ち、自由に生かしめ、救済するもの、それを切にのぞみ祈る、そのような世界の形成がここに認められる〉（「山本周五郎とキリスト教『日本現代文学とキリスト教』第二巻、桜楓社、昭和四十九年十月）

周五郎が宗教に傾斜したなぞという速断は避けるべきである。『苦海浄土』の石牟礼道子は言っている。〈一人の人間の実人生、その生涯、いかに平凡に見えようとも、一人の人間の生涯を超えるような文学はなかろうと思う。（略）人間の生ま身と傷心の世界、人間の存在よりも深い作品というものはなく、すべての宗教や文学は、人間存在への解説の試みなのだろう、〉と。

『五瓣の椿』「ちくしょう谷」を書き（昭和三十四年）、「おさん」（昭和三十六年）を書き、『季節のない街』を発表し、『さぶ』を連載し（昭和三十八年）、絶筆となる『おごそかな渇き』の構想が固まってきた。しかし残すところ四年に迫っていた。周五郎は死を予感したが突然、『虚空遍歴』と『ながい坂』の二大長篇に順次取り組むことになる。

# 第十九章　虚空巡礼

『虚空遍歴』は「小説新潮」に発表された（昭和三十六年三月号から三十八年二月号まで連載）。取材旅行に同行した木村久邇典の年譜では、〈この年、四月十一日から二十一日まで、『虚空遍歴』取材のため、長浜、今庄、武生、山中、粟津、片山津、金沢、高岡、宇奈月、新潟など北陸地方を旅行した〉とある。

　作者のノートには、『虚空遍歴』は、もともとは『青べか物語』の一つの章として物語られるはずだったと書かれていたと木村久邇典は指摘している。それも四十年まえのそのノートには『私のフォスター伝』という題名までがあたえられていたのだった。これは何とも興味ある話だ。あの『青べか物語』のなかに、どのような短篇を構想し組みこもうとしたのだろうか。アメリカの生んだ、もっとも民衆的な天才民謡作曲家フォスターのたどった生涯を読んだとき、文学青年だった周五郎は、魂の根底から揺さぶられるような感動にかり立てられたという。

　この小説は置屋松廼家の娘で、芸妓おけいの独白から始まる。十六の秋、あの方（中藤冲也）の端唄を聞いた時、〈あたしの体の中をなにかが吹きぬけ、全身が透明になるような、ふしぎな感動に〉包まれ、〈蝶になる、あたしは蝶になってしまう〉と呟く。この時から、おけいは人間が変わるのである。

変わる前のおけいはどうであったのか。生まれつきの色好みである。〈九つか十くらいからそのことに興味をもちはじめ、十一のとしには誰に教えられるともなく独りでたわむれることを知ったし、あのほうの本を読みたいばっかりに仮名文字も覚えたくらいである〉と語られている。

十三の時、自ら望んで男と寝たが、その後、緑色、特に栗の若葉に近い色を見ると、身体が震え、猥らな気分に唆られ、自分で自分の身体を持て余すほどの恍惚の状態になる。十八の秋、落籍《ひか》され、二十一歳の正月、松廼屋から再び芸妓として出たが、三月、再び落籍された。しかし、あの方の三味線の音色を聞くと、〈まるで崖から落ちでもするように、すうっと気持ちが冷えてしまう〉ようになる。

「一章の一」に入ると、おけいの「あの方」と呼ぶ人の名が初めて明かされる。八千石の旗本の二男、中藤冲也で、彼が道楽で創る端唄《はうた》〈冲也ぶし〉は、江戸ばかりでなく、遠国でももてはやされていた。冲也は浄瑠璃のふし付けに新生面を開こうと命を賭している。後世に残るような大きな仕事をやろうと決意している。それは荒事の江戸芝居に、上方の実事を取り入れた舞台にふさわしい浄瑠璃の創作である。

冲也の新作台本「青柳恋苧環」が中村座で興行され大当たりする。数か月前、中藤家を出た時、一時厄介になっていた薬研堀の料理茶屋「岡本」の一人娘お京を娶り、冲也の暮らしは満ち足りていた。しかし、「評判記」の一つは、冲也の浄瑠璃について、独善的で苦労知らずの旦那芸であると決めつけ、〈もっと実際に苦労をし、生きた人間生活を知らなければならない〉と評される。

冲也は自分の浄瑠璃が、妻お京の実家からの出資で上演されていることを知ると、それに耐えられず、出資を断わる。そのために上演は中止になる。さらに常磐津文字太夫に訣別の挨拶にいった時、師匠は〈自分の知らないことを語るな〉と言い、続けて〈死ぬほど惚れたことがないなら、惚れあったために、心中しなければならなくなった人間のことを、語ってはいけない——そういうものをこなせる才能がある場合には、なおさらのことだ〉と言う。〈もっと迷い、つまずき、幾十たびとなく転び、傷ついて血をながし、泥まみれになってからでなくては、本物にならない〉と言うのを、冲也は黙って聞く。

冲也は新人中島洒竹の『由香利の雨』のふし付けにかかるが行き詰まり、箱根へ籠って仕事をする。初めて孤独と寂寥に苛まれる。諦めかけた時、庭先から口三味線が聞こえ、停滞していたふし付けが動き出し、世界が拓けてくる。この口三味線の主こそが、おけいであった。座敷で差し向かいで刻を過ごす間、おけいとも男女の感情が少しも起こらない。

冲也は〈私とおけいさんとは、前世できょうだいだったんじゃないのかな〉と言い、〈きょうだいではなく一体で、この世へ生れ変るとき二人になったんじゃないか〉とも言う。おけいは以前、〈もしもあの方と逢うとしたら、自分自身に逢うようではないだろうか〉と考えていただけに、眼に見えない因縁で結ばれているという戦慄を覚えるであった。

結局、中村座の『由香利の雨』の上演は中止になり、冲也は大阪へ旅立つ。おけいは冲也の後を追い、病いに倒れた冲也の看病をする。冲也とおけいの遍歴が始まる。大阪、京都、北国街道をさまようことになる。

京都では因業な金貸の老婆のために、毎夜、門付けをやる。夜の町を流しながら、さまざまな人生を見る。躄車《いざり》に乗って残飯をねだる老人、他人の家のごみ箱をあさる人。冲也の心の中で何かが爆《は》ぜる。冲也は〈躄車で残飯をねだっているのはいのちだけで、老人そのものはそこにいない。人間としての老人はもうその肉体から去って虚空のどこかをさまよっているんだ〉と感じる。〈十五歳のときのおれは、いまのおれではない、肉体も違うし心の中も違う、十五歳のおれが、いまのおれに成長したのではなく、十五歳のときのおれは、そのままどこかに存在しているのではないか、ちょうど死んだ祖父の勘也が、死によって消滅したのではなく、虚空のどこかに存在していると感じられるように〉と呟くのだ。

沖也が「沖也ぶし」の完成に向かって情熱を燃やせば燃やすほど、濃い死の影を帯びていく。〈こうしてはいられない、おれはどこかへゆかなければならない〉と沖也は呟き、〈どっちを向いてもまっ暗だ、なに一つ見えない、どこかで道に迷ったんだな〉と呟く。それから間もなく、夜半に眼を空の一点に見据えたまま、口をあけて喘ぎながら、「ああ」といい、そして〈支度ができたから、でかけることにするよ〉といって死ぬ……。

『虚空遍歴』は、賛否両論さまざまな反響を呼んだ長篇である。木村久邇典は〈山本さんは一つ一つの作品を、遺書のつもりで執筆した稀有な作家のひとりである。どの作品にも遺書の色合いは濃いのだが、なかんずく〝遺書〟的な作品を――といわれれば、わたくしは躊躇なく『虚空遍歴』をあげる。(略)山本さんは作者自身の運命を『虚空遍歴』において創造したとさえ云える〉(『素顔の山本周五郎』、昭和四十五年)と言っている。

周五郎が自作をどう考えているかは後に引くが、奥野健男の新潮文庫『虚空遍歴』解説を引く。

この三長篇(註・『樅ノ木は残った』『ながい坂』『虚空遍歴』)に、作者の人生観、哲学、芸術観が集大成されている。いや単なる集大成ではなく、それらをふまえて、その先により高い文学世界の形

成をめざした野心作なのである。つまりこの三作は、山本文学の今日における達成を示す屹然たる巨峰と言ってもよい。（略）

作者はこのような短篇の世界に安住しようとしない。文学者として、この世に生きた人間として、自分のすべてを打込んだ本格的長篇の世界を渾身の力をこめてきりひらいて行こうとする。その長篇がたとえ短篇のように人々に愛されなくても、またたとえ失敗に終ったとしても、作者は生きている限り、困難な道を進もうとする。なぜそのような人生を選んだのか。そのことを書いたのか、小説『虚空遍歴』にほかならない。（略）

中藤冲也という芸術家は客観的に見れば失敗した芸術家にほかならない。浄瑠璃作曲家としての才能が天才的であったかどうかについても、作者は保証していない。冲也は余りに自己の才能を信じ過ぎている。（略）つまり芸術青年、文学青年的過ぎるのだ。冲也の骨身を削るような努力、その努力が自分で自分の才能を殺すように働く。（略）彼は挫折すべくして挫折した芸術家なのだ。

作者山本周五郎はそういうように中藤冲也の生涯を設定している。（略）苛酷な運命に冲也を追いやることによって、作者は真の芸術家の生き方とは何であるか、人間の真実の価値とは何であるかということを追求し、冲也の中にそれを見出し表現しようとする。冲也こそ真の芸術家であり、ほんとの人間なのだということを、文学の力によって描き出そうとしているのだ。そこにこの作品の芸術性を賭けているのだ。そして作者は見事に成功している。（略）

けれど中藤冲也と山本周五郎、作中人物と作者は違う。作者は冲也に自己を投入しながらも、その文学青年的行動をより高い場所から批判している。作者は冲也のように自分の端唄を、短篇を否定していない。だが『虚空遍歴』は、確かに作者にとって端唄ではなく、本格的長篇である。短篇では満足できず、なぜ自分はより困難な本格的長篇小説を書くのか、そういう根本的なモチーフを題材にして、書いた本格的長篇がこの作品なのだ。つまりこういう小説をなぜ書くかということをこういう小説によって表現する。そういう二重、三重のテーマによって書かれた芸術家小説なのだ。

（略）

おけいは芸術家の中に住む、もうひとつの自我なのだ。創作家の中に住む批評家と言ってもよい。芸術家が乱れに乱れ、狂いに狂っても、それを静かに見つめている超自我であるのだ。この超自我の存在のため、芸術家は自己を遠近感を持って客観視できる。冲也にあっては外にいるおけいは作者にとっては自己の中にある存在なのだ。しかもそれが理想の創造者と享受者、作者と読者との関係を持っているということは、結局、作者は自分の中の読者のために書く、自分だけが自分を真に理解できるのだという、山本周五郎の芸術観の根源を呈示している。おけいの「独白」は『樅ノ木は残った』の「断章」と共に作者の大胆で前衛的な、かつ必然性を持つ方法上の冒険と言えよう。

先に周五郎がトーマス・マンの影響を受けているという荒正人の指摘に倣えば、ここでは『トニオ・クレーゲル』ということになるか。芸術家を主人公にして、芸術家と芸術の本質に関する問題を取扱うことでも共通している。

佐藤俊夫は、〈男女のまじわりは人間どうしのむすびつきの象徴であり、男女の性感の高まりが同時にのぼりつめた絶頂は人間交歓の極致とされるけれども、じつはその絶頂を境として、男女ともにこのうえもない孤独感に引き裂かれるのであり、男女の肉のまじわりは男女の心のわかれにほかならぬ、というのが周五郎のいつわらぬ感想であったらしい。それゆえ『虚空遍歴』における中藤冲也とその分身ともいうべきおけいとは、影の形にそうようにいつも行をともにしながら、沖也の死にいたるまで、ついにただの一度も男女のまじわりをしないのである。沖也もおけいも、相手に男女のまじわりを求めようとしない。あきらかに不自然な設定であるが、このような設定によって、周五郎は、ありきたりの生臭い男と女とのつながりを越えた、この世ならぬ縹渺とした男女の仲を語りたかったのであろう〉（『ある自己表現――山本周五郎のばあい』）と指摘する。

　山崎一穎は、賤ヶ岳の古戦場で会った老人が、金沢まで行くと云う沖也に〈そこが終りではあるまい〉と言い、さらに〈そのもとにおちつく場所はない、そのもとに限らず、人間の一生はみなそうだ、ここにいると思ってもじつはそこにはない、みな自分のおちつく場所を捜しながら、一生遍歴をしてまわるだけだ〉と告げる箇所に、この小説のモチーフがあると指摘する。続いて〈周五郎が座右銘としたブロウニングの「人間の真価は、その人が死んだとき、なにを為したかで決まるのではなくて、彼が生きていたとき、なにを為そうとしたか――である」という言葉が、沖也の生涯の意味を、また、この作品の主題を語っているだろう〉と加える。

　小説の終わり近く、「周五郎ぶし」が炸裂し、読者は涙をおさえきれないことになる。おけいは江戸から駆け付けたお京に「遺言は」と訊かれ、松浦侯の文句にふし付けがようやくできた端唄を唄う。

　「いい唄だわ」とお京は云った、「――でもこうなってみると、しょせんうちの人は端唄作者だったのね」おけいは口をあけ、眼をみはった。（略）

　おけいは遺骸に向かって坐り直し、顔に掛けてある晒木綿を取った。「あなた」とおけいはなきがらに呼びかけた、「――いまのお京さんの云ったことを、お聞きになりましたか、お聞きになったわね、しょせんあなたは端唄作者だったって、――ひどい、あんまりだわ、あんまりひどいじゃないの、あなた、あんまりじゃありませんか」おけいは声をあげて泣き、畳に両手を突いて身もだえをした。（略）

「たったいまわかりました、あなたの側にいたのはおけい一人、あなたとおけいのほかには誰もいなかったのよ」それでいいわね、と心の中で呼びかけながら見ると、沖也の死顔の目尻から、水のようなものがすっと一と筋、糸を引いてしたたり落ちた。「ああ、聞えたの」とおけいは咽びながら云った、「あたしの云ったことが聞えたのね、あなた、それでいいのね」

周五郎は「終りの独白」を、木村久邇典に朗読して聞かせたという。〈――あなた、あまり遠くまでゆかないで、とあたしは心の中で呼びかける。おけいが追いつけないほど遠くへはゆかないで、もうすぐですからね。これは夢でも幻でもない、あたしにとっては現実そのものであり、いまこうして、その日その日を生きているあたし自身よりも、はるかに紛れのない現実なのである。（略）どちらにせよ、あたしには大して変りはない、あたしの一生はもう終ったも同然なのだから〉

周五郎の死後、「山本周五郎」を特集した雑誌「大衆文学研究」（昭和四十二年九月）の「座談会「山本周五郎の人と作品」に出席した今井達夫、奥野健男、真鍋元之、尾崎秀樹らの『虚空遍歴』についての発言を引く。

**奥野**　「虚空遍歴」から「ながい坂」、あそこらはあんまり自分で純文学というのか、小説ということを考えすぎて、純文学作家になりすぎたというような気がするのですがね。

**尾崎**　説教が多すぎた。
**奥野**　多すぎたということもあるし、自分で小説中毒になったといわれているようなところがあるように思うんです。
**尾崎**　僕も山周文学の好きなところはあそこで、だんだん減ってきたような感じがするのです。
**奥野**　たしかに一生懸命書いて、ある感動はあるんだけれども、山周さんのいいところは逆に減ってきたというような感じがしますね。
**今井**　僕は「虚空遍歴」なんかの場合、むしろ編集部に対してもんくをいいたいぐらい、なんのためにもっと長くといわなければならないのという感じなんです。そのために繰返しとデテールズの描写ばかり繰返している。そういうことをさせないで、山本の歯切れのいいところでスポッと、そういう構成をなぜさせなかったか。
**奥野**　そうです。あのころでもいい作品をいくつも書いているんです。僕はけっして「虚空遍歴」以後の作品が悪いとはいわないんですけれども、大衆文学というコンプレックスに対して自分は純文学よりもっと上を書くという逆の形が最後に出てきちゃったような感じがするんですね。もっと気楽に書けなかったかと思うんです。
**尾崎**　あそこまでいけば山周さんは自信をもって、自分の世界を表現してよかった。

（略）

**奥野**　それからもう一つ疑問に思うのは、いくら「樅ノ木」を書いても、「虚空遍歴」を書いても、ある批評家達はこれはやはり純文学と比べると何か欠けている、これはやはり大衆文学だということがまだあるのですね。それは僕はないと思うんです。すこしくさみはありましたけれども。

私は、「もう一つ疑問に思うのは」どころではない、『虚空遍歴』について本質的な疑問をもつが、それは後に触れる。また木村久邇典が、周五郎没後約十一年目に注目すべき論考が出現したと推奨する紀野一義の「『虚空遍歴』の風光」（別冊「新評」全特集「山本周五郎の世界」、昭和五十二年十二月）から引く。

〈冲也は「末期の眼」で今庄の天地を見ていたのである。その眼は周五郎の眼でもあった〉

ここでいう「末期の眼」は、川端康成の作品『末期の眼』で、引用している芥川の文章によるものだ。〈……僕がいつ敢然と自殺出来るかは疑問である。唯自然はかういふ僕にはいつもよりも一層美しい。君は自然の美しいのを愛し、しかも自殺しようとする僕の矛盾を笑ふであらう。けれども、自然の美しいのは、僕の末期の眼に映るからである〉とある。紀野文の引用を続ける。

周五郎は、死が間近に迫っている冲也とひとつになって木之本から今庄までの道を歩き、今庄の町を眺めあかした。作品の中の人間像は作者から独立した一個の人格として歩き出すというから、もし木村氏のいうように「『虚空遍歴』たるや即ち山本の〝遺書〟であり」ということが事実なら、山本周五郎は二重に重なった末期の眼で今庄の町と日野川のほとりを歩き廻り、眺めつくしたということになる。

その眼は「色即是空」の眼、所詮人間のすることはついにことごとく無に帰するという眼であったろうか。般若心経の「空即是色」の風光は、自己を否定しつくした究極に、突如ひるがえって、仏のいのちの中に生かされているという実在感・肯定感を持って生きる人生を指している。（略）

沖也はついにそういう世界に入れなかった。彼は芸術の鬼の世界にのみ生きた。再び病んで今庄の冬の中にいた沖也は、二月に入って、もうすぐ春が来ようというのに、ある夜、「まっ暗だ、どっちを向いてもまっ暗だ、なに一つ見えない、どこかで道に迷ったんだな」と呟いた。（略）「ああ、支度ができたから、でかけることにするよ」というなり息絶えた。

紀野は〈私は仏法者であり、空即是色の風光の中に生かされており、いやなことも、悲しいことも肯定して生きている。その私が、色即是空そのもののこの小説にひかれ、沖也にひかれ、おけいにひかれて峠（註・栃木峠）を幾たびも越えるのは不思議である〉と言う。

紀野一義（真如会主幹）は著書『禅―現代に生きるもの』（NHKブックス、昭和四十一年一月）のなかで『虚空遍歴』を取りあげた。「それを読みたい」と周五郎が言っているというのを某氏から聞き、自分で一冊贈ったところ、「一度会いたい」と電話があった。しかし約束を果たせないままに、昭和四十二年二月十四日、周五郎は死去。そんな縁があったという。

紀野の説明によれば、『般若心経』のなかの「色即是空、空即是色」という句の〈「色」とは「ルーバ」のことで、「形あるもの」「存在するもの」の意味である。それを訳経者の玄奘《げんじょう》は、「色」と訳したのである。「空」とは「シューニャ」のことで、これはインドの数学では「ゼロ」のことである。「ゼロ」は何もないことであり、同時に無限の数、無量のひろがりを表わす言葉でもある。何もない、という否定の語として用いれば、「色即是空」は「存在するものは、存在すると見えて、実は何もないのである」ということになる〉。

『虚空遍歴』の標題は、そこから来たのではないかと、紀野は推理し、「空即是色」に似ていると考える。〈色とは形あるものであり、形あるものとして存在するものはすべて遍歴するものであるから、空即是色はたしかに、虚空遍歴でもある〉。また〈日本人は「空」を「むなしい」とか、「から」とかいう読み方をするものである。そういうものとして空を見る時、たしかに空即是色は虚空遍歴である。人間の一生は、たしかに、虚空を遍歴するのに似ている。山本周五郎の人生観の根底にはそれがあったのだろう〉（紀野一義）

前出の座談会「山本周五郎の人と作品」で『虚空遍歴』を話題にした四氏は、この辺を論議することで、読解を深めるべきではなかったか。

『虚空遍歴』――「色即是空」が、周五郎の人生観を内包した遺書だ、というなら、いま一度、上野瞭の登場を乞う（上野は平成十四年一月二十七日、死去、享年七十三）。「その木戸を通って」論で頂上を登攀した上野瞭は『虚空遍歴』の「読解」においても他の追随ものかは不朽の金字塔をうち立てている。『虚空遍歴』にも「木戸」が顔をだす。

「うちの人を見かけませんでしたか」とおけいは穏やかにきいた。「ちょっとまえにでかけたようなんですけれど」

老人は拳で額をこすり、その手を横の木戸のほうへ振りながら、なにか答えようとして煙にむせ、激しく咳きいった。

「あの木戸からですね」とおけいは慥《たし》かめるように指さした、「表てへですか裏ですか」

老人はまだ咳こみながら手を振った。知らないという意味なのだろう、おけいは木戸を外へ出ると、表て通りへ走りだした。

川岸に打ちひしがれた主人公冲也がうずくまっている。その後姿に絶望の深さを読みとったおけいは、いきなり冲也を川の中に突きとばす。同時にじぶんもその体につかまって水中に墜落する。おけいは心中をはかったのだ。この小説の場合も、〈木戸〉は現実の苦悩を遮るものではないのだ。木戸のこちら側にもむこうにも、人間を打ちのめす日常世界がひらけているばかりだ。

「木戸」を潜り抜けることが、精神の一種の解放区に入ることにはならない。現実世界の狭い生きざまから自由になれない。ネバーランド（決して存在しない国）？　超現実世界？　解放区？　彼岸？　否、否、否、すべてノーだ。

〈人が生きながらに現実を超える発想、それは周五郎のものではない。というよりも『虚空遍歴』の発想ではない〉と上野は「死の宣告」をする。冲也にとって、苦悩からの解放は、死だけ。〈この物語の彼岸とは、人間が人間であることを否定される死去消滅の中にしか存在しない〉という結論になる……。

上野もまた『トニオ・クレーゲル』（トーマス・マン）を抜き出す。（胸部疾患と飢餓に見舞われた敗戦直後、〈この一冊の文庫本を聖書のように繰り返し読んだ〉！　という）。

『トニオ・クレーゲル』に登場する芸術家は、失恋、堕落、克己の果てに、ようやく作家としての道を歩み始める。パリの陋屋で、女画家リザヴェータに告白的な芸術論を展開する。

……生きてはいけないのです。ただ見ることとです。そして感じることとです、創造行為にじぶんを賭ける人間は、世間なみの生活を享受しようとしてはならぬ、そうした生活を生きようとするかわりに、それらを観察し、理解し、その哀歓を感得するにとどまらねばならぬ……何かを創りだそうという人間は、がまんの子でなくてはならぬ。この生き方は周五郎『季節のない街』の一挿話「プールのある家」の登場人物に似ていないだろうか。

上野瞭は『虚空遍歴』の中藤冲也（註〈中原中也をもじったわけでもないだろう。もしパロディの意図が多少でもあるなら、この物語はこれほども深刻にならなかった〉上野瞭）の在り様は、『トニオ・クレーゲル』を想起するという。おけいは、〈きわめて早熟な少女期を持ち、さむらいの囲われものとなって性体験を深めたのに、主人公と共にひとつ屋根のもとに寝起きし、長い遍歴の同伴者となりながら、一度も主人公と交わることもしない。（略）何も交わるだけが男と女の関わり方ではない。それはわかる。それは理解できるとしても、それでは二人は何であったのか〉

　おけいは、はっきりと主人公の冲也に引かれたことを独白の形でいっている。冲也は、そうした愛の言葉を口にしていない。愛していないのか。それなら旅を共にすることはないだろう。二人の間に冲也の女房お京がいることは否定しないとしても、それはこの場合、遠い江戸の話である。二人して異境をさまよっている以上、すでにお京を裏切ったのとおなじである。（上野瞭『木戸』の話」）

二人は〈相寄る魂〉の間柄にあるのに、〈おけいは緑の幻影に性的快感を覚え、幻覚の中で自慰的に性を解消する。冲也は別の女と寝ることによって、性的処理をする〉。

〈周五郎の物語の女性はかなしい。性的な意味でも、経済的な意味でも、また精神的な意味でもかなしい。このかなしいは、「美しい」と記して「かなしい」と読むあのニュアンスに満ちている〉。

「おさん」「肌匂う」『季節のない街』（「枯れた木」の平さんの妻、「がんもどき」のかつ子）……。

上野はそうしたことを了解した上で、なおかつ、二人の関係にこだわっている。いったい二人は何のために旅を共に続けたのか。冲也にとっては、新しい曲の創造のため、おけいもまた、その創造行為のために冲也のそばを離れない。創造者と、その真の理解者の純化した関係？　以下、ゴチックで印刷したいほどだ。

> そうだとしても、これは普通ではない。この二人は、芸術というような本来人間の豊かさを約束する行為に参加しながら、人間であることを否定し、きわめて非人間的な境地にいってしまうからである。（略）この遍歴は、冲也ぶしという新しい浄瑠璃の創造にあった。それは観衆を楽しませるためのものである。
>
> しかし、二人の到着する境地は、そうした楽しみとは対極のものである。「寝る」「寝ない」にこだわったが、二人はついに交わらないことによって、この旅の終わりまで、「あたり前の人間」にもどらないのである。この「此岸」（現実世界）に「遊び」も「楽しみ」も発見しえないのである（同前）

ここは上野にまったく準じているようだが、私も『虚空遍歴』を読み返してみて、文句をつけながらも、初めて読んだ時と同じように感動する自分を確認している。周五郎のうまさに帽子をぬぐ。こうして上野瞭の文を転写しながら、何度もこみあげてくるものを抑えている。だが、歯を食いしばっても私は書きつけておかなければならない。「この旅を自分は続けようとは思わない」。人間を不幸に追い込む文学――、それはその文学精神が病んでいるからではないのか。人間の幸せに一歩でも進める行為に加担していながら、その究極の果てが不幸という境位に至る芸術論が生まれるのは、どこか作り手側の内部が荒廃し、病んでいるのではあるまいか。

私自身はきわめて禁欲的な人間だとの思いがある。だが他人にはそんな生き方をすすめるつもりはない。

上野は自分が『虚空遍歴』に向ける目にも、『トニオ・クレーゲル』へのそれと同様の醒めた目がまばたくのを感じたといい、この小説を周五郎版『よだかの星』(宮沢賢治)だなと思ったと書く。

こういう比喩を賛辞と受けとる人がいるといけないから蛇足を付け加えると、『よだかの星』で禁欲の発想ということを考えている。禁欲の発想が純化すればするほど、それは人間を狭い世界の中に押しこめることを考えている。(同前)

児童文学者としても峻烈に生きた上野の処方箋は、〈賢治は、『どんぐりと山猫』や『かしわ林の夜』のようなナンセンシカルな作品を書き、みずからのストイックな発想に「もうひとつの世界」への穴をあけておいた。読者は、それらの作品を通過することにより、現実世界の諸規制を抜けだせることを知った。しかし、『虚空遍歴』の世界に穴はない。それはストイックなまま人間に人間否定を迫る。この中の「木戸」は、あくまでも人間を追いつめる「通路」である。それでいいのか。「求道」だけが人生か。わたしは、文学という名の「通路」が、孤高の求道者への道にのみ設けられているとは思わない〉と書いている。

周五郎は「よじょう」で、吉川英治の『宮本武蔵』を戯画化し、人間の聖人化や偶像化、求道者的な風格に「否《ノン》」の一語を発したはずではなかったか。

周五郎は自伝を書かなかった。編集者や「弟子」筋の作家が、ある日ある時の周五郎の日常を描いている。木村久邇典、土岐雄三、早乙女貢……。

土岐雄三は二十年にわたって周五郎に接し、二百四十六通もの書簡を送られている。山本周五郎について、『わが山本周五郎』『山本周五郎からの手紙』『生きている山本周五郎』など著書も多い。それら著作についてては、これまで〈周五郎という強烈な個性の作家の真の姿を、内面をえぐり、その複雑な人間性をとらえた文章があっただろうか〉とまで評価を得て文庫本化され、読まれ継いできている。

私が知るようになってからの山本周五郎は、いつも主役の座にいた。主役にいなければおさまらない人のようであった。彼はどんな場合も、専制君主であり、リーダーであり、彼が対等に話さねばならない人の同席は敬遠した（ように、私には思えた）。（土岐雄三『わが山本周五郎』）

編集者の群れのひとりに、「真べェ」こと風間真一（筆名・三木蒐一）がいた。「講談雑誌」の編集長で、周五郎の原稿を、「先月のやつ、あれは、つまらねえ」と言ってのけ〝事件〟を起こしている。周五郎が腹を立て、風間が持って来た原稿料の百円札の束を燃やしてしまった挿話の主人公だ。周五郎の風間に対する言動を、土岐雄三は克明に描いている。〈文藝春秋や新潮社はじめ、雑誌、新聞、演劇、映画、テレビの担当者が、周五郎詣りをするようになってからは、彼も大御所的存在になり、作品にケチをつける者もなかったろうが、これは周五郎ブームがはじまってからの話だ。それまでは、風間のように、面とむかって、ダメをだすサムライもいたのである。風間の点は相当に辛かったし、読物雑誌の編集者として彼一流の見識もあった〉（同前）

しかし〝事件〟以後は次第に周五郎から疎まれることになる。〈真ちゃん（註・風間真一）は参ってますね〉と、ある日、土岐雄三は周五郎に言う。〈「駄目だな」と周五郎は、ニベもなく云った〉という。まるで醜いものから眼をそむけるようにして吐き出すように言った。〈真べエは、もう救えない〉。

何故です？　何故、風間はもう駄目なンです？　私は開き直って周五郎に訊きたかった。彼を駄目にしたのは、山本さん、あなたじゃありませんか、あなたが風間の生血を吸い、彼をカラカラにしたンじゃありませんか——私は、そう云いたかった。だが、風間同様、私も周五郎に歯がたたない。想うだけで、なにも云えない。（略）事実、これ以後、周五郎は「講談雑誌」には一作も書かなくなっていた。（略）真べエは、この翌年、博友社からも追放されている。

風間は山本周五郎に、すぐれた小説を書かせるために、大事な一役をかうばかりか生涯を賭けたといってもいいすぎではない。周五郎は否定するかもしれないが、風間が立派に産婆役を果したことと私は信じる。というのは、戦後復刊した「講談雑誌」こそ、周五郎作品を脱皮、転換、成熟させたといって過言でないからだ。

読物作者で、ながい間うもれていた山本周五郎に、活をいれ、のちに天下の「山周」にしたのは、真べェこと風間真一だ、風間こそ、周五郎にとって忘れられない人でなければならない。

風間真一には、すぐれた才能と素質があり、彼にもしその気さえあれば、立派に一人立ちできるものを生れながらに持っていたと思う。（略）のちに周五郎文学の精髄ともいわれる中、短篇を生ませている間に、彼は精も根も失ってしまった（略）彼自身小説をかくエネルギーを、周五郎に名作を生ませる産婆役につかい尽した感がある。

戦前、山本周五郎に、小説をかかせた編集者の数はしれない。然し、真べェ、風間真一ほど、山本周五郎という作家の真髄を察知し、おのれを忘れて、打ち込んだ人間はあるまい。（略）風間あればこそ、とまでいっては云いすぎだろうが、（略）周五郎は、なにをおいても、彼をねぎらい、慰め、励まさなければならぬ筈と私は思った。（同前）

編集者の末席にいる筆者にも身にしみ入る記述である。風間が周五郎に悪態をついたあげく、ぐったり肩をおとし、沈むような声で云った言葉は私の耳底にも長く残るだろう。

「なンだってまた山周のやつ、あんなうめェ小説を書きゃがるンだ」血を吐くような、というい方がもし現実にあるとしたら、風間の最後のひとことは、まさにそれだった（同前）

「山周」の名は爆発的にひろまっていた。一作一作が話題になった。周五郎の原稿をとってくると印刷工場に廻す前、編集部員が、奪い合って読む——という話が伝わったのも、その頃からである。風間真一は、昭和四十一年、没。

土岐雄三『わが山本周五郎』の扉裏には〈亡き風間真一（筆名・三木蒐一）に捧ぐ〉という献辞が印刷されている。「亡き師に捧ぐ」ではない。

『虚空遍歴』を自らの一生に凝縮して暗示させようとした山本周五郎。土岐は前記の著書の冒頭部分に、〈山本周五郎は小説を書くために生れ、小説を書き尽せぬままに生涯を終えた。彼にとって、生活のすべてが小説のために在った。それ以外に、なんの意味も持たなかった。肉親も、友人も、酒も女も、愛欲でさえ、小説のこやしにならないものはよせつけなかった〉と書いている。では土岐の書の終章はどんなことが書かれているか。

博愛、衆に及ぼしているかにみえた。しかし、その愛の言葉や劬り、慰めも、畢竟《ひっきょう》するに　彼の「小説」の背骨を為している。無目的な「愛」や「思い遣り」ではなかった。（同前）

土岐雄三は、〈周五郎の人間愛の実体に、すこしずつ、疑問をもちはじめ〉る。そして、ある日、きん夫人が流産されたという話を耳にする。〈もっとはっきり云えば、周五郎が流産を強いた〉ということである。土岐はその噂を耳にしたとき、間門園を訪ね、〈奥さんが流産なさったと伺いましたが、もうおよろしいンですか〉と訊ねている。

周五郎は、私の質問を避けた。「もうすこし、酒をもらおう、その呼鈴を押してくれ」と彼は表情をかたくし、眉をひそめた。立入ったことをきくな、という顔であった。私は気よわく黙ったが、返辞を避けたことが、なによりの返辞と私はとった。（同前）

木村久邇典の全著作にも、きん夫人の『夫　山本周五郎』にもその話は一切出てこない。文春文庫『わが山本周五郎』を読んだ人しか知ることができない。周五郎の次男の清水徹が「文藝春秋」の岡崎満義のインタビューに答えている。これは単行本にもなった。（『想い出の作家たち（２）』文藝春秋編、平成六年刊）

ぼくは父が四十歳のときの子供なんです。兄一人、姉二人の末っ子です。実母きよえはぼくが二歳のとき、昭和二十年にガンで亡くなったので、記憶はまったくありません。（略）翌二十一年、父はきんさんと再婚して、ぼくらの新しい母親ができたわけです。（略）昔、親父に言われたことがあるんですけど、おふくろは二回か三回、妊娠したのだそうです。でも処分しちゃったらしいです。いま産むと、自分の子供のほうがかわいくなっちゃうから、と言ったんです。ぼくがまだ小さかったので、やめたんですね。これを聞いたときは、やはりショックでした。

「――むごいことだ」と思ったと、土岐雄三は前掲の著書で書いている。夫人がのぞんでいるのに、なぜ産ませてあげなかったのか。土岐の言い分はこうである。きん夫人は結婚するまでは山本周五郎という名前さえ知らなかった。格別文学趣味があるわけでもない。しかも周五郎との結婚には親御さんは反対されたそうだ。食糧もろくにない時分、定収入も資産らしいものもない一介の小説家、しかも前夫人の残した四人の子供がいる。親としては反対もしよう。育児、教育、親戚の祝儀、不祝儀のつきあい、家計のきりもり一切が夫人に負わされる。周五郎に小説を書かせるために、どんな雑音も、特に家計や税金の話などを耳に入れるわけにはいかない。

きん夫人に対する山本さんの態度、思考は常識外れの感じもした。亡くなられた前夫人のお骨を埋葬せず、棚の上に飾って、お子さんたちに、「お前らのおふくろはあれだ……」といったという。現夫人が汗水たらして、家事育児につくしているとおられるというのに、なんということだ——私はその話を耳にしたとき胸がムカムカした。犠牲といってはいいすぎかもしれないが、私の眼には、そうみえた。(『わが山本周五郎』)

周五郎が間門園に仕事場をもうけると、(それは昭和二十三年からはじまり、亡くなるまで続いた)夫人は、子供たちに夕餉の仕度をすますと、周五郎のために料理をつくり、運んだ。夫人が間門に泊まることは滅多にない(許されなかった?)ということで、文字通りの「通い妻」になった……。

きん夫人に会った人々は、みなその天性の無邪気さ、おおらかで暢気《のんき》で、およそ屈託のない人柄をほめそやす。下町娘が、そのまま齢をとったような、無作為のあどけなさがあったと人々は感銘を受けている。

周五郎の頭には、小説を書く以外なにもない。きん夫人の献身的な忍従と努力が、どれほど周五郎作品に大きくプラスになったことか。周五郎自身が、

「わが人生の／もっともよく／有難き伴侶／わが妻よ／きんよそなたに／永遠の幸福と平安のある

ように」

と、色紙に誌《しる》してもいる。

「しかし」と土岐雄三は反問する。〈きん夫人が周五郎の「よき伴侶」であったように、周五郎は彼女の「もっともよく、有難き伴侶」だったろうか。どう考えても答は否《ノー》だ。きん夫人も、風間（註・真一）同様、周五郎文学を世に出すための人柱の一人と思われてならない〉（傍点、引用者）

土岐夫人は東京神田の生まれ、下町出のきん夫人とは仲よし。気楽に話が出来たらしい。〈おくさまはまだお若いンだし、お金もご不自由ないンでしょう、ひとつ若返って、ハネをおのばしになったらッて云った〉ところ、きん夫人曰く〈もう、男はコリゴリですって……〉

昭和三十五年の四月、周五郎の娘が結婚。土岐雄三は披露宴に出てくれという、周五郎からの伝言を聞く。場所は芳町の料亭「竹水」。祝辞、挨拶の後の女将の艶冶《えんや》な「白扇」の舞い。

〈だが、ここに一つ重要事項がある〉

と土岐雄三は報告する。「竹水」での披露にきん夫人の姿がみえなかったように思われた……。〈もしそうとすれば、家事、育児一切まかされ、苦労を重ねた奥さんは、まるでハナをあかされたようなものだったろう〉。

周五郎没後、きん夫人は土岐夫人に〈バカにしてるッちゃないわ〉と、例の天性の陽気さ、暢気さで語ったらしい。「――あんな気むずかしい人ンところにお嫁にいっちゃって、損しちゃッたわ」ともいったと。〈この明るく素直な女性に「永遠の幸福と平安があるように」と祈りたくなるのは、ひとり周五郎ばかりではない。再々くり返すようだが、この夫人なくして、周五郎文学は育たなかったのではないか。周五郎は幸福の人だった〉。（同前）

すでに述べたようにきん夫人と妹の村田八重子夫人が物語のヒロインの、おしず、おたか姉妹に擬せられた作品に、昭和二十四年から二十六年にかけて執筆された『おたふく物語』三部作（「おたふく」「妹の縁談」「湯治」）がある。

河盛好蔵は次のようにいう。

全く、彼女の愛情はあまりにも深く、しかもそれを表現することが無器用なために、愛する人にさえ誤解される危険を生じている。おしずはやや理想化されすぎている嫌いはあるが、この美しい人間讃歌はいつまでも読者の心を潤してくれるにちがいない。（新潮社版『山本周五郎小説全集』第二十五巻、解説）

山田宗睦は、「わたしがかりに、周五郎さんの作品にでる女性から生涯の伴侶をえらぶとすれば、『おたふく物語』のおしずをえらぶと思いますね」（『山本周五郎の世界　女』）と、おしずに賛美の声を惜しまない。

昭和四十年は、周五郎が最後の長篇小説『ながい坂』一本にエネルギーを集中した年である。世相は米軍のベトナムへの北爆、インドネシア、パキスタンの政情不安のなかで、日本企業のアジア進出が開始された。

〔文学〕開高健『ベトナム戦記』、庄野潤三『夕べの雲』、岡村昭彦『南ヴェトナム戦争従軍記』、吉本隆明『言語にとって美とは何か』

〔映画〕周五郎原作『赤ひげ』（黒澤明監督）、『赤ひげ』に主演した三船敏郎がベネチア映画祭で最優秀男優賞。

『ながい坂』は「週刊新潮」に昭和三十九年六月二十九日号から連載された。例によって、周五郎は同誌に予告の言葉を書いている。

自分のちからで自分の道をひらいてゆく男を書きます。こういうと簡単なようですが、封建時代の、身分や階級や家柄の区別の動かしにくい場にあっては、個人の意志を貫ぬきとおすことは、殆ど不可能だったのです。けれども彼は自分の道をひらいてゆきます。女、剣、権力、不正、かずかずの障害を、辛抱づよく、一つ一つ克服しながら、――ながい人生の坂を登ってゆくのです。登り詰めたところになにがあるか、自分のひらいた道が彼にとって満足なものであったかどうか、それをみなさんとごいっしょに慥《たし》かめてみましょう。（「週刊新潮」昭和三十九年六月二十二日号）

というものである。六月二十二日号が発売された六月二十二日は周五郎の六十一歳の誕生日であった。主人公三浦主水正の像には、作者の過去が彫りこまれている。

木村久邇典は、「『ながい坂』は、周五郎にとって、時代小説の総決算であったし、同時に自分の来し方に仮託した自伝小説でもあった」と同作について述べている。千五百枚に及ぶ雄篇は、『樅ノ木は残った』に次いで二番目に長い作品である。

『ながい坂』にも、「橋」が出てくる。下級武士の子に生まれた阿部小三郎（後の三浦主水正《もんどのしょう》）は、八歳のとき、いつも渡っていた小さな橋が、家老の私的な理由で突然取り払われているのに出会い、深い屈辱と怒りを感じる。人はおのが生涯のどこかで、ある日突然、「橋」が寸断されることがある……。

『樅ノ木は残った』（昭和二十九―三十三年）、『虚空遍歴』（昭和三十六―三十八年）『ながい坂』――山本周五郎の文学的達成を示す三大巨峰を、周五郎の永い文学生活を辿りながら、奥野健男は「遥か雲間に、重畳と聳え立つ、峨々たる一大山脈を仰ぐ思いがする」（『ながい坂』解説）と言う。

私たちは「三部作で三様の可能性」を周五郎が描いたことに留意すべきであろう。『虚空遍歴』は、立身出世主義を否定する小説であった。身分を捨て、ただひたすらに「真・善・美」のために生きるという、大正時代ごろの純文学を志す文学青年の夢が、ほとんど完全に描き出された、つまり反立身出世主義の小説である。

逆に『ながい坂』は、立身出世主義者を肯定的に描くという、およそ近代以後の日本文学の常識に反することを試みている。しかもどちらも周五郎が、自分自身のかくあるべき姿を描いた自画像だといわれれば、読者は当惑しないわけにはいかない。本当はどちらなのかと。佐藤忠男は「一見矛盾する両者がともに成立する地点こそが、山本周五郎の模索した理想の境地であった」（『苦労人の文学』）と考えている。これは説明が必要だろう。

そこで本書の前半でも引用した佐藤忠男の『苦労人の文学』（昭和五十三年刊）に深入りしたい。「映画評論」「思想の科学」の編集長を経て、評論家となった著者は、同書で「苦労人の文学」の系譜に、椎名麟三、秋元松代、松本清張、吉川英治、長谷川伸、山本周五郎らを挙げる。著者の意図は何か。「苦労人」とか「教訓」という、今日では古くさい、すたれた言葉に正当な輝きを甦らせたいということだ。著書『長谷川伸論』で〝義理人情〟という概念を、『忠臣蔵――意地の系譜』で〝意地〟、『家庭の甦りのために』で〝孝行〟という概念（自ずから日本の庶民的なものの考え方の核となっている概念）を考察してきただけに、その「山本周五郎論」は、他の論者のそれとは別の視座を呈示している。

佐藤忠男も、周五郎の出自、履歴には疑問をもつ。祖父の家屋の宏壮だったこと（その祖父の家を彼はあたかも生家のように語った）、幼い頃に祖父から切腹の作法を習ったということを語り、没落した父親の家について語ることを好まなかったというのは、〈庶民的な小説の書き手〉周五郎像と矛盾するのではないか、という。その〈祖父は彼が四歳のときになくなっているから、そうたいした記憶はなかったはずである。祖父から切腹の作法を習ったなど、半ば理想化されたつくられた記憶なのではないか〉と。

小学校三年のとき、担任の先生から、「君は小説家になれ」と言われ、天の啓示のように思ったらしいが、作文が上手だったにしろ、言う方も言う方だし、本気にする方も……と佐藤は首をかしげるが、それは目をつむってもよい。「徒弟奉公」は封建制そのものとして否定されるとともに、近代的な賃金制雇傭と、高学歴化によって消滅している。それがいうまでもなく、否定されなければならない理由は、まず〈児童に長時間労働を強いるものであったこと〉。第二に、〈好奇心の旺盛な少年時代を一つの仕事の枠にはめこんでしまう、そのこと以外には視野の利かない人間に教育してしまうこと〉と佐藤はいう。

佐藤は、その二つの弊害を取り除くメドさえあるなら、〈徒弟修業というのはひとつの教育制度として、学校制度と比肩し得る、ばあいによってはそれ以上の可能性を持つもの〉ではないかとも言う。〈教える者と教わる者との人間的な深い接触、労働と学習を平行してやること、などの利点があり得るから〉と、自身、「苦労人」としての経歴をもつだけに説得力がある。

佐藤忠男は、〈周五郎ほど、庶民のこころを美しく描いた作家は滅多にいない〉という。〈しかし、そのことは直ちに、彼がこころから庶民的な作家であったことを意味するものではないのではないか。私の想像では山本周五郎は、自分を侍の名門の出であると考えることを好み、エリート校に少なくとも入学することだけはできた秀才だった、と考えることを好んだ、エリート志向の強い人であったように思われる〉と裁定する。

佐藤は続けて、『ながい坂』は、下積みから身を起こして藩政のトップに上ってゆく誠実な侍の一生を描いたものだが、立身出世主義、これが周五郎の生き方の理想そのものであったろうという。少なくとも『ながい坂』は、立身出世主義に正当な位置を与えようとした、と。

キイワードの「立身出世主義」について、佐藤論考から要約する。明治の初期には立身出世主義は進歩的で革命的な思想だった。それは封建時代の門閥主義、身分世襲主義を実力で打破する前向きの思想だったからだ。明治の教育を受けた人で、多少とも自分の能力に自負心を持つ者なら、誰もがその思想の洗礼を受けていよう。立身出世主義が思潮であった明治生まれの周五郎も同様であろう。

しかし、立身出世主義は、初期には革命的な思想であったが、たちまち腐臭を発する安っぽい思想に堕落する。無節操な拝金思想となり、安易に権力と結びついた強欲な支配階級をつくり出し、古き良き美意識を破壊する低劣な成金趣味の横行となる。

大正デモクラシーの時代になると、立身出世主義は教養ある知識層にとっては、〈下等な精神〉として「侮蔑すべき思想」と目される。文学者は貧乏しながらも、下等な精神に対抗して、純粋に「真・善・美」の追求をめざすとされた。

佐藤は〈周五郎が各種の文学賞をことごとく固辞したこと〉、〈文学者は世俗の地位、名誉、財産、幸福などに執着してはならぬということ〉を、正面きって信条としてかがけていた人だということは否定しない。

質屋の店員をしながら、祖父が相当な侍であったことを心の支えとして夜学に通っているような若者にとっては、立身出世主義はまだ、初期の純粋さのままで燃えているものであった。しかし、立身出世のひとつの方法として小説家を志すと、ここでは、立身出世主義はすでに時代遅れの低劣な思想とされていたのである。山本周五郎の文学的生涯を貫く基本的な矛盾・基本的な課題は、まず、そこのところにあったように私には思われる。

周五郎は立身出世主義という時代遅れの思想の名誉回復を計るために、自分の描く立身出世主義者からは、世俗的な俗物思想をぬぐい去ることに熱中したのだろう。『ながい坂』は、良き立身出世主義者もある得るということを証明するために、ほとんど痛々しいほどにこの主人公の誠実さを描き込んでみせ、ついにいくらか弁明がましくさえもなった小説である。(『苦労人の文学』)

佐藤忠男は、周五郎は少年時代の自身の心に深く息づいていたと思われる情念の(註・「いまに見ていろ」の思い)の正統性を確認するために、〈俺はそこらにくさるほどいる下劣な立身出世主義者たちとは違うんだということの自己確認に熱中せねばならず、そういう主題の小説を書くだけでなしに、私生活をも反俗的たらしめなければ気がすまなかったらしい。山本周五郎を身近に知っていた人々が、彼がいかに、世俗的なことに背を向けて文学一筋に精進する人であったかということを多くの回想録に書いているが、それを読むと、いささか、意地になって恬淡としていたのではないかと感じられるフシもないではない〉とも書いている。〈反俗を常識のようにしている文士たち以上に反俗であろうと〉、私生活（日常生活）を大切にせず、結果的に「きん夫人のよき伴侶」になりえなかったとすれば悲劇である。〈反俗的・反立身出世主義的な生き方こそは、文士のあるべき姿だと考えるが、貧窮から身を起して営々と努力して立派な人間になってみせるという、三ツ子の魂もまた決して捨てることはできない〉――これが周五郎の〈基本的な内面の葛藤〉であったということだ。

〈山本周五郎の良き資質がいちばんはっきり出ていると思われる作品のひとつに、『落葉の隣り』という短篇がある〉〈全作品中でも屈指の逸品〉と佐藤忠男は言い、主人公の繁次に周五郎を重ねている。〈言い知れぬ深い哀歓と憂愁の味わいがある〉と感銘しながらも、あまりにも自己流に読み過ぎたか、〈私自身の学歴コンプレックスをこの作品に投射して読み取っているにすぎないかもしれないが、私にはなにか、しみじみと分ると同時に、いらだたしいほどにも分るのである〉という、その微妙な読みのニュアンスを私は読み捨てにはしたくない。

「落葉の隣り」（「小説新潮」昭和三十四年十月号）は、周五郎の〝下町もの〟〝職人もの〟の逸品である。仏文学者河盛好蔵は、次のように記す。

「おひさは繁次を想っていた」という書き出しから、「これからどっちへいったらいいんだ」という結びに至るまで、一葉の「たけくらべ」や荷風の「すみだ川」に通じる初々しい思慕の情が、哀切な心にしみいる音楽となって絶えず流れている。読者はその流れに身を任せていればよいのであって、読み終ったあともいつまでも心のなかにその音楽が流れていることを感じるであろう。その余韻の深さは無類である。この作者には精巧に組み立てた立体的な作品が少くないが、この小説はそれとは趣きを異にした、きわめて音楽的な作品である。私は読みながらヴェルレーヌの「秋の歌」や、ブレヴェールの「枯葉」を思い出した。繁次もおひさも参吉も「うらぶれて、ここかしこ、さだめなく、とび散らふ、落葉」ではあるまいか。「落葉の隣り」という標題も実にうまい。くり返し読んで一層味わいの深まる作品である。（講談社版『山本周五郎全集』第七巻、解説）

「枯葉」や「秋の歌」は、翻訳詩としてばかりではなく、シャンソンとしても口遊まれているから、「音楽的な作品」とは言いえて妙である。奥野健男の評も名解説と謳われるたぐいのものだ。

『落葉の隣り』を読むと、江戸の職人町に住む庶民の雰囲気と人情がそくそくと伝わって来る。繁次と参吉の友情、おひさのあきらめに似た愛情、そして参吉への信頼は裏切られ、おひさは「やぶからし」と同じようにだめになった男にひかれて行くかけちがった恋のかなしさ、途中までの「落葉の雨の……」の端唄がいつまでも心の中に沁みついている。ここにつつましい人間の生活が、どうにもならない宿命が、生きるさびしさが、さりげなく、そして深く表現されている。忘れていた文学の故郷とも言うべき絶品であり、ぼくのもっとも好きな小説である。（『山本周五郎』）

沢木耕太郎が、周五郎の晩年について、次のような感想を綴っている。あくまでも「作品」からの判断なのだが、きん夫人の語る実際の周五郎の身体の変化を目撃しているようでびっくりする。

『青べか物語』で自らの青春を救出することに成功した時、そしてその成功によって文学的に行くところまで行き切ってしまった時、さらにその直後に短篇の傑作『おさん』と長篇の傑作『虚空遍歴』を書き終えた時、山本周五郎の頂に登りつめることだけを意志した精神に、かすかながら衰弱が始まったのではなかったか。その後にも『季節のない街』や『さぶ』、あるいは『ながい坂』といった評判の長篇を書き継いでいるのだから、ある意味でその問いは空しいといえるのかもしれない。しかしどこか気になるのだ。（略）しかし、にもかかわらず、そこには山本周五郎が山本周五郎を模しているといった気配があるように思えてならないのだ。その印象は『ながい坂』になるとさらに濃厚になっていく。『ながい坂』から絶筆になった『おごそかな渇き』に到る山本周五郎には、衰えとゆるみが感じられる。山本周五郎にしてもなお、といった沈痛な思いが残る。（「新潮現代文学」『山本周五郎集』解説）

きん夫人は『夫　山本周五郎』で語っている。

『ながい坂』を書き終えたのが、昭和四十年の暮れで、翌年の四十一年に書いたのは、『へちまの木』『あとのない仮名』と『枡落し』の三編の小説に、三編ほどの短い随筆だけで、明らかに、小説自体にも、これまであったようなハリや粘りが失われていったように感じられます。これは、やはり主人《うち》の気力と体力が、ガクンと落ちこんでしまっていた証拠で、それでも小説を書かなければならないという執念のようなものが、筆をとらせていたのだろうと想うんです。（略）

そういう、なにもかも最悪の状態で、『おごそかな渇き』にかかったのでした。そのころは、もうすっかり痩せてしまっていて、ひところは二十貫もあった体が、腰のまわりも、すっかり可哀そうみたいに肉がおちてしまっておりました。

最晩年には、形に添う影のように、常に側にいた木村久邇典を〝破門〟し、近附けなかった。昭和四十一年は、中国に文化大革命の炎。国内では航空機事故があいつぎ、松代に群発地震がおこる。周五郎はしばしば心臓の発作に悩む。長年の飲酒で肝機能もおとろえていた。この年の「週刊新潮」(六月二十五日号)の、エッセイ「三十余年目の休養」にはそのあたりが具体的に綴られている。

火曜日/四五年まえから、仕事にかかるたびに、私に向かって私の軀が、いろいろな謀叛を起こすのに閉口している。いまは下肢筋肉舞踏とでも云いたいような、ふまじめな、人をばかにしたような生理現象が、私を悩ませている。端的に云えば、夜半になって私がベッドへもぐり込むとまもなく、私の両足がぴくぴくと痙攣し、鳥の翼のような羽撃《はばた》き、脛から爪先まではねあがるのである。それは膝関節から脛、次に足首から爪先へと、波動的にぴくんぴくんと移動してゆき、ときには両足ぜんたいが同時に羽撃きはねあがるのである。

ほとんど食物らしいものは摂《と》らず、チーズの小片を口に、ウイスキーを飲みながらの執筆だった。『虚空遍歴』の中藤冲也の晩年と、同じ周五郎の姿を、きん夫人が木村に語っている。

「あんなにウイスキーを飲みづめに飲むのは、体に悪いことぐらい自分でも知っていたと思うんです。でもわたしが止めると、逆に意地になって、もっと飲むでしょ。だから黙ってみていたんです。体には悪いし、それほどうまいものじゃないと自分でもそう云うくせに、ああやって飲んだのは、この一杯を飲めば、ひょっとすれば、こころが開けて、原稿が進むのじゃないか――という期待からだったんじゃないでしょうか」。

木村久邇典によると昔の周五郎は、会話の途中でよく相手の話を制止した。「ストップ！　いまの話はこれで二度目だぞ。おまえさん、酔っぱらってきた証拠だな」。ところが当の本人が、同じ酒席で同じ話を二度も三度も繰り返すようになった。木村が、「酔ってきた証拠ですね」とやんわり返すと、「いや、断じてそんなことはない。この話は今日はじめてだ」と頑張ったという。

昭和三十八年の秋、周五郎は仕事場でボヤを出している。客が帰り、きん夫人が本宅に帰った後、ウイスキーを飲み、たばこを喫って、すいさしをガラスの灰皿に捨てて隣の部屋で寝た。火のついているたばこは灰皿の別のたばこに燃え移り、ガラス製の灰皿が割れてテーブルに火がついた。もののはじける音で周五郎は目をさまし、とっさに台所へ水を汲みに行った。襖二枚と数枚の天井板を焦がしただけで、辛うじて消し止めた。

昭和三十九年の十二月十五日の午後、長男の篌二と、「日本橋のやなぎへ行って飲み直そう」と云い、仕事場の玄関を出て、母屋の間門園へ通ずる踏段の左手にあるもう一本の狭い階段を降りようとして、段々を踏み外して転落、戸板に乗せられ急遽、野毛の外科病院に運ばれる。診断は肋骨二本の骨折だった。順調に恢復し、十数日で退院出来たものの、この怪我を節目に、周五郎の健康状態は急激に下降していく……。前出のエッセイ「三十余年目の休養」は、その折りの心身耗弱症状の記録である。

# 第二十章　終焉

周五郎が「朝日新聞」日曜版に最後の作品『おごそかな渇き』の連載を始めたのは、昭和四十二年の一月八日付からである。担当の門馬義久記者は、周五郎の語った創作の意図として次のように書いている。

人は誰しも、生死を考え、己の弱さ、おろかさを知り、罪を思う時、宗教に向う。（略）われわれ庶民には、それに向って泣き、訴えるものがなくては済まされない。対象が何であるか、何宗か何教かはあとの話。「ホワットエバー・ゴッズ・メイビイ（いかなる神かは知らないが）」それが必要なのだ。貧しいひとたち、汗を流してその日その日のために働いている人は、真面目に真剣に生きている。（略）そういう人たち、そういう社会を描きながら、人生とは？　神とは？　罪とは？　人にはどう対すべきか？　死後は？　苦難に対しては？　など真面目に生きる人の真面目な問いに自分なりにこたえ、慰め、励ましになるような小説（略）を書きたい（「『おごそかな渇き』について」）ともいった。

木村久邇典も書いている。

キリスト信者だった父の逸太郎氏の影響でもあったのか、幼時、日曜学校に通ったという山本さんは、長じてのちも、他の宗教よりは、キリスト教に対して、やや深い関心をもち続けたようであった。晩年の一時期――ちょうどわたくしが内村鑑三の著作物を集中的に読んでいた時分、山本さんは、わたくしと競うように新・旧約聖書や、小塩力氏の『聖書入門』などを読んだ。これは本職の牧師でもあった門馬義久記者の、日ごろの話に啓発されたこともあったであろう。晩年の作品が宗教的色彩を深めていったのは、山本さんにおいては必然のことだったように思われる。(『素顔の山本周五郎』)

木村には、サローヤンの『人間喜劇』(小島信夫訳、昭和三十二年)を示しながら、「これは〝現代の聖書〟だと思う。いつか、これに劣らない作品を描いてみたい」と言ってもいた。その時が来たのか。心境の変化をうかがわせることがまだあった。周五郎を囲んでいた編集者たちにも、実弟だと紹介することのなかった清水潔が最晩年、周五郎を訪ねたとき、兄周五郎はひどく喜び、とても優しかったという。

『おごそかな渇き』は、一月八日から二月二十六日の八回めまで連載され、二月十四日、周五郎の急逝で中絶した。未完の最期の作品である。進行は始めからはかばかしくなかった。周五郎はこれまで原稿に着手する場合、すべてディテールをととのえてから臨んでいたが、『おごそかな渇き』は違った。サローヤンの『人間喜劇』を発見したきっかけは、次女康子が女子大学在学中に所持していた原書を閲読したことからで、のち小島信夫の訳書（研究社版、昭和三十二年八月）を求めて、〈再読、三読し、二十年近い年月をかけて『おごそかな渇き』の主題を、作者の胸奥で徐々に蒼つめて行った〉（木村久邇典「同前」）のであった。

ウイリアム・サローヤンは、一九〇八年（明治四十一）アルメニア人移民の子としてアメリカ、カリフォルニア州生まれ（周五郎より五歳年長）。貧困のため孤児院で幼年期を過ごし、中学校を中退後、電報配達や図書館員など、さまざまな職業を転々とし、早くから文学を愛し、作家を志す（ここらも周五郎の境遇と似ている）。

『人間喜劇』は、十四歳の少年ホーマーの少年期を描く。ホーマーは貧しいマコーレイ家を背負って働く、イサカの町の電報配達員。この少年の行くところには、いつも悲しみの渦が巻き起こる。彼は戦死の通知をはこぶ「死」の使いなのだ。ついに自分の兄マーカスの死亡通知を最愛の母のもとに届けなければならない日が訪れる。「死」がもたらす悲しみの拡がりを見つめることが日々を生きることであった少年の心をすき透るような筆致で描きあげた傑作。

サローヤンの描く「善人の部落」は、さしずめイサカ町版『青べか物語』もしくは『季節のない街』だ。

連載開始の前年の暮れ、十二月二十二日付朝日新聞に『おごそかな渇き』についての作者の言葉で、周五郎は次のように書く。

欧米の作家についてもっともうらやましいと思うのは、老年になるときまったようにキリスト教に帰ることだ。一例だけあげてもアナトール・フランス（引用者註・アンドレ・ジッドの間違いである）がいる。いちじは共産主義にはしり、ソビエトまでいって来てから、共産主義にそっぽを向き、やはり神の問題に帰ったようである。この小説では、相変らず貧しい人たちの舞台であるが、その中で宗教と信仰の問題にぶつかってみるつもりである。

　特に恵まれた人たちはべつとしても、私どもいちばん数の多い人たちは、生活するだけでも常に、困難と拒絶と排斥と嫌悪に当面しなければならない。けれども私は、その中にこそ人間の人間らしい生活があり、希望や未来性があると信じている。その中で宗教と信仰がどういう位置を占めているかを探求してゆきたいと思う。

八回目で中断された『おごそかな渇き』の梗概。福井県の山村で行き倒れになった松山隆二は、炭焼きで元東京の中学教師をしていた竹中啓吉とりつ子父娘に助けられる。竹中は東京で、失望と裏切りを味わい、娘と放浪、五年前から村で化学実験用の炭を焼いていたのだ。水爆で世界が滅亡するのなら、防空壕ではなく、ブラジルのような広い土地で死にたいと、移住を考えている。網元の息子隆二は、東京の水産講習所で学徒動員になったが、結核で帰郷。昭和三十五年の台風で家も倒壊、両親も死に、東京へ向う途中だったのだ。人生について考え、生きる寄りどころをつかまえようとして、隆二はまた東京を目ざして出発する。途中で家出してきたりつ子と一緒に、無銭旅行を続ける。宿を貸すどころか、道端や川べりに腰を下ろすことさえ拒む百姓たちに、不信を覚えるが……。

　門馬義久記者は、第八回以降、どのような展開を見せるかについて、間門園の仕事場で周五郎に直接聞いている。移り変りの激しい時代につぎつぎと起こる問題や事件、それらを残された「創作ノート」とともに紹介したいところだが、涙をのんで省略する。ただ次のことだけは、私にとっては重大な事なので記録させていただく。門馬記者は、「『おごそかな渇き』について」の文末を〈……このほか『青べか物語』や『季節のない街』でおなじみの誰れ彼れにもまたお目にかかれるはずだったのだが……。（略）それらの人々の組合せのなかから、いわば自然に話しの筋が生れて来るのだ。従って隆二、りつ子、啓吉などが、この先き何所で、どういう事件にぶつかり、どうするかは作者（周五郎）にとっても「彼らに聞いてみないと分らない」ことなのかも知れないのだ〉（傍点は引用者）と結んでいる。傍点の個所について、私は最後に触れるつもりだ。

奥野健男は、〈自然と人間の関係から、現代を根源的に批判し、描こうとした野心的長篇である。作中、二人が川の魚を採って焼く場面は遥かなる未来を思わせ、やや性急な教育調があるにせよ、最期の日まで握っていた筆はいささかの衰えも見せていない。この長篇をついに読了し得ない恨みより、ぼくは最期まで新しく高い文学の頂上をめがけてよじのぼり続けた作者の姿勢に深い感銘を受けるのである〉（新潮社版『山本周五郎小説全集』第三十三巻、解説）という。

佐藤俊夫も、〈最終作となった『おごそかな渇き』はほんの書き出しだけで中絶してしまったから断定的なことはいえないが、もしうまくゆけば、周五郎の自己表現の完成がみられ、時代物と現代物との区別を越えて、荒正人の適評を借りれば、『時間を超越した山本周五郎的時間』を打ち出すことができたのかもしれない〉（『ある自己表現―山本周五郎のばあい』）と惜しんでいる。

山本周五郎が逝去したのは昭和四十二年二月十四日のことである。前日（十三日）の午前十一時ごろ、朝日新聞の門馬義久記者と、「別冊文藝春秋」の大河原英與記者が、前後して間門園の仕事場にあらわれている。ほかに周五郎の秘書の齋藤博子、きん夫人。何たる偶然か、それも恐ろしい偶然だが、私はその大河原英與と齋藤博子の山本周五郎終焉の記を出版しているのである。大河原英與著

『山本周五郎　最後の日』（深夜叢書社、平成二十年二月。後にマルジュ社、平成二十一年七月）、齋藤博子著『間門園日記―山本周五郎ご夫妻とともに』（深夜叢書社、平成二十二年五月）。

木村久邇典がその場にいなかったことを、大河原英與は、〈木村さんは昭和四十年つまりわたしが間門園に通い出してすぐ、周五郎さんから「お出入り差し止め」の宣告を受けている。原因は、周五郎作品の映画化、テレビ化の許可承諾権をめぐってであった。『ひとごろし』を書いた頃から、周五郎作品の映画化、テレビ化の依頼が周五郎さんの所に殺到していた。これを自分一人でやっていると、肝心な小説を書くという仕事に影響される。こうした危機感から、周五郎さんは木村さんにその許可権を代行させようとしたのだった〉（『山本周五郎　最後の日』）

周五郎は大河原に「ぼくは久邇典に全部ことわってくれ、と頼んだ（映画化、テレビ化、劇化など）。ところが彼は全部許可してしまった。だからそれから後の始末は大変だった」と説明したらしい。しかしこれはどう考えても、木村久邇典が同情されてしかるべきだろう。編集者の間では「きみ、周五郎番記者で木村久邇典を知らないヤツはモグリだよ」といわれていたし、木村への周五郎の信頼は絶対的なものがあった。「渉外係」として彼以外には考えられない。大河原も「後始末」とは税金の問題だと察する。税金の話は周五郎にはきん夫人でも御法度だった。「木村さんも大変だったろう」と大河原は推察する。作品の権利の争奪戦、断わっても素直に、はいそうですか、などと引きさがってくれる依頼者はいないのである。「もう一度先生にお願いして下さい」と、もちかける関係者たちがほとんどだったに違いなかったから……。

急逝までの二年半にわたり周五郎の秘書を務めた齋藤博子は、克明に「間門園」での日々を綴っている。終焉の場は、木村久邇典ほか数人が書いているが、誤まって伝えられている部分もあるので、日記から抄録したい。

二月十三日（月）曇

玄関でお二人（門馬、大河原）を送っていますと先生が呼ばれるので直ぐ仕事部屋に戻る。コルティ著『ポンペイ』を読みながら先生の傍に居る。しばらくしてお手洗いに起きられまた横になられる。（略）ベッドに腰をおろして立ち上がるのが大儀な様子なので、「先生肩を使って下さい」というと「大丈夫」と断られる。「門馬さんは一回休載といわれてましたが」一回でいいのでしょうかと問いたかった。「もう書かないよ」「この仕事は受けない方がよかったのですか」「そう」とだけ答えられた。「朝日（新聞）は会議を開くでしょう」やっと立ちあがられた。体を安定させるために直ぐには動かれない。こんな所を見せるのはかみさんと博子だけだといわれる。手洗いに行かれる先生を案じてそっと追う。わずか一間の廊下を鼻で唄いながら壁に両腕をついて体を支え、一歩また一歩と歩かれている。（略）

帰る支度をしていると、「さいとうさん」と大声で呼ばれびっくりして奥へ走りました。「長いから見にいったら倒れているの、動きたくないというけど、あそこは寒いからベッドまで運ぶから手伝ってくれる」と毛布を抱え大きいから重くてと奥様。先生は体の下半身を厠に、上半身を廊下にして横になられていました。このままにしていたいといわれるのを冷たいので毛布に体を移し引いてきてベッドに入っていただく。先生は二人でも重い、倒れたのは三度目だと奥様がいわれた。先日のドスンと大きな音を聞いたのも倒れられたのだとわかる。雪に覆われた家屋は冷え冷えとする。先厠は北側にあって通じる廊下は足の裏から体を冷やす。目の前が真暗になった。先生の傍らでは仕事ができないので、必要に応じて持ち帰る。先生のことが頭をはなれない。電燈を付けているのに暗い夜であった。

二月十四日（火）

仕事場の玄関を入ると、村田の奥様（きん夫人の妹）がいて、「死んだのよ」といわれる。今、下に自動車が二台止まっていたので、不安になり駆け登ってきました。廊下にうずくまって泣き崩れてしまう。徹さんが背をあやすように叩いてくれる。先生のお顔を見せていただく。それから後は目が回る忙しさで心に入るひまはなかった。（略）夜の十二時過ぎに疲れ果て母屋の茶の間で仮寝する。

通夜の席で出入りしていた編集者の皆さんは、先生がそれほど悪かったとは何人も気付かなかったといわれる。「そんなに悪かったの」と聞かれた。「皆さんが一時間早く帰って下されば、先生の寿命は一時間延びたはず、皆さんは先生に気を使われた、でも先生はそれ以上に気を使っていました。皆さんには平常に応待されても帰られたあとは病人のようでした」と大声で叫びたくても何もいえませんでした。

昭和四十二年二月十四日午前七時十分、山本先生亡くなる。死因について医師の診断は心臓衰弱および肝硬変とあります。が違います。そんなことではないのです。ここ一年、先生は肉体が崩壊してゆくのと書く意志と極限まで譲らずにはりあわれたのです。書く意志を放棄されて、やっとご自身を解放されたのだと確信しています。（『間門園日記――山本周五郎ご夫妻とともに』）

恵文院周嶽文窓居士。

昭和四十二年七月二十二日、朝日奈峠に開発された鎌倉霊園で、山本周五郎の納骨式がおこなわれた。この同じ墓地に四十一年に死んだ風間真一（三木蒐一）も葬られている。偶然である。

周五郎が死去した翌日（二月十五日）、門馬義久の追悼文が新聞に載った。

私は十三日の朝十一時ごろ、『おごそかな渇き』の八回目の原稿を受取りに仕事場を訪ねた。十年振りの大雪でひどく、寒い日だった。山本さんは「原稿はできてない。かんべんしてくれ。二、三日ねむれない。腹はへってるんだが食欲が全くない」と泣きそうな顔をしていた。

二日見ないうちに顔はむくみ、目はまっかだった。そして「人間は生きものだ。生きものは機械じゃない。小説は生きものの仕事だ」といいわけのようにつぶやき、水割りウイスキーをなめていた。そしてこの日もベートーヴェンの第九をかけ、それが終ると、「失礼」と手を顔の辺まで上げて、かたわらのベッドへよろけるようにころげこんだ。これが私と山本さんの別れになった。（朝日新聞、傍点引用者）

木村久邇典も門馬義久も、あの最後の日、間門園の仕事場で鳴っていた曲を、ベートーヴェンの『第九交響曲』最終楽章「歓喜の歌」としているが、正確には大河原英與と齋藤博子が各自の著書で書いているごとく、ベートーヴェン『第五交響曲・運命』である。『運命』の最終（第四）楽章は、「歓喜の歌」とは呼ばない。

木村はきん夫人からの直話を伝えている。

門馬さんらが帰られたあとで、自分で立ってトイレに行くと云うんです。（略）様子を見にゆきますと、中でたおれておりました。（略）すぐ、かかりつけだったご近所の女医の高橋先生へ往診をたのみました。先生が来て下さったのは午後の八時ごろでした。（略）先生が強心剤を注射しようとしますと、主人は「そんなもの、徒労だよ」と云いました。「山へ……」とも云ったようでした。主人が達者だったころ、死ぬときは、人に知られないように、人跡もない山奥へはいって、ひっそり死んで、死体も容易に発見されないような、そんな死に方が、おれの理想だ、とよく云っていたことを、もう一度云おうとしたのでしょうか。（略）高橋先生が、横になっていた主人をまっすぐにしようと思ったら、ごっくん、といって、それが臨終――、朝の七時十分でした。あんなに四日も降り続いた雪が、ようやく白みかけていました。（『山本周五郎―横浜時代』）

「評伝」だから、ここで終えてもよい。それこそ周五郎の好きな薔薇を虚空へ手向けて……。しかしそれをおし止める衝迫が残存していることに目をつむるわけにはいかない。それは周五郎も望むまい。「人間の真価は、なにをなしたかで決まるのではなく、なにをなそうとしたかである」と口癖にしていた言葉の、「なにをなそうとしたか」を、私の見解で示したい。

周五郎を論ずるには、「夏目漱石との関連で論ずる方法がある」と、水谷昭夫や佐藤俊夫は言う。太宰治との関連を模索するのが奥野健男や木村久邇典だ。谷沢永一はモーム、辻邦生はトーマス・マンだ。サローヤンやフォークナーを挙げる人もいる。ドストエフスキーは篠田正浩だ。私は漱石とその門下、たとえば芥川龍之介の関連で考えたい。

芥川の『或阿呆の一生』に次のような条がある。

> それは或本屋の二階だつた。二十歳の彼は書棚にかけた西洋風の梯子に登り、新らしい本を探してゐた。モオパスサン、ボオドレエル、ストリントベリイ、イブセン、ショオ、トルストイ、……
> そのうちに日の暮は迫り出した。（略）彼はとうとう根気も尽き、西洋風の梯子を下りようとした。すると傘のない電燈が一つ、丁度彼の額の上に突然ぽかりと火をともした。彼は梯子の上に佇んだまま、本の間に動いてゐる店員や客を見下した。彼等は妙に小さかつた。のみならず如何にも見すぼらしかつた。
> 「人生は一行のボオドレエルにも若《し》かない」。
> 彼は暫く梯子の上からかう云ふ彼等を見渡してゐた。……（『或阿呆の一生』）

〈人生は一行のボオドレエルにも若かない〉というエピグラムが呟かれる前景に、「妙に小さく見すぼらしい本屋の店員や客」から点綴されていることに留意したい。芥川という一個の作家の境涯と時代の精神風景を考えるとき、この場面はまことに象徴的である。いうまでもなく「見すぼらしい本屋の店員や客」は、この社会の生活者をさす。それを「西洋風の梯子」（知識、教養、文化）の高見から「見下し」ている芥川。〈彼は人生を知る為に街頭の行人を眺めなかつた。寧ろ行人を眺める為に本の中の人生を知らうとした〉（『大道寺信輔の半生』）とともに、芥川の位相は定まっているのである。

前述したが、明治以降、時代は立身出世が国民的な思潮で、これと無縁である人間を考えることは難しい。明治初期には、既成の武士や地主層の大規模な没落という社会変動が起こったので、没落したこの層の子弟が特に強烈な立身出世思想に取り憑かれた。財産を失っても、教養を持てば、権力とも結びつくことが出来る……。

昭和二ケタ生まれの私ですら、少年時代、夢中になって読んだのは佐々木邦の『苦心の学友』、佐藤紅緑の『あゝ玉杯に花うけて』『一直線』『少年讃歌』『紅顔美談』などで、向学心に燃える貧しい少年が、「友情、正義、努力、艱難《かんなん》汝を玉にする」を合い言葉に、一高・東大を経て官吏になる——夢を見たのである。この主題はしばしば周五郎の作品のそれとなった。

近代の揺籃期にあって、「知識に向けて上昇」「立身出世主義」「故郷に錦を飾る」というスローガンは、西欧列強と覇を競うべく近代化を急ピッチで進める国策とも合致していた。貧しく中学進学を断念させられた周五郎の最初の挫折は、彼に強烈な「学歴コンプレックス」を根づかせた。その「学歴コンプレックス」という宿痾《しゆくあ》から周五郎は終生、解放されることはなかったのではないか。

周五郎は昭和二年（一九二七）七月二十四日の芥川龍之介の自殺に衝撃を受けている。二十四歳の周五郎ならば当然である。新聞各紙は破格の扱いで芥川の死を報じた。「学歴」「秀才」でいうなら、芥川は江東小学校・府立三中・一高・東京帝大と、つねに秀才として突出した。三十五年と四か月の短い生涯を、周五郎はどう受けとめたのか。若き批評家井上良雄は、昭和七年三月、〈それは、われわれ自身の死の問題であったのだ。（略）如何にかして芥川氏の死を越え得る者のみが、今日以後自殺の誘惑なしに生きることが出来る。例へばわれわれは今日、最早恬然として主知主義などといふものに関ってゐることは出来ない。既に芥川氏が死を以て証明したものは、われわれの知性の無力以外のものではなかったのだ〉（「芥川龍之介と志賀直哉」）と書いた。二十八歳の周五郎は、この「知性の無力」をどう受けとめたのだろう。井上良雄は、そのあと、キリスト教神学の一研究者としてのみ振る舞い、文芸評論の筆を折り、沈黙した……。

己が一篇の小説のために、周五郎は、妻子の苦悶をも代償として利用する。それは芥川『地獄変』の絵師良秀が自分の娘の焼死するさまを悠然と描写する行為と同じにみえないか。

『澄江堂遺珠』のなかの次の一篇の詩は周五郎の『青べか物語』の一篇といっても異和は覚えない。

汝と住むべくは下町の
水どろは青き溝づたひ
汝が洗湯の往き来には
昼もなきづる蚊を聞かむ

私が生涯のこころの師として親炙した詩人・評論家の吉本隆明（平成二十二年、死去）の一文がある。この詩を『青べか物語』、芥川を山本周五郎と置き換えて、味読してもらいたい。

この詩には、芥川のあらゆるチョッキを脱ぎすてた本音がある。芥川が、どんなにこの本卦《ほんけ》がえりの願望をかくしていたか、を理解することができる。下町に住んだことのあるものは、この詩の「溝づたひ」からどんな匂いがのぼってくるかも、「汝と住むべくは」とかかれた家が、格子窓にかけた竹すだれをとおしてみえる家の中に、下着一つになった芥川の処女作「老人」や「ひょっとこ」の主人公のような、じいさんか何かがごろっと横になっている家であることを直覚せずにはおられないはずである。（略）

芥川龍之介は、中産下層階級という自己の出身に生涯かかずらった作家である。この出身階級の内幕は、まず何よりも芥川にとって自己嫌悪を伴った嫌悪すべき対象であったため、抜群の知的教養をもってこの出身を否定して飛揚しようとこころみた。彼の中期の知的構成を具えた物語の原動機は、まったく自己の出身階級にたいする劣勢感であったことを忘れてはならない。かれにとって、この劣勢感は、自己階級に対する罪意識を伴ったため、出身をわすれて大インテリゲンチャになりすますことができなかった。また、かれにとって、自己の出身階級は、自己嫌悪の対象であったために、「汝と住むべくは下町の」という世界に作品的に安住することもできなかったのである。芥川は、おそらく中産下層階級出身のインテリゲンチャたる宿命を、生涯ドラマとして演じて終った作家であった。彼の生涯は、「汝と住むべくは下町の」という下層階級的平安を、潜在的に念願しながら、「知識という巨大な富」をバネにし、この平安な境涯から脱出しようとして形式的構成を特徴とする作品形成におもむき、ついに、その努力にたえかねたとき、もとの平安にかえりえないで死を択んだ生涯であった。(「芥川龍之介の死」)

私と同じく梶木剛も、この論文に〈自分の生活の仕方そのものにまで関わる〉ほどの衝撃を受けたひとりである。

「知識」が悲劇の根源だ、というパラドキシカルな命題。いったい、いかなる思想がこういう命題を導きうるのか？　体験的な点検からみても、ブルジョア価値体系は勿論のこと、スターリニズム価値体系においても「知識」はすべて善として肯定されるのがきまりであった。断罪されるべきは、無知であったにほかならぬ。

ところが、ここの吉本は、そういう思想こそ悪である、という前提に立っている。つまり吉本はここでブルジョア体系とスターリニズム体系とを重ね合わせて、それを一挙に否定にかける独特の位相に立っているのである。只今、現在の瞬間において、これを革命的といわずに何を革命的といいうるか。（梶木剛「芥川龍之介論」『思想的査証』に収録）

吉本隆明なら、周五郎に対して、芥川を例に引きながら、次のように語っただろう。

　芥川を極度につきつめられた造形的な努力へ駆り立てたのは、中産下層という出身にたいする自己嫌悪にほかならず、いってみればここに芥川の作家的宿命があった。造形的努力の持続は、出身圏への安息感を拒否することに外ならなかったため、まず、芥川の神経を破壊せずにはおかなかった。彼がはっきりと自己の造形的努力に疲労を自覚したとき、自己の安定した社会意識圏にまで、いいかえれば処女作「老年」、「ひょっとこ」の世界にまで回帰することができたならば、徳田秋声がそうであるように、谷崎潤一郎がそうであるように、永井荷風がそうであるように、室生犀星や佐藤春夫がそうであるように、生きながらえたはずだ。そのとき芥川は、「汝と住むべくは下町の」の世界に、円熟した晩年の作品形成を行ったであろうことは疑いは容れない。しかしそのためには、「或阿呆の一生」の冒頭の一節には、「人生は一行のボオドレエルにも若《し》かない」というエピグラムのかわりに、「ボオドレエルの百行は人生の一こまにも若《し》かない」という生活者的諦念がかきとめられねばならなかったのである。芥川はこの道を択ばなかった。わたしは、彼の回帰をおしとどめたのは、出身階級にたいする自己嫌悪、神経的な虚栄にみちた自虐であったと信ずる。（吉本隆明「芥川龍之介の死」）
因みに同じく下町に生まれ、育ち、下町で没した吉本隆明に、下町という原風土に対してのコンプレックスはない。すでにアドレッセンス初葉にこの早熟な詩人は、〈……生れ、婚姻し、子を生み、育て、老いた無数のひとたちを畏れよう。あのひとたちの貧しい食卓、暗い信仰、生活や嫉妬や諍ひ。呑気な息子の鼻歌……。そんな夕ぐれにどうか幸ひがあつてくれるように……。〉（夕ぐれと夜との独白（一九五〇年Ⅰ）」『初期ノート』所収）と録している。

周五郎が『青べか物語』の庶民の世界へ回帰すること、それは「空即是色」の世界で生を紡ぐことを意味するが、そうしていたならば、どんなに豊饒な文学世界が現出したであろうか。

虚空遍歴――「苦しみ働け、常に苦しみつつ常に希望を抱け、永久の定住を望むな、此の世は巡礼である」（ストリンドベリ）――宗教学者岸本英夫によれば、宗教的行為とは、単純な行為の無限の繰り返しの中に、もっとも典型的な型をとるという。たとえば「歩く」。「歩く」ことは「行く」ことであり、「行く」ことは「行《ぎょう》ずる」ことである。古来から、宗教的実践が「行《ぎょう》」といわれたことは故ないことではない。修行者は「行者」と呼ばれている。

遍路の白衣や負い笠に書かれている「同行二人《どうぎょうににん》」、ひとりで歩いていても連れになって歩いているものがいる。それは誰か。

きん夫人によれば、周五郎は臨終の床で、

「山へ……」と呟いたという。

「死者は自ら山へ向かう」と国文学者の古橋信孝は言う。神が降臨する山は、世界＝天へと繋がっている。山中他界、山は死者をやさしく荘厳に迎えてくれる「山越阿弥陀」そのものであることを、周五郎は告げたかったのかもしれない。

畢

# 後書

〈私は誓って言うが、これは全部なつかしくも本当にあったことで……〉（ルネ・シャール）

前田三郎氏の散文詩「巡礼―追われる街の人々」をパラフレーズすると、関東平野を潤おす坂東太郎から分かれ、江戸川はこの入江で海と出会う。川筋が海と出会う河口の三角洲を抜ける遠浅の渚と汀のあたりには月が出ると鯊がおどり、蟹が走った。幾つかの集落ができ、それが村となり、いま浦安と呼ばれる市となる……と、いうことになる。

二十六年前、住んでいた阿佐谷を離れた。六畳と四畳の陋屋が、少しずつ、しかし確実に増殖する書物に対応しきれなくなったからだ。応募していた江戸川区の公団住宅の抽選に当たり、引越した。晩年、謦咳に接することの出来た近所の井伏鱒二さんや河盛好蔵氏、それに埴谷雄高さんと距離的に遠ざかるのは寂しかったが、やむをえなかった。

公団団地のある東西線・西葛西駅は、浦安から東京寄りに二つ目の駅だ。転居を伝え聞いた藤田湘子（俳人）が、「普通、川を渡り都心近くに来て都会人になるのに、君は隅田川、江戸川、荒川の三つもの川を越え、都落ちだね」と同情された。私は自転車や徒歩でも行ける浦安、つまり山本周五郎の『青べか物語』の舞台となった浦安に近い所に来たのだからと、胸がときめきこそすれ悲愴になることはなかった。

『青べか物語』は、三十年以上の歳月を経て顧みた周五郎の青春の日々の回想、謂わば周五郎版『詩と真実』（ゲーテ）だ。作者の代表作であると同時に、一九六〇年代の名作と称される。周五郎の「絶望や失意を救ってくれた唯一の町」の物語は、二十一世紀を生きる人々の絶望や失意からの蘇生のきっかけとなる譚として頁を捲られる刻を待っている。

主人公の「私」は「浦粕」を八年後に訪れたとき、親しかった人々から警戒と拒否の眼で見つめられる。三十年ほど後に三たび訪れると、もはや長からも完全に忘れられている。「浦粕」の人々が、日本人そのものが変わってしまったのか。

『青べか物語』が、高度成長期を控え、近代化の波に乗ろうとする直前に書かれたことを思えば、この変化は、近代化が「浦粕」の風土と人間に残した痕跡といえよう。

『青べか物語』に登場する人物は、みんな賢者、いやほとんど聖なる者に見える。それは周五郎と同じく、読者も「末期の眼」で、この物語を読み、見ているからではないか。阪神大震災と東日本大震災に遭遇して私たちは、その「末期の目」を獲得するに至った。失われた日本人の原像への挽歌が『青べか物語』のこころの風景と哀しく交響するのだ。

阪神大震災の被災者となった詩人季村敏夫氏は、鷹取地区の仮設住宅に住む人について、〈福音書には、イエスとその周辺の人々の言葉や行為がさまざまに彩られている。その当時からすれば、何千年も時間は経過しているのだが、人が生き、そこに息吹きがあり、怒り、悲しみ、喜びなどが無数につらなる生活があるところ必ずや物語が生まれる。いつしか私たちは、神生さんとその周辺に生きる人々の、あれらの日々は、福音書にも負けず劣らずの言行録になると信じている〉と書いている。そう、『青べか物語』の留さん、なあこ、繁あねらは、『青べか物語』という現代の福音書の使徒たちなのだ、周五郎は六〇年代に予言的にそう描いたのだろう。

小説（『山本周五郎の生涯――たゆまざるものの如く』）の著者水谷昭夫は、「あとがき」で、〈周五郎の作品を読む人は、周五郎論や伝記を手にしないという。楽屋の裏話をさらけ出したような猥雑文化のはんらんする私たちの時代にあって、それこそ周五郎の作品がすぐれていることを物語っているのだが、だからこそ、私は一そうその「沈黙」の中に輝いている彼の生涯を、一人でも多くの人に知ってもらいたいと思う〉と書いている。

私もそう考える。世には喫緊には読まずにすませられる書物もあるやも知れぬ。だが周五郎の作品の何篇かを読まずに通過するのは、明らかに生涯の損失と言いたい衝迫が筆者にはある。「大衆文学でもなく、純文学でもない、〈文学〉の未知の頂」（沢木耕太郎）を知らなければ、日本文学史を形成してきた大衆文学や純文学を語ることは出来ないからだ。

さて私の評伝（と呼ぶべきだろうか）は、「六十三歳で斃れるまで、三十八巻の全集と全集未収録作品集十七巻に収められるだけの小説を書いてきた」（沢木耕太郎）周五郎の主要作品に触れるにとどめる以外になかった。予定していた「周五郎の映画化作品」「周五郎の俳句作品」の章も省いた。前者では劇作家や映像作家に絶えず刺激を与え続けた周五郎文学の影響を、後者では殆ど知られていない俳句に言及しようとしていただけに心残りがする。

伝記の考証については、完璧に近い考証を残した木村久邇典氏の全文業、それに併走した多くの人々の周五郎研究の学恩の上に成る。尊称はすべて省かせてもらった。人名を書くたび逡巡した。失礼の段は御寛恕いただきたいと願う。

白水社の和気元さんと杉本貴美代さんには、唯ただお詫びあるのみ。和気さんには、長い編集者生活で二度目の〝遅筆〟体験だと叱咤された。（一回目はあの井上ひさし氏ですから、これはまぁ無かったも同然。されば私が初めて迷惑をかけたる者の汚名を享く）。

木村久邇典氏の逝去（平成十二年）後の諸資料は一応フォローしている。インターネットで検索しても出てこない資料を本書で紹介しておく。いつも協力してくれる高橋忠義さん、つつみ眞乃さん、『てんとう虫』の渡辺久雄さん、そして装幀の髙林昭太くんへ、心からお礼を申し上げたい。執筆中に、大地震、一年に及ぶ通院、吉本隆明・和子夫妻の死に遭った。「読み人知らず」の章句を引き擱筆したい。

例えば、青春は巨大な秩序の嘲笑に埋葬された、受取人不在の魂。碑銘に『蹂躙トノ抵抗ニ笑イモセズニ燃エツキタ記憶』

平成二十五年二月十四日　山本周五郎四十六回忌に

齋藤愼爾

## 略年譜

**明治三十六年（一九〇三）**
六月二十二日、山梨県北都留郡初狩村八十二番戸（現・大月市初狩町下初狩二二一番地）で、父清水逸太郎、母とくの長男として出生。本名三十六《さとむ》。家は馬喰・繭の仲買い、諸小売卸しを生業。

**明治四十三年（一九一〇）**　七歳
四十一年に、東京府下北豊島郡王子町に転居、王子町・豊島の豊川小学校に入学するも、横浜市中区久保町に転居、西戸部小学校へ転校。

**明治四十四年（一九一一）**　八歳
学区の編成替えで同区西前小学校二年へ転学。

**大正五年（一九一六）**　十三歳
西前小学校卒業。東京・木挽町六ノ二（現・銀座七ノ一三ノ二三）の山本周五郎商店（きねや質店）に徒弟として住み込み、正則英語学校の夜間部、大原簿記学校へ通う。

**大正十二年（一九二三）**　二十歳
九月一日、関東大震災で山本質店は罹災。大阪に向かう。関西がつぎの文学的中心になるだろうと思案しての東京脱出。神戸市須磨区中今池一四ノ一（現・離宮前一ノ七八）の木村（級友桃井達雄の姉じゅんの婚家）方に止宿。同市栄町の「夜の神戸社」の記者となる。

**大正十五・昭和元年（一九二六）**　二十三歳
大正十四年一月半ば帰京。「日本魂」の編集記者となる。「文藝春秋」（大正十五年四月号）に投じた『須磨寺附近』が文壇デビュー作。十月二十日、母とくを喪う。

**昭和三年（一九二八）**　二十五歳
夏から千葉県浦安町（現・浦安市）に仮寓し、定期蒸気船で雑誌社へ通うが、十月下旬、同社を逐われる。

**昭和四年（一九二九）**　二十六歳
東京へ戻り、中外商業新報（現・日本経済新聞）や、博文館の「少女世界」に童話や少女小説を発表。四月、東京市が募った児童映画脚本の『春はまた丘へ』が当選。

**昭和五年（一九三〇）**　二十七歳
土生《はぶ》きよえと結婚。十一月、南腰越（現・鎌倉市）で新所帯。

**昭和六年（一九三一）**　二十八歳
一月、東京府下荏原郡馬込村（現・馬込東二丁目）に転居、ほどなく馬込東三丁目八四三に転居。尾崎士郎、広津和郎、添田知道、北園克衛、藤浦洸、石田一郎らを知る。十一月、長男篌二が生まれる。

**昭和七年（一九三二）**　二十九歳

五月、娯楽小説『だだら団兵衛』を「キング」に。

**昭和八年（一九三三）**　三十歳

一月、長女きよ生まれる。「アサヒグラフ」に『溜息の部屋』（四月）、『豹』（九月）

**昭和九年（一九三四）**　三十一歳

「アサヒグラフ」に『家常茶飯』（三月）、『花咲かぬリラの話』（八月）。六月二十六日、父逸太郎が脳溢血で死去。八月初旬より彦山光三と関西以西の各地を旅行。

**昭和十年（一九三五）**　三十二歳

六月、次女康子誕生。「アサヒグラフ」に『藪落し』（二月）、『風格』（六月）、『留さんとその女』（九月）、『お繁』（十月）

**昭和十一年（一九三六）**　三十三歳

「アサヒグラフ」に『正体』（三月）、『蛮人』（八月）

**昭和十二年（一九三七）**　三十四歳

「キング」（七月）に『愛妻武士道』、「富士」（九月）に『面師出世絵形』

**昭和十三年（一九三八）**　三十五歳

「富士」（二月）に『槍術年代記』、「婦人倶楽部増刊号」（三月）に『喧嘩主従』、『講談倶楽部』（十月）に『朝顔草紙』

**昭和十四年（一九三九）**　三十六歳

「婦人倶楽部」（五月）に『本所霙河岸』、「キング」（九月）に『金作行状記』

**昭和十五年（一九四〇）**　三十七歳

「読物文庫」（四月）に『土佐太平記』、「現代」（四月）に『城中の霜』、『国の華』（九月—十月）に『三十二刻』、「現代」（十月）に『松風の門』、「講談雑誌」（十月）に『鍬とり剣法』、「キング」（十一月）に『内蔵允留守』

**昭和十六年（一九四一）**　三十八歳

「少女の友」（一月）に『鼓くらべ』、「講談倶楽部」（三月）に『笠折半九郎』、「講談雑誌」（四月）に『落武者日記』、「キング」（八月）に『奉公身命』

**昭和十七年（一九四二）**　三十九歳

「新国民」（一月）に『蕭々十三年』、「婦人倶楽部」（六月）に『松の花』、「芸能文化」（十一月）に『水戸梅譜』、「婦人倶楽部」（十二月）に『箭竹』

**昭和十八年（一九四三）**　四十歳

『日本婦道記』が第十七回直木賞（十八年上期）に推されたが辞退。三月、次男徹が誕生。「キング」（一月）に『殉死』、「北海タイムス」（六月—十二月）に『新潮記』、「富士」（七月）に『白石城死守』、「講談雑誌」（十二月）に『薯《いも》粥武士』

**昭和十九年（一九四四）**　四十一歳

「婦人倶楽部」（二月）に『糸車』、「講談雑誌」（二月）

に『御馬印拝借』、「富士」（四月）に『紅梅月毛』、「文藝春秋」（四月）に『琴女おぼえ書』、「新武道」（五月）に『あご』、「新武道」（七月）に『兵法者』、「富士」（九月）に『一人ならじ』

**昭和二十一年（一九四六）**　四十三歳

二十年五月四日、妻きよえ死去。一月、吉村きんと結婚。二月、横浜市中区本牧元町二三七番地へ転居。「講談雑誌」（二月）に『彩虹』、「椿」（七月）に『柳橋物語』、「講談雑誌」（十二月）に『野分』、「新青年」（十二月―二十三年一月）に『寝ぼけ署長』を連載。

**昭和二十二年（一九四七）**　四十四歳

「講談雑誌」（四月）に『ひやめし物語』、「講談雑誌」（九月）に『金五十両』

**昭和二十三年（一九四八）**　四十五歳

春から中区間門町の旅館「間門園」の一室を仕事場とする。「サン写真新聞」（四月）に『柘榴』、「小説新潮」（六月）に『上野介正信』、「講談雑誌」（十月）に『おしゃべり物語』

**昭和二十四年（一九四九）**　四十六歳

「講談雑誌」（一月）に『山女魚』、「講談雑誌」（四月）に『おたふく』、「講談雑誌」（六月―八月）に『むかしも今も』、「苦楽」（八月）に『陽気な客』、「キング」（十一月）に『桑の木物語』

**昭和二十五年（一九五〇）**　四十七歳

「講談雑誌増刊号」（二月）に『いさましい話』、「婦人倶楽部増刊」（九月）に『妹の縁談』、「オール讀物」（十二月）に『嘘アつかねえ』

**昭和二十六年（一九五一）**　四十八歳

「講談倶楽部」（三月）に『湯治』、「夕刊朝日新聞」（六月―九月）に『山彦乙女』、「サンデー毎日増刊号」に『雨あがる』

**昭和二十七年（一九五二）**　四十九歳

「週刊朝日増刊号」（三月）に『よじょう』、「キング」（二月）に『夕靄の中』、「キング」（六月）に『四人囃し』、「富士」（七月）に『わたくしです物語』、「週刊朝日増刊号」（九月）に『暴風雨の中』、「講談倶楽部」（九月）に『雨の山吹』

**昭和二十八年（一九五三）**　五十歳

「労働文化」（一月―二十九年一月）に『正雪記』（第一部）、「週刊読売」（一月―九月）に『栄花物語』、「オール讀物」（一月）に『貧窮問答』

**昭和二十九年（一九五四）**　五十一歳

「オール讀物」（一月）に『雪と泥』、「面白倶楽部」（五月）に『みずぐるま』、「日本経済新聞」（七月―三十年四月）に『樅ノ木は残った』（第一部・第二部）を連載、「オール讀物」（七月）に『四日のあやめ』、

「面白倶楽部」（九月）に『葦は見ていた』、「オール讀物」（十月）に『しじみ河岸』、「労働文化」（十一月—三十年十二月）に『正雪記』（第二部）。六月と十一月、『樅ノ木は残った』取材で宮城県地方を旅行。十月より間門園の別棟を仕事場とし、独居の生活。

**昭和三十年（一九五五）**　五十二歳

「講談倶楽部」（一月）に『女は同じ物語』、「オール讀物」（三月）に『大炊介始末』、「週刊朝日増刊号」（四月）に『夜の辛夷』、「オール讀物」（七月）に『かあちゃん』、「キング」（八月）に『釣忍』、「講談倶楽部」（八月）に『ほたる放生』、「講談倶楽部増刊号」（十一月）に『裏の木戸はあいている』、「面白倶楽部」（十一月）に『水たたき』、「小説倶楽部」（十一月）に『妻の中の女』

**昭和三十一年（一九五六）**　五十三歳

「週刊朝日増刊号」（二月）に『なんの花か薫る』、「日本経済新聞」（三月—九月）に『原田甲斐—続樅ノ木は残った』（第三部）連載、「オール讀物」（三月）に『こんち午の日』、「小説新潮」（六月）に『将監さまの細みち』、「週刊朝日増刊号」（六月）に『しづやしづ』、「労働文化」（七月—三十二年八月）に『正雪記』（第三部）を連載、「オール讀物」（八月）に『並木河岸』、「オール讀物」（十二月）に『つゆのひぬま』

**昭和三十二年（一九五七）**　五十四歳

「小説新潮」（一月）に『深川安楽亭』、「オール讀物」（四月）に『法師川八景』、「週刊朝日増刊号」（四月）に『鶴は帰りぬ』、「オール讀物」（七月）に『牛』、「小説新潮」（九月）に『花杖記』、「文藝春秋」（十月）に『屏風はたたまれた』、「講談倶楽部」（十一月）に『ちいさこべ』

**昭和三十三年（一九五八）**　五十五歳

『樅ノ木は残った』第四部以下を完成。「小説新潮」（一月）に『橋の下』、「小説倶楽部」（二月）に『あだこ』、「週刊朝日増刊号」（二月）に『ちゃん』、「オール讀物」（三月—十二月）に『赤ひげ診療譚』（七月休載）、「小説新潮」（五月）に『若き日の摂津守』、「文藝春秋」（十一月）に『古今集巻之五』

**昭和三十四年（一九五九）**　五十六歳

『樅ノ木は残った』が毎日出版文化賞を受けるも、作者は固辞。「講談倶楽部」（一月—九月）に『五瓣の椿』、「小説新潮」（一月）に『薊』、「別冊文藝春秋」（四月）に『畜生谷』、「オール讀物」（五月）に『その木戸を通って』、「別冊文藝春秋」（十月）に『失蝶記』、「小説新潮」（十月）に『落葉の隣り』、「北海道新聞」などの三社連合（十二月—三十五年十月）に『天地静大』を連載。

**昭和三十五年（一九六〇）** 五十七歳
「文藝春秋」（一月―十二月）に『青べか物語』、「オール讀物」（三月）に『霜柱』、「オール讀物」（十月）に『燕』
**昭和三十六年（一九六一）** 五十八歳
二月『青べか物語』が文藝春秋読者賞に推されたが、辞退。四月中旬、『虚空遍歴』取材で北陸地方を旅行。五月十二日、神田・駿河台の中央大学会館で講演「歴史と文学」。「オール讀物」（二月）に『おさん』、「小説新潮」（三月―三十八年二月）に『虚空遍歴』、「オール讀物」（六月）に『偸盗』
**昭和三十七年（一九六二）** 五十九歳
「オール讀物」（二月）に『饒舌り過ぎる』、「朝日新聞」（四月―十月）に『季節のない街』、「オール讀物」（十月）に『十八条乙』、「文藝朝日」（十二月）に『改訂御定法』
**昭和三十八年（一九六三）** 六十歳
「週刊朝日」（一月―七月）に『さぶ』を連載。八月から三十九年八月にわたり、講談社版『山本周五郎全集』（全十三巻）刊行。「小説新潮」（十一月―三十九年二月）に『滝口』、八月、北陸地方再訪。
**昭和三十九年（一九六四）** 六十一歳
「週刊新潮」（六月―四十一年一月）に『ながい坂』、「小説新潮」（六月）に『醜聞』、「別冊文藝春秋」（十月）に『ひとごろし』。十二月十五日、間門園の踏み段で転落、肋骨を骨折。健康が急激におとろえる。
**昭和四十年（一九六五）** 六十二歳
小説は『ながい坂』一篇に打ち込む。
**昭和四十一年（一九六六）** 六十三歳
心臓の発作に苦しむ。長年の飲酒で肝機能もおとろえる。「小説現代」（三月）で河盛好蔵と対談。「小説新潮」（三月）に『へちまの木』、「別冊文藝春秋」（六月）に『あとのない仮名』、「週刊新潮」（六月）に随筆『三十余年目の休養』、「新・帝劇プログラム」（十月）に（随筆）「旧帝劇の回想」
**昭和四十二年（一九六七）** 六十三歳
「朝日新聞日曜版」（一月八日―二月二十六日）に『おごそかな渇き』を八回分まで連載。二月十四日、肝炎と心臓衰弱のため、間門園別棟の仕事場で午前七時十分死去。戒名・恵光院周嶽文窓居士。「小説新潮」（三月）に『枡落し』、五月、新潮社から『山本周五郎小説全集』（全三十三巻、別巻五巻）刊行開始。朝比奈峠の鎌倉霊園に葬られ、毎年二月十四日に「周五郎忌」がいとなまれている。

（参考文献・木村久邇典作成年譜）

# 主要参考文献

※山本周五郎の著作物は除く

秋山駿「イッポリートの告白」（『秋山駿批評1』小沢書店、昭和五十三年）
秋山青磁『写真撮り物帖』（創文社、昭和五十四年）
アサヒグラフ編集部編『玉石集』（朝日新聞社、昭和二十三年）
足立巻一「『須磨寺附近』前後」（『山本周五郎の世界』新評社、昭和五十六年）
鮎川信夫「宮本武蔵の『五輪書』再見」（文藝春秋、昭和六十二年）
井口長次（山手樹一郎）「編集後記」（「少女号」第七号、小学新報社、大正十五年）
池内紀「世の見方の始まり⑫山本周五郎・路地」（「新潮」平成二十二年十一月号）
池谷信三郎「新劇協会を観る」（『池谷信三郎全集』改造社、昭和九年）
石牟礼道子、藤原新也『なみだふるはな』（河出書房新社、平成二十四年）
磯田光一『思想としての東京――近代文学史論ノート』（国文社、昭和五十三年）
磯田光一「殉教の美学＝三島由紀夫論1」（「文學界」昭和三十九年二月）
伊藤整『小説の方法』（河出書房、昭和二十三年）
井上良雄「芥川龍之介と志賀直哉」（『群像日本の作家　芥川龍之介』小学館、平成三年）
稲垣史生「『日本婦道記』――かってありしままの世界」（『山本周五郎の世界』新評社、昭和五十六年）
今井達夫、奥野健男、真鍋元之、尾崎秀樹「山本周五郎の人と作品」（『大衆文学研究』第二十号〈特集・山本周五郎〉、大衆文学研究会、昭和四十二年）
上野千鶴子『家父長制と資本制――マルクス主義フェミニズムの地平』（岩波書店、平成二年）

上野瞭「『木戸』の話――周五郎の設けた通路について」（『われらの時代のピーターパン』晶文社、昭和五十三年）
ヴェルレーヌ『ヴェルレーヌ詩集』（川路柳虹訳、新潮社、大正八年）
ヴェルレーヌ『叡智』（河上徹太郎訳、芝書店、昭和十年）
ヴェルレーヌ『ヴエルレエヌ詩抄』（堀口大學訳、第一書房、昭和二年）
浦西和彦「関東大震災と文学」（「国文学解釈と鑑賞」平成元年三月臨時増刊号）
江藤淳『決定版夏目漱石』（新潮文庫、昭和五十四年）
江藤淳「文芸時評」（「朝日新聞」昭和三十六年一月二十一日）
扇谷正造編『おふくろの味・続』（春陽堂、昭和三十二年）
大江賢次「阿部知二と武田麟太郎」（『故旧回想』牧野出版社、昭和四十九年）
大河原英與『山本周五郎　最後の日』（深夜叢書社、平成二十年。後にマルジュ社、平成二十一年）
大久保喬樹『近代日本文学の源流』（新典社、平成三年）
大村彦次郎『時代小説盛衰史』（筑摩書房、平成十七年）
岡田正富「故郷甲州と山本周五郎」（『山本周五郎の世界』新評社、昭和五十六年）
奥野健男『現代文学風土記』（集英社、昭和五十一年）
奥野健男『太宰治』（文藝春秋、昭和四十八年）
奥野健男『太宰治論』（春秋社、昭和三十一年）
奥野健男『山本周五郎』（創樹社、昭和五十二年）
尾崎士郎『定本 空想部落』（東晃書院、昭和二十二年）
尾崎士郎『人生劇場』（六興出版社、昭和二十六年）
尾崎秀樹『日本と日本人――近代百年の生活史』（講談社、昭和五十年）
尾崎秀樹『評論　山本周五郎』（白川書院、昭和五十二年）

尾崎秀樹『文壇うちそと――大衆文学逸史』（筑摩書房、昭和五十年）
尾崎秀樹『吉川英治・人と文学』（新有堂、昭和五十五年）
尾崎秀樹、菊地昌典『歴史文学読本――人間学としての歴史学』（平凡社、昭和五十五年）
開高健「原形質としての生」（『山本周五郎小説全集第十四巻　青べか物語』栞、新潮社、昭和四十二年）
笠原伸夫『文明開化の光と影』（新典社、平成元年）
梶木剛「夏目漱石・昭和戦後」（『二松學舍の学芸』今西幹一・山口直孝編、翰林書房、平成二十二年）
梶木剛「芥川龍之介論」（『思想的査証』国文社、昭和四十六年）
樫原修「柳橋物語」（「国文学解釈と鑑賞」昭和六十三年四月号）
家庭総合研究会編『昭和家庭史年表――一九二六～一九八九』（河出書房新社、平成二年）
鹿野政直『大正デモクラシーの底流――〝土俗〟的精神への回帰』（ＮＨＫブックス、昭和四十八年）
柄谷行人「人間と思想」（『どこに思想の根拠をおくか――吉本隆明対談集』筑摩書房、昭和四十七年）
川上弘美『大好きな本』（文春文庫、平成二十二年）
川西政明「文士と戦争――徴用作家たちのアジア」（「群像」平成十三年九月号）
川端康成「池谷信三郎素描」（「帝国大学新聞」第五一〇号、昭和九年）
川村湊「日本とアジア・その文学的つながり」（「群像」平成十三年九月号）
菊池寛「落ちざるを恥ず」（『少年少女日本文学選集15　菊池寛名作集』あかね書房、昭和三十九年）
菊池寛「災後雑感」（「中央公論」大正十二年十月号）
木田元『哲学の余白』（新書館、平成十二年）
北川透「《六月》とは何か」（「現代詩手帖」昭和四十一年六月）
木村毅『大衆文学十六講』（橘書店、昭和八年）
木村久邇典『人間　山本周五郎』（講談社、昭和四十三年）
木村久邇典『素顔の山本周五郎』（新潮社、昭和四十五年）

木村久邇典『山本周五郎の須磨』(小峯書店、昭和五十年)
木村久邇典『山本周五郎の最初の母校』(小峯書店、昭和五十二年)
木村久邇典『山本周五郎―青春時代』(福武書店、昭和五十七年)
木村久邇典『山本周五郎―馬込時代』(福武書店、昭和五十八年)
木村久邇典『山本周五郎―横浜時代』(福武書店、昭和六十年)
季村敏夫「ゆるしあう、ということ――赤坂憲雄さんへの私信」(「ギャラリー島田メールマガジン」七四九号、平成二十四年)
金原左門『昭和の歴史1――昭和への胎動』(小学館、昭和六十三年)
久野収、鶴見俊輔『現代日本の思想――その五つの渦』(岩波新書、昭和三十一年)
桑原武夫『「宮本武蔵」と日本人』(講談社現代新書、昭和三十九年)
小酒井不木『恋愛曲線』(春陽堂、昭和七年)
近藤富枝『馬込文学地図』(中公文庫、昭和五十九年)
早乙女貢「作品の舞台と周五郎文学の接点」(『現代日本の文学　山本周五郎集』学習研究社、昭和五十一年)
齋藤博子『間門園日記――山本周五郎ご夫妻とともに』(深夜叢書社、平成二十二年)
笹本寅「文壇手帖」(橘書店、昭和九年)
佐藤忠男『大衆文化の原像』(岩波書店、平成五年)
佐藤忠男「少年の理想主義」(『思想の科学』昭和三十四年三月号)
佐藤忠男『苦労人の文学』(千曲秀版社、昭和五十三年)
佐藤俊夫『ある自己表現――山本周五郎のばあい』(東京大学教養学部哲学研究室編『人文科学紀要』第五十七輯、昭和四十九年)
サルトル『文学とは何か』(加藤周一、白井健三郎・海老坂武訳、人文書院、平成十年)
沢木耕太郎「解説」(『新潮現代文学17　山本周五郎』新潮社、昭和五十四年)

宍戸恭一『現代史の視点』（深夜叢書社、昭和三十九年）
清水きん『夫　山本周五郎』（文化出版局、昭和四十七年）
ストリンドベリ『青巻』（柳英彦訳、天佑社、大正十年）
ストリンドベリ『女中の子――或る魂の発展史』（尾崎義訳、創元文庫、昭和二十七年）
大都市調査統計協議会編『大都市比較統計年表　第二回』（大都市調査統計協議会、昭和十三年）
髙山文彦『大津波を生きる――巨大防潮堤と田老百年のいとなみ』（新潮社、平成二十四年）
竹内好「吉川英治論」（『竹内好集』影書房、平成十七年）
竹添敦子『山本周五郎庶民の空間』（双文社出版、平成九年）
竹添敦子『周五郎の江戸町人の江戸』（角川春樹事務所、平成十九年）
竹添敦子「監修の言葉――『山本周五郎　戦中日記』について」（『山本周五郎　戦中日記』角川春樹事務所、平成二十三年）
太宰治「思い出」（『晩年』新潮文庫、昭和二十二年）
太宰治「葉」（『晩年』新潮文庫、昭和二十二年）
忠地虚骨「私の中の山本周五郎像」（「ぬかご」昭和五十四年十一月号）
谷沢永一『紙つぶて・完全版』（ＰＨＰ文庫、平成十一年）
谷沢永一「『樅ノ木は残った』を語る」（『近代小説の構成』和泉書院、平成七年）
ダンテ『神曲』（生田長江訳、新潮社、昭和四年）
ダンテ『新生』（山川丙三郎訳、岩波文庫、昭和二十三年）
塚本康彦「日本婦道記」（「国文学解釈と鑑賞」昭和六十三年四月号）
辻邦生「山本周五郎論」（『辻邦生全集』新潮社、平成十八年）
鶴見俊輔「山本周五郎『小説の効用』」（『大衆文学論』六興書房、昭和六十年）
遠丸立『「罪と罰」小論』（「三田文学」昭和四十四年四月号）

土岐雄三『わが山本周五郎』（文藝春秋、昭和四十五年）
土岐雄三『山本周五郎からの手紙』（未来社、昭和五十九年）
富岡幸一郎『打ちのめされるようなすごい小説』（飛鳥新社、平成十五年）
永井荷風『摘録　断腸亭日乗（上）』（岩波文庫、昭和六十三年）
永井龍男『回想の芥川・直木賞』（文芸春秋、昭和五十八年）
中里介山「新月の巻」巻頭言（『大菩薩峠』第十五巻、大菩薩峠刊行会彩光社、昭和二十七年）
中村真一郎『芥川龍之介の世界』（青木書店、昭和三十一年）
縄田一男「未発表『山本周五郎』日記」（「新潮45」平成九年五月号〜平成十三年十二月号）
縄田一男『「宮本武蔵」とは何か』（角川文庫、平成二十一年）
西川長夫『日本回帰・再論——近代への問い、あるいはナショナルな表象をめぐる闘争』（人文書院、平成二十年）
日本児童文化協会『これこそ日本人』（金蘭社、昭和十五年）
橋川文三『歴史と体験』（春秋社、昭和四十三年）
長谷川伸『日本捕虜志　上下』、（中公文庫、昭和五十四年）
埴谷雄高『幻視のなかの政治』（未来社、昭和三十八年）
原田義人『現代ドイツ文学論』（福村書店、昭和二十四年）
平井啓之「解題」（『ポール・ヴェルレーヌ』ピエール・プチフィス著、平井啓之・野村喜和夫訳、昭和六十三年）
平野謙『昭和文学史』（筑摩書房、昭和三十八年）
藤中正義「嘉村礒多論——大衆のエゴイズム」（岡山大学文学部紀要、平成二年）
ヴェルレーヌ『エルレエヌ』（竹友藻風訳、アルス、大正十年）
ヴェルレーヌ『智恵』（『ヴェルレーヌ詩集』白鳳社、昭和四十四年）

水谷昭夫「『柳橋物語』の悲劇性」（『日本文芸研究』関西学院大学日本文学会編、昭和五十一年）
水谷昭夫『山本周五郎の生涯――たゆまざるもののごとく』（人文書院、昭和五十九年）
水谷昭夫『山本周五郎『樅ノ木は残った』――歴史と文芸と人間の再生」（『国文学解釈と鑑賞』昭和四十五年）
水谷昭夫「山本周五郎とキリスト教」（『日本現代文学とキリスト教　大正・昭和篇』桜楓社、昭和四十九年）
源了圓『義理と人情――日本的心情の一考察』（中公新書、昭和四十四年）
宮崎修二朗「山本周五郎の〝永遠の女性〟――文豪の青春に大きな影響を与えた〝須磨寺夫人〟」（『歴史と人物』中央公論社、昭和五十一年六月号）
宮本百合子「今度の選挙と婦人」（『宮本百合子全集』第十二巻、河出書房、昭和二十七年）
向井敏『本のなかの本』（中公文庫、平成二年）
森本修「芥川龍之介におけるストリンドベリィ」（『立命館文學』立命館大学人文学会編、昭和三十二年）
森本哲郎『思想の冒険家たち』（文藝春秋、昭和五十七年）
八木昇『大衆文芸館――興隆期の大衆文芸』（白川書院、昭和五十三年）
八木昇「大衆文芸の挿絵」（『芸術生活』特別増大号〈さしえの黄金時代〉昭和四十九年八月号）
矢田挿雲『熱灰を踏みつゝ――江戸史蹟巡り』（朝香屋書店、大正十三年）
柳田國男『遠野物語』（新潮文庫、昭和五十五年）
柳田國男『山の人生』（郷土研究社、大正十五年）
山田晃「恍惚と不安と」（『国文学解釈と鑑賞』昭和五十一年五月号）
山田宗睦「山本周五郎についての断章」（『思想の科学』昭和四十五年二月号）
山中恒『子どもたちの太平洋戦争――国民学校の時代』（岩波新書、昭和六十一年）
山中恒『戦時児童文学論――小川未明、浜田広介、坪田譲治に沿って』（大月書店、平成二十二年）
山梨県立塩山商業高等学校文芸部「山本周五郎の出生地をめぐって」（『扇状地』第十号、山梨県立塩山商業高等学校文芸部、昭和四十三年）

山室静『北欧文学の世界』（弘文堂、昭和三十四年）
山本有三「Strindberg」の読方――ストリンドベリィ」（『山本有三全集』第九巻、岩波書店、昭和五十一年）
吉川幸次郎『漱石詩注』（岩波文庫、平成十四年）
吉田弦二郎「青年の憂鬱」（『わが詩わが旅』新潮文庫、昭和三十八年）
吉本隆明『初期ノート』（試行出版部、昭和三十九年）
吉本隆明「『薄力』粉と『強力』映画」（「映画芸術」昭和六十二年夏号）
吉本隆明『マチウ書試論・転向論』（講談社文芸文庫、平成二年）
吉本隆明『自立の思想的拠点』（徳間書店、昭和四十一年）
吉本隆明『芸術的抵抗と挫折』（未来社、昭和三十四年）
リルケ『マルテの手記』（大山定一訳、新潮文庫、昭和二十八年）
若桑みどり『戦争がつくる女性像――第二次世界大戦下の日本女性動員の視覚的プロパガンダ』（筑摩書房、平成七年）
和田利夫『明治文芸院始末記』（筑摩書房、平成元年）
渡辺京二「義理人情という界域」（原題「見果てぬ共同性への夢」）（「朝日ジャーナル」昭和四十八年一月十九日号）
渡辺京二「まなざしと時」（「同心」二十二号、真宗寺仏教青年会、昭和五十八年）
渡辺京二「挫折について」（「思想の科学」昭和三十五年十二月）
「別冊新評・山本周五郎の世界」（新評社、昭和五十二年十二月）
「国文学解釈と鑑賞　山本周五郎の世界」（至文堂、昭和六十三年四月号）
「鳩よ！」特集山本周五郎（マガジンハウス、平成四年九月）
「北豊島郡誌」（北豊島郡農会、大正七年）
『近代日本文学の系譜』（社会思想研究会出版部、昭和三十一年）
「国文学解釈と鑑賞」別冊「山本周五郎」（至文堂、平成十二年二月号）

別冊歴史読本『山本周五郎読本』（新人物往来社、平成十年）
『想い出の作家たち（2）』文藝春秋編（文春文庫、平成六年）

# 主要人名索引

〈さ行〉

〈な行〉

〈や行〉

〈ら行〉



〈わ行〉

著者略歴
一九三九（昭和十四）年、京城市生まれ。俳人、深夜叢書社主宰。

二〇一〇（平成二十二）年に『ひばり伝　蒼穹流謫』（講談社）で芸術選奨文部科学大臣賞受賞。

山本周五郎の少年少女小説集『春いくたび』『美少女一番乗り』（角川文庫）の編集に携わる。

『齋藤愼爾全句集』（河出書房新社）、『永遠と一日』（思潮社）、『読書という迷宮』（小学館）、『寂聴伝　良夜玲瓏』（白水社）など著書多数。

周《しゅう》五《ご》郎《ろう》伝《でん》　虚《こ》空《くう》巡《じゅん》礼《れい》

二〇一三年六月一〇日　第一刷発行
二〇一三年九月一〇日　第三刷発行

著　者 © 齋《さい》藤《とう》愼《しん》爾《じ》
発行者　及川直志
印刷所　株式会社理想社
発行所　株式会社白水社
東京都千代田区神田小川町三の二四
電話　営業部〇三（三二九一）七八一一
　　　編集部〇三（三二九一）七八二一
振替　〇〇一九〇-五-三三二二八
　　　郵便番号　一〇一-〇〇五二
http://www.hakusuisha.co.jp
乱丁・落丁本は、送料小社負担にてお取り替えいたします。

松岳社株式会社青木製本所

ISBN978-4-560-08270-6

Printed in Japan

齋藤愼爾［著］

# 寂聴伝

良夜玲瓏

一身にして二生も三生も経るがごとき、苛烈にして波瀾万丈の生の軌跡を、渾身の力を込めて書き下ろした初の評伝。未知の光芒を放つ文学空間を出現せしめた作家の、創造の秘密を解く。